Der dritte Roman

1918 · Huguenau oder die Sachlichkeit

Hermann

BROCH

Die Schlafwandler

Eine Romantrilogie

Verlag Volk und Welt
Berlin

ISBN 3-353-00021-6
ISBN 3-353-00023-2

1. Auflage
Lizenzausgabe des Verlages Volk und Welt, Berlin 1986
für die Deutsche Demokratische Republik
mit Genehmigung des Suhrkamp Verlages, Frankfurt am Main

L. N. 302, 410/68/86
Printed in the German Democratic Republic
Einbandentwurf: Gerhard Medoch
nach einer Idee von Wilfried Klink
Satz, Druck und Einband: Karl-Marx-Werk Pößneck V 15/30
LSV 7311
Bestell-Nr. 648 605 0
zwei Bände

02080

Der dritte Roman

1918 · Huguenau oder die Sachlichkeit

1

Huguenau, dessen Vorfahren wohl Hagenau geheißen haben mochten, ehe das elsässische Land 1682 von den Truppen Condés besetzt worden war, hatte durchaus den Habitus eines bürgerlichen Alemannen. Beleibt und untersetzt, trug er Augengläser seit seiner Jugend, oder präziser gesagt, seit jenen Tagen, da er in Schlettstadt dem Handelsschulstudium oblag, und als er sich zur Zeit des Kriegsausbruchs seinem dreißigsten Lebensjahr näherte, waren alle Züge der Jugendlichkeit aus seinem Gesicht und aus seinem Gehaben verschwunden. Seine Geschäfte betrieb er im Badischen und in Württemberg, teils als Filiale des väterlichen Unternehmens (André Huguenau, Textilien, Colmar/Els.), teils auf eigene Rechnung und als Vertreter elsässischer Fabriken, deren Erzeugnisse er in jenem Rayon absetzte. Sein Ruf in Branchekreisen war der eines strebsamen, umsichtigen und soliden Kaufmanns.

Sicherlich hätte ihn sein kaufmännisches Ethos eher dem zeitgerechteren Schleichhandel als dem Kriegshandwerk verpflichtet. Doch er nahm es ohne weitere Auflehnung hin, als man sich 1917 über seine hochgradige Kurzsichtigkeit bedenkenlos hinwegsetzte und ihn zu den sogenannten Waffen rief. Zwar gelang es ihm noch während der Ausbildungszeit in Fulda, das eine oder das andere Tabakgeschäft abzuschließen, aber bald genug ließ er es bleiben. Nicht nur weil der Dienst ihn für alle anderen Dinge müde machte oder abstumpfte. Es war bloß so angenehm, an nichts anderes mehr denken zu müssen, und von ferne her gemahnte es an die Schulzeit: noch erinnerte sich der Schüler Huguenau (Wilhelm) an die Schlußfeier in der Schlettstadter Anstalt und mit welch eindrucksvollen Worten der Direktor damals die kommerzbeflissenen Jünglinge in den Ernst des Lebens entlassen hatte, in einen Lebensernst, mit dem man bisher ganz gut zurechtgekommen war und den man nun zugunsten einer neuen Schulzeit wieder aufgeben mußte. Nun war man wieder in eine ganze Reihe von Verpflichtungen hineingeraten, die man viele Jahre hindurch vergessen gehabt hatte, man wurde wie ein Schuljunge behandelt, wurde angeschrien, hatte ein ähnliches Verhältnis zu den Aborträumlichkeiten und ihrer Kollektivität wie in der Jugendzeit; auch der Fraß stand wieder im Mittelpunkt des Interesses, und die Respektbezeugungen und die ehrgeizigen Bestrebungen, in die man verflochten wurde, gaben dem Ganzen ein vollkommen infantiles Gepräge. Überdies war man in einem Schulgebäude untergebracht, und vor dem Einschlafen sah man die beiden Reihen der Lampen mit den grünweißen Schirmen über sich und die schwarze Tafel, die in dem Raume belassen worden war. Durch all dies wurden Kriegs- und Jugendzeit zu unauflöslicher Einheit verwirrt, und auch als das Bataillon endlich zur Front abging, kindische Lieder singend und mit Fähnchen geschmückt, primitive Unterkünfte in Köln und Lüttich beziehend, vermochte sich der Füsilier Huguenau von der Vorstellung eines Schulausflugs nicht freizumachen.

An einem Abend wurde seine Kompagnie in die Kampflinie gebracht. Es war eine ausgebaute Schützengrabenstellung, der man sich durch lange, gesicherte Laufgräben zu nähern hatte. In den Unterständen herrschte beispielloser Schmutz, der Fußboden war mit trockenem und frischem Tabakspeichel allenthalben bespuckt, an den Wänden gab es Urinstreifen, ob es nach Fäkalien oder nach Leichen stank, war nicht zu unterscheiden. Huguenau war zu müde, um sich das, was er sah und roch, auch wirklich zu vergegenwärtigen. Schon als sie einer nach dem andern durch den Laufgraben dahintrotteten, hatten sie wohl alle das Gefühl, hinausgestoßen zu sein aus dem Schutze des Kameradschaftlichen und des Zusammengehörens, und wenn sie auch sehr abgestumpft waren gegen den Mangel jedweder Reinlichkeit, und wenn sie auch das Zivilisatorische, mit dem der Mensch die Gerüche des Todes und der Verwesung abzuwehren sucht, nicht sehr entbehrten, und wenn auch diese Überwindung des Ekels immer die erste Vorstufe zum Heldentum ist – wodurch sich eine seltsame Verbindung zur Liebe ergiebt –, und wenn auch das Grauen manchem von ihnen in langen Kriegsjahren zur gewohnten

Umgebung geworden war, und wenn sie auch unter Flüchen und Witzen ihr Lager herrichteten, so gab es doch keinen, der nicht wußte, daß er als einsamer Mensch mit einsamem Leben und einsamem Tode hier herausgestellt worden war in eine übermächtige Sinnlosigkeit, in eine Sinnlosigkeit, die sie nicht begreifen oder höchstens als Scheißkrieg bezeichnen konnten.

Damals wurde von den verschiedenen Generalstäben gemeldet, daß am flandrischen Abschnitt völlige Ruhe herrsche. Auch die abgelöste Kompagnie hatte ihnen versichert, daß nichts los sei. Trotz alledem begann nach Einbruch der Dunkelheit eine beiderseitige Artillerieschießerei, die immerhin arg genug war, um den Neuankömmlingen allen Schlaf zu rauben. Huguenau saß auf einer Art Pritsche, hatte Leibschmerzen, und erst nach geraumer Zeit merkte er, daß er in allen Gelenken zitterte und klapperte. Den anderen ging's auch nicht besser. Einer flennte. Die Alten freilich, die lachten: daran würden sie sich schon noch gewöhnen, das sei so ein allnächtlicher Jux, den sich die Batterien leisteten, der habe nichts zu bedeuten; und ohne sich weiter um die Schlappschwänze zu kümmern, schnarchten sie richtig schon nach wenigen Minuten.

Huguenau hätte sich gern beschwert: dies alles ging gegen die Verabredung. Übel und käsig wie ihm zumute war, sehnte er sich nach Luft, und als das Zittern in den Knien nachließ, schlich er auf lahmen Beinen zum Eingang des Unterstands, hockte sich dort auf eine Kiste und starrte mit leeren Augen in den feuerwerkartigen Himmel. Das Bild eines in einer Orangewolke gen Himmel auffliegenden Herrn mit erhobener Hand kam ihm immer wieder vor Augen. Dann erinnerte er sich an Colmar und daß man seine Schulklasse einmal ins Museum geführt und mit Erklärungen gelangweilt hatte; aber vor dem Bild, das wie ein Altar in der Mitte stand, hatte er sich gefürchtet: eine Kreuzigung, und Kreuzigungen liebte er nicht. Vor ein paar Jahren, da mußte er einmal zwischen zwei Kundenbesuchen einen Sonntag in Nürnberg vertrödeln, und da hatte er die Folterkammer besichtigt. Das war interessant gewesen! Und auch 'ne Menge Bilder gab es dort. Auf einem war ein Mann zu sehen, der an eine Art Pritsche angekettet war und der, wie die Beschreibung sagte, einen Pastor im

Sächsischen mit vielen Dolchstößen ermordet hatte und nun dafür auf dieser Pritsche die Strafe des Räderns erwartete. Über den Vorgang des Räderns konnte man sich an den andern Ausstellungsstücken eingehend belehren. Der Mann hatte ein durchaus gutmütiges Aussehen, und es war ebenso unvorstellbar, daß dieser Mann einen Pastor erstochen hatte und zum Rädern bestimmt war, wie daß man selber hier im Leichengestank auf einer Pritsche ausharren sollte. Sicherlich litt auch der Mann an Leibschmerzen und mußte sich, weil er angekettet war, beschmutzen. Huguenau spuckte aus und sagte »merde!«.

So saß Huguenau am Eingang des Unterstandes wie eine Schildwache; sein Kopf lehnte an einem Pfosten, er hatte den Mantelkragen hochgeschlagen, er fror nicht mehr, er schlief nicht und er wachte auch nicht. Folterkammer und Unterstand tauchten immer tiefer in die etwas schmutzigen und doch leuchtenden Farben jenes Grünewaldschen Altarwerks, und während draußen im aufzuckenden Orangelicht des Kanonenfeuerwerks und der Leuchtraketen die Äste der nackten Bäume ihre Arme zum Himmel reckten, schwebte ein Mann mit aufgehobener Hand in die strahlend aufbrechende Kuppel.

Als das erste Morgengrauen kalt und bleiern dämmerte, bemerkte Huguenau die Grasbüschel am Grabenrand und einige vorjährige Gänseblümchen. Da kroch er heraus und entfernte sich. Er wußte, daß er von den englischen Linien ohne weiteres abgeschossen werden konnte, und daß er von den deutschen Posten auch gehörige Unannehmlichkeiten zu gewärtigen hätte. Aber die Welt lag wie unter einem Vakuumrezipienten – Huguenau mußte an eine Käseglocke denken – die Welt lag grau, madig und vollkommen tot in unverbrüchlichem Schweigen.

2

Umgeben von der klaren Luft, die den Frühling vorbereitet, zieht der Deserteur waffenlos durch die belgische Landschaft. Eile würde ihm nicht frommen, bedächtige Vorsicht frommt ihm besser, und Waffen würden ihn nicht schützen; er geht sozusagen als nackter Mensch durch die Gewalten hindurch. Sein unbefangenes Gesicht ist ihm besserer Schutz als Waffen oder eilige Flucht oder falsche Ausweispapiere.

Belgische Bauern sind mißtrauische Kerle. Vier Jahre Krieg haben ihren Charakter nicht veredelt. Ihr Korn, ihre Kartoffeln, ihre Pferde und Kühe haben dran glauben müssen. Und wenn ein Deserteur sich zu ihnen flüchten will, so sehen sie ihn doppelt mißtrauisch an, ob es nicht der Mann ist, der einmal mit dem Gewehrkolben ans Hoftor getrommelt hat. Und wenn so einer auch ein erträgliches Französisch spricht und sich als Elsässer ausgibt, es hilft ihm in neun von zehn Fällen nicht viel. Wehe dem, der bloß als Flüchtling und trauriger Hilfeheischender durch das Dorf wanderte. Wer aber, wie Huguenau, ein treffendes Scherzwort rasch auf der Lippe hat, wer mit strahlend freundlichem Gesicht ins Gehöft tritt, der kann leicht ein Lager auf dem Heuboden erhalten, der mag des Abends mit der Familie in der dunklen Stube sitzen und von den Gewalttaten der Preußen erzählen und wie sie es im Elsaß getrieben haben, er wird Beifall finden, er erhält auch sein Teil von den spärlichen versteckten Vorräten, und wenn er Glück hat, besucht eine Magd den Fremdling im Heu.

Noch vorteilhafter allerdings ist es, sich Eingang in die Pfarrhöfe zu verschaffen, und Huguenau hatte bald herausgefunden, daß einem die Beichte dazu verhelfen konnte. Er legte sie in französischer Sprache ab, wobei er geschickt die Sünde des gebrochenen Soldateneides mit der Erzählung seines bejammernswürdigen Schicksals verquickte. Freilich war es nicht immer angenehm: einmal geriet er an einen Pfarrherrn, einen hageren, großen Mann von so asketischem und leidenschaftlichem Aussehen, daß er sich kaum getraute, am Abend nach der Beichte den Pfarrhof aufzusuchen, und als er den strengen Mann sah, der im Obstgarten Frühjahrsarbeiten verrichtete, wäre er am liebsten wieder davongegangen. Doch der Priester trat rasch auf ihn zu: »Suivez-moi«, befahl er barsch und führte ihn ins Haus.

In einer Dachkammer untergebracht, blieb Huguenau bei schmaler Kost beinahe eine Woche in dem Pfarrhof. Mit einer blauen Bluse versehen, arbeitete er im Garten; er wurde zur Messe geweckt, und er durfte mit dem schweigsamen Pfarrer an einem Tisch in der Küche essen. Seiner Flucht wurde keine Erwähnung getan, und das Ganze war wie eine Prüfungszeit, die Huguenau wenig behagte. Er hatte sogar schon erwogen, dem Asyl trotz seiner relativen Sicherheit den Rükken zu kehren und die gefährliche Wanderschaft fortzusetzen, da lag – es war der achte Tag nach seiner Ankunft – ein Zivilanzug in seiner Kammer. Er möge dies nehmen, sagte der Pfarrer, und es stünde ihm frei, zu gehen oder zu bleiben; nur könne er ihn nicht länger verköstigen, denn das Brot reiche nicht. Huguenau entschied sich fürs Weiterwandern, und als er zu zungenfertiger Dankesrede ansetzte, unterbrach ihn der Priester: »Haïssez les Prussiens et les ennemis de la sainte religion. Et que Dieu vous bénisse.« Er hob zwei segnende Finger, machte das Zeichen des Kreuzes, und die Augen in seinem knochigen Bauerngesicht sahen voll Haß in eine Ferne, in der sie die Preußen und Protestanten vermuteten.

Als Huguenau aus dem Pfarrhof trat, wurde ihm klar, daß es nun einen regelrechten Fluchtplan zu entwerfen galt. Hatte er sich früher oftmals in der Nähe höherer Kommandostellen herumgetrieben, wo er in der Masse der Soldaten untertauchen konnte, so war dies jetzt unmöglich geworden. Im Grunde bedrückte ihn das Zivilgewand; es war wie eine Mahnung, in den Frieden und in den Alltag zurückzukehren, und daß er es auf Befehl des Pfaffen angelegt hatte, erschien ihm jetzt als Dummheit. Das war ein unbefugter Eingriff in sein Privatleben gewesen, und dieses Privatleben hatte er sich wahrlich teuer genug erkauft. Betrachtete er sich auch nicht eben als Angehörigen des kaiserlichen Heeres, so war er als Deserteur mit diesem Heere doch auf eine eigentümliche, man möchte wohl sagen, negative Art verbunden, und sicherlich war er ein Angehöriger des Krieges, dessen Vorhandensein er guthieß. Er hatte es auch nie leiden mögen, wenn die Leute in den Kantinen und Wirtschaften auf den Krieg und auf die Zeitungen schimpften oder behaupteten, daß die Zeitungen von Krupp gekauft seien, um den Krieg zu verlängern. Denn Wilhelm Huguenau war nicht nur Deserteur, sondern auch Kaufmann, und er bewunderte alle Fabrikanten, weil sie die Waren erzeugen, mit denen die übrigen Menschen handeln. Wenn also Krupp und die Kohlenbarone Zeitungen kauften, so wußten sie, was sie taten, und dies war ihr gutes Recht, so gut es sein eigenes war, Uniform zu tragen, solange es ihm beliebte. Nichts also konnte dafür sprechen, ins Hinterland zurückzukehren, in das der Pfaffe ihn mitsamt seinem Zivilgewand offenbar hatte schicken wollen, nichts sprach dafür, in eine Heimat zurückzukehren, in der es keine Ferien gab und die den Alltag bedeutete.

So blieb er im Etappengebiet. Er wandte sich gegen Süden, vermied die Städte, suchte die Dörfer auf, kam durch den Hennegau, kam in die Ardennen. Damals hatte der Krieg schon viel an Korrektheit eingebüßt, und man war den Deserteuren nicht mehr so scharf auf den Fersen wie ehedem, – es waren ihrer zu viele und man wollte es nicht wahr haben. Aber damit ist noch nicht erklärt, daß Huguenau unbehelligt aus Belgien hinausgelangte; viel eher mag dies auf die schlafwandlerische Sicherheit zurückzuführen sein, mit der er sich in dieser Gefahrenzone fortbewegte: er schritt dahin in der klaren Luft des Vorfrühlings, er schritt wie unter einer Glocke voll Unbekümmertheit, abgegrenzt von der Welt und doch in ihr, und er machte sich keine Gedanken. Er kam von den Ardennen ins deutsche Land, kam in die finstere Eifel, wo es noch recht winterlich war und das Gehen beschwerlich. Die Bewohner kümmerten sich nicht um ihn, sie waren unwirsch und verschlossen und haßten jeden Mund, der ihnen ihr bißchen Essen wegnehmen wollte. Huguenau mußte die Bahn benützen, er mußte das Geld angreifen, das er bisher gespart hatte. Der Ernst des Lebens trat in neuer und veränderter Form an ihn heran. Es mußte etwas geschehen, um die Ferienzeit zu sichern und zu verlängern.

3

Das Städtchen lag von Weinbergen umgeben in einem Nebental der Mosel. Oben auf der Höhe stand der Wald. Die Weinberge waren bereits bestellt, geradlinig waren die Stöcke gerichtet, da und dort unterbrochen von rötlichem Felswerk. Huguenau bemerkte mißbilligend, daß manche Besitzer das Unkraut in ihrem Grundstück nicht ausgerodet hatten und daß solch ein vernachlässigter Garten sich wie eine gelbe rechteckige Insel zwischen der grau-rosa Erde der übrigen ausnahm.

Nach den letzten Wintertagen in der Eifel droben war es mit einem Male richtiger Frühling geworden. Wie ein Zeichen unverlierbarer Ordnung und Wohlanständigkeit lächelte die Sonne heiteres Behagen und leichte Sicherheit ins Herz hinein; Angst, die vielleicht darin gesessen hatte, konnte ausgeatmet werden. Mit Genugtuung sah Huguenau das staatliche Bezirkskrankenhaus vor der Stadt, dessen lange Front im lauen Vormittagsschatten lag, er fand es angemessen, daß alle Fenster wie in einem südlichen Sanatorium geöffnet waren, und es war ihm eine liebenswürdige Vorstellung, wie die leichte Frühlingsluft die weißen Krankensäle durchflutet. Er fand es auch richtig, daß das Dach des Krankenhauses mit einem großen roten Kreuz versehen war, und hatte im Vorbeiwandern ein wohlwollendes Auge für die Krieger, die, mit ihren grauen Kitteln angetan, teils im Schatten, teils in der Gartensonne ihrer Genesung entgegenreiften. Drüben, jenseits des Flusses, lag die Kaserne, an ihrer üblichen ärarischen Bauweise als solche kenntlich, lag ein klosterähnliches Gebäude, von dem Huguenau später erfuhr, daß es die Strafanstalt war. Doch die Straße senkte sich freundlich und bequem zur Stadt hinab, und als er durch das mittelalterliche Stadttor schritt, ein Fiberköfferchen in der Hand, wie einst den Musterkoffer, da war es Huguenau nicht einmal unangenehm, daß dies so sehr an seinen Einzug in württembergische Orte erinnerte, die er einstmals – wie lange war dies schon her – zwecks Kundenbesuchs betreten hatte.

Auch jenes erzwungenen Nürnberger Ferientags mußte er sich angesichts der altertümlichen Straßen erinnern. Hier in Kurtrier hatte der pfälzische Krieg nicht so erbarmungslos gewütet wie sonst westlich des Rheins; unversehrt standen die Häuser des XV. und XVI. Jahrhunderts, stand auf dem Markt das gotische Rathaus mit dem Renaissanceaufbau und dem Turm, davor die Prangersäule. Und Huguenau, der auf seinen Geschäftsreisen schon manch schöne alte Stadt besucht, aber noch keine bemerkt hatte, wurde von einem Gefühl erfaßt, einem zwar unbekannten Gefühl, das er weder benennen, noch von irgendeinem Ursprung hätte ableiten können und das ihn dennoch seltsam anheimelte: wäre es ihm als ästhetisches Gefühl bezeichnet worden oder als ein Gefühl, das seine Quelle in der Freiheit besitzt, er hätte ungläubig gelacht, gelacht wie einer, den noch nie Ahnung von der Schönheit der Welt berührt hat, und er hätte insoweit sogar recht damit gehabt, als niemand entscheiden kann, ob die Freiheit es ist, in der die Seele sich der Schönheit erschließt, oder ob es die Schönheit ist, die der Seele die Ahnung ihrer Freiheit verleiht, aber er hat trotz alledem unrecht, da auch für ihn ein tieferes menschliches Wissen, ein menschliches Sehnen nach einer Freiheit vorhanden sein muß, in der alles Licht der Welt anhebt und aus der die Heiligung des Lebendigen sonntäglich aufsprießt – und weil dies so ist und weil dies nicht anders sein kann, so mag es wohl auch in jenem Augenblick geschehen sein, in dem Huguenau aus dem Graben kroch und sich erstmalig der menschlichen Verbundenheit entlöste, daß ein Schimmer des höheren Glanzes, der die Freiheit ist, auf ihn fiel, auch ihm zuteil wurde, und er in diesem Augenblick zum ersten Male dem Sonntag geschenkt war.

Derartigen Meditationen abgewandt, belegte Huguenau ein Zimmer in dem Gasthof auf dem Marktplatz. Als müßte er seine Ferien noch einmal recht genießen, machte er sich einen guten Abend. Der Moselwein wurde ohne Lebensmittelkarte verabreicht und war ein ausgezeichneter Tropfen geblieben trotz des Krieges. Huguenau vergönnte sich drei Kännchen, und es wurde spät dabei. Bürger saßen an verschiedenen Tischen, Huguenau gehörte nicht zu ihnen; hie und da warf einer einen flüchtig fragenden Blick zu ihm herüber. Sie alle hatten ihre Beschäftigungen und Geschäfte, und er selber hatte nichts. Dessenungeachtet war er froh und zufrieden. Er wunderte sich selber: ohne Geschäft und trotzdem zufrieden! so zufrieden, daß er gerne bei dem Gedanken an all die Schwierigkeiten verweilte, die sich unweigerlich einstellen würden, wenn ein Mann wie er, ein Mann ohne Ausweispapiere, ohne Kundenstock in einer fremden Stadt ein Geschäft begründen und Kredit finden wollte. Und sich diese Verlegenheiten auszumalen, war ausgesprochen erheiternd. Möglich, daß der Wein daran Schuld trug. Jedenfalls fühlte sich Huguenau nicht als sorgenbedrückter Geschäftsreisender, sondern als ein fröhlicher und leichtbeschwingter Tourist, da er mit etwas dumpfem Kopf sein Bett aufsuchte.

4

Als man den Maurer und Landwehrmann Ludwig Gödicke aus dem verschütteten Graben herausbuddelte, war sein zum Schreien geöffneter Mund mit Erde angefüllt. Sein Gesicht war blau und schwärzlich, und der Herzschlag war nicht zu finden. Hätten die beiden Sanitätssoldaten, die ihn in die Hände bekamen, nicht über seinen Tod und sein Leben eine Wette abgeschlossen, so wäre er kurzerhand wieder begraben worden. Daß er die Sonne und die besonnte Welt aufs neue sehen sollte, verdankte er jenen 10 Zigaretten, die den Siegespreis der Wette gebildet hatten.

Mit der künstlichen Atmung kamen die beiden zwar nicht ganz zurecht, obwohl sie sich heftig abmühten und schwitzten; aber sie nahmen ihn mit und bewachten ihn gut, beschimpften ihn auch öfters, weil er das Rätsel seines Lebens, das hier das Rätsel seines Todes war, nicht und nicht offenbaren wollte, und sie ließen nicht ab, ihn den Ärzten zuzuschieben. So lag das Objekt ihrer Wette vier Tage lang im Feldlazarett, lag unbeweglich und mit schwarzer Haut. Ob während dieser Zeit ein Gefühl letzten schlummernden kleinen Lebens geglimmt haben mochte, ob dieses winzige Leben unter Schmerz und Alpdruck durch die Ruine des Körpers gejagt worden war, oder ob es ein leises und beglückendes Pochen am Rande eines großen Abgrundes gewesen, das wissen wir nicht und der Landwehrmann Gödicke hätte nicht die Möglichkeit gehabt, darüber Auskunft zu erteilen.

Denn nur stückweise, sozusagen halbzigarettenweise, trat das Leben in seinen Körper, und diese Langsamkeit und diese Vorsicht waren zweckentsprechend und natürlich, denn der zerquetschte Körper verlangte nach äußerster Regungslosigkeit. Viele lange Tage dürfte Ludwig Gödicke sich für das Wickelkind gehalten haben, das er vor vierzig Jahren gewesen war, eingeschnürt von einem unbegreiflichen Zwang und nichts fühlend als diesen Zwang. Und wenn er die Fähigkeit dazu gehabt hätte, er hätte wohl nach der Milchbrust der Mutter gegreint, und tatsächlich kam dann auch bald eine Zeit, in der er zu wimmern anhob. Es begann während des Transportes und war wie das wehe unablässige Wimmern eines Neugeborenen anzuhören; keiner wollte neben ihm liegen und eines Nachts hatte ein Bettnachbar sogar etwas nach ihm geworfen. Es war die Zeit, in der man glaubte, daß er schließlich werde verhungern müssen, da es für die Ärzte keinerlei Möglichkeit gab, ihm Nahrung einzuflößen. Daß er weiterlebte, war unerklärlich, und die Meinung des Oberstabsarztes Kuhlenbeck, es hätte der Körper von all dem unter die Haut gequetschten Blute gelebt, verdiente kaum den Namen einer Meinung, geschweige denn den einer Theorie. Besonders der Unterleib war arg hergenommen. Man machte ihm kühle Packungen, doch ob sie ihm Linderung brachten, das war nicht zu erkennen. Ja, vielleicht litt er gar nicht mehr so arg, denn das Wimmern verstummte allmählich. Bis es nach einigen Tagen verstärkt wieder hervorbrach: es war jetzt – oder man kann sich vorstellen, daß es so war – als würde Ludwig Gödicke die Stücke seiner Seele bloß einzeln zurückerhalten und als würde ihm jedes einzelne auf einer Woge von Qual einhergeschwemmt. Und es mochte wohl so gewesen sein, muß es auch unbestätigt bleiben, daß der Schmerz einer in Atome zerrissenen und zerstäubten Seele, die wieder in die Einheit gezwungen wird, größer ist als jeder andere Schmerz, ärger als die Schmerzen des Gehirns, das von stets erneuten Krampfwellen durchzittert wird, ärger als alle körperlichen Qualen, die den Prozeß begleiten.

So lag der Landwehrmann Gödicke auf luftgeschwellten Kautschukringen in seinem Bette, und während man seinem ausgemergelten Leib, dem anders kaum beizukommen war, nun langsam Nährklismen einlaufen ließ, versammelte sich seine Seele, unverständlich dem Oberstabsarzt Kuhlenbeck, unverständlich dem Oberarzt Flurschütz, unverständlich der Schwester Carla, versammelte sich seine Seele qualvoll um sein Ich.

5

Huguenau erwachte zeitig. Er ist ein fleißiger Mensch. Anständiges Zimmer; keine Knechtkammer wie bei dem Pfaffen; gutes Bett. Huguenau kratzte seine Schenkel. Dann versuchte er, sich zu orientieren.

Gasthof, Marktplatz, drüben liegt das Rathaus.

Eigentlich würde ihn vieles auffordern, das Leben dort wieder anzuknüpfen, wo man es ihm abgerissen hatte, manches spräche dafür, kaufmännische Pflichten zu erfüllen und als Kettenhändler von Butter und Textilien das Geld auf der Straße aufzulesen. Daß er trotzdem jeden Gedanken an Buttertonnen, Kaffeesäcke und Textilgewebe so widerwillig beiseite schob, befremdete ihn selber, und solches konnte einen Menschen, für den es seit seiner Knabenzeit keine andern Inhalte des Redens und Denkens gegeben hatte als Geld und Geschäft, auch wirklich befremden. Und verwunderlich tauchte der Gedanke an Schulferien wieder auf. Huguenau denkt lieber an die Stadt, in der er sich befindet.

Hinter der Stadt sind die Weinberge. Ja, und in manchen steht das Unkraut. Der Mann ist gefallen oder in Gefangenschaft. Die Frau kann's allein nicht schaffen. Oder treibt sich mit einem andern herum. Außerdem sind die Weinpreise unter Staatskontrolle. Wer es da nicht versteht, von hintenherum zu verkaufen, für den verlohnt es sich nicht, den Weingarten zu bestellen. Dabei sind's prima Sorten! ein bißchen schwer im Kopf wird einem davon.

Eigentlich müßte so eine Kriegerwitwe so einen Weinberg billig verkaufen.

Huguenau überlegte, welche Käufer für Moselweinlagen in Betracht kämen. Die müßte man finden. Daran wäre keine schlechte Provision zu verdienen. Weinhandlungen kämen in Betracht. Friedrichs in Köln, Matter & Co. in Frankfurt. Dorthin hatte er ehedem Schläuche geliefert.

Huguenau sprang aus dem Bett. Sein Plan war gefaßt.

Vor dem Spiegel machte er sich zurecht. Kämmte sich die Haare zurück. Sie waren lang gewachsen, seitdem sie der Kompagniefrisör abrasiert hatte. Wann war das nur gewesen? es war wie in einem früheren Leben, – würden im Winter die

Haare nicht so langsam wachsen, sie müßten jetzt eigentlich noch viel länger sein. Bei Leichen wachsen die Haare und die Nägel weiter. Huguenau nahm eine Strähne und legte sie über die Stirn; sie reichte fast bis zur Nasenspitze. Nein, so konnte man nicht unter Leute gehen. Vor Feiertagen läßt man sich die Haare schneiden. Es waren zwar keine Feiertage. Aber so ähnlich war es doch.

Der Morgen war hell. Ein wenig kühl.

Im Frisörladen standen zwei gelbe Lehnsessel mit schwarzen Ledersitzen. Der Meister, ein wackliger alter Mann, tat Huguenau den nicht ganz saubern Frisiermantel um; oben steckte er ihm Papier in den Kragen. Huguenau scheuerte ein wenig mit dem Kinn hin und her; das Papier kratzte.

Am Haken hing eine Zeitung und Huguenau ließ sie sich reichen. Es war der in der Stadt erscheinende »Kurtriersche Bote« (mit der Beilage »Landwirtschaft und Weinbau im Mosselland«). Just das, was er brauchte.

Er saß still, studierte das Blatt, und dann betrachtete er sich im Spiegel; man hätte ihn für einen der Honoratioren des Ortes halten können. Die Haare waren jetzt wunschgemäß geschoren, kurz, solid und deutsch. Auf der Kuppe des Hauptes blieb ein schmaler Streifen längerer Haare zur Errichtung eines Scheitels. Dann wurde rasiert. Der Meister schlug dünnen Schaum, der sich kalt und spärlich ums Gesicht strich. Die Seife war ein Dreck.

»Die Seife taugt nichts«, sagte Huguenau.

Der Meister gab keine Antwort, sondern klatschte das Messer gegen den Riemen. Huguenau war beleidigt, sagte aber nach einer Weile entschuldigend: »Kriegsware.«

Der Meister begann zu rasieren. Mit kurzen schabenden Strichen. Er rasierte schlecht. Trotzdem ist es angenehm, rasiert zu werden. Selbstrasieren ist auch so eine Kriegssache, aber billiger ist es. Na, ausnahmsweise ist es angenehm, sich bedienen zu lassen. Feiertäglich. An der Wand gab es ein stark dekolletiertes Mädchen, darunter war »Lotion Houbigant« zu lesen. Huguenau hatte den Kopf zurückgelegt, hielt die Zeitung in müßigen Händen. Der Kerl schabte ihm jetzt Kinn und Hals, der wird wohl nie zu einem Ende kommen. Immerhin, Huguenau hatte nichts dagegen; wir haben ja

Zeit. Und um die Angelegenheit noch weiter hinauszuzögern, befahl er »Eine Lotion Houbigant«. Er bekam Kölnisch-Wasser.

Frisch rasiert, ein rasierter und frischer Mensch mit dem Geruch von Kölnisch-Wasser in der Nase, marschierte er zum Gasthof zurück. Als er den Hut abnahm, roch er hinein. Es roch nach Pomade, und auch dies war zufriedenstellend.

Im Speisesaal war es leer. Huguenau erhielt seinen Kaffee, und die Kellnerin brachte auch eine Brotkarte, von der sie einen Abschnitt abtrennte. Butter gab es nicht, bloß eine schwärzliche, sirupartige Marmelade. Auch der Kaffee war kein Kaffee, und während Huguenau die heiße Flüssigkeit schlürfte, rechnete er, wieviel die Fabrikanten am Kaffee-Ersatz verdienten; er rechnete neidlos und fand es in Ordnung. Freilich, Weinlagen in der Moselgegend zu billigem Preis erwerben, war auch kein schlechtes Geschäft, war eine prima Kapitalplacierung. Und als er sein Frühstück beendet hatte, machte er sich daran, eine Kaufanzeige für preiswerte Weinlagen aufzusetzen. Dann begab er sich mit dem Inserat zum »Kurtrierschen Boten«.

6

Das Bezirkskrankenhaus war völlig militarisiert. Durch die Krankenräume ging der Oberarzt Dr. Friedrich Flurschütz. Er trug die Uniformmütze zu seinem weißen Ärztekittel; Leutnant Jaretzki behauptete, daß dies einen lächerlichen Eindruck mache.

Jaretzki war im Offizierszimmer III untergebracht. Das war ein Zufall gewesen, denn die zweibettigen Zimmer waren für die Stabsoffiziere bestimmt, aber nun blieb er schon dort. Er saß auf dem Bettrand, als Flurschütz eintrat. Die Zigarette im Munde saß er da und hatte den Arm in der geöffneten Bandage auf dem Nachttisch liegen.

»Na, wie geht's, Jaretzki?«

Jaretzki deutete auf den Arm: »Der Oberstabs war eben hier.«

Flurschütz betrachtete den Arm, tastete vorsichtig daran herum: »Miese Sache … weitergegangen?«

»Ja, wieder ein paar Zentimeter ... der Alte will amputieren.«

Der Arm lag da, rötlich, der Handteller aufgepolstert, die Finger wie rote Würste, um das Handgelenk herum ein Kranz gelber Eiterblasen.

Jaretzki sah auf den Arm und sagte: »Armer Kerl, wie er daliegt.«

»Machen Sie sich nichts draus, ist der linke.«

»Ja, wenn Ihr bloß schneiden könnt.«

Flurschütz zuckte die Achseln: »Was wollen Sie, es war das Jahrhundert der Chirurgie, gekrönt von einem Weltkrieg mit Kanonen ... jetzt lernen wir auf Drüsen um, und beim nächsten Krieg werden wir diese verfluchten Gasvergiftungen schon glänzend behandeln ... vorderhand bleibt wohl wirklich nichts anderes übrig als schneiden.«

Jaretzki sagte: »Nächster Krieg? Sie werden doch nicht glauben, daß dieser je aufhören wird.«

»Keine Schwarzseherei, Jaretzki, die Russen haben schon aufgehört.«

Jaretzki lachte ungut: »Gott erhalte Ihnen Ihren Kinderglauben und schenke uns anständige Zigaretten ...«

Er hatte mit der gesunden rechten Hand eine Zigarettenschachtel aus dem offenen Fach unter der Lade des Nachttisches genommen und hielt sie Flurschütz hin.

Flurschütz wies auf den Aschenbecher voller Zigarettenstummel: »Sie sollten nicht so viel rauchen ...«

Schwester Mathilde kam herein: »Also wollen wir wieder einpacken ... was meinen Sie, Herr Doktor?«

Schwester Mathilde sah gewaschen aus. Beim Haaransatz hatte sie Sommersprossen. Flurschütz sagte: »Sauerei mit dem Gas.« Er schaute noch zu, wie die Schwester den Arm einschlug, und dann setzte er seinen Rundgang fort. An den beiden Enden des breiten Korridors waren die Fenster weit geöffnet, aber der Krankenhausgestank war nicht hinauszukriegen.

7

Das Haus lag in der Fischerstraße, einem der krummen Gäßchen, die zum Flusse hinabführen; es war ein Fachwerkbau, in dem ersichtlich seit Jahrhunderten allerlei Handwerk geübt worden war. Neben der Haustür zeigte ein schwarzes, rissiges Blechschild in blassen Goldbuchstaben: »Kurtrierscher Bote, Redaktion und Verlag (Im Hofe).«

Durch den schmalen gangartigen Flur, in dessen Dunkelheit er über die Falltüre der Kellerstiege stolperte, an der Mündung der Wohnungstreppe vorüber, kam Huguenau in den überraschend geräumigen hufeisenförmigen Hof. An den Hof schloß sich der Garten an; dort blühten einige Kirschbäume, und dahinter weitete sich der Blick auf das schöne Berggelände.

Das Ganze zeugte von dem halbbäurischen Charakter der ehemaligen Besitzer. Die beiden Flügelgebäude hatten wohl Speicher und Stallungen enthalten; das linke war einstöckig, hatte eine schmale hühnersteigartige Holztreppe an der Außenmauer; wahrscheinlich waren da droben einstens die Knechtkammern gewesen. Das Stallgebäude rechts besaß statt des ersten Stockwerks ein hohes Heubodendach, und eine der Stalltüren war durch ein großes nüchternes Eisenfenster ersetzt worden, hinter dem man eine Druckmaschine arbeiten sah.

Von dem Mann bei der Druckmaschine erfuhr Huguenau, daß Herr Esch drüben im ersten Stock anzutreffen sei.

Huguenau erklomm also die Hühnerleiter und geriet unmittelbar an die Tür mit der Aufschrift »Redaktion und Verlag«, allwo Herr Esch, Besitzer und Herausgeber des »Kurtrierschen Boten«, seines Amtes waltete. Es war ein hagerer Mann mit bartlosem Gesicht, in dem ein beweglicher Schauspielermund zwischen zwei langen scharfen Wangenfalten sarkastisch grimassierte und lange gelbliche Zähne entblößte. Manches erinnerte an einen Schauspieler, manches an einen Pfarrer, manches an ein Pferd.

Das überreichte Inserat wurde mit der Miene eines Untersuchungsrichters und wie ein Manuskript geprüft. Huguenau griff nach der Brieftasche, der er einen Fünfmarkschein entnahm, gewissermaßen andeutend, daß er diesen Betrag für das Inserat anlegen wolle. Aber der andere gab darauf nicht acht, sondern fragte unvermittelt: »Sie wollen also die Leute hier auspowern? spricht sich wohl schon herum, das Elend unter unseren Weinbauern ... he?«

Das war eine unvermutete Aggression, und Huguenau hatte den Eindruck, daß sie auf eine Emporschraubung des Annoncenpreises angelegt sei. Er brachte also noch eine Mark zum Vorschein, erzielte damit aber bloß das gegenteilige Resultat: »Danke ... das Inserat wird nicht gebracht ... Sie wissen offenbar nicht, was feile Presse heißt ... sehen Sie, ich bin weder für Ihre sechs Mark feil, noch für zehn, noch für hundert!«

Huguenau wurde immer sicherer, einem gerissenen Geschäftsmann gegenüberzustehen. Doch eben deshalb durfte man nicht lockerlassen; vielleicht zielte jener auf die Anbahnung eines Kompagnieverhältnisses, und auch dies erschien nicht unvorteilhaft.

»Hm, ich habe gehört, daß man solche Inseratengeschäfte auch gerne auf perzentuelle Beteiligung macht ... wie wäre es mit einem halben Prozent Provision? allerdings müßten Sie dann die Annonce mindestens dreimal bringen ..., natürlich steht es Ihnen auch öfters frei, der Wohltätigkeit sind keine Schranken gesetzt ...«; er riskierte ein Lachen des Einverständnisses und ließ sich neben dem rohen Küchentisch nieder, der Herrn Esch als Arbeitsplatz diente.

Esch hörte ihm nicht zu, sondern ging mürrischvergrämten Gesichts im Zimmer auf und ab, mit schweren ungelenken Schritten, die schlecht zu seiner Hagerheit paßten. Der gescheuerte Fußboden knarrte unter dem schweren Tritt, und Huguenau betrachtete die Löcher und den Mauerschutt zwischen den Dielen sowie Herrn Eschs schwere schwarze Halbschuhe, die merkwürdig nicht mit Schuhbändern, sondern mit einer an Sattelzeug gemahnenden Schnalle verschlossen waren und über deren Ränder graugestricktes Sockenzeug sich wulstete. Esch führte Selbstgespräche: »Jetzt kommen schon die Aasgeier über die armen Leute ... aber wenn man die Öffentlichkeit auf das Elend aufmerksam machen will, dann hat man's mit dem Zensor zu tun.«

Huguenau hatte die Beine übereinandergeschlagen. Er besah die Dinge auf dem Tisch. Eine leere Kaffeetasse mit brauneingetrockneten Trinkspuren, eine bronzene Nachbildung der New Yorker Freiheitsstatue (aha, ein Briefbeschwerer!), eine Petroleumlampe, deren weißer Docht im Glasgefäß von ferne her und unartikuliert an einen Fötus oder an einen Bandwurm in Spiritus erinnerte. Aus einer Zimmerecke tönte jetzt die Stimme Eschs: »Der Zensor sollte einmal all den Jammer und das Elend selber mit ansehen ... zu mir kommen die Leute ... geradezu Verrat wäre es ...«

Auf einem wackligen Regal lagen Papiere und zusammengeschnürte Zeitungsstöße. Esch hatte seine Wanderung wieder aufgenommen. In der Mitte der gelbgetünchten Wand, an einem zufälligen Nagel hing ein kleines vergilbtes, schwarzgerahmtes Bild, »Badenweiler mit dem Schloßberg«; vielleicht war es eine alte Ansichtskarte. Huguenau überlegte: solche Bilder oder Bronzestatuetten würden sich auch in seinem Büro recht hübsch ausnehmen. Doch da er sich nun dieses Büro und die dortige Tätigkeit ins Gedächtnis zurückrufen wollte, da gelang es nicht, da war es so ferne und fremd, daß er es aufgab, und sein Blick suchte wieder den aufgeregten Herrn Esch, dessen brauner Samtrock und helle Tuchhose so wenig zu dem groben Schuhwerk paßten wie die Bronzestatuette auf den Küchentisch. Esch spürte wohl seinen Blick, denn er schrie: »Zum Teufel, warum sitzen Sie überhaupt noch hier?«

Natürlich hätte Huguenau weggehen können, – aber wohin? Ein neuer Plan war nicht leicht zu fassen. Huguenau fühlte sich von einer fremden Macht auf Schienen gesetzt, die man nicht ohne weiteres und auch nicht ungestraft verlassen konnte. Also blieb er ruhig sitzen und putzte seine Brille, wie er dies, um Haltung zu wahren, bei schwierigen kaufmännischen Unterhandlungen zu tun pflegte. Es verfehlte auch diesmal nicht seine Wirkung, denn Esch, gereizt, pflanzte sich vor ihm auf, platzte von neuem los: »Wo kommen Sie eigentlich her? wer hat Sie hergeschickt ..., von hier sind Sie nicht, und Sie werden mir nicht weismachen, daß Sie selber hier Weinbauer werden wollen ... Sie wollen hier nur spionieren. Einsperren sollte man Sie!«

Esch stand vor ihm. Ein lederner Leibgurt kroch unter der

braunen Samtweste hervor. Ein Hosenbein war heller verfärbt. Da nützt keine chemische Reinigung, dachte Huguenau, er müßte die Hose schwarz einfärben lassen, ich sollte es ihm sagen, was will er eigentlich von mir? wenn er mich tatsächlich hinauswerfen will, braucht er doch nicht erst einen Streit provozieren, … er will also, daß ich bleibe. Etwas war da nicht in Ordnung. Huguenau spürte irgendwo Kameradschaftlichkeit mit diesem Mann und gleichzeitig witterte er einen Vorteil. Einlenkend suchte er sich also zu vergewissern: »Herr Esch, ich habe Ihnen ein loyales Geschäft gebracht, und wenn Sie es ausschlagen wollen, so ist das Ihre Sache. Wollen Sie mich aber bloß beschimpfen, so hat unsere Unterredung weiter keinen Zweck.«

Er klappte die Brille zusammen, lüftete ein wenig seinen Sitz, solcherart mit dem Körper symbolisierend, daß er auch weggehen könne, – man brauche es nur zu sagen.

Esch schien nun tatsächlich keine Lust zu haben, die Unterhaltung abzubrechen: er hob begütigend die Hand und Huguenau vertauschte die symbolische Hockstellung wieder mit seinem Sitz: »Ja, ob ich hier selber Wein bauen werde, das ist allerdings fraglich, damit dürften Sie schon recht haben, – obwohl auch dies nicht ausgeschlossen wäre; man sehnt sich ja nach Ruhe. Aber kein Mensch will auspowern«, er redete sich in Hitze, »ein Makler ist ebenso ehrenwert wie jeder andere Mensch, und er will bloß ein Geschäft zusammenbringen, das beide Teile befriedigt, dann hat auch er seine Freude dran. Im übrigen möchte ich Sie bitten, mit Ausdrücken wie Spion etwas vorsichtiger umzugehen, das ist in Kriegszeiten nicht ungefährlich.«

Esch war beschämt: »Na, ich wollte Sie nicht beleidigen, … aber manchmal steigt einem der Ekel zum Halse, und da muß es heraus, … ein Kölner Baumeister, ein ausgesprochener Schwindler, hat Grundstücke zu Schleuderpreisen angekauft … hat die Leute von Haus und Hof vertrieben … und der Apotheker hier hat's ihm nachgemacht … wozu braucht der Herr Apotheker Paulsen Weinberge? können Sie mir das vielleicht sagen?«

Huguenau wiederholte beleidigt: »Spionieren …«

Esch hatte sich wieder in Bewegung gesetzt: »Auswandern

sollte man. Wohin immer. Nach Amerika. Wäre ich jünger, ich würde alles hinschmeißen und von vorne anfangen ...« Er blieb neuerdings vor Huguenau stehen, »aber Sie, Sie sind ein junger Mann, – warum sind Sie eigentlich nicht an der Front? wie brachten Sie es fertig, sich hier herumzutreiben?« Jäh war er wieder aggressiv geworden. Nun, Huguenau wünschte nicht, auf das Thema einzugehen; er wich aus: es sei doch unbegreiflich, daß ein Mann in angesehener Position und an der Spitze einer Zeitung stehend, umgeben von einer schönen Gegend und der Achtung seiner Mitbürger und überhaupt, jetzt in vorgerückten Jahren Auswanderungspläne hege.

Esch grimassierte sarkastisch: »Achtung meiner Mitbürger, Achtung meiner Mitbürger ... wie die Hunde sind sie hinter mir her ...«

Huguenau betrachtete den Schloßberg von Badenweiler, dann sagte er: »Nicht zu glauben ...«

»Na, nehmen Sie vielleicht gar Partei für die Gesellschaft, wundern würde es mich nicht ...«

Huguenau steuerte sein Schiff ins Oberwasser: »Schon wieder diese vagen Anwürfe, Herr Esch, wollen Sie sich wenigstens präziser ausdrücken, wenn Sie mir etwas vorzuwerfen haben.«

Allein Herrn Eschs sprunghaftes und reizbares Denken war nicht so leicht zu bändigen: »Präzise Ausdrücke, präzise Ausdrücke, auch das wieder so ein Gerede, ... als ob man alles beim Namen nennen könnte ...« er schrie Huguenau ins Gesicht, »junger Mann, ehe Sie nicht wissen, daß alle Namen falsch sind, wissen Sie gar nichts, ... nicht einmal die Kleider an Ihrem Leib sind richtig.«

Huguenau war es unheimlich. Das begreife er nicht, sagte er.

»Natürlich begreifen Sie das nicht ... aber daß ein Apotheker um einen Pappenstiel Grundstücke zusammenhamstert, jawohl, das begreifen Sie ... und es ist Ihnen wohl auch begreiflich, daß man einen Menschen verfolgt, der die Dinge beim richtigen Namen nennt, daß man ihn als Kommunisten in Verruf bringt ... daß man ihm den Zensor auf den Hals hetzt, was, das heißen Sie gut ... Sie sind wohl auch der Meinung, daß wir in einem Rechtsstaat leben?«

Das wären unliebsame Verhältnisse, sagte Huguenau.

»Unliebsam! auswandern sollte man ... ich habe es satt, mich damit herumzuschlagen ...«

Huguenau fragte, was Herr Esch mit der Zeitung zu tun gedenke.

Esch machte eine wegwerfende Handbewegung, er habe schon so manches Mal zu seiner Frau gesagt, daß er am liebsten die ganze Pastete verkaufen würde, das Haus würde er behalten, – er habe auch schon daran gedacht, einen Buchhandel einzurichten.

»Da hat das Blatt unter den Anfeindungen wohl sehr gelitten, Herr Esch? ich meine, mit dem Absatz wird es wohl nicht mehr sehr weit her sein?«

Nein, das nicht, der Bote habe seine Stammkundschaft, die Kneipen, die Frisöre, vor allem die Dörfer draußen; die Anfeindungen beschränkten sich auf gewisse Kreise in der Stadt. Aber er habe es satt, sich damit herumzuschlagen.

Ob Herr Esch schon eine Preisidee hätte?

Ja doch, ... 20000 Emm sei das Blatt mit der Druckerei sicher unter Brüdern wert. Überdies wolle er die Räumlichkeiten auf längere Zeit, sagen wir etwa auf fünf Jahre, dem Zeitungsunternehmen kostenlos zur Verfügung stellen; das wäre für einen Käufer auch ein Vorteil. So habe er sich das gedacht, das wäre anständig, er wolle niemanden überhalten, er habe es bloß satt. Das habe er auch seiner Frau gesagt.

»Nun«, sagte Huguenau, »ich frage nicht aus bloßer Neugier ... ich sagte Ihnen ja, daß ich Makler bin, und vielleicht kann ich etwas für Sie tun. Sehen Sie, lieber Esch«, – und er klopfte dem Zeitungsbesitzer gönnerhaft auf den knochigen Rücken, – »wir werden doch noch ein Geschäftchen miteinander machen; man soll eben nie jemanden vorzeitig hinauswerfen. Aber zwanzigtausend müssen Sie sich aus dem Kopf schlagen. Phantasie zahlt heutzutage kein Mensch mehr.«

Selbstgewiß und jovial kletterte Huguenau die Hühnerleiter hinab.

Vor der Druckerei saß ein Kind.

Huguenau musterte das Kind, musterte den Eingang zur Druckerei. »Fremden ist der Eintritt verboten« war auf der Tafel zu lesen.

Zwanzigtausend Emm, dachte er, und die Kleine als Draufgabe.

Fremd war er, aber den Eintritt konnte man ihm nicht mehr verbieten; wer einen Kauf vermitteln soll, muß die Ware vorher kennen. Der Esch wäre eigentlich verpflichtet gewesen, die Druckerei herzuzeigen. Huguenau überlegte, ob er ihn herunterrufen sollte, doch dann ließ er es bleiben: in ein oder zwei Tagen wird man ohnehin wieder hierherkommen, vielleicht sogar mit konkreten Kaufanträgen, – Huguenau war dessen völlig sicher, und außerdem war es jetzt Essenszeit. Also begab er sich zum Gasthof.

8

Hanna Wendling war erwacht. Sie öffnete nicht die Augen, denn noch bestand eine Möglichkeit, den entweichenden Traum zu erhaschen. Aber der glitt langsam hinweg, und am Schluß blieb nur das Gefühl, in das der Traum getaucht gewesen war. Als auch das Gefühl versickerte, einen Augenblick bevor es gänzlich verschwand, gab Hanna es freiwillig auf und blinzelte kurz zum Fenster hin. Durch die Spalten der Jalousien sickerte jetzt milchiges Licht; es mußte noch früh am Tage sein oder es gab regnerisches Wetter. Das streifige Licht war wie eine Fortsetzung des Traumes, vielleicht weil mit ihm kein Geräusch hereindrang, und Hanna entschied, daß es noch sehr zeitig sein müsse. Es bewegten sich die Jalousien leise schaukelnd zwischen den geöffneten Fensterflügeln; das war wohl der frühe Morgenwind, und seine Kühle einzufangen, schnaubte sie ein wenig durch die Nase, als könnte sie damit die Stunde erschnuppern. Dann, geschlossenen Auges, griff sie links zum Nebenbett hinüber; es war nicht geöffnet, Polster, Plumeau, Decken waren ordentlich geschichtet und unter dem Plüschüberwurf verpackt. Ehe sie die Hand zurückzog, um sie samt der nackten Schulter wieder unter die laue Decke zu stecken, fuhr sie nochmals über den nachgiebigen und ein bißchen kühlen Plüsch, und das war wie eine Vergewisserung, allein zu sein. Das dünne Nachthemd war bis über die Hüften hinaufgerutscht, bildete dort einen unangenehmen Wulst. Ach, sie hatte wieder unruhig geschlafen. Indes, gleichsam zur Entschädigung, lag die rechte Hand auf dem warmen glatten Körper und die Fingerspitzen streichelten kaum merklich und leise über die Haut und den Flaum an ihrem Schoß. Sie selber mußte an irgendein galantes französisches Rokokobild denken; dann fiel ihr Goyas Unbekleidete Maya ein. Sie blieb noch ein wenig so liegen. Hierauf strich sie das Hemd herunter – seltsam, daß ein hauchdünnes Hemd sofort derartig warm macht –, überlegte, ob sie sich nach links oder rechts wenden sollte, entschied sich für rechts, als würde das aufgeschichtete Nebenbett ihr die Luft entziehen, horchte noch ein wenig nach der Stille auf der Straße und begab sich in einen neuen Traum, flüchtete in den neuen Traum, noch bevor sie von draußen her etwas vernehmen konnte.

Als sie nach einer Stunde neuerdings wach wurde, vermochte sie sich nicht darüber hinwegzutäuschen, daß der Vormittag schon weit vorgeschritten war. Für einen Menschen, der nur durch sehr schwache und für ihn kaum vorhandene Fäden mit dem verbunden ist, was man oder er selber das Leben nennt, ist das morgendliche Aufstehen stets eine schwere Aufgabe. Vielleicht sogar eine kleine Vergewaltigung. Und Hanna Wendling, die das Unausweichliche des Tages wieder herannahen fühlte, bekam Kopfweh. Im Hinterkopf begann es. Sie verschränkte die Hände im Nacken, und als sie in ihre Haare griff, die sich sanft um die Finger legten, vergaß sie für einen Augenblick das Kopfweh. Dann drückte sie auf die schmerzende Stelle; es war ein Ziehen, das hinter den Ohren ansetzte und bis zu den Nackenwirbeln hinunterreichte. Sie kannte es. Wenn sie in Gesellschaft war, überfiel es sie manchmal so heftig, daß sie ganz schwindlig wurde. Mit jähem Entschluß warf sie die Decke zurück, schlüpfte in die steilhackigen Hausschuhe, ließ die Jalousien, ohne sie hochzuziehen, aufklaffen, und mit Hilfe des Handspiegels versuchte sie, den schmerzenden Nacken vor dem großen Toilettespiegel zu betrachten. Was tat dort weh? es war nichts zu entdecken. Sie wandte den Kopf hin und her; die Wirbel spielten unter der Haut – es war eigentlich ein netter Nacken. Auch die Schultern waren nett. Sie hätte gerne im Bette gefrühstückt, aber es war Krieg; schmählich genug, so lange im Bett zu bleiben. Eigentlich hätte sie den Jungen zur Schule bringen sollen. Täglich nahm sie sich's vor. Zweimal hat sie es durchgeführt, dann hat sie es doch wieder dem Mädchen überlassen. Natürlich sollte der Junge schon längst eine Französin oder eine Engländerin haben. Engländerinnnen sind für die Erziehung besser. Wenn der Krieg vorbei sein wird, muß man den Jungen nach England geben. Wie sie so alt war wie er, ja, mit sieben Jahren hat sie besser Französisch als Deutsch gesprochen. Sie suchte nach einem Flakon mit Toiletteessig und rieb Nacken und Schläfen, betrachtete aufmerksam ihre Augen im Spiegel; sie waren goldbraun, in dem linken zeigte sich ein rotes Äderchen. Das kommt vom unruhigen Schlaf. Sie warf ihren Kimono um die Schultern und klingelte nach dem Mädchen.

Hanna Wendling war die Gattin des Rechtsanwalts Dr. Heinrich Wendling. Sie stammte aus Frankfurt. Heinrich Wendling war seit zwei Jahren in Rumänien oder Bessarabien oder sonstwo da drunten.

9

Huguenau hatte im Speisesaal Platz genommen. An einem der Nebentische saß ein weißhaariger Major. Das Mädchen stellte eben die Suppe vor ihn hin, und der alte Herr zeigte ein merkwürdiges Gehaben: mit gefalteten Händen, das rötliche Gesicht fromm verschlossen, neigte er sich ein wenig über den Tisch, und erst nach Beendigung solch unverkennbaren Gebets brach er das Brot.

Huguenau waren bei dem ungewohnten Anblick solchen Tuns die Augen steckengeblieben; er winkte das Mädchen heran und fragte ziemlich ungeniert nach dem merkwürdigen Offizier.

Das Mädchen beugte sich zu seinem Ohr: das sei der Stadtkommandant, ein adeliger Gutsbesitzer aus Westpreußen, der für Kriegsdauer reaktiviert worden sei. Frau und Kinder seien auf dem Gute verblieben und er stehe mit ihnen in täglichem Briefwechsel. Und die Kommandantur sei im Rathaus, der

Herr Major aber wohne schon seit Kriegsbeginn hier im Hotel.

Huguenau nickte befriedigt. Plötzlich verspürte er im Magen lähmende Kälte, und da wußte er es nun plötzlich auch, daß da ein Mann saß, der die Militärgewalt verkörperte, daß dieser Mann bloß den Arm mit dem Suppenlöffel auszustrekken brauchte, um ihn zu vernichten, daß er also gewissermaßen mit seinem Henker Tür an Tür wohnte. Der Appetit war ihm vergangen! Sollte er nicht das Essen abbestellen und fliehen?!

Doch das Mädchen hatte inzwischen die Suppe gebracht, und während Huguenau mechanisch zu löffeln begann, wich die lähmende Kälte und ging in eine fast beglückende kühle Schwäche und Wehrlosigkeit über. Er durfte ja gar nicht fliehen, er mußte ja die Sache mit dem »Kurtrierschen Boten« ins reine bringen.

Ja, beinahe war ihm wohlig zumute. Denn der Mensch glaubt zwar, daß seine Entscheidungen und Entschlüsse in einer großen Mannigfaltigkeit sich bewegen, und in Wirklichkeit sind sie ein bloßes Pendeln zwischen Flucht und Sehnsucht, und alles Fliehen und alles Sehnen gilt doch dem Tode. Und in diesem Schwanken der Seele und des Geistes zwischen Pol und Gegenpol fühlte Huguenau, der soeben noch zur Flucht bereite Wilhelm Huguenau, sich seltsam zu dem alten Mann dort drüben hingezogen.

Mechanisch aß er, merkte nicht einmal, daß heute Fleischtag war, mechanisch trank er, und in der extremeren, sozusagen luzideren Realität, deren er nun schon seit Wochen teilhaftig war, zerfielen die Dinge, rückten auseinander bis zu den Polen, rückten bis an die Grenzen der Welt, wo alles Getrennte wieder eins wird und die Entfernung wieder aufgehoben ist, – Furcht wird zu Sehnsucht, Sehnsucht zu Furcht, und der »Kurtriersche Bote« verband sich mit jenem weißhaarigen Major zu einer seltsam unlöslichen Einheit. Das läßt sich nicht viel präziser oder rationaler ausdrücken, denn auch die Handlungen Huguenaus erfolgten unter Aufhebung jeglicher Entfernung, gewissermaßen irrational wie unter Kurzschluß und ohne Überlegungszeit; es war also auch kein eigentliches Warten, mit dem Huguenau zuwartete, bis der Major seine Mahlzeit beendet hatte, es war eine Art Gleichzeitigkeit von Ursache und Wirkung, in der er sich mit dem Augenblick erhob, da der Major nach neuerlichem stummem Gebet den Stuhl zurückschob und eine Zigarre anzündete: ohne jede Befangenheit und schnurstracks näherte er sich dem Major, trat er an den Major heran, unbefangen, obwohl er dabei noch keinen Vorwand für solchen Überfall wußte.

Doch kaum hatte er sich geziemend vorgestellt, da hatte er auch schon unaufgefordert Platz genommen, und leicht floß es ihm von den Lippen: er erlaube sich gehorsamst zu melden, daß er dem Pressedienst zugeteilt sei und sich in dessen Auftrag hier befinde, es gäbe nämlich hierorts ein Lokalblatt, »Kurtrierscher Bote« geheißen, über dessen Haltung allerlei Bedenkliches gemunkelt werde, und er sei, ausgestattet mit entsprechenden Vollmachten, hergereist, um die Verhältnisse an Ort und Stelle zu studieren. Ja, und – was werde ich jetzt sagen, dachte Huguenau, aber der Strom der Rede floß weiter; es war, als formte sie sich erst im Munde, – ja, und da die Zensurfragen gewissermaßen und in gewissem Sinne in das Ressort des Stadtkommandos fallen, so halte er es für seine Pflicht, dem Herrn Major hiemit Aufwartung zu machen und Meldung zu erstatten.

Während dieser Ansprache hatte der Major mit einem kleinen Ruck eine vorschriftsmäßige Haltung angenommen und den Versuch gemacht, den Einwand anzubringen, daß für diese Angelegenheit der regelmäßige Dienstweg angemessen erscheine; Huguenau, dem die strömende Rede nicht versiegen durfte, hörte kaum hin und schnitt den Einwand kurzweg mit dem Hinweis ab, daß er sich nicht in offizieller, sondern bloß in offiziöser Eigenschaft dem Herrn Major respektvollst genähert habe, da die erwähnten Vollmachten keine staatlichen seien, vielmehr solche der patriotischen Großindustrie, Namen brauche er nicht zu nennen, man wisse ohnehin, welche ihn mit der Mission betraut haben, bedenkliche Zeitungen bei Preiskonvenienz eventuell anzukaufen, da verhütet werden müsse, daß bedenkliche Ideen ins Volk dringen. Und Huguenau wiederholte »Bedenkliche Ideen im Volk«, wiederholte das Wort, als wäre ihm mit der Rückkehr zum Ausgangspunkt alle Sicherheit gegeben, als wäre das Wort ein gutes Bett, in dem es sich gut liegt.

Wahrscheinlich verstand der Major nicht, worauf es hinauslaufen sollte, aber er nickte, und Huguenau nahm seinen Kreislauf wieder auf: ja, es handle sich um bedenkliche Zeitungen, und nach seinem eigenen, wie überhaupt nach menschlichem Ermessen sei der »Kurtriersche Bote« eine bedenkliche Zeitung, deren Aufkauf er unbedingt empfehlen würde.

Er sah den Major triumphierend an, seine Finger trommelten auf dem Tisch, und es war, als erwarte er von dem Stadtkommandanten Bewunderung und Lob für die gelungene Leistung.

»Zweifelsohne sehr patriotisch«, stimmte der Major endlich zu, »ich danke für die Mitteilung.«

Huguenau hätte sich somit entfernen können, aber er mußte ein besseres Resultat erzielen, und so dankte er dem Herrn Major vor allem für das gezeigte Wohlwollen und bat, angesichts solchen Wohlwollens eine Bitte, eine kurze Bitte anschließen zu dürfen: »Meine Kaufproponenten legen begreiflichen Wert darauf, daß bei einem derartigen Aufkauf einer Zeitung, die doch mehr oder weniger ein Lokalblatt genannt werden muß, auch lokale Interessenten an der Sache beteiligt wären; das ist doch begreiflich, wegen der Kontrolle etcetera ... Herr Major verstehen?«

Ja, das sei begreiflich, sagte der Major verständnislos.

Nun, sagte Huguenau, seine Bitte ginge dahin, der Herr Major, der ja hiefür als die berufenste Person gelten könne, möge doch einige zuverlässige und begüterte ortsansässige Herren nennen, die – selbstverständlich unter entsprechender Geheimhaltung – an dem Projekt zu interessieren wären.

Der Major meinte: eigentlich falle diese Angelegenheit in das Ressort der Zivilverteidigung und nicht in das des militärischen Kommandos, doch könne er Herrn Huguenau den Rat erteilen, sich Freitag abends hier einzufinden, da an diesem Tage stets einige Stadtverordnete und andere Herren der Bürgerschaft anzutreffen seien.

»Ausgezeichnet! aber Herr Major werden gleichfalls anwesend sein«, sagte Huguenau, der nicht so leicht locker ließ,

»ausgezeichnet, wenn Herr Major die Patronanz über die Aktion übernehmen, dann kann ich für ein gutes Gelingen garantieren, speziell, da es sich doch um verhältnismäßig geringfügige Kapitalien handelt und es sehr vielen Herren höchst interessant sein wird, solcherart mit der Großindustrie in Fühlung und in ein gewisses Kompagnieverhältnis zu treten ... ausgezeichnet, wirklich ausgezeichnet ... Herr Major gestatten zu rauchen ...« und er rückte seinen Stuhl näher heran, nahm eine Zigarre aus dem Etui, putzte seine Brillengläser und begann zu rauchen.

Der Major sagte, daß dies sicherlich sehr erfreuliche Auspizien wären und daß er bedaure, von diesen geschäftlichen Dingen nichts zu verstehen.

Oh, das mache nichts, sagte Huguenau, das tue nichts zur Sache. Und weil er seinen Kreis nochmals zu durchlaufen wünschte, vielleicht aus Virtuosentum, vielleicht um die gewonnene Sicherheit zu befestigen, vielleicht aus bloßem Übermut, rückte er noch ein Stückchen näher an den Major heran und bat um die Erlaubnis, eine weitere Mitteilung anfügen zu dürfen, die jedoch bloß für den Herrn Major persönlich bestimmt sei. Er habe nämlich bei seinen bisherigen Unterhaltungen mit dem Herausgeber jener Zeitung, einem gewissen Esch, von dem der Herr Major gewiß schon gehört habe, den sicheren Eindruck empfangen, daß hinter der Zeitung eine, wie möge er sich ausdrücken, eine ganz submarine Bewegung bedenklicher subversiver Elemente im Gange sei, manches scheine sich ja schon herumzusprechen, wenn aber das Zeitungsprojekt tatsächlich realisiert werde, so wäre er dann wohl in der Lage, auch in solch dunkles Treiben jenen Einblick zu gewinnen, der im Interesse des Volksganzen zu erstreben und notwendig sei.

Und ehe der alte Herr antworten konnte, war Huguenau aufgestanden und schloß seine Rede: »Bitte, oh bitte, Herr Major, es ist bloß meine patriotische Pflicht ... es ist nicht der Erwähnung wert ... ich werde mir also gestatten, der so ehrenden Einladung am Freitag abend Folge zu leisten.«

Er schlug die Hacken zusammen und begab sich leicht, fast tänzerisch an seinen Tisch zurück.

10

Daß Herr August Esch seine Arbeit in der Redaktion auf solch grimmig unduldsame Art betrieb und daß er sich auf diesem Platze so besonders unwohl fühlte, mag weitgehend darauf zurückzuführen sein, daß er zeit seines Lebens einen buchhalterischen Beruf ausgeübt hatte, viele Jahre hindurch sogar als Oberbuchhalter eines großen Industrieunternehmens in seiner luxemburgischen Heimat, ehe er – man war schon mitten im Kriege – infolge einer unvorhergesehenen Erbschaft in den Besitz des »Kurtrierschen Boten« und des dazugehörigen Anwesens gelangte.

Denn ein Buchhalter, und gar ein Oberbuchhalter, ist ein Mensch, der innerhalb eigener und außerordentlich präziser Ordnungen lebt, Ordnungen, die so präzis sind, daß sie ihm von keiner andern Betätigung je wieder geboten werden können. Gestützt und gefestigt durch solche Ordnungen ist er gewohnt, in einer machtvollen und dennoch demütigen Welt zu leben, in der jedes Ding seinen Platz hat, in der er selber sich stets wiederfindet und sein Blick unbeirrbar und unverloren bleibt. Er wendet die Seiten des Hauptbuchs und vergleicht sie mit denen des Journals und des Saldokontos; lückenlose Brücken führen hinüber und herüber, sichern das Leben und das Tagewerk. Des Morgens bringt der Diener oder ein kleines Fräulein aus dem Korrespondenzbüro die Buchungsbelege, und der Oberbuchhalter paraphiert sie, damit sie sodann von den jungen Leuten in die Strazza eingetragen werden. Ist dies getan, kann der Oberbuchhalter über die schwierigeren Fälle in Ruhe nachdenken, gibt seine Weisungen, läßt nachschlagen. Wenn er dann im Geiste einen schwierigen Buchungsfall geordnet und geregelt hat, spannen und überspannen sich ihm neue und gesicherte Brücken von Kontinent zu Kontinent, und dieses Gewirr von gesicherten Beziehungen zwischen Konto und Konto, dieses unentwirrbare und für ihn doch so deutliche Netz, in dem kein Knoten fehlt, symbolisiert sich schließlich in einer einzigen Zahl, die er jetzt schon voraussieht, mag sie auch erst nach Monaten in die Bilanz eingehen. Oh, süße Aufregung der Bilanz, gleichgültig ob sie Gewinn bringt oder Verlust, denn dem Buchhalter bringt jedes

Geschäft Gewinn und Zufriedenheit. Schon die monatlichen Rohbilanzen sind Siege der Kraft und Gewandtheit und sind dennoch nichts gegen die großen Buchabschlüsse am Halbjahrsende: in diesen Tagen ist er der Führer des Schiffes und seine Hand verläßt nicht das Steuerrad; die jungen Leute der Abteilung sind gleich Ruderknechten an ihren Plätzen, und man achtet nicht der Mittagspause und des Schlafs, bis alle die Konti abgeschlossen sind; doch die Aufstellung des Gewinn- und Verlustkontos und des Bilanzkontos behält er sich selbst vor, und wenn er den Saldo eingesetzt und den schrägen Abschlußstrich gezogen hat, dann besiegelt er die Arbeit mit seiner Unterschrift. Wehe aber, wenn die Bilanz um einen Pfennig nicht stimmt. Neue, doch bittere Lust. Begleitet vom ersten Hilfsbuchhalter geht er mit den Augen des Detektivs die verdächtigen Konti durch, und wenn es nichts nützt, werden unnachsichtig alle Buchungen des Halbjahres neuerdings überrechnet. Und wehe dem jungen Mann, in dessen Arbeit der Fehler entdeckt wird, – ihn trifft Grimm und kalte Verachtung, ja Entlassung. Findet man indes, daß der Fehler nicht der Buchhaltung unterlaufen ist, sondern bei der Aufnahme der Inventuren in den Magazinen, so zuckt der Oberbuchhalter bloß die Achsel und hat ein bedauerndes oder sarkastisches Lächeln auf den Lippen, denn die Aufnahme der Inventuren liegt außerhalb seines Machtbereichs, und überdies weiß er, daß in den Magazinen wie im Leben niemals jene Ordnung erreichbar sein wird, die er in seinen Büchern hält. Mit einer wegwerfenden Geste der Hand geht er in sein Büro zurück, und wenn dann die Tage ruhiger werden, dann geschieht es nicht selten, daß der Oberbuchhalter auf gut Glück einen der Folianten aufschlägt, mit raschem Daumen die Seite glättet und die Kolonne der Ziffern zur Probe summiert, sich seiner Fertigkeit freuend, die es erlaubt, bei aller Sicherheit der ölig laufenden Rechnung die Gedanken fernab schweifen zu lassen und die Überraschung zu genießen, die man erwartet und die trotzdem entzückt, wenn das Wunder der Rechnung wie ein sicherer Fels in der Welt des Unbestimmten noch immer besteht. Und es geschieht dann auch, daß ihm die Hand vom Buche herabgleitet, daß Wehmut sein Herz beschleicht und er über die neuen Systeme nachsinnt, die einzuführen zur Pflicht des modernen Buchhalters gehört, und wenn er dabei bedenkt, daß die neuen Systeme statt der gewichtigen und großen Bücher nüchterne Karten benutzen und die persönliche Kunst durch Rechenmaschinen ersetzen, so ist er voller Gram.

Außerhalb ihres Berufes sind die Buchhalter reizbar. Denn die Grenze zwischen Wirklichkeit und Unwirklichkeit ist nirgends deutlich zu erkennen, und wer in einer Welt geschlossener Bindungen lebt, gestattet nicht, daß es irgendwo eine andere Welt gäbe, deren Bindungen für ihn unverständlich und undurchschaubar sind: wer aus seiner festgefügten Welt heraustritt oder aus ihr herausgerissen wird, ist unduldsam, er wird zum asketischen und leidenschaftlichen Eiferer, ja, er wird zum Rebellen. Der Schatten des Todes hat sich auf ihn herabgesenkt, und der einstige Buchhalter – ist er bejahrt genug – taugt eigentlich nur mehr für den kleinen Alltag des Pensionisten, der, verschlossen gegen alles Außen und alle Zufälligkeiten, sich darauf beschränkt, den Rasen seines Gartens zu sprengen und die Obstbäume zu hegen; ist er aber noch rüstig und arbeitsam, so wird sein Leben zum aufreibenden Kampfe gegen eine Wirklichkeit, die für ihn Unwirklichkeit ist. Nun gar, wenn ihn Schicksal oder Erbschaft auf einen so exponierten Posten wie den eines Zeitungsherausgebers geführt hat, und mag es auch nur ein kleines Provinzblatt sein, dem er vorstehen soll. Denn es gibt wohl keinen Beruf, der so sehr von den Unberechenbarkeiten und den Unsicherheiten des Weltenlaufs abhängig ist wie der eines Schriftleiters, insonders zu Kriegszeiten, in welchen Nachricht und Gegennachricht, Hoffnung und Verzweiflung, Mut und Elend so nahe beieinander stehen, daß eine ordnungsgemäße Eintragung in die Bücher zur baren Unmöglichkeit wird: nur mit Hilfe von Zensurstellen kann statuiert werden, was als wahr zu gelten hat und was unwahr bleiben muß, und ein jedes Volk lebt in seiner eigenen patriotischen Wirklichkeit. Hier ist ein Buchhalter schlecht am Platze, denn leicht ist er geneigt zu schreiben, daß unsere wackeren Truppen, gewärtig des Befehls zu weiterem Vormarsch, sich noch am linken Marneufer befinden, während in Wirklichkeit die Franzosen ihrerseits schon längst auf das rechte Ufer vorgestoßen sind. Und wenn der Zensor solche Unwahrheiten rügt, so wird der Buchhalter, vor allem wenn er ein Mensch impetuoser Haltungen ist, unweigerlich zornig werden und wird nachweisen, daß der Generalquartiermeister zwar die Errichtung des Brückenkopfes am linken Ufer gemeldet hatte, daß aber von der Zurücknahme der Truppen niemals die Rede gewesen war. Dies ist bloß ein Beispiel unter vielen, man könnte wohl sagen, unter Hunderten, und an ihnen läßt sich immer wieder zeigen, wie unmöglich es ist, die Eintragungen in die Annalen der Geschichte mit jener Genauigkeit vorzunehmen, die für die Eintragung von Geschäftsvorfällen als erste und unbedingte Vorschrift gilt, und wie durch die Unkorrektheit des unübersichtlich gewordenen Krieges eine Rebellion genährt wird, zu der ein akriber und korrekter Mensch sogar schon im Frieden manchen Anlaß gefunden hätte, die aber hier zum notwendigen und unausweichlichen Kampf zwischen der Behörde und der Gerechtigkeit werden muß, zum Kampf zwischen zwei Unwirklichkeiten, zwischen zwei Vergewaltigungen, zu einem Kampf, der immer bestehen muß, vergleichbar dem Kreuzzug Don Quichottens gegen eine Welt, die sich den Forderungen des ordnungsetzenden Geistes nicht fügen will. Immer wird der Buchhalter für das Gerechte streiten, er wird um einen Pfennig durch alle Instanzen Prozeß führen, wenn solche Forderung in seinen Büchern steht, und ohne eigentlich ein guter Mensch zu sein, wird er sich zum Anwalt des gebeugten Rechtes aufschwingen, sobald er das Unrecht und die Gesetzwidrigkeit erkannt und registriert hat, unnachgiebig und zornig wird er auf seinem Platze stehen, ein hagerer Ritter, der mit seiner eingelegten Lanze Angriff um Angriff reiten muß zu Ehren der Rechnung, die in der Welt glatt aufgehen soll.

Solchermaßen war die Redaktionsarbeit des Herrn Esch keineswegs so einfach, wie man etwa meinen mochte. Gewiß wurde dem zweimal wöchentlich erscheinenden Blatt alles Material von einer Kölner Nachrichten- und Feuilletonkorrespondenz geliefert, und der Schriftleiter hatte eigentlich nichts anderes zu tun, als unter den brennenden Tagesnachrichten die brennendsten herauszusuchen, brauchte bloß unter den schöngeistigen Romanen und Artikeln die schönsten auszuwählen, und höchstens die Lokalberichte, die überdies zum Großteil aus »Eingesendet« bestanden, hatte er selber zu versorgen. Aber wenn sich dies auch sehr einfach anließ und es im Grunde auch sehr einfach war, insolange Esch sich auf die Führung der Buchhaltung beschränkte, die er dem »Kurtrierschen Boten« (allerdings nicht in amerikanischer, sondern in der bescheideneren italienischen Manier) neu eingerichtet hatte, es stellten sich alle Komplikationen ein, als der bisherige Schriftleiter zu den Waffen gerufen wurde und Herr Esch durch seinen natürlichen und buchhalterischen Sparsinn sowie durch die schwieriger gewordenen Verhältnisse dazu getrieben wurde, die Redaktion des Blattes selber in die Hand zu nehmen. Da begann der Kampf! es begann der Kampf um die akribe Evidenz der Welt und gegen die falschen und gefälschten Buchungsbelege, die man den Menschen reichen wollte, es begann der Kampf gegen die Behörden, die es nicht duldeten, daß der »Kurtriersche Bote« von den Mißständen im Felde und im Hinterland, von Matrosenaufständen und von Unruhen in den Munitionsfabriken die Öffentlichkeit benachrichtige, ja, sogar von den Vorschlägen des Blattes zur wirksamen Bekämpfung solcher Übel wollte man nichts hören; vielmehr fand man es verdächtig – obzwar bloß ein Übelwollender es verdächtig finden konnte –, daß Herr Esch derartige Nachrichten zugetragen bekam, und es wurde bereits erwogen, ihm als ausländischen Staatsbürger (Luxemburger) die Ausübung seiner redaktionellen Tätigkeit zu untersagen; er wurde mehrmals verwarnt, und der Verkehr mit der Zensurstelle in Trier gestaltete sich von Woche zu Woche unangenehmer. Kein Wunder also, daß Herr Esch, selber mit der Welt im Streite, Brüderlichkeit zu der gedemütigten und getretenen Menschenkreatur zu empfinden begann und ein Oppositioneller und ein Rebell wurde. Aber er gestand es sich nicht ein.

11

Geschichte des Heilsarmeemädchens in Berlin (1)

Zu den vielen Unduldsamkeiten und Beschränktheiten, deren die Vorkriegszeit eine Fülle besaß und deren wir uns heute mit Recht schämen, gehört wohl auch das gänzliche Unverständnis gegenüber allen Phänomenen, die auch nur ein wenig außerhalb einer sich völlig rational dünkenden Welt lagen. Und weil man damals gewöhnt war, bloß die abendländische Kultur und ihr Denken als verpflichtend anzusehen, alles übrige aber als minderwertig abzutun, so war man leichthin geneigt, alle Phänomene, die der rationalen Eindeutigkeit nicht entsprachen, der Kategorie des Unter-Europäischen und Minderwertigen zuzurechnen. Und trat nun gar ein solches Phänomen, wie etwa die Heilsarmee, im kleinen Gewande des Friedens und der flehentlichen Bitte auf, da war des Spottens kein Ende. Man wollte Eindeutiges und Heroisches, mit andern Worten Ästhetisches sehen, man glaubte, daß dies die Haltung des europäischen Menschen sein müsse, man war in einem mißverstandenen Nietzscheanismus befangen, mochten auch die meisten den Namen Nietzsche niemals vernommen haben, und der Spuk fand erst ein Ende, als die Welt so viel Heroismus zu sehen bekam, daß sie ihn vor lauter Heroismus nicht mehr zu sehen vermochte.

Heute geselle ich mich zu jeder Heilsarmeeversammlung, die ich auf der Straße antreffe, ich lege gerne etwas auf den Sammelteller und oft lasse ich mich in Gespräche mit den Heilssoldaten ein. Nicht, als ob ich von den etwas primitiven Heilslehren bekehrt worden wäre, doch ich meine, daß wir, die wir einst in Vorurteilen befangen waren, die ethische Pflicht haben, unsere Verfehlungen, wo immer es angeht, wieder gut zu machen, auch wenn diese Verfehlungen bloß den Anschein ästhetischer Verworfenheit hätten und wir überdies die Entschuldigung unserer damaligen großen Jugend ins Treffen führen können. Allerdings drang solche Erkenntnis mir nur langsam ins Bewußtsein, um so mehr, als man während des Krieges den Heilsarmeeleuten bloß selten begegnete. Ich hatte zwar gehört, daß sie eine ausgedehnte caritative Tätigkeit entfalteten, aber ich war fast überrascht, als ich in einer der äußeren Straßen Schönebergs das Heilsarmeemädchen traf.

Ich dürfte wohl einen etwas saloppen und hilfsbedürftigen Eindruck gemacht haben, indes mein freundlich überraschtes Lächeln ermunterte sie, mich unter einem taktvollen Vorwand anzusprechen: sie bot mir eine der Flugschriften an, von denen sie einen Pack unterm Arm trug. Vielleicht wäre sie enttäuscht gewesen, wenn ich ihr einfach ein Blatt abgekauft hätte; ich sagte also: »Ich habe leider kein Geld.« – »Das macht nichts«, erwiderte sie, »kommen Sie zu uns.«

Wir gingen durch mehrere typische Vorstadtstraßen, vorbei an unverbauten Grundstücken, und ich redete vom Kriege. Ich glaube, daß sie mich für einen Drückeberger hielt oder gar für einen Deserteur, der in einer Art Geständniszwang von dem Thema nicht loskam, denn sie war offenkundig bemüht, das Gespräch auf andere Dinge zu lenken. Doch ich blieb bei meinem Thema, warum, vermöchte ich heute nicht mehr zu sagen, und schimpfte weiter.

Plötzlich hatten wir uns verirrt. Wir waren auf einem schmalen Weg um einen Fabrikkomplex herumgegangen, und als wir an die Ecke kamen, zeigte sich's, daß der Komplex noch lange kein Ende hatte. Wir bogen also links in einen kleinen Pfad ab, den ein müßiger, etwas schlapper Stacheldraht begrenzte, – unverständlich, was es hier zu begrenzen gab, da das Land dahinter aus bloßem Kehricht und Abfall bestand, aus Scherben, verbeulten Gießkannen, überhaupt aus vielerlei Gefäßen, die man aus unerfindlichen Gründen an diesen schwer erreichbaren und entlegenen Fleck getragen hatte –, und schließlich endete dieser Pfad im freien Felde, zwar keinem richtigen Felde, denn es wuchs hier nichts, aber immerhin einem Felde, das vielleicht vor dem Kriege, vielleicht aber noch im Vorjahr geackert worden war. Davon zeugten die hartgewordenen Ackerfurchen, die wie gefrorene lehmige Wellen aussahen. Gesät war dann wohl nimmer worden. In der Ferne zog ein Eisenbahnzug langsam über die Felder.

Hinter uns lagen die Fabriken, lag die große Stadt Berlin. Unsere Situation war also keine verzweifelte, so scharf auch die Nachmittagssonne auf uns herniederbrannte. Wir beratschlagten, was zu tun wäre. Weiterwandern bis zum nächsten Dorf? »So können wir uns nirgends sehen lassen«, sagte ich, und folgsam versuchte sie, den Staub von ihrem dunklen Uniformrock abzuklopfen. Es war der rauhe Stoff, aus dem die Uniformen der Schaffnerinnen angefertigt wurden, Ersatzstoff mit Papiergarn durchschossen.

Da entdeckte ich einen Pflock, der dort eingerammt war wie ein Mal. Dort begaben wir uns hin. Wir saßen abwechselnd im schmalen Schatten des Pflockes. Wir sprachen wenig, bloß davon, daß ich an Durst litt. Und als es kühler geworden war, fanden wir in die Stadt zurück.

12

Zerfall der Werte (1)

Hat dieses verzerrte Leben noch Wirklichkeit? hat diese hypertrophische Wirklichkeit noch Leben? die pathetische Geste einer gigantischen Todesbereitschaft endet in einem Achselzucken, – sie wissen nicht, warum sie sterben; wirklichkeitslos fallen sie ins Leere, dennoch umgeben und getötet von einer Wirklichkeit, die die ihre ist, da sie deren Kausalität begreifen.

Das Unwirkliche ist das Unlogische. Und diese Zeit scheint die Klimax des Unlogischen, des Antilogischen nicht mehr übersteigen zu können: es ist, als ob die ungeheure Realität des Krieges die Realität der Welt aufgehoben hätte. Phantastisches wird zur logischen Wirklichkeit, doch die Wirklichkeit löst sich zu alogischester Phantasmagorie. Eine Zeit, feige und wehleidiger denn jede vorhergegangene, ersäuft in Blut und Giftgasen, Völker von Bankbeamten und Profiteuren werfen sich in Stacheldrähte, eine wohlorganisierte Humanität verhindert nichts, sondern organisiert sich als Rotes Kreuz und zur Herstellung von Prothesen; Städte verhungern und schlagen Geld aus ihrem eigenen Hunger, bebrillte Schullehrer führen Sturmtrupps, Großstadtmenschen hausen in Kavernen, Fabrikarbeiter und andere Zivilisten kriechen als Schleichpatrouillen, und schließlich, wenn sie glücklich wieder im Hinterland sind, werden aus den Prothesen wieder Profiteure. Aufgelöst jedwede Form, ein Dämmerlicht stumpfer Unsicherheit über der gespenstischen Welt, tastet der Mensch, einem irren Kinde gleich, am Faden irgendeiner kleinen kurzatmigen Logik durch eine Traumlandschaft, die er Wirklichkeit nennt und die ihm doch nur Alpdruck ist.

Das pathetische Entsetzen, mit welchem diese Zeit als wahnsinnig, das pathetische Wohlgefallen, mit dem sie als groß bezeichnet wird, rechtfertigen sich an der hypertrophischen Unfaßbarkeit und Illogizität der Ereignisse, die scheinbar ihre Wirklichkeit ausmachen. Scheinbar! Denn wahnsinnig oder groß kann niemals eine Zeit, kann immer nur ein Einzelschicksal sein. Unsere Einzelschicksale aber sind so normal wie eh und je. Unser Gesamtschicksal ist die Summe unserer Einzelschicksale, und jedes dieser Einzelleben entwickelt sich durchaus »normal«, sozusagen seiner Unterhosenlogizität gemäß. Wir empfinden das Gesamtgeschehen als wahnsinnig, aber für unser Einzelschicksal können wir mit Leichtigkeit einen logischen Motivenbericht liefern. Sind wir wahnsinnig, weil wir nicht wahnsinnig geworden sind?

Die große Frage: wie kann das Individuum, dessen Ideologie sonst wahrlich auf andere Dinge gerichtet war, die Ideologie und Wirklichkeit des Sterbens begreifen und sich ihr fügen? Man mag antworten, daß die große Masse es ohnehin nicht täte und bloß dazu gezwungen worden sei, – das stimmt vielleicht jetzt, wo es Kriegsmüdigkeit gibt, aber es gab und gibt ja selbst heute noch echte Kriegs- und Schießbegeisterung! man mag antworten, daß der Durchschnittsmensch, dessen Leben zwischen Futtertrog und Bett dahinläuft, überhaupt keine Ideologie besitze und daher für die Ideologie des Hasses – jedenfalls der einleuchtendsten, ob sie nun einem Nationen- oder Klassenhaß gilt – ohne weiteres zu gewinnen gewesen wäre, ja, daß solch armseliges Leben in den Dienst einer überindividuellen Sache gestellt, auch wenn sie eine verderbenbringende ist, doch den Schein eines sozialen Lebenswertes erhalten hätte: aber wenn dies auch vielleicht zutreffen mag, so besaß diese Zeit dennoch irgendwo andere und höhere Werte, an denen der einzelne in seiner erbärmlichen Durchschnittsmenschlichkeit trotz allem partizipiert hat.

Diese Zeit hatte irgendwo ein reines Erkenntnisstreben, hatte irgendwie einen reinen Kunstwillen, hatte ein immerhin präzises Sozialgefühl; wie kann der Mensch, all dieser Werte Schöpfer und ihrer teilhaftig, wie kann er die Ideologie des Krieges »begreifen«, widerspruchslos sie empfangen und billigen? wie konnte er das Gewehr zur Hand nehmen, wie konnte er in den Schützengraben ziehen, um darin umzukommen oder um daraus wieder zu seiner gewohnten Arbeit zurückzukehren, ohne wahnsinnig zu werden? Wie ist solche Wandelbarkeit möglich? wie konnte die Ideologie des Krieges in diesen Menschen überhaupt Platz finden, wie konnten diese Menschen eine solche Ideologie und deren Wirklichkeitssphäre überhaupt begreifen? von einer, dabei durchaus möglichen, begeisterten Bejahung ganz zu schweigen! sind sie wahnsinnig, weil sie nicht wahnsinnig wurden?

Gleichgültig gegen fremdes Leid! jene Gleichgültigkeit, die den Bürger ruhig schlafen läßt, wenn im nahen Gefängnishof einer unter der Guillotine liegt oder am Pfahl erwürgt wird! jene Gleichgültigkeit, die bloß multipliziert zu werden braucht, damit es von denen daheim keinen anficht, wenn Tausende in Stacheldrähten hängen! Gewiß ist es die nämliche Gleichgültigkeit und es greift trotzdem darüber hinaus, denn hier geht es nicht mehr darum, daß sich eine Wirklichkeitssphäre fremd und teilnahmslos gegen eine andere abschließt, sondern es geht darum, daß es ein einziges Individuum ist, in welchem Henker und Opfer vereint sich vorfinden, daß also ein einziger Bereich die heterogensten Elemente in sich vereinen kann und daß trotzdem das Individuum als Träger dieser Wirklichkeit sich völlig natürlich und mit absoluter Selbstverständlichkeit darin bewegt. Es ist nicht der Kriegsbejaher und es ist nicht der Kriegsverneiner, die einander gegenüberstehen, es ist auch nicht eine Wandlung innerhalb des Individuums, das sich infolge vierjährigen Nahrungsmittelmangels zu einem andern Typus »verändert« hat und sich jetzt sozusagen selber fremd gegenübersteht: es ist eine Zerspaltung des Gesamtlebens und -erlebens, die viel tiefer reicht als eine Scheidung nach Einzelindividuen, eine Zerspaltung, die in das Einzelindividuum und in seine einheitliche Wirklichkeit selber hinablangt.

Ach, wir wissen von unserer eigenen Zerspaltung und wir vermögen doch nicht, sie zu deuten, wir wollen die Zeit, in der wir leben, dafür verantwortlich machen, doch übermächtig ist die Zeit, und wir können sie nicht begreifen, sondern nennen sie wahnsinnig oder groß. Wir selbst, wir halten uns für normal, weil ungeachtet der Zerspaltung unsere Seele, alles in uns nach logischen Motiven abläuft. Gäbe es einen Menschen, in dem alles Geschehen dieser Zeit sinnfällig sich darstellte, dessen eigenes logisches Tun das Geschehen dieser Zeit ist, dann, ja dann wäre auch diese Zeit nicht mehr wahnsinnig. Deshalb wohl sehnen wir uns nach dem »Führer«, damit er uns die Motivation zu einem Geschehen liefere, das wir ohne ihn bloß wahnsinnig nennen können.

13

Von außen besehen wäre das Leben Hanna Wendlings als das eines Müßiggangs in geordneten Verhältnissen zu bezeichnen gewesen. Und sonderbarerweise auch von innen her besehen. Sie selber hätte es wahrscheinlich auch nicht anders bezeichnet. Es war ein Leben, das zwischen dem Aufstehen am Morgen und dem Niederlegen am Abend wie ein schlaffer Seidenfaden hing, schlaff und sich kräuselnd vor Spannungslosigkeit. Das Leben in seiner Vielfalt von Dimensionen, es verlor in diesem besonderen Fall eine Dimension nach der andern, ja, es füllte kaum mehr die drei Dimensionen des Raumes aus: man konnte mit Fug sagen, daß die Träume Hanna Wendlings plastischer und bluterfüllter waren als ihre Wachheit. Aber so sehr dies auch die eigene Meinung Hanna Wendlings sein mochte, diese Meinung traf doch den Kern der Sache nicht, denn sie beleuchtete bloß die makroskopischen Verhältnisse ihres Jung-Frauendaseins, während sie von den mikroskopischen, auf die allein es ankommt, kaum etwas ahnte: kein Mensch weiß etwas von der mikroskopischen Struktur seiner Seele, und sicherlich soll er auch nicht darum wissen. Hier war es nun so, daß unter der sichtbaren Schlaffheit der Lebensführung eine konstante Gespanntheit der Einzelelemente lag. Wollte man bloß ein genügend kleines Stück aus dem scheinbar weichen Faden herausschneiden, so würde man in ihm eine ungeheure Torsion entdecken, einen Krampf der Moleküle sozusagen. Was sich davon nach außen hin manifestierte, wäre am landläufigsten mit dem Wort Nervosität zu umreißen, soferne man darunter den aufreibenden Guerillakrieg versteht, den das Ich in jedem kürzesten Augenblick gegen jene winzigsten Partien des Empirischen zu führen hat, mit denen seine Oberfläche in Berührung gerät. Doch wenn dies für Hanna auch weitgehend zutraf, so lag die eigentümliche Spannung ihres Wesens dennoch nicht in der nervösen Unduldsamkeit gegenüber den Zufälligkeiten des Lebens, mochten sich diese Zufälligkeiten nun in dem Staub auf ihren Lackschuhen oder dem Druck der Ringe an ihren Fingern oder auch nur in einer nicht gar gekochten Kartoffel bemerkbar machen, nein, daran lag es nicht, denn dies alles war sogar von einer schillernden Kleinbewegtheit, war wie das Flimmern leichtbewegten Wasserspiegels in der Sonne, und sie hätte es nicht missen mögen, es bewahrte irgendwie vor Langeweile, nein, daran lag es nicht, wohl aber in der Diskrepanz zwischen dieser so vielfach schattierten Oberfläche und dem unerschütterlichen und unbewegten Meeresgrund ihrer Seele, der so tief unter alldem sich breitete, daß man ihn nicht erblicken konnte, niemals erblicken wird: es war die Diskrepanz zwischen der sichtbaren Oberfläche und einer unsichtbaren, die nichts mehr begrenzt, es war jene Diskrepanz, in deren Unendlichkeit sich das gespannteste Spiel der Seele abspielt, es war die Unermeßlichkeit zwischen einer Avers- und Reversseite der Dämmerung, eine Spannung ohne Gleichgewicht, man könnte wohl sagen, eine fluktuierende Spannung, da auf der einen Seite das Leben steht, auf der andern aber die Ewigkeit, die der Meeresgrund der Seele und des Lebens ist.

Es war ein Leben, weitgehend aller Substanz entleert, und vielleicht aus diesem Grunde ein belangloses Leben. Daß es das der insignifikanten Gattin eines insignifikanten Provinzrechtsanwalts war, fällt dabei nicht sehr in die Waagschale. Denn mit der Signifikanz der Menschenschicksale ist es überhaupt nicht sonderlich weit her. Und wenn auch das ethische Gewicht einer Nichtstuerin inmitten einer Zeit voller Kriegsgreuel als sehr gering einzuschätzen ist, so darf doch nicht vergessen werden, daß von all jenen, die freiwillig oder gezwungen die heldische Pflichterfüllung des Krieges auf sich genommen hatten, fast ein jeder sein ethisches Schicksal gerne mit dem unethischen einer Nichtstuerin vertauscht hätte. Und vielleicht, wenn auch nur vielleicht, ist die Lähmung, welcher Hanna Wendling mit dem fortschreitenden und zunehmenden Krieg verfiel, nichts anderes als der Ausdruck eines höchst ethischen Entsetzens über das Grauen, dem die Menschheit sich anheimgegeben sah. Und vielleicht war dieses Entsetzen in ihr bereits so groß gewachsen, daß Hanna Wendling selber nichts mehr davon wissen durfte.

14

An einem der nächsten Nachmittage war Huguenau wieder bei Herrn Esch.

»Nun, Herr Esch, was sagen Sie: die Sache macht sich!«

Esch korrigierte Druckbogen, hob den Kopf: »Welche Sache?«

Imbécile, dachte Huguenau, doch er sagte: »Nun, mit der Zeitung.«

»Fragt sich erst, ob ich dabei mitmache.«

Huguenau wurde mißtrauisch: »Na, hören Sie, bloßstellen dürfen Sie mich nicht ... oder unterhandeln Sie vielleicht schon anderwärts?«

Dann bemerkte er das Kind, das er damals vor der Druckerei gesehen hatte: »Ihre Tochter?«

»Nein.«

»So ... sagen Sie, Herr Esch, wenn ich Ihre Zeitung verkaufen soll, müßten Sie mir doch den Betrieb zeigen ...«

Esch wies auf das Zimmer, Huguenau versuchte ihn aufzuheitern: »Das kleine Fräulein gehört also auch dazu ...«

»Nein«, sagte Esch.

Huguenau gab nicht nach; eigentlich war es ihm unklar, warum ihn dies interessierte: »Aber die Druckerei, die gehört doch dazu ... die muß ich doch sehen ...«

»Meinetwegen«, sagte Esch, stand auf und nahm das Kind bei der Hand, »gehen wir in die Druckerei.«

»Wie heißt denn du?« fragte Huguenau.

Das Kind sagte: »Marguerite.«

»Une petite Française«, sagte Huguenau.

»Nein«, sagte Esch, »bloß der Vater ist Franzose ...«

»Interessant«, sagte Huguenau, »und die Mutter?«

Sie kletterten die Hühnerleiter hinunter. Esch sagte leise: »Die Mutter lebt nicht mehr ... der Vater war Elektriker, hier in der Papierfabrik, jetzt ist er interniert.«

Huguenau schüttelte den Kopf: »Traurige Verhältnisse, sehr traurig ... und Sie haben das Kind zu sich genommen?«

Esch sagte: »Sie wollen wohl alles wissen?«

»Ich? nein ... aber das Kind muß doch irgendwo wohnen ...«

Esch sagte unwirsch: »Es lebt bei der Schwester der Mutter ... hierher kommt es bloß manchmal zum Mittagstisch ... es sind arme Leute.«

Huguenau war befriedigt, da er jetzt alles wußte: »Alors tu es une petite Française, Marguerite?«

Das Kind schaute an ihm hinauf, der Schimmer einer Erinnerung glitt über das Gesicht, sie ließ Esch los, nahm den Finger Huguenaus, aber sie antwortete nichts.

»Sie kann kein Wort Französisch ... es sind doch schon vier Jahre her, daß der Vater interniert ist ...«

»Wie alt ist sie denn jetzt?«

»Achte«, sagte das Kind.

Sie traten in die Druckerei.

»Das ist die Druckerei«, sagte Esch, »Maschinen und Setzerei allein sind schon ihre paar Tausend wert.«

»Ältere Konstruktion«, sagte Huguenau, der noch nie eine Druckmaschine gesehen hatte. Rechts war die Setzerei; die altersgrauen Setzkasten interessierten ihn nicht, aber die Druckmaschine gefiel ihm. Das Ziegelpflaster, an vielen Stellen mit großen Betonflecken ausgebessert, war um die Maschine herum von Öl durchtränkt und braun. Da stand die Maschine, schwer und fest stand sie da, das Gußeisen schwarz lackiert, die schmiedeisernen Stangen blank, und an den Gelenken und Lagern saßen gelbe Messingringe. Ein alter Arbeiter in blauer Bluse rieb mit einem Wergbündel an den blanken Stangen, ohne sich weiter um die Besucher zu scheren.

Esch sagte: »So, das ist alles, gehen wir … komm, Marguerite.« Er entfernte sich grußlos und ließ seinen Gast einfach stehen. Huguenau sah dem Rüpel nach und es war ihm ganz recht; jetzt konnte man sich die Sache hier mit Muße betrachten. Es war eine angenehme Atmosphäre von Ruhe und Festigkeit. Er zog seine Zigarrentasche, suchte eine Zigarre heraus, deren Deckblatt etwas ramponiert war, und brachte sie dem Mann bei der Maschine.

Der Drucker sah ihn fragend an, denn Tabak war rar und eine Zigarre war immerhin ein Geschenk. Er wischte sich die Hand an seinem blauen Zeug ab, nahm die Zigarre, und weil er nicht recht wußte, wie er danken sollte, sagte er: »Das ist eine Seltenheit.« – »Jawohl«, antwortete Huguenau, »mit dem Tabak sieht es übel aus.« – »Überall sieht es übel aus«, bekräftigte der Drucker. Huguenau horchte auf: »So ähnlich sagte es auch Ihr Herr Chef.« – »Das sagt ein jeder.«

Das war nicht die Antwort, die Huguenau hören wollte: »Rauchen Sie doch an«, kommandierte er. Der Mann biß, ein wenig wie ein Nußknacker, mit starken bräunlichen Zähnen die Zigarrenspitze ab und zündete an. Sein Arbeitsanzug und sein Hemd standen offen und ließen den weißen Pelz auf der Brust sehen. Huguenau hätte für seine Zigarre gerne eine Gegenleistung eingestrichen; der Mann sollte irgend etwas erzählen; er ermunterte ihn: »Feines Maschinchen, was?« – »Es tut's«, war die karge Antwort. Huguenau, dessen Sympathien der Maschine gehörten, war für diese ob des geringen Lobes beleidigt. Und weil ihm nichts anderes einfiel, das Schweigen zu unterbrechen, fragte er: »Wie heißen Sie?« – »Lindner.« Dann schwiegen sie definitiv und Huguenau überlegte, ob er nun nicht doch gehen sollte, – als sein Finger wieder von einer Kinderhand ergriffen wurde; Marguerite war auf ihren bloßen Füßen unhörbar heruntergekommen.

»Tiens«, sagte er, »tu lui as échappé.«

Das Kind schaute verständnislos zu ihm hinauf.

»Ach ja, du kannst nicht Französisch … schäm' dich, das mußt du lernen.«

Das Kind machte eine wegwerfende Bewegung, die gleiche, die Huguenau schon an Esch bemerkt hatte: »Der droben kann auch Französisch …«

Es sagte: der droben.

Huguenau war befriedigt; er sagte leise: »Du magst ihn nicht?«

Finsteren Gesichts schob das Kind die Unterlippe vor, aber dann entdeckte es, daß Lindner rauchte: »Herr Lindner raucht!«

Huguenau lachte und öffnete die Zigarrentasche: »Willst du auch eine Zigarre?«

Das Kind schob die Tasche von sich und antwortete langsam: »Schenk mir Geld.«

»Was! Geld willst du haben? wozu brauchst du denn Geld?« Lindner sagte: »Jetzt fangen sie eben schon zeitig an.«

Huguenau hatte sich einen Stuhl herangezogen; er nahm Marguerite zwischen die Knie: »Weißt du, Geld brauch ich selber.«

Das Kind wiederholte mit seiner verbissenen Langsamkeit: »Schenk mir Geld.«

»Ich schenke dir Pralinés.«

Das Kind schwieg.

»Wozu brauchst du Geld?«

Und obwohl Huguenau wußte, daß »Geld« ein sehr wichtiges Wort ist, und obwohl es ihn nicht losließ, konnte er sich plötzlich nichts darunter vorstellen und mußte angestrengt nachdenken: »Wozu braucht man Geld?«

Marguerite hatte die Arme auf seine Knie gestemmt und hielt sich sehr steif zwischen seinen Beinen.

Lindner brummte: »Ach, lassen Sie sie laufen«, und zu Marguerite, »mach, daß du raus kommst, die Druckerei ist nichts für Kinder.«

Marguerite hatte böse, schiefe Augen. Sie nahm wieder den Finger Huguenaus, begann zur Türe hin zu zerren.

»Eile mit Weile«, sagte Huguenau, der sich erhoben hatte, »nur die Ruhe kann es machen, was, Herr Lindner?«

Lindner wischte wieder wortlos an seiner Maschine, und da ergab sich für Huguenau mit einem Male eine unerklärliche Verwandtschaft zwischen dem Kind und der Maschine, gewissermaßen eine geschwisterliche Beziehung. Und als könnte er die Maschine damit trösten, sagte er noch rasch, ehe er bei der Tür war, zu dem Kinde: »Ich gebe dir zwanzig Pfennig.«

Als das Kind die Hand ausstreckte, überkam ihn neuerdings der sonderbare Zweifel am Geld, und behutsam, als handle es sich um ein Geheimnis, das nur sie beide anging und von dem niemand, selbst die Maschine nicht, etwas hören durfte, zog er das Kind dicht an sich heran, beugte sich zu seinem Ohr: »Wozu brauchst du Geld?«

Die Kleine sagte: »Gib.«

Wie aber Huguenau nichts dergleichen tat, überlegte sie finster. Dann sagte sie: »Ich sag' dir's«, drängte sich aus seiner Umklammerung und zerrte ihn zur Türe hinaus.

Als sie im Hofe standen, war es merkwürdig kühl geworden. Huguenau hätte das kleine Wesen, dessen Wärme er eben gespürt, gerne auf den Arm genommen; es war unrecht von dem Esch, ein Kind zu dieser Jahreszeit bloßfüßig herumlaufen zu lassen. Er war ein bißchen verlegen und putzte seine Brillengläser. Erst als das Kind wieder die Hand ausstreckte und »gib« sagte, erinnerte er sich an die zwanzig Pfennig. Doch er vergaß nach dem Zwecke zu fragen, öffnete die Börse und fingerte die beiden Eisenmünzen heraus. Marguerite nahm sie, lief davon, und Huguenau, allein gelassen, wußte nichts Besseres zu tun, als nochmals den Hof und die Gebäude zu mustern. Dann ging auch er.

15

Mit dem Augenblick, in dem der Landwehrmann Ludwig Gödicke die notwendigsten Stücke seiner Seele um sein Ich versammelt hatte, stellte er dieses schmerzliche Verfahren ein. Man könnte nun hiezu einwenden, daß der Mann Gödicke sein Leben lang ein primitiver Mensch gewesen war und daß ihm auch ein weiteres Suchen zu keiner größeren seelischen Reichhaltigkeit hätte verhelfen können, weil ihm eben niemals, auch nicht in den Höhepunkten seines Lebens, eine größere Anzahl von Bestandteilen für sein Ich zur Verfügung gestanden wäre. Weder aber kann bewiesen werden – und dies widerlegt solchen Einwand von vornherein –, daß der Mann Gödicke zu den Primitiven zu rechnen gewesen wäre, noch kann man ihn in seiner neuen Verfassung als Primitiven bezeichnen, und am allerwenigsten darf man sich die Welt und die Seele eines Primitiven gewissermaßen baustoffarm und wie mit der Axt gezimmert vorstellen. Man möge sich bloß überlegen, wie kompliziert die Sprachen der Primitiven gegenüber denen der Kulturvölker konstruiert sind, und man wird die Widersinnigkeit des Einwands begreifen. Es ist also durchaus unentscheidbar, ob der Landwehrmann Gödicke eine engere oder weitere Wahl unter den Bestandstücken seiner Seele getroffen, wie viele er zum Neuaufbau seines Ichs zugelassen und wie viele er ausgeschlossen hat, es kann bloß gesagt werden, daß er mit dem Gefühl herumging, es fehle ihm etwas, das einstens zu ihm gehört hatte, etwas, das er zwar zu seinem neuen Leben nicht unbedingt brauchte, das er aber entbehren und dem er trotzdem den Eintritt verweigern mußte, weil es ihn sonst getötet hätte.

Und daß hier tatsächlich etwas fehlte, war auch leicht an der Sparsamkeit seiner Lebensäußerungen zu konstatieren. Er konnte gehen, wenn auch nur unter Schwierigkeiten, konnte essen, wenn auch ohne Lust, und bloß die Verdauung, wie überhaupt alles, was mit seinem gequetschten Unterleib zusammenhing, bereitete ihm noch arge Mühsal. Vielleicht war auch die Mühsal des Sprechens dazu zu rechnen, denn oft war es ihm, als laste auf seiner Brust der gleiche Druck wie auf seinen Eingeweiden, als sei der Eisenreifen, der seinen Bauch einengte, auch um die Brust gelegt und hindere ihn am Sprechen. Doch solche Unmöglichkeit und Unfähigkeit, das geringste Wörtchen herauszupressen, war sicherlich in eben jener Sparsamkeit begründet, mit der er jetzt sein Ich aufgebaut hatte und die gerade noch den kärglichsten und knappsten Stoffwechsel erlaubte, für die aber jede weitere Ausgabe, und beschränkte sie sich auf den bloßen Atem eines einzigen Wortes, ein unersetzliches Manko bedeutet haben würde.

So ging er, auf zwei Stöcke gestützt, im Garten umher, der braune Vollbart lag abgebogen auf der Brust, braune Augen über tiefen, mit schwärzlichen Haaren bewaldeten Wangengruben schauten ins Leere, er trug den Spitalskittel oder den Uniformmantel, je nachdem die Schwester diese Kleidungsstücke vorbereitete, und er nahm es gewiß nicht zur Kenntnis, daß er sich in einem Lazarett befand oder daß eine Stadt vor ihm lag, deren Namen er nicht wußte. Der Maurer Ludwig Gödicke hatte sozusagen ein Gerüst für das Haus seiner Seele errichtet, und wenn er auf seine zwei Stöcke gestützt umherging, empfand er sich durchaus als ein Gerüst mit mancherlei Stützen und Streben; indes er konnte sich nicht entschließen, oder richtiger, es war ihm unmöglich, Steine und Ziegel für das Haus selber herbeizuschaffen, vielmehr war alles, was er tat, oder genauer ausgedrückt, alles was er dachte – denn er tat ja nichts –, mit dem Gerüstbau als solchem beschäftigt, mit der Ausgestaltung dieses Gerüstes, in dem es vielerlei Leitern und Verbindungen gab, ein Gerüst, das mit jedem Tage verwirrender wurde und auf dessen Festigkeit man bedacht sein mußte: Selbstzweck eines Gerüstes, nichtsdestoweniger ein echter Zweck, da unsichtbar in des Gerüstes Mitte und doch auch in jedem einzelnen der tragenden Teile das Ich des Häuserbauers Ludwig Gödicke hing und vor Schwindel bewahrt werden mußte.

Dr. Flurschütz dachte oft daran, den Mann an eine Geistesheilanstalt abzugeben. Aber Oberstabsarzt Kuhlenbeck meinte, daß der Schock bloß eine Folge der Verschüttung, also nicht organisch bedingt sei, und daß der Patient ihn mit der Zeit schon verwinden werde. Und weil es ein stiller Patient geworden war, dessen Betreuung keinerlei Schwierigkeiten bereitete, kam man überein, den Landwehrmann so lange zu behalten, bis seine körperlichen Gebrechen völlig ausgeheilt sein würden.

16

Geschichte des Heilsarmeemädchens in Berlin (2)

Gar manches läßt sich bloß in Versen sagen,
So sinnlos scheint es dem, der bloß in Prosa spricht;
Verse entheben mancher starren Pflicht
Und singend läßt sich manches sagen, klagen
Vom Leide, das in nachtgetränkten Tagen
Gleich Taggespenstern aus dem Herzen bricht,
Gleich Heilsarmeegesängen: und man lächelt nicht,
Wenn sie auf Tamburins und ihre Trommeln schlagen. –

So zog Marie schamlos durch viele Gassen,
So zog sie hin durch Kneipen in Berlin;
Die Uniform des Heils saß schlecht, der Strohhut tat nicht
passen,
Sie war ein Mädchen und sie tat verblühn,
Und wenn sie sang, so war's ein dünnes Singen
Und sinnlos war's, und dennoch trug sie Schwingen.
Marie, so hieß sie, lebte in Hospizen,
Wo's sauer roch im grauen Korridor
Nach faulem Kohl und ruß'gem Ofenrohr
Und wo die Reinheit stank aus allen Ritzen,
Wo man im Sommer an den Schultern fror,
Und alte Männer im Sprechzimmer sitzen,
Gestank im Mund und von den Füßen schwitzen …
Hier lebte sie, hier trat sie in das Tor,
Hier stand das Bett in braunem Holzverschlage,
Und überm Bett das braune Kruzifix,
Hier kniete sie und dankte für die Plage
Und sah nach oben, harrte des Geschicks,
Das ihr der Kreuzesmann vom Himmel würde bringen.
Hier schlief sie ein, und ihre Nacht war Klingen.
Doch morgens wusch sie sich mit kaltem Wasser,
Denn warmes war in diesem Haus verpönt;
Das Licht des Himmels war noch grau getönt,
Die Luft war wartend still und war oft wie ein nasser
Und weicher Segelstoff, der hängt und manchmal dröhnt.
Um diese Zeit ist vieles hoffnungslos und krasser:
Wer mag auf Freude hoffen oder daß er
Sich diesen neuen Tag verewigt und verschönt?
Daß er an diesem Tag, der einsam angebrochen,
Die Freundschaft schließe, die er sich ersehnt?
Marie weiß nichts davon, – sie muß den Kaffee kochen,
Sie fegt und wischt und an das Fenster lehnt
Sie dann ein Weilchen hin: da ist's fast ein Gelingen
Und Segen atmet auf aus Straße und aus Dingen.

17

Es geschah selten genug, daß Hanna Wendling in die Stadt kam. Sie haßte den Weg, und nicht nur die staubige Landstraße, was schließlich zu verstehen gewesen wäre, sondern auch den Pfad längs des Flusses. Dabei waren es kaum 25 Minuten und auf der Straße gar nur eine Viertelstunde. Im Grunde hatte sie den Weg niemals leiden mögen, selbst zu jener Zeit nicht, als sie Heinrich noch täglich aus der Kanzlei abgeholt hatte. Später gab's das Auto, allerdings nur für ein paar Monate, denn dann kam der Krieg. Heute hatte Dr. Kessel sie in seinem Einspänner zur Stadt mitgenommen.

Sie machte Einkäufe. Ihr neues Kleid reichte bloß bis zum Knöchel und sie spürte die Blicke der Menschen auf ihren Füßen. Sie besaß ein gutes Gefühl für die Mode, hatte es immer besessen, sie spürte die Mode, so wie einer zur bestimmten Stunde aufwacht und nicht auf die Uhr zu schauen braucht. Modejournale waren für sie stets nur eine nachträgliche Bestätigung. Und daß ihr die Leute auf die Füße blickten, das war auch wie eine Bestätigung. Es gibt natürlich viele Menschen, welche pünktlich aufzuwachen verstehen, und viele Frauen mit gutem Gefühl für die immanente Logik der Mode gibt es, der Mensch aber, dem solche Fähigkeit zu eigen ist, hält sich zumeist für den einzigen dieser Art. So war Hanna Wendling jetzt ein bißchen stolz, und wenn sie auch bloß ahnte, daß der Stolz unberechtigt war, so machte sich dennoch ein Anflug schlechten Gewissens bemerkbar angesichts all der abgezehrten Frauen, die vor dem Bäckerladen Polonaise standen. Allein wenn man bedachte, daß mit ein wenig Sinn für das Modische eine jede dieser Frauen sich den Rock kürzen könnte, da es ja fast gar keine Kosten verursacht – das Stubenmädchen war damit in einer Stunde fix und fertig gewesen, trotz des frischen Besatzes –, so war hinwiederum der Stolz nicht unberechtigt, und weil Stolz gute Laune erzeugt, so kam es, daß Hanna Wendling sich weder über die schwarzen Fingernägel des Grünwarenhändlers ärgerte, noch über die Fliegen, die im Laden herumtanzten, und für den Augenblick machte es ihr auch kaum etwas aus, daß ihre Schuhe staubig waren. Wie sie so durch die Straßen schlenderte und einmal bei dem, ein andermal bei jenem Schaufenster stehenblieb, hatte sie zweifelsohne jenes mädchen- oder nonnenhafte Aussehen, das man – im Kriege war diese Beobachtung häufig zu machen – an Frauen finden wird, die längere Zeit von ihren Männern getrennt sind und ihnen die Treue halten. Doch weil Hanna Wendling jetzt ein wenig stolz war, hatte sich ihr Gesicht entschleiert, und jener undefinierbare zarte Schleier, der wie ein Vorbote dämmernden Alterns auf solchen Gesichtern liegen kann, war von unsichtbarer Hand weggezogen worden: das Antlitz glich einem ersten Frühlingstag nach einem allzu langen Winter.

Dr. Kessel, der Visiten in der Stadt absolvierte, um hierauf ins Lazarett hinauszufahren, sollte sie wieder zu Hause absetzen; sie hatte sich mit ihm bei der Apotheke verabredet. Als sie hinkam, stand der Einspänner bereits dort, und Dr. Kessel plauderte mit Apotheker Paulsen. Was von Apotheker Paulsen zu halten war, das brauchte man Hanna Wendling nicht zu sagen, ja, sie besaß vielleicht die über diesen Einzelfall hinausgehende Erkenntnis, daß alle Männer, die sich von ihren Frauen betrogen wissen, eine besondere und besonders hohle Galanterie gegenüber anderen Frauen an den Tag legen; und trotzdem war sie geschmeichelt, als er mit den Worten: »Welch charmanter Besuch, wie ein holder Frühlingstag«, ihr entgegenstürzte. Denn so radikal Hanna Wendling sonst Menschen in Bausch und Bogen abzulehnen und abzutun pflegte, heute, da sie sich gelöst und frei fühlte, war sie selbst den Komplimenten eines hohlen Apothekers zugänglich, – es war ein Pendeln von einem Extrem ins andere, ein Schwanken zwischen völliger Verschlossenheit und völliger Gelöstheit, eine Maßlosigkeit der Haltung, wie sie bei verkrampften Menschen vorzukommen pflegt und die sicherlich nicht die Maßlosigkeit der Renaissancepäpste ist, wohl aber die Haltlosigkeit und die Insignifikanz eines bürgerlichen Menschen, dem die Wertinstinkte fehlen. Zumindest ließe sich behaupten, daß es Mangel an Wertinstinkt war, der jetzt Hanna Wendling, die auf der roten Plüschbank in der Apotheke Platz genommen hatte, dazu veranlassen konnte, den Apotheker Paulsen mit freundlichen Blicken anzustrahlen und seiner Lyrik einen Gehalt zu verleihen, an den sie zugleich glaubte und nicht glaubte. Ja, sie war Dr. Kessel, den die Pflicht ins Lazarett rief, ausgesprochen böse, weil er zum Aufbruch mahnen mußte, und als sie neben ihm in dem Wagen saß, hatte sich der Schleier wieder über ihr Gesicht gebreitet.

Einsilbig war sie auf dem Weg, einsilbig zu Hause. Sie verstand wieder einmal nicht, warum sie sich so sehr wehrte, für die Dauer des Krieges ins Frankfurter Vaterhaus zurückzukehren. Daß in dem kleinen Städtchen die Verköstigung leichter durchzuführen war, daß sie die Villa nicht allein stehen lassen durfte, daß die Luft hier dem Jungen zuträglicher sein sollte, das waren Scheingründe, die bloß dazu dienten, den seltsamen Zustand der Entfremdung zu bemänteln, einer Entfremdung, die sich nicht wegleugnen ließ. Menschenscheu war sie, das hatte sie auch zu Dr. Kessel gesagt; »menschenscheu« wiederholte sie, und während sie es aussprach, war es, als ob Heinrich dafür verantwortlich zu machen wäre, genau so, wie sie ihm vorwarf, daß der Messingmörser aus der Küche an die Metallsammlung abgeliefert worden war. Selbst auf den Jungen erstreckte sich diese geheimnisvolle Entfremdung. Wenn sie in der Nacht aufwachte, kostete es Mühe sich vorzustellen, daß der Junge im Nebenzimmer schlief und daß dies ihr Kind sein sollte. Und wenn sie ein paar Töne am Klavier anschlug, so war es nicht mehr ihre Hand, die es tat, sondern es waren fremde unbewegliche Finger geworden, und sie wußte, daß sie sogar die Musik verlieren werde. Hanna Wendling ging ins Badezimmer, um den Stadtvormittag von sich abzuwaschen. Dann betrachtete sie sich sorgsam im Spiegel, suchend, ob dies noch ihr Gesicht sei. Sie fand es, fand es aber so seltsam überschleiert, und obwohl ihr dies eigentlich gefiel, machte sie dennoch Heinrich dafür verantwortlich.

Im übrigen ertappte sie sich jetzt öfters dabei, daß ihr sein Name nicht zuhand war und daß sie ihn dann auch für sich so nannte, wie sie ihn vor den Dienstboten zu bezeichnen pflegte: Dr. Wendling.

18

Geschichte des Heilsarmeemädchens in Berlin (3)

Ich hatte Marie, das Heilsarmeemädchen, für einige Wochen aus den Augen verloren. Berlin glich damals – ja, wem oder was glich es? es waren heiße Tage, der Asphalt war weich, oftmals löcherig, nichts wurde ausgebessert, die Weiber führten das große Wort, hatten obrigkeitliche Funktionen als Schaffnerinnen oder so; die Bäume in den Straßen waren schon im Frühling welk, sahen aus wie Kinder mit Greisengesichtern, und blies der Wind, so wirbelte er Staub und Zeitungsfetzen auf; Berlin war dörflicher geworden, sozusagen natürlicher, aber eben dadurch unnatürlich, es glich sozusagen seiner eigenen Kopie. In der Wohnung, in der ich mich eingemietet hatte, waren zwei oder drei Zimmer von jüdischen Flüchtlingen aus der Lodzer Gegend besetzt, ich konnte eigentlich niemals erkunden, wie viele es waren und wie sie zusammengehörten; es gab alte Männer in Röhrenstiefeln und mit Schläfenlocken, und einmal traf ich auch einen, aus dessen Kaftan weiße Kniestrümpfe und Schnallenschuhe hervorschauten, wie man sie im 18. Jahrhundert getragen hatte; es gab Männer, die den Kaftan bloß durch den längeren Schnitt ihrer Röcke andeuteten, und junge Männer von merkwürdig milchigem Angesicht, mit flockigem blonden Bart, der wie ein Theaterbart aufgeklebt war. Mitunter zeigte sich auch einer in feldgrauer Uniform, und es war, als ob sogar die Uniform noch etwas vom Kaftan an sich hätte. Und manchmal kam ein Mann unbestimmten Alters, städtisch gekleidet, und sein brauner Bart war wie der des Ohm Krüger rahmenförmig ausrasiert und nur in der Schläfengegend ungeschoren belassen. Er trug stets einen Stock mit einer altmodischen Krücke und einen Kneifer an einer schwarzen Schnur. Ich habe ihn sogleich für einen Arzt gehalten. Natürlich gab es auch Frauen und Kinder, Matronen mit falschem Scheitel, Mädchen, die merkwürdig modisch angezogen waren.

Mit der Zeit fing ich ein paar Worte des Jiddisch-Deutsch auf, das sie sprachen. Wirklich verstanden habe ich es natürlich niemals. Aber ihnen schien dies unvorstellbar, denn wenn ich in ihre Nähe geriet, unterbrachen sie das gutturale Geschnatter, das so sonderbar aus dem Munde würdiger Greise kam; sie betrachteten mich mit Scheu. Abends saßen sie meist im unbeleuchteten Zimmer, und wenn ich des Morgens in den Vorraum trat, der stets mit allerlei Kleidungsstücken vollgeräumt war und in dem das Dienstmädchen Schuhe putzte, sah ich öfters einen der älteren Männer am Fenster stehen. Er hatte die Gebetriemen um Stirn und Handgelenk geschnallt, bewegte den Oberkörper im Takte des Schuhputzens und hie und da die Fransen seines Gebetmantels küssend, betete er mit rasenden welken Lippen rasende welke Worte zum Fenster hinaus. Vielleicht weil das Fenster nach Osten ging.

Ich war von dem Getriebe der Juden so gefangen, daß ich viele Stunden des Tages der stillen Beobachtung widmete. Im Vorzimmer hingen zwei Öldrucke, Rokokoszenen darstellend, und ich mußte darüber nachdenken, ob sie wohl diese Bilder und vieles andere zu erkennen und mit den gleichen Augen wie unsereins zu betrachten vermöchten. Und mit diesen Beobachtungen beschäftigt, hatte ich das Heilsarmeemädchen Marie, obgleich ich sie mit alldem irgendwie in Zusammenhang brachte, völlig vergessen.

19

Leutnant Jaretzkis Arm war amputiert worden. Oberhalb des Ellbogens. Kuhlenbeck machte seine Sachen gründlich. Der Rest Jaretzkis saß im Garten des Krankenhauses, saß bei den Bosketten und betrachtete den blühenden Apfelbaum.

Inspektion durch den Stadtkommandanten.

Jaretzki erhob sich, griff nach der kranken Hand, griff ins Leere. Dann stand er stramm.

»Guten Morgen, Herr Leutnant, soweit wieder wohlauf?«

»Zu Befehl, Herr Major, es fehlt eben ein gutes Stück.«

Fast war es, als würde sich Major v. Pasenow für Jaretzkis Arm verantwortlich fühlen, da er sagte: »Es ist ein böser Krieg … wollen Sie nicht Platz behalten, Herr Leutnant.«

»Danke gehorsamst, Herr Major.«

Der Major sagte: »Wo wurden Sie verwundet?«

»Ich wurde nicht verwundet, Herr Major ... Gas.«

Der Major schaute auf Jaretzkis Armstumpf: »Ich verstehe nicht recht ... Gas führt doch zu Erstickung ...«

»Es gibt auch solche Gaswirkungen, Herr Major.«

Der Major sann eine Weile. Dann sagte er: »Eine unritterliche Waffe.«

»Gewiß, Herr Major.«

Beide dachten daran, daß auch Deutschland solch unritterliche Waffe in Verwendung habe. Aber sie sprachen es nicht aus.

Der Major sagte: »Wie alt sind Sie?«

»Achtundzwanzig, Herr Major.«

»Zu Anfang des Krieges gab es noch kein Gas.«

»Nein, Herr Major, ich glaube nicht.«

Die Sonne beschien die lange gelbe Mauer des Krankenhauses. Einige weiße Wolken hingen im blauen Himmel. Der Kies des Gartenweges steckte fest in der schwarzen Erde und am Rande des Rasens kroch ein Regenwurm. Der Apfelbaum war wie ein großes helles Bukett.

Vom Hause her kam der Oberstabsarzt im weißen Kittel.

Der Major sagte: »Ich wünsche Ihnen eine baldige Genesung.«

»Ich danke gehorsamst, Herr Major«, sagte Jaretzki.

20

Zerfall der Werte (2)

Vielleicht ist das Entsetzen dieser Zeit in den architektonischen Erlebnissen am sinnfälligsten: eine grauenhafte Müdigkeit bringe ich stets heim, wenn ich durch die Straßen gewandert bin. Ich brauche die Häuserfronten gar nicht eigens betrachten; sie beunruhigen mich, auch ohne daß ich den Blick zu ihnen erhebe. Manchmal flüchte ich zu den so sehr gerühmten neuen Bauten, aber – sicherlich ist es ungerecht – das Warenhaus von Messel, der doch gewiß ein großer Architekt ist, hat in seiner Gotik für mich etwas Komisches, und es ist eine ärgerliche und ermüdende Komik. Es ermüdet mich so sehr, daß ich mich kaum bei den klassizistischen Bauten auszuruhen vermag. Und doch liebe ich die großzügige Klarheit der Schinkelschen Architektur.

Ich bin überzeugt, daß in keiner früheren Zeit der Mensch die architektonischen Ausdrucksformen mit Ekel und Widerwillen betrachtet hat; das ist unserer Zeit vorbehalten geblieben. Bis zum Klassizismus war Bauen eine natürliche Funktion. Es mag sein, daß man neue Bauwerke gar nicht sah, so wenig man einen neugepflanzten Baum zur Kenntnis nehmen muß, allein wenn man sie sah, so wußte man, daß etwas Gutes und Natürliches geschehen war; so sah noch Goethe auf die Bauwerke seiner Zeit.

Nein, ich bin kein Ästhet, war es sicherlich auch niemals, mochte wohl auch manches solchen Anschein erweckt haben, und ebensowenig ist es rücksehnende Sentimentalität, verklärende Rückschau auf vergangene Epochen. Nein, hinter all meinem Ekel und meiner Müdigkeit steckt eine alte sehr fundierte Erkenntnis, die Erkenntnis, daß es für eine Epoche nichts Wichtigeres gibt als ihren Stil. Keine Epoche der Menschheit, die sich anders als durch ihren Stil und vor allem durch ihren Baustil charakterisiert hätte, und sie ist wohl nur so weit Epoche zu nennen, als sie ihren Stil besitzt.

Man mag mir einwenden, daß meine Müdigkeit und Reizbarkeit auf meine Unterernährung zurückzuführen sei. Man mag mir sagen, daß diese Zeit ihren sehr prägnanten Maschinen-, Kanonen- und Eisenbetonstil besitzt, man mag mir sagen, daß erst künftige Generationen den Stil dieser Zeit erfassen werden. Nun, irgendein Stilchen besitzt jede Zeit, und selbst die Gründerjahre hatten trotz allen Eklektizismus ihren Stil. Und ich gebe sogar zu, daß der Stilwille von der Technik einfach überrannt worden ist und daß man den neuen Baustoffen eben noch nicht ihre adäquaten Ausdrucksformen abgerungen hat, daß all die beunruhigende Disproportion vorderhand noch unbewältigter Zweck sei. Immerhin wird niemand mir abstreiten können, daß dem neuen Bauausdruck, möge er nun vom neuen Material oder von der persönlichen Unfähigkeit bestimmt sein, etwas abhanden gekommen ist, ja, von ihm mit aller Bewußtheit verworfen wird und mit Recht verworfen werden muß, etwas, das ihn radikal von allen früheren Stilen unterscheidet: das Merkmal des Ornaments. Gewiß kann man auch dies noch als Tugend preisen und behaupten, man verstünde erst jetzt, so materialgerecht zu konstruieren, daß man des ornamentalen Beiwerks entraten könne. Aber ist der Terminus von der »Materialgerechtheit« nicht bloß ein modernes Schlagwort? hat etwa die Gotik oder sonst irgendeine Zeit nicht materialgerecht gebaut? Wer das Ornament als Beiwerk betrachtet, ist sich über die innere Logik eines Baues nicht im klaren. »Baustil« ist Logik, ist eine Logik, die das Gesamtbauwerk durchdringt, angefangen vom Grundriß bis zur Luftkontur, und innerhalb dieser Logik ist das Ornament bloß das letzte, der differentiale Ausdruck im kleinen für den einheitlichen und einheitsetzenden Grundgedanken des Ganzen. Ob es nun Unfähigkeit zum Ornament ist oder seine Ablehnung, es bedeutet hier das gleiche, es bedeutet nichts anderes, als daß die architektonische Ausdrucksform dieser Zeit aufs schärfste von allen früheren Stilen unterschieden ist.

Indes, was nützt solche Einsicht! Weder kann die ornamentale Form durch Eklektizismus geschaffen, noch kann künstlich eine neue errungen werden, ohne in die komischen Gebilde eines Van de Velde zu verfallen. Was bleibt, ist eine tiefe Beunruhigung, Beunruhigung und Wissen, daß dieser Baustil, der keiner mehr ist, bloß ein Symptom darstellt, ein Menetekel für einen Zustand des Geistes, welcher der Ungeist dieser Unzeit sein muß. Ach, ihn zu sehen, macht mich müde. Wenn ich könnte, ich würde meine Wohnung nicht mehr verlassen.

21

Abgesehen davon, daß das Essen im Gasthof kostspielig war und Huguenau es sich erst vergönnen wollte, nachdem er seinen neuen Erwerb gefunden haben würde, hatte er das sichere Empfinden, daß er die bevorstehende Aktion gefährden könnte, falls er dem Major allzu häufig unter die Augen käme. Weitere Unterhandlungen hätten bloß geschadet und kaum etwas gefördert, und es erschien vorteilhafter, wenn der Major ihn bis zur Freitagszusammenkunft vergessen würde. Also nahm Huguenau seine Mahlzeiten in einer bescheideneren

Wirtschaft ein und tauchte erst am Freitagabend wieder im Speisesaal auf.

Er hatte sich nicht getäuscht. Da saß der Major und zeigte sich durchaus überrascht, wie er in hurtig herzlicher Weise auf ihn zutrat und ihm aufs neue für die so freundliche und ehrende Einladung dankte. »Ja«, sagte der Major, der sich nun endlich erinnerte, »ja, ich werde Sie den Herren vorstellen.«

Huguenau dankte nochmals und setzte sich bescheiden an einen andern Tisch. Als aber der Major mit dem Abendbrot fertig war und aufschaute, da lächelte Huguenau ihm zu und erhob sich ein wenig, um zu zeigen, daß er dem Major zu Befehl stünde. Gemeinsam gingen sie denn auch in das kleine Nebenzimmer hinein, wo der Freitagstammtisch der bürgerlichen Herren sich befand.

Die Herren waren vollzählig beisammen, sogar der Bürgermeister war da. Huguenau konnte sich die Namen all der Herren gar nicht merken. Er hatte sofort beim Eintreten das Gefühl gehabt, mit warmer Sympathie begrüßt zu werden, und hatte das Vorgefühl eines großen Erfolges. Das Gefühl trog nicht. Die meisten der Herren wußten bereits von seiner Anwesenheit in der Stadt und im Gasthof; er war offenbar schon Gesprächsthema gewesen, und man brachte seinen Ausführungen, wie er später Esch erzählte, das wärmste Interesse entgegen. Der Abend endigte mit einem ungemein positiven Resultat.

Das war schließlich kein Wunder. Die Herren standen unter dem Eindruck, an einem geheimen Konventikel teilzunehmen, und es war gleichzeitig eine Art Femgericht, das über den Rebellen Esch abgehalten wurde. Und wenn Huguenau ein so überaus wohlgefälliges Ohr bei seinen Zuhörern fand, so lag dies nicht nur an seinem starken Willen, es zu gewinnen, lag nicht nur an seiner traumwandlerischen Sicherheit, sondern es lag auch daran, daß er kein Rebell war, vielmehr einer, der für sich und seine Tasche sorgte, und daß er damit die Sprache redete, die die anderen verstanden.

Huguenau hätte die Herren mit Leichtigkeit dahin bringen können, die von Esch verlangten 20000 Mark zu zeichnen. Aber er tat es nicht. Irgendeine geheime Angst befahl, daß alles im Beiläufigen und gerade noch Haltbaren verbleiben müsse, weil die wahre Sicherheit außerhalb oder oberhalb des Realen schwebt und weil eine allzu große Solidität gefährlich ist wie irgendeine unerklärliche Belastung. Das mag sinnlos aussehen; allein, es läßt sich zu jeder Unsinnigkeit etwas Vernünftiges denken, und so war denn das, was Huguenau dazu dachte, völlig vernünftig und führte sonderbarerweise zu dem nämlichen Ergebnis: würde er von den Herren allzu viel Geld verlangen oder annehmen, so könnte doch einer auf die Idee kommen, ihn nach seiner Legitimation zu fragen; wenn er aber stolz war und zu hohe Beteiligungen ablehnte, den Hauptteil der Zeichnungen seiner eigenen (legendären) Gruppe vorbehielt, so stand es für jedermann außer Zweifel, daß man in ihm tatsächlich den Exponenten der kapitalkräftigsten Industriegruppe des Reiches zu sehen hatte (Krupp). Und wirklich zweifelte keiner, und zu guter Letzt glaubte Huguenau selber daran. Er erklärte sich außerstande, den geehrten Herren eine größere Beteiligung als ein Drittel der in Betracht kommenden M. 20000.–, also insgesamt M. 6600.– überlassen zu können; er sei jedoch bereit, mit seiner Gruppe Rücksprache zu pflegen, ob sie sich statt mit der Zweidrittelmajorität auch mit einfacher Majorität von 51% begnüge, und er nehme auch gerne Vormerkung für spätere Kapitalserhöhungen entgegen – für den Augenblick freilich müßten die Herren, so leid es ihm täte, sich mit der geringeren Summe bescheiden.

Das war bedauerlich für die Herren, aber es ließ sich nichts dagegen machen. Es wurde vereinbart, daß die Zahlungen gegen interimistische Anteilscheine geleistet werden sollten, sobald Huguenau den Kauf des »Kurtrierschen Boten« durchgeführt haben würde, und daß nach weiterer Fühlungnahme mit der Zentralgruppe das ausgebaute Unternehmen die Form einer G. m. b. H. oder gar einer A.-G. zu erhalten hätte. Man gedachte der künftigen Aufsichtsratsitzungen, und der Abend schloß mit einem Hoch auf die verbündeten Armeen und auf Seine Majestät den Kaiser.

22

Als Huguenau erwachte, griff er unter das Kopfpolster; dort pflegte er nachtsüber seine Brieftasche aufzubewahren. Er hatte das angenehme Gefühl, 20000.– Mark zu besitzen, und wenn er auch wußte, daß in der Brieftasche sich nicht einmal jene 6600.– befanden, die er erst nach dem Kauf des »Boten« von den ortsansässigen Herren erhalten sollte, sondern daß er nur mehr einen Rest von M. 185.– darinnen hatte, so sollte es bei den 20000.– bleiben. Er besaß 20000 Emm, und damit basta.

Entgegen seiner Gewohnheit blieb er noch im Bette liegen. Wenn er 20000 Emm besaß, so war es ein Wahnsinn, sie dem Esch zu geben, bloß weil der so viel für sein Dreckblatt verlangte. Jeder Preis ist aufs Abhandeln eingerichtet, und er wird dem Esch etwas abhandeln, darauf kann der sich verlassen. Mit M. 14000.– wäre die Zeitung noch immer überzahlt, und das ergäbe einen Privatnutzen von 6000.– Emm. Man muß es bloß geschickt deichseln, damit es nicht herauskommt, daß der Esch nicht seine ganzen 20000.– bekommen wird. Man kann es Kapitalreserve nennen, oder daß die Industriegruppe sich vorderhand mit der einfachen Majorität statt mit der qualifizierten Zweidrittelmajorität begnügt, oder sonst was Ähnliches. Es wird einem schon etwas einfallen! und Huguenau sprang vergnügt aus dem Bett.

Es war noch recht zeitig, da er sich in die Redaktion begab. Und er überfiel den verdutzten Esch mit den heftigsten Vorwürfen ob dessen schlechter Beleumdung. Es sei schauderhaft, was er, Wilhelm Huguenau, der doch für Herrn Esch wahrlich nicht verantwortlich sei, sich während dieser paar Tage über die Zeitung habe anhören müssen. Als Makler hätte es ihn gewiß gleichgültig lassen können, aber es breche ihm das Herz, ja, es sei herzbrechend, mitanzusehen, wie ein gutes Geschäft mutwillig zugrunde gerichtet werde; eine Zeitung lebt von ihrem Ruf, und wenn ihr Ruf pleite ist, dann ist sie es selber auch. So wie die Sache liegt, habe Herr Esch es zuwege gebracht, daß der »Kurtriersche Bote« eine schlechte unverkäufliche Affäre geworden sei. »Sie müssen sich klar sein, lieber Esch, daß Sie dem Übernehmer des Blattes eigentlich etwas herauszahlen müßten, anstatt noch Geld zu verlangen.«

Esch hatte ein vergrämtes Gesicht; dann grimassierte er verächtlich. Huguenau freilich war damit nicht aus der Fassung zu bringen: »Da gibt es nichts zu grinsen, lieber Freund Esch, die Sache ist todernst, wahrscheinlich viel ernster, als Sie selber glauben.« Von einer Rentabilität könne keine Rede sein, und wenn man dennoch zu einer solchen gelangen wolle, so sei dies bloß mit Hilfe unerhörter Opfer, ja Opfer, mein lieber Herr Esch, möglich. Sollte sich, wie er gerne glauben und hoffen wolle, unter seinen Freunden eine Gruppe opferwilliger Männer finden, die zu diesem völlig sinnlosen, weil idealen Vorhaben bereit wären, so könnte Herr Esch von Glück reden, von einem Glück, wie man es vielleicht nur ein einziges Mal im Leben träfe, denn dank besonders günstiger Umstände und seiner sicherlich tatkräftigen Vermittlertätigkeit werde er Esch überdies eventuell noch einen Nutzen von 10000.– Mark herausschlagen, und wenn Esch nicht zugreife, so tue es ihm leid, sich derart uneigennützig mit Eschs Angelegenheiten, die ihn gar nichts, aber rein schon gar nichts angingen, befaßt zu haben.

»Dann lassen Sie es bleiben«, schrie Esch und schlug auf den Tisch.

»Bitte, ich kann es natürlich bleiben lassen, ... aber es ist nicht einzusehen, warum Sie so wütend werden, wenn man Ihre phantastischen Preisideen nicht schlankweg akzeptiert.«

»Ich habe nichts Phantastisches verlangt, ... zwanzigtausend ist das Blatt unter Brüdern wert.«

»Ja, sehen Sie nicht ein, daß man Ihre Bewertung sogar akzeptiert? denn Sie werden zugeben, daß man mindestens weitere zehntausend zur Ausgestaltung des Blattes hineinstecken muß ... und dreißigtausend, das wäre denn doch überzahlt, nicht wahr?«

Esch wurde nachdenklich. Huguenau spürte, daß er auf gutem Wege war: »Nun, jetzt werden Sie vernünftig ... ich will Sie natürlich nicht drängen ... Sie können sich die Sache ja überschlafen ...«

Esch ging im Zimmer auf und ab. Dann sagte er: »Ich will's einmal mit meiner Frau besprechen.«

»Tun Sie das ruhig ... nur überlegen Sie sich's nicht zu lang ... Bargeld lacht, mein lieber Herr Esch, aber es wartet nicht.«

Er erhob sich: »Ich will morgen wieder mal nachfragen ... und empfehlen Sie mich inzwischen der werten Frau Gemahlin.«

23

Dr. Flurschütz und Leutnant Jaretzki gingen vom Krankenhaus in die Stadt. Die Straße war voller Löcher und Gruben, aufgerissen von den Lastautos, die mit Eisenreifen fuhren, weil es keinen Gummi mehr gab. Eine stillgelegte Dachpappefabrik streckte dünne schwarze Blechschlote in die stille Luft. Im Wald zwitscherten die Vögel. Jaretzkis Ärmel war mit einer Sicherheitsnadel an der Tasche seines Uniformrocks befestigt.

»Merkwürdig«, sagte Jaretzki, »seitdem ich den linken los bin, hängt mir der rechte wie ein Gewicht herunter ... am liebsten würde ich auch den abschneiden.«

»Sie sind eben ein symmetrischer Mensch ... Ingenieure haben Sinn für Symmetrie.«

»Wissen Sie, Flurschütz, manchmal vergesse ich völlig, daß ich so einen Beruf gehabt habe ... Sie verstehen das nicht, Sie sind ja in Ihrem Beruf geblieben.«

»Na, das kann man nicht eben behaupten ..., ich war doch eher Biolog als Arzt ...«

»Ich habe ein Offert bei der A.E.G. eingereicht, Leutemangel haben sie ja jetzt überall ... aber daß ich wieder beim Reißbrett sitzen werde, das kann ich mir nicht vorstellen ... was meinen Sie wohl, wieviel Tote es so insgesamt gibt?«

»Weiß nicht, fünf Millionen, zehn Millionen ... vielleicht zwanzig, bis es zu Ende sein wird.«

»Ich bin überzeugt, daß das nie zu einem Ende kommen kann ... das geht ewig so weiter.«

Dr. Flurschütz blieb stehen: »Sagen Sie, Jaretzki, begreifen Sie, daß man hier so ruhig herumspaziert, daß überhaupt das Leben so ruhig weiterläuft, während ein paar Kilometer von hier lustig drauflos geknallt wird?«

»Na, ich begreife manches nicht ..., übrigens haben wir beide unser Teil draußen abbekommen ...«

Dr. Flurschütz tastete mechanisch nach der Einschußnarbe unter dem Mützenschild: »So meinte ich's nicht ... das war am Anfang, wie man sich dazu gedrängt hat, weil man sich schämte ... nein, jetzt müßte man von Rechts wegen wahnsinnig werden.«

»Das fehlte noch ..., danke schön, dann lieber noch sich besaufen ...«

»Das Rezept befolgen Sie ja gründlich.«

Der Wind trug den Teergeruch von der stillgelegten Dachpappefabrik zu ihnen herüber.

Dr. Flurschütz, dünn und gebeugt, mit seinem blonden Spitzbart und dem Kneifer, sah in der Uniform etwas linkisch aus. Sie schwiegen eine Weile.

Die Straße senkte sich. Verstreute Parterrehäuschen, in neuerer Zeit hier vor den Toren der Stadt errichtet, schoben sich zur Zeile zusammen und machten einen friedlichen Eindruck. In allen Vorgärten wurde kümmerliches Gemüse gezogen.

Jaretzki sagte: »Kein Vergnügen, das ganze Jahr im Teergeruch zu wohnen.«

Flurschütz sagte: »Ich war in Rumänien und war in Polen. Sehen Sie ... und überall stehen die Häuser ebenso friedlich da ... so mit den gleichen Tafeln, Maurermeister, Schlosser und so ... in einem Unterstand bei Armentières da gab's unter den Brettern der Zimmerung eine Tafel ›Tailleur pour Dames‹ ... es ist vielleicht kitschig, aber dort ist mir der ganze Wahnsinn erst richtig aufgegangen.«

Jaretzki sagte: »Jetzt mit dem einen Arm könnte ich mich auch in irgendeinen Heeresbetrieb als Ingenieur stecken lassen.«

»Das wäre Ihnen lieber als die A. E. G.?«

»Nee, mir ist überhaupt nichts lieber ... vielleicht melde ich mich mit dem einen Arm nochmals hinaus ... zum Handgranatenschmeißen genügt der eine ... helfen Sie mir die Zigarette anzünden.«

»Was haben Sie heute schon getrunken, Jaretzki?«

»Ich? nicht der Rede wert, ich habe mich nüchtern gehalten für den Wein, zu dem ich Sie jetzt führen werde.«

»Also wie ist's mit der A. E. G.?«

Jaretzki lachte: »Um ehrlich zu sein: ein sentimentaler Versuch, ins Bürgerliche zurückzufinden, eine Karriere vor sich haben, nicht mehr herumvögeln, heiraten ... aber daran glauben Sie ebensowenig wie ich.«

»Warum soll ich denn nicht daran glauben?«

Jaretzki skandierte mit der Zigarette: »Weil ... der ... Krieg ... nie ... zu ... einem ... Ende ... gelangen ... kann ... wie oft soll ich's Ihnen denn noch sagen!«

»Auch das ist eine Lösung«, sagte Flurschütz.

»Es ist die einzige Lösung.«

Sie waren beim Stadttor angelangt. Jaretzki stellte den Fuß auf den Prellstein, holte die Handschuhe aus der Tasche, und, die Zigarette schief im Mund, klopfte er sich den Staub der Landstraße von den Schuhen. Dann strich er den dunklen Schnurrbart glatt, und durch den kühlen Torbogen betraten sie die enge stille Gasse.

24

Zerfall der Werte (3)

Die Prävalenz des Baustils innerhalb der Charakteristika einer Epoche ist eine der sonderbarsten Angelegenheiten. Überhaupt diese ganz merkwürdige Vorzugsstellung, die die bildende Kunst innerhalb der Historie erhalten hat! Sie ist gewiß nur ein sehr geringer Ausschnitt aus der Fülle der menschlichen Tätigkeiten, von denen eine Epoche erfüllt ist, sicherlich nicht einmal ein sehr geistiger Ausschnitt und doch überragt sie an Charakterisierungskraft alle anderen geistigen Gebiete, überragt die Dichtung, überragt sogar die Wissenschaft, überragt sogar die Religion. Was durch die Jahrtausende hin dauert, ist das bildende Kunstwerk, es bleibt der Exponent der Epoche und ihres Stils.

Es kann nicht nur an der Haltbarkeit des Materials liegen: aus den letzten Jahrhunderten hat sich beschriebenes Papier die Menge erhalten, und dennoch ist jede gotische Statue »mittelalterlicher« als alle mittelalterliche Literatur. Nein, das wäre eine sehr dürftige Erklärung, – ist eine Erklärung möglich, so muß sie in der Wesenheit des Begriffes »Stil« selber gefunden werden.

Denn Stil ist sicherlich nicht etwas, das sich auf das Bauen oder auf die bildende Kunst beschränkt, Stil ist etwas, das alle Lebensäußerungen einer Epoche in gleicher Weise durchzieht. Widersinnig wäre es, den Künstler als Ausnahmsmenschen anzusprechen, als einen, der eine Art Sonderexistenz innerhalb des Stils führt und ihn produziert, während die anderen ausgeschlossen bleiben.

Nein, wenn es Stil gibt, so sind alle Lebensäußerungen von ihm durchdrungen, dann ist der Stil einer Periode ebensowohl in ihrem Denken vorhanden als in jeder Handlung, die von den Menschen dieser Periode gesetzt wird. Und bloß aus diesem Faktum heraus, das sein muß, weil es anders nicht sein kann, ist die Erklärung für die verwunderliche Tatsache zu suchen, daß gerade jene Handlungen, welche sich im Räumlichen manifestieren, von so außerordentlicher, im wahren Sinn des Wortes sichtbarer Bedeutung geworden sind.

Vielleicht wäre es müßig, darüber nachzudenken, wenn nicht das Problem dahinter stünde, das allein alles Philosophieren legitimiert: die Angst vor dem Nichts, die Angst vor der Zeit, die zum Tode führt. Und vielleicht ist all die Beunruhigung, die von schlechter Architektur ausgeht und die es dahin bringt, daß ich mich in meiner Wohnung verkrieche, vielleicht ist sie nichts anderes als jene Angst. Denn was immer der Mensch tut, er tut es, um die Zeit zu vernichten, um sie aufzuheben, und diese Aufhebung heißt Raum. Selbst die Musik, die bloß in der Zeit ist und die Zeit erfüllt, wandelt die Zeit zum Raume, und daß alles Denken im Räumlichen vor sich geht, daß der Denkprozeß eine Verquickung unsagbar verwickelter vieldimensionaler logischer Räume darstellt, diese Theorie besitzt allergrößte Wahrscheinlichkeit. Ist dem aber so, dann mag es auch klar sein, daß allen jenen Manifestationen, die sich unmittelbar auf den Raum beziehen, eine Bedeutung und eine Sinnfälligkeit zukommt, wie sie keiner andern menschlichen Tätigkeit je zukommen kann. Und auch die besondere symptomatische Bedeutung des Ornaments wird daran klar. Denn das Ornament, losgelöst aus jeglicher Zweckform, wenn auch aus ihr herausgewachsen, wird zum abstrakten Ausdruck, zur »Formel« des ganzen Raumgedankens, wird zur Formel des Stils selber, und damit zur Formel der ganzen Epoche und ihres Lebens.

Und darin scheint mir jene, fast möchte ich sagen, magische Bedeutung zu liegen, wird es bedeutsam, daß eine Epoche, die völlig dem Sterben und der Hölle verhaftet ist, in einem Stil leben muß, der kein Ornament mehr hervorzubringen vermag.

25

Wäre damals nicht der Hausbau in Aussicht gestanden, so hätte sich Hanna Wendling vielleicht nicht in den jungen Provinzrechtsanwalt verliebt. Aber im Jahre 1910 lasen die jungen Mädchen des besseren Bürgerstands den »Studio«, die »Innendekoration«, die »Deutsche Kunst und Dekoration«, sie besaßen das Werk »Stilmöbel in England«, und ihre erotischen Vorstellungen von der Ehe waren aufs innigste mit architektonischen Problemen verquickt. Das Haus Wendling oder »Haus in Rosen«, wie auf seinem Giebel in barockalen Lettern zu lesen war, entsprach in bescheidenem Ausmaß diesen Idealen; es hatte ein tief herabgezogenes Dach; Majolikaputten neben dem Hauseingang zeigten Symbole der Liebe und der Fruchtbarkeit; es gab eine englische Hall mit einem Rohziegelkamin, und auf dem Kaminsims stand messingener Krimskrams. Freude und Mühe hatte es gekostet, alle Möbel in eine so richtige Stellung zu bringen, daß überall ein architektonisches Gleichgewicht zu herrschen beginnen konnte, und als alles fertig war, hatte Hanna Wendling das Gefühl, daß bloß sie allein von der Vollkommenheit dieses Gleichgewichts wisse, mochte Heinrich auch daran teilhaben, ja, mochte ein gutes Stück ihres Eheglücks in solch gemeinsamem Wissen um die geheime Harmonie und die Kontrapunktik der Möbel- und Bilderanordnungen gelegen sein.

Nun, die Möbel hatten sich seitdem nicht verrückt, im Gegenteil, es wurde streng darauf geachtet, den ursprünglichen Plan nicht um einen Millimeter zu verändern, und dennoch war es anders geworden; was war geschehen? kann Gleichgewicht sich abnützen, kann Harmonie fadenscheinig werden?

Anfänglich war es ihr nicht bewußt gewesen, daß sich Teilnahmslosigkeit dahinter verbarg, – das Positive war einfach ins Neutrale zurückgesunken, und erst als es ins Negative umschlug, wurde es bemerkbar: nicht daß das Haus oder die Möbelanordnungen ihr nun plötzlich widerwärtig geworden wären, dem hätte sich zur Not durch Umstellen des Mobiliars beikommen lassen, nein, es war etwas, das tiefer hinabreichte; es war der Fluch des Zufälligen und Zusammengewehten, der sich über die Dinge und über das Zueinander der Dinge gebreitet hatte, und keine Anordnung hätte man sich ausdenken können, die nicht ebenso zufällig und willkürlich gewesen wäre wie die bestehende. Es war zweifelsohne eine gewisse Verwirrung, eine gewisse Düsternis, ja, beinahe eine Gefahr, die in alldem lag, besonders da kein Grund einzusehen war, warum die Unsicherheit des Architektonischen vor anderen Dingen des Gefühls oder gar vor den Fragen der Mode haltmachen sollte; das war merkwürdig beängstigend, und wußte Hanna Wendling auch recht gut, daß es weit Wichtigeres und Schwereres gibt, so war vielleicht nichts so sehr beängstigend wie die Vorstellung, daß sogar die Modejournale ihre Anziehung einbüßen würden und daß man eines Tages selbst die »Vogue«, die während dieser vier Kriegsjahre so sehr entbehrte englische »Vogue«, ohne Entzücken, ohne Interesse, ohne Verständnis betrachten könnte.

Wenn sie sich bei derartigen Vorstellungen ertappte, so nannte sie sie phantastisch, obwohl es eigentlich viel eher nüchterne denn phantastische Gedanken waren, erfüllt von einer Art Ernüchterung, die bloß insoferne phantastisch war, als kein Rausch sich hier ernüchterte, sondern ein ohnehin nüchterner und nahezu normaler Zustand einer nachmaligen und zweiten Ernüchterung unterworfen, daß er sozusagen noch normaler wurde und im Negativen landete. Solche Wertungen sind natürlich bis zu einem bestimmten Grad immer relativ; die Grenze zwischen Nüchternheit und Berauschtheit ist nicht immer festzuhalten, und ob erst die russische Menschenliebe als Berauschtheit zu bezeichnen wäre oder ob man dies bereits auf die normale soziale Beziehung zwischen Mensch und Mensch anwenden kann, ja ob die Zusammenschau der Dinge als Rausch oder als Nüchternheit zu nehmen ist, das bleibt letzten Endes unentscheidbar. Dennoch ist es nicht unmöglich, daß es für die Nüchternheit einen Zustand der Entropie oder einen absoluten Nullpunkt gäbe, einen absoluten Nullpunkt, dem alle Beziehungen mit Notwendigkeit und unaufhaltsam zustreben. Und daß Hanna Wendling sich auf diesem Wege befand, hat manche Wahrscheinlichkeit für sich und war im Prinzip vielleicht nichts anderes als ihr Vorauseilen vor der Mode: die Entropie des Menschen ist seine absolute Vereinsamung, und was er vorher Harmonie oder Gleichgewicht genannt hat, ist vielleicht bloß ein Abbild gewesen, Abbild, das er sich von dem sozialen Gefüge geschaffen hat und schaffen mußte, solange er noch dessen Teil gewesen ist. Je einsamer er aber wird, desto mehr zerfallen und isolieren sich ihm auch die Dinge, desto gleichgültiger müssen ihm die Beziehungen zwischen den Dingen werden, und schließlich vermag er sie kaum mehr zu sehen. So ging Hanna Wendling durch ihr Haus, ging durch ihren Garten, ging über Wege, die nach englischem Muster mit Bruchtafeln gepflastert waren, und sie sah nichts mehr von der Architektonik und nichts mehr von den Verschlingungen der weißen Wege, und so schmerzlich dies auch hätte sein mögen, es war kaum mehr schmerzlich, weil es notwendig war.

26

Huguenau sprach nun täglich in der Fischerstraße bei Herrn Esch vor. Oftmals geübtem geschäftlichem Brauche folgend, berührte er die Angelegenheit, um derentwillen er kam, mit keiner Silbe, wartete, daß der Partner anfinge, redete vom Wetter, redete von der Ernte, redete von den Siegen. Als er merkte, daß Esch von den Siegen nichts hören wollte, ließ er die Siege weg und beschränkte sich aufs Wetter.

Im Hofe traf er manchmal Marguerite. Das Kind war zutraulich, hängte sich an seinen Finger und wollte wieder mit in die Druckerei.

Huguenau meinte: »Aha, du glaubst, daß das wieder zwanzig Pfennig einträgt, aber der Onkel Huguenau ist noch nicht reich genug, alles braucht seine Zeit.«

Trotzdem steckte er ihr zehn Pfennig für die Sparbüchse zu.

»Na, was werden wir machen, wenn wir beide reich sein werden ...?«

Das Kind antwortete nicht, schaute zu Boden. Endlich sagte es zögernd: »Weggehen.«

Huguenau war dies aus irgendeinem Grund angenehm: »Also dazu brauchst du das Geld ... nun, wenn wir reich sind, können wir ja miteinander wegreisen ... ich nehme dich mit.«

»Ja«, sagte Marguerite.

Stieg er zu Esch hinauf, so kam sie meistens nachgekrochen, setzte sich auf den Boden und hörte zu. Oder sie lachte wenigstens zur Türe herein.

Huguenau sagte dann, schon weil es ein Gesprächsthema war: »Ich mag Kinder gut leiden.«

Esch schien das zu gefallen; er schmunzelte: »Ein Racker ist das, ... die wäre imstande, einen umzubringen.«

Haïssez les Prussiens, mußte Huguenau denken, obwohl Esch kein Preuße war, sondern ein Luxemburger. Esch fuhr fort: »Ich denke oft daran, den kleinen Racker zu adoptieren ... wir sind nämlich kinderlos.«

Huguenau wunderte sich: »Ein fremdes Kind ...«

Esch sagte: »Fremdes oder eigenes ... das ist ja gleich ... man hält's sonst nicht aus.«

Huguenau lachte: »Nun ja, bei den eigenen weiß man's auch nie.«

Esch sagte: »Der Vater ist interniert ... ich habe meiner Frau gesagt, daß man sie adoptieren könnte ... sie ist ja fast wie ein Waisenkind.«

Huguenau meinte: »Hm, Sie müßten dann aber für sie sorgen.«

»Natürlich«, sagte Esch.

»Wenn Sie etwas Kapital disponibel haben oder freibekommen, beispielsweise durch einen Verkauf, dann könnten Sie eine Lebensversicherung für Ihre Familie eingehen, ... ich stehe mit verschiedenen Gesellschaften in Konnexion.«

»So«, sagte Esch.

»Ich bin gottlob noch Junggeselle, in so schweren Zeiten

ein unschätzbarer Vorteil ... wenn ich aber einmal einen Hausstand gründe, würde ich meine Familie mit Kapital oder sonstwie sicherstellen ... na, Sie sind ja in der beneidenswerten Lage, dies tun zu können ...«

Huguenau entfernte sich.

Im Hofe erwartete ihn Marguerite.

»Möchtest du immer hier bleiben?«

»Wo hier?« fragte das Kind.

»Na hier, beim Onkel Esch.«

Das Kind sah ihn feindselig an.

Huguenau zwinkerte mit den Augen und schüttelte sich: »Nicht wahr, nein?«

Marguerite lachte auch.

»Also, du willst nicht ...«

»Nein, ich mag nicht.«

»Du magst ihn überhaupt nicht ... er ist wohl sehr streng mit dir, he?« und Huguenau machte die Bewegung des Hauens.

Marguerite zog einen verachtungsvollen Mund: »Nein ...«

»Und sie ... die Tante Esch ...?«

Das Kind zuckte die Achsel.

Huguenau war befriedigt: »Also, du bleibst nicht da ... wir werden alle beide wegreisen, nach Belgien ... komm, jetzt gehen wir zu Herrn Lindner in die Druckerei.«

Einträchtig gingen sie zur Druckmaschine und sahen Herrn Lindner zu, wie er Papier vorlegte.

27

Geschichte des Heilsarmeemädchens in Berlin (4)

Daß die Juden mich beobachteten, erwies sich als richtiges Gefühl. Ich war zwei Tage ein wenig unpäßlich, hatte mein Frühstück kaum berührt und war bloß für eine halbe Stunde ausgegangen. Am Abend des zweiten Tages klopfte es an meine Kammertür, und zu meiner Überraschung trat der kleine Mann ein, den ich stets für einen Arzt gehalten hatte. Und er entpuppte sich auch wirklich als solcher.

»Sie sollen sein krank«, sagte er.

»Nein«, sagte ich, »und wenn, so kümmert's niemanden.«

»Es kostet Ihnen nichts, es ist nicht wegen Geld«, sagte er schüchtern, »man muß helfen.«

»Danke«, sagte ich, »ich bin ganz wohl.«

Er stand vor mir, den Stock hielt er an die Brust gepreßt.

»Fieber?« fragte er bittend.

»Nein, ich bin ganz wohl, ich gehe jetzt aus.«

Ich stand auf und wir gingen gemeinsam aus dem Zimmer.

Im Vorraum wartete einer der jungen Juden, einer mit dem Theaterflaum auf den Wangen.

Der Arzt stellte sich jetzt vor: »Dr. Litwak ist mein Name.«

»Bertrand Müller, Dr. phil.« Ich gab ihm die Hand; der junge Jude streckte mir auch die seine hin. Sie war trocken und kühl, so glatt wie sein Gesicht.

Sie schlossen sich an, als wäre es die selbstverständlichste Sache der Welt. Ich hatte zwar keinerlei Ziel, ging aber sehr schnell. Die beiden, links und rechts von mir, hielten Schritt und konversierten miteinander auf Jiddisch. Ich ärgerte mich ernstlich: »Ich verstehe nicht ein halbes Wort.«

Sie lachten: »Er sagt, er versteht nix.«

Nach einer Weile: »Wirklich, Sie verstehen kein Jiddisch?«

»Nein.«

Wir kamen auf die Reichenbergerstraße hinaus und ich nahm Kurs auf Rixdorf.

Nun, und da begegneten wir Marie.

Sie lehnte an einem Laternenpfahl. Es war schon recht dunkel, doch man sparte mit Gas. Trotzdem erkannte ich sie sofort.

Im übrigen gaben die Fenster der gegenüberliegenden Wirtschaft ein wenig Licht.

Auch Marie erkannte mich; sie lächelte mir zu. Dann fragte sie: »Sind das Ihre Freunde?«

»Nachbarn«, sagte ich.

Ich schlug vor, die Wirtschaft aufzusuchen, denn Marie schien mir ermattet und eines Imbisses bedürftig. Allein die beiden weigerten sich, die Wirtschaft zu betreten. Vielleicht fürchteten sie, daß sie gezwungen werden sollten, Schweinefleisch zu essen, vielleicht fürchteten sie Verhöhnung oder sonst irgend etwas. Auf alle Fälle hätte man's zum Anlaß nehmen können, sie loszuwerden.

Da ereignete sich etwas Merkwürdiges: Marie schlug sich zur Partei der Juden, sagte, daß sie durchaus keinen Hunger habe, und als könnte es gar nicht anders sein, ging sie mit dem jungen Juden voran, während ich mit Dr. Litwak folgte.

»Wer ist das?« fragte ich den Arzt und wies auf den jungen Juden, dessen graue Schöße vor mir herbaumelten.

»Nuchem Sussin heißt er«, sagte Dr. Litwak.

28

Oberstabsarzt Kuhlenbeck und Dr. Kessel operierten. Im allgemeinen wurde Dr. Kessel, der zwar im Lazarett Hilfsdienst versah, aber durch Zivil- und Krankenkassenpraxis überlastet war, von Kuhlenbeck verschont; jetzt aber hatte die Offensive neues Krankenmaterial gebracht, und da war's nicht zu vermeiden. Ein Glück, daß bloß leichtere Fälle zugewiesen wurden. Was man eben so leichtere Fälle nennt.

Und weil sie richtige Ärzte waren, sprachen sie von den Fällen, als sie später in Kuhlenbecks Zimmer saßen. Auch Flurschütz hatte sich eingefunden.

»Schade, daß Sie heute nicht mit dabei waren, Flurschütz, Sie hätten Ihre Freude gehabt«, sagte Kuhlenbeck, »es ist kolossal, was man so zulernt ... wenn wir nicht operiert hätten, wäre der Mann sein Leben lang krank herumgelaufen ...« er lachte, »jetzt kann er sich in sechs Wochen aufs neue totschießen lassen.«

Kessel sagte: »Ich wollte bloß, unsere armen Krankenkassenpatienten hätten es so gut wie die Leute hier.«

Kuhlenbeck sagte: »Kennen Sie die Geschichte vom Delinquenten, der die Gräte verschluckt und den man operiert hat, um ihn am Morgen aufhängen zu können? das ist beiläufig unser Metier.«

Flurschütz sagte: »Wenn die Ärzte aller Kriegführenden streiken würden, dann wäre es mit dem Krieg bald zu Ende.«

»Nanu, Flurschütz, Sie können ja den Anfang machen.«

Dr. Kessel sagte: »Ich hätte alle Lust, das Bändchen zurückzuschicken ... schämen Sie sich nicht, Kuhlenbeck, einem alten Kollegen das einzubrocken!«

»Was soll ich machen, ich mußte Sie eingeben ... für Zivilisten ist das weiß-schwarze normiert.«

»Ja, und Sie laufen mit dem schwarz-weißen herum ... Sie sind übrigens auch schon längst an der Reihe, Flurschütz.«

Flurschütz sagte: »Im Grunde liegt's doch daran, daß man hier herumsitzt und von mehr oder minder interessanten Fällen spricht, ohne an was andres zu denken ... wir haben ja überhaupt keine Zeit, an etwas anderes zu denken ... und so ist es überall. Man wird aufgefressen von dem, was man tut, ... glattweg aufgefressen.«

Dr. Kessel sagte: »Du lieber Himmel, ich bin sechsundfünfzig, woran soll ich noch denken ... ich bin froh, wenn ich abends in mein Bett komme.«

Kuhlenbeck sagte: »Wollen Sie einen Schnaps auf Regimentsunkosten ... um zwei Uhr kriegen wir wieder so an die zwanzig Mann ... bleiben Sie zur Übernahme hier?«

Er war aufgestanden und zu dem Medikamentenschrank beim Fenster getreten, dem er eine Flasche Kognak und drei Gläser entnahm. Wie er im Profil beim Fenster stand und ins Fach des Schrankes hinauflangte, zeichnete sich sein Bart gegen das Licht ab, und er sah mächtig aus.

Flurschütz sagte: »Wir werden alle ausgeleert von dem Beruf, in dem wir eben stecken ... und das Militär und der Patriotismus sind auch nichts anderes als solche Berufe ... man kann schlechterdings nicht mehr begreifen, was in einem anderen Bereich als in dem eigenen vorgeht.«

»Gottseidank«, sagte Kuhlenbeck, »Ärzte brauchen nicht zu philosophieren.«

Schwester Mathilde trat ein. Sie roch gewaschen. Oder man glaubte, daß sie so riechen mußte. Ihr schmales langnasiges Gesicht kontrastierte mit ihren roten Dienstmädchenhänden.

»Herr Oberstabsarzt, vom Bahnhof wird angerufen, daß der Transport eingelangt ist.«

»Na schön, noch eine Zigarette zum Abschied ... Schwester, Sie fahren mit?«

»Schwester Carla und Schwester Emmy sind ohnehin bereits am Bahnhof.«

»Auch recht ..., also los, Flurschütz.«

»Mit dem Pfeil, dem Bogen«, sagte Dr. Kessel, aber ohne rechtes Animo.

Schwester Mathilde war an der Tür stehengeblieben. Sie liebte es, sich im Ärztezimmer aufzuhalten. Und als sie alle hinausgingen, erhaschte Flurschütz den Schimmer ihres weißen Halses, sah die Sommersprossen beim Haaransatz und war ein wenig gerührt.

»Tag, Schwester«, sagte der Oberstabsarzt.

»n' Tag, Schwester«, sagte auch Flurschütz.

»Gott mit uns«, sagte Dr. Kessel.

29

Bäume und Häuser standen vor dem Auge des Maurers Gödicke, es wechselte das Wetter, es war Tag und es war Nacht, es bewegten sich Menschen und er hörte sie sprechen. Auf zumeist runden Gegenständen aus Blech oder Steingut wurde Essen gebracht und vor ihn hingestellt. All dies kannte er, aber der Weg, der zu diesen Dingen hinführte oder auf dem sie zu ihm kamen, war ein mühseliger Weg: der Maurer Gödicke hatte jetzt schwerer zu arbeiten, als er es in seinem arbeitsreichen Leben je getan. Denn es war durchaus nicht selbstverständlich, den Löffel zum Munde zu führen, wenn man sich nicht im klaren war, wen eigentlich man damit fütterte, und angesichts des furchtbaren Zwanges, sich dies klarzumachen, wurde es zur Qual einer hoffnungslosen Arbeit und einer unerfüllbaren Pflicht; denn niemandem, am allerwenigsten dem Mann Gödicke selber, wäre es möglich gewesen, sich über die Konstruktionselemente jenes Baues, der die Seele desselbigen Gödicke darstellte, eine Theorie zu bilden. So z. B. wäre es falsch zu behaupten, daß der Mann Gödicke aus vielerlei Gödickes zusammengesetzt war, etwa aus einem Knaben Ludwig Gödicke, der auf der Straße gespielt, mit Freunden gemeinsam onaniert und in den Müllstätten und Sandgruben Tunnels gebaut hat, aus diesem Knaben Gödicke, der von der Mutter zum Essen gerufen wurde, um hierauf dem gleichfalls das Maurergewerbe ausübenden Vater das

Essen auf den Bau zu bringen, daß also dieser Knabe Ludwig Gödicke einen Bestandteil seines jetzigen Ichs darstellen würde, das zu behaupten, wäre ebenso falsch, wie wenn man einen andern Bestandteil etwa in jenem Jüngling Gödicke erblicken wollte, der die Hamburger Zimmerleute ob ihrer breitrandigen Hüte und Perlmutterwesten so sehr beneidet hat, daß er nicht eher ruhte, bevor er nicht, ihnen allen zum Tort, die Braut des Zimmermanns Gürzner im Gebüsch am Flußufer drangekriegt hatte, er, ein einfacher Maurerbursche, und es wäre falsch zu behaupten, daß wieder ein anderer Teil jener Mann sei, der während eines Streiks die Betonmischmaschine durch Lockerung der Trommeln unbrauchbar gemacht hatte und der trotzdem aus der Organisation ausgetreten war, als er das Dienstmädchen Anna Lamprecht einfach deshalb ehelichte, weil sie wegen des Kindes so sehr geweint hatte: nein, ein derartiger Längsschnitt durch eine Persönlichkeit, eine derartige, quasi historische Aufspaltung gibt niemals die Bestandteile der Persönlichkeit, denn sie kann über das Biographische nicht hinausreichen. Die Schwierigkeiten, mit denen der Mann Gödicke zu kämpfen hatte, waren also sicherlich nicht darin gelegen, daß er die Reihe dieser Personen in sich leben fühlte, viel eher lag die Schwierigkeit darin, daß diese Reihe mit einem Male abriß, daß die Biographie an einem bestimmten Punkte unterbrochen war, daß keine Verbindung zu ihm, der doch das letzte Glied solcher Kette sein sollte, herüberreichte, und daß er auf solche Art, losgelöst von etwas, das er kaum mehr als sein Leben bezeichnen durfte, seine eigene Existenz verloren hatte. Er sah jene Gestalten wie durch ein rußgeschwärztes Glas, und wenn er, den Löffel zum Munde führend, auch gern den Mann gefüttert hätte, der mit Gürzners Braut unter den Büschen geschlafen, ja, wenn dies auch sehr erfreulich gewesen wäre, so war man dennoch nicht imstande, eine Brücke hinüberzuschlagen, man blieb sozusagen am andern Ufer und konnte des Mannes drüben nicht habhaft werden. Und vielleicht hätte man trotzalledem die Brücke geschlagen, hätte man bloß sicher gewußt, wer eigentlich sich an Gürzners Braut erinnerte: die Augen, die das Ufergebüsch von damals vor sich sahen, waren nicht die gleichen, die hier die Bäume an der Chaussee erblickten, und die waren wieder nicht völlig die gleichen wie jene, die hier im Zimmer umherschauten. Und bestimmt gab es einen Gödicke, der es nicht duldete und der es verbot, daß jener Mann gefüttert werde, jener Mann, welcher noch immer bereit war, mit Gürzners Braut zu schlafen. Und der Gödicke, der die Schmerzen im Unterleib zu erleiden hatte, konnte ebensowohl der sein, der das Verbot erließ, wie jener, den es treffen sollte, doch es konnte ebensowohl ein ganz anderer sein. Es waren höchst komplizierte Verhältnisse, und der Maurer Gödicke durchschaute sie in keiner Weise. Sie hatten sich vielleicht ergeben, weil der ins Bewußtsein zurückkehrende Gödicke die Stücke seiner Seele nicht zurückrufen wollte, vielleicht aber waren sie auch die Ursache, daß er dazu nicht imstande war. Freilich, würde er jetzt in sich hineinblicken können, so wäre es nicht von der Hand zu weisen, daß er in jedem der zugelassenen Stücke seines Ichs einen eigenen Gödicke erkennen würde, etwa so, als ob jedes dieser Stücke eine eigene selbständige Region um sich gebildet hätte. Denn es mag schon sein, daß es mit der Seele nicht anders ist als mit einem Protoplasma, in dem man durch Zerschneiden die Häufung von Zellkernen und damit Regionen von selbständig intakten Eigenleben zu erzeugen vermag. Wie immer dem auch sei, und wie immer es entstanden sein möge: es lebten in der Seele Gödickes vielerlei selbständige und intakte Spaltungsleben, von denen man eigentlich jedes einzelne als Gödicke bezeichnen durfte, und es war eine mühselige und kaum zu bewältigende Arbeit, sie alle unter einen Hut zu bringen.

Diese Arbeit mußte der Maurer Gödicke ganz allein vollbringen; niemand war da, ihm zu helfen.

30

Als Huguenau nach einer Respektszeit von zwei Tagen wieder bei Esch erschien, fand er in dem Korbsessel neben Eschs Arbeitstisch eine breithüftige, reiz- und geschlechtslose Person unbestimmten Alters. Es war Frau Esch, und Huguenau wußte, daß er nun gewonnenes Spiel haben würde. Er brauchte sich ihr bloß vorteilhaft zu präsentieren: »Oh, die gnädige Frau wird uns bei unsern so schwierigen Verhandlungen zur Seite stehen.«

Frau Esch ruckte ein wenig ab: »Ich verstehe nichts von Geschäften, das ist Sache meines Mannes.«

»Ja, der Herr Gemahl, der ist allerdings ein Geschäftsmann comme il faut! der ist, wie man so sagt, mit allen Wassern gewaschen, an dem wird sich noch mancher die Zähne ausbeißen.«

Frau Esch lächelte ein wenig, und Huguenau fühlte sich ermutigt: »Ausgezeichnete Idee von ihm, die Konjunktur auszunützen und sich von der Zeitung zu befreien, die ihm sowieso bloß Ärger und Kummer bereitet, und wo das Geschäft immer nur schlechter und schlechter geht.«

Frau Esch sagte höflich: »Ja, mein Mann muß sich mit der Zeitung recht viel ärgern.«

»Trotzdem geb' ich's nicht auf«, sagte Esch.

»Aber, aber, Herr Esch, Ihre Gesundheit ist Ihnen wohl gar nichts wert, da hat doch die Frau Gemahlin auch noch ein Wörtchen dreinzureden, ... übrigens«, Huguenau überlegte, »... wenn Sie sich partout nicht von Ihrer Tätigkeit trennen wollen, so können Sie sich ja Ihre fernere Mitarbeit ausbedingen, die Käufergruppe wird es nur begrüßen, wenn ich ihr eine so wertvolle Kraft sichere.«

Darüber ließe sich reden, meinte Esch, aber unter 18000 Mark sei es nicht zu machen, das habe er soeben mit seiner Frau besprochen.

Nun, es sei immerhin vernünftig, daß Herr Esch schon etwas von dem Phantasiepreis nachgelassen habe, doch wenn er an dem Geschäft beteiligt bleiben wolle, so müsse er wohl dies ins Kalkül ziehen.

Inwieferne, fragte Herr Esch.

Huguenau fühlte, daß Fixigkeit geboten wäre.

»Am einfachsten, meine Herrschaften, ist es wohl, wenn wir einen Probevertrag aufsetzen und dabei die einzelnen Punkte besprechen.«

»Meinetwegen«, sagte Esch und nahm ein Blatt Papier, »diktieren Sie.«

Huguenau setzte sich in Positur: »Also schön. Überschrift: Gedächtnisprotokoll.«

Es ergab sich demnach unter vielem Hin- und Herreden, das den ganzen Vormittag in Anspruch nahm, der Vertrag:

§ 1. Herr Wilhelm Huguenau als Machthaber und Treuhänder einer kombinierten Interessentengruppe tritt dem Zeitungsunternehmen offene Handelsgesellschaft »Kurtrierscher Bote« als öffentlicher Gesellschafter bei, so zwar, daß das Firmenvermögen folgendermaßen verteilt wird:

10 % verbleiben im Besitze des Herrn August Esch,

60 % erhält die von Herrn Huguenau vertretene »Industriegruppe«,

30 % erhält die gleichfalls von Herrn Huguenau vertretene Gruppe lokaler Interessenten.

Die von Herrn Esch ursprünglich gewünschte Halbbeteiligung wurde von Huguenau abgelehnt: »Es geht gegen Ihr eigenes Interesse, lieber Esch, je größer Ihre Beteiligung, desto geringer Ihr Barerlös, ... Sie sehen, daß ich Ihr Interesse im Auge behalte.«

§ 2. Das Firmenvermögen besteht aus den Verlags- und sonstigen Rechten, sowie aus der gesamten Büro- und Druckereieinrichtung. Über die neue Besitzverteilung werden interimistische Anteilscheine ausgegeben.

Die Freiheitsstatue und die Ansicht von Badenweiler wurden von Herrn Esch als Privateigentum reklamiert und aus dem Firmenvermögen ausgeschieden. »Bitte«, sagte Huguenau großzügig.

§ 3. Die Nettogewinne werden im Verhältnis der Anteilscheinbesitze unter den Partnern aufgeteilt, soweit sie nicht einem Reservefonds zugeführt werden. Die Verluste werden im gleichen Verhältnis getragen.

Die Bestimmung über die Verluste wurde auf Verlangen des Herrn Esch in den Vertrag aufgenommen, da Herr Huguenau Verluste überhaupt nicht in Erwägung gezogen hatte. Auch der Reservefonds war eine Erfindung Eschs.

§ 4. Herr Huguenau bringt als Machthaber und Vertreter der neuen Teilhabergruppe ein Kapital von M. 20000.– (sage zwanzigtausend Mark) in die Firma ein. Ein Drittel des Kapitals ist sofort zu erlegen, je ein weiteres Drittel kann, auf Wunsch der einzahlenden

Partner, nach einem halben, resp. einem ganzen Jahr spätestens fällig gemacht werden. Für verspätete Einzahlung ist der Firma eine Vergütung von 4 % pro Halbjahr zu leisten. Die Anteilscheine werden nach Maßgabe der Einzahlung ausgefolgt.

Da die Anteilscheine sofort bei Einzahlung ausgefolgt werden sollten und die hohe Verzinsung von 4% ein genügendes Abschreckungsmittel bildete, fürchtete Huguenau nicht besonders, daß die lokalen Interessenten von dem Recht auf Ratenzahlung Gebrauch machen würden. Und wenn sie's trotzdem täten, so wird sich schon ein Weg finden, die Sache zu überbrücken. Auch machte es Huguenau wenig Sorge, wie er selber die Raten der legendären Industriegruppe aufbringen würde, – die nächste Rate war ohnehin erst in einem halben Jahr, also Neujahr 1919 fällig, und bis dahin hatte es gute Weile und vielerlei konnte sich ereignen; Kriegsverhältnisse bringen allerhand Unordnung, vielleicht gibt es dann Frieden, vielleicht wird die Zeitung jene Beträge selber in Verdienst bringen und es wird sich sogar als notwendig erweisen, diese Verdienste durch fiktive Verluste zu verschleiern und verschwinden zu lassen, vielleicht würde Esch bis dahin tot sein, – man wird sich schon zu helfen wissen und durchs Leben schlagen.

§ 5. Die Zahlungen des Herrn Wilhelm Huguenau per insgesamt M. 20000.– werden auf zwei Konti u. z. M. 13400.– auf Konto »Huguenau-Industriegruppe« und M. 6600.– auf Konto »Lokalgruppe« verbucht.

Nun kam aber der schwierigste Punkt der Verhandlung. Denn Esch beharrte auf seinen M. 18000.–, während Huguenau behauptete, daß von diesem Preis vor allem 10% für die restliche Beteiligung Eschs, weitere M. 2000.– aber für die Teilhaberschaft an dem erhöhten Geschäftskapital in Abzug gebracht werden müßten, insgesamt also M. 4000.–, so daß Esch, würde man sogar seine eigene Einschätzung akzeptieren, bloß M.14000.– zu bekommen hätte, daß dies aber noch immer viel zu viel sei, daß ein Makler objektiv sein müsse, und er werde auch niemals einen solchen Preis bei seiner Gruppe durchsetzen können, so sehr er es auch Esch und seiner liebenswürdigen Gattin gönnen würde, nein, es wäre einfach unmöglich, denn er müsse mit einem seriösen Vorschlag vor seine Auftraggeber treten und er habe keine Lust, sich auslachen zu lassen; er sei in dieser Angelegenheit sicherlich nicht Partei, sondern objektiv, und als objektiver Beurteiler könne er für die verkauften 90% M. 10000.– vorschlagen und nicht um einen Pfennig mehr.

Nein, schrie Esch, achtzehntausend wolle er.

»Wie kann ein Mann nur so schwerhörig sein«, wandte sich Huguenau an Frau Esch, »ich habe ihm doch eben vorgerechnet, daß er selbst nach seiner eigenen Einschätzung bloß vierzehntausend zu fordern hätte.« Frau Esch seufzte.

Schließlich einigte man sich auf M. 12000.– und auf einen Dienstvertrag:

§ 6. Herr August Esch als bisheriger Alleineigentümer erhält:

a) eine Abfertigung von M. 12000.–, von denen ein Drittel, d. i. M. 4000.– sofort und je weitere M. 4000.– am 1. Januar und am 1. Juli 1919 von der Firma an Herrn Esch auszuzahlen sind. Die beiden ausständigen Raten werden mit 4% pro anno verzinst;

b) einen Dienstvertrag als Schriftleiter und Buchhaltungschef mit einem Monatssalär von M. 125.– für die Dauer von zwei Jahren.

Vielleicht hätte Esch noch immer nicht nachgegeben, auch nicht, als Huguenau den Streit geschickt auf das Nebenthema der Ratenverzinsung verschob, um sich nach hartem Scheingefecht die 4% abringen zu lassen, hätte auch dann noch immer nicht nachgegeben, wäre er nicht von den in Aussicht stehenden komplizierten Buchungen geblendet gewesen und so sehr entzückt, daß es ihm gar nicht in den Sinn kam, es könnten die aushaftenden Raten – von denen er freilich nicht wußte, daß deren Einzahlung ein besonderes Wunder erfordert haben würde – es könnten also die Raten etwa unberichtigt bleiben oder es könnte gar die Differenz zwischen den M. 12000.– und den M. 20000.– trotz aller bestechenden Buchungsaussichten in die fraudulös geöffnete Tasche Huguenaus fließen. Allerdings dachte Huguenau ebensowenig an etwas derart Häßliches, sowenig es ihm zu Bewußtsein kam, daß ihm mit der Zahlung der lokalen Interessengruppe der »Kurtriersche Bote« via facti geschenkt wurde; er kämpfte mit aller Ehrlichkeit für die Interessen seines hypothetischen Auftraggebers und sagte erschöpft: »Uff, also meinetwegen M. 12000.– und wie Sie's wünschen 4%, damit wir zu einem Ende kommen; ich will's auf meine Kappe nehmen ... aber jetzt krieg ich auch was ...«:

§ 7. Gegenseitige Rechte und Pflichten:

a) Herr Huguenau fungiert als Herausgeber. Die kommerzielle und finanzielle Führung des Unternehmens ist ausschließlich ihm überlassen. Er hat ferner das Recht, Artikel für das Blatt nach seinem Gutdünken aufzunehmen oder abzulehnen. Für diese Tätigkeit garantiert ihm die Firma einen Mindestgewinn von M. 175.– pro Monat, d. i. M. 2100.– vom Jahresgewinn.

b) Herr Esch hat während der Dauer seines Dienstvertrages das Recht und die Pflicht, die Buchhaltung des Unternehmens zu besorgen, und fungiert als zweiter Schriftleiter.

Auf die Beschränkung seiner Schriftleiterbefugnisse mußte Esch mit Rücksicht auf die Industriegruppe eingehen; die Buchhalterrechte bildeten eine Art Entschädigung.

§ 8. Die von der Zeitung im Hause des Herrn Esch bisher benützten Räumlichkeiten verbleiben dem Unternehmen für weitere 3 Jahre überlassen. Weiters stellt Herr Esch für die gleiche Zeit zwei gutmöblierte Zimmer mit Frühstück dem Herausgeber im Vordertrakt des obgenannten Hauses zur Verfügung. Herr Esch erhält für diese Leistungen vom Unternehmen eine Vergütung von M. 25.– pro Monat.

§ 9. Bei einer späteren Verwandlung der offenen Handelsgesellschaft in eine G.m.b.H. oder A.-G. sind die obigen Bestimmungen sinngemäß zu berücksichtigen.

Bei dieser projektierten Umwandlung in eine Gesellschaft mit öffentlicher Rechnunglegung würde das Kartenhaus natürlich zusammenstürzen müssen. Aber Huguenau machte sich keine Gedanken; für ihn war das Ganze ein durchaus legales Geschäft, und bloß daß es ihm freies Quartier und Frühstück eingetragen hatte, empfand er als kleine Spitzbüberei, die ihn aber herzlich freute. Esch bemängelte dagegen, daß es nicht zehn Paragraphen geworden waren. Sie dachten eine Weile nach und dann fanden sie:

§ 10. Etwaige Streitigkeiten aus diesem Vertrag werden vor dem öffentlichen Gericht ausgetragen.

So konnte Huguenau in erstaunlich kurzer Frist melden – man schrieb den 14. Mai –, daß die Transaktion in glatter

Weise erledigt worden sei. Die Honoratioren zögerten nicht, ihren vollen Kapitalseinschuß von M. 6600.– zu leisten; hievon wurden M. 4000.– vertragsgemäß Herrn Esch übergeben, M. 1600.– bestimmte Herr Huguenau als vorsichtiger und solider Kaufmann für die Deckung von Betriebsspesen, während er die restlichen M. 1000.– mit dem Titel Dispositionsfonds versah und für sich verwendete. Die interimistischen Anteilscheine wurden den Zeichnern ausgefolgt, und bereits nach wenigen Tagen wurde in gebührender Form angekündigt, daß die Zeitung ab 1. Juni unter neuer Leitung und in neuer Aufmachung erscheinen werde. Huguenau hatte den Major zu bewegen vermocht, die neue Ära mit einem Leitartikel zu eröffnen, und ebenso sollte die Festnummer durch teils patriotische, teils nationalökonomische, zumeist aber patriotisch-ökonomische Aufsätze aus den Federn der am Blatte beteiligten Honoratioren geziert werden.

Doch Huguenau bezog zur Feier der neuen Epoche die ihm eingeräumten zwei Zimmer im Hause Eschs.

31

Zerfall der Werte (4)

Gewiß wird nicht nur der Künstler vom Stil seiner Epoche getragen, gewiß durchdringt der Stil alles Tun der Zeitgenossen, gewiß erfährt der Stil seinen Niederschlag nicht nur im Kunstwerk, sondern in allen Werten, die die Kultur einer Zeit ausmachen und von denen das Kunstwerk bloß ein geringfügiger Teil ist, und trotzdem steht man ziemlich hilflos vor der konkreten Frage, inwieweit sich der Stil in einem Durchschnittsmenschen, etwa in einem Agenten von der Art Wilhelm Huguenaus, verkörpern sollte. Hat der Mann, der mit Schläuchen und Textilien handelt, ein Gemeinsames mit einem Stilwillen, wie er in den Kaufhausbauten Messels oder der Turbinenhalle Peter Behrens immerhin aufscheint? Sein persönlicher Geschmack wird doch sicherlich zinnenbekrönte Villen mit vielen Nippes darin vorziehen, und selbst wenn er es nicht täte, er bliebe dennoch Teil des Publikums, das, wie immer es sich auch verhält, vom Künstler durch eine Kluft getrennt ist.

Wenn man aber so einen Menschen, wie Huguenau einer ist, näher betrachtet, so sieht man, daß es auf die Kluft zwischen ihm und dem Künstler gar nicht ankommt. Wohl ist anzunehmen, daß in Epochen ausgesprochenen Stilwillens das Unverständnis zwischen Künstler und Zeitgenossen weniger kraß war als heute, daß also ein neues Bild Dürers in der Sebalduskirche allgemeine Freude und Bewunderung auch bei den Huguenaus jener Zeit erregt hat; denn manches spricht dafür, daß damals Künstler und Zeitgenosse von einer ganz andern Lebensgemeinschaft umschlossen waren und daß das Verständnis, das der Maler für den Tuchscherer und den Sporer hatte, mindestens ebenso eindringlich war wie die Freude, die diese beim Betrachten seiner Bilder empfanden. Natürlich ist dies unkontrollierbar, und es mag auch sein, daß manches Revolutionäre bei den Zeitgenossen auf wenig Anerkennung stieß; so dürfte es etwa Grünewald ergangen sein. Aber derartige Verschiebungen sind nicht sehr wesentlich, und ob nun im Mittelalter zwischen Künstler und Zeitgenossen Verständnis geherrscht hat oder nicht, ist gleichgültig angesichts der Tatsache, daß sowohl Verständnis als Unverständnis genauso Ausdruck des legendären »Zeitgeistes« sind wie das Kunstwerk selber oder das sonstige Tun der Zeitgenossen.

Ist dem aber so, dann ist es auch gleichgültig, wohin der architektonische und sonstige Geschmack eines Agenten vom Schlage Huguenaus gerichtet ist, und es ist auch ohne Bedeutung, daß Huguenau ein gewisses ästhetisches Vergnügen an Maschinen besaß: wichtig allein ist die Frage, ob sein sonstiges Tun, ob sein sonstiges Denken von den gleichen Gesetzen bewegt wird, die an einer andern Stelle des Lebens einen ornamentlosen Stil erzeugten oder die Relativitätstheorie hervorbrachten oder zu den Gedankengängen des Neukantianismus führten, – mit andern Worten, ob auch das Denken einer Epoche den Stil in sich trägt, jenem Stil unterworfen ist, der im Kunstwerk faßlich in Erscheinung tritt; ob also die Wahrheit, als Realisat des Denkens, nicht genauso den Stil der Epoche trägt, in der sie gefunden wird und in der sie gilt, gleich allen anderen Werten dieser Epoche.

Und es kann auch gar nicht anders sein. Denn nicht nur daß von einem gewissen Gesichtspunkt aus gesehen, die Wahrheit ein Wert unter allen anderen Werten ist, es ist auch das Tun des Menschen unter die Leitung der Wahrheit gestellt, ist sozusagen von der Wahrheit durchtränkt: was immer er tut, es ist ihm in jedem Augenblick plausibel, er motiviert es sich mit Gründen, die ihm Wahrheit sind, er stellt es unter eine logische Beweiskette, er hat – zumindest für den Augenblick, in dem es geschieht – immer richtig gehandelt. Ist also sein Tun dem Stil unterworfen, so muß auch sein Denken es sein: ob hiebei (praktisch und erkenntnistheoretisch) das Tun dem Denken vorausgegangen ist oder das Denken dem Tun, das Primat des Lebens dem Primat der Ratio, das sum dem cogito, das cogito dem sum, das braucht nicht entschieden zu werden, – erfaßbar bleibt bloß die rationale Logik des Denkens, während die irrationale Logik des Tuns, die jeden Stil ausmacht, bloß am geschaffenen Werk, bloß am Resultat erkennbar ist.

Mit dieser sehr innigen Verbindung zwischen dem Wesen des logischen Denkens und den Werten und Unwerten, die vom Tun hervorgebracht werden, wird aber zugleich das Denkschema, das einen Huguenau beherrscht und ihn zwingt, so und nicht anders zu handeln, das ihm seine geschäftlichen Erwägungen vorschreibt und ihn Verträge so und nicht anders konzipieren läßt, – es wird all die innere Logik eines Huguenau in die Gesamtlogik der Epoche eingeordnet und in einen wesenhaften Zusammenhang zu jener Logik gesetzt, von der der produktive Geist der Epoche und ihr sichtbarer Stil durchdrungen ist. Und mag auch dieses rationale Denken, mag auch diese rationale Logik bloß ein dünner, gewissermaßen eindimensionaler Faden sein, der um die Vieldimensionalität des Lebens herumzulegen ist, es ist das Denken, schwebend im Abstraktum des logischen Raumes, dennoch die Abbreviatur für die Vieldimensionalität des Geschehens und seines Gesamtstils, nicht viel anders als das Ornament im Körperraum die Abbreviatur des sichtbaren Stilresultates ist, die Abbreviatur aller Werke, die den Stil tragen.

Huguenau ist ein Mensch, der zweckmäßig handelt. Zweckmäßig hat er seinen Tag eingeteilt, zweckmäßig führt er seine

Geschäfte, zweckmäßig konzipiert er seine Verträge und schließt sie ab. Alldem liegt eine Logik zugrunde, die durchaus ornamentfrei ist, und daß solche Logik allenthalben nach Ornamentfreiheit verlangt, scheint kein allzu gewagter Schluß zu sein, ja, es scheint sogar so gut und so richtig, wie alles Notwendige gut und richtig ist. Und doch ist mit dieser Ornamentfreiheit das Nichts, ist mit ihr der Tod verbunden, verbirgt sich hinter ihr das Monstrum eines Sterbens, in dem die Zeit zerfallen ist.

32

Der Rebell darf nicht mit dem Verbrecher verwechselt werden, mag auch die Gesellschaft den Rebellen oft als Verbrecher brandmarken, mag auch der Verbrecher sich manchmal als Rebell ausgeben, um seine Taten zu adeln. Der Rebell steht allein: treuester Sohn der Gemeinschaft, die ihm Ziel der Opposition und Auflehnung ist, ist dem Rebellen die bekämpfte Welt eine Fülle lebendiger Beziehungen, deren Fäden bloß durch teuflische Bosheit in Verwirrung gebracht worden sind und die zu entwirren und nach eigenem besserem Plane zu ordnen seine Aufgabe wird. So protestierte Luther gegen den Papst, und Esch war mit Fug als Rebell zu bezeichnen.

Dies ist aber noch lange kein Grund, um dagegen Huguenau als Verbrecher zu beschimpfen. Man würde ihn damit nicht nur beleidigen, sondern ihm auch bitteres Unrecht zufügen. Vom militärischen Standpunkt aus ist ein Deserteur natürlich ein Verbrecher, und sicherlich gibt es überzeugte Soldaten, die den Deserteur mit der gleichen Intensität verabscheuen wie etwa ein Bauer den Hühnerdieb, und gleich dem Bauern werden sie bloß in der Todesstrafe eine gerechte Ahndung des Frevels erkennen. Nichtsdestoweniger besteht hier ein prinzipieller und objektiver Unterschied: das Wesentliche eines Verbrechens liegt in seiner Wiederholbarkeit; in seiner Wiederholbarkeit ist es nichts anderes als ein bürgerlicher Beruf. Das Verbrechertum ist nur in sehr loser Form gegen die Gesellschaft gerichtet, selbst wenn sein Kampf gegen die Bürgerlichkeit amerikanische Formen annimmt; der Dieb und der

Wechselfälscher wüßten mit der Ausrufung des Kommunismus wenig anzufangen, und der Schränker, der des Abends auf leiser Gummisohle sein Handwerk auszuüben geht, ist ein Handwerker wie jeder andere, er ist konservativ wie jeder Handwerker, und sogar der Beruf eines Mörders, der, das Messer zwischen den Zähnen, die unbequeme Mauer hinaufklimmt, ist nicht gegen die Gesamtheit gerichtet, sondern ist bloß ein persönliches Geschäft, das der Mörder mit seinem Opfer auszutragen hat. Nichts kehrt sich gegen das Bestehende. Vorschläge zur Verbesserung oder Milderung des Strafrechts sind niemals von den Verbrechern angeregt worden, so sehr es doch sie vor allen anderen anginge. Käme es auf die Verbrecher an, man würde noch immer Diebe und Falschmünzer an den Galgen hängen, und man wäre noch nicht einmal so weit, Mord von Totschlag zu unterscheiden, obwohl die Verbrecher sonst für Nuancen ihrer Berufsausführung ein feines Gefühl besitzen und es gerne sehen, wenn die Rechtspflege ihren verfeinerten Abschattungen und Ansprüchen sich anpaßt; aber eben weil es ihnen Bedürfnis ist, daß für jene Tat der Galgen, für jene das Rad und die glühende Zange, für jene die Rute oder das Stockhaus erkannt werde, eben durch diese unbeholfenen Wünsche, die im Grunde nichts anderes sind als das Gestammel ungebildeter Menschen, die sich nicht richtig ausdrücken können und schwerfällig, sozusagen in Symbolen nach etwas verlangen, das bloß ein kleiner Teil dessen ist, wonach ihr Herz steht und das kaum erfaßbar ist, eben dadurch wird es deutlich, wohin ihr Wunsch zielt: daß das von ihnen bewohnte Land, dieses Land an der Grenze einer Welt voller guter Ordnungen, daß es einbezogen werde in jene größere, gute, fast geliebte Ordnung, die zu ändern nicht vonnöten ist, – und wenn die Verbrecher diese Einbeziehung und Verknüpfung bloß mittels eines Gefüges wohlgeordneter scharfer Strafen sich vorstellen können, so ist daraus zu ersehen, daß sie soziale und sehnsüchtige Naturen sind, lediglich von der Begierde erfüllt, Grenzstreitigkeiten zu vermeiden, ihrem Beruf in Ruhe nachzugehen und immer klagloser, lautloser, ja feinnerviger sich einzupassen in den Dienst, welcher der gesamten Ordnung und dem Bestehenden gilt.

Rebell und Verbrecher, sie beide bringen ihre Ordnung, ihre eigenen Wertgebilde an das Bestehende heran. Während aber der Rebell das Bestehende unterjochen will, sucht der Verbrecher sich ihm einzufügen. Der Deserteur gehört weder zu dem Bereich des einen, noch zu dem Bereich des andern, oder er gehört beiden an. Dies mochte Huguenau fühlen, da er nun vor der Aufgabe stand, seine eigene kleine Welt und Wirklichkeit am Rande der größeren Ordnung zu errichten und in sie einzupassen, und wenn er es auch bejahte, daß Deserteure zum Tode des Erschießens verurteilt werden, so lag dies vorderhand abseits, und es war nicht sinnlos, nicht sinnloser als die Sprache seiner Träume, daß der »Kurtriersche Bote« sich ihm wie ein Teil einer großen Maschine darstellte, wie ein Messinggelenk, in dem die Gestänge ineinandergreifen, wie ein Punkt, in dem das Land seines Gesetzes an jenes grenzte, dessen Gesetze er achtete und liebte, in das er eindringen und in dem er wohnen wollte. Und all diese Motive hatten es für Huguenau so überaus notwendig gemacht, den »Kurtrierschen Boten« zu erobern, machen es aber auch erklärlich, daß ihm die Aktion so überaus glücklich gelungen war.

33

Leitartikel des »Kurtrierschen Boten« vom 1. Juni 1918

Des Deutschen Volkes Schicksalswende

Betrachtungen von
Stadtkommandant Major Joachim v. Pasenow

> Dann verließ ihn der Teufel und sieh, die Engel
> traten hinzu und dienten ihm. Matth. 4, 11

Wenn auch der Wechsel in der Leitung dieser Zeitung nur ein geringeres Ereignis ist neben dem gewaltigen, dessen Jahrestag wir nun in Bälde zum vierten Male werden begehen können, so dünkt mich, daß, wie so oft, wir auch hier die kleinere Begebenheit als Spiegel des größeren Geschehens zu betrachten hätten.

Denn stehen wir auch mit unserer Zeitung an einem Wendepunkt und haben wir auch die Absicht, einen neuen und besseren Weg einzuschlagen, der uns näher zur Wahrheit führen soll, haben wir auch die Zuversicht, daß uns dies, soweit menschliche Kraft zu . . . .

. . . .

. . . .

wo ist der Teufel, den es aus der Welt zu jagen gilt, wo die Engel, die wir zur Hilfe herbeirufen wollen? Einem alten Soldaten geziemt es, seine Meinung geradeheraus zu sagen, auf die Gefahr hin, daß sie manchmal als unzeitgemäße Sprache klingen . . . .

. . . .

. . . .

Umklammerung der Feindvölker zu befreien, sondern auch das Vaterland und mit ihm die ganze Welt von dem schändlichen Geiste zu erlösen, der die Erde . . . .

. . . .

. . . .

nicht wunder nehmen, daß die Völker mit hundertfältiger Zwietracht und tausendfacher Zerrissenheit bestraft werden. Denn an dem Gliede, mit dem du gesündigt hast, sollst du gestraft werden.

Ich höre den Einwand, daß wir solcherart die Strafe einfach hinzunehmen, die Geißel zu erdulden, dem Peiniger auch die zweite Backe hin- . . . .

. . . .

. . . .

gleichwie der Kampf Luthers gegen das verderbt gewordene Papsttum ein gerechter Kampf war. Lehrt uns doch unser Meister Clausewitz, daß zu den Waffen des Krieges der Geist der Gerechtigkeit gehört, der . . . .

. . . .

. . . .

es von unserem Kampfe heißen soll: »Aus Schrecken vor ihm flohen seine Feinde, alle Übeltäter wurden bestürzt, und die Rettung liegt in seiner Hand« (Makkabäer III. 6), so darf es nicht auf die Verfolgung der fliehenden Feinde ankommen, sondern auf die Rettung, auf die Rettung des eigenen wie des fremden Volkes. Wir wären kurzsichtig, und wahrlich, es wären alle Opfer umsonst gewesen, wenn solches leichtfertig und Gottes . . . .

. . . .

besitzt jene äußere Freiheit, die wir erringen müssen, bloß wenn ihm gleichzeitig die innere höhere und wahrhaft göttliche Freiheit geschenkt wird. Und diese erringen wir nicht auf den Schlachtfeldern, so siegreich wir auch auf diesen sein mögen, sondern wir finden sie nur in unseren Herzen. Denn die innere Freiheit ist gleichberechtigt mit dem Glauben, den die Welt zu verlieren sich anschickt. So ist dieser Krieg nicht bloß

. . . .

nach der Schrift? »Gute fromme Werke machen nimmermehr einen guten frommen Mann, sondern ein guter frommer Mann macht gute fromme Werke«, berichtet Luther von der Freiheit eines Christenmenschen, und er sagt weiter dazu: »So denn die Werke niemand fromm machen, und der Mensch muß fromm sein, ehe er die Werke tut, so ist offenbar, daß allein der Glaube aus lauteren Gnaden durch Christum . . . .

. . . .

und sagte Johannes (III. 30) »er muß wachsen, ich aber muß abnehmen«, so war es der Krieg, der wachsen mußte, da der Glauben abnahm, und ehe der Glauben nicht aufs neue geboren wird und sich entfaltet, eher wird auch dieser Krieg kein Ende zu finden vermögen. Das Böse um des Bösen willen . .

. . . .

und fast mutet es uns an, als müßten sich erst die schwarzen Heerscharen über die ganze Welt ergießen, damit aus dem Feuer der Apokalypse die neue Brüderlichkeit und Gemeinschaft erstehen könne, damit wieder das Reich Christi errichtet und zu neuer und herrlicher . . . .

. . . .

schwarze Truppen, versehen mit unritterlichen Waffen, gegen uns aufgeboten werden, so ist es nur ein Vortrupp. Ihm folgt der schwarze Heerbann, folgt der Apokalypse Johanni Schrekken. Denn solange die weiße Rasse die Trägheit des Gefühls nicht zu überwinden und von sich . . . .

. . . .

. . . .

Ehre nimmt, es ist ein verlorenes Geschlecht, und es wird die furchtbare Dunkelheit um sie sein, und keiner wird kommen, Hilfe zu leisten, und ihrer . . . .

. . . .

. . . .

das Gift der Gottesleugner und Abenteurer, das nicht nur die stolzen Metropolen der Feinde durchseucht, hat auch unser Vaterland nicht verschont. Wie ein unentwirrbares Netz liegt es unsichtbar über unseren Städten . . . .

. . . .

. . . .

gleichwie erst der glorreiche Feldzug anno 70 kommen mußte, um die zerrissenen deutschen Stämme zu einen, so wird es der Ruhm dieses viel größeren und schrecklicheren Krieges sein, nicht nur Stämme brüderlich geeint zu haben, sondern gleichermaßen . . . .

. . . .

. . . .

auch der Glaube und die Gnade der Freiheit wieder unser sein. Dann kann es heißen: »Ein Christenmensch ist ein dienstbarer Knecht aller Dinge und jedermann untertan«, sowie »Ein Christenmensch ist ein freier Herr über alle Dinge und niemand untertan«, es wird alles beides gelten, und darunter haben wir uns die wahre Freiheit vorzustellen.

Ich weiß nicht, ob ich mich recht verständlich habe machen können, mußte ich doch selbst lange ringen, um zu diesen Erkenntnissen zu gelangen, und bin doch überzeugt, daß sie stückhaft sind. Aber auch hier mag gelten, was General Clausewitz sagte: »Der herzzerreißende Anblick von Gefahren und Leiden läßt das Gefühl leicht ein Übergewicht über die Verstandesüberzeugung gewinnen, und im Dämmerlicht aller Erscheinung ist eine tiefe, klare Einsicht so schwer, daß ihr Wechsel begreiflicher und verzeihlicher wird. *Es ist immer nur ein Ahnen und Herausfühlen der Wahrheit*, nach dem gehandelt wird.«

So setzte sich Major v. Pasenow mit dem Problem des Krieges und der deutschen Zukunft auseinander, und es kam ihn hart an. Der Krieg, für dessen Gewerbe er erzogen worden war, der Krieg, für den er eine Jugend lang die Uniform getragen und für den er sie vor vier Jahren wieder angelegt hatte, der Krieg war plötzlich keine Angelegenheit der Uniformen mehr, keine Angelegenheit der Blauhosen und Rothosen, keine Angelegenheit feindlicher Kameraden, die ritterlich die Klingen kreuzen, der Krieg war weder Krönung noch Erfüllung eines uniformierten Lebens geworden, sondern hatte unbemerkt und doch immer fühlbarer dieses Lebens Grundlagen erschüttert, hatte dessen moralischen Zusammenhalt fadenscheinig gemacht, und durch die Maschen des Gewebes grinste das Sündige. Des Sündigen Herr zu werden reichten die in der Kadettenanstalt Culm geschulten geistigen Kräfte nicht aus, und dies war nicht weiter erstaunlich, da selbst die Kirche trotz ihres besseren Rüstzeuges die Antinomie des Sündenfalls nicht restlos zu meistern versteht. Aber was Augustinus als Heil der irdischen Welt vorgeschwebt, was vor ihm die Stoiker schon erträumt hatten, die Idee des Gottesstaates, der alles in sich aufnimmt, was Menschenantlitz trägt, diese erhabene Idee, sie leuchtete durch das Bild herzzerreißender Gefahren und Leiden, sie war – eher ein Gefühl denn eine Verstandesüberzeugung, eher ein Dämmerlicht als eine tiefe klare Einsicht – auch in der Seele des alten Offiziers aufgekeimt, und so zog sich eine zwar verschwommene und manchmal verzerrte, aber immerhin verfolgbare Linie von Zeno und Seneca, vielleicht sogar schon von den Pythagoräern bis zu den Gedankengängen des Majors v. Pasenow.

34

Zerfall der Werte (5)

Logischer Exkurs

Zugegeben, daß in der kgl. preußischen Kadettenanstalt Culm ein anderer Denkstil herrschte als etwa in einem römisch-katholischen Priesterseminar, es erinnert der Begriff eines »Denkstils« doch sehr an die Vagheit jener philosophischen und historischen Richtungen, deren methodologisches Krux in dem Wort »Intuition« gelegen ist. Denn die apriorische Eindeutigkeit des Denkens und des Logos erlaubt keine stilistischen Abschattungen, sie bedarf also außer der apriorischen Selbsterfassung des Geistes keinerlei anderer Intuition, und sie verweist alles übrige auf das Gebiet empirischer Abweichungen, pathologischer Abweichungen, die nicht der philosophischen, sondern der psychologischen und medizinischen Forschung anheimgegeben sind. Insuffizienz des empirischen und irdischen Denkens menschlicher Gehirne vor der absoluten Logik des Ichs, vor der absoluten Logik Gottes.

Oder es ließe sich auch einwenden: die absolute formale Logik bleibt ja bestehen, ist auch für die menschlichen Gehirne unabänderlich, – es ändern sich bloß die Denkinhalte, es ändern sich die Einsichten in das Wesen der Welt, es ist also bestenfalls eine erkenntnistheoretische, nie und nimmer eine logische Frage. Die Logik bleibt »stillos« wie die Mathematik.

Hat die Form des Logischen mit Inhalten tatsächlich nichts zu schaffen? irgendwo ist sie nämlich merkwürdigerweise selber Inhalt, am deutlichsten wohl, wenn man die sogenannt formalen Beweisketten verfolgt, denn nicht nur, daß die Glieder dieser Ketten Axiome sind oder axiomähnliche Sätze – etwa der Satz des Widerspruchs –, also Aussagen, die eine unübersteigbare Plausibilitätsschranke bilden (bis sie, wie z. B. beim Satz vom ausgeschlossenen Dritten, eines Tages doch überschritten wird) und deren Evidenz nur mehr inhaltlich erfaßt, aber nicht mehr formal bewiesen werden kann, sondern darüber hinaus, es würde überhaupt keine derartige logische Kette aufzustellen sein, es würde die ganze logische Maschinerie des Schließens und Beweisens sofort steckenbleiben, wenn es nicht überlogische und, trotz aller Vorverlegung der Formalgrenze, letzten Endes metaphysische und inhaltliche Prinzipien gäbe, die in ihrer Anwendung den gesamten Mechanismus in Gang erhalten würden. Das Gebäude der formalen Logik ruht auf inhaltlichen Grundlagen.

Der intuitionistisch-psychologische Idealismus hat ein »Wahrheitsgefühl« vorausgesetzt, an dessen Evidenz jede Fragekette, beginnend mit dem staunenden »was ist das?«, fortgeführt im stets wiederholten »warum?«, schließlich zur Ruhe kommt, zu einer letzten axiomatischen Plausibilität: »So ist es und nicht anders.« Ist nun auch angesichts der Unabänderlichkeit eines apriorischen und rein formalen Logos das Wahrheitsgefühl eine überflüssige Einführung, so gelangt es angesichts der inhaltlichen Elemente im Logischen zu neuen und berechtigteren Ehren. Denn die Evidenzpositionen am Ende der Frage- und Beweisketten haben sich von der formalen Unabänderlichkeit losgelöst und sollen nun trotzdem bestimmenden Einfluß auf den logischen Beweisgang selber und auf dessen Form nehmen. Das Problem, das sich damit erhebt: »In welcher Art können Inhalte, seien sie nun logisch-axiomatischer oder außerlogischer Natur, derart in die formale Logizität eingreifen, daß bei Aufrechterhaltung der formalen Invarianz die Veränderlichkeit des Denkstils eintritt?«, dieses Problem ist kein psychologisches und kein empirisches mehr, sondern ein methodologisches und metaphysisches, denn hinter ihm steht in aller Apriorität die Urfrage alles Ethischen: Wie kann Gott den Irrtum zulassen, wie darf in der Welt Gottes der Wahnsinnige leben?

Man kann sich vorstellen, daß eine Fragekette überhaupt zu keinem Schluß kommt: alle ontischen Frageketten besitzen offenbar diese Eigentümlichkeit, – das Problem der Materie, das sich von Grundbegriff zu Grundbegriff, vom Urstoff zum Atom, vom Atom zum Elektron, vom Elektron zum Energiequantum weiterschiebt und immer wieder nur zu einem vorläufigen Ruhepunkt gelangt, ist ein Beispiel für solch eine unendliche Fragekette.

An welcher Stelle eine derartige Fragekette abgebrochen wird, ist nun Angelegenheit des Wahrheits- und Evidenzgefühls, also Angelegenheit der in Kraft stehenden Axiomatik. Wenn nach der Lehre des Thales dieser Plausibilitätspunkt für die ontische Fragekette mit der Substanz »Wasser« zu setzen war, so deutet dies darauf hin, daß für Thales ein Axiomensystem in Geltung stand, innerhalb dessen die Wasser-Qualität der Materie »beweisbar« erschien. Hier sind es inhaltliche und nicht formallogische Axiome, die die Fragekette abstoppen, es sind Axiome der geltenden Kosmogonie, – aber diese inhaltliche Axiome müssen mit den formal-logischen in irgendeiner, zumindest in der Beziehung der Widerspruchslosigkeit stehen, denn würde der inhaltliche Fortgang des Beweises mit dem formalen nicht übereinstimmen, es gäbe keine Plausibilität. (Daß nichtsdestoweniger inhaltliche und logische Axiome in Widerstreit geraten können, ist an der Lehre von der doppelten Wahrheit zu ersehen.) Aber selbst wenn man sich mit vollkommener Skepsis auf den Standpunkt des Ignorabimus stellt, und, das Vorhandensein einer kosmogonischen Plausibilität und ihrer Axiomatik leugnend, die Fragekettcn als unabbrechbar annimmt und ihren Abbruch als eine rein zweckmäßige, doch fiktive Willkürlichkeit betrachtet, so ist es klar, daß auch das Ignorabimus als solches einen bestimmten Plausibilitätscharakter besitzt und daß auch dieser von einer bestimmten Logizität und einer bestimmten logischen Axiomatik gestützt wird.

Eine gewisse, über den Rahmen des rein Intuitionistischen hinausgehende rationale Vorstellung dieser Verhältnisse könnte vielleicht die Menge der in einem Weltbild enthaltenen und wirksamen Axiome liefern. Selbstverständlich kann diese Menge weder aufgewiesen noch durchgezählt werden, – man kann bloß den Axiomsreichtum oder die Axiomsarmut in den Extremfällen sichtbar machen. Die Kosmogonie der Primitiven z. B. ist von äußerster Kompliziertheit: jedes Ding der Welt führt sein Eigenleben, ist gewissermaßen causa sui, jeder Baum wird von seinem eigenen Gott bewohnt, jedes Ding von seinem eigenen Dämon; es ist eine Welt von unendlich vielen Axiomen und jede Kette von Fragen, die sich auf die Dinge der Welt beziehen, jede Fragekette stößt nach ganz wenigen, ja vielleicht schon nach dem ersten Schritt auf eines dieser Axiome. Gegenüber solcher Vielfalt kurzer, fast eingliedriger ontologischer Ketten sind in einer monotheistischen Welt diese Ketten bereits sehr weit, wenn auch nicht unendlich weit fortgeführt, so weit nämlich, bis sie in dem einzigen Urgrund

»Gott« zusammenlaufen. Zieht man also bloß die ontologisch-kosmogonischen Axiome in Betracht – unter Vernachlässigung der anderen, also etwa der rein logischen –, so ist für die beiden Extremfälle, die sich in den polaren Kosmogonien der primitiven Magie und des Monotheismus repräsentieren, die Axiomenanzahl von Unendlich auf Eins herabgesunken.

Soferne Sprache Ausdruck der Logik ist, soferne Logik immanent in der Struktur der Sprache aufscheint, läßt sich von der Sprache ein Rückschluß auf die ontologische Axiomenanzahl, auf die Natur der Logik und die Veränderlichkeit ihres »Stils« ziehen. Denn eben das komplizierte ontologische System der Primitiven, eben ihr ausgebreitetes Axiomensystem spiegelt sich in der ganz außerordentlich komplizierten Struktur und Syntax ihrer Sprachen wider. Und ebensowenig wie die Veränderung des metaphysischen Weltbilds auf Zweckmäßigkeitsgründe zurückzuführen ist – niemand wird behaupten können, daß die abendländische Metaphysik »zweckmäßiger« sei als etwa die auf mindestens gleich hoher Entwicklungsstufe stehende chinesische –, ebensowenig wird die Vereinfachung und der grundlegende Stilwandel innerhalb der Sprachen (kann auch ihre Gebrauchsabschleifung nicht angezweifelt werden) ausschließlich unter den Zweckmäßigkeitsgedanken gestellt werden dürfen, ganz abgesehen davon, daß die Zweckerklärung für eine ganze Reihe von Veränderungen und syntaktischen Eigentümlichkeiten nicht ausreicht.

Welche Funktionen das Axiomensystem, sei es nun ontisch oder logisch, für die eigentliche logische Struktur haben kann, auf welche Art es sich in dieser Unabänderlichkeit des Formalen trotzdem als »Stil« ausprägt, kann immerhin durch ein Bild vorstellbar gemacht werden: bei gewissen geometrischen Konstruktionen wird der unendlich ferne Punkt willkürlich innerhalb der endlichen Zeichenebene angenommen, und dann wird so konstruiert, als würde dieser fiktive Unendlichkeitspunkt wirklich der unendlich weit entfernte sein. Die Lage der einzelnen Konstruktionsglieder zueinander bleibt in einer solchen Konstruktion die gleiche, als würde jener Punkt wirklich unendlich weit entfernt sein; bloß haben sich alle

Maße verzerrt und zusammengeschoben. Und so ähnlich darf man sich die Veränderungen vorstellen, welche die logischen Konstruktionen erleiden, wenn der logische Plausibilitätspunkt aus dem Unendlichen ins Endliche und Irdische gerückt wird: die formale Logik als solche, ihre Schlußweise, ja sogar ihre inhaltlichen Assoziationsnachbarschaften bleiben bestehen, – was sich ändert, sind ihre »Maße«, ist ihr »Stil«.

Der Schritt, der über die monotheistische Kosmogonie hinaus noch zu tun blieb, war ein fast unmerklicher und war doch von größerer Bedeutung als alle vorhergegangenen: der Urgrund wird aus der »endlichen« Unendlichkeit eines immerhin noch anthropomorphen Gottes in die wahre abstrakte Unendlichkeit hinausgeschoben, die Frageketten münden nicht mehr in dieser Gottesidee, sondern laufen tatsächlich in die Unendlichkeit (sie streben sozusagen nicht mehr nach einem Punkt, sondern haben sich parallelisiert), die Kosmogonie ruht nicht mehr auf Gott, sondern auf der ewigen Fortsetzbarkeit der Frage, auf dem Bewußtsein, daß nirgends ein Ruhepunkt gegeben ist, daß immer weiter gefragt werden kann, gefragt werden muß, daß weder ein Urstoff noch ein Urgrund aufzuweisen ist, daß hinter jeder Logik noch eine Metalogik steht, daß jede Lösung bloß als Zwischenlösung gilt und daß nichts übrigbleibt als der Akt des Fragens als solcher: die Kosmogonie ist radikal wissenschaftlich geworden und ihre Sprache und ihre Syntax haben ihren »Stil« abgestreift, haben sich zum mathematischen Ausdruck gewandelt.

35

Dienstag, den 4. Juni, gingen Esch und Huguenau über den Marktplatz. Es war Regenwetter. Beleibt und rundlich, mit offenem Überrock, stolzierte Huguenau einher. Wie ein Sieger, dachte Esch giftig.

Als sie beim Rathaus einbogen, begegnete ihnen eine traurige Eskorte: gefesselt, flankiert von zwei Mann mit aufgepflanztem Seitengewehr, vielleicht vom Bahnhof oder vom Gerichtsgebäude kommend, wurde ein deutscher Soldat ins

Gefängnis geführt. Es war Regenwetter, die Tropfen klatschten dem Mann ins Gesicht, und um sie wegzuwischen, mußte er von Zeit zu Zeit die aneinandergeschlossenen Hände heben und sein Gesicht an ihnen reiben; das war eine ungeschickte und zugleich rührende Gebärde.

»Was ist's mit dem?« fragte Esch den ebenfalls etwas betroffenen Huguenau.

Huguenau zuckte die Achsel, murmelte etwas von Raubmord und Kinderschändung: »Oder er hat einen Pfarrer erstochen ... mit einem Küchenmesser.«

Esch wiederholte: »Mit einem Messer erstochen.«

»Wenn's ein Deserteur ist, wird er erschossen«, schloß Huguenau den Fall ab, und Esch sah das Kriegsgericht in dem wohlbekannten Schwurgerichtssaal tagen, sah den Stadtkommandanten als Gerichtsherrn, hörte dessen mitleidslosen Urteilsspruch und sah, wie der Mann im klatschenden Regen in den Gefängnishof geführt wird, und wie er angesichts des Exekutionspeletons zum letzten Male sein Antlitz, auf dem Wasser, Tränen und kalter Schweiß zusammenfließen, an den gefesselten Händen abwischt.

Esch war ein Mensch impetuoser Haltungen; die Welt schied sich ihm in Schwarz und Weiß, schien ihm von einem Spiel böser und guter Kräfte beherrscht. Aber seine Impetuosität schob ihm oftmals die Person vor die Sache, und er war schon nahe daran, nicht den kalten grausamen Militarismus, sondern den Major für die Unmenschlichkeit, die an dem armen Deserteur verübt werden würde, verantwortlich zu machen, und schon wollte er zu Huguenau sagen, daß der Major ein Schwein sei, – als es plötzlich nicht stimmte: plötzlich kannte man sich nicht aus, denn plötzlich war es unfaßbar, daß der Major und der Verfasser jenes Artikels identisch sein sollten.

Der Major war kein Schwein, der Major war etwas Besseres, der Major war plötzlich von der schwarzen auf die weiße Seite der Welt gerückt.

Esch hatte den Leitartikel in aller Deutlichkeit vor Augen, und die zwar nicht völlig klaren, doch edlen Gedanken des Majors waren für ihn klar und groß, dünkten ihn wie ein Teil des höheren Auftrags, für die Freiheit und Gerechtigkeit der

Welt zu sorgen, und das war um so bemerkenswerter, als er darin einen Teil seiner eigenen Aufgabe und das Ziel wiederfand, allerdings so sehr zu erhöhtem und lichtem und gelöstem Ausdruck verwandelt, daß er alles, was er selber hiezu gedacht oder getan hatte, nun als dumpf, eng, alltäglich und kurzsichtig empfand. Esch blieb stehen: »Man muß zahlen«, sagte er.

Huguenau war unangenehm berührt: »Sie haben leicht reden, Sie werden nicht erschossen.«

Esch schüttelte den Kopf, machte eine wegwerfende und ein wenig hoffnungslose Handbewegung: »Wenn es bloß darauf ankäme, ... auf die Anständigkeit kommt es an ... wissen Sie, daß es eine Zeit gegeben hat, in der ich einem Freidenkerverein beitreten wollte!«

»Und wenn schon«, sagte Huguenau.

»Sie sollten nicht so reden«, sagte Esch, »an der Bibel ist doch was dran. Lesen Sie nur mal den Artikel des Majors.«

»Feiner Artikel«, sagte Huguenau.

»Also?«

Huguenau dachte nach: »Noch einen Artikel wird er uns kaum schreiben, ... jetzt müßte man etwas anderes bringen ... aber das muß ich natürlich wieder alleine machen, Ihnen fällt ja rein gar nichts ein. Und dabei wollten Sie eine Zeitung herausgeben!«

Esch sah ihn verzweiflungsvoll an; mit so einem Stück Fleisch war offenbar nicht weiterzukommen, der Kerl verstand nicht oder wollte nicht verstehen. Esch hätte ihn gern verdroschen. Er schrie ihn an: »Wenn Sie der Engel sein sollten, der zu ihm getreten ist, um ihm zu dienen, dann bin ich schon lieber der Teufel.«

»Wir sind alle keine Engel«, philosophierte Huguenau.

Esch gab es auf; sie waren ohnehin schon daheim.

Im Flur spielte Marguerite mit ein paar Jungen aus der Nachbarschaft. Sie schaute böse auf, weil man sie störte, aber Esch kehrte sich nicht daran, packte sie und setzte sie sich auf den Nacken, hielt sie an den Beinen fest.

»Achtung auf die Türen«, rief er und duckte sich an der Schwelle.

Huguenau kam hinterdrein.

Als sie die Treppe hinaufklommen und Marguerite, hoch über dem Geländer schwebend, auf den sonderbar vergrößerten Hof und den schwankenden Garten hinabblickte, bekam sie Angst; sie griff mit ihren harten Kinderfäusten nach Eschs Stirn, versuchte, sich in seinen Augenhöhlen festzukrallen.

»Ruhe da droben«, kommandierte Esch, »Achtung auf die Tür.« Aber es nützte nichts, daß er sich bückte: Marguerite machte sich steif, warf den Oberkörper zurück, bumste mit dem Kopf gegen das Türsims und begann zu heulen. Esch, der von alters her gewohnt war, weinende Frauen durch körperliche Berührung zu beschwichtigen, ließ das Kind in Kußhöhe herabgleiten, doch nun strampelte es, fuhr ihm wieder in die Augen, so daß er wohl oder übel es zu Boden stellen und laufen lassen mußte. Marguerite wollte entwischen, aber da stand Huguenau und machte Anstalten, sie abzufangen. Er hatte mit Vergnügen zugeschaut, wie die Kleine von Esch wegstrebte, und wenn sie nun statt dessen bei ihm geblieben wäre, so wäre das eine große Genugtuung gewesen. Freilich, da er nun ihr finsteres Gesicht sah, wagte er nicht, sie aufzuhalten, vielmehr spreizte er die Beine und sagte: »Hier ist das Tor.« Die Kleine begriff, lachte und kroch auf allen vieren durch das Tor.

Eschs Augen waren ihr gefolgt: »Die könnte einen umbringen wie nichts«, es klang wie Rührung, »so ein kleiner schwarzer Racker.« Huguenau saß ihm gegenüber: »Na, Ihren Geschmack scheint sie ja ganz gut zu treffen ... aber ich muß mir jetzt doch bald einen eigenen Schreibtisch hier reinstellen.« – »Ich kann's nicht hindern«, brummte Esch, »wäre sowieso an der Zeit, daß Sie sich um die Redaktionsgeschäfte kümmerten.« Huguenaus Gedanken waren noch bei dem Kinde: »Die Kleine sitzt ja auch immer hier herum.« Esch lächelte ein wenig: »Kinder sind ein Segen und eine Plage, Herr Huguenau, aber das verstehen Sie nicht.« – »Das werde ich schon noch kapieren, daß Sie in das Kind vernarrt sind ... warum würden Sie denn sonst ein fremdes kleines Biest adoptieren wollen.« – »Eigenes oder fremdes ist wurscht, das habe ich Ihnen bereits einmal gesagt.« – »Gar so wurscht ist das nicht, wenn ein anderer das Vergnügen gehabt hat.« – »Sie verstehen das nicht«, schrie Esch und sprang auf.

Er lief einigemal im Zimmer hin und her, dann ging er zu der Ecke, in der die Zeitungspakete aufgestapelt lagen, holte sich ein Blatt, es war die Festnummer, und begann, den Artikel des Majors zu studieren.

Huguenau sah ihm interessiert zu. Esch hielt den Kopf mit beiden Händen, seine kurzen grauen Haare standen borstig zwischen seinen Fingern, – er hatte ein leidenschaftliches, fast ein asketisches Aussehen, und Huguenau, der eine dunkel und unbehaglich aufsteigende Erinnerung abwehren wollte, sagte mit munterer Stimme: »Passen Sie auf, Esch, wie wir mit der Zeitung noch hochkommen werden.« Esch antwortete: »Der Major ist ein guter Mensch.« – »Ja«, sagte Huguenau, »aber denken Sie lieber darüber nach, was man aus dem Blatt machen könnte«, er war zu Esch hingetreten und, als wollte er ihn aufwecken, tippte er ihm auf die Schulter, »der Kurtriersche, der muß noch in Berlin und in Nürnberg verlangt werden, und im Hauptwachecafé in Frankfurt, Sie kennen doch Frankfurt, auch dort muß er aufliegen, ... ein Weltblatt muß er werden.«

Esch gab nicht acht. Er wies mit dem Finger auf eine Stelle des Artikels: »So denn Werke niemand fromm machen und der Mensch muß fromm sein, ehe er Werke tut, ... wissen Sie, was das heißt? daß es nicht auf das Kind ankommt, sondern auf die Gesinnung, fremdes oder eigenes ist wurscht, hören Sie, ist wurscht!«

Huguenau war irgendwie enttäuscht: »Ich weiß nur, daß Sie ein Narr sind und daß Sie die Zeitung auf den Hund gebracht haben mit Ihren Gesinnungen.« Sagte es und verließ den Raum. Die Türe war schon lange zugefallen, und Esch saß noch immer da, starrte auf die Türe, saß und grübelte. Klar war's ja nicht, aber mit der Gesinnung konnte der Huguenau immerhin recht haben. Nichtsdestoweniger schien es, als dürfte jetzt Ordnung werden. Die Welt war geteilt in Gut und Böse, in Soll und Haben, in Schwarz und Weiß, und wenn es auch vorkommen mochte, daß ein Buchungsfehler unterlief, so war er auszumerzen, und man wird ihn ausmerzen. Esch war ruhiger geworden. Friedlich ruhten seine Hände auf den Knien, er saß ruhig, blickte durch geschlossene Lider auf die Türe, sah durch geschlossene Lider das ganze Zimmer, welches nun seltsam in eine Landschaft überging – oder war es eine Ansichtskarte? – und nun wie ein Kiosk war unter grünen Bäumen, Bäumen des Badenweiler Schloßbergs, er sah das Antlitz des Majors, und es war das Antlitz eines Größeren und Höheren. Und Esch saß so lange, daß voll Verwunderung er nicht mehr wußte, wo er hingeraten war, und nur mit Mühe fand er zu seiner Lektüre zurück. Zwar hätte er den Artikel Satz für Satz auswendig hersagen können, doch er zwang sich, weiterzulesen, und er wußte nun wieder, wohin er auf dieser Welt gehörte. Denn die Betrachtungen des Majors, die an das deutsche Volk gerichtet waren, hatten auf einen, wenn auch nicht bedeutenden Teil der Nation ihre Wirkung ausgeübt, und dieser Teil war eben Herr Esch.

36

Vier Frauen scheuerten das Krankenzimmer.

Oberstabsarzt Kuhlenbeck kam herein, schaute ihnen einen Augenblick lang zu: »Na, wie geht's euch denn?«

»Wie soll's uns denn gehen, Herr Oberstabsarzt ...«

Die Frauen seufzten, dann scheuerten sie weiter.

Eine hob den Kopf: »Mein Mann kommt nächste Woche auf Urlaub.«

»Großartig, Tielden, ... da werden die Betten wackeln ...«

Frau Tielden errötete unter dem braunen Leder ihres Gesichtes. Die andern lachten los. Und Frau Tielden lachte mit.

Mit einem Male tönte von einem der Betten her ein Bellen. Es war kein richtiges Bellen, es war ein atemloses, schweres, und sehr schmerzliches Herausstoßen von etwas, das kaum ein Ton war und von ganz tief herauskam.

Der Landwehrmann Gödicke saß auf seinem Bett; seine Züge waren schmerzhaft verzerrt, und er war es, der auf so eigentümliche Weise lachte.

Es war der erste Laut, den man seit seiner Einlieferung von ihm zu hören bekam (wenn man sein anfängliches Wimmern nicht dazurechnete).

»So ein Schweinigel«, sagte Oberstabsarzt Kuhlenbeck, »da kann er lachen.«

37

Geschichte des Heilsarmeemädchens in Berlin (5)

Der welke Frühling steinerner Gesetze,
Der welke Frühling einer Judenbraut,
Der welke Lärm der Stadt, der gleichsam ohne Laut
Gefangen liegt im unsichtbaren Netze,
Ein Sommertag aus Stein, dem keine Milde taut,
Ein welker Himmel blickt auf Asphaltplätze,
In Straßenschluchten, und wie eine Krätze
Breitet sich Stein auf grauer Erdenhaut.
Oh, Stadt voll falschem Licht, oh, Stadt voll falschem Grölen,
Der Büßende mag keine Bäume sehn,
Er sucht den Ort, in dessen Büßerhöhlen
Aus dem Gesetz das Heiltum wird erstehn
Springbrunnengleich aufsteigend aus Gedanken
Aus heiligem Buch, aus Zweifel und aus Schwanken.
Es ist die Stadt der Wanderer, Angstbüßer und Asketen,
Die Stadt des Volks, das Gott sich auserwählt,
Des Volks, das ohne Lust sich mehrt und bloß die Söhne zählt,
Des Volks der Greise, die am Fenster beten,
Mönchsbärtig Volks, das stets sich Gott vermählt
Mit harten Festen, Riemen, Kultgeräten,
Indes die Weiber fette Klosterbrote kneten
Und zu Jahrzeiten blasses Öllicht schwelt;
Volk, das die Weiber nimmt, um in dem Bett zu zeugen
Den blassen Jüngling mit Theaterbart,
Den Jakobsjüngling, dem sich Engel beugen
Und dem die Wahrheit wird, Wegweiser auf der Fahrt
Zu jenem Bronn, an dem die Engel sanken,
Zu jenem Bronn, wo Rachels Schafe tranken.
Oh, graue Stadt, Station blasser Nomaden
Am Zionswege, der zu Gott hinführt,
Gottlose Stadt, ins leere Netz geschnürt,
Der leere Steinraum, fluch- und schmerzbeladen,
In dem die Heilsarmee die dünne Trommel rührt,
Auf daß der Sünder lasse seinen Schaden

Heimfand auch er zum Wahrheitsweg voll Gnaden,
Zum Zionswege, den die Liebe kürt. –
In dieser Stadt Berlin, in jenen Frühlingstagen
Traf Nuchem Sussin auf die Heilsmarie
Und eine Weile war ein süßes Zagen
Und ihre Seelen fielen in die Knie;
Sie fühlten nicht des Schicksals schwere Pranken,
Sie sahen Zion und ihr Sein war Danken.

38

Seit nahezu zwei Jahren war Heinrich Wendling nicht auf Urlaub gewesen. Trotzdem war Hanna überrascht, so überrascht, als bräche ein unfaßbar irrationales Ereignis herein, da nun der Brief eintraf, mit dem Heinrich seine Heimkunft ankündigte. Die Fahrt von Saloniki dauerte mindestens sechs Tage, wahrscheinlich sogar länger, aber immerhin, es war nur noch eine Angelegenheit von Tagen. Hanna fürchtete seine Ankunft, als hätte sie einen heimlichen Liebhaber vor ihm zu verbergen. Sie empfand jeden Tag der Verzögerung wie ein Geschenk; doch jeden Abend machte sie noch sorgsamere Nachttoilette als sonst, und noch länger als sonst blieb sie des Morgens im Bette liegen, wartend, fürchtend, daß der Heimkehrende, schmutzig und unrasiert, sofort von ihr Besitz ergreifen werde. Und mochte sie sich derartiger Vorstellungen eigentlich auch schämen und schon aus diesem Grunde hoffen, daß irgendeine Offensive oder ein anderes Unheil den Urlaub vereiteln würde, so spürte sie eine noch viel stärkere und sehr seltsame Hoffnung, die dazwischen lief, ein Ahnen, von dem man nichts wissen wollte und auch nichts wußte und das wie das Gefühl vor einer schweren Operation war: man mußte sich ihr unterziehen, um vor etwas Unabänderlichem, dem man sonst unaufhaltsam zustrebte, bewahrt zu werden, es war wie eine letzte, schreckliche Zuflucht, dunkel auch sie, dennoch wie eine Rettung vor der tieferen Dunkelheit. Wollte man solches Verhalten, dieses hoffende Fürchten und schreckhafte Harren, als Masochismus werten, man bliebe damit bloß an der äußersten seelischen Oberfläche. Und die Erklärung, die sich Hanna selber für ihren Zustand, soweit sie ihn überhaupt zur Kenntnis nahm, gestatten durfte, wich nicht wesentlich von jener törichten Meinung alter Frauen ab, die in einer Heirat das einzige Heilmittel sehen, um damit sämtliche Leiden bleichsüchtiger junger Mädchen ein für alle Male in Ordnung zu bringen. Nein, sie hätte es nicht gewagt, weiter darüber nachzudenken, es war ein Gestrüpp, in das sie nicht einzudringen wünschte, und wenn sie irgendwie gewärtigte, es werde sich mit dem Eintreffen Heinrichs eine natürliche Ordnung wiederherstellen lassen, so ahnte sie mit gleicher Intensität, daß solche Ordnung nie mehr zu finden sein werde.

Richtiger Sommer war es geworden. Das »Haus in Rosen« machte seinem Namen Ehre, obwohl man, der Zeit Rechnung tragend, die Pflege der Blumen hinter der des Gemüses zurückstellte und der kränkliche Aushilfsgärtner nicht einmal dazu ausreichte. Doch die Crimson Ramblers ließen sich auch durch den Krieg nicht bändigen und rankten sich bis zu den Putten neben der Eingangstüre empor, die Gruppen der Pfingstrosen waren weiß und rosa, und die Streifen der Heliotropen und Levkoien an den Rändern der Rasenflächen waren in voller Blüte. Beruhigt lag die grüne Landschaft vor dem Haus, die weitausholende Senkung des Tales fing den Blick und lenkte ihn bis zum Waldesrand, das Försterhaus drüben, das man im Winter mit allen seinen Fenstern sah, war wieder im Grün verschwunden, grün waren die Weinberge geworden, und dunkel lag der Wald, dunkler noch, da nun schwarzes Gewölk über dem Berg heraufzog.

Hanna hatte nachmittags ihren Liegestuhl vor das Haus gestellt. Unter den Kastanienbäumen lag sie und schaute auf die heraufziehenden Wolken, deren Schatten über den Feldern vorrückte, das lichte helle Grün in ein schwärzliches und sonderbar ruhiges Grünviolett verwandelnd, und als der Schatten sich nun über den Garten legte und es plötzlich kühl und kellerig wurde, da begannen die Blumen, die von der Hitze bisher verschlossenen Blumen, plötzlich zu duften, als wäre ihr Atem gelöst worden. Oder vielleicht war es die plötzliche Kühle, die Hanna nun den Duft spüren ließ, doch war dies so plötzlich, so einmalig, so vehement, es war diese hervorbrechende Welle von süßem Duft so kühl und bezaubernd wie ein Abend in südlichen Gärten, wie eine Dämmerung am felsigen Gestade eines Tyrrhenischen Meeres. So lag die Erde am Ufer der Wolke, die ihre Woge herabsandte, Gewitterregen dicht und mild, und Hanna, in der geöffneten Verandatüre stehend, roch den Süden, und wenn sie auch fast gierig die milde Feuchtigkeit einsog, die sie kühl und frisch in der Nase fühlte, so war mit der Erinnerung des Geruchs auch jene Angst herangeweht worden, die sie zum ersten Male empfunden hatte, als sie an einem Regenabend während ihrer Hochzeitsreise in Sizilien am Meeresufer gestanden hatte: das Hotel lag hinter ihr, die Blumen des Hotelgartens dufteten, und sie wußte nicht, wer der fremde Mann war, der neben ihr stand, – er hieß Dr. Wendling.

Sie erschrak, der Gärtner war über den Weg geeilt, die Gartenmöbel in Sicherheit zu bringen; sie erschrak, sie mußte an einen Einbrecher denken, obgleich sie genau wußte, was der Mann vorhatte. Wäre Walter nicht zu ihr herausgekommen, sie hätte sich ins Zimmer geflüchtet und die Türe abgesperrt. Walter hatte sich auf die Schwelle gesetzt; er streckte seine nackten Beine in den Regen hinaus und beschäftigte sich damit, einen trockenen Schorf von seinem Knie vorsichtig abzulösen, um sodann die neue rosa Haut befriedigt zu streicheln. Auch Hanna hatte sich auf die Schwelle gesetzt; sie hielt ihre Beine, ihre schönen schlanken Beine mit den Händen umfaßt – auch sie trug keine Strümpfe, wenn sie daheim im Garten war – und die glatten Schienbeine fühlten sich kühl an.

Nun hatte der Regen den Duft der Blumen, den er erst erweckt hatte, niedergeschlagen und es roch nur noch nach feuchter Erde. Das braungesprenkelte Ziegeldach des Gärtnerhauses glänzte vor Nässe, und als der Gärtner jetzt wieder über den Weg ging, knirschte der Kies nicht mehr vor Trokkenheit, sondern raschelte körnig und gewaschen. Hanna legte den Arm um die Schultern des Kindes, – warum konnten sie nicht ewig so sitzenbleiben, beruhigt eingeordnet in eine reinliche und kühle Welt! sie hatte nur noch sehr wenig Angst. Nichtsdestoweniger sagte sie: »Wenn es heute nacht so gewittert, darfst du bei mir schlafen, Walter.«

39

Als Oberstabsarzt Kuhlenbeck und Dr. Kessel den Speisesaal des Gasthofs betraten, saß der Major an seinem gewohnten Platz. Er las die eben eingelangte Kölnische Zeitung. Die beiden Herren grüßten, und der Major erhob sich und bat die Herren an seinen Tisch.

Der Oberstabsarzt wies in höchst taktloser Weise auf die Zeitung: »Werden wir das Vergnügen haben, Sie auch in anderen Blättern zu lesen, Herr Major?«

Der Major schüttelte bloß den Kopf, reichte dem Oberstabsarzt das Blatt, deutete auf die Kriegsberichte: »Schlechte Nachrichten.«

Der Oberstabsarzt überflog den Bericht: »Eigentlich nicht schlechter als sonst, Herr Major.«

Der Major sah fragend auf.

»Nun, es gibt doch bloß eine gute Nachricht, Herr Major, und die heißt: Friede.«

»Da haben Sie recht«, sagte der Major, »aber es soll ein ehrenvoller Frieden sein.«

»Schön«, sagte Kuhlenbeck und hob sein Glas, »also auf den Frieden.«

Die beiden anderen Herren stießen mit ihm an, und der Major wiederholte: »Auf einen ehrenvollen Frieden ... wofür wären sonst alle Opfer gebracht worden?« Als wollte er noch etwas sagen, behielt er das Glas in der Hand, blieb aber stumm; endlich brach er die Erstarrung und sagte: »Ehre ist keine bloße Konvention, ... früher wäre Giftgas als Waffe verpönt gewesen.«

Die Herren schwiegen und tranken ihren Wein.

Dann sagte Dr. Kessel: »Was nützen die schönsten Theorien über die Kriegsernährung ... wenn ich abends heimkomme, kann ich mich kaum auf den Beinen halten; für einen älteren Menschen reicht es eben nicht aus.«

Kuhlenbeck sagte: »Sie sind ein Defaitist, Kessel; Diabetes ist erwiesenermaßen auf ein Minimum zurückgegangen, und mit Karzinom scheint es auch so zu gehen ... es ist einfach Ihr persönliches Unglück, daß Sie kein Diabetiker sind ... im übrigen, lieber Kollege, wenn Sie Ihre Beine spüren ... wir werden alle nicht jünger.«

Major v. Pasenow sagte: »Ehre ist nicht Trägheit des Gefühls.«

»Ich verstehe nicht recht, Herr Major«, sagte Oberstabsarzt Kuhlenbeck.

Der Major sah ins Leere: »Ach nichts ... Sie wissen ... mein Sohn fiel vor Verdun ... er wäre jetzt bald achtundzwanzig.«

»Sie haben aber noch Familie, Herr Major?«

Der Major antwortete nicht sogleich; mag sein, daß er die Frage als Indiskretion empfand. Schließlich sagte er: »Ja, der Jüngere und die beiden Mädchen ... der Junge ... der wird nun auch bald eingezogen werden ... man muß dem König geben, was des Königs ist ...« er stockte, dann fuhr er fort: »Sehen Sie, daß man Gott nicht gibt, was Gottes ist, das ist der Grund des Übels.«

Dr. Kuhlenbeck sagte: »Man gibt nicht einmal dem Menschen, was des Menschen ist, ... ich meine, wir müßten erst damit anfangen.«

»Zuerst Gott«, sagte Major v. Pasenow.

Kuhlenbeck hob das Kinn; sein schwarz-grauer Bart stand in die Luft: »Wir Ärzte sind eben schnöde Materialisten.«

Der Major wehrte begütigend ab: »Das sollten Sie nicht aussprechen.«

Dr. Kessel war auch nicht dieser Ansicht; ein richtiger Arzt sei stets ein Idealist. Kuhlenbeck lachte: »Richtig, ich vergaß Ihre Krankenkassenpraxis.«

Nach einer Weile sagte Dr. Kessel: »Wenn es wieder halbwegs möglich sein wird, nehme ich meine Kammermusik wieder auf.«

Und der Major sagte, daß auch seine Frau gerne musiziere. Er dachte eine Weile nach, und dann fügte er hinzu: »Spohr, ein tüchtiger Komponist.«

Seitdem es ruchbar geworden war, daß Gödicke gelacht hatte, versuchten die Zimmergenossen alles mögliche, um ihn wieder dazu zu bringen. Es wurden ihm die schweinischesten Witze aufgetischt, und wenn er im Bette lag, ging selten einer vorbei, der nicht erwartungsvoll das Gestell zum Wackeln gebracht hätte. Doch es fruchtete nichts. Gödicke lachte nicht mehr. Er blieb stumm.

Bis eines Tages Schwester Carla eine Feldpostkarte brachte: »Gödicke, Ihre Frau hat Ihnen geschrieben ...« Gödicke regte sich nicht, »ich will's Ihnen vorlesen.« Und Schwester Carla las ihm vor, daß seine getreue Frau nun schon lange nichts mehr von ihm gehört habe, daß sie und die Kinder wohlauf seien und daß sie alle hofften, er möge bald zurückkommen. »Ich werde für Sie antworten«, sagte Schwester Carla. Gödicke gab kein Zeichen des Verständnisses von sich, und man hätte meinen können, daß er tatsächlich nichts verstanden habe. Und wahrscheinlich wäre es ihm auch wirklich geglückt, den Sturm in seiner Seele vor jedem Betrachter zu verbergen, diesen Sturm, der die Teile seines Ichs durcheinanderrüttelte und in rascher Folge an die Oberfläche hob, um sie ebenso rasch wieder in die dunklen Wogen unterzutauchen, es wäre ihm geglückt, den Sturm zu beruhigen und mählich wieder zum Stillstand zu bringen, wenn nicht in diesem Augenblick der Spaßvogel des Zimmers, der Dragoner Josef Sattler, vorbeigekommen wäre und sich in gewohnter Weise an das Fußende des Bettes gehängt hätte, um so'n bißchen daran zu wackeln. Da tat der Landwehrmann Gödicke einen Schrei, der keineswegs das Lachen war, das man von ihm erwartete und zu dem er eigentlich verpflichtet gewesen wäre, er tat einen bösen und schweren Schrei, setzte sich auf, keineswegs so langsam und mühselig, wie man es sonst an ihm gewohnt war, er entriß Schwester Carla die Feldpostkarte und er zerfetzte die Feldpostkarte. Dann sank er zurück, denn die rasche Bewegung hatte ihm Schmerzen verursacht, und er hielt sich den Unterleib.

So lag er da, schaute zur Decke empor und versuchte, eine notdürftige Ordnung in seinen Gedanken herzustellen. Er war sich bewußt, richtig gehandelt zu haben; er hatte mit voller Berechtigung den Eindringling abgewehrt. Daß dieser Eindringling das Dienstmädchen Anna Lamprecht samt drei Kindern gewesen war, das war fast gleichgültig und durfte rasch wieder vergessen werden. Er freute sich geradezu, daß er den Mann, der das Dienstmädchen Lamprecht geehelicht hatte, so rasch wieder zur Ruhe bringen und auf seinen Platz hinter der dunklen Barriere hatte verweisen können, – dort soll er warten, bis er gerufen wird. Trotzdem war es damit nicht abgetan: wer einmal gekommen ist, der kann wiederkommen, auch wenn er nicht gerufen wird, und wenn man einmal eine Türe geöffnet hat, dann kann jede andere Tür von selber auffliegen. Voll Schrecken fühlte er, hätte er es auch nicht zu formulieren gewußt, daß jeder Einbruch in irgendeinen Teil der Seele alle anderen Teile in Mitleidenschaft zog, ja, daß sie alle dadurch verändert wurden. Es war wie ein Dröhnen in seinen Ohren, ein Dröhnen der Seele, ein Dröhnen des Ichs, das so stark dröhnte, daß er es mit dem ganzen Körper spürte, aber es war auch, wie wenn man einen Erdknebel unter die Zunge geschoben bekam, einen erstickenden Knebel, der einem alle Gedanken veränderte. Oder vielleicht war es auch anders, jedenfalls aber war es etwas Übermächtiges, dem man sich ausgeliefert fühlte. Es war, als wollte man den Mörtel auf eine Ziegellage aufstreichen und der Mörtel erstarrte schon auf der Kelle. Es war, als gäbe es hier einen Baupolier, der zu einer unstatthaften und unmöglichen Eile antrieb und die Ziegel in rasender Eile auf das Gerüst schaffen ließ, so daß sie sich türmten und nicht aufzuarbeiten waren. Das Gerüst mußte einstürzen, wenn man, solchem Treiben Einhalt zu tun, die Ziegelwinde und die Betonmischmaschine nicht rechtzeitig unbrauchbar machte. Am besten wäre es, die Augen würden einem wieder zuwachsen und die Ohren würden wieder verstopft werden; der Mann Gödicke dürfte nichts sehen, nichts hören, nichts essen dürfte er. Hätte er jetzt nicht so arge Schmerzen, er würde in den Garten gehen und sich eine Handvoll Erde holen, die Löcher zu verstopfen. Und während er sich den bösen Unterleib hielt, aus dem die Kinder herausgeflossen waren, während er die Hände darauf preßte, als sollte nie mehr etwas aus ihm herausfließen dürfen, während er die Zähne aufeinanderbiß und die Lippen schmal machte, damit nicht einmal das Seufzen des Schmerzes ihnen entgleite, da war es ihm, als würden ihm solcherart die Kräfte wachsen, als könnten die wachsenden Kräfte das Gerüst immer höher und immer lichter bauen, als wäre er selber allgegenwärtig auf jedem Stockwerk und auf jeder Ebene des Gerüstes und als würde er schließlich doch ganz allein im obersten Stockwerk, an des Gerüstes Spitze stehen, stehen können, stehen dürfen, schmerzlos und gelöst, singend, wie er immer droben gesungen hatte. Die Zimmerleute würden unter ihm arbeiten, hämmern, Klammern einschlagen, und er würde hinunterspucken, wie er immer hinuntergespuckt hat, im weiten Bogen über sie hinwegspucken, und wo es unten hintreffen und aufklatschen würde, dort würden Bäume wachsen, die, so hoch sie auch wüchsen, dennoch nicht bis zu ihm hinaufreichen werden.

Als Schwester Carla mit dem Waschbecken und den Tüchern kam, lag er ruhig und ließ sich auch ruhig in die Kompressen packen. Zwei Tage lang verweigerte er wieder Trank und Speise. Und dann trat bald das Ereignis ein, bei dem er zu sprechen begann.

41

Geschichte des Heilsarmeemädchens in Berlin (6)

Zu meiner eigenen Verwunderung hatte ich wieder begonnen, mich mit meinen geschichtsphilosophischen Arbeiten über den Wertzerfall zu beschäftigen. Obwohl ich kaum aus dem Hause ging, brachte ich die Arbeit nur langsam vorwärts. Nuchem Sussin kam manchmal zu mir herein, setzte sich auf die grauen Schöße seines Gehrocks. Niemals knöpfte er ihn auf; es war wohl eine Art Scham, die ihn daran hinderte. Ich fragte mich oft, wie diese Leute zu Dr. Litwak Vertrauen haben konnten, der mit seinem kurzen Sakko allen ihren Anschauungen Hohn sprach. Bis ich mir zurechtlegte, daß der Spazierstock, den Dr. Litwak vor sich hertrug, eine Art Ersatz für den Mangel an längeren Bekleidungsstücken darzustellen hätte. Aber natürlich ist das bloß eine Vermutung.

Es war lange nicht herauszukriegen, was Sussin eigentlich wollte. Wenn er Platz nahm, versäumte er niemals »Sie erlauben zur Güte« zu sagen, und nach einer Pause ratlosen Schweigens kam dann irgendein juristisches Problem: ob die Regierung befugt sei, Speisen und Fette, die man bereits im Haus oder auf dem Teller habe, zu beschlagnahmen, ob der Unterhaltsbeitrag, den die Frauen der Soldaten erhalten, mit einer Todesfallversicherung verbunden werden könnte ... man wußte eigentlich nicht, wo er damit hinauswollte, es war, als schalte er auf gut Glück irgendwelche Drähte zusammen, und man hatte doch das Gefühl, als ergäben sich daraus echte Probleme oder als breite sich in seinem Innern eine juristische Landschaft aus, die durch solche künstlichen und verzwickten Fernrohre zu erspähen man aufgefordert wurde.

Auch wenn er ein Buch in die Hand und vor die schwachsichtigen Augen nahm, war es, als läse er ganz andere Dinge heraus. Er hatte einen maßlosen Respekt vor Büchern, aber er konnte über irgendeine Zeile bei Kant unbändig lachen, und er war verwundert, wenn ich nicht mit einstimmte. So war es für ihn ein außerordentlich guter Witz, als er bei Hegel den Satz fand: *Das Prinzip der Zauberei ist, daß zwischen dem Mittel und dem Erfolg der Zusammenhang nicht erkannt wird.* Sicherlich verachtete er mich, weil ich die Dinge und ihre Komik nicht so durchschaute wie er, und sonderbarerweise neigte ich dazu, ihm eine richtigere, wenn auch kompliziertere Einsicht zuzugestehen. Allerdings waren dies die einzigen Anlässe, bei denen ich ihn habe lachen sehen.

Und dann hatte er ein gewisses Verhältnis zur Musik. In meinem Zimmer hing eine Laute mit vielen Bändern. Ich glaube, daß sie dem Sohn der Wirtin gehört hatte; der Sohn war in Gefangenschaft oder vermißt. Jedesmal forderte Sussin mich auf: »Spielen Sie«, und wollte mir nicht glauben, daß ich es nicht könne. Hielt mich für zu schamhaft. Aber endlich gelangte er auf diesem Wege zu seinem eigentlichen Thema: »Haben Sie schon gehört spielen die Leute ... die in Uniform? ... sehr schön.«

Er meinte die Heilsarmee und lächelte verstohlen, weil ich es erriet. »Ich geh' mir anhören heute abend. Kommen Sie mit?«

42

Huguenaus Freude an der Zeitung hatte nicht lange gewährt, nicht einmal einen ganzen Monat. Man schrieb noch Juni, und Huguenau hatte es satt. Im ersten Überschwang war ihm die große Tat der Festnummer und der Festartikel gelungen; da ihm aber nicht gleich wieder etwas Neues einfiel, verlor er die Lust. Es war, als hätte er ein Spielzeug in die Ecke geworfen; er mochte es nicht mehr. Und wenn auch vielleicht die klarere Einsicht dahinter steckte, daß man aus einem Provinzblatt eben keine große Zeitung machen könne, so war er eigentlich doch nur gelangweilt, wollte einfach nichts mehr wissen und fühlte sich von der Realität des Zeitungsgetriebes gestört. Hatte er es einstens nie eilig genug gehabt, in sein Geschäft zu kommen, so verzögerte er sich jetzt gerne im Bett, dehnte das Frühstück über Gebühr und machte sich nur widerwillig auf den Weg ins Hinterhaus, ja, es geschah sogar öfters, daß er sich in der Küche bei Frau Esch aufhielt, um mit ihr die Lebensmittelpreise zu besprechen. Und war er endlich im Redaktionsbüro, so kletterte er meistens bald wieder hinunter und schlich zur Druckmaschine.

Marguerite spielte im Garten. Huguenau rief ihr über den Hof zu: »Marguerite, ich bin in der Druckerei.«

Das Kind kam herbeigelaufen, und gemeinsam traten sie ein. »'n Morgen«, sagte Huguenau kurz, denn seitdem Lindner und der Hilfssetzer seine Untergebenen geworden waren, bestrebte er sich, möglichst kurz mit ihnen zu sein. Die beiden Leute scherten sich allerdings nicht viel darum, und er hatte wieder das Gefühl, daß sie ihn, der von Maschinen nichts verstand, recht sehr verachteten. Jetzt arbeiteten sie in der Setzerei, und Huguenau, die Kleine an der Hand, bemühte sich, ihnen fachmännisch über die Schulter zu schauen, war aber froh, als er aus der Setzerei wieder draußen und bei seiner Druckmaschine war.

Die Druckmaschine liebte er noch immer. Denn ein Mann, der zeitlebens von Maschinen erzeugte Waren verkauft hat, dem aber die Fabriken und die Maschinenbesitzer etwas im Range Übergeordnetes und eigentlich Unerreichbares sind, ein solcher Mann wird es sicherlich als besonderes Erlebnis empfinden, wenn er selber plötzlich Maschinenbesitzer geworden ist, und es mag wohl sein, daß sich dann in ihm jenes liebevolle Verhältnis zur Maschine herausbildet, wie man es bei Knaben und jungen Völkern fast immer findet, ein Verhältnis, das die Maschine heroisiert und sie in die gehobene und freiere Ebene eigener Wünsche und mächtiger Heldentaten projiziert. Stundenlang kann der Knabe die Lokomotive am Bahnhof betrachten, tief erfreut, daß sie die Waggons von einem Gleis auf das andere überstellt, und stundenlang konnte Wilhelm Huguenau vor seiner Druckmaschine sitzen und mit ernsthaftem leerem Knabenblick hinter den Brillengläsern ihr liebevoll zusehen, restlos befriedigt, daß sie sich bewegte, Papier schluckte und wieder herausgab. Und das Übermaß seiner Liebe zu diesem lebendigen Wesen erfüllte ihn so sehr, daß kein Ehrgeiz in ihm aufkeimen oder gar der Versuch entstehen konnte, diese unverständliche und wunderbare Maschinenfunktion je zu begreifen; bewundernd und zärtlich und fast ängstlich nahm er sie hin, wie sie war.

Marguerite war auf die Papierballen gekrochen und Huguenau saß auf der rohen Bank, die dort stand. Er schaute auf die Maschine, schaute auf das Kind. Die Maschine war sein Eigentum, sie gehörte ihm, das Kind gehörte dem Esch. Eine Zeitlang warfen sie sich einen zusammengeballten Papierbogen zu; dann war Huguenau des Ballspiels müde, er schlug die Beine übereinander, putzte seine Brille und sagte: »An den Inseraten wäre noch etwas zu holen.«

Das Kind spielte mit dem Papierball.

Huguenau fuhr fort: »So arg habe ich mir's nicht vorgestellt. Die Zeitung ist überzahlt ... immerhin, wir haben die Druckerei, ... du hast doch die Druckmaschine gern?«

»Ja, spielen wir Druckmaschine, Onkel Huguenau!«

Marguerite kam von ihrem Papierballen herunter und kroch auf seine Knie. Dann nahmen sie einander bei den Armen, warfen den Oberkörper taktmäßig vor und zurück und skandierten die Bewegung: »Pum, pum.«

Huguenau bremste. Marguerite blieb rittlings auf seinen Knien sitzen. Huguenau war ein wenig atemlos: »Die Zeitung ist überzahlt ... wenn's hoch geht, bringt man es auf vierhundert Exemplare ... aber wenn wir zwei Seiten Inserate haben, ist es ein gutes Geschäft und wir werden reich. Nicht wahr, Marguerite?«

Marguerite hüpfte auf seinem Knie, und Huguenau setzte sie in wippende Trabbewegung; sie lachte, weil er ihr damit die Worte durcheinanderschüttelte: »Ja, du wirst reich, du wirst reich.«

»Freut dich das, Marguerite?«

»Dann gibst du mir viel Geld.«

»So?«

»Viel Geld.«

»Weißt du, Marguerite, wir werden Burschen aufnehmen, die werden die Inserate einsammeln ... in den Dörfern ... überall. Gegen Provision.«

Das Kind nickte ernsthaft.

»Ich habe es mir schon zurechtgelegt, Heiratsannoncen, Verkäufe etcetera, etcetera ... hol mal die Vorlagen von Herrn Lindner«, und er rief in den Setzraum hinüber: »Lindner, die Inseratenvorlagen.«

Das Kind war hinübergelaufen und brachte die Vorlagen.

»Sieh mal, solche Vorlagen geben wir den Agenten mit, ... wirst sehen, wie das zieht.« Er hatte das Kind wieder auf den Schoß genommen und sie studierten gemeinsam die Vorlagen. Dann sagte Huguenau: »Also mit dem Geld willst du ihnen durchbrennen ... wohin willst du denn?«

Marguerite zuckte die Achseln: »Fort.«

Huguenau überlegte: »Über die Eifel kommst du nach Belgien. Dort wohnen gute Leute.«

Marguerite fragte: »Gehst du mit?«

»Vielleicht ... vielleicht später, ja.«

»Wann später?«

Sie schmeichelte sich an ihn heran, aber Huguenau sagte plötzlich und brüsk: »Schluß«, nahm sie und setzte sie auf die Druckmaschine. Sonderbar deutlich stieg wieder das Bild jenes Mörders auf, jenes Kinderschänders, der an die Pritsche angekettet war, und das Bild beunruhigte ihn. »Alles zu seiner Zeit«, sagte er und betrachtete das Kind, das leicht und beweglich auf der soliden unbewegten Maschine saß und das trotzdem irgendwie dazu gehörte. Würde die Maschine in Gang geraten, sie würde Marguerite ebenso schlucken wie das

Papier, und er vergewisserte sich, daß der Riemen richtig abgeworfen war. Beinahe furchtsam wiederholte er: »Alles zu seiner Zeit, die Zeit wird schon noch kommen ... hier stört er uns ohnehin nicht.«

Und während er darüber nachdachte, wofür die Zeit noch kommen werde, fiel ihm ein, daß dieser Esch mit seinem Pferdegebiß, daß dieser hagere unleidliche Lehrer ihm keine Ruhe ließ und unter Berufung auf den Vertrag immer wieder versuchte, ihm Redaktionsarbeiten anzuhängen, – beruft sich auf den Vertrag und verlangt, daß er den ganzen Tag bei ihm sitzen und arbeiten soll, verlangt wahrscheinlich auch noch, daß er sich eine blaue Bluse anziehe. Auf seinen Schein bestehen, das kann so einer, aber Ideen nicht um einen Dreier! Und Huguenau war nun von einem außerordentlichen Wohlbehagen erfüllt, weil's dem Herrn Lehrer noch kein einziges Mal gelungen war, ihn zur Arbeit zu zwingen.

Die Inseratenvorlagen ordnend, sagte er: »Dem Herrn Lehrer werden wir's schon noch eintränken, – was, Marguerite?«

»Nimm mich runter«, sagte das Kind.

Huguenau ging zur Maschine, doch als die Kleine den Arm um seinen Hals legte, blieb er einen Augenblick lang sinnend stehen, denn nun hatte er es gefunden: im geheimen war er ja über den Lehrer gesetzt! er hatte sich ja selbst angeboten, diesen verdächtigen Menschen zu überwachen und auszuspionieren und der Major hatte es gutgeheißen! Da war es Huguenau, als sei er bloß hierher verschlagen worden, um seinen eigentlichen Lebenszweck zu finden, als würde das Leben restlos sich erfüllen, wenn es gelänge, die Geheimbündelei des Herrn Esch restlos aufzudecken. Ja, so war es, und Huguenau gab Marguerite einen herzlichen Kuß auf die mit Druckerschwärze verschmierte Wange.

Herr Esch aber saß oben in der Redaktion, zufrieden, daß er seine Arbeit fortsetzen und sie nicht an Huguenau abgeben mußte. Denn er war zu allem andern überzeugt, daß Huguenau niemals imstande sein würde, die Zeitung jenen Richtlinien gemäß zu führen, die der Major ihr vorgezeichnet hatte, und sein Trachten ging dahin, es selber zu besorgen, auf daß er dem Major und der guten Sache damit diene.

43

Dr. Flurschütz untersuchte im Operationszimmer Jaretzkis Armstumpf: »Sieht prächtig aus … der Oberstabs wird Sie nächster Tage auch abmelden … ist Ihnen doch recht … in irgendein Erholungsheim.«

»Natürlich ist's mir recht, höchste Zeit, daß man hier rauskommt.«

»Scheint mir auch, sonst müssen wir Sie noch mit Delirium dabehalten.«

»Was soll man denn machen außer Saufen … das habe ich mir wirklich erst hier angewöhnt.«

»Sie haben früher nie getrunken?«

»Nö, nie … na ja, so'n bißchen, wie eben ein jeder … wissen Sie, ich war am Polytechnikum in Braunschweig … wo haben denn Sie Ihren Doktor her?«

»Erlangen.«

»Na, da müssen Sie doch auch Ihre Zeit gesoffen haben … es gehört schon mal dazu in den kleinen Städten … und wenn man dann so rumsitzt wie hier, da kommt's eben von selber wieder …« Flurschütz fingerte noch immer an dem Armstumpf herum, »… sehen Sie, die eine Dreckstelle will und will nicht zuheilen … wie ist's mit meiner Prothese?«

»Schon bestellt … ohne Prothese schicken wir Sie nicht weg.«

»Schön, dann machen Sie aber, daß sie kommt … wenn Sie nicht Ihren Beruf hier hätten, würden Sie auch wieder saufen.«

»Weiß nicht … ich hätte auch sonst einiges zu tun … mit einem Buch hat man Sie wahrlich noch nie gesehen, Jaretzki.«

»Sagen Sie mal, aber ehrlich, lesen Sie wirklich den Haufen Bücher, den Sie da in Ihrem Zimmer herumliegen haben?«

»Ja.«

»Merkwürdig … und hat das irgendeinen Sinn und Zweck?«

»Nicht den geringsten.«

»Dann bin ich beruhigt … wissen Sie, Doktor Flurschütz … ja, ich halt schon still … Sie haben doch schon eine Reihe Menschen vom Leben zum Tode befördert, dazu sind Sie ja da, aber wenn man so richtig ein paar umgebracht hat ... sehen Sie, dann braucht man wohl sein ganzes Leben lang kein Buch mehr in die Hand zu nehmen ... das ist so ein Gefühl von mir ... man hat schon alles erledigt ... deshalb wird auch der Krieg nicht aufhören ...«

»Kühner Gedankenflug, Jaretzki, was haben Sie heute schon getrunken?«

»Nö, ich bin nüchtern wie ein Säugling ...«

»So, fertig ... in längstens vierzehn Tagen werden wir es mit der Prothese versuchen ... Sie müßten dann eigentlich in so 'ne Schule gehen ... Sie wollen doch zeichnen ...«

»Ja, wie man's nimmt, ich kann es mir bloß nicht mehr vorstellen.«

»Und die A. E. G.?«

»Also meinetwegen Prothesenschule ... manchmal denke ich mir, daß Ihr mir das Ding höchst überflüssigerweise heruntergesäbelt habt ... sozusagen bloß aus Gerechtigkeitssinn habt Ihr es getan, weil ich dem Franzosen damals die Handgranate zwischen die Beine geschmissen hab' ...« Flurschütz sah ihm aufmerksam in die Augen: »Achtung, Jaretzki, bleiben Sie bei Besinnung, Sie sind ja beängstigend ... wieviel haben Sie heute wirklich schon intus?«

»Nicht der Rede wert ... ich bin Ihnen ja dankbar für Ihren Gerechtigkeitssinn, und ausgezeichnet habt Ihr operiert ... fühle mich jetzt viel wohler auf dieser Welt ... scheißwohl und alles schön erledigt ... und die A. E. G. wartet bloß auf mich.«

»Im Ernst, Jaretzki, Sie sollten dort eintreten.«

»Aber daß Sie's nur wissen ... den falschen Arm habt Ihr erwischt ... mit dem da«, Jaretzki schlug mit zwei Fingern auf die Glasplatte des Instrumententischs, »mit dem hab ich die Granate geschmissen ... wahrscheinlich hängt er mir deshalb noch immer wie ein Bleigewicht am Leib.«

»Das kommt schon noch in Ordnung, Jaretzki.«

»Ohnehin schon alles in Ordnung.«

44

Zerfall der Werte (6)

Zur Logik des Soldaten gehört es, dem Feind eine Handgranate zwischen die Beine zu schmeißen;

zur Logik des Militärs gehört es überhaupt, die militärischen Machtmittel mit äußerster Konsequenz und Radikalität auszunützen und wenn es nottut, Völker auszurotten, Kathedralen niederzulegen, Krankenhäuser und Operationssäle zu beschießen;

zur Logik des Wirtschaftsführers gehört es, die wirtschaftlichen Mittel mit äußerster Konsequenz und Absolutheit auszunützen und, unter Vernichtung aller Konkurrenz, dem eigenen Wirtschaftsobjekt, sei es nun ein Geschäft, eine Fabrik, ein Konzern oder sonst irgendein ökonomischer Körper, zur alleinigen Domination zu verhelfen;

zur Logik des Malers gehört es, die malerischen Prinzipien mit äußerster Konsequenz und Radikalität bis zum Ende zu führen, auf die Gefahr hin, daß ein völlig esoterisches, nur mehr dem Produzenten verständliches Gebilde entstehe;

zur Logik des Revolutionärs gehört es, den revolutionären Elan mit äußerster Konsequenz und Radikalität bis zur Statuierung einer Revolution an sich vorwärtszutreiben, wie es überhaupt zur Logik des politischen Menschen gehört, das politische Ziel zur absoluten Diktatur zu bringen;

zur Logik des bürgerlichen Faiseurs gehört es, mit absoluter Konsequenz und Radikalität den Leitspruch des Enrichissezvous in Geltung zu setzen: auf diese Weise, in solch absoluter Konsequenz und Radikalität entstand die Weltleistung des Abendlandes – um an dieser Absolutheit, die sich selbst aufhebt, ad absurdum geführt zu werden: Krieg ist Krieg, l'art pour l'art, in der Politik gibt es keine Bedenken, Geschäft ist Geschäft –, dies alles besagt das nämliche, dies ist alles von der nämlichen aggressiven Radikalität, ist von jener unheimlichen, ich möchte fast sagen, metaphysischen Rücksichtslosigkeit, ist von jener auf die Sache und nur auf die Sache gerichteten grausamen Logizität, die nicht nach rechts, nicht nach links schaut, – oh, dies alles ist der Denkstil dieser Zeit!

Man kann sich dieser brutalen und aggressiven Logik, die aus allen Werten und Unwerten dieser Zeit hervorbricht, nicht entziehen, auch wenn man sich in die Einsamkeit eines Schlosses oder einer jüdischen Wohnung verkrochen hat; indes, wer die Erkenntnis fürchtet, ein Romantiker also, dem es um Geschlossenheit des Welt- und Wertbildes geht, und der das ersehnte Bild in der Vergangenheit sucht, er wird mit gutem Grund auf das Mittelalter hinblicken. Denn das Mittelalter besaß das ideale Wertzentrum, auf das es ankommt, besaß einen obersten Wert, dem alle anderen Werte untertan waren: den Glauben an den christlichen Gott. Sowohl die Kosmogonie war von diesem Zentralwert abhängig (ja noch mehr, sie konnte aus ihm scholastisch deduziert werden) als auch der Mensch selber, der Mensch mitsamt seinem ganzen Tun, bildete einen Teil jener Weltordnung, die bloß Spiegelbild einer ekklesiastischen Hierarchie war, in sich geschlossenes und endliches Abbild einer ewigen und unendlichen Harmonie. Für den mittelalterlichen Kaufmann galt kein »Geschäft ist Geschäft«, der Konkurrenzkampf war ihm etwas Verpöntes, der mittelalterliche Künstler kannte kein l'art pour l'art, sondern bloß den Dienst am Glauben, der mittelalterliche Krieg nahm nur dann die Würde der Absolutheit in Anspruch, wenn er im Dienste des einzigen absoluten Wertes, im Dienste des Glaubens geführt wurde. Es war ein im Glauben ruhendes, ein finales, kein kausales Weltganzes, eine Welt, die sich durchaus im Sein, nicht im Werden begründete, und ihre soziale Struktur, ihre Kunst, ihre soziale Verbundenheit, kurzum ihr ganzes Wertgefüge waren dem umfassenden Lebenswert des Glaubens unterworfen: der Glaube war der Plausibilitätspunkt, bei dem jede Fragekette endigte, er war es, der die Logik durchsetzend, ihr jene spezifische Färbung und jene stilbildende Kraft verlieh, die nicht nur als Stil des Denkens, sondern immer wieder solange der Glaube überhaupt lebt, als Stil der Epoche zum Ausdruck kommt.

Doch das Denken hat den Schritt vom Monotheistischen ins Abstrakte gewagt, und Gott, der im Endlich-Unendlichen der Dreieinigkeit sichtbare und persönliche Gott, wurde zu dem, dessen Name nicht mehr auszusprechen und von dem kein Bild mehr zu machen ist, aufgestiegen und versunken in die unendliche Neutralität des Absoluten, verschwunden in einem grausamen Sein, das nicht mehr ruht, sondern unerreichbar ist.

In der Gewalt solcher Umwälzung, getragen von der Radikalisierung, ja, man könnte wohl sagen, von der Entfesselung des Logischen, in dieser Umverlegung des Plausibilitätspunktes auf eine neue Unendlichkeitsebene, in dieser Entrückung des Glaubens aus dem irdischen Wirken, wird das Sein-Ruhende aufgehoben. Die stilbildende Kraft im irdischen Raume scheint erloschen, und neben der Wucht des Kantschen Gebäudes und neben dem Lodern der Revolution steht zierlich noch immer das Rokoko, steht ein sofort zum Biedermeier degeneriertes Empire. Denn mochte auch das Empire und kurz darauf die Romantik die Diskrepanz zwischen der geistigen Umwälzung und den irdisch-räumlichen Ausdrucksformen erkannt haben, mochte ihr rückgewendeter Blick auch die Antike und die Gotik zu Nothelfern anrufen, es war die Entwicklung nicht mehr zu hemmen; aufgelöst das Sein zu reiner Funktionalität, aufgelöst selbst das physikalische Weltbild, zu solcher Abstraktheit aufgelöst, daß es nach zwei Generationen sogar des Raumes beraubt werden konnte, war die Entscheidung für das reine Abstraktum bereits getroffen. Und angesichts des unendlich fernen Punktes, zu dessen unerreichbar noumenaler Ferne nunmehr jede Frage- und Plausibilitätskette hinzustreben hat, war die Bindung der einzelnen Wertgebiete an einen Zentralwert mit einem Schlage unmöglich geworden; mitleidlos durchdringt das Abstrakte die Logik jedes einzelnen Wertschaffens, und ihre Inhaltsentblößung verbietet nicht nur jegliche Abweichung von der Zweckform, sei es nun die Zweckform des Bauens oder die einer anderen Tätigkeit, sondern sie radikalisiert auch die einzelnen Wertgebiete so sehr, daß diese, auf sich selbst gestellt und ins Absolute verwiesen, voneinander sich trennen, sich parallelisieren und, unfähig einen gemeinsamen Wertkörper zu bilden, paritätisch werden, – gleich Fremden stehen sie nebeneinander, das ökonomische Wertgebiet eines »Geschäftemachens an sich« neben einem künstlerischen des l'art pour l'art, ein militärisches Wertgebiet neben einem technischen oder einem sportlichen, jedes autonom, jedes »an sich«, ein jedes in seiner

Autonomie »entfesselt«, ein jedes bemüht, mit aller Radikalität seiner Logik die letzten Konsequenzen zu ziehen und die eigenen Rekorde zu brechen. Und wehe, wenn in diesem Widerstreit von Wertgebieten, die sich eben noch die Balance halten, eines das Übergewicht erhält, emporwachsend über allen anderen Werten, emporgewachsen wie das Militärische jetzt im Kriege oder wie das ökonomische Weltbild, dem sogar der Krieg untertan ist, – wehe! denn es umfaßt die Welt, es umfaßt alle anderen Werte und rottet sie aus wie ein Heuschreckenschwarm, der über ein Feld zieht.

Der Mensch aber, der Mensch, einst Gottes Ebenbild, Spiegel des Weltwerts, dessen Träger er war, er ist es nicht mehr; mag er auch noch eine Ahnung von der einstigen Geborgenheit besitzen, mag er sich auch fragen, welch übergeordnete Logik den Sinn ihm verdreht hat, der Mensch, hinausgestoßen in das Grauen des Unendlichen, mag ihn auch schaudern, mag er auch voll Romantik und Sentimentalität sein und sich zurücksehnen in die Obhut des Glaubens, er wird ratlos bleiben im Getriebe der selbständig gewordenen Werte, und nichts bleibt ihm übrig als die Unterwerfung unter den Einzelwert, der zu seinem Berufe geworden ist, nichts bleibt ihm übrig, als zur Funktion dieses Wertes zu werden, – ein Berufsmensch, aufgefressen von der radikalen Logizität des Wertes, in dessen Fänge er geraten ist.

45

Huguenau hatte mit Frau Esch Mittagspension vereinbart. Das war in jeder Beziehung zweckmäßig, und Frau Esch gab sich alle Mühe, das mußte man ihr lassen.

Als er eines Tages zum Essen hinaufkam, fand er Esch bei dem gedeckten Tische, vertieft in ein schwarzgebundenes Buch. Neugierig schaute er ihm über die Schulter und erkannte die Holzschnitte einer Bibel. Da er sich selten über etwas erstaunte, außer wenn es jemandem gelang, ihn bei einem Geschäft zu übertölpeln, was aber selten genug vorkam, sagte er bloß: »Aha«, und wartete, daß das Essen serviert werde.

Frau Esch ging durchs Zimmer breithüftig, reiz- und geschlechtslos; ihre irgendwie blonden Haare waren unordentlich zu einem Knoten aufgesteckt. Im Vorübergehen aber berührte sie unvermittelt und überflüssigerweise ihres Mannes harten Rücken, und Huguenau hatte plötzlich die Empfindung, daß sie sich ihrer Ehelichkeit allnächtlich recht wohl zu bedienen wisse. Der Gedanke war ihm nicht angenehm, und so fragte er: »Na, Esch, bereiten Sie sich aufs Kloster vor?«

Esch blickte vom Buche auf: »Es ist die Frage, ob man flüchten darf«, und in gewohnter Grobheit hinzufügend, »aber das verstehen Sie nicht.«

Frau Esch brachte die Suppe herein, und Huguenau wurde von seinem unangenehmen Gedanken nicht losgelassen. Die beiden leben wie ein Liebespaar ohne Kinder, wollen wohl deshalb das Mädel, die Marguerite, adoptieren, um das zu bemänteln. Eigentlich saß er auf dem Platz, auf den ein Sohn hingehörte. Also nahm er, einfachen Gemütes, den Scherz wieder auf und erzählte Frau Esch, daß ihr Mann ins Kloster gehen werde. Worauf Frau Esch fragte, ob es wahr sei, daß in allen Klöstern unzüchtige Beziehungen zwischen den Herren Mönchen herrschten. Und sie lachte über eine in ihr aufsteigende wüste Vorstellung. Dann aber wandten sich ihre Augen langsam und mißtrauisch zu ihrem Manne hin: »Dir ist wohl alles zuzutrauen.«

Herrn Esch war es offenbar peinlich; Huguenau bemerkte, wie er errötete und ihren Blick mit Zorn erwiderte. Doch in dem Bestreben, vor dem Weibe die Haltung nicht zu verlieren, ja, sich zu steigern, erklärte Esch, daß es schließlich bloß auf die Gewohnheit ankomme, im übrigen aber allgemein bekannt sei, daß man auch im Mönchsleben durchaus kein warmer Bruder zu sein brauche, vielmehr meine er, daß er auch als Kuttenträger recht gut seinen Mann stellen würde.

Frau Esch war völlig ernst und starr geworden. Sie strich mechanisch ihre Haare zurecht und sagte schließlich: »Schmeckt's, Herr Huguenau?«

»Prächtig«, sagte Huguenau und löffelte seine Suppe.

»Wollen Sie noch einen Teller«, Frau Esch seufzte, »ich habe ohnehin nichts Besonderes mehr für heute, bloß einen Maiskuchen.«

Sie nickte zufrieden, als Huguenau sich den Teller nochmals füllen ließ. Huguenau indes blieb bei seinem Thema: wahrscheinlich habe Herr Esch die Kriegskost schon über; im Kloster gebe es keine Fleisch- und keine Mehlkarten, dort lebe man noch wie im tiefsten Frieden; das wäre bei dem Grundbesitz der Pfaffen nicht weiter verwunderlich. Dort schlage man sich noch den Bauch voll. Wie er in Maulbronn gewesen sei, da habe ihm ein Angestellter des Klosters erzählt ...

Esch unterbrach ihn: wenn die Welt wieder wahrhaft frei werden würde, dann brauchte sie keine Gefängniskost zu fressen ...

»Kraut und Rüben«, sagte Frau Esch.

»Dörrkraut«, sagte Huguenau, »was nennen Sie wahrhaft frei?«

Esch sagte: »Die Freiheit eines Christenmenschen.«

»Meinetwegen«, sagte Huguenau, »möchte wissen, wie das mit dem Dörrkraut zusammenhängen soll.«

Esch griff nach der Bibel: »Mein Haus ist ein Bethaus; ihr aber habt es gemacht zur Mördergrube.«

»Mhm, Mörder kriegen Dörrkraut«, Huguenau feixte; dann wurde er ernst: »Sie meinen also, daß der Krieg so eine Art Mord ist, Raubmord gewissermaßen, wie die Sozialisten sagen.«

Esch beachtete ihn nicht; er blätterte weiter: »Weiters steht in der Chronik ... zweites Buch ... sechster Abschnitt, Vers acht ... da: Weil es in deinem Herzen ist, ein Haus zu bauen. meinem Namen, so hast du wohlgetan, daß es in deinem Herzen ist; doch sollst du das Haus nicht bauen, sondern dein Sohn, der aus deinen Lenden kommen wird, der soll meinem Namen das Haus bauen.« Esch hatte einen roten Kopf bekommen: »Das ist sehr wichtig.«

»Möglich«, sagte Huguenau, »warum?«

»Mord und Gegenmord ... viele müssen sich opfern, damit der Erlöser geboren wird, der Sohn, der das Haus bauen darf.«

Huguenau fragte vorsichtig: »Meinen Sie den Zukunftsstaat?«

»Mit Gewerkschaften allein ist's nicht getan.«

»So ... das steht auch im Artikel des Majors?«

»Nein, das steht in der Bibel, nur hat's noch keiner herausgelesen.«

Huguenau drohte Esch mit dem Finger: »Sie sind ein ganz geriebener Bursche, Esch ... und Sie glauben, daß der alte Kerl, der Major es nicht merken wird, daß Sie es jetzt von hintenherum mit der Bibel machen?«

»Was?«

»Na, die kommunistische Propaganda.«

Esch grinste mit seinen gelben starken Zähnen: »Sie sind ein Idiot.«

»Grob sein kann leicht einer, ... was meinen Sie denn mit Ihrem Zukunftsstaat?«

Esch dachte angestrengt nach: »Ihnen kann man ja nichts begreiflich machen ... aber eines lassen Sie sich gesagt sein: wenn die Menschen einmal wieder die Bibel zu lesen verstehen werden, dann braucht es keinen Kommunismus und keinen Sozialismus mehr ... so wenig es eine französische Republik oder einen deutschen Kaiser geben wird.«

»Na, da haben wir also doch die Revolution ... erzählen Sie das nur mal dem Major.«

»Das erzähle ich ihm auch ruhig.«

»Da wird er sehr erfreut sein ... und was wird dann geschehen, wenn Sie den Kaiser abgeschafft haben werden?«

Esch sagte: »Die Herrschaft des Erlösers über alle Menschen.«

Huguenau blinzelte zu Frau Esch hinüber: »Also Ihres Sohns?«

Auch Esch schaute auf seine Frau; es war fast, als wäre er erschrocken: »Meines Sohnes?«

»Wir sind kinderlos«, sagte Frau Esch.

»Sie haben doch gesagt, daß Ihr Sohn das Haus bauen wird«, grinste Huguenau.

Das aber war Esch denn doch zu viel: »Herr, Sie lästern ... Sie sind so dumm, daß Sie lästern oder einem die Worte im Munde verdrehen ...«

»Er meint es doch nicht so schlimm«, begütigte Frau Esch, »das Essen wird ganz kalt, wenn Ihr streitet.«

Esch schwieg und ließ sich vom Maiskuchen vorlegen.

»Na, ich bin schon öfters mit einem schweigsamen Pfarrer bei Tisch gesessen«, sagte Huguenau.

Esch antwortete noch immer nicht, und Huguenau hob wieder an: »Also was hat es mit der Herrschaft des Erlösers auf sich?«

Frau Esch machte erwartungsvolle Augen: »Sag's ihm.«

»Symbol«, knurrte Esch.

»Interessant«, sagte Huguenau, »und das sind dann die Pfaffen?«

»Heiliger Gott, da soll doch gleich ... Ihnen was beizubringen, ist auch eine hoffnungslose Aufgabe ... von der Herrschaft der Kirche haben Sie wohl noch nie etwas gehört ... und das will ein Zeitungsherausgeber sein!«

Nun war Huguenau seinerseits ehrlich empört: »So also sieht Ihr Kommunismus aus ... wenn er wirklich so aussieht ... den Pfaffen wollen Sie alles zuschanzen. Deshalb wollen Sie ins Kloster gehen ... damit die Pfaffen noch fetter leben ... für uns bleibt dann nicht mal Dörrkraut ... das sauer verdiente Geld will er dieser Gesellschaft in den Rachen werfen ... nein, da ist mir mein ehrliches Geschäft wirklich noch lieber als Ihr Kommunismus.«

»Zum Teufel, dann gehen Sie Ihr Geschäft betreiben, aber wenn Sie nichts zulernen wollen, dann versteifen Sie sich nicht, mit Ihren beschränkten – ja, ich sage, beschränkten! – Ansichten eine Zeitung herausgeben zu wollen. Das läßt sich nicht vereinen!«

Worauf Huguenau auftrumpfend kundtat, daß man froh sein könne, ihn gefunden zu haben; an dem Inseratengeschäft, wie ein gewisser Herr Esch es betrieben habe, wäre der Kurtriersche, das könne man sich an den Fingern ausrechnen, binnen Jahresfrist zugrunde gegangen. Und erwartungsvoll zwinkerte er Frau Esch zu, annehmend, daß sie ihm auf diesem praktischen Gebiet Gefolgschaft leisten werde. Jedoch Frau Esch räumte den Maiskuchen vom Tische und war milde gestimmt: wieder mußte Huguenau mißbilligend bemerken, daß sie die Hand auf des Gatten Schulter gelegt hatte, sie hörte nicht auf die Rede, sondern stellte bloß fest, daß es Dinge gäbe, die unsereins, Sie, lieber Herr Huguenau, und ich, nicht so leicht erlernen. Und Esch, in Apotheose die Tafel aufhebend, schloß die Diskussion: »Lernen müssen Sie, junger Mann, lernen Sie die Augen öffnen.«

Huguenau verließ das Zimmer. Pfaffengerede, dachte er. Haïssez les ennemis de la sainte religion. Ja, merde, blagueurs, er war schon bereit zu hassen, aber wen er zu hassen habe, das ließ er sich nicht vorschreiben. D'ailleurs je m'en fous. Das klappernde Geräusch abgewaschener Teller und der fade Spülichtgeruch der Küche begleiteten ihn über die Holzstiege und erinnerten ihn sonderbar deutlich an sein Elternhaus und an die Mutter in der Küche.

46

Wenige Tage darauf floß folgendes Schreiben aus Huguenaus Feder:

Hochgeboren
dem Herrn Stadtkommandanten und Major
Joachim v. Pasenow

Loco

Betr. Geheimbericht No. 1

Hochgeborener Herr Major!

Unter höfl. Bezugnahme auf dsbzgl. Unterredung, die zu führen ich die Ehre hatte, erlaube ich mir höfl. mitzuteilen, daß ich gestern mit beregtem Herrn Esch und mehreren Elementen eine Zusammenkunft hatte. Wie bekannt, trifft Herr Esch mehrmals wöchentlich subversive Elemente in der Wirtschaft »Zur Pfalz« und lud mich derselbe frdl. ein, gestern mitzugehen. Außer einem Meister der Papierfabrik, einem gewissen Liebel, befand sich daselbst ein Arbeiter der genannten Fabrik, dessen Namen ich wegen absichtlich undeutlicher Aussprache nicht verstand, weiters zwei Insassen des Militärkrankenhauses, welche Ausgang hatten, u. zw. ein Unteroffizier namens Bauer und ein Kanonier polnischen Namens. Etwas später kam noch ein Kriegsfreiwilliger der Minenwerferabteilung. Er heißt Betger, Betzger oder so ähnlich, und wurde von dem genannten E. mit Herr Doctor angesprochen. Es bedurfte nicht einmal meiner Aufforderung, um das Gespräch auf die Kriegsereignisse zu lenken, und wurde vor allem über das mögliche Kriegsende geredet. Insbesondere der obberegte Kriegsfreiwillige äußerte, daß die Sache ihrem Ende entgegengehe, weil die Österreicher schlapp machten. Er hat von den Leuten eines durchfahrenden Panzerzuges unserer Bundesbrüder gehört, daß die größte Pulverfabrik bei Wien von italienischen Fliegern oder Verrat in die Luft gesprengt wurde und daß die österreichische Flotte nach Ermordung ihrer Offiziere zum Feinde übergegangen ist und ist dieselbe erst von deutschen Unterseebooten daran gehindert worden. Der Kanonier sagte darauf, er könne dies nicht glauben, weil auch die deutschen Matrosen nicht mehr mittun wollen. Als ich ihn fragte, woher er dies weiß, sagte er, er habe es von einem Mädchen in dem hier errichteten Freudenhause erfahren, bei der ein Marinezahlmeister auf Urlaub gewesen ist. Nach der ruhmreichen Schlacht am Skagerrak berichtet sie, resp. der Zahlmeister, resp. der Kanonier, daß die Matrosen sich weigerten, weiter zu dienen und sei die Verpflegung der Mannschaft auch unbekömmlich. Es kamen demnach alle überein, daß Schluß gemacht werden muß. Der Werkmeister betonte hiezu, daß der Krieg niemand Gewinn bringe als dem Großkapital und daß die Russen die ersten gewesen sind, die dieses erkannt haben. Diese umstürzlerischen Ideen wurden auch von E. vertreten, welcher sich hiebei auf die Bibel berief, doch glaube ich aus meinen Erfahrungen mit Herrn E. mit Bestimmtheit sagen zu können, daß er damit scheinheilige Zwecke verfolgt und daß ihm das Kirchengut ein Dorn im Auge ist. Offenbar zur Deckung des in Vorbereitung befindlichen Komplottes schlug er vor, eine Bibelgesellschaft zu gründen, was jedoch bei dem größten Teil der Anwesenden Hohn erregte. Um einerseits von ihm, andererseits von dem Zahlmeister weiteres zu erfahren, wurde, nachdem sich die beiden Insassen des Krankenhauses und die Fabriksarbeiter entfernt hatten, über meine Anregung das Freudenhaus besucht. Mehrere Mitteilungen über den Zahlmeister konnte ich dort zwar nicht erhalten, hingegen wurde mir das Verhalten des Herrn E. immer verdächtiger. Der Doctor, welcher in dem Hause zweifelsohne Stammkunde ist, stellte mich nämlich mit den Worten: das ist ein Herr von der Regierung, dem müßt Ihr es gratis machen,vor, woraus ich entnehmen konnte, daß E. gegen mich einen bestimmten Verdacht hatte und daher seine Komplicen mir gegenüber zur Vorsicht ermahnt hätte. Ich konnte demnach Herrn E. nicht veranlassen, aus seiner Reserve herauszutreten, und obwohl er auf meine Einladung und Kosten sehr viel getrunken hat, war er trotz Zuspruchs nicht zu bewegen, das Zimmer aufzusuchen, son-

dern blieb augenscheinlich völlig nüchtern, welchen Zustand er benutzte, um im Salon lärmende Reden über die Unchristlichkeit und das Laster in derartigen Etablissements zu halten. Erst als ihn der kriegsfreiwillige Doctor darüber aufklärte, daß diese Häuser von der Heeresverwaltung aus Sanitätszwecken der Armee gefördert werden und demnach als Heereseinrichtungen geachtet werden müssen, gab er seinen oppositionellen Standpunkt auf, den er allerdings auf dem Heimweg wieder aufnahm.

Ohne Mehranlaß für heute, zeichnet sich in ausgezeichneter Hochschätzung und empfehle mich zu weiteren Diensten gerne bereit

Hochachtungsvoll
Wilh. Huguenau

PS. Ich gestatte mir erg. nachzutragen, daß während der Sitzung im Wirtshaus »Zur Pfalz« Herr Esch davon Erwähnung machte, daß im hiesigen Gefangenenhaus ein oder mehrere Deserteure untergebracht sind, welche erschossen werden sollen. Es wurde darauf die auch von ihm vertretene allgemeine Meinung geäußert, daß es keinen Sinn hat, jetzt vor Kriegsende, mit welchem diese Leute also sicher rechnen, noch Deserteure zu erschießen, weil ohnehin genug Blut geflossen ist. Herr Esch meinte, man solle eine dsbzgl. Aktion einleiten. Ob er damit eine gewaltsame oder eine andere gemeint hat, hat er nicht geäußert. Ich möchte nochmals erg. betonen, daß ich genannten E. für einen Wolf im Schafspelz halte, der sein reißendes Wesen hinter frommen Gesprächen verbirgt. Nochmals

hochachtungsvoll empfohlen
d. O.

Nach Beendigung seines Berichtes schaute Huguenau in den Spiegel und prüfte, ob ihm eine ähnlich ironische Grimasse gelänge, wie sie ihn an Esch schon so oft geärgert hatte. Ja, das Briefchen war eine Meisterleistung; es tat wohl, dem Esch eins am Zeug zu flicken, und Huguenau war von diesem angenehmen Gedanken so sehr bewegt, daß er sich die Freude ausmalte, die der Major beim Empfang des Dokuments empfinden würde. Er überlegte, ob er es persönlich überreichen solle, doch dann schien's ihm angemessener, daß der Major es mit dem dienstlichen Posteinlauf in die Hände bekäme. Also gab er den Brief eingeschrieben auf, nicht ohne vorher auf den Umschlag ein großes, dreimal unterstrichenes »Persönlich« gemalt zu haben.

Nun, Huguenau hatte sich getäuscht; der Major freute sich durchaus nicht, als er den Brief unter den Akten auf seinem Schreibtisch vorfand.

Es war ein trüber gewitteriger Morgen, der Regen floß an den Scheiben der Kanzleifenster herab und die Luft roch schweflig oder nach Ruß. Etwas Häßliches und Gewalttätiges steckte hinter dem Brief, etwas Untergründiges, und wußte der Major auch nicht, und war es auch nicht seines Amtes, es zu wissen, daß es immer Gewalt und Vergewaltigung ist, wenn einer den Versuch unternimmt, die eigene Wirklichkeit mit der Wirklichkeit der anderen zu verbinden und in sie einzudringen, so fiel ihm doch das Wort »Nachtalben« ein, und es war, als müßte er sich, als müßte er seine Frau und seine Kinder vor etwas schützen, das nicht seine Welt, sondern ein Pfuhl war. Zögernd griff er nochmals nach dem Brief; im Grunde konnte man dem Manne nichts vorwerfen, dessen Gewalttätigkeit sozusagen bloß eine unmerkliche war, der bloß eine patriotische Pflicht erfüllt und Meldung erstattet hatte, und wenn es mit den widerlichen unehrenhaften Praktiken eines Agent provocateur geschah, so durfte man es dem ungebildeten Mann nicht zur Last legen. Aber weil dies alles eigentlich unbegreiflich und nicht zu fassen war, so fühlte der Major nur die Beschämung, einem Menschen niederer Geistesart Vertrauen geschenkt zu haben, und das Gesicht unter den weißen Haaren wurde vor Scham noch etwas röter. Nichtsdestoweniger durfte sich der Stadtkommandant nicht für berechtigt erachten, das Dokument einfach dem Papierkorb zu überantworten, vielmehr war es ein Gebot dienstlicher Pflicht, den Verdächtigen mit maßvollem Mißtrauen weiter zu beobachten, ihm gewissermaßen aus der Ferne zu folgen, auf daß ein etwaiges Unheil verhütet werde, das dem Vaterland von seiten des Herrn Esch vielleicht doch drohen könnte.

47

Oberstabsarzt Kuhlenbeck telephonierte mit Dr. Kessel: »Kollege, können Sie heute um drei operieren kommen? eine kleine Kugelextraktion ...«

Dr. Kessel meinte, daß er es kaum möglich machen könne, seine Zeit sei so knapp.

»Ist Ihnen wohl zu einfach, das bißchen Kugelschneiden, mir auch ... man muß genügsam ein ... auf die Dauer allerdings ist das kein Leben, keine Arbeit, ich lasse mich auch versetzen ... aber heute hilft's nichts ... ich befehle Ihnen zu kommen, schicke Ihnen das Auto, in einer halben Stunde sind wir fertig.«

Kuhlenbeck legte den Hörer hin. Lachte: »Nun, für zwei Stunden ist er versorgt.«

Flurschütz saß daneben: »Ich habe mich ohnehin gewundert, daß Sie Kessel wegen einer solchen Kleinigkeit kommen lassen.«

»Der brave Kessel fällt mir immer wieder rein. Den Appendix von Kneese nehmen wir gleich mit.«

»Den wollen Sie wirklich operieren?«

»Warum nicht? der Mann soll ein Vergnügen haben ... und ich auch.«

»Will er sich denn operieren lassen?«

»Na, Flurschütz, jetzt sind Sie auch schon so naiv wie unser alter Kessel, – habe ich schon je einen gefragt? hinterher waren sie alle noch dankbar. Und die vier Wochen Krankenurlaub, die ich einem jeden verschaffe ... na, sehen Sie.«

Flurschütz wollte etwas sagen. Kuhlenbeck winkte ab: »Ach, lassen Sie mich mit Ihren Sekretionstheorien zufrieden ... lieber Freund, wenn ich in einen Bauch hineinschauen kann, brauche ich keine Theorien ... folgen Sie mir und werden Sie Chirurg ... die einzige Möglichkeit, jung zu bleiben.«

»Und meine ganze Drüsenarbeit soll ich an den Nagel hängen?«

»Hängen Sie ruhig ... Sie operieren doch schon ganz nett.«

»Mit dem Jaretzki muß etwas geschehen, Herr Oberstabsarzt, ... der Mann ist fertig.«

»Probieren wir's mit einer Trepanation.«

»Sie haben ihn ja schon abgemeldet ... der gehört mit seinen Nerven in eine Spezialbehandlung.«

»Ich habe ihn für Kreuznach gemeldet, dort wird er sich schon aufrappeln ... Ihr seid mir eine Generation! ein bißchen Saufen, und schon klappt Ihr zusammen und müßt in eine Nervenheilanstalt ... Ordonnanz!«

Die Ordonnanz erschien im Türrahmen.

»Sagen Sie Schwester Carla, daß um drei operiert wird ... ja, und der Marwitz von Zimmer zwei und Kneese auf drei bekommen heute nichts zu essen ... 's ist gut ... sagen Sie, Flurschütz, eigentlich würden wir den armen Kessel gar nicht brauchen, wir machen das ganz hübsch alleine ... Kessel würdigt es sowieso nicht, beklagt sich bloß, daß ihm die Beine weh tun; ein richtiger Sadismus von mir, ihn herauszusprengen ... na, was denken Sie, Flurschütz?«

»Mit Verlaub, Herr Oberstabsarzt, mit mir geht es ja noch, aber lang wird es nicht mehr dauern ... und dann wird es nicht mehr möglich sein, die Medizin einfach zum Operieren zu kommandieren.«

»Insubordination, Flurschütz?«

»Bloß theoretisch, Herr Oberstabsarzt, ... nein, ich glaube, daß in nicht allzu ferner Zeit die Medizin sich so weit spezialisiert haben wird, daß ein Konsilium zwischen einem Internisten und einem Chirurgen oder einem Dermatologen überhaupt zu keinem Ergebnis wird führen können, einfach weil es kein Verständigungsmittel zwischen den Spezialisierungen mehr geben wird.«

»Falsch, ganz falsch, Flurschütz, in Kürze wird es überhaupt nur noch Chirurgen geben ... das ist das einzige, was von dieser ganzen poweren Medizin übrigbleiben wird, ... der Mensch ist ein Schlächter und überall bleibt er ein Schlächter, was anderes versteht er nicht ... aber das versteht er aus dem FF.« Und Dr. Kuhlenbeck betrachtete seine großen geschickten behaarten Hände und die ganz kurz geschnittenen Nägel.

Dann sagte er sinnend: »Wissen Sie, wer sich mit dieser Tatsache nicht abfindet, der könnte wirklich wahnsinnig werden ... man muß es nehmen, wie es ist, und seine Freude daran haben ..., also, Flurschütz, lassen Sie sich raten, satteln Sie um und werden Sie Chirurg.«

Um jeden Papierballen, den man geliefert haben wollte, mußte man sich herumschlagen, und obwohl Esch für das Quantum des »Kurtrierschen Boten« einen behördlichen Zuweisungsschein in Händen hatte, mußte er allwöchentlich zur Papierfabrik hinaus. Und fast ein jedes Mal gab's einen Krach mit dem alten Herrn Keller oder mit dem Betriebsleiter.

Es war eben Betriebsschluß, als Esch die Fabrik verließ. Auf der Straße holte er den Meister Liebel und den Maschinisten Fendrich ein. Den Liebel mochte er eigentlich nicht leiden, diesen strohblonden Turmschädel mit der dicken Ader auf der Stirn.

Er sagte: »'n Abend.«

»'n Abend, Esch, haben Sie fleißig mit dem Alten gebetet?«

Esch verstand nicht.

»Na, damit er Ihnen Papier liefert.«

»Blöde Witze«, sagte Esch.

Fendrich blieb stehen, zeigte auf seine durchlöcherten Schuhsohlen: »Das kostet sechs Mark ... da hat man was davon, daß die Löhne steigen.«

Für Esch war es ein Anknüpfungspunkt: »Mit den Löhnen allein ist es eben nicht getan, das ist der Irrtum von all den Gewerkschaften.«

»Wie ist das, Esch, wollen Sie Fendrichs Stiebel auch mit der Bibel flicken ...« und er entdeckte: »Bibel, Stiebel, das reimt sich.«

»Blöde Witze«, wiederholte Esch.

Fendrichs Augen glänzten dunkel in fiebrigen Höhlen; er war tuberkulös und bekam zu wenig Milch. Er sagte: »Glauben ist vielleicht auch ein Luxus, den sich bloß die Reichen leisten können.«

Liebel sagte: »Majore und Zeitungsherausgeber.«

Esch sagte, gleichsam entschuldigend: »Ich bin bei der Zeitung auch bloß ein Angestellter«, doch dann fuhr er auf: »überhaupt ist das ein Blödsinn, als ob die Gewerkschaften das Gelübde der Armut abgelegt hätten!«

Fendrich sagte: »Es wäre schon ganz schön, wenn man glauben könnte.«

Esch sagte: »Ich habe etwas herausgefunden: auch der Glaube muß sich erneuern, auch für ihn muß ein neues Leben kommen ... in der Bibel steht, daß erst der Sohn das Haus wird bauen dürfen.«

Liebel sagte: »Natürlich wird's die nächste Generation besser haben, das ist keine Neuigkeit ... ich kann mit meinen hundertvierzig Mark nicht mehr leben, auch wenn man die Erzeugungsprämien dazu rechnet ... das sieht der Alte nicht ein ... dabei bin ich sozusagen Meister.«

»Ich habe auch nicht mehr«, sagte Esch, »und selbst wenn man das Haus dazurechnet ... ich habe zwei Mieter, von denen ich anständigerweise keinen Zins verlangen kann, arme Teufel ... das Gebäudekonto ist bei mir passiv.«

Der Abendwind frischte auf. Fendrich hustete.

Liebel sagte: »Nun ja.«

Esch gestand: »Ich war schon beim Pfarrer ...«

»Wozu?«

»Wegen der Bibelstelle, der Idiot hat nicht einmal zugehört ... hat was von Beten und Kirche gequatscht, und das war alles. Der blöde Pfaff ... man muß sich selber helfen.«

»Ja«, sagte Fendrich, »keiner hilft einem.«

Liebel sagte: »Wenn man zusammenhält, hilft man sich gegenseitig ... das ist der Vorteil der Gewerkschaften.«

»Der Doktor findet, ich müßte ins Gebirge, hat auch schon zehnmal bei der Krankenkasse eingereicht ... aber wer nicht aus dem Feld kommt, der kann jetzt warten, und ich huste immer weiter.«

Esch zeigte seine ironische Miene: »Mit Gewerkschaften und Krankenkassen werden Sie's nicht viel weiter bringen als ich mit dem Pfaffen ...«

»Allein muß man krepieren«, sagte Fendrich und hustete.

Liebel fragte: »Was wollen Sie eigentlich!«

Esch dachte nach: »Früher meinte ich, daß man bloß fortmüßte ... nach Amerika ... mit einem Schiff über ein großes Meer ... damit man ein neues Leben beginnen kann ... aber jetzt ...«

Liebel wartete auf die Fortsetzung: »Und jetzt?«

Doch Esch sagte unvermittelt: »Vielleicht sind die Protestanten besser dran ... der Major ist auch Protestant ... aber man muß erst selbst drüber nachdenken ... man müßte sich zusammensetzen und die Bibel lesen, damit man sich ein Bild machen kann ... wenn man allein ist, bleibt man immer im Zweifel, auch wenn man noch so viel nachdenkt.«

»Wenn man Freunde hat, ist es leichter«, sagte Fendrich.

»Kommen Sie zu mir«, sagte Esch, »ich zeige Ihnen die Stelle in der Bibel.«

»Ja«, sagte Fendrich.

»Und was ist mit Ihnen, Liebel?« fühlte Esch zu fragen sich verpflichtet.

»Erst müßt Ihr mir erzählen, was Ihr miteinander ausgeknobelt habt.«

Fendrich seufzte: »Jeder sieht's nur mit eigenen Augen.«

Liebel lachte und entfernte sich.

»Der wird schon noch kommen«, sagte Esch.

49

Geschichte des Heilsarmeemädchens in Berlin (7)

Ich habe nicht viel von jenem Abend behalten, an dem ich Nuchem Sussin zur Heilsarmee begleitete. Ich war mit Wichtigerem beschäftigt. Man mag die philosophische Betätigung einschätzen, wie man will, es wird die Außenwelt doch unansehnlich und weniger bemerkenswert. Und außerdem sind auch die bemerkenswertesten Dinge unansehnlich, solange man sie erlebt. Kurzum, ich weiß nur noch, wie Nuchem Sussin neben mir hergeschritten ist, in seinem geschlossenen grauen Gehrock, mit seinen viel zu kurzen und daher wehenden Hosen und mit dem viel zu kleinen lächerlichen Samthut. All diese Juden, soferne sie nicht mit ihren schwarzen Schildmützen versehen sind, tragen diese zu kleinen Samthüte, sogar der sozusagen modische Dr. Litwak, und ich konnte mich nicht der rohen Frage an Nuchem enthalten, woher er solchen Hut bezöge. »Man bekommt«, war die Antwort.

Zudem waren jene Begebnisse gar nicht der Rede wert. Einen Anstrich von Wichtigkeit erhielten sie erst durch Dr. Litwak, der gestern bei mir war. Er hat die unangenehme

Gewohnheit, einfach einzudringen; bei meiner sogenannten Krankheit hat er es auch so gemacht. Er stand also wieder vor mir, der ich auf der Chaiselongue lag, er hatte den unvermeidlichen Spazierstock in der Hand und den lächerlich kleinen Samthut auf dem Kopf. Das heißt, der Hut war gar nicht so klein, breitkrempig war der Hut, aber er saß zu hoch, er deckte nicht den Schädel. Übrigens fiel mir auf, daß auch Dr. Litwak in seiner Jugend einen milchigen Teint gehabt haben mußte. Jetzt erinnerte er an gelbe Sahne ohne Fehl.

»Sie werden mir können sagen, was ist mit dem Sussin.«

Ich sagte, weil es der Wahrheit entsprach: »Er ist mein Freund.«

»Freund, schön ...« Dr. Litwak zog sich einen Stuhl heran. »...die Leut' sind besorgt, sie haben mich lassen rufen ... Sie verstehen?«

Ich hatte im Grunde keinerlei Verpflichtung, ihn zu verstehen, aber ich wollte das Verfahren abkürzen: »Er hat das Recht hinzugehen, wohin er will.«

»No, wer hat schon Recht, wer hat nicht das Recht ... ich mach' Ihnen ja keinen Vorwurf ... aber was hat er herumzulaufen mit der Goite?«

Jetzt fiel mir erst ein, daß ich an jenem Abend Marie und Nuchem mit in meine Stube genommen hatte. Wer kein Geld hat, kann sich nicht in Wirtschaften herumdrücken.

Ich mußte lachen.

»Sie lachen und die Frau sitzt drüben und weint.«

Das war nun allerdings eine Neuigkeit; immerhin hätte ich wissen können, daß diese Juden schon mit fünfzehn heiraten. Wenn ich bloß gewußt hätte, wer Nuchems Frau war; eines von den modischen Mädeln? oder eine von den Matronen mit Scheitel? das letztere schien mir plausibler.

Ich nahm Dr. Litwak bei der Kneiferschnur: »Hat er auch Kinder?«

»Was denn soll er haben? a Katz?«

Dr. Litwak machte ein so empörtes Gesicht, daß ich ihn nach seinem Vornamen fragen mußte.

»Dr. Simson Litwak«, stellte er sich neuerdings vor.

»Also hören Sie, Doktor Simson, was wollen Sie eigentlich von mir?«

Er dachte eine Weile nach: »Ich bin ein aufgeklärter Mensch ... aber was geht zu weit ... Sie müssen ihn zurückhalten.«

»Wovon soll ich ihn zurückhalten? daß er nach Zion will? lassen Sie ihm das harmlose Vergnügen.«

»Er wird sich noch taufen ... Sie müssen ihn zurückhalten.«

»Ob er als Jud oder Christ nach Jerusalem kommt, ist doch Wurscht.«

»Jerusalem«, sagte er wie einer, dem man ein Bonbon in den Mund gesteckt hat.

»Na also«, sagte ich, hoffend, daß er nunmehr abtreten werde.

Er lutschte offenbar noch immer an dem Namen: »Ich bin ein aufgeklärter Mensch ... aber mit dem Gesing und die Schmonzes ist noch keiner hingekommen ... da gehören andere Leut' dazu ... ich muß zu jedem gehen, ich bin ein Doktor, mir kann's egal sein, ob einer ein Jud oder Christ ... überall gibt's brave Menschen, ... werden Sie ihn zurückhalten?«

Diese Beharrlichkeit ging mir auf die Nerven: »Ich bin ein großer Antisemit«, er lächelte ungläubig, »ich bin ein Agent der Heilsarmee, ich bin der Quartiermeister in Jerusalem ...«

»Spaß«, sagte er belustigt, obwohl es ihm sichtlich unbehaglich war, »Spaß, nebbich.«

Damit hatte er allerdings recht: Spaß, nebbich, das war beiläufig jene Haltung zum Leben, in die ich hineingeraten war. Wer war dafür verantwortlich zu machen? der Krieg? ich wußte es nicht, weiß es wahrscheinlich auch heute nicht, wenngleich sich manches seitdem verändert hat.

Ich hielt Dr. Litwak noch immer an der Kneiferschnur. Er sagte: »Sie sind doch auch ein aufgeklärter Mensch ...«

»Nun, und?«

»Was lassen Sie den Leuten nicht ihre ...« er brachte es bloß schwer heraus, »... ihre Vorurteil'?«

»So, Vorurteile nennen Sie das!«

Jetzt war er völlig verwirrt. »Eigentlich sind es keine Vorurteil' ... was sind schon Vorurteil'? ...« und schließlich beruhigt: »es sind doch wirklich keine Vorurteil'.«

Als er draußen war, überlegte ich mir den Heilsarmeeabend. Wie gesagt, er war für mich völlig eindruckslos verlaufen. Hie und da habe ich Nuchem Sussin betrachtet, wie er dort saß und mit etwas entgeistertem Lächeln um den geschweiften Judenmund im milchigen Antlitz dem Singen zugehört hatte. Und dann habe ich die beiden mit in mein Zimmer genommen, oder richtiger bloß Marie, denn Nuchem wohnte ohnehin hier, – nun, und dann saßen sie beide bei mir im Zimmer, ließen mich reden und schwiegen. Bis daß Nuchem wieder auf die Laute deutete und sagte: »Spielen Sie.« Da nahm Marie die Laute und sang das Lied: »Durch Zions Tore zog schon ein / ein Heer so mächtiglich, / Gewaschen in des Lammes Blut – / und Raum ist auch für dich.« Und Nuchem hörte mit etwas entgeistertem Lächeln zu.

50

Huguenau wartete acht Tage, daß irgendeine Belobung oder zumindest eine Antwort vom Major eintreffen werde. Er wartete zehn Tage. Dann wurde er unruhig. Der Bericht hatte den Major offenbar nicht befriedigt. Aber war es seine Schuld, daß der Kretin, der Esch, kein Material bot? Huguenau überlegte, ob er einen zweiten Bericht folgen lassen sollte, doch was sollte er hineinschreiben? daß der Esch sich nach wie vor mit den Weinbauern und Arbeitern herumtrieb, das war nichts Neues, das mußte den Major langweilen!

Der Major sollte sich nicht langweilen, – Huguenau zerbrach sich den Kopf über die Frage, was er dem Major bieten könne. Etwas mußte unbedingt geschehen; in der Redaktion regierte Esch und tat, als ob kein Herausgeber vorhanden wäre, und in der Druckerei war es vor Ödigkeit kaum mehr auszuhalten. Huguenau suchte in den großen Zeitungen nach Anregung und fand sie, als er die Entdeckung machte, daß die Journale allenthalben im Dienst der vaterländischen Wohltätigkeit arbeiteten, während der »Kurtriersche Bote« nichts, rein gar nichts dergleichen unternommen hatte. So sah eben das gute Herz des Herrn Esch aus, das gute Herz, das den Anblick des Elends unter den Weinbauern nicht erträgt. Aber er für seine Person wußte nun, was zu tun war.

Am Freitag abend erschien er nach langer Zeit wieder im Gasthof und begab sich geradewegs ins Honoratiorenzimmer, denn da gehörte er hin. Der Major saß an seinem Tische im vorderen Speisesaal, und Huguenau grüßte gemessen und kurz im Vorbeigehen.

Die Herren waren glücklicherweise bereits in größerer Anzahl versammelt, und Huguenau erklärte sich glücklich, sie anzutreffen, denn er habe etwas Wichtiges zu besprechen, und zwar sofort, noch ehe der Herr Major hereinkomme. Und er entwickelte in längerer Rede, daß die Stadt eines richtigen Wohltätigkeitsvereins, wie solche zu Milderung der Kriegsschäden allenthalben bereits seit Jahren bestünden, entbehre, schmerzlich entbehre, und daß er anrege, einen solchen alsogleich zu gründen. Was die Zwecke eines solchen Vereins beträfe, so wolle er unter vielen anderen bloß die Erhaltung von Kriegsgräbern, die Obsorge für Kriegerwitwen und -waisen und noch manches andere anführen, weiters, daß die Mittel für diese edlen Zwecke aufgebracht werden müßten, daß man hiefür z. B. einen »Eisernen Bismarck« auf dem Markt aufstellen könne, den Nagel zu zehn Pfennig, wo es doch eigentlich eine rechte Schande sei, daß gerade hier kein solches Standbild vorhanden sei, und daß schließlich Wohltätigkeitsveranstaltungen verschiedener Art, ganz abgesehen von Sammlungen, den Kassebestand stets ergänzen würden. Und daß der Ehrenschutz über diesen Verein, für welchen den Namen »Moseldank« in Vorschlag zu bringen er sich erlaube, dem Herrn Stadtkommandanten angetragen werden möge. Er selber und sein »Kurtrierscher Bote« stünden – natürlich im Rahmen seiner schwachen Kräfte –, dem Verein und seinen edlen Zwecken jederzeit kostenlos zur Verfügung.

Es brauchte eigentlich kaum erwähnt zu werden, daß das Projekt ungeteilten Beifall fand und einstimmig sowie debattelos angenommen wurde. Huguenau und Herr Apotheker Paulsen wurden designiert, dem Herrn Major den Antrag zu überbringen, und nachdem sie ihre Röcke zurechtgezupft hatten, traten sie mit einiger Feierlichkeit in den Speisesaal.

Der Major sah etwas befremdet auf, dann gab er sich einen kleinen vorschriftsmäßigen Ruck und hörte die Phrasen der beiden Herren aufmerksam, aber verständnislos an. Die Phrasen kreuzten und überholten sich, der Major hörte von einem Eisernen Bismarck, von Kriegerwitwen und einem Moseldank und begriff nicht. Huguenau war schließlich einsichtig genug, das Wort dem Herrn Apotheker Paulsen zu überlassen; es erschien ihm auch bescheidener, dies zu tun, und so saß er still, betrachtete die Uhr an der Wand, das Bild »Kronprinz Friedrich nach der Schlacht bei Gravelotte« und die Tafel »Spatenbräu« (mit der Schaufel), die an einer Schnur neben dem Kronprinzenbild aufgehängt war. Wo bekam man jetzt noch Spatenbräu! Inzwischen hatte der Major die Rede des Apothekers Paulsen begriffen: er glaubte, daß keine militärischen Gründe gegen die Annahme des Ehrenschutzes sprächen, er begrüße die patriotische Aktion, er könne bloß wärmstens danken, und er erhob sich, um seinen Dank zu den übrigen Herren ins Nebenzimmer zu tragen. Paulsen und Huguenau folgten, stolz auf die vollbrachte Leistung.

Man blieb längere Zeit beisammen, denn es war ja eine Art Gründungsfest. Huguenau paßte eine Gelegenheit ab, sich an den Major heranzumachen, und diese Gelegenheit ergab sich denn auch bald, da man auf das Wohl und das Gedeihen des neuen Vereins sowie seines Protektors trank und dabei selbstverständlich den Anreger des schönen Gedankens, Herrn Redakteur Huguenau, nicht vergaß.

Huguenau, das Glas in der Hand, trat die Runde um die Tafel an, gelangte so zu Major v. Pasenow: »Ich hoffe Herrn Major heute mit mir zufrieden.«

Er habe niemals Anlaß zu Unzufriedenheit gehabt, entgegnete der Major.

»Doch, doch, Herr Major, mein Bericht ist überaus dürftig ausgefallen, ... aber ich bitte, mir zugute zu halten, daß die Verhältnisse sehr schwierige sind. Dazu meine Überlastung durch die Neueinrichtung der Zeitung; ich bitte, es mir nicht als Pflichtvergessenheit auszulegen, daß ich noch keinen zweiten Bericht folgen lassen konnte ...«

Der Major lehnte ab: »Ich meine, daß es sich kaum lohnt, der Angelegenheit weiter nachzugehen; Sie haben Ihrer Pflicht vollkommen Genüge geleistet.«

Huguenau war betroffen: »Oh, noch lange nicht, noch lange nicht«, murmelte er und nahm sich vor, nun erst recht seine Überwachungstätigkeit weiterzuführen.

Als der Major nichts darauf sagte, fuhr Huguenau fort: »Wir werden morgen sofort die Aufrufe für den Moseldank drucken ... würden Herr Major bei der Gelegenheit nicht unserem Unternehmen, dem Sie so gütig Pate gestanden sind, die Ehre Ihres Besuches schenken, ... das wäre sicherlich die schönste Propaganda für den neuen Verein.«

Der Major sagte, daß er das Unternehmen gewiß sehr gerne besuchen werde; für den morgigen Tag seien die Dispositionen schon getroffen, aber der Tag sei ja gleichgültig.

»Je eher, desto besser, Herr Major«, riskierte Huguenau. »Herr Major werden zwar nichts Besonderes dort vorfinden, ... alles höchst bescheiden ... und von der Reorganisationsarbeit ist von außen natürlich wenig zu merken, aber die Drukkerei ist vollkommen in Ordnung, mit aller Bescheidenheit gesagt ...«

Plötzlich hatte er eine neue Idee: »Die Druckerei wäre zum Beispiel für Drucksachen der Heeresverwaltung ausgezeichnet leistungsfähig«, er kam in Feuer, am liebsten hätte er den Major beim Rockknopf genommen, »sehen Sie, Herr Major, sehen Sie, wie der Esch das Geschäft vernachlässigt, ... da mußte ich erst kommen, um daran zu denken. Wir müssen Heereslieferungen erhalten, jetzt wo das Blatt sozusagen unter Ihrer direkten Patronanz steht und wo wir so viel Geld hineingesteckt haben, ... wie soll ich denn sonst eine Dividende für die Aktionäre herausschinden ... bei dem Zustand, in dem ich das Geschäft vorgefunden habe!« er jammerte geradezu und war ehrlich erbittert.

Der Major sagte etwas hilflos: »Das ist nicht mein Ressort ...«

»Gewiß, gewiß, Herr Major, aber wenn Herr Major ernstlich wollen ... wenn Herr Major die Druckerei gesehen haben werden, werden Sie gewiß auch wollen ...«

Er sah den Major verführerisch und lockend, aber zugleich verzweiflungsvoll an. Doch dann besann er sich, er putzte die Brillengläser, blickte im Kreise umher: »Es ist ja auch im Interesse aller beteiligten Herren hier, ... selbstverständlich sind alle Herren zur Besichtigung des Unternehmens eingeladen.«

Nun, die meisten kannten Eschs Bude ohnehin. Allein sie sagten es nicht.

51

Seitdem Heinrich Wendling seinen Urlaub angekündigt hatte, waren mehr als drei Wochen vergangen. Und obwohl sie immer noch des Morgens länger im Bette blieb, glaubte Hanna kaum mehr daran, daß Heinrich wirklich noch kommen würde. Aber plötzlich war er da, weder am Abend noch am Morgen, sondern am hellen Mittag. Er hatte die halbe Nacht am Koblenzer Bahnhof verbracht und war dann mit einem Militärzug langsam heraufgekommen. Und während er dies erzählte, standen sie auf dem gepflasterten Gartenweg einander gegenüber; die Mittagssonne brannte, in der Mitte der Rasenfläche leuchtete der rote Gartenschirm neben dem Streckstuhl, auf dem sie gelegen hatte, man roch die heiße rote Baumwolle, und das herabgeglittene Buch blätterte im leichten Mittagswind. Der Heimgekehrte berührte sie nicht, er hatte ihr nicht einmal die Hand gereicht, doch er starrte ihr unverwandt ins Gesicht, und sie, wissend, daß er ein Bild suchen mußte, das er seit mehr als zwei Jahren mit sich trug, sie hielt still unter dem suchenden Blick, und auch sie schaute in das ihr zugewandte Antlitz, auch sie suchend, zwar nicht nach einem Bilde, das sie begleitet hatte, denn in ihr war kein Bild mehr vorhanden, doch nach Zügen suchte sie, um derentwillen sie einst gezwungen gewesen, dieses Antlitz zu lieben. Sonderbar unverändert schien ihr nun dieses Antlitz, sie kannte und wiedererkannte die Linie der Lippen, Stellung und Form der Zähne, die Einkerbung oberhalb des Kinns war die gleiche geblieben, und der Raum an der Nasenwurzel zwischen den Augen war infolge des breiten Oberschädels ein wenig zu groß. »Ich muß dein Profil sehen«, sagte sie und er wandte folgsam den Kopf. Da war es wieder die gleiche gerade Nase über der langen Oberlippe, es war bloß alle Weichlichkeit verschwunden. Man mußte ihn eigentlich einen schönen Mann nennen, doch sie fand trotzdem nicht, was sie einst so sehr entzückt und bezwungen hatte. Heinrich fragte: »Wo ist der Junge?« – »Er ist in der Schule ... willst du nicht ins Haus gehen?« Sie traten ins Haus. Aber auch jetzt berührte er sie nicht, küßte sie nicht, sondern schaute sie bloß an. »Ich muß mich vor allem säubern ... seit Wien nicht gebadet.«

»Ja, wir wollen ein Bad einlaufen lassen.«

Die beiden Dienstmädchen kamen, den Herrn zu begrüßen. Hanna war dies nicht ganz angenehm. Sie ging mit ihm ins Badezimmer hinauf. Richtete selber die Badetücher.

»Es ist alles noch am alten Platz, Heinrich.«

»Oh, es ist alles noch am alten Platz.«

Sie verließ das Badezimmer; es gab allerlei anzuordnen, umzuordnen; sie tat es müde.

Schnitt Rosen im Garten für den Mittagstisch.

Kehrte nach einiger Zeit leise zur Badezimmertür zurück, hörte ihn drinnen plätschern. Sie fühlte das herannahende Kopfweh im Hinterhaupt. Auf das Treppengeländer sich stützend, stieg sie wieder zur Hall hinunter.

Endlich kam der Junge aus der Schule. Sie nahm ihn bei der Hand. Vor dem Badezimmer rief sie: »Darf man schon hinein?« – »Natürlich«, klang es etwas erstaunt zurück. Sie öffnete ein wenig, lugte durch den Spalt; Heinrich stand halbangezogen vor dem Spiegel, und da steckte sie dem Jungen eine der Rosen in die widerwillig geöffnete Kinderfaust und schob ihn hinein und lief selber davon.

Im Eßzimmer wartete sie auf die beiden und mußte wegblicken, als sie eintraten. Sie sahen sich lächerlich ähnlich, die gleichen weitauseinanderstehenden Augen, die nämlichen Bewegungen, der nämliche Ansatz des braunen Haars, bloß daß Heinrich es jetzt ganz kurz geschoren trug. Es war, als hätte sie an dem Kinde gar kein Teil gehabt. Ein fürchterlicher Mechanismus war es; oh, es ist fürchterlich, verliebt gewesen zu sein. Und ihr Leben erschien ihr in diesem Augenblick wie eine einzige Unzurechnungsfähigkeit, verzweifelte Unzurechnungsfähigkeit, die man doch niemals würde abstellen können.

Heinrich sagte: »Wieder daheim«, und setzte sich auf seinen alten Platz. Vielleicht erschien ihm sein Ausspruch selber dumm; er lächelte unsicher. Der Bub betrachtete ihn aufmerksam und befremdet.

Da saß er wie ein Familienvater und war ein Störenfried.

Auch das Mädchen konnte den Blick nicht von ihm abwenden; es war etwas wie scheue Verwunderung und wie Neid darin, und als das Mädchen wieder hereinkam, sagte Hanna sehr laut: »Soll ich zu Röders telefonieren … wegen Abend?«

Rechtsanwalt Röders war der Kanzleikollege Wendlings; er war über fünfzig und militärfrei.

Die Uhr in dem englischen Mahagonigehäuse schlug ihren tiefen Gongschlag.

Hanna berührte mit dem kleinen Finger die Kante seines Handrückens, als sollte diese Liebkosung um Verzeihung bitten für den Gedanken an den Abend mit Röders, zugleich aber auch mahnen, daß sie körperliche Berührung vermeiden wollten.

Heinrich sagte: »Natürlich muß ich bei Röders anklingeln, … ich will's dann gleich besorgen.«

Hanna sagte: »Nachmittags wollen wir mit Papa spazieren gehen, uns zeigen.«

»Ja, das wollen wir«, sagte Heinrich.

»Ist es nicht schön, daß Papa wieder bei uns sitzt?«

»Ja«, sagte das Kind nach einigem Zögern.

»Du mußt dir seine Schulhefte ansehen, … jetzt kann er schon schreiben und rechnen. Seine Briefe hat er ganz allein geschrieben.«

»Das waren mächtig schöne Briefe, Walter.«

»Das waren nur Karten«, sagte Walter schüchtern.

Daß sie das Kind zwischen sich nahmen, um über seinen braunen Scheitel hinweg einander zu finden, deuchte ihnen beiden wie ein Mißbrauch. Sicherlich wäre es richtiger gewesen zu sagen: wir küssen uns erst, bis unsere Sehnsucht unerträglich geworden ist. Aber diese Sehnsucht war keine Sehnsucht, war bloß unerträgliche Erwartung.

Sie gingen ins Kinderzimmer, über dessen Täfelung ein sogenannt lustiger Kinderfries gemalt war. Und mit jener zweiten und helleren und etwas verschobenen Intelligenz, die aus übersteigerter Erwartung oder aus klammerndem ziehendem Kopfschmerz zu entspringen vermag, wußte Hanna, daß diese

Schleiflackmöbel und all diese Weiße gleichfalls Mißbrauch des Kindes waren, wußte, daß dies mit des Kindes eigenem Sein und Wesen nichts zu tun hatte, sondern daß hier ein Symbol errichtet und eingerichtet worden war, Symbol ihrer weißen Brüste und der weißen Milch, die sie nach erfolgreicher Umarmung geben sollten. Sie hatte die Hände an den schmerzenden Nacken gelegt. Es war ein sehr entfernter und sehr undeutlicher Gedanke, und doch lag darin die Ursache, um derentwillen sie sich niemals im Kinderzimmer hatte aufhalten mögen und den Jungen lieber zu sich kommen ließ. Sie sagte: »Du mußt Papa auch deine neuen Spielsachen zeigen.« Walter brachte den neuen Baukasten und die feldgrauen Soldaten. Es waren dreiundzwanzig Mann und ein Offizier, der gebeugten Knies mit gezücktem Degen auf den Feind hinwies. Keines der drei bemerkte, daß auch Dr. Heinrich Wendling eine feldgraue Offiziersuniform trug; allerdings hatte ein jedes ein anderes Motiv für dieses Nichtbemerken: Walter, weil er den Vater als Eindringling empfand, Heinrich, weil er die heroische Geste des Zinnsoldaten unmöglich mit dem eigenen Kriegertum identifizieren konnte, Hanna, weil sie, zu ihrem eigenen Schrecken, diesen Mann nackt vor sich sah, nackt und isoliert in seiner Nacktheit. Es war die gleiche Isoliertheit, in der die Möbel wie nackt, unverbunden ihrer Umgebung, beziehungslos untereinander, fremd und befremdend um sie herumstanden.

Auch er mußte es fühlen. Und als sie spazieren gingen, nahmen sie das Kind in die Mitte, und es war Trennung, obwohl Hanna, lustig mit dem Arm schlenkernd, den Knaben an der Hand führte, und obwohl Heinrich oftmals die andere Hand des Knaben ergriff. Sie schauten einander auch nicht an, sie waren gleichsam von Scham befangen, sie blickten geradeaus oder auf die Wiesen, wo Löwenzahn und violetter Klee, Steinnelken und lila Skabiosen zwischen den Gräsern wuchsen. Es war ein warmer Tag und Hanna war es nicht gewohnt, nachmittags spazieren zu gehen. Trotzdem lag es nicht allein an der Hitze, daß sie, heimgekehrt, ein so starkes Bedürfnis nach einem Bad verspürte; jeder Wunsch setzte jetzt merkwürdig in einer tieferen Schicht an: als wäre es eine große Einsamkeit, die den ins Wasser getauchten Körper umgibt, waren es Vorstellungen von der magischen Wiedergeburt, die der Einsame durch das Wasser erfährt. Deutlicher allerdings als solche Gedanken war dabei die Scheu, das Badezimmer abends in Heinrichs Anwesenheit aufsuchen zu müssen. Indes, es wäre vor dem Mädchen auffallend gewesen, wenn sie mitten am Tage ein Bad genommen hätte, und vorschützend, daß sie sich für den Abend umkleiden müsse, bat sie Heinrich, er möge mittlerweile einen Wagen bestellen und sich um Walter bekümmern. Dann begab sie sich ins Badezimmer, um wenigstens zu duschen. Wie sie aber in die Wanne stieg, in der noch vom Vormittag her einige Tropfen hingen, denn an der Brause haftete noch das Wasser, da wurden ihr die Knie schwach, und sie mußte das kalte Wasser so lange über sich rinnen lassen, bis ihre Haut wie Glas und die Spitzen ihrer Brüste ganz hart geworden waren. Hernach war es erträglicher.

Sie fuhren spät zu Röders; Heinrich schickte den Wagen weg, es war solch schöner Abend, und Hanna war mit der Rückkehr zu Fuß dankbar einverstanden, – je später es werden würde, desto besser. Und es war wohl Mitternacht, als sie das Haus Röders verließen. Doch wie sie dann den stillen Marktplatz überquerten, auf dem außer dem Posten vor der Kommandantur niemand zu sehen war, und dieser Platz mit den dunklen Häusern ringsum, in denen kaum ein Licht mehr brannte, wie ein Krater der Einsamkeit vor ihnen lag, wie ein Krater der Stille, aus dem stets neue Wellen der Ruhe sich über die schlafende Stadt ergossen, da faßte Heinrich Wendling seine Frau unter den Arm, und in dieser ersten Berührung der Körper schloß sie die Augen. Vielleicht hatte auch er die Augen geschlossen, sah weder den schweren sommerlichen Nachthimmel, noch den weißen Streif der Landstraße, die sich vor ihnen dehnte und in deren Staub sie gingen, vielleicht sah jeder von ihnen ein anderes Firmament, sie beide verschlossen wie ihre Augen, ein jeder in seiner Einsamkeit, und doch vereint in dem Wiedererkennen der Körper, die zum endlichen Kusse sich fügten, entschleierten Gesichts, lasziv in der Deutlichkeit des Geschlechts, dennoch keusch in dem Schmerz nie endenwollender Fremdheit, die von keiner Zärtlichkeit mehr aufgehoben werden kann.

52

Nach dem Begräbnis Samwalds begann der Mann Gödicke zu sprechen.

Der Kriegsfreiwillige Samwald war der Bruder des Uhrmachers Friedrich Samwald gewesen, des Uhrmachers, der in der Römerstraße seinen Laden hatte. Nach einem Trommelfeuer samt Sturmangriff hatte der junge Samwald plötzlich zu husten begonnen und war zusammengeklappt. Er war ein netter, tapferer Bursche von 19 Jahren gewesen, von allen wohlgelitten, und so hatte er es erreichen können, daß er in das Lazarett seiner Vaterstadt geschickt wurde. Er war nicht einmal mit einem Krankentransport, sondern wie ein Urlauber allein gekommen, und Oberstabsarzt Kuhlenbeck hatte gesagt: »Na, dich, mein Junge, dich werden wir bald hochbringen.« Und obgleich auch Dr. Kessel um Samwald sehr bemüht gewesen war und Samwald doch schon ganz gesund geschienen hatte, bekam er auf einmal wieder einen Blutsturz und nach drei Tagen lag er da, hinweggerafft. Trotz der schönen Sonne, die vom Himmel lachte.

Weil es ein Spital leichter Fälle war, wurde das Sterben nicht verheimlicht wie in den großen Spitälern. Im Gegenteil, das Sterben wurde zu einem feierlichen Ereignis gestaltet. Bevor man ihn zum Friedhof hinaustrug, hatte man den Sarg vor dem Eingang des Lazaretts aufgebahrt, und hier wurde die Einsegnung vorgenommen. Die Lazarettinsassen, soweit sie nicht bettlägerig waren, hatten die Waffenröcke angelegt und standen in Reih und Glied, und eine Menge Leute waren aus der Stadt gekommen. Der Oberstabsarzt hatte einen Heldennachruf gehalten, der Pfarrer stand vor dem Sarg, ein Junge in roter Soutane mit weißem Überwurf schwenkte das Räucherfaß. Dann knieten die Weiber nieder, auch manche der Männer, und es wurde nochmals der Rosenkranz gebetet.

Gödicke hatte sich im Garten aufgehalten. Als er die Ansammlung bemerkte, kam er mit seinen Stöcken hin und stellte sich mit dazu. Was da vor sich ging, war ein wohlvertrauter Anblick, und darum mußte er ihn ablehnen. Er dachte nach; er wollte diesen Anblick zerstören, zerfetzen, wie man ein Stück Papier oder Karton zerfetzt – darüber mußte er scharf und eng nachdenken. Als die Weiber auf die Knie plumpsten wie Scheuerfrauen, saß ihm das Lachen in der Kehle, aber es war ihm verboten, einen Laut von sich zu geben. Er stand da auf seine beiden Stöcke gestützt, inmitten der knienden Weiber, wie ein Gerüst stand er da und rammte seine Stützen in die Erde und preßte den Ton in die Kehle zurück. Nun aber die Weiber ihr Vaterunser und ihre drei Aves beendet hatten und zu der Stelle kamen: »Abgestiegen zu der Hölle, am dritten Tage wieder auferstanden von den Toten«, da war es wie auf einer tieferen Fläche des Gerüstes, da war es wie von einem Bauchredner, den er einmal gehört hatte, da war es dort oberhalb des so schmerzenden und zusammengezogenen Unterleibs, daß Worte sich formten, und statt zu bellen, vielleicht sogar unhörbar, so sehr steckten die Worte noch drinnen, sagte der Maurer Gödicke: »Auferstanden von den Toten ...«, sofort wieder verstummend, so sehr entsetzte ihn dieses Geschehen, das sich in dem untern Stockwerk des Gerüsts abspielte. Man beachtete ihn nicht; man hatte den Sarg aufgehoben; auf den Schultern der Träger schwankte der Sarg mit dem daraufgeschnallten Kruzifix; der Uhrmacher Samwald, klein und ein wenig krumm, schloß sich inmitten der übrigen Anverwandten den Trägern an; dann folgten die Ärzte; dann kamen alle anderen. Hinterdrein, in seinem Spitalskittel, gestützt auf seine beiden Stöcke, humpelte der Maurer Gödicke.

Auf der Chaussee bemerkte ihn Schwester Mathilde. Sie bahnte sich den Weg zu ihm: »Gödicke, Sie können doch so nicht mitgehen ... denken Sie mal, im Spitalskittel ...« aber er hörte nicht auf sie. Auch als sie den Oberstabsarzt zur Verstärkung heranholte, ließ er sich nicht beirren, sondern blickte geradeaus vor sich hin und ging seinen geraden Weg weiter. Kuhlenbeck sagte schließlich: »Ach, lassen Sie ihn, Krieg ist Krieg, ... wenn er müde wird, soll ein Mann bei ihm bleiben, der ihn heimbringt.«

Es war ein langer Weg, den Ludwig Gödicke solcherart zurücklegte; die Frauen um ihn herum beteten, und die Ufer der Straße waren voller Gebüsche. War eine Gruppe mit ihren Aves zu Ende, so begann eine andere, und aus dem Walde rief der Kuckuck. Manche der Männer und auch der kleine Uhrmacher Samwald trugen schwarze Anzüge wie Zimmerleute. Es rückte vieles zusammen, besonders wenn an den Wegbiegungen der Zug sich verlangsamte und die Leiber zusammendrängte; und die Röcke der Weiber waren wie sein eigener Kittel; um die Beine schlugen die Röcke beim Gehen; und eine da vorne ging mit gebeugtem Kopf und ein Taschentuch vor dem Gesicht. Und wenn der Mann Gödicke auch nicht hinsah, sondern den Blick unverwandt geradeaus auf die Wagenspuren geheftet hielt, ja sogar oftmals versuchte, die Augen zu schließen, nicht anders als er die Zähne zusammengepreßt hielt, auf daß die Teile seiner Seele sich noch näher zusammendrängten, sein Ich zu ersticken, ja, wenn er auch lieber stehen geblieben wäre, die Stöcke in den Boden gerammt, und all diese Menschen lieber zum Schweigen und zum Stehen gebracht hätte, sie lieber zerstoben gesehen hätte nach allen Windrichtungen, so war er dennoch fortgezogen, fortgetragen, und er schwamm und er schwebte, er selber ein schwankender Sarg, auf der Woge des wiederkehrenden Gebets, das ihn begleitete.

Als auf dem Friedhof die Leiche nochmals eingesegnet wurde und über der geöffneten Erde, in die man sie hinabließ, nochmals die Litanei anhob: »Auferstanden von den Toten«, und während der kleine Uhrmacher Samwald unentwegt in die Grube schaute und schluchzte, und ein jeder an das Grab herantrat, die Erde dem Krieger nachzuschütten und dem Uhrmacher die Hand zu drücken, da stand, nunmehr allen sichtbar, gestützt auf seine zwei Stöcke und mit wehendem Vollbart, da stand im grauen langen Spitalskittel dieser Mann Gödicke mächtig vor dem kleinen Uhrmacher Samwald am Rande des Grabes und beachtete nicht die gebotene Hand, sondern sprach mit großer Anstrengung, trotzdem für alle vernehmlich, seine ersten Worte; er sagte: »Auferstanden von den Toten.« Und hierauf legte er seine Stöcke beiseite, jedoch nicht, weil er die Schaufel nehmen und Erde hinabschütten wollte, nein, das tat er nicht, es geschah etwas völlig anderes und Unerwartetes, – er schickte sich an, selber in die Grube zu steigen, schickte sich umständlich und mühselig an, hinunterzuklettern, und ein Bein hatte er auch glücklich schon über den Rand hinausgebracht. Natürlich war sein Vorhaben jedermann unbegreiflich; man glaubte, daß er, der sich noch nie ohne Stöcke fortbewegt hatte, kraftlos zusammengesunken sei. Der Oberstabsarzt und noch etliche Trauergäste sprangen hinzu, zogen ihn aus der Grube und trugen ihn zu einer der Friedhofsbänke. Vielleicht war nun der Mann Gödicke wirklich schon von seinen Kräften verlassen; er leistete keinen Widerstand mehr, und er saß auch jetzt ganz still da, hatte die Augen geschlossen und sein Kopf war zur Seite gesunken. Der Uhrmacher Samwald aber, der mitgelaufen war und gerne beim Tragen geholfen hätte, war bei ihm geblieben; und da ein großer Schmerz die Seele eines Menschen aufzulockern vermag, so ahnte Samwald, daß hier etwas Besonderes geschehen war; neben ihm sitzend, sprach er zu dem Maurer Gödicke tröstend wie zu einem Leidtragenden, sprach zu ihm wie zu einem, der das schwerste Leid zu tragen hat, und er sprach von dem toten Bruder, der einen schönen und jungen und schmerzlosen Tod gehabt. Und der Mann Gödicke hörte es mit geschlossenen Augen an.

Inzwischen waren die Honoratioren des Ortes an das Grab getreten, unter ihnen, wie sich's gehörte, auch Huguenau im blauen Anzug, einen steifen schwarzen Hut in der einen Hand, in der anderen aber einen Kranz. Und Huguenau sah sich höchst indigniert um, weil der Bruder des Verstorbenen nicht zur Stelle war, diesen Kranz zu bewundern, einen schönen Eichenkranz, gestiftet vom Verein »Moseldank«, ein wirklich schönes Gebinde mit Schleifen, auf welchen zu lesen war: »Dem tapferen Krieger das Vaterland.«

53

Geschichte des Heilsarmeemädchens in Berlin (8)

Wie im Keime künft'ger Spiegelmeere
ruhn im Regenbogensilberschaum,
Odem über feuchtem Raum,
zitternd Bündel goldner Sonnenspeere
und an jenem fernsten Saum,
wo der Himmel, daß er sich gebäre,

selber Spiegel einem Spiegelmeere
niedersinkt in Aphroditens Traum:
war es damals, daß es ihm geschehen?
war es damals, daß er es erfuhr,
aufgeschleudert, kreißend in den Wehen
eines süßen Zwanges Unnatur?
Waren's Wälder, die um Wiesen buchten,
untersinkend unter dem Verfluchten?
denn erdröhnend in dem Funkensprühn
wird er von der Stimme fortgeschnellt,
wird sein Auge gräßlich erst erhellt,
da er wirbelnd in dem Felsenglühn
gelber Schluchten niederfällt,
niederbrechend in dem Ungestüm
und zerbrechend im gelähmten Mühn,
rückzuflüchten aus der Feuerwelt,
rückzufinden zu Zypressenhainen,
zu Gebüsch, das in die Fluten taucht,
Nacht und Tag sich in dem Schatten einen,
Duft dem Dufte mild entgegenhaucht,
Dämmerstand in Pinien und Buchen, –
ewig wird er diese Stunden suchen,
denn für ewig hat er sie vergessen,
da er von der Stimme aufgeschreckt,
da sein Wissen, plötzlich aufgeweckt,
ihn zum Rand erfüllet und indessen
sich das Nichtsein seinem Sein entzweckt
zweifelschwanger wüsten-unermessen:
war es Meer gewesen? waren es Zypressen?
Doch die Stimme hat es überdeckt,
jene Stimme, die ihn hochgeschleudert,
jene Stimme, der er untertan;
fände er sie wieder, wäre er geläutert
und Vergeßnes bräche wieder an,
bräche wieder auf im schweren Meergeruche
uferspiegelnd Wiesenhain und Buche. –
Wissen aber, in ihm neu geboren,
treibt von Zweifel ihn zu neuer Zweifelspein
und es jagt ihn durch die Wüsteneien

nach der Stimme, die er stets verloren,
und sie fliehend, holt er sie stets ein
mit dem Eide, den er falsch geschworen
jenem Einen, dem er einst erkoren,
ein Verräter: und sein Mund wird Schreien,
wird zum Schrei, das Wissen übertäubend,
wird zum Schrei im Schluchten-Urgebrülle,
Schrei, im Wüstenglast zerstäubend,
Schrei des Tieres ohne Hülle,
Schrei des Wildes in den Feuerschluchten,
oh, Schrei des Staunens! Schrei des Heimgesuchten!
Fühl' ich das Staunen! des Staunens Wunder?
oder staunt mein Ich?
Von welcher Grenze kommst du her,
Gedanke, tiefstes Ungefähr?
im Todesraume schwebe ich,
schreiend und ewig, Ahasver!
Im schlaflosen blutgelben Höllenlicht,
verdorrt meine Hände, verdorrt mein Gesicht,
zum Schreien geboren, ich, Ahasver!
verjagt aus dem Ursprung, in Klüfte gejagt,
im Wissen erhoben, im Zweifel zernagt,
Steine aussäend, vom Staube genährt,
aus Wissen geschmiedet, im Sehnen verzehrt,
von Stimmen gesegnet, von der Stimme verflucht,
gesegneter Sämann der verbotenen Frucht.

54

Der Major war einigermaßen peinlich berührt, als die Ordonnanz ihm den Besuch des Herrn Redakteur Esch meldete. War dieser Zeitungsmann ein Abgesandter Huguenaus? ein Sendbote des Pfuhls und des Untergründigen? Der Major vergaß darüber beinahe, daß Huguenau selber zwischen sich und dem angeblich politisch suspekten Esch einen Trennungsstrich gezogen hatte, und da er nach ein paar Augenblicken des Unbehagens nichts Entscheidendes fand, sagte er schließlich: »Na, ist ja egal … ich lasse bitten.«

Esch allerdings erweckte weder den Eindruck eines Sendboten der Hölle, noch den eines politisch suspekten Individuums; er war betreten und verlegen wie einer, der seinen Entschluß schon wieder bereut: »Es handelt sich, Herr Major ... kurz, mir ist der Aufsatz des Herrn Major sehr zu Herzen gegangen ...«

Major von Pasenow war es klar, daß er sich durch gleißnerische Reden nicht verführen lassen dürfe, so beglückend es auch gewesen wäre, an die Wirkung seiner schriftstellerischen Betrachtungen zu glauben.

»Und wenn mich der Herr Major als Teufel bezeichneten, den man auszutreiben hat ...«

Worauf der Major festzustellen für nötig befand, daß ein Bibelzitat keinerlei persönliche Spitze oder Anspielung beinhalte, daß solches sogar eine Herabwürdigung der Bibel bedeuten würde, und daß wir bei jeder Wendung in unserem Leben, wenn es zum Besseren sein soll, ein Stück des Teuflischen hinter uns lassen müssen. Falls Herr Esch also gekommen sei, um jetzt noch nachträglich Rechenschaft oder Genugtuung zu fordern, so könnte er es bei dieser Erklärung bewenden lassen.

Esch hatte während der Rede des Majors seine Festigkeit wiedererlangt: »Nein, Herr Major, darum handelt sich's nicht. Ich würde sogar den Teufel auf mich nehmen, ... freilich nicht, weil man mir einige Male meine Zeitung konfisziert hat«, er machte eine wegwerfende Geste, »nein, Herr Major, man kann mir nicht nachsagen, daß meine frühere Zeitungstätigkeit unanständiger gewesen ist als meine jetzige. Ich komme mit einem andern Anliegen.« Und er verlangte nicht mehr und nicht weniger, als daß der Major ihm und seinen Freunden – oder wie er sich in seiner Erregung ausdrückte, den Brüdern – den Weg zum Glauben weisen möge.

Wie er da vor dem Schreibtisch stand, den Hut zwischen den Händen, die Backenknochen von den Flecken der Erregung gerötet, einer Röte, die in der bräunlichen Haut der Wangenhöhlen verebbte, erinnerte Esch an des Majors Gutsverwalter. Was hat ein Gutsverwalter vom Glauben zu reden? und der Major hatte das Gefühl, als sei die Beschäftigung mit Glaubensfragen ein dem Gutsherrn vorbehaltenes Recht. Bilder des gewohnten religiösen Lebens stiegen in ihm auf, er sah die Kirche, bei der er mit seiner Familie vorfuhr, im sommerlichen Staub mit dem hochräderigen Wagen, mit dem niedern pelzbedeckten Schlitten zur Winterszeit; sah, wie er mit seinen Kindern und dem Gesinde die weihnachtliche und österliche Bibelstunde abhielt, sah die polnischen Mägde in roten Kopftüchern und Kitteln zur katholischen Kirche des Nachbardorfes wandern, und während er durch jene Kirche an Herrn Eschs römisch-katholische Glaubenszugehörigkeit gemahnt wurde, rückte ihm dieser in eine unangenehme Verwandtschaft zu den polnischen Landarbeitern und in jene Atmosphäre beunruhigender Unzuverlässigkeit, mit welcher er teils aus persönlicher Erfahrung, teils wegen ihrer Politik, teils aus bloßem Vorurteil, die polnische Nation zu behaften pflegte. Und da es nun einmal so ist, daß die Gewissensfragen des Nebenmenschen gar oft das Unbehagen hervorrufen, als ob hier einer etwas übertreibe, was ihm keineswegs so wichtig ist, wie er vorgibt, so forderte der Major Herrn Esch wohl zum Sitzen auf, doch er ging auf das angeschlagene Thema nicht ein, sondern erkundigte sich nach dem Gedeihen der Zeitung.

Indes war Esch nicht der Mann, der sich so leicht von einem Vorhaben abbringen ließ: »Eben die Zeitung verpflichtet Sie, Herr Major, mich anzuhören«, – und auf den fragenden Blick des Majors – »... ja, Sie, Herr Major, haben dem Kurtrierschen einen neuen Weg vorgeschrieben ... und wenn ich mir auch selbst immer gesagt habe, daß Ordnung in der Welt gemacht werden muß und daß auch der Redakteur dazu beitragen muß, sofern er nicht ein Anarchist und gewissenloses Schwein sein will ... Herr Major, alle suchen die Rettung, alle fürchten sie das Gift, alle warten, daß die Erlösung komme und die Ungerechtigkeit vernichtet werde.«

Er war ins Schreien geraten und der Major sah ihn befremdet an. Esch fand sich wieder zurecht: »Sehen Sie, Herr Major, der Sozialismus, der ist bloß ein Zeichen unter vielen anderen ... aber seit dem Artikel in der Eröffnungsnummer ... Herr Major, es handelt sich um die Freiheit und um die Gerechtigkeit in der Welt ... man spielt nicht mit Menschenleben, es muß etwas geschehen, sonst sind alle Opfer umsonst gewesen.«

»Alle Opfer umsonst ...« wiederholte der Major wie aus einem Erinnern heraus. Doch dann besann er sich: »Wollen Sie etwa, Herr Esch, die Zeitung ins sozialistische Fahrwasser zurücklenken? und wollen Sie dazu gar meine Unterstützung?«

Eschs Miene war respektlos und verächtlich: »Auf den Sozialismus kommt's nicht an, Herr Major, ... auf das neue Leben kommt es an ... auf die Anständigkeit ... auf das gemeinsame Suchen nach dem Glauben ... meine Freunde und ich, wir haben eine Bibelstunde eingerichtet ... Herr Major, es war Ihnen doch ernst ums Herz, als Sie Ihren Artikel schrieben, da dürfen Sie uns jetzt nicht verstoßen.«

Es war klar: Esch präsentierte eine Rechnung, wenn auch nur eine seelische, und der Major mußte wieder des Verwalters gedenken, der ihm in der Kanzlei mit seinen Rechnungen gegenübersitzt, und er denkt auch wieder an die polnischen Landarbeiter, die sich bemühen, ihn übers Ohr zu hauen. Drohten nicht auch die mit dem Sozialismus? Vielleicht war es längst Vergessenes, als er sagte: »Immer verstößt uns einer, Herr Esch.«

Esch war aufgestanden und ging seiner Gewohnheit gemäß mit ungelenken Schritten im Zimmer auf und ab. Die scharfen Längsfalten neben dem Mund waren noch tiefer als sonst; wie vergrämt er aussieht, dachte der Major, unglaubhaft ist es, daß dieser ernste Mensch ein Wirtshausgänger und ein Besucher anrüchiger Lokale sein soll, ein Sendling aus der Welt des Untergründigen. Ist er solch ein Heuchler? Es war so unvorstellbar wie jene Welt selber.

Esch pflanzte sich unvermittelt vor ihm auf: »Herr Major, um es gerade herauszusagen ... wie vermag ich mein Amt auszufüllen, wenn ich mir nicht einmal im klaren bin, ob uns der Weg nicht im protestantischen Glauben erleichtert wäre ...«

Nun hätte der Major wohl erwidern können, daß es keineswegs zu den Pflichten eines Schriftleiters gehöre, theologische Probleme zu lösen, – aber er war über die direkte Frage Eschs viel zu sehr erschrocken, um überhaupt eine Antwort zu finden: es war nicht viel anders als das Ersuchen Huguenaus um Heereslieferungen, und für einen Augenblick schienen die Gestalten der beiden Männer wieder verfließen zu wollen. Der

Major griff nach dem Eisernen Kreuz an seiner Brust und seine Haltung wurde dienstlich: ihm, einem Militär in exponierter Position, stand es ihm an, Proselyten zu machen? die katholische Kirche galt schließlich irgendwie als Verbündete, und er hätte es auch nicht auf sich genommen, einen Österreicher oder Bulgaren oder Türken zu veranlassen, daß er den eigenen Staatsverband zugunsten des deutschen aufgebe. Es war recht ärgerlich, wie dieser Esch auf seinem Schein bestand, und doch mutete es wieder süß und verlockend an: war nicht die Gnade ewig sich erneuernden und stets neu sich gebärenden Glaubens in dieser Aufforderung, sich mitzuteilen? Aber noch wehrte sich der Major und meinte darauf hinweisen zu müssen, daß er, selber ein Protestant, sich nicht berufen fühle, einem Katholiken Führer in Glaubensdingen zu sein.

Esch machte wieder seine wegwerfende Handbewegung, das tue nichts zur Sache; in des Majors Artikel heiße es, der Christ habe dem Christen beizustehen, – also gäbe es keinen Unterschied zwischen katholischer und protestantischer Christlichkeit, und der katholische Stadtpfarrer wisse noch viel weniger von solchen Zweifeln und Fragen.

Der Major antwortete nicht. War es wirklich ein Netz aus seinen eigenen Worten, das sich über ihm zusammenzog? mit dem ihn jener hinabzerren wollte in den Pfuhl und in die Dunkelheit? Und dennoch war es, als wollte eine sanfte Hand ihn hinausgeleiten zu den stillen Ufern ruhiger Flüsse. Er mußte an die Taufe im Jordan denken, und beinahe wider seinen Willen sagte er: »In Dingen des Glaubens gibt es keine Vorschrift, Herr Esch; der Glaube ist ein natürlich springender Quell, wie es schon in der Bibel heißt«, und dann setzte er sinnend hinzu: »die Gnade muß ein jeder allein erfahren.«

Unhöflich hatte Esch dem Major den Rücken gekehrt; er stand beim Fenster, hielt die Stirn gegen die Scheiben gepreßt. Jetzt wandte er sich um; sein Ausdruck war ernst, beinahe bittend: »Herr Major, es handelt sich ja nicht um Vorschriften, ... es handelt sich um Vertrauen ...« und nach einer Weile: »sonst wäre es ja ...« das richtige Wort fiel ihm nicht ein, »sonst wäre die Zeitung auch nicht besser als alle andern

Zeitungen ... eine feile Presse ... Demagogengeschwätz ... Sie, Herr Major, aber wollten etwas anderes ...«

Wieder fühlte Major v. Pasenow die Süßigkeit des Hinströmens, des Fortgetragenwerdens, als wollte eine Silberwolke ihn aufnehmen, schwebend über den Frühlingsflüssen. Geborgenheit des Vertrauens! Nein, dieser Mann, der da ernst vor ihm stand, war kein Abenteurer, kein Verräter, kein Unzuverlässiger, keiner, der das Vertrauen auf die andere Seite des Lebens trägt, schamlos und nackt es dort auszustellen. So begann der Major erst zögernd, doch dann immer wärmer werdend, von der Führerschaft Luthers zu erzählen, in dessen Nachfolge keiner verzweifeln müsse, keiner, Herr Esch! denn ein jeder trage das Fünklein im Seelengrunde, und – oh, wie stark fühlte es Major v. Pasenow selber, war es ihm auch zu sagen verwehrt – keiner ist von der Gnade ausgeschlossen, dürfe doch jeder, der in der Gnade ist, hinausgehen, das Heil zu predigen. Und jeder, der in das eigene Herz sich versenkt, wird die Wahrheit erkennen und den Weg; und er wird wohl auch diesen Weg zur Klarheit finden und wird ihn beschreiten. »Seien Sie getrost, Herr Redakteur«, sagte er, »es wird sich alles zum Besten wenden.« Und er sei auch bereit, wenn Herr Redakteur Esch es wünsche und seine eigene knappe Zeit es erlaube, wieder mit ihm zu sprechen – der Major hatte sich erhoben und Esch über den Tisch hin die Hand gereicht –, im übrigen werde er nächstens einmal zur Besichtigung der Druckerei beim »Kurtrierschen Boten« vorbeikommen. Er nickte Esch zu. Der war unschlüssig stehen geblieben, und der Major fürchtete eine Dankesrede. Aber es folgte kein Dank, sondern Esch fragte fast grob: »Und meine Freunde?« Der Major wurde neuerdings ein wenig dienstlicher: »Später, Herr Esch, später vielleicht.« Und Esch machte eine ungelenke Verbeugung.

Trotzdem gab es für Esch und seine radikale Impetuosität kein Halten mehr. Seiner suchenden Seele war es gleichzeitig eine Huldigung für den Major, als er wenige Tage später – zum Erstaunen aller, die es erfuhren, und das war bald die ganze Stadt – den protestantischen Glauben annahm.

55

Zerfall der Werte (7)

Historischer Exkurs

Jene verbrecherische und rebellische Zeit, die die Renaissance genannt wird, jene Zeit, in der das christliche Wertgebilde in eine katholische und eine protestantische Hälfte zersprengt wurde, jene Zeit, in der mit dem Auseinanderfallen des mittelalterlichen Organons der Prozeß der fünfhundertjährigen Wertauflösung eingeleitet und der Samen der Moderne gelegt wurde, Zeit der Aussaat und zugleich der ersten Blüte, diese Zeit ist weder durch den Protestantismus eindeutig zu umreißen, noch durch ihren Individualismus, noch durch ihren Nationalismus, noch durch ihre Sinnenfreude, und auch nicht durch ihre humanistische und naturwissenschaftliche Erneuerung: wenn diese Zeit, die in ihrem Stil so sinnfällig als Einheit in Erscheinung tritt und zu einem Ganzen zusammengehalten wird, wenn sie einen dieser Einheitlichkeit gemäßen Zeitgeist und Stilträger besessen hat, dann kann dieser nicht durch irgendein beliebiges der vielfältigen Phänomene getragen worden sein, selbst dann nicht, wenn es sich um ein Phänomen von so tiefer revolutionärer Gewalt handelt, wie es der Protestantismus ist, vielmehr müssen alle diese Phänomene auf einen gemeinsamen Nenner gebracht werden, sie müssen eine gemeinsame Wurzel besitzen, und diese Wurzel muß in der logischen Struktur des Denkens liegen, an dieser spezifischen Logik, die alle Handlungen der Epoche durchtränkt und erfüllt.

Es läßt sich nun mit einigem Recht behaupten, daß eine durchgreifende Revolution des Denkstils – und die Revolutionierung aller Lebensphänomene weist auf solch vollkommenen Umschwung im Denken hin – stets dann erfolgt, wenn das Denken an seine Unendlichkeitsgrenze gestoßen ist, wenn es die Antinomien der Unendlichkeit nicht mehr mit den alten Mitteln zu lösen vermag und von hier aus genötigt ist, seine eigenen Grundlagen zu revidieren.

Am deutlichsten, weil in unmittelbarer Nähe liegend, kann ein derartiger Denkumbruch an der Grundlagenforschung der modernen Mathematik beobachtet werden, die, von den Antinomien des Unendlichen ausgehend, zu einer Revolutionierung der mathematischen Methode gelangt, zu einer Umgestaltung, deren Tragweite heute noch nicht abzuschätzen ist. Allerdings ist nicht zu entscheiden, ob es sich hiebei um eine neue Revolution des Denkens handelt oder um die letzte endgültige Liquidierung mittelalterlicher Logizität (wahrscheinlich ist beides der Fall). Denn nicht nur ragen die Reste des mittelalterlichen Wertgebildes bis in unsere Zeit hinein und geben der Vermutung Raum, daß auch die dazugehörigen Denkreste noch in Kraft geblieben sind, es ist eben die Antinomie und es ist das Wesen der Antinomien des Unendlichen, daß sie auf dem Boden der Deduktion erwachsen, – damit aber wohl auch auf dem Boden der Theologie: kein theologisches Weltsystem, das nicht deduktiv wäre, d.h. das nicht alle Erscheinungen aus einem obersten Prinzip, also aus Gott, vernunftgemäß abzuleiten sucht, und jedweder Platonismus, von hier aus gesehen, ist letzten Endes deduktive Theologie. Wenn daher der platonisch-theologische Gehalt im System der modernen Mathematik auch nicht ohne weiteres sichtbar ist, vielleicht sogar unsichtbar bleiben muß, so lange diese Mathematik der adäquate Ausdruck der herrschenden und sie beherrschenden Logik ist, so zeigt sich dennoch eine auffallende Verwandtschaft zwischen ihren Unendlichkeitsantinomien und denen der Scholastik: gewiß spielte sich die Infinitendiskussion des Mittelalters nicht auf mathematischem Gebiete ab (oder nur höchst nebenbei in kosmischen Erwägungen), aber die »ethische« Unendlichkeit, wie man sie wohl nennen dürfte, und wie sie etwa in dem Problemkreis um die unendlichen Attribute Gottes zutage tritt, enthält alle Fragen des Aktual- und Potentiell-Unendlichen, stellt strukturgemäß das nämliche Grenzgebiet dar, auf dem die Antinomien und Schwierigkeiten der modernen Mathematik liegen. Da wie dort entsteht der antinomische Sachverhalt aus der Absolutierung der logischen Funktion, einer Absolutierung, die nicht zu umgehen ist, so lange eine herrschende Logik nicht sich selbst aufgeben will, und die erst bemerkt werden kann, wenn die antinomische Grenze erreicht wird. Für die Scholastik nimmt diese Fehlabsolutierung vor allem in der Symbolauslegung Gestalt an: die Sichtbarkeit der Kirche, also ihre irdische und endliche Daseinsform, die nichtsdestoweniger den Anspruch auf Absolutheit erhebt, die aristotelische »Verendlichung« des unendlich fernen platonisch-logischen Punktes mußte eine Verendlichung aller Symbolformen nach sich ziehen, und wurde es auch ein System bewunderungswürdiger Symbolspiegelungen, ein System von Symbolen zu Symbolen, allüberschattet und zu magischer Einheit verbunden durch das erhaben-irdische, unendlich-endliche Symbol der Eucharistie, so war der Denkumbruch im Unendlichen nicht mehr aufzuhalten, und an der antinomisch-unendlichen Grenze mußte das scholastische Denken umwenden, um die endlich gewordene platonische Idee dialektisch wieder aufzulösen, d.h. die Umkehr zum Positivismus vorzubereiten und jene automatische Entwicklung zu nehmen, deren Anfänge bereits in der aristotelischen Formung der Kirche sichtbar waren, deren weiterer Fortgang aber trotz mannigfacher Rettungsversuche von seiten der Scholastik (Lehre von der doppelten Wahrheit, Streit der Nominalisten und Realisten, Occams Neubegründung der Erkenntnistheorie) nicht mehr gehemmt werden konnte; an der Absolutierung, an den Unendlichkeitsantinomien mußte sie scheitern, – die Logizität war aufgehoben.

Alles Denken stimmt aber nur insolange mit den Tatsachen überein, als das Vertrauen zu seiner Logizität aufrecht bleibt. Dies gilt für jedes Denken, nicht bloß für das deduktiv-dialektische (um so mehr als es unentscheidbar ist, wieviel Deduktion in irgendeinem Denkakt enthalten ist). Es wäre falsch, zu sagen, daß das Vertrauen in die Deduktion verloren wurde, weil man die Tatsachen plötzlich mit anderen, besseren Augen zu betrachten gelernt hat; gerade das Umgekehrte ist der Fall: die Tatsachen werden erst dann anders betrachtet, wenn die Dialektik zusammengebrochen ist, und dieser Zusammenbruch ist nicht auf ein Versagen vor der Wirklichkeit zurückzuführen, vor einer Wirklichkeit, deren Zurechtbiegung noch lange vorgehalten hätte, sondern er muß vorher auf dem eigensten Gebiet der Logik, nämlich angesichts des Unendlichkeitsproblems erlitten worden sein. Die Geduld des Menschen vor der Autorität der Logik ist schier unerschöpflich und sie läßt sich höchstens mit seiner unwandelbaren Geduld vor der ärztlichen Kunst vergleichen, und so wie der menschliche Körper den unsinnigsten Kuren vertrauensvoll ausgesetzt wird und dabei sogar gesundet, so erträgt die Wirklichkeit auch das unmöglichste Theoriengebäude, – insolange die Theorie nicht selber ihren Bankrott erklärt, so lange wird sie vom Vertrauen getragen und die Wirklichkeit ordnet sich ihr unter. Erst nach erfolgter Bankrotterklärung reibt sich der Mensch die Augen, erst dann wendet er sich der Wirklichkeit wieder zu, verlegt den Quell seines Wissens vom Gebiet des Vernunftschlusses auf das der lebendigen Erfahrung.

Diese beiden Phasen der geistigen Revolution sind nun im ausgehenden Mittelalter deutlich zu erkennen: Bankrotterklärung der scholastischen Dialektik und darauffolgend die – wahrhaft kopernikanische – Wendung zum unmittelbaren Objekt. Oder mit andern Worten, es ist die Wendung vom Platonismus zum Positivismus, von der Sprache Gottes zu der Sprache der Dinge.

Doch mit dieser Wendung vom zentralistisch ekklesiastischen Organon zur Vielfalt der unmittelbaren Eindrucksmöglichkeiten, mit diesem Übergang vom platonischen Gebilde mittelalterlicher Theokratie zur positivistischen Schau auf die empirisch gegebene und unendlich bewegte Welt, mit dieser Atomisierung der einstigen Ganzheit, mußte notwendigerweise eine Atomisierung der Wertgebiete, soweit sie mit den Objektgebieten zusammenfallen, Hand in Hand gehen. Kurzum, die Werthaltungen werden nicht mehr von einer Zentralstelle aus geleitet, sondern erhalten ihre Prägung vom Objekt aus, – nicht mehr um Aufrechthaltung der biblischen Kosmogonie handelt es sich, sondern um die »wissenschaftliche« Beobachtung des Naturobjektes und um das Experiment, das mit ihm angestellt werden kann, nicht um die Errichtung des Gottesstaates handelt es sich mehr, sondern um ein selbständig gewordenes politisches Objekt, das eine neue adäquate politische Methode in Gestalt des Machiavellismus erforderlich macht, nicht dem absoluten Krieg, wie er sich in den Kreuzzügen konkretisierte, gilt der Sinn des Ritters, sondern irdischem Streit, der mit neuartigen unritterlichen Feuerwaffen ausgetragen wurde, nicht mehr um die Christenheit geht es, sondern um bestimmte empirische Menschengruppen, die durch das äußere sprachliche Merkzeichen ihrer Nationalität zusammengehalten werden, nicht dem Menschen als Glied des ekklesiastischen Organons, sondern dem menschlichen Individuum in seiner Eigenbedeutung gilt das Interesse des aufkommenden Individualismus, und für die Kunst ist die Gemeinschaft der Heiligen und ihre Verherrlichung nicht mehr das einzige letzte Ziel, sondern és liegt in der getreuen Beobachtung der äußeren Welt, liegt in jener Treue, die den Naturalismus der Renaissance ausmacht. Aber so weltlich diese Wendung zum unmittelbaren Objekt auch aussehen mag, so wahrhaft heidnisch, daß sie mit Freuden die neuentdeckte Antike zum Eideshelfer aufrief, so drängte sich neben dem äußeren Objekt das innere mit nicht geringerer Mächtigkeit auf, ja, die Unmittelbarkeit der Renaissance ist vielleicht eben in dieser Innenschau am unmittelbarsten: Gott, der bisher bloß durch das Medium der kirchlich-platonischen Hierarchie in Erscheinung treten durfte, er wurde mit dem Blick auf das Seeleninnere, mit der Entdeckung des Fünkleins im Seelengrunde zur unmittelbaren mystischen Erkenntnis, er wurde zur wiedergefundenen Gnade, – und dieses auffallende Zusammensein äußerster heidnischer Weltlichkeit mit der konsequentesten Innerlichkeit des mystischen Protestantismus, dieses Zusammenwohnen disparatester Werttendenzen innerhalb eines einzigen Stilgebiets wäre wohl völlig unerklärbar, würde es nicht auf den gemeinsamen Nenner der Unmittelbarkeit zurückzuführen sein. Der Protestantismus wurde gleich allen anderen Phänomenen der Renaissance, und vielleicht noch stärker als die anderen, ein Phänomen der Unmittelbarkeit.

Aber noch ein weiteres und sehr entscheidendes Konstitutionsmerkmal dieser Epoche darf von hier aus seine Begründung erfahren: das Phänomen der »Tat«, das in jeder Lebensäußerung der Renaissance, und nicht zuletzt im Protestantismus, so sinnfällig in Erscheinung tritt, jene beginnende Verachtung des Wortes, die den sprachlichen Ausdruck womöglich auf seine poetische und rhetorische Autonomie einzuschränken wünscht, ihn aber in die übrigen Bereiche nicht eindringen läßt und statt dessen den handelnden Menschen als einzigen Faktor einsetzt, dieses Hinstreben zu einer

Stummheit, die die Stummheit einer ganzen Welt vorbereiten sollte, all dies steht in einer nicht zu verkennenden Beziehung zu der Zerfällung der Welt in Einzelwertgebiete, ist abhängig von jener Wendung zur Sprache der Dinge, die, um im Bilde zu bleiben, eine stumme Sprache ist. Es ist fast so, als hätte damit dokumentiert werden sollen, daß eine Verständigung zwischen den einzelnen Wertgebieten überflüssig geworden ist, oder als könnte eine derartige Verständigung die Strenge und Eindeutigkeit der Ding-Sprache verfälschen. Die beiden großen rationalen Verständigungsmittel der Moderne, die Sprache der Wissenschaft in der Mathematik und die Sprache des Geldes in der Buchhaltung, sie haben beide in der Renaissance ihren Ausgangspunkt gefunden, sind beide aus jener ausschließlichen und eindeutigen Gerichtetheit auf das eigene Wertgebiet und aus einer Esoterik des Ausdrucks entstanden, deren Strenge beinahe als Askese zu bezeichnen wäre. Dennoch hat solche Sinnesrichtung mit der katholisch-mönchischen Askese wenig gemein, denn sie ist nicht wie diese Mittel zum Zweck, will nicht ekstatische »Hilfe« sein, sondern sie ist aus der Eindeutigkeit der Tat hervorgegangen, der Tat, die fortan als die allein eindeutige Sprache zu gelten hat und der allein sie sich unterordnet. So ist auch der Protestantismus seinem Ursprung und Wesen gemäß »Tat«, er setzt den gotthandelnden, den gott-suchenden, den gott-findenden Menschen mit einer ebensolchen Aktivität ausgestattet voraus, wie sie dem neuen Naturforscher, ja, wie sie dem neuen Kriegertypus und dem neuen Politiker eigentümlich war. Luthers Religiosität ist durchaus die eines Tatmenschen und im Grunde alles andere denn kontemplativ. Aber eben in der »Tat«, in dieser »Tatsächlichkeit« liegt auch hier die Strenge, die kategorisch-imperative Pflichterfüllung, die Absperrung gegen alle anderen Wertgebiete, jene geradezu bilderstürmende Askese eines Calvin, eine, man möchte sagen, erkenntnistheoretische Askese, die Erasmus sogar die Forderung erheben ließ, daß die Musik aus dem Gottesdienste ausgeschlossen werde.

Allerdings: auch das Mittelalter kannte die Tat. Und so sehr sich der neue Positivismus von der scholastischen Platonik abheben mochte, er legte mit der Verweisung des Individuums auf das einsame Ich zugleich die »positivistische Wurzel« alles Platonischen frei. Die neue Christlichkeit protestierte nicht nur, sie reformierte auch, sie empfand sich durchaus als Renaissance des christlichen Gedankens, und wenngleich sie fürs erste ohne Theologie auftrat, so entwickelte sie auf autonomer und schmälerer Basis späterhin doch eine rein platonisch-idealistische Theologie: denn als solche kann die Kantsche Philosophie aufgefaßt werden. Die »Wertrichtung«, die ethische Forderung an das Tun, hatte sich gegenüber dem Mittelalter nicht geändert und hätte sich auch nicht ändern dürfen, denn nur in dem handelnden Willen zum Wert und zu seiner Absolutheit konstituiert sich der Wert, – andere als absolute Werte gibt es nicht. Was sich geändert hat, war die Abgrenzung der wertsetzenden Tat: während sich bisher die Intensität der Absolutierung auf den Gesamtwert des christlichen Organons bezogen hatte, wurde nun die Radikalität der auf sich selbst gestellten Logik, wurde die Strenge ihrer Autonomie jedem Einzelgebiet separat zugeordnet, wurde jedes dieser Einzelgebiete zum eigenen Wertgebiet absolutiert, wurde jene Vehemenz in die Welt gebracht, mit der die absolutierten Wertgebiete brückenlos und beziehungslos nebeneinander bestehen sollen, jene Vehemenz, die der Renaissancezeit ihre eigentümliche Färbung verliehen hat.

Gewiß ließe sich einwenden, daß der Gesamtstil der Zeit all die disparaten Wertgebiete gleichmäßig umfaßte, ja, daß sogar die Persönlichkeit Luthers sich keineswegs asketisch auf ein einziges Gebiet beschränkte, vielmehr, daß sich gerade bei ihm die religiösen und weltlichen Momente in eigentümlicher Weise vereinen. Aber es läßt sich ebensogut sagen, daß hier erst der Anfang einer Entwicklung stattfindet, die zu ihrer vollen Entfaltung fünfhundert Jahre benötigte, daß die Zeit noch voller Sehnsucht nach mittelalterlicher Zusammenfassung war und daß eben eine Persönlichkeit wie die Luthers, die zwar nicht mehr logisch, doch kraft ihres menschlichen Reichtums die disparatesten Werttendenzen in sich zusammenfaßte, diesem Bedürfnis der Epoche entgegenkommend, die Epoche zu der seinen machte und eine Wirkung auf sie ausübte, die ungleich größer sein mußte als die des »logischeren« Calvin. Es ist, als ob die Zeit noch voll Furcht vor der »Strenge« und der beginnenden Stummheit gewesen wäre, als ob sie diese fürchterliche kommende Stummheit hätte übertäuben wollen, und als ob sie vielleicht darum zur Geburtsstunde der neuen Sprache Gottes, zur Geburtsstunde der neuen polyphonen Musik hätte werden müssen. Aber dies sind unbeweisbare Vermutungen. Hingegen kann es als gesichert gelten, daß dieser Zustand der Epoche, daß diese Verwirrtheit des Beginns es war, die die katholische Gegenreformation ermöglichte, daß die Angst vor der beginnenden Einsamkeit und Isoliertheit die Bereitschaft für eine Bewegung auslöste, welche das Wiederfinden der Einheit versprach. Denn die Gegenreformation hatte die gigantische Aufgabe auf sich genommen, die von der asketischen Nur-Religiosität des Protestantismus ausgeschlossenen Wertgebiete neuerlich zu sammeln, eine neuerliche Zusammenfassung der Welt und all ihrer Werte zu versuchen und unter Leitung der neuen jesuitischen Scholastik nochmals die mittelalterliche Ganzheit anzustreben, auf daß die platonische Einheit der Kirche thronend als oberster Wert über allen anderen Wertgebieten ihre göttliche Stellung für immer bewahre.

56

Der Uhrmacher Samwald kam nun öfters ins Spital hinaus. Er besuchte die Stätte, an der man seinen Bruder gepflegt hatte, auch wollte er sich erkenntlich zeigen und tat dies, indem er nicht nur die Uhren des Lazaretts kostenlos regulierte, sondern sich auch allen Insassen anbot, ihre Taschenuhren ohne Entlohnung in Reparatur zu nehmen. Und dann besuchte er den Landwehrmann Gödicke.

Gödicke aber wartete auf diese Besuche. Seit dem Begräbnis war ihm manches klarer und ruhiger geworden; das Irdische seines Lebens hatte sich verdichtet, und trotzdem schien es gehobener und luftiger zu werden, ohne an Sicherheit zu verlieren. Er wußte nun mit aller Deutlichkeit, daß er vor dem Dunkeln, hinter dem jener andere Gödicke, oder richtiger, jene vielen Gödickes von einst standen, daß er vor dieser dunklen Schranke nicht mehr zu erschrecken brauchte, denn sie war ja bloß die Zeit, während welcher er im Grabe gelegen hatte. Und kam jetzt einer, der ihn an das andere erinnern wollte, an das, was vor seiner Grablegung geschehen war, so brauchte man nicht mehr Angst zu haben, sondern man konnte es sozusagen mit einem Achselzucken abtun, wissend, daß es nichts mehr zu bedeuten hatte. Er mußte es jetzt nur mehr durchwarten, denn das Leben, das sich jetzt um ihn sammelte, brauchte er nicht mehr zu fürchten, selbst wenn es ganz nahe an ihn heranrückte: er hatte den Tod bereits hinter sich, und alles, was kam, diente lediglich dazu, das Gerüst immer höher zu bauen. Zwar sprach er noch immer kein Wort und er hörte auch nicht hin, wenn die Schwestern und die Zimmerkameraden sich an ihn wandten, aber seine Stummheit und Taubheit waren nun weit weniger Verteidigung seines Ichs und seiner Einsamkeit denn Verachtung und Strafe für die Störenfriede. Nur den Uhrmacher Samwald duldete er, ja er wartete auf ihn.

Samwald allerdings machte es ihm leicht. Selbst wenn Gödicke gebückt und auf die Stöcke gestützt einherging, konnte er auf den kleinen Uhrmacher herabsehen; doch war dies keineswegs das Wesentliche. Wichtiger war es wohl, daß Samwald, als wüßte er, wen er vor sich hatte, nicht den geringsten Versuch machte, ihn auszufragen oder an irgend etwas zu erinnern, das ihm, Ludwig Gödicke, nicht genehm war. Eigentlich sprach Samwald überhaupt nicht viel. Saßen sie nebeneinander auf einer Bank des Gartens, so zeigte er ihm die Uhren, die er zur Reparatur übernommen hatte, ließ die Deckel springen, so daß man das Räderwerk sehen konnte, und versuchte zu erklären, wo der Fehler lag. Oder er sprach von dem toten Bruder, der, wie er sagte, zu beneiden wäre, weil er es überstanden hätte und sich in einem schöneren Jenseits befände. Wenn aber der Uhrmacher Samwald dann vom Paradies und den himmlischen Freuden zu reden anhob, so war dies wohl einerseits abzulehnen, denn es war ein Belang, welcher den Konfirmationsunterricht des verschollenen Knaben Gödicke anging, andererseits jedoch war es wie eine Huldigung für den Mann Gödicke, wie eine Frage an ihn, der mit besserem Wissen bereits im Jenseitigen wandelte. Und wenn Samwald von Bibelversammlungen erzählte, die er zu besuchen pflegte und in denen er viel Erleuchtung erfuhr, wenn er erzählte, daß das Elend dieses Krieges schließlich zu einem lichteren Heil der Seele führen müsse, so hörte Gödicke noch lange nicht hin, allein es war von ferneher wie eine Bestätigung wiedergefundenen Lebens und es war wie eine Aufforderung, in diesem Leben einen gebührenden, gewissermaßen einen jenseitigen Platz einzunehmen. Der kleine Uhrmacher schien ihm dann wie einer der Jungen oder eines der Weiber, die die Ziegel zur Mauer zutrugen und die man zwar keiner Rede würdigte, sondern höchstens barsch anließ, die man aber nichtsdestoweniger brauchte. Es mag dies wohl auch der Grund gewesen sein, der ihn einmal veranlaßte, den kleinen Uhrmacher in seinen Erzählungen zu unterbrechen und ihm den Befehl zu erteilen: »Hol mir ein Bier«, und als der Befehl nicht prompt ausgeführt worden war, hatte er mit empörter Verständnislosigkeit vor sich hingeschaut. Viele Tage war er böse auf Samwald, schenkte ihm keinen Blick, und Samwald zerbrach sich den Kopf darüber, wie er Gödicke wieder versöhnen könnte. Das war schwierig genug. Denn Gödicke wußte ja eigentlich selber nicht, daß er böse auf Samwald war, und er litt sehr darunter, daß er unter dem Zwange eines unbekannten Gebotes das Gesicht abwenden mußte, sobald Samwald erschien. Und nicht daß er eben Samwald als den Urheber solchen Gebotes betrachtete, doch er verübelte es ihm zutiefst, daß das Gebot nicht aufgehoben wurde. Es war eine Art mühseligen Einander-Suchens, das zwischen den beiden Männern stattfand, und fast war es ein genialer Gedanke des Uhrmachers, als er eines schönen Tages den Mann Gödicke bei der Hand faßte und mit sich zog.

Es war ein guter warmer Nachmittag, und der Uhrmacher Samwald führte den ehemaligen Maurer Gödicke am Ärmel des Waffenrocks, Schritt für Schritt und vorsichtig, achtete auch darauf, den zackigen Basaltschotter auf der Straße zu vermeiden. Manchmal ruhten sie. Und wenn sie eine Weile geruht hatten, zupfte Samwald an Gödickes Ärmel, und Gödicke erhob sich und sie gingen weiter. So kamen sie zu Eschs Anwesen.

Die Leiter, die zur Redaktion hinaufführte, war für Gödicke zu steil, und Samwald setzte ihn auf die Bank vorm Garten und stieg allein hinauf; er kam mit Esch und Fendrich zurück. »Das ist Gödicke«, sagte Samwald. Gödicke grüßte nicht. Esch wollte sie ins Gartenhaus führen. Indes vor den beiden Mistbeeten, deren Glasfenster aufgeschlagen waren, weil Esch für den Herbstanbau gesät hatte, blieb Gödicke stehen und schaute in die Vertiefungen, in denen die braune Erde lag. Esch sagte »Na?« Jedoch Gödicke starrte weiter in die Beete. So blieben sie alle stehen, barhäuptig und in ihren dunklen Anzügen, als wären sie um ein geöffnetes Grab versammelt. Samwald sagte: »Herr Esch hat die Bibelstunden eingerichtet ... wir wollen den Himmel suchen.« Da lachte der Mann Gödicke, er lachte nicht wild, es war vielleicht bloß ein etwas geräuschvolles Lächeln, und er sagte: »Der Gödicke Ludwig auferstanden von den Toten«, nicht sehr laut sagte er es, und er sah triumphierend auf Esch, ja, er richtete sich aus seiner demütig gebückten Haltung auf und war beinahe so groß wie Esch. Fendrich, der die Bibel unterm Arm trug, betrachtete ihn mit den fiebrigen Augen des Lungenleidenden, und dann berührte er leise die Uniform Gödickes, als wollte er sich vergewissern, ob Gödicke auch leibhaftig vorhanden wäre. Für den Mann Gödicke aber schien die Sache erledigt, er hatte das Seinige getan, es war nicht einmal gar so sehr anstrengend gewesen, er durfte sich ausruhen, und so ließ er sich einfach auf dem Holzrand des Mistbeets nieder, wartend, daß Samwald sich neben ihn setzen werde. Samwald sagte: »Er ist müde«, und Esch ging mit langen Schritten in den Hof zurück und rief zum Küchenfenster hinauf, die Frau möge Kaffee bringen. Dann brachte Frau Esch Kaffee, und sie holten auch Herrn Lindner aus der Druckerei, auf daß er mit ihnen Kaffee trinke, und standen um Gödicke herum, der am Rande des Mistbeets saß, und schauten zu, wie er den Kaffee schlürfte. Und bloß Gödicke sah etwas anderes. Und nachdem Gödicke mit dem Kaffee gelabt war, nahm Samwald ihn wieder bei der Hand und sie machten sich auf den Heimweg ins Lazarett. Vorsichtig gingen sie, und Samwald achtete darauf, daß Gödicke nicht auf den zackigen Schotter trete. Manchmal ruhten sie. Und wenn Samwald dem andern zulächelte, wandte dieser den Blick nicht mehr ab.

57

Ja, Huguenau war sehr verstimmt. Die Aufrufe für den Eisernen Bismarck waren gottsjämmerlich ausgefallen. Daß die Druckerei kein Klischee für ein Bismarckbild besaß, das war noch verzeihlich, aber nicht einmal ein richtiges Eisernes Kreuz in Lorbeerumrahmung war vorhanden, und so blieb nichts anderes übrig, als jede der vier Ecken des Aufrufs mit einem jener kleinen Eisernen Kreuze zu versehen, mit denen man sonst die Todesanzeigen der Kriegsgefallenen zu schmücken pflegte. Er wäre mit dem Wisch gar nicht selber zum Major gegangen, wenn er nicht auch eine gute Nachricht in der Tasche gehabt hätte: eine Bildhauerwerkstätte in Gießen, deren Inserat er entdeckt und der er sofort telegraphiert hatte, machte sich erbötig, eine Bismarckstatue innerhalb zweier Wochen zu liefern. Aber der Major war von den geschmacklosen Aufrufen selbstverständlich tief enttäuscht gewesen: er hat erst gar nicht hingehört und die Entschuldigungen bloß mit einem mißmutig gleichgültigen »Ist ja egal« quittiert. Und wenn er sich auch schließlich herbeigelassen hatte, seinen Besuch für heute anzusagen, so hatte er es einem doch gleich wieder vergällt, indem er sich nach Esch erkundigte. Das war um so ungerechter, als doch der Esch daran Schuld trug, wenn es in der Druckerei keine anständigen Klischees gab.

Die Hände in den Hosentaschen, stelzte Huguenau im Hofe auf und ab, wartete auf den Major. Was den Esch anbelangt, so hatte man's immerhin ganz gut eingefädelt. Es war ganz schlau gewesen, ihn gestern zurückzuhalten, als er zur Papierfabrik hinausgewollt hatte, – nun, und heute, da war's eben ein Irrtum gewesen, heute war merkwürdigerweise doch zu wenig Papier am Lager, und da hatte man den Herrn Redakteur eben hinausgeschickt. Leider hat der Kerl es für nötig befunden, das Rad zu nehmen, und wenn der Major noch lange auf sich warten läßt, so ist der ganze Fahrplan übern Haufen geworfen, und die beiden treffen dann doch noch hier zusammen.

Es war ein warmer trüber Tag. Huguenau schaute ein paarmal auf die Uhr, dann ging er in den Garten, besah das Obst, das noch unreif in den Zweigen hing, schätzte die Ernte ab. Allerdings kommt's in diesen Zeiten gar nicht bis zur Reife, vorher ist alles längst gestohlen. Eines Morgens wird der Esch seinen Garten ausgeräumt finden. Lang wird's nicht mehr dauern; an der Sonnenseite röten sich bereits die Pflaumen, und Huguenau griff hinauf und prüfte die Frucht zwischen den Fingern. Esch sollte einen Stacheldraht um den Garten ziehen; aber so viel ist die Ernte sicherlich nicht wert. Nach dem Krieg wird Stacheldraht billig sein.

Warten ist wie gespannter Stacheldraht im Innern. Huguenau sah wieder ins Geäst, blinzelte zu den grauen Wolken; dort wo die Sonne sich verbarg, blendete es weiß. Er pfiff einigemal nach Marguerite; die aber tauchte nicht auf und Huguenau ärgerte sich: natürlich war sie wieder mit den Jungen unten am Fluß. Am liebsten hätte er sie sich geholt. Doch er mußte auf den Major warten. Plötzlich – eben wollte er wieder nach ihr pfeifen – stand Marguerite neben ihm. Er sagte streng: »Wo steckst du denn immer! wir kriegen Besuch.« Dann nahm er sie bei der Hand, und sie überquerten den Hof, gingen durch den Hausflur und hielten draußen auf der Fischerstraße Ausschau nach dem Major. Ich habe Esch zu früh weggeschickt, mußte Huguenau stets aufs neue denken.

Endlich bog der Major um die Ecke; er war von dem bejahrten Proviantoffizier begleitet, der gleichzeitig Adjutantendienst in der Kommandantur versah. Huguenau, der zwar darauf gerechnet hatte, den Major für sich allein zu haben, fühlte sich dennoch geschmeichelt, daß der Besuch in so offizieller Form vor sich gehen sollte. Eigentlich war es eine Dummheit gewesen, den Esch fortzulassen, das gesamte Personal hätte Spalier bilden und Marguerite in einem weißen Kleidchen hätte einen Blumenstrauß überreichen müssen. Irgendwie war auch für dieses Versäumnis der Esch verantwortlich zu machen, aber nun war es geschehen, und Huguenaus Feierlichkeit mußte sich auf einige Verbeugungen beschränken, da die beiden Offiziere jetzt vor dem Hause stehen blieben.

Glücklicherweise verabschiedete sich der Proviantoffizier, so daß die Situation aus dem Offiziellen ins Private sich wandelte, und als der Major den Hauseingang betrat, war Huguenau von vertraulicher Ergebenheit überglänzt. »Marguerite, mach einen Knicks«, kommandierte er. Marguerite starrte dem fremden Mann ins Gesicht. Der Major fuhr ihr über die schwarzen Locken: »Nun, man sagt Guten Tag, kleine Tatarin.« Huguenau entschuldigte: »Es ist die Kleine von Esch ...« Der Major hob Marguerites Kinn: »So, du bist Herrn Eschs Tochter?« – »Sie ist bloß im Hause, ... quasi eine Ziehtochter«, berichtigte Huguenau. Der Major strich ihr wieder über die Locken: »Kleine schwarze Tatarin«, wiederholte er, während sie den Flur durchschritten: »Eine geborene Französin, Herr Major, ... Esch will sie eventuell adoptieren ... aber es ist überflüssig, sie ist ohnehin bei ihrer Tante ... wollen Herr Major nicht gleich die Druckerei besichtigen? bitte, hier gleich rechts ...« Huguenau lief voran. »Schon gut, Herr Huguenau«, sagte der Major, »ich möchte vorerst doch Herrn Redakteur Esch begrüßen.« – »Esch wird ehestens erscheinen, Herr Major, ich meinte, daß Herr Major vor allem ungestört die Einrichtungen besichtigen wollten.« – »Herr Esch stört mich durchaus nicht«, sagte der Major und Huguenau war von dem etwas scharfen Ton betroffen. Er witterte irgendeine Intrige Eschs, ... na, dem wird er schon noch auf seine Schliche kommen, und dann gibt es einen gesalzenen Geheimbericht Nr. 2. Und weil es einen solchen geben würde, war Huguenau beruhigt: denn keine Seele duldete es, daß der innere Strom ihres Geschehens von außen aufgehalten und aufgestaut werde. Und so sagte Huguenau gemessen: »Herr Esch mußte leider in die Papierfabrik ... ich mußte für Papierlieferungen Vorsorge treffen ... vielleicht besichtigen Herr Major mittlerweile doch die Druckerei.«

Die Maschine war zu Ehren des Majors in Bewegung gesetzt worden, und zu Ehren des Majors ließ Huguenau überflüssigerweise eine Partie des Moseldank-Aufrufs einlegen. Er hielt Marguerite noch immer an der Hand, und als Lindner die erste Partie des Aufrufs schichtete, nahm Huguenau das oberste Blatt und überreichte es dem Major. Neuerdings glaubte er, sich entschuldigen zu müssen: »Es ist eben eine sehr einfache Aufmachung, wenigstens ein richtiges Eisernes

Kreuz mit Lorbeerkranz wäre am Platz gewesen ... bei einer Aktion, der Herr Major persönlich vorstehen!«

Der Major hatte nach dem Eisernen Kreuz am Knopfloch gegriffen, schien beruhigt, daß es noch dort hing. »Ach, das Eiserne Kreuz, – wozu noch eines? das ist doch überflüssig.« Huguenau verbeugte sich: »Ja, Herr Major haben gewiß recht, in einer so schweren Zeit muß auch eine bescheidene Aufmachung genügen, ich kann Herrn Major bloß beipflichten, aber ein bescheidenes Bildchen hätte keine Mehrkosten verursacht ... dem Herrn Esch ist das natürlich gleichgültig.« Der Major schien nicht gehört zu haben. Nach einer Weile aber sagte er: »Ich glaube, Herr Huguenau, daß Sie Herrn Esch Unrecht tun.« Huguenau lächelte artig und auch ein wenig verächtlich. Doch der Major sah nicht auf ihn, sondern auf Marguerite: »Ich hätte sie für eine Sklavin gehalten, so ein kleines schwarzes Tatarenmädchen.« Huguenau fühlte sich verpflichtet, nochmals auf die französische Geburt der Kleinen hinzuweisen. »Sie ist bloß so hier im Haus.« Der Major beugte sich zu Marguerite: »Ich habe auch so ein Mädelchen daheim, ein wenig größer ist sie wohl, vierzehn Jahre ... und auch nicht so schwarz wie eine kleine Tatarin ... Elisabeth heißt sie ...« und nach einem Weilchen sagte er: »Also eine kleine Französin.« »Sie kann bloß Deutsch«, sagte Huguenau, »hat alles verlernt.« Der Major fragte: »Du hast deine Pflegeeltern gewiß sehr lieb?« – »Ja«, sagte Marguerite, und Huguenau wunderte sich, daß sie so lügen mochte; aber weil der Major geistesabwesend schien, wiederholte er deutlich: »Sie wohnt bei ihren Verwandten.« Der Major sagte: »Des Vaterhauses beraubt ...« Das klang nun wirklich etwas geistesabwesend, er war eben ein alter Herr, und Huguenau bestätigte: »Sehr wohl, Herr Major, das richtige Wort, des Vaterhauses beraubt ...« Der Major sah Marguerite aufmerksam ins Gesicht. Huguenau lockte: »Die Setzerei, Herr Major, die Setzerei haben Sie noch nicht gesehen.« Der Major fuhr dem Kind über die Stirne: »Du darfst nicht so bös dreinschauen, darfst nicht solche Falten auf der Stirn machen ...« Das Kind überlegte ernsthaft, dann sagte es: »Warum?« Der Major lächelte, strich leicht mit dem Finger über ihre Lider, unter denen hart der Augapfel ruhte, lächelte und sagte: »Kleine Mädchen dürfen keine Stirnfalten machen … das ist eine Sünde … versteckt und sichtbar zugleich, so ist immer die Sünde.« Marguerite drängte weg, und Huguenau fiel es ein, wie sie sich von Esch weggestrampelt hatte; recht hat sie, dachte er. Der Major strich sich nun selbst über die Augen: »Na, ist ja egal …« und Huguenau, welcher spürte, daß der Major gleichfalls wegstrebte, wenn auch mit schwachen Kräften, war geradezu froh, wie er nun Esch auf seinem etwas zu niedern Rad O-beinig in den Hof einfahren und bei der Holzstiege abspringen sah.

Sie traten alle in den Hof hinaus, um Esch zu empfangen, und der Major stand zwischen Huguenau und dem Kinde.

Esch lehnte das Rad an die Wand unterhalb der Hühnerleiter und ging langsam auf die Gruppe zu. Er zeigte keinerlei Verwunderung, den Major vorzufinden, so wenig Verwunderung zeigte er und mit solcher Selbstverständlichkeit begrüßte er den Gast, daß Huguenau argwöhnte, es hätte dieser hagere Lehrer bereits um den Besuch gewußt. Also äußerte er seinen Unmut: »Was sagen Sie zu dieser überraschenden Ehre?! Sie sind wohl gar nicht überrascht?«

»Ich freue mich«, sagte Esch.

Der Major sagte: »Ich freue mich, daß Sie noch rechtzeitig heimgekommen sind, Herr Esch.«

Esch sagte ernst: »Vielleicht in zwölfter Stunde, Herr Major.«

Huguenau sagte: »Es ist noch nicht so spät, … wollen Herr Major auch noch die übrigen Lokalitäten besichtigen; die Stiege ist bloß ein wenig unbequem.«

Esch sagte: »Es war ein weiter Weg.«

Das Kind sagte: »Er ist auf dem Rad gekommen.«

Der Major sagte sinnend: »Ein weiter Weg … und er ist noch nicht am Ziele.«

Huguenau sagte: »Wir haben das Ärgste bereits hinter uns … wir haben bereits zwei Seiten Inserate … und wenn wir uns noch Aufträge der Heeresverwaltung verschaffen könnten …«

Esch sagte: »Es handelt sich nicht um die Ankündigungen.«

Huguenau sagte: »Wir haben nicht einmal ein Klischee mit einem Eisernen Kreuz … darum handelt es sich Ihnen wohl auch nicht!«

Das Kind deutete auf des Majors Brust: »Hier ist das Eiserne Kreuz.«

Der Major sagte: »Das Ehrenzeichen ist immer unsichtbar, bloß die Sünde ist sichtbar.«

Das Kind sagte: »Lügen ist die größte Sünde.«

Esch sagte: »Das Unsichtbare ist hinter uns her, wir kommen aus der Lüge, und wenn wir den Weg nicht finden, verirren wir uns in der Dunkelheit des Unsichtbaren.«

Das Kind sagte: »Niemand hört's, wenn man lügt.«

Der Major sagte: »Gott hört es.«

Huguenau sagte: »Niemand hört einen Deserteur, niemand kennt ihn, auch wenn er mit allem, was er spricht, recht behält.«

Esch sagte: »Keiner sieht den andern im Dunkeln.«

Der Major sagte: »Sichtbar, und doch einer vor dem andern versteckt.«

Das Kind sagte: »Der liebe Gott hört es nicht.«

Esch sagte: »Die Stimme der Kinder wird er einstens wieder hören.«

Huguenau sagte: »Es ist besser, daß keiner einen hört, man muß sich allein durchschlagen ... wir werden's schon schaffen.«

Der Major sagte: »Wir haben ihn verlassen und er hat uns allein gelassen ... so allein, daß wir uns nicht mehr finden können.«

Esch sagte: »In der Einsamkeit eingekerkert.«

Das Kind sagte: »Man wird mich nicht finden können.«

Der Major sagte: »Den wir verlassen, den müssen wir ewig suchen.«

Huguenau sagte: »Du willst dich verstecken.«

»Ja«, sagte das Kind.

Der milchgraue Himmel begann zu zerreißen; er wurde an manchen Stellen blau. Das Kind, bloßfüßig und unhörbar, war davongelaufen. Dann gingen auch die Männer. Jeder nach einer andern Richtung.

58

Geschichte des Heilsarmeemädchens in Berlin (9)

Gestern waren sie also wieder bei mir, der Nuchem und die Marie, und wir haben zusammen gesungen. Auf meinen Vorschlag hin sangen wir zuerst das Lied:

»Wir ziehn zum Kampfe froh hinaus
Mit hellem Glaubensmut,
Es schreckt uns nicht des Satans Graus
Und alle seine Wut.
Das Banner weht uns stolz voran,
Zum Siegen stets bereit;
Ist immer vorne auf dem Plan,
Und führt uns in den Streit!
(Chor)
Dir wolln wir treu ergeben sein,
Getreu bis in den Tod,
Dir wolln wir unser Leben weihn,
Der Fahne blau-gelb-rot.«

Wir sangen es nach der Melodie des Andreas-Hofer-Liedes, Marie begleitete auf der Laute, Nuchem summte mit und schlug den Takt mit leisen glatten Händen. Während des Spiels blickten sie manchmal einander an, aber es mag auch sein, daß es mir bloß so erschien, weil ich durch die Reden des Dr. Litwak mißtrauisch geworden war. Auf alle Fälle grölte ich sehr laut, und das hatte verschiedene Beweggründe. Denn einesteils wollte ich damit die Familie beruhigen, die sich zweifelsohne inzwischen vor meiner Türe angesammelt hatte: die Kinder in die erste Reihe sich drängend und vielleicht das Ohr am Holze, der weißbärtige Großvater mit vorgebeugtem Oberleib, die Hand zur Hörmuschel geformt, während die Frauen sich mehr im Hintergrund halten und die eine oder die andere still vor sich hin weint, sie allesamt langsam vorrückend, dennoch nicht wagend, die Türe zu öffnen – ja, einesteils wollte ich sie beruhigen, andernteils war es mir ein sadistisches Vergnügen, sie da draußen zu wissen, sie zu locken und abzustoßen. Aber indem ich so laut grölte, wollte ich Nuchem und Marie damit auch sagen: geniert euch nicht, meine Kinder, ihr seht, daß ich mit mir und mit meiner Stimme beschäftigt bin, öffne deinen Schlußrock, Nuchem, hebe deine Rockschöße, mach eine Verbeugung vor dem Fräulein, und du, Marie, ziere dich nicht länger, nimm deinen Rock mit zwei Fingern, und tanzt ihr beide, tanzt nach Jerusalem, tanzt in mein Bett, tut, als ob ihr zu Hause wäret. Und so sang ich nicht einmal mehr Maries Text mit, sondern meinen eigenen, den richtigeren: »Zu Mantua in Banden der treue Hofer lag«, weiter wußte ich leider nicht, aber ich modulierte diese Zeile und fand es angemessen und schön.

Nun freilich schloß Marie das Lied mit jenem Schrumm ab, mit dem alle Lieder zur Laute endigen, und sie sagte: »Das haben wir brav gemacht, jetzt wollen wir zur Belohnung auch ein Stückchen beten.«

Und schon war sie von ihrem Stuhl gerutscht, hatte die gefalteten Hände zum Gesicht erhoben und begann den 122. Psalm: »Ich freute mich über die, so mir sagten: lasset uns ins Haus des Herrn gehen! Unsere Füße stehen in deinen Toren, Jerusalem. Jerusalem ist gebaut, daß es eine Stadt sei, da man zusammenkommen soll, da die Stämme hinaufgehen, die Stämme des Herrn, wie geboten ist dem Volk Israel, zu danken dem Namen des Herrn.«

Ich konnte sie nicht bremsen, es sei denn, daß ich ihr die Laute am Schädel zerschlagen hätte. So also kniete auch ich nieder, breitete die Arme aus und betete: »Wir wollen Tee kochen den Töchtern und Jünglingen Israels, wir wollen Rum in den Tee hineintun, Kriegsrum, Heldenrum, Ersatzrum, um unsere Einsamkeit zu betäuben, denn übergroß ist unsere Einsamkeit, sei es nun in Zion oder in der heiligen Stadt Berlin.« Doch während ich so sprach und mit den Fäusten an meine Brust schlug, hatte Nuchem sich erhoben: er stand vor mir, hatte mir den Hintern zugekehrt, und mit dem betenden Gesicht zum geöffneten Fenster gewandt, vor dem der zerrissene schmierige Kattunvorhang wie eine verblaßte gelb-rot-blaue Fahne im Nachthauch baumelte, hatte er seinen Oberkörper in wippende Bewegung versetzt. Oh, das war unanständig, das war unanständig von Nuchem, der doch mein Freund war.

Ich sprang zur Türe, riß sie auf, schrie hinaus: »Komm herein, Israel, trink Tee mit uns, sieh die obszönen Bewegungen meines Freundes an und das geöffnete Antlitz meiner Freundin.«

Der Vorraum jedoch, der Vorraum war leer. Wie weggehuscht waren sie, hineingepurzelt in ihre Stuben, die Weiber über die Kinder, und der ächzende Großvater, der sich nicht aufrichten kann, mitten darunter.

»Schön«, sagte ich, schloß die Türe und wandte mich wieder meinem häuslichen Spuk zu, »schön, meine Kinder, nun gebt euch den Zionskuß.«

Die beiden aber standen nun da mit hängenden Armen, getrauten sich nicht, einander anzufassen, nicht zu tanzen, mit blödem Lächeln standen sie da. Und schließlich tranken wir Tee.

59

Das Symposion oder Gespräch über die Erlösung

Unfähig, sich selber mitzuteilen, unfähig, seine Einsamkeit zu sprengen, verdammt, Schauspieler seiner selbst, Stellvertreter des eigenen Wesens zu bleiben, – was immer der Mensch vom Menschen erfahren kann, bleibt bloßes Symbol, Symbol eines unfaßbaren Ichs, reicht über den Wert eines Symbols nicht hinaus: und alles, was auszusagen ist, es wird zum Symbol des Symbols, wird zum Symbol zweiter, dritter, n-ter Ableitung und verlangt im wahren Doppelsinn des Wortes nach der Vorstellung. Es wird daher niemandem Schwierigkeiten bereiten und wird höchstens der Kürze der Erzählung dienen, wenn man sich vorstellen wollte, wie das Ehepaar Esch zusammen mit dem Major und Herrn Huguenau sich auf einer Theaterszene befindet, in eine Darbietung verstrickt, der kein Mensch entgeht: als Schauspieler zu agieren.

Um den Tisch in Eschs Gartenhause sitzen Frau Esch, ihr zur Rechten der Major, zur Linken Huguenau, ihr gegenüber (mit dem Rükken zum Zuschauer) Herr Esch. Das Abendessen ist vorbei. Auf dem Tische das Brot und der Wein, den Herr Esch von einem inserierenden Weingutbesitzer eingehandelt hat.

Es beginnt zu dunkeln. Im Hintergrund sind noch die Konturen des Gebirgszuges zu erkennen. Zwei Kerzen, in den Glasglocken sogenannter Windleuchter brennend, werden von Mücken umtanzt. Man hört die stoßweise asthmatische Arbeit der Druckmaschine.

ESCH: Darf ich noch einschenken, Herr Major?

HUGUENAU: Prächtiges Weinchen, an dem ist nichts auszusetzen; da können wir uns mit unsern Elsässerweinen verstekken. Kennen Herr Major unsere Elsässerweine?

MAJOR: *(abwesend):* Ich glaube nicht.

HUGUENAU: Nun, es ist ein harmloser Wein ... wir Elsässer sind überhaupt harmlos ..., ein ehrlicher Tropfen sozusagen, nichts Hinterhältiges *(er lacht)* und nachher gibt's höchstens einen einfachen natürlichen Rausch ..., man schläft ein, wenn man genug hat, das ist alles.

ESCH: Ein Rausch ist nie natürlich, ein Rausch ist eine Vergiftung.

HUGUENAU: Ei, sieh an, da kann ich mich an Fälle erinnern, wo Sie ganz gerne ein Gläschen über den Durst genehmigten ... zum Beispiel ... Herr Esch, ich sage bloß Wirtschaft »Zur Pfalz« ... übrigens *(er schaut Esch aufmerksam an)* gar so unvergiftet kommen Sie mir nicht vor.

MAJOR: Ihre Angriffe gegen unseren Freund Esch sind recht bedauerlich, Herr Huguenau.

ESCH: Lassen Sie ihn, Herr Major, er meint es nicht ernst.

HUGUENAU: Doch, ich meine es ernst, ... ich sage überhaupt alles gerade heraus, wie ich es mir denke, ... unser Freund Esch ist ein Wolf im Schafspelz, ... ja, dabei bleibe ich ... und, mit Verlaub zu sagen, seine Räusche tut er im geheimen ab.

ESCH: *(verächtlich):* Mich hat noch kein Wein umgeschmissen ...

HUGUENAU: Ja, ja, nur immer hübsch nüchtern, Herr Esch, da verrät man sich nicht.

ESCH: ... es mag vorkommen, daß ich trinke, ja, und daß dann die Welt so einfach wird, als würde sie aus lauter Wahrheit bestehen ... so einfach wie im Traum ... einfach und doch schamlos voller falscher Namen ... der richtige Name ist nicht zu finden ...

HUGUENAU: Sie müssen eben Meßwein trinken, dann werden Sie Ihre Namen schon erwischen ... oder den Zukunftsstaat, wie man's eben nimmt.

MAJOR: Man soll auch im Scherze nicht lästern ... auch im Wein und Brot ist das Gleichnis.

HUGUENAU: *(merkt seinen Fauxpas und errötet).*

FRAU ESCH: Ach, Herr Major, so geht es immer, wenn Herr Huguenau mit meinem Mann beisammen ist ... gewiß, was sich liebt, das neckt sich, aber manchmal ist es wirklich nicht mehr mitanzuhören, wie er alles in den Kot zerrt, was meinem armen Mann heilig ist.

HUGUENAU: Scheinheilig! *(Er hat sich wieder zurechtgefunden und zündet die erloschene Zigarre umständlich an.)*

ESCH: *(von seinem Gedankengang besessen):* Die Wahrheit im Traum kommt auf Krücken ... *(er schlägt auf den Tisch)* die ganze Welt geht auf Krücken ... eine hinkende Mißgeburt ...

HUGUENAU: *(interessiert):* Invalide?

ESCH: ... wenn es nur einen einzigen Fehler in der Welt gibt, wenn an einer einzigen Stelle das Unwahre wahr sein sollte, dann ... ja, dann ist die ganze Welt unwahr ... ist alles unwirklich geworden ... teuflisch weggezaubert ...

HUGUENAU: Hokuspokus, weg ist sie ...

MAJOR: *(ohne auf Huguenau zu hören):* Nein, Freund Esch, im Gegenteil: unter tausend Sündern braucht bloß ein Gerechter zu sein ...

HUGUENAU: ... der große Zauberer Esch ...

ESCH: *(grob):* Was wissen Sie von Zauberei ... *(schreit ihn an)* ... eher sind Sie ein Taschenspieler, ein Jongleur, ein Messerschmeißer ...

HUGUENAU: Herr Esch, Sie sind in Gesellschaft. Menagieren Sie sich.

ESCH: *(beruhigter):* Zauberei, Taschenspielerei ist teuflisch, das ist das Böse, macht die Unordnung immer nur noch größer ...

MAJOR: Wo die Erkenntnis fehlt, dort ist das Böse ...

ESCH: ... und erst muß der kommen, der den Fehler ausmerzt und Ordnung macht ... der den Opfertod auf sich nimmt, die Welt zu neuer Unschuld zu erlösen ...

MAJOR: Der die Prüfung auf sich nimmt ... *(mit Festigkeit)* doch der ist schon gekommen: er war es, der die falsche Erkenntnis vernichtet und die Zauberei vertrieben hat ...

ESCH: ... noch ist Finsternis und in Finsternis ist die Welt zerfallen ... ans Kreuz geschlagen und in letzter Einsamkeit von der Lanze durchbohrt ...

HUGUENAU: Hm, unangenehm.

MAJOR: Eine furchtbare Dunkelheit war um ihn, ein Dämmerlicht stumpfer Unsicherheit, und keiner trat zu ihm, in der Einsamkeit ihm zu helfen ... er aber hat das Böse auf sich genommen, er hat die Welt vom Bösen erlöst ...

ESCH: ... noch ist Mord und Gegenmord, und es wird erst Ordnung, wenn wir aufwachen ...

MAJOR: Die Prüfung auf sich nehmen, erweckt werden aus der Sünde ...

ESCH: ... noch ist nichts entschieden, wir sind bloß eingekerkert und müssen warten ...

MAJOR: ... eingekreist sind wir von der Sünde, und der Geist ist Ungeist ...

ESCH: ... wir warten auf das Gericht, noch haben wir Galgenfrist und wir können das neue Leben beginnen ... das Böse hat noch nicht gesiegt ...

MAJOR: ... befreit aus dem Ungeist, befreit durch die Gnade, ... dann ist das Böse verschwunden und es war niemals da ...

ESCH: ... ein böser Zauber, ein fauler Zauber war es ...

MAJOR: ... immer ist das Böse außerhalb der Welt, außerhalb ihrer Grenzen; nur wer über die Grenze tritt, wer aus der Wahrheit heraustritt, der stürzt in den Abgrund des Bösen.

ESCH: ... wir stehen am Rande des Abgrundes ... am Rande des dunklen Schachtes ...

HUGUENAU: Das ist für uns zu hoch, was, Frau Esch?

FRAU ESCH: *(streicht ihr Haar zurück; dann legt sie den Finger an den Mund, um Huguenau Schweigen zu gebieten).*

ESCH: Viele müssen noch sterben, viele müssen sich opfern, damit Platz werde für den Sohn, der das Haus neu bauen darf ... dann erst werden die Nebel sich lichten und es wird das neue Leben, licht und unschuldig ...

MAJOR: Das Böse ist bloß scheinbar unter uns, verwandelt in vielerlei Gestalt, aber niemals ist es selber da, ... Gleichnis des Nichts – wahrhaft ist bloß die Gnade.

HUGUENAU: *(der sich nicht in die Rolle des schweigenden Zuhörers verweisen lassen will):* Na, wenn Diebstahl oder Kinderschändung oder Desertion oder Krida bloß scheinbar ist, dann sieht es ja recht tröstlich aus.

MAJOR: Das Böse ist nicht-existent ... die Gnade hat die Welt von dem Bösen erlöst.

ESCH: Je ärger das Übel, je tiefer die Finsternis, je schärfer das sausende Messer, desto näher das Reich der Erlösung.

MAJOR: Nur das Gute ist wahrhaft und wirklich ... es gibt bloß eine Sünde: das Gute nicht wollen, die Erkenntnis nicht wollen, nicht guten Willens sein ...

HUGUENAU: *(eifrig):* Ja, Herr Major, das stimmt ... ich zum Beispiel, ich bin gewiß kein Engel ... *(nachsinnend)* ... allerdings, dann könnte man überhaupt nicht strafen ... ein Deserteur, zum Beispiel, der den guten Willen hat, der dürfte nicht erschossen werden, um nur ein Beispiel zu erwähnen.

ESCH: Keiner steht so hoch, daß er den andern richten darf, keiner ist so verworfen, daß seine ewige Seele nicht Ehrfurcht gebietet.

HUGUENAU: Jawohl.

MAJOR: Wer Böses will, kann noch gleichzeitig Gutes wollen, doch wer das Gute nicht will, hat die Gnade verspielt ... es ist die Sünde der Beharrung, die Trägheit des Gefühls.

ESCH: Nicht auf die guten und schlechten Werke kommt es an ...

HUGUENAU: Ich bitte um Verzeihung, Herr Major, es stimmt doch nicht ganz ... ich habe in Reutlingen einmal bei einer Pleite sechshundert Emm verloren, ein schönes Stück Geld, und warum? weil der Mann religiösen Wahnsinn hatte, das konnte man natürlich nicht ahnen ... und richtig ist er auch freigesprochen und ins Irrenhaus gesteckt worden. Aber mein Geld war weg.

ESCH: Was soll das heißen?

HUGUENAU: Na, daß da ein guter Mann war, der trotzdem böse Werke getan hat ... *(feixend)* und wenn Sie mich umbringen, Herr Esch, so werden Sie wegen religiösen Wahnsinns freigesprochen, und wenn ich Sie umbringe, so werde ich um einen Kopf kürzer gemacht ... was sagen Sie jetzt dazu, Sie, Herr Esch, mit Ihrer Scheinheiligkeit? hn? *(Er blickte beifallheischend auf den Major.)*

MAJOR: Der Wahnsinnige ist wie der Träumer; er hat die falsche Wahrheit ... er flucht seinem eigenen Kinde ... keiner ist ungestraft das Sprachrohr Gottes ... er ist der Gezeichnete.

ESCH: Er hat die falsche Wirklichkeit ... wir haben alle noch die falsche Wirklichkeit ... von Rechts wegen müßten wir alle wahnsinnig sein! wahnsinnig in unserer Einsamkeit.

HUGUENAU: Ja, aber ich werde erschossen und er nicht! ich bitte um Verzeihung, Herr Major, darin steckt eben seine Scheinheiligkeit ... *(in Eifer geratend)* ah, merde, la sainte religion et les curés à faire des courbettes auprès de la guillotine, ah, merde, alors ... ich bin ein aufgeklärter Mensch, aber das geht denn doch über die Hutschnur!

MAJOR: Aber, aber, Herr Huguenau, der Moselwein ist Ihrem Temperament doch gefährlich *(Huguenau macht eine entschuldigende Geste)* ... die Prüfung und die Strafe freiwillig auf uns nehmen, wie wir den Krieg auf uns nehmen mußten, weil wir gesündigt haben ... das ist nicht scheinheilig.

ESCH: *(abwesend):* Ja, die Sühne auf sich nehmen ... in letzter Einsamkeit ...

Die Druckmaschine stellt die Arbeit ein; die Schläge verstummen; man hört die Grillen zirpen. Nachtwind bewegt die Blätter der Obstbäume. Um den Mond herum sind einige weißbeleuchtete Wolken sichtbar. In der plötzlich eingetretenen Stille erschweigt das Gespräch.

FRAU ESCH: Wie gut die Stille tut.

ESCH: Manchmal ist es, als sei die Welt nur eine einzige furchtbare Maschine, die nie still wird ... der Krieg und alles ... es geht nach Gesetzen, die man nicht begreift, ... freche selbstsichere Gesetze, Ingenieurgesetze ... jeder muß handeln, wie es ihm vorgeschrieben ist, jeder mit dem Gesicht nach vorn ... jeder ist eine Maschine, die man nur von außen sieht und die feindlich ist ... oh, die Maschine ist das Böse und das Böse ist die Maschine. Ihre Ordnung ist das Nichts, das kommen muß ... ehe die Zeit wieder anheben darf ...

MAJOR: Symbol des Bösen ...

ESCH: Ja, ein Symbol ...

HUGUENAU: *(zur Druckerei hinhorchend, befriedigt):* Jetzt wird Lindner frisches Papier vorlegen.

ESCH: *(in plötzlicher Angst):* Mein Gott, gibt es keine Möglichkeit, daß ein Mensch zum andern kommt! gibt es keine Gemeinschaft, gibt es kein Verstehen! Soll jeder für den andern bloß die böse Maschine sein!

MAJOR: *(legt begütigend ihm die Hand auf den Arm):* Doch, Esch ...

ESCH: Wer ist für mich nicht böse, mein Gott?!

MAJOR: Der dich erkannt hat, mein Sohn, ... bloß der Erkennende überwindet die Fremdheit.

ESCH: *(die Hände vor dem Gesicht):* Gott, du sollst mein Erkennender sein.

MAJOR: Nur wer Erkenntnis besitzt, dem wird Erkenntnis gegeben, nur wer Liebe säet, wird Liebe ernten.

ESCH: *(immer die Hände vor dem Gesicht gefaltet):* Da ich dich, o Gott, erkenne, wirst du mir nicht mehr zürnen, ich aber bin dein lieber Sohn, herausgehoben aus der Verwaistheit ... Wer sich dem Tod unterwindet, ist in der Liebe, ... erst wer sich in die fürchterliche Übersteigerung der Fremdheit und des Todes wirft, ... dem wird die Einheit.

MAJOR: Und die Gnade kommt über ihn und nimmt ihm die Angst, die Angst, sinnlos auf Erden gewandelt zu sein, unbelehrt und sinnlos und hilflos ins Nichts gehen zu müssen ...

ESCH: So wird Erkenntnis zu Liebe, und Liebe wird zur Erkenntnis, unantastbar jegliche Seele, die zum Gefäß der erkennenden Gnade bestimmt ist; aufgenommen in die Liebe, die Gemeinde der Seelen schaffend, unantastbar und einsam sie alle und doch erkennend vereint – höchstes Gebot des Erkennens, Lebendes nicht zu verletzen: habe ich Gott dich erkannt, unsterblich bin ich in dir.

MAJOR: Maske um Maske laß fallen, bis nackt dein Herz und dein Antlitz.
Preisgegeben dem Atem des Ewigen …
ESCH: werd ich zum leeren Gefäß,
Abgeschieden von allem, entblößt jeder Begierde
Nehm' ich die Strafe auf mich, um im Nichts zu vergehn.
Furchtbar, oh furchtbar die Angst …
MAJOR: Angst ist die keimende Botschaft
Göttliche Gnade, Angst ist Gottes Gebot an der Pforte des Heils, – Schreite hindurch …
ESCH: Erkenn' mich, oh Herr, erkenn' mich in furchtbarer Not,
Wenn der Vortraum des Todes sich senkt über mich, der ich im Traume gewandelt.
Todesangst rauscht über mir, preisgegeben bin ich und einsam,
Abgeschieden von allem in meinem einsamen Sterben …
(Verständnislos lauscht Huguenau und angstvoll Frau Esch ihrem Gatten.)
MAJOR: Und dennoch bist du nicht einsam, wenn im Nichts du erstirbst,
Des Bösen entledigt, erschwiegen die Angst,
Abnehmend du, auf daß der Herrliche wachse,
Dann erst Erkannter erkennst du
Mächtig erstanden das All herrlich geöffneter Welt.
ESCH: Erkenn' ich dich liebend durch ihn, der mich liebend erkannte,
Wandelt die Wüste sich mir zum Garten des ewigen Lichtes,
Unermeßlich gebreitet die Wiesen, niemals die Sonne verfinstert …
MAJOR: Garten der Gnade, Garten, die Welt überspannend,
Milde im Frühlingshauch, Heimat, angstlos geborgen …
ESCH: Sündhaft war ich und böse, böse in wissender Angst,
Wissend vom falschen Weg, jagend am Rande des Abgrunds, Gesicht und Hände verdorrt, durch Wüsten und Schluchten gehetzt,
Dem Dolche entfliehend geflohen, im Nacken Ahasvers Angst,

An den Füßen Ahasvers Furcht, in den Augen Ahasvers Gier
Nach dem Einen, den stets ich verlor, nach dem Einen, den ich nicht sah,
Dem Einen, den ich verriet und der mich dennoch erkoren
Hingegeben dem Sturm, Eissturm im Sternenhauf –
Samen der Gnade versenkt, gehrend, o keimt er nun auf
Zur Rettung, die mir geschah …

MAJOR: So sei mir der Bruder von einst, der Bruder, den ich verloren
Sei als Bruder mir nah' …

Die beiden im Wechselgesang, etwa im Tone der Heilsarmee (der Major Bariton, Herr Esch im Baß):

Herr Gott, Zebaoth,
Nimm uns auf in deine Gnade,
Schling um uns dein einend Band;
Führe uns mit deiner Hand,
Herr Gott, Zebaoth,
Aus dem Krummen in das Grade,
Führ uns ins gelobte Land,
Herr Gott, Zebaoth.

Huguenau, der bis dahin den Takt auf den Tisch geschlagen hat, einfallend (Tenor):

Schütze uns vor Beil und Rade,
Schütze uns vor Henkers Hand,
Herr Gott, Zebaoth.

ALLE DREI: Herr Gott, Zebaoth.

FRAU ESCH *einfallend (gar keine Stimme):*
Dich zu meinem Tische lade,
Den durch dich gedeckt ich fand,
Herr Gott, Zebaoth.

ALLE *(Huguenau und Esch auf den Tisch trommelnd):*
Herr Gott, Zebaoth,
Rette meine Seelen,
Rette sie vor ihrem Tod,

Laß sie nimmer quälen,
Laß sie in dem Glauben baden
Und behüte sie vor Schaden,
Wende ab sie von dem Tand,
Fach ihr Fünklein an zum Brand,
Fünklein an zum Brande rot,
Herr Gott, Zebaoth,
Rett, o rett mich vor dem Tod.

Der Major hat den Arm um Eschs Schulter gelegt. Huguenau, die trommelnde Faust noch auf dem Tische, läßt sie nun langsam herabgleiten. Die Kerzen sind heruntergebrannt. Frau Esch schenkt den Männern den Rest des Weines in die Gläser, sorgsam darauf bedacht, daß jeder gleich viel bekomme; den letzten kleinen Überschuß erhält das Glas ihres Mannes. Der Mond hat sich leicht verdunkelt, und aus der schwarzen Landschaft weht jetzt der Wind kühler, etwa wie aus einer Kellertür. Jetzt nimmt auch die Druckmaschine ihre stoßweise Arbeit wieder auf, und Frau Esch berührt den Arm ihres Gatten: »Wollen wir nicht zu Bette gehen?«

(Verwandlung)

Vor dem Hause Eschs · Der Major und Huguenau

Huguenau, mit dem Daumen auf die Schlafzimmerfenster des Ehepaars Esch weisend: »Jetzt legen die sich ins Bett. Esch hätte wohl auch noch mit uns bleiben können … aber sie weiß schon, was sie will … Na, gestatten Herr Major, daß ich Herrn Major noch ein paar Schritte begleite. Ein wenig Bewegung tut gut.«

Sie gehen durch die schweigenden mittelalterlichen Straßen. Die Haustore sind wie schwarze Löcher. In einem steht, an die Tür gedrückt, ein Liebespaar, aus einem andern löst sich ein Hund und läuft auf drei Beinen die Straße hinauf; an der Ecke verschwindet er. Hinter manchen Fenstern brennt noch spärliches Licht, – was aber geht hinter den unbeleuchteten vor? möglich, daß ein Toter dahinter liegt, auf seinem Bette ausgestreckt, die spitze Nase in der Luft, und das Laken macht ein kleines Zelt über den emporgerichteten Zehen. Sowohl der Major als Huguenau schauen zu den Fenstern hinauf, und Huguenau möchte gern den Major fragen, ob Herr Major gleichfalls an Leichen denken müssen, – indes der Major geht stumm, fast bekümmert einher: seine Gedanken sind wahrscheinlich bei Esch, sagt sich Huguenau und er mißbilligt es, daß Esch jetzt bei der Frau liegt und den guten Alten damit betrübt. Aber was zum Teufel, was hat der überhaupt betrübt zu sein?! hat sich prompt mit dem Esch angefreundet, statt sich der Aufdringlichkeit dieses scheinheiligen Pferdes zu erwehren! eine nette Freundschaft hat sich da zwischen den beiden Herren etabliert, zwischen diesen beiden Herren, die offenbar vergessen haben, daß sie ohne ihn niemals zusammengekommen wären: wer also hat die Prioritätsrechte auf den Major? – und wenn der Major jetzt betrübt ist, so geschieht es ihm recht. Im Gegenteil, wenn's nach Recht und Gerechtigkeit ginge, wäre es noch viel zu wenig und der Herr Major mitsamt seinem geliebten Herrn Esch müßte für den Verrat noch besonders büßen ... Huguenau stutzte, – ein abenteuerlicher und aufreizender Gedanke war in luzider Helligkeit aufgekeimt: mit dem Major eine neue, eine waghalsige Verbindung einzugehen, den Esch, der bei dem Weib im Bette liegt, gewissermaßen mit dem Major zu betrügen und den Major selber in eine demütigende Situation zu bringen! ja, ein ausgezeichneter und erfolgverheißender Gedanke, und Huguenau sagte: »Herr Major erinnern sich meines ersten Berichtes, in dem ich von meinen Besuchen im Pu ...« Huguenau klopfte sich auf den Mund, »verzeihen, im Freudenhaus gemeldet hatte. Der Herr Esch schläft jetzt bieder im Ehebett, aber damals hat er mitgehalten. Inzwischen bin ich der Sache weiter nachgegangen und glaube, eine Spur gefunden zu haben. Ich möchte jetzt wieder mal in das Haus schauen, ... wenn Herr Major für die Angelegenheit und für das, ich möchte sagen, interessante Milieu dort Interesse haben, würde ich gehorsamst anregen, daß Herr Major jetzt eine Besichtigung vornehmen.«

Der Major ließ nochmals den Blick über die Fensterfronten gleiten, über die Haustore, die wie Eingänge schwarzer Kellerlöcher aussahen, und dann, zu Huguenaus Überraschung, sagte er ohne weiteren Widerstand: »Gehen wir.«

Sie kehrten um, denn das Haus lag in der entgegengesetzten Richtung und außerhalb der Stadt. Der Major schritt wieder stumm neben Huguenau, vielleicht noch bekümmerter als vordem, und Huguenau, so sehr es ihn auch nach einem leichten und vertrauten Ton gelüstete, wagte nicht einmal, ein Gespräch aufzunehmen. Aber eine noch ärgere Überraschung wartete seiner: als sie vor dem Hause anlangten, über dessen Pforte eine große rote Laterne leuchtete, da sagte der Major plötzlich »Nein« und gab ihm die Hand. Und wie Huguenau ihn verdutzt anstarrte, zwang er sich zu einem Lächeln: »Machen Sie Ihre Recherchen heute doch lieber allein.« Der alte Mann wandte sich wieder der Stadt zu. Huguenau sah ihm mit Zorn und Bitterkeit nach; dann allerdings dachte er an Esch, zuckte die Achseln und öffnete die Tür.

Nach einer knappen Stunde verließ er das Haus. Seine Stimmung war besser geworden; Angst, die auf ihm gelastet hatte, war verflogen, er hatte irgend etwas in Ordnung gebracht, und wußte er es auch nicht zu benennen, er empfand trotzdem deutlich, daß er wieder sich selbst und seiner klaren Nüchternheit zurückgegeben war. Mochten die anderen treiben, was sie wollten, mochten sie ihn ausschließen, ihm konnte es schnurz sein. Er schritt rüstig fürbaß, ein Heilsarmeelied, das er wo gehört haben mußte, fiel ihm ein, und zu jedem Schritt skandierte er mit seinem Stock auf den Boden: »Herr Gott, Zebaoth.«

60

Siegesfeier des Vereins »Moseldank« in der Bierwirtschaft »Stadthalle« zur Erinnerung an die Schlacht bei Tannenberg

Jaretzki strich im Garten der »Stadthalle« umher. Im Saale wurde getanzt. Natürlich hätte man auch als Einarmiger mittun können, aber Jaretzki fühlte sich geniert. Er war froh, als er an einer der Saaltüren Schwester Mathilde traf: »Na, Sie tanzen auch nicht, Schwesterchen?«

»Doch, ich tanze, wollen wir's mal versuchen, Leutnant Jaretzki?«

»Bevor ich nicht das Zeugs, die Prothese habe, läßt sich mit mir nichts Rechtes anfangen … nur saufen und rauchen … eine Zigarette, Schwester Mathilde?«

»Ach wo denken Sie hin, ich bin doch hier im Dienst.«

»So, Sie tanzen also dienstlich, bitte dann kümmern Sie sich gefälligst auch um einen armen einarmigen Krüppel … setzen Sie sich doch'n bißchen zu mir.«

Etwas schwerfällig ließ sich Jaretzki beim nächsten Tische nieder.

»Gefällt's Ihnen da, Schwesterchen?«

»Ach, ganz nett.«

»Mir gefällt's nämlich nicht.«

»Die Leute sind doch fröhlich, man muß es ihnen mal gönnen.«

»Wissen Sie, Schwester, ich hab' nämlich vielleicht schon 'nen Dusel … aber das macht nichts … ich sage Ihnen, daß dieser Krieg niemals aufhören kann … oder was meinen Sie?«

»Nun, schließlich muß er wohl aufhören …«

»Was werden wir denn treiben, wenn's keinen Krieg mehr geben wird … wenn für Sie keine Krüppel zum Pflegen mehr fabriziert werden?«

Schwester Mathilde sann nach: »Nach dem Krieg … ja, Sie wissen doch auch, was Sie dann anfangen wollen. Sie sprachen doch schon von einer Anstellung …«

»Bei mir ist's was anderes … ich war im Feld … ich habe Leute umgebracht … verzeihen Sie, es klingt vielleicht'n bißchen wirr, aber die Sache ist doch ganz klar … für mich ist die Chose erledigt … aber da sind die vielen anderen …« er wies auf den Garten, »die müssen erst alle ran … die Russen sollen schon Frauenbataillone einrichten …«

»Sie könnten einem ja geradezu Angst einjagen, Herr Leutnant Jaretzki.«

»Ich? nö … ich hab's ja schon erledigt … ich geh' heim … such mir 'ne Frau … Nacht für Nacht die gleiche … ich hab das Herumv… mir scheint, ich hab' doch 'nen Dusel, Schwester, … aber sehen Sie, es ist nicht gut, daß der Mensch allein sei, es ist nicht gut, daß der Mensch allein sei … so heißt es schon in der Bibel. Und auf die Bibel halten Sie ja große Stücke, Schwester.«

»Wie wär's, Herr Leutnant Jaretzki, möchten Sie nicht jetzt schon heimgehen? einige von unseren Leuten wollen auch schon aufbrechen ... da könnten Sie gleich mit ...«

Sie spürte seinen Alkoholatem im Gesicht: »Ich, ich sage Ihnen, Schwester, daß der Krieg nicht aufhören kann, weil der Mensch draußen allein geworden ist ... weil einer nach dem andern an die Reihe kommt, allein zu sein ... und jeder, der allein ist, muß einen andern töten ... Sie meinen, daß ich zu viel getrunken habe, Schwester, aber Sie wissen, ich vertrage schon was, ... wirklich kein Grund, mich in die Klappe zu legen ... aber was ich Ihnen sage, das ist die Wahrheit.«

Er erhob sich: »Komische Musik, was? ... weiß gar nicht, was die eigentlich tanzen, wollen wir'n bißchen zusehen?«

Der Kriegsfreiwillige Dr. Ernst Pelzer von der Minenwerferabteilung prallte mit dem eiligen Huguenau zusammen: »Hoppla, Herr Oberzeremonienmeister, ... Sie sind ja das reinste Wirbelwindchen ... immer hinter den Damen her.«

Huguenau hörte gar nicht hin; er deutete mit erfreuter Wichtigkeit auf zwei Herren in Bratenrock, die soeben den Festgarten betreten hatten: »Der Herr Bürgermeister ist eingetroffen!«

»Aha, besseres Wild, ... na, denn weiter gutes Gejaide und Weidmannsheil mit Horridoh und Hussassa, edler Jäger ...«

»Danke, danke, Herr Doktor«; Huguenau, der nicht zugehört hatte, rief es über die Schulter zurück und holte bereits zur offiziellen Begrüßungsansprache aus.

Oberstabsarzt Kuhlenbeck gehörte eigentlich an den Honoratiorentisch. Doch er hatte sich nicht lange dort aufgehalten.

»Rin ins Vergnügen«, sagte er, »wir sind Landsknechte in eroberter Stadt.«

Er steuerte auf eine Gruppe junger Mädchen zu. Trug den Kopf hoch, sein Bart stach etwas waagerecht in die Luft. Als er bei Füsilier Kneese vorbeikam, der traurig und gelangweilt an einem Baum lehnte, schlug er ihn auf die Schulter: »Na, trauern Sie Ihrem Blinddarm nach? Ihr seid mir schöne Landsknechte, seid da, um den Frauen Kinder zu machen ... man muß sich ja für Euch Waschlappen schämen ... vorwärts, alter Schlappschwanz!« – »Zu Befehl, Herr Oberstabsarzt«, sagte Kneese und stand stramm.

Kuhlenbeck hakte sich in Berta Kringel ein, preßte ihren Arm an sich: »Jetzt tanz ich mit euch allen 'ne Runde rum ... wer am besten tanzen kann, kriegt 'nen Kuß.«

Die Mädchen kreischten auf, Berta Kringel suchte sich frei zu machen. Aber als er ihre kurzfingrige Bürgermädchenhand mit seiner weichen Mannstatze umschloß, fühlte er, wie ihre Finger schwach wurden und sich in sein Fleisch kuschelten.

»Also ihr wollt nicht tanzen ... habt wohl alle Angst vor mir ... gut, so führe ich euch zur Tombola ... kleine Kinder wollen spielen.«

Lisbeth Wöger rief: »Sie machen sich ja doch nur immer lustig über uns, Herr Oberstabsarzt ... ein Oberstabsarzt tanzt doch nicht.«

»Na, Lisbeth, du wirst mich schon noch kennenlernen.«

Und Oberstabsarzt Kuhlenbeck erwischte auch Lisbeth am Arm.

Als sie beim Tombolatisch standen, kam Frau Paulsen, die Gattin des Apothekers Paulsen, daher, faßte Posto neben Oberstabsarzt Kuhlenbeck und wisperte mit bleichen Lippen: »Daß du dich nicht schämst ... mit dem grünen Gemüse.«

Der große Mann schaute ein wenig ängstlich hinter dem Kneifer hervor, dann lachte er: »Oh, gnädige Frau, Sie bekommen das große Los.«

»Danke«, sagte Frau Paulsen und entfernte sich.

Lisbeth Wöger und Berta steckten die Köpfe zusammen: »Hast du die grünen Augen gesehen, die sie gemacht hat?«

Obwohl Heinrichs Anwesenheit ihr Einsiedlerleben bis zu einem gewissen Grade durchbrochen hatte, war Hanna Wendling nicht gern zum Feste gekommen. Doch fühlte sich Rechtsanwalt Wendling als hervorragender Bürger der Stadt und als Offizier dazu verpflichtet. So waren sie mit Röders hinausgefahren.

Sie saßen im Saale; Dr. Kessel war bei ihnen. An der Schmalseite war der Honoratiorentisch errichtet, weißgedeckt und mit Blumen und Laubgewinden geschmückt; dort präsidierten der Bürgermeister und der Major, und auch Herr Redakteur Huguenau hatte dort seinen Platz. Als er die Neuankömmlinge bemerkte, steuerte er auf sie zu. Das Komiteeabzeichen steckte im Knopfloch, aber noch deutlicher leuchtete es von seiner Stirn. Kein Mensch hätte Herrn Huguenaus Würde übersehen können. Wen er vor sich hatte, wußte Huguenau natürlich schon längst; Frau Wendling war ihm oft genug auf der Straße aufgefallen, und das übrige war leicht zu erfahren gewesen.

Er hielt Kurs auf Dr. Kessel: »Darf ich Sie, hochgeehrter Herr Doktor, um die besondere Ehre bitten, mich den Herrschaften freundlichst vorzustellen.«

Ja, das durfte er.

»Eine besondere Ehre, eine besondere Ehre«, sagte Herr Huguenau, »ein besonderer Vorzug; gnädigste Frau leben ja so zurückgezogen, und wenn nicht der besondere Glücksfall eingetreten wäre, daß der Herr Gemahl auf Urlaub hier ist, so wäre uns gewiß nicht das Vergnügen zuteil geworden, Sie heute in unserer Mitte begrüßen zu dürfen.«

Der Krieg habe sie menschenscheu gemacht, meinte Hanna Wendling.

»Das ist ein Unrecht, gnädige Frau. Gerade in so schwerer Zeit bedarf der Mensch der Aufheiterung ... ich hoffe, die Herrschaften bleiben zum Tanze hier.«

»Nein, meine Frau ist ein wenig müde, da müssen wir wohl leider bald gehen.«

Huguenau war aufrichtig gekränkt: »Aber Herr Rechtsanwalt, wenn Sie und die gnädige Frau uns einmal das Vergnügen schenken, wenn eine so schöne Frau unser Fest verschönt ... es ist ja zu wohltätigem Zweck, da müssen Herr Oberleutnant doch einmal ausnahmsweise ein Auge zudrücken und Gnade vor Recht ergehen lassen.«

Und obwohl Frau Hanna Wendling sich über die Seichtheit solchen Geschwätzes völlig im klaren war, schloß sie dennoch ihr Antlitz auf, als sie sagte: »Nun, Ihnen zuliebe, Herr Chefredakteur, wollen wir noch ein Weilchen bleiben.«

In der Mitte des Gartens hatte man den Soldaten eine lange Tafel aufgebaut, und der »Moseldank« hatte ihnen ein Fäßchen Bier gespendet, das auf seinen zwei Böcken daneben stand. Das Bier war schon längst alle, aber einige von den Leuten lümmelten noch immer um den leeren Tisch. Auch Kneese hatte sich wieder zu ihnen gesellt und zeichnete mit der Fingerspitze Ornamente in den Biertümpeln auf dem Brettertisch: »Der Oberstabs sagt, daß wir ihnen Kinder machen sollen.«

»Wem?«

»Den Mädels hier.«

»Sag ihm, er soll's uns vormachen.«

Gewieher.

»Er ist schon dran.«

»Soll uns lieber zu unsern Weibern lassen.«

Die Lampions schaukelten im Nachtwind.

Jaretzki streicht allein durch den Garten. Wie er Frau Paulsen begegnet, verbeugt er sich: »So einsam, schöne Frau.«

Frau Paulsen sagt: »Sie ja auch, Herr Leutnant.«

»Hat bei mir nichts zu bedeuten, ich hab's schon hinter mir.«

»Wollen wir nicht unser Glück bei der Tombola versuchen, Herr Leutnant?« Frau Paulsen hakt sich in den gesunden rechten Arm Jaretzkis ein.

Huguenau trifft auf Oberstabsarzt Kuhlenbeck, der mit Lisbeth und Berta unter den Bäumen promeniert.

Huguenau grüßt: »Frohes Fest, Herr Oberstabsarzt, frohes Fest, meine jungen Damen.«

Und weg ist er.

Oberstabsarzt Kuhlenbeck hält noch immer kurzfingrige Bürgermädchenhände in seinen großen warmen Pranken: »Gefällt euch dieser elegante junge Mann?«

»Nee ...«, kichern die beiden Mädchen.

»So? warum nicht?«

»Da gibt's andere.«

»Also wer zum Beispiel?«

Berta sagte: »Dort drüben geht Leutnant Jaretzki mit Frau Paulsen spazieren.«

»Laß die man ruhig«, sagte der Oberstabsarzt, »ich geh' mit dir.«

Die Musik blies einen Tusch. Huguenau stand neben dem Kapellmeister auf der Musikestrade, die auf der einen Seite in den Saal, auf der anderen pavillonartig in den Garten hineinragte.

Die Hände zum Trichter formend, schrie Huguenau in den Garten über die Tische hin: »Silentium.«

Im Garten und Saale wurde es mäuschenstill.

»Silentium«, krähte Huguenau nochmals in die Stille hinein. Hauptmann v. Schnaack, der mit dem verheilten Lungenschuß von Zimmer VI, war zu ihm auf das Podium getreten, entfaltete nun ein Blatt Papier: »Sieg vor Amiens. 3700 Engländer gefangen, drei feindliche Flugzeuge abgeschossen, davon zwei durch Hauptmann Bölcke, der damit seinen 23. Luftsieg errang.«

Hauptmann v. Schnaack hob den Arm: »Hoch, hoch, hoch.« Die Musik intonierte das Deutschlandlied. Alle erhoben sich; die meisten sangen mit. Als es still geworden war, tönte es aus einer schattigen Ecke: »Hurra, hurra, hurra, es lebe der Krieg!«

Alle wandten sich um.

Dort saß Leutnant Jaretzki. Er hatte eine Flasche Sekt vor sich und versuchte, den gesunden Arm um Frau Paulsen zu schlingen.

Die Wände des Saals waren mit den Bildnissen der verbündeten Heerführer und Herrscher, mit Eichenlaub und Papiergirlanden geschmückt; Fahnentuch drapierte sich herum. Der patriotisch-repräsentative Teil des Festes war erledigt, und Huguenau konnte sich dem Vergnügen widmen. Er war stets ein guter Tänzer gewesen, hatte sich stets schmeicheln dürfen, trotz beleibter Untersetztheit gute Figur zu machen; doch hier war es mehr, hier war es mehr als die Elastizität und Agilität eines beleibten kleinen Mannes, hier unter den Augen der Heerführer wurde der Tanz zur Siegesfeier.

Es ist der Tänzer dieser Welt entrückt. Eingeschmiegt in die Musik, hat er sein freies Handeln aufgegeben und handelt dennoch in höherer und luziderer Freiheit. In der Strenge des Rhythmus, der ihn führt, ist er geborgen und eine große Gelöstheit kommt über ihn aus der Geborgenheit. So bringt die Musik Einheit und Ordnung in das Verworrene und in die Wirrsäligkeit des Lebens. Die Zeit aufhebend, hebt sie den Tod auf und läßt ihn trotzdem in jedem Takte neu erstehen, selbst in den Takten jenes öden und langen Potpourris, das hier erklingt und das, »Von allen musikalischen Gestaden« heißend, vaterländische Weisen mit feindlichen Tänzen wie Cake-walk, Matchiche und Tango in bunter Folge aneinanderreiht. Des Tänzers Dame summt, doch wärmer werdend, singt sie. Und ihre gerührte und ungeschulte Stimme läßt die barbarischen Texte, die sie ausnahmslos beherrscht, mit dem schmeichelnden Hauch ihres Atems an seinem Gesicht vorbeistreifen, da er im Tango sich ihr zubeugt. Aber schon strafft der Tänzer sich wieder, starr und streng blickt sein angestachelter Mut durch die Brillengläser, blickt in die Ferne, und mutig trotzen Tänzer und Tänzerin feindlichen Gewalten, wenn die Musik zum heroischen Marschtempo aufbraust; nun aber kippen sie mit dem Rhythmus zum listig wippenden One-step, watscheln sonderbar wackelnd, fast ohne sich fortzubewegen, an einem Platze, bis die langen Wellen des Tangos wieder heranrollen und der Schritt wieder katzig und weich wird, biegsam Haltung und Schenkel. Kommen sie am Honoratiorentisch vorüber, hinter dessen Blumenvasen der Major mit dem Bürgermeister sitzt, so nimmt der Tänzer mit gerundetem Arm das Glas vom Tische – denn er selbst gehört auch zu dieser Tafel – und ohne den Tanz zu unterbrechen, dem Seiltänzer gleich, der hoch in der Luft leichthin und lächelnd leckeres Mahl verzehrt, trinkt er den Sitzenden zu.

Fast führt er die Tänzerin nicht; nur die eine Hand, galant in das Taschentuch gewickelt, ruht unterhalb des zärtlichen Rückenausschnitts, die Linke hängt lässig herab. Erst wenn die Musik zum Walzer umschlägt, dann fassen sich die freien

Hände, steif und gedoppelt strecken sich die Arme aneinander, und die Finger verschränkt, wirbelt das Paar im Kreise. Schweift sein Blick im Saale, so sind die Reihen gelichtet. Ein einziges Paar außer ihnen tanzt noch, kommt näher, streift beinahe, entfernt sich, gleitet längs der Wände davon. Die übrigen sind unter die Zuschauer getreten; der feindlichen Tanzweisen nicht mächtig, bewundern sie. Verstummt die Musik, so klatschen Zuschauer und Tänzer in die Hände, und die Musik hebt wieder an. Beinahe ist es wie ein Wettkampf. Huguenau sieht nicht seine Partnerin, die, den Kopf empfangend zurückgeworfen, sich seiner starken, dennoch kaum sichtbaren Leitung hingegeben hat, er merkt nicht, daß die Musik eine zartere und straffere Kunst des Geschlechts in seiner Dame auslöst, eine bacchantische Weibheit, wie sie dem Gatten der Dame, wie sie ihrem Liebhaber, wie sie ihr selber ewig unbekannt bleiben wird, er sieht auch nicht das ekstatische Lächeln, mit dem die andere Dame zahnfleischentblößend an ihrem Herrn hängt, er sieht bloß diesen, sieht bloß diesen feindlichen Tänzer, der, ein hagerer Weinagent in Frack mit schwarzer Krawatte und Eisernem Kreuz, ihn selber, der bloß den blauen Anzug zur Verfügung hat, an Eleganz und heldischer Auszeichnung überstrahlt. So könnte auch der hagere Esch hier tanzen, und darum, die Frau ihm zu rauben, heftet Huguenau nun den Blick in die Augen der vorübergleitenden Tänzerin, und er tut es so lange, bis sie den Blick erwidert, sich ihm mit den Blicken schenkt, so daß er, Wilhelm Huguenau, nun beide Frauen besitzt, sie besitzt, ohne sie zu begehren, denn es geht ihm nicht um die Gunst der Frauen, mag er jetzt auch um sie werben, – es geht ihm nicht um Liebeslust, vielmehr verdichtet sich ihm dieses Fest und dieser geräumige Saal immer enger um die weißgedeckte Tafel dort, und seine Gedanken richten sich immer unbedingter auf den Major, der weißbärtig und schön hinter den Blumen sitzt und ihm zusieht, ihm, Wilhelm Huguenau in der Mitte des Saales: er ist der Krieger, der vor seinem Häuptling tanzt.

Doch die Augen des Majors füllen sich mit steigendem Entsetzen. Dieser Saal mit den beiden Männern, schamlos watschelnd, schamlos hüpfend, schamloser noch als die an sie angegatteten Frauen, das war wie ein verrufenes Haus, das war die Hölle. Und daß ein Krieg von solchen Siegesfeiern begleitet sein durfte, das machte den Krieg selber zum blutigen Zerrbild der Verworfenheit. Es war, als würde die Welt gesichtslos werden, gesichtslos jedes Antlitz, ein Pfuhl des Ununterscheidbaren, ein Pfuhl, aus dem es keine Rettung mehr gab. Von Grauen erfaßt, ertappte sich der Major v. Pasenow, daß er, ein preußischer Offizier, am liebsten die Fahnentücher von der Wand gerissen hätte, nicht weil sie durch den festlichen Greuel entweiht wurden, sondern weil sie dem Greuel und dem höllischen Gepräge unfaßbar verbunden waren, in einer Unfaßbarkeit, hinter der all die Unritterlichkeit unritterlicher Waffen, verräterischer Freunde und gebrochener Bündnisse stand. Und in sonderbar eisiger Bewegungslosigkeit steigt furchtbar der Wunsch in ihm auf, das dämonische Gezücht zu vernichten, es auszurotten, es zermalmt zu seinen Füßen liegen zu sehen. Aber bewegungslos und groß wie aufgetürmtes Gebirge, wie eines Gebirgsturms Schatten an der Wand, erhebt sich über dem Gezücht das Bild des Freundes, vielleicht das Bild des Esch, ernst und feierlich, und dem Major v. Pasenow ist es, als müßte für den Freund es geschehen, daß das Böse zermalmt und ins Nichts verwiesen werde. Major v. Pasenow sehnt sich nach dem Bruder.

Schwester Mathilde suchte nach Oberstabsarzt Kuhlenbeck. Sie fand ihn im Kreise angesehener Gewerbetreibender. Da saßen der Kaufmann Kringel, der Gastwirt und Fleischselcher Quint, der Herr Baumeister Salzer, der Herr Postdirektor Westrich. Und die Frauen und Töchter saßen daneben.

»Einen Augenblick, Herr Oberstabsarzt.«

»Noch ein Weib, das es auf mich abgesehen hat.«

»Nur ein Augenblickchen, Herr Oberstabsarzt.«

Kuhlenbeck stand auf: »Was ist los, mein Kind?«

»Wir müssen Leutnant Jaretzki wegschaffen ...«

»Na, er wird eben genug haben.«

Schwester Mathilde lächelte zustimmend.

»Will mal nach ihm sehen.«

Jaretzki lag mit dem gesunden Arm auf dem Tisch, hatte den Kopf darin vergraben und schlief.

Der Oberstabsarzt schaute auf die Uhr: »Flurschütz löst

mich ab. Er muß jeden Augenblick mit dem Auto da sein. Er soll ihn dann mitnehmen.«

»Kann man ihn hier so schlafen lassen, Herr Oberstabsarzt?«

»Wird ohnehin nichts anderes übrigbleiben. Krieg ist Krieg.«

Dr. Flurschütz blinzelte aus etwas entzündeten Augen durch den Wirtsgarten. Dann ging er in den Saal. Der Major und die übrige ausgezeichnete Gesellschaft hatten das Fest bereits verlassen. Die lange Tafel war weggeschafft und der ganze Saal diente dem Tanze, der dick, rauchig, schwitzend, schleifend sich vorwärts bewegte.

Es dauerte, bis er den Oberstabsarzt erspäht hatte; mit ernster Miene, emporgestreckten Bartes, drehte Kuhlenbeck sich mit Frau Apotheker Paulsen im Walzer. Flurschütz wartete das Ende des Tanzes ab, und dann meldete er sich.

»Na, endlich, Flurschütz. Da sehen Sie Ihren würdigen Vorgesetzten, zu solch kindischen Vergnügungen bringen Sie ihn mit Ihrer Saumseligkeit ... jetzt nützt Ihnen aber nichts; wenn der Stabsarzt tanzt, muß der Oberarzt nach.«

»Herr Oberstabsarzt, Insubordination, ich tanze nicht.«

»Das nennt sich Jugend ... ich glaube, ich bin doch noch jünger als Ihr alle ... aber jetzt gehe ich, schicke Ihnen dann das Auto. Nehmen Sie den Jaretzki mit; vorderhand ist er stinkbesoffen ... eine von den beiden Schwestern fährt mit mir, die andere mit Ihnen.«

Im Garten stöberte er Schwester Carla auf: »Schwester Carla, ich nehme Sie samt vier Fußverletzten mit nach Hause. Machen Sie sie stellig, aber dalli.«

Dann verstaute er seine Fracht. Drei Mann kamen in den Fond, Schwester Carla und ein Mann auf die Vordersitze, und er selber nahm neben dem Chauffeur Platz. Sieben Krücken starrten in die schwarze Luft (die achte lag irgendwie im Wagen). Sterne hingen im schwarzen Gezelt. Es roch nach Benzin und nach Staub. Aber von Zeit zu Zeit, besonders an den Wegbiegungen, spürte man die Nähe des Waldes.

Leutnant Jaretzki erhob sich. Er hatte ein Gefühl, als wäre er im Coupé eingeschlafen gewesen. Nun hielt der Zug an einer größeren Station; Jaretzki wollte zum Büfett. Viele Leute gab's auf dem Bahnsteig und viele Lichter. »Sonntagsverkehr«, sagte sich Jaretzki. Ihm war kalt geworden. So um den Magen herum. Was Warmes wird ihm gut tun. Plötzlich fehlte ihm der linke Arm. Wird schon im Gepäcknetz liegen. Er bahnte sich den Weg durch Tische und Menschen. Beim Tombolastand hielt er an.

»Einen Grog«, befahl er.

»Gut, daß Sie da sind«, sagte Schwester Mathilde zu Dr. Flurschütz, »mit Jaretzki wird es heute nicht so einfach abgehen.«

»Werden es schon schaffen, Schwester, ... gut amüsiert?«

»Ach ja, es war ganz vergnügt.«

»Ist's Ihnen nicht auch ein wenig gespenstisch, Schwester?«

Schwester Mathilde suchte zu begreifen, antwortete nicht.

»Na, hätten Sie sich früher mal so was vorstellen können?«

»Es erinnert doch an unsere Kirchweihfeste.«

»Etwas hysterische Kirchweih.«

»Ja, vielleicht, Doktor Flurschütz.«

»Leere Formen, die noch leben ... schaut aus wie 'ne Kirchweih, aber die Leute wissen nicht mehr, wie ihnen geschieht ...«

»Es wird sich schon wieder einrenken, Herr Doktor.«

Sie stand gesund und gerade vor ihm.

Flurschütz schüttelte den Kopf: »Noch nie hat sich etwas eingerenkt ... am allerwenigsten das Jüngste Gericht ... so ähnlich schaut das doch aus: nicht?«

»Woran Sie bloß denken, Doktor! ... aber wir müssen unsere Patienten sammeln.«

Beim Musikpavillon wurde der umherirrende Jaretzki von dem Kriegsfreiwilligen Dr. Pelzer abgefangen: »Herr Leutnant, Sie scheinen dringend nach etwas zu suchen.«

»Ja, einen Grog.«

»Das ist eine famose Idee, Herr Leutnant, der Winter bricht an, und ich werde einen Grog holen ... setzen Sie sich aber inzwischen.« Er lief davon und Jaretzki setzte sich auf den Tisch, schlenkerte mit den Beinen.

Dr. Wendling und Frau, im Begriffe, das Fest zu verlassen, kamen vorbei. Jaretzki salutierte: »Gestatten, Herr Oberleutnant, Leutnant Jaretzki, hessisches Jägerbataillon Nr. 8, Heeresgruppe Kronprinz, Verlust des linken Arms infolge Gasvergiftung bei Armentières, stellt sich gehorsamst vor.«

Wendling sah ihn befremdet an: »Sehr erfreut«, sagte er, »Oberleutnant Dr. Wendling.«

»Diplomingenieur Otto Jaretzki«, fühlte sich Jaretzki zu ergänzen verpflichtet, wobei er nun auch vor Hanna stramm stand, um zu zeigen, daß die Vorstellung auch ihr gegolten hatte.

Hanna Wendling hatte heute schon viel Bewunderung erfahren. Sie sagte liebenswürdig: »Das ist aber schrecklich mit Ihrem Arm.«

»Jawohl, meine Gnädigste, schrecklich, aber gerecht.«

»Aber, aber, Herr Kamerad«, sagte Wendling, »da kann man doch nicht von Gerechtigkeit sprechen.«

Jaretzki hob einen Finger: »Keine Juristengerechtigkeit, Herr Kamerad, ... wir haben eine neue Gerechtigkeit bekommen, was sollen dem Menschen so viel Gliedmaßen, wenn er allein ist ... das werden Sie wohl zugeben, meine Gnädigste.«

»Guten Abend«, sagte Wendling.

»Schade, jammerschade«, sagte Jaretzki, »aber natürlich, jeder ist seiner Einsamkeit verpflichtet ... guten Abend, meine Herrschaften.« Und er wendet sich wieder seinem Tische zu.

»Merkwürdiger Mensch«, sagt Hanna Wendling.

»Betrunkener Narr«, antwortet ihr Mann.

Der Kriegsfreiwillige Pelzer kommt mit zwei Groggläsern vorbei und macht Front.

Huguenau eilte aus dem Tanzsaal. Wischte sich den Schweiß von der Stirn, steckte das Taschentuch in den Kragen.

Schwester Mathilde hielt ihn an: »Herr Huguenau, Sie könnten uns behilflich sein, unsere Patienten zusammenzutrommeln.«

»Besondere Ehre, gnädiges Fräulein, soll ich einen Tusch blasen lassen?« – er wollte sich schon zur Musik hinwenden.

»Nein, nein, Herr Huguenau, machen Sie nicht so viel Aufsehen, es geht auch so.«

»Bitteschön ... großartiges Fest gewesen, nicht wahr, gnädiges Fräulein? der Herr Major hat sich auch überaus günstig ausgesprochen.«

»Gewiß, ein schönes Fest.«

»Auch der Herr Oberstabsarzt schien durchaus befriedigt ... war in glänzender Stimmung ... darf ich Sie bitten, mich dem Herrn Oberstabsarzt zu empfehlen ... er hat uns so rasch verlassen, ich konnte ihm nicht das Geleite geben.«

»Bitte, Herr Huguenau, machen Sie vielleicht die Soldaten im Tanzsaal darauf aufmerksam, daß Dr. Flurschütz und ich sie am Eingang erwarten.«

»Soll geschehen, soll sofort geschehen ... daß Sie uns aber so bald verlassen wollen, ist nicht recht, gnädiges Fräulein ... hoffentlich kein Zeichen, daß Sie sich nicht amüsiert haben ... das will ich denn doch nicht hoffen ...«

Das Taschentuch im Kragen, eilte Huguenau in den Saal zurück.

»Wie ist's mit den Offizieren, Schwester?« fragte Flurschütz.

»Ach, um die brauchen wir uns nicht weiter zu kümmern, die haben wohl selber für Fahrgelegenheit gesorgt.«

»Schön, scheint sich doch noch alles einzurenken ... aber der Jaretzki bleibt uns nicht erspart.«

Jaretzki und der Kriegsfreiwillige Dr. Pelzer saßen noch immer im Garten unter der Musikestrade. Jaretzki versuchte durch das braune Grogglas auf die Lampions zu schauen.

Flurschütz setzte sich zu ihnen: »Wie wär's mit Schlafengehen, Jaretzki?«

»Mit einem Weibe gehe ich schlafen, ohne Weib gehe ich nicht schlafen ... die Sache hat damit begonnen, daß die Männer ohne Weiber und die Weiber ohne Männer schlafen gegangen sind ... das war schlecht.«

»Da hat er recht«, sagte der Kriegsfreiwillige.

»Möglich«, sagte Flurschütz, »und darauf sind Sie jetzt gekommen, Jaretzki?«

»Ja, jetzt eben ... aber ich weiß es schon lange.«

»Damit werden Sie sicherlich die Welt erlösen.«

»Es würde schon genügen, wenn er Deutschland erlöste ...« sagte der Kriegsfreiwillige Pelzer.

»Deutschland ...« sagte Flurschütz und sah in den leeren Garten.

»Deutschland ...« sagte Pelzer, »damals habe ich mich als Kriegsfreiwilliger an die Front gemeldet ... jetzt bin ich froh, daß ich hier sitze.«

»Deutschland ...«, sagte Jaretzki, der zu weinen begonnen hatte, »... zu spät ...« er wischte sich die Augen, »Flurschütz, Sie sind ein netter Junge, ich liebe Sie.«

»Das ist brav von Ihnen, ich liebe Sie auch ... wollen wir jetzt heimgehen?«

»Wir haben kein Heim mehr, Flurschütz, ... ich will's mit dem Heiraten versuchen.«

»Auch dafür ist's heute wohl zu spät«, sagte der Kriegsfreiwillige.

»Ja, spät ist es, Jaretzki«, sagte Flurschütz.

»Dafür ist's nie zu spät«, heulte Jaretzki, »aber du hast ihn mir abgeschnitten, du Schwein.«

»Na, Jaretzki, jetzt wär's aber an der Zeit, daß Sie endlich mal aufwachen ...«

»Schneidest du ihn mir ab, schneid' ich ihn dir ab ... deshalb muß der Krieg ewig weitergehen ... hast du's auch schon mal mit einer Handgranate versucht ...?« er nickte ernsthaft, »... ich, ich hab's getan ... feine Eier, die Handgranaten ... faule Eier.«

Flurschütz nahm ihn unterm Arm: »Ja, Jaretzki, wahrscheinlich haben Sie sogar recht ... ja, und wahrscheinlich ist es wirklich das einzige Verständigungsmittel ... aber nun kommen Sie, mein Freund.«

Beim Eingang waren die Soldaten bereits um Schwester Mathilde versammelt.

»Haltung, Jaretzki«, sagte Flurschütz.

»Zu Befehl«, sagte Jaretzki, und als er vor Schwester Mathilde hintrat, stand er stramm und meldete: »Ein Leutnant, ein Oberarzt und vierzehn Mann zur Stelle ... melde gehorsamst, daß er ihn mir abgeschnitten hat ...« er machte eine

kleine Kunstpause, und dann zog er den leeren Ärmel aus der Tasche, ließ ihn vor Schwester Mathildes langer Nase hin- und herbaumeln: »Keusch und leer.«

Schwester Mathilde rief: »Wer fahren will, soll mitfahren; ich gehe mit den übrigen zu Fuß.«

Huguenau kam herausgestürzt: »Es hat hoffentlich alles geklappt, gnädiges Fräulein, und wir sind vollzählig ... darf ich glückliche Heimkunft wünschen ...«

Er verabschiedete sich von Schwester Mathilde, von Dr. Flurschütz, von Leutnant Jaretzki, von jedem einzelnen der vierzehn Mann, wobei er sich jedem von ihnen als »Huguenau« vorstellte.

61

Geschichte des Heilsarmeemädchens in Berlin (10)

Was eigentlich habe ich mit Marie vor? ich lade sie ein, ich lasse sie singen, ich verkupple sie in aller Keuschheit mit Nuchem, dem Talmudisten, dem abtrünnigen Talmudisten, muß man wohl sagen, und ich lasse sie wieder weggehen, wegziehen in die Gefilde ihres grauen Hospizes. Was habe ich mit ihr vor? und warum gibt sie sich zu diesem Spiele her? will sie meine Seele retten, will sie sich gar an die unendliche, an die von Grund aus unmögliche Aufgabe heranmachen, die talmudische Seele des Juden aufzufangen, sie Jesum zuzuführen? Was dachte sich übrigens dieser Nuchem? Da hatte ich zwei Menschen anscheinend völlig in meine Hand bekommen und weiß dennoch nichts von ihnen, weiß nicht, was sie denken und was sie heute abend essen werden: so einsam ist der Mensch, daß niemand und nicht einmal Gott, der ihn doch geschaffen hat, etwas von ihm weiß.

Die Sache beunruhigte mich außerordentlich, um so mehr, als ich mir Marie immer nur als ein Wesen habe vorstellen können, das bis zum Rande mit Liedern und Bibelsprüchen angefüllt ist, und in meiner Beunruhigung machte ich mich auf den Weg ins Hospiz. Ich mußte zweimal hingehen, ehe ich sie antraf. Sie war auf Krankenmission und kam immer erst abends heim. Ich saß also in dem Sprechzimmer, betrachtete die Bibelverse an der Wand, betrachtete das Portrait des Generals Booth und überlegte mir nochmals alle Möglichkeiten. Ich erinnerte mich meines ersten Zusammentreffens mit Marie, ferner der zufälligen Begegnung mit Nuchem, ich vergegenwärtigte mir alles, was seitdem geschehen war, ich prägte mir alles sehr genau ein und nahm auch den augenblicklichen Zustand nicht aus: besah mit großer Aufmerksamkeit das Sprechzimmer, ging in dem Zimmer umher, das schon langsam dunkelte, denn das Wetter hatte sich verdüstert; draußen fielen schwere Tropfen, und die Dunkelheit war beschleunigt. Ich fragte mich, ob auch die beiden alten Männer, die gleich mir in diesem Zimmer saßen, in mein Gedächtnis einzubeziehen wären, und ich tat es, – sicher ist sicher. Sie waren sehr müde, ihre Gedanken waren undurchdringlich, ich war Luft für sie.

Es war schon spät, als Marie endlich kam. Inzwischen waren die beiden alten Männer hinausgeführt worden, und beinahe hatte ich mich geängstigt, daß man mit mir ebenso verfahren würde. In dem schlecht beleuchteten Raume erkannte sie mich nicht sogleich, sie sagte: »Gott segne Sie«, und ich erwiderte: »Das ist ein Gleichnis.« Mich nun erkennend, erwiderte sie ihrerseits: »Das ist kein Gleichnis, Gott möge Sie segnen.« Nun sagte ich meinerseits: »Bei uns Juden ist alles Gleichnis.« Darauf erwiderte sie: »Sie sind kein Jude.« Ich dagegen: »Das Brot und der Wein sind nicht minder Gleichnis; überdies wohne ich mit Juden beisammen.« Sie sagte: »Unser Heim ist stets im Herrn.« So war es richtig, so hatte ich sie mir vorgestellt, auf alles einen heiligen Spruch. Jetzt hatte ich sie wieder in der Hand, und ich erhob meine Stimme: »Ich verbiete Ihnen, meine jüdische Wohnung je wieder zu betreten«, aber das klang hier hohl, ich mußte sie wohl erst wieder bei mir haben, um vernünftig mit ihr reden zu können; ich lachte also auf und sagte: »Spaß, nebbich, Spaß.« Doch mochte ich mich damit auch aus meinen eigenen Worten in die eines Fremden, ja die eines artfremden Volkes retten, mich unter die Fittiche eines mir fremden Gottes begeben, es nützte nichts, ich fand meine Sicherheit nicht zurück. Mag sein, daß ich wirklich vom Warten allzu zermürbt war, alt geworden war wie die beiden alten Männer, die man schließlich aus dem Wartezimmer hinausgeführt hatte, ich war durch das Warten erniedrigt worden, ein Geschöpf statt eines Schöpfers, ein entthronter

Gott. Fast demütig mußte ich sagen: »Ich wollte Sie vor Schaden bewahren, Dr. Litwak hat mich auf die Gefahren aufmerksam gemacht.« Das war nun allerdings eine Verdrehung des Tatbestandes, denn jener hatte die Gefahren ja bloß für Nuchem befürchtet. Und solch lächerlichen Halbfreigeist zum Eideshelfer anzurufen! wahrlich, ich hätte mein Selbstbewußtsein nicht ärger schädigen können. Und so einfältig es war, was sie entgegenzusetzen hatte, es war eine Zurechtweisung: »Wer in der Freude ist, ist vor Schaden bewahrt.« Unter dieser Demütigung riß mir die Geduld und ich merkte nicht, daß ich nun eigentlich die Geschäfte des Großvaters und Dr. Litwaks besorgte. »Du sollst dich mit dem jungen Juden nicht weiter einlassen, er hat eine dicke Frau und viele Kinder.« Oh, hätte ich in ihrer Seele lesen können, wissen können, ob ich sie damit verletzt und verwundet hatte, aufgerissen dieses Herz, das in der Freude zu sein vorgibt, – aber nichts war davon zu merken, vielleicht hatte sie mich gar nicht verstanden. Sie sagte bloß: »Ich will zu Ihnen kommen. Wir werden singen.« Ich gab mich geschlagen. »Wir können gleich gehen«, sagte ich mit einem Rest von Hoffnung, daß ich ihren Weg doch noch bestimmen würde. Sie sagte: »Herzlich gern, aber ich muß nochmals zu meinen Kranken.«

So war ich gezwungen, völlig unverrichteterdinge den Heimweg anzutreten. Der Regen fiel nur mehr sacht. Vor mir marschierte ein sehr junges Liebespaar; sie gingen eingehängt und ihre Arme schlenkerten im Takt des Marschierens.

62

Zerfall der Werte (8)

Religionen entstehen aus Sekten und zerfallen wieder in Sekten, kehren zu ihrem Ursprung zurück, ehe sie sich gänzlich auflösen. Am Anfang des Christentums standen die einzelnen Christus- und Mithraskulte, an seinem Ende stehen die grotesken amerikanischen Sekten, steht die Heilsarmee.

Der Protestantismus, die erste große Sektenbildung des christlichen Zerfalls. Eine Sekte, keine neue Religion. Denn das wichtigste Merkmal einer neuen Religion fehlte: die neue Theologie, welche eine neue Kosmogonie mit dem neuen Gotteserlebnis zu neuer Weltganzheit amalgamiert. Der Protestantismus aber, undedaktiv und untheologisch seinem Wesen nach, lehnte es ab, aus dem Bereich des autonomen inneren Gotteserlebnisses herauszutreten.

Die Kantsche Erneuerung als nachträgliche protestantische Theologie nahm zwar die Aufgabe auf sich, dem neuen positivistisch-wissenschaftlichen Inhalt den religiös-platonischen Gehalt zu verleihen, doch weit war sie davon entfernt, eine theologische Wertgesamtheit nach katholischem Muster anzustreben.

Der Schutz gegen einen fortschreitenden Sektenzerfall des Katholizismus wurde durch die Jesuiten der Gegenreformation in einer drakonischen, geradezu militärischen Wertzentralisation organisiert. Es war die Zeit, in der sogar die Reste der alten heidnischen Volksbräuche in den Dienst der Kirche gestellt wurden, in der die Volkskunst ihre katholische Wendung erfuhr, in der die Jesuitenkirche einen noch nie erhörten Pomp entfaltete, eine ekstatische Einheit bezweckend und erzielend, die zwar nicht mehr die symboldurchtränkte Einheit der Gotik war, wohl aber ihr heroisch-romantisches Widerspiel.

Der Protestantismus mußte solchen Schutzes gegen den weiteren Sektenzerfall entraten. Sein Verhältnis zu den außerreligiösen Wertgebieten ist nicht das der Einbeziehung, sondern das der Tolerierung. Er verschmäht die außerreligiöse »Hilfe«, denn seine asketische Forderung geht nach radikaler Innerlichkeit des Gotteserlebnisses. Und war auch ihm der ekstatische Wert Urgrund und oberster Sinn des Religiösen, so sollte dieser Wert mit absoluter Strenge rein und ungebrochen und autonom aus dem religiösen Wertgebiet selber gewonnen werden.

Das Verhältnis der Strenge ist es, nach welchem der Protestantismus sein Verhältnis zu den außerreligiösen irdischen Wertgebieten regelt und mit welchen er auch selber seinen irdischen und kirchlichen Bestand zu sichern trachtet. Rein und einsinnig auf Gott gerichtet, wird er notwendig auf die einzig vorhandene geistig-irdische Emanation Gottes verwiesen: auf die Heilige Schrift, – und die Bindung an die Schrift erhebt sich zu jener obersten irdischen Pflicht, auf welche die ganze Radikalität, die ganze Strenge der protestantischen Methode übertragen wird.

Der protestantischeste Gedanke: der kategorische Imperativ der Pflicht. Der ganze Gegensatz zum Katholizismus: die äußeren Lebenswerte werden nicht in den Glauben einbezogen, werden nicht theologisch kanonisiert, sondern sie werden bloß an Hand der Schrift streng und fast nüchtern überwacht.

Hätte der Protestantismus den andern, den katholischen Weg eingeschlagen, um seinerseits zu einem protestantischen Wert-Organon zu gelangen, wie dies z. B. Leibniz vorgeschwebt hatte, er hätte sich vielleicht nicht minder wirksam als der Katholizismus gegen eine weitere Sektenabspaltung geschützt, aber er hätte notgedrungen seine eigene Wesenheit aufgegeben. Er befand und befindet sich in der Situation einer revolutionären Partei, die Gefahr läuft, sich mit dem bekämpften alten Staat identifizieren zu müssen, wenn sie dessen Machtmittel ergriffen hat. Der gegen Leibniz erhobene

Vorwurf des Kryptokatholizismus war nicht ganz unberechtigt.

Keine Strenge, hinter der nicht Angst stünde. Aber die Angst vor dem Sektenzerfall wäre ein viel zu kleines Motiv, um die protestantische Strenge zu erklären. Und die Flucht in die Buchstabentreue, die Flucht in die Schrift, ist geschwängert von der göttlichen Angst, von jener Angst, die aus der poenitentia Luthers hervorbricht, jener »absoluten« Angst vor der »Grausamkeit« des Absoluten, die Kierkegaard erlebt hat und in der Gott »trauernd thront.«

Es ist, als wollte der Protestantismus mit der Bindung an die Schrift den letzten Hauch der Sprache Gottes in einer Welt bewahren, die in der Sprache der Dinge verstummt war, verfallen in die Stummheit und Grausamkeit des Absoluten, – und in göttlicher Angst erkannte der protestantische Mensch, daß es das eigene Ziel ist, vor dem ihm graut. Denn mit der Ausschaltung aller Wertgebiete, mit der radikalen Rückverweisung ins autonome Gotteserlebnis wird eine letzte Abstraktion vorgenommen, deren logische Rigorosität unzweideutig zur Aufhebung jedweden irdisch-religiösen Glaubensinhalts hindrängt, zu einer absoluten Inhaltsentblößung, nichts übrig lassend als die reine Form, die reine, inhaltsentleerte und neutrale Form einer »Religion an sich«, einer »Mystik an sich«.

Auffallend die Übereinstimmung mit der religiösen Struktur des Judentums: vielleicht ist hier der Prozeß der Neutralisierung des Gotteserlebnisses, die Entblößung des Mystischen von allem Gefühlsmäßig-Irdischen, die Eliminierung der »äußeren« ekstatischen Hilfen noch weiter vorgeschritten, vielleicht ist hier eine für den irdischen Menschen kaum mehr zu ertragende Annäherung an die Kälte des Absoluten schon erreicht, – doch auch hier besteht als letzter Bindungsrest an das Irdisch-Religiöse die ganze Strenge und Rigorosität des Gesetzes.

Diese Übereinstimmung im Prozeß der Verinnerlichung, diese Übereinstimmung der Glaubensformen, deren Auswirkung sogar bis in eine oft behauptete Übereinstimmung gewisser Charakterzüge orthodoxer Juden mit denen calvinistischer Schweizer oder puritanischer Engländer hinabreichen soll, diese Übereinstimmung ließe sich natürlich auch auf eine gewisse Ähnlichkeit der äußeren Situation zurückführen: der Protestantismus als revolutionäre Bewegung, das Judentum als gedrückte Minorität, sie sind beide oppositionell, und es ließe sich sogar sagen, daß selbst ein in die Minorität geratener Katholizismus, wie etwa in Irland, die gleichen Wesenszüge aufweist. Doch ein Katholizismus solchen Schlages hat dann mit dem römischen ebensowenig gemein wie der ursprüngliche protestantische Gedanke mit den römischen Tendenzen innerhalb der High Church. Es ist einfach eine Umkehrung des Vorzeichens eingetreten. Wie immer aber auch derartige empirische Fakten ausgelegt werden, ihr Erklärungswert ist gering, – denn die Fakten wären nicht vorhanden, stünde hinter ihnen nicht das entscheidende Gotteserlebnis.

Ist es diese stumme und radikale und ornamentlose Religiosität, ist es diese der Strenge und nur der Strenge unterworfene Unendlichkeit, die den Stil der neuen Epoche ausmacht? liegt in dieser Rigorosität des Göttlichen die Manifestation des in die unendliche Ferne gerückten Plausibilitätspunktes? ist in dieser Alleszermalmung des Inhaltlich-Irdischen die Wurzel der Wertzersplitterung zu sehen? Ja.

Der Jude, kraft der abstrakten Strenge seiner Unendlichkeit, der moderne, der »fortgeschrittenste« Mensch kat'exochen: er ist es, der sich mit absoluter Radikalität dem einmal gewählten Wert- und Berufsgebiet hingibt, er ist es, der den »Beruf«, den Erwerbsberuf, in den er zufällig geraten ist, zu einer bisher ungekannten Absolutheit steigert, er ist es, der, ohne Bindung an ein anderes Wertgebiet und in unbedingter Strenge hingegeben an sein Tun, zur höchsten geistigen Leistung sich verklärt, zur viehischesten Verworfenheit im Materiellen sich erniedrigt: im Bösen wie im Guten, doch immer im Extremen bleibend, – es ist, als ob der Strom des absolut Abstrakten, der seit zweitausend Jahren wie ein kaum sichtbares Bächlein des Ghettos neben dem großen Strom des Lebens geflossen ist, nun zum Hauptstrom werden sollte, es ist, als ob die Radikalität des protestantischen Gedankens die ganze Furchtbarkeit der Abstraktion, die zweitausend Jahre lang der Obhut des Unscheinbarsten anheim gegeben und auf ihr Minimum reduziert gewesen war, virulent gemacht hätte, als ob er die absolute Ausdehnungsfähigkeit, die potentiell dem rein Abstrakten und nur diesem innewohnt, explosionsartig entfesselt hätte, auf daß die Zeit zersprengt und der unscheinbare Hüter des Gedankens zur paradigmatischen Inkarnation der zerfallenden Zeit werde.

Scheinbar gibt es für den christlichen Menschen bloß zwei Möglichkeiten: entweder die vorläufig noch vorhandene Geborgenheit im katholischen Allwert, im wahrhaft mütterlichen Schoß der Kirche, oder der Mut, mit einem absoluten Protestantismus das Grauen vor dem abstrakten Gott auf sich zu nehmen, – wo diese Entscheidung nicht getroffen ist, dort lastet die Angst vor dem Kommenden. Und tatsächlich ist es so, daß in allen Ländern der Unentschiedenheit diese Angst unausgesetzt umgeht und latent vorhanden ist, mag sie auch bloß in dem Grauen vor dem Juden zum Ausdruck kommen, vor dem Juden, dessen Geist und dessen Lebensführung als verhaßtes Bild des Kommenden, wenn zwar nicht erkannt, so doch gefühlt wird.

In der Idee eines protestantischen Wert-Organons lebt sicherlich die Sehnsucht nach Wiedervereinigung der Gesamtchristlichkeit, nach jener Wiedervereinigung, die auch Leibniz angestrebt hat: daß er, der alle Wertgebiete seiner Zeit umfaßte, dazu gedrängt worden war, wird fast als Notwendigkeit empfunden, ebenso aber daß er, der Jahrhunderte vorweggenommen und die lingua universalis der Logik vorausgesehen hat, in jener letzten Vereinigung auch die Abstraktheit einer religio universalis gedacht haben mußte, deren Kälte zu ertragen, vielleicht bloß er fähig war, er, der tiefste Mystiker des Protestantismus. Doch die protestantische Linie verlangte erst die Alleszermalmung; nicht Leibnizens Philosophie wurde zur protestantischen Theologie, sondern die Kants, und die Wiederentdeckung Leibniz' geschah bezeichnenderweise durch katholische Theologen.

All die vielen Sektenbildungen, die sich in der Folge vom Protestantismus abspalteten und von ihm mit jener scheinbaren Toleranz geduldet wurden, die jeder revolutionären Bewegung eigentümlich ist, sie bewegen sich in der nämlichen Richtung, sind Abklatsch, Verkleinerung, Verflachung des alten Gedankens eines protestantischen Wert-Organons, sind »gegenreformatorisch« eingestellt: von den grotesken amerikanischen Sekten ganz zu schweigen, zeigt z. B. die Heilsarmee nicht nur eine dem Jesuitismus der Gegenreformation gemäße militärische Aufmachung, sondern auch ganz deutlich die Tendenz zur Wertzentralisation, zur Sammlung aller Wertgebiete, zeigt, wie alle Volkskunst bis herab zum Gassenhauer wieder ins Religiöse zurückgeleitet und in das Programm der »ekstatischen Hilfen« gestellt werden soll. Rührendes und unzulängliches Mühen.

Rührendes und unzulängliches Mühen, trügerische Hoffnung, den protestantischen Gedanken aus dem Grauen des Absoluten zu retten. Rührender Ruf nach Hilfe, Ruf nach den »Hilfen« einer göttlichen Gemeinschaft, und mag sie auch nur noch als Abklatsch einer großen einstigen Gemeinschaft fühlbar sein. Denn die Stummheit, das Grausame, das Neutrale in seiner ganzen Strenge steht vor der Türe, und der Hilferuf wird immer dringender von allen denen erhoben, die nicht fähig sind, das Kommende auf sich zu nehmen.

63

An dem Sonntagnachmittag, der auf das Fest in der Stadthalle folgte, entschloß sich Major v. Pasenow zu seiner eigenen Überraschung, der Einladung Eschs Folge zu leisten und die Bibelstunde zu besuchen. Das kam folgendermaßen: eigentlich dachte er gar nicht an Esch, und schuld daran hatte vielleicht bloß der Spazierstock, den er plötzlich im Ring des Kleiderständers lehnen sah, einen Spazierstock mit weißer Elfenbeinkrücke, der auf irgendeine Weise ins Gepäck geraten war und offenbar bis jetzt im Schranke versteckt gewesen sein mußte. Natürlich kannte er den Stock von altersher, aber es war trotzdem ein fremder Stock. Einen Augenblick lang schien es dem Major v. Pasenow, als wäre es notwendig, Zivil anzulegen und eine jener zweideutigen Vergnügungsstätten zu besuchen, die von Offizieren nicht in Uniform betreten werden dürfen. Und sozusagen als Annäherungswert schnallte er nicht den Degen um, sondern nahm den Stock zur Hand und verließ den Gasthof. Ein wenig zögernd blieb er vor dem Hause stehen, dann schlug er die Richtung zum Fluß ein. Er promenierte langsam, auf seinen Stock gestützt, vielleicht wie ein verwundeter oder kranker Offizier in einem Badeort, – und flüchtig mußte er daran denken, daß an dem Stock eine Gummikapsel fehlte. So gelangte er gemächlichen Schrittes vor die Stadt und hatte das kleine Freiheitsgefühl eines Mannes, der jederzeit umkehren darf, ein Offizier auf Urlaub. Und tatsächlich kehrte er bald um – es war wie ein beglückendes und beruhigendes, dennoch beunruhigendes Heimfinden –, und als wäre es ein dringliches Versprechen, das er eilends einzulösen hätte, ging er auf kürzestem Wege zu Eschs Anwesen.

Seitdem die Zahl der Anhänger gewachsen war, und weil man während der schönen Jahreszeit ohnehin keines geheizten Lokales bedurfte, fanden die Versammlungen in einem der leeren Schuppenräume des ehemaligen Wirtschaftsgebäudes statt. Ein Zimmermann, der dem Kreise angehörte, hatte einfache Bänke beigestellt; ein kleiner Tisch mit einem Stuhl befand sich in der Mitte des Raumes. Wegen Mangel eines Fensters war das Tor offen gelassen worden, und der Major, den Hof betretend, wußte sogleich, wohin sich wenden.

Da nun der Major im Rahmen des Tores erschien und ein wenig verweilte, sein Auge an das Dämmerlicht zu gewöhnen, da standen alle auf; fast sah es aus, als hätten sie einen Vorgesetzten zur Kaserneninspektion erwartet, und dieser Eindruck wurde durch die Uniformen der anwesenden Militärpersonen verstärkt. Dieses wenn auch nur gleichnishafte Zurückverwandeln in gewohntere Würde milderte für den Major das Außergewöhnliche der Situation; es war wie eine leichte und doch feste Hand, die ihn vor einem dunklen Gleiten zurückhielt, es war wie das flüchtige Ahnen einer eben bestandenen Gefahr, und er salutierte.

Esch war mit den anderen aufgesprungen, und nun geleitete er den Gast zu dem Stuhle hinter dem Tischchen. Er selbst blieb daneben stehen, gewissermaßen ein Engel, der zu ihm getreten war, über ihn zu wachen. Und der Major empfand es so ähnlich, ja, es war, als hätte sich der Zweck seines Besuches damit schon erfüllt, als umgäbe ihn eine Atmosphäre der Gesichertheit, ein vereinfachter Lebensraum, der ihn gleich einem Heimgefundenen aufnehmen wollte. Auch das Schweigen, das ihn umgab, war wie Selbstzweck, es hätte ewig so andauern mögen: keiner sprach ein Wort, der Raum, von Schweigen erfüllt, durch Schweigen seltsam entleert, war wie über die eigenen Grenzen hinaus geweitet, und das gelbe Sonnenlicht vor dem geöffneten Tor floß vorüber wie ein ewig unermeßlicher Strom, an dessen Ufer man saß. Niemand wußte, wie lange die schweigende Bewegungslosigkeit währte, es war gleichsam die starre Unentscheidbarkeit der Sekunde, in der der Tod neben dem Menschen steht, und obwohl der Major wußte, daß Esch es war, der neben ihm stand, fühlte er die ganze Brüderlichkeit des Todes, fühlte sein Drohen wie einen süßen Halt. Und da er versuchte, sich ihm zuzuwenden, geschah es mit all der Anstrengung desjenigen, der Entscheidendes erwartet und der trotzdem weiß, daß er bis zum letzten Augenblick die Form zu wahren hat. Mit großer Anstrengung wandte er sich ihm zu und sagte: »Ich bitte fortzusetzen.«

Nun aber erfolgte durchaus nichts, denn Esch sah auf den weißen Scheitel des Majors, er hörte des Majors leise Stimme, und es war, als wüßte der Major alles von ihm, als wüßte er alles von dem Major, zwei Freunde, die viel voneinander wissen. Er und der Major, sie waren da wie auf erhöhter und lichterer Bühne, an bevorzugter Stelle waren sie, still war die Versammlung, als hätte ihr eine Glocke Schweigen geboten, und Esch, der es nicht wagte, die Hand auf die Schulter des Majors zu legen, stützte sich auf die Lehne des Stuhls, obzwar eigentlich auch dies ungebührlich war. Er fühlte sich stark, fest und wohlbestellt, so stark wie in seinen besten Jugendtagen, gleichwohl geborgen und weich, als wäre er befreit von allem Menschenwerk, als wäre der Raum nicht mehr aus geschichteten

Ziegeln, das Tor nicht mehr aus zersägten Brettern, als wäre alles Gotteswerk und als wäre das Wort in seinem Munde das Wort Gottes. Er schlug die Bibel auf und las aus dem 16. Kapitel der Apostelgeschichte: »Schnell aber war ein großes Erdbeben, also daß sich bewegten die Grundfesten des Gefängnisses. Und von Stund an wurden alle Türen aufgetan und aller Bande los. / Als aber der Kerkermeister aus dem Schlafe fuhr und sah die Türen des Gefängnisses aufgetan, zog er das Schwert und wollte sich selbst erwürgen, denn er meinte, die Gefangenen wären entflohen. / Paulus aber rief laut und sprach: Tu dir kein Leid! denn wir sind alle noch hier.«

Den Finger zwischen die Seiten des zugeklappten Buches gelegt und vorsichtig sich räuspernd, wartete Esch. Er wartete, daß die Grundfesten des Gebäudes erzittern sollten, er wartete, daß eine große Erkenntnis sich jetzt auftun werde, er wartete, daß jener den Befehl erteilen werde, die schwarze Fahne zu hissen, und er dachte: ich muß Platz machen für den, nach dem die Zeit gezählt werden wird. Er dachte es und wartete. Jedoch für den Major waren die gehörten Worte wie Tropfen, die im Auffallen zu Eis wurden; er schwieg und alle schwiegen mit ihm.

Esch sagte: »Sinnlos jede Flucht, freiwillig müssen wir die Haft auf uns nehmen ... der Unsichtbare mit dem Schwerte steht hinter uns.«

Wie sich der Major einen Augenblick sehr richtig vorstellte, hatte Esch den Sinn der Bibelstelle teils bedeutungsgerecht, teils höchst unklar und phantastisch erfaßt, aber der alte Herr verweilte nicht bei dieser Überlegung, vielmehr versank sie ihm in einem Bilde, das, einer Erinnerung gleichend, doch kaum Erinnerung war, da er alles leibhaftig vor sich sah: die alten Landsturmleute und die jungen Rekruten, wie Apostel und Jünger waren sie, wie eine Gemeinde, die sich in einem Gemüsekeller oder in einer dunklen Gruft zusammengefunden hat, dunkle fremde Sprache redend, dennoch verständlich wie die Sprache der Kindheit, überglänzt von himmlischer Silberwolke, – und voll entschlossener Inbrunst und zuversichtlich gleich ihm sahen die Jünger zu der Himmlischen empor.

»Wir wollen singen«, sagte Esch und er begann:

»Herr Gott, Zebaoth,
Nimm uns auf in Deine Gnade,
Schling um uns Dein einend Band,
Führe uns mit Deiner Hand,
Herr Gott, Zebaoth.«

Mit der Stiefelsohle klopfte Esch den Takt; viele der Leute taten desgleichen, sie wiegten sich im Takt und sie sangen. Vielleicht sang auch der Major mit, er wußte es nicht, es war eher ein Singen in seinem Innern, ein Singen in seinen geschlossenen Augen, kristallener Tropfen, der singend aus der Wolke fällt. Und er hörte die Stimme: Tu dir kein Leid! denn wir sind noch alle hier!

Esch ließ den Gesang verebben, und dann sagte er: »Nichts nützt es, der Finsternis des Kerkers zu entfliehen, denn wir entfliehen bloß zu neuer Finsternis ... wir müssen das Haus neu bauen, wenn die Zeit gekommen sein wird.«

Eine Stimme setzte wieder ein:

»Fach ihr Fünklein an zum Brand,
Fünklein an zum Brande rot.
Herr Gott, Zebaoth.«

»Halt's Maul«, sagte eine andere Stimme.

Eine nächste Stimme respondierte:

»Mit Feuer tauf uns. Jesus Christ,
Send das Feuer!
Dies Feuer unser Anrecht ist.
Send das Feuer!
Herr, unser Gott, wir flehn Dich an,
Send das Feuer!
Nur so wird alles wohlgetan.
Send das Feuer!«

»Halt's Maul«, sagte wieder die andere Stimme, schwerfällige Stimme, doch dröhnend wie ein Kellergewölbe, und es war die eines Menschen in Landwehruniform, der mit langem Bart, auf zwei Stöcke gestützt, nun dastand. Und trotz der Anstrengung, die es ihm machte, fuhr er fort, dies zu sagen: »Wer nicht tot war, muß's Maul halten ... wer tot war, ist getauft, die andern nicht.«

Doch auch der erste Sänger war aufgesprungen und seine Stimme erwiderte singend:

»Rett, oh rett mich vor dem Tod,
Herr Gott, Zebaoth.«

»Send das Feuer«, sagte da auch der Major, und obwohl er es sehr leise sagte, war es vernehmlich genug, daß Esch sich nun zu ihm herabbeugte. Es war gewissermaßen ein unkörperliches Herabbeugen, zumindest wurde es von dem Major so empfunden, es war eine leichte Sicherheit in dieser Annäherung, beruhigend und gleichzeitig beunruhigend, und der Major betrachtete die Elfenbeinkrücke seines Stockes auf dem Tischchen vor ihm, betrachtete die weiße Manschette, die aus dem Ärmel des Uniformrockes hervorlugte, – es war gewissermaßen eine unkörperliche Ruhe, eine gewissermaßen verdünnte, helle, fast weiße Ruhe, die in dem dunklen Raum und über all dem Stimmengewirr ausgespannt lag, ein klingendes durchsichtiges Netz in einer merkwürdig abstrakten Vereinfachung. Draußen flutete wie ein scharfer feuriger Schutz der Strom des Sonnenlichtes vorüber; man war in einem Hafen, in einer Gruft, in einem Keller, in einer Katakombe.

Vielleicht erwartete Esch, daß der Major weitersprechen werde, denn der Major hob zweimal die Hand, gleichsam einstimmend in den rhythmischen Takt des Gesanges, gleichsam ihn zu begrüßen, – Esch hielt den Atem an, allein der Major ließ die Hand wieder sinken. Da sagte Esch, als sollte damit aus Totem das Lebendige erstehen: »Die Fackel der Freiheit ... der erleuchtende Brand ... die Fackel der wahren Freiheit.«

Für den Major indes war es eine Art Verschmelzung, und er hätte nicht zu sagen gewußt, ob er den erleuchtenden Kranz der Fackeln über sich sah, oder ob er die Stimme des Mannes hörte, der den Refrain »Send das Feuer« immer weiter psalmodierte, oder ob es die Stimme Eschs war oder das Weinen des kleinen Uhrmachers Samwald, das dünn aus dem Hintergrund hervordrang: »Rette uns aus der Finsternis, führe uns zu den paradiesischen Freuden.«

Aber der Landwehrmann, der keuchend sich aufgerichtet hatte, und er schwang dabei einen seiner Stöcke, gab heisere Laute von sich, heulende Worte: »Auferstanden von den Toten ... wer nicht in der Erde war, soll's Maul halten.«

Esch entblößte sein Pferdegebiß, lachte: »Du darfst selber dein ungewaschenes Maul halten, Gödicke.«

Das waren grobe Worte; Esch mußte selber so laut darüber lachen, daß es ihn irgendwie lähmend in der Kehle schmerzte wie einen, der im Schlafe lacht. Der Major allerdings vernahm weder die Grobheit der Rede noch das überlaute Lachen, denn in seinem besseren Wissen sah er durch die Rauheit der Oberflächen hindurch, ja, er bemerkte sie gar nicht, und eher war es ihm, als würde Esch mit leichter Hand alles in Ordnung bringen können, als würden Eschs Züge, unkenntlich fast in dem Dämmerlicht, zu seltsam dämmeriger Landschaft mit dem ganzen Raum verschmolzen sein, und durch das dröhnende Lachen schimmerte ihm eine Seele, die sich aus dem Nachbarfenster beugt und lächelt, Seele des Bruders, dennoch keine Einzelseele, dennoch nicht in der Nachbarschaft, sondern wie eine unendlich ferne Heimat. Und er lächelte Esch zu. Doch auch in Esch war das Wissen und er wußte gleichfalls, daß ein gemeinsames Lächeln gemeinsam sie auf erhöhte Stufe trug, es war ihm, als käme er aus weitester Ferne angefahren inmitten eines brausenden Windes, der alles Gewesene hinwegfegt, als käme er auf feurigem rotem Gefährt angefahren, um hier am Ziele zu sein, an jenem erhöhten Ziele, an dem es gleichgültig wird, wie einer heißt, gleichgültig, ob einer in den andern verfließt, Ziel, an dem es kein Heute und kein Morgen mehr gibt, – er spürte den Hauch der Freiheit seine Stirne berühren, Traum im Traume, und Esch, die Knöpfe der Weste öffnend, stand da, hochaufgerichtet, als wollte er den Fuß auf des Schlosses Freitreppe setzen.

Freilich, den Mann Ludwig Gödicke hatte er trotz alledem nicht einschüchtern können. Der war nun fast bis an das Tischchen vorgehumpelt und kampfbereit schrie er: »Wer reden will, soll erst mal in die Erde kriechen ... da ...«, er bohrte die Spitze seines Stockes in den Lehmboden, »... da ... kriech erst selber mal da hinein.«

Esch mußte wieder lachen. Er fühlte sich stark, fest und wohlbestellt, robust auf seinen Beinen, ein Kerl, den umzubringen sich schon verlohnte. Er streckte die Arme aus wie einer, der vom Schlafe aufwacht, oder wie ein Gekreuzigter: »Na, willst du mich vielleicht gar erschlagen ... mit deinen Krücken ... du läufst ja auf Krücken, du Mißgeburt.«

Einige riefen, den Gödicke solle man in Ruhe lassen, das sei ein heiliger Mann.

Esch machte eine wegwerfende Geste: »Keiner ist heilig ... heilig ist erst der Sohn, der das Haus bauen wird.«

»Alle Häuser baue ich«, brüllte der Maurer Gödicke, »alle Häuser habe ich gebaut ... immer höher ...« und er spuckte verächtlich aus.

»Wolkenkratzer in Amerika«, feixte Esch.

»Er kann auch Wolkenkratzer bauen«, weinte der Uhrmacher Samwald.

»Ja, kratz dich selber ... Wände kann er abkratzen.«

»Aus der Erde heraus bis in den Himmel hinein ...«

Gödicke hatte die Arme mit den beiden Stöcken in der Luft, er sah drohend und gewaltig aus, »... auferstanden von den Toten!«

»Tot!« schrie Esch, »die Toten glauben, daß sie mächtig sind ... ja, mächtig sind sie, aber das Leben im dunklen Haus können sie nicht erwecken ... die Toten sind die Mörder! Mörder sind sie!«

Er stockte, erschrocken über das Wort vom Mord, das jetzt wie ein dunkler Schmetterling durch die Luft geflattert war, doch nicht minder erschrocken und verstummt vor dem Gehaben des Majors: denn der Major hatte sich erhoben, mit einem sonderbar steifen Ruck, und hatte das Wort wiederholt, wiederholte starr »Mörder« und blickte, als erwarte er Entsetzliches, auf das geöffnete Tor und auf den Hof hinaus.

Alle schwiegen und sahen auf den Major. Der Major regte sich nicht, schaute noch immer gebannt auf das Tor und Esch schaute gleichfalls hin. Nichts Außergewöhnliches war dort sichtbar; die Luft zitterte im Sonnenlicht, die Hausmauer am andern Ufer des Sonnenstroms – eine Kaimauer, mußte der

Major denken – blendete, ein viereckiger weißer Ausschnitt in dem braunen Kasten des Tors und seiner Flügel. Aber das Gleichnis hatte seine beglückende Unmittelbarkeit verloren, und als Esch, die eingetretene Ruhe benützend, nochmals die Bibelstelle vorlas: »Und von Stund an waren alle Türen aufgetan«, da war dem Major das Tor wieder ein gewöhnliches Scheunentor, und nichts war geblieben, als daß der Hof da draußen von ferne her an die Heimat gemahnte und an den großen Gutshof inmitten der Ställe. Und auch als Esch schloß: »Tu dir kein Leid! denn wir sind noch alle hier!« da war es nicht mehr Ruhe, es war Angst, – die Angst, daß in der Welt des Gleichnisses und der Stellvertretung bloß das Böse leibhaftig sein könne. »Wir sind noch alle hier«, sagte Esch nochmals, doch der Major konnte es nicht glauben, denn es waren nicht mehr Apostel und Jünger vor seinen Augen, sondern Landsturmleute und Rekruten, Angehörige des Mannschaftsstandes, und er wußte, daß Esch gleich ihm, einsam wie er selber, voll Angst auf das Tor starrte. So standen sie nebeneinander.

Und da geschah es, daß am Grunde des dunklen Kastens, daß im Rahmen des Tores eine Gestalt auftauchte, eine rundliche, untersetzte Gestalt, die sich über den weißen Kies des Hofes hinbewegte, ohne daß die Sonne sich verdunkelte. Huguenau. Die Hände auf dem Rücken, ein Passant, der gemächlich einherschlendert, spazierte er über den Hof und machte vor dem Tore halt, blinzelte herein. Unbeweglich stand noch der Major, stand Esch, denn mochte es ihnen auch eine Ewigkeit dünken, es waren nur wenige Sekunden, und als Huguenau sich vergewissert hatte, was hier vor sich ging, nahm er den Hut ab, kam auf Zehenspitzen herein, verbeugte sich vor dem Major und setzte sich bescheiden ans Ende einer Bank. »Der Leibhaftige«, murmelte der Major, »der Mörder ...«, aber vielleicht sagte er es gar nicht, denn die Kehle war ihm zugeschnürt, und beinahe hilfeheischend schaute er auf Esch. Esch indes lächelte, lächelte fast sarkastisch, obgleich er selber das Eindringen Huguenaus wie einen hinterhältigen Angriff empfand oder wie einen Meuchelmord, wie einen unentrinnbaren Tod, der trotzdem herbeigewünscht wird, selbst dann, wenn der Arm, der den Dolch hält, nur der eines schäbigen Agenten ist, – Esch lächelte, und weil der, der vor dem Tode steht, zur Freiheit erlöst ist und ihm alles erlaubt ist, berührte er den Arm des Majors: »Immer ist ein Verräter unter uns.« Und der Major erwiderte ebenso leise: »Er soll sich packen ... er soll sich packen ...« und als Esch den Kopf schüttelte, setzte er hinzu: »... nackt und bloß ausgestellt ... ja, nackt und bloß sind wir ausgestellt auf der andern Seite ...« und dann sagte er schließlich: »... ist ja egal ...« denn in der Welle des Ekels, die er plötzlich in sich aufsteigen fühlte, floß breit und übermächtig die Gleichgültigkeit, floß die Müdigkeit. Und müde und schwerfällig ließ er sich wiederum bei dem Tischchen nieder.

Am liebsten hätte auch Esch nichts mehr von alledem gehört und gesehen. Am liebsten hätte er die Versammlung aufgehoben. Aber er durfte den Major nicht in solchem Mißklang scheiden lassen, und so schlug er etwas unziemlich mit der Bibel auf den Tisch und rief: »Wir bleiben im Text. Jesaia, Kapitel 42, Vers 7, Daß du sollst öffnen die Augen der Blinden und die Gefangenen aus dem Gefängnis führen, und die da sitzen in der Finsternis, aus dem Kerker.«

»Amen«, respondierte Fendrich.

»Es ist ein schönes Gleichnis«, sagte nun auch der Major.

»Ein Gleichnis von der Erlösung«, sagte Esch.

»Ja, ein Gleichnis von der erlösenden Buße«, sagte der Major und gab sich einen kleinen vorschriftsmäßigen Ruck, »ein schönes Gleichnis ... wollen wir damit für heute schließen?«

»Amen«, sagte Esch und knöpfte die Weste zu.

»Amen«, sagte die Versammlung. –

Als sie den Schuppen verließen und die Leute in stillem Gespräch noch unschlüssig auf dem Hofe beisammenstanden, drängte sich Huguenau durch die Gruppen zum Major hin, war aber von dessen abweisender Miene betroffen. Demungeachtet wollte er auf die Begrüßung nicht verzichten, um so weniger, als er sich hiezu schon ein Scherzwort zurechtgelegt hatte: »Herr Major sind also gekommen, um die Primiz unseres neugebackenen Herrn Pastors mitzufeiern?« Das kurze fremde Nicken, mit dem diese Anrede quittiert wurde, belehrte ihn, daß das Verhältnis getrübt sei, und dies wurde noch deutlicher, als der Major sich umwandte und mit auffallend lauter Stimme sagte: »Kommen Sie, Esch, wir wollen ein wenig vor die Stadt gehen.« Huguenau blieb in einer Mischung von Verständnislosigkeit, Wut und suchendem, vagem Schuldbewußtsein zurück.

Die beiden nahmen den Weg durch den Garten. Die Sonne neigte sich bereits zu den westlichen Höhenzügen.

Es war damals, als würde der Sommer überhaupt kein Ende nehmen: Tage von vergoldeter zitternder Stille folgten einer dem andern in gleichem strahlendem Licht, als wollten sie vor ihrer süßen Ruhe die blutigste Periode des Krieges doppelt sinnlos erscheinen lassen. Wie nun die Sonne hinter der Bergkette verschwand, der Himmel zu immer zarterem Blau aufhellte, die Landstraße immer friedlicher sich dehnte und das Leben sich allenthalben in sich faltete wie das Atmen des Schlafes selber, da ward jene Ruhe immer offenkundiger und aufnahmsbereiter für die Seele des Menschen. So lag der Sonntagsfrieden wohl über dem ganzen deutschen Vaterland, und in heftig aufquellender Sehnsucht gedachte der Major seiner Frau und seiner Kinder, die er über die abendlichen Felder sich ergehen sah: »Wäre dies alles nur schon vorbei«, und Esch konnte kein Wort des Trostes für ihn finden. Hoffnungslos dünkte sie beide jegliches Leben, einziger spärlicher Gewinn ein Spaziergang in abendlicher Landschaft, auf der ihrer beider Blicke ruhten. Es ist wie eine Galgenfrist, dachte Esch. Und so gingen sie schweigend.

64

Es wäre falsch zu sagen, daß Hanna das Urlaubsende herbeisehnte. Sie fürchtete sich davor. Nacht für Nacht war sie die Geliebte dieses Mannes. Und ihr Tagewerk, auch bisher nur ein verwischtes Hinhuschen des Bewußtseins, das dem Abend und dem Bett entgegendämmerte, es war jetzt noch viel eindeutiger solchem Ziele zugewandt, in einer erschrekkenden Eindeutigkeit, die kaum mehr Verliebtheit genannt werden durfte, so hart, so glücklos war alles in dem Wissen um das Frau-Sein und Mann-Sein eingetaucht: eine Seligkeit ohne Lächeln, eine geradezu anatomische Seligkeit, die für ein Rechtsanwaltsehepaar teils zu göttlich, teils zu unwürdig war.

Gewiß war ihr Leben ein Hindämmern. Aber dieses Hindämmern ging sozusagen schichtenweise vonstatten, es versank niemals ins Bewußtlose, war eher ein allzu deutlicher Traum mit dem schmerzlichen Wissen um die Lähmung des Willens, und je unfreier, je wahrhaft faunischer oder florischer das Geschehen sie umfaßt hielt, desto wacher wurde die Schicht des Erkennens, die darüber lag. Man war bloß nicht imstande, davon zu sprechen, und nicht etwa nur, weil Scham sich dazwischen stellte, sondern viel eher, weil das Wort wohl niemals an jene Entblößung heranreicht, die aus dem Tun herausspringt wie die Nacht aus dem Tage, – es war sozusagen auch das Reden in mindestens zwei Schichten geteilt, in ein Nachtreden, das ein Stammeln war, untergeordnet dem Geschehen, und in ein Tagreden, das, losgelöst von dem Geschehen, in einem weiten Bogen darum herum ging und eine Einkreisungsmethode befolgte, die immer die Methode des Rationalen ist, ehe sie sich im Aufschrei und im Weinen der Verzweiflung selber aufgibt. Und oftmals war dann ihr Reden ein Tasten und Suchen nach der Ursache der Krankheit, die sie befallen hatte. »Wenn der Krieg vorbei ist«, sagte Heinrich fast täglich, »wird alles wieder anders werden ... wir sind durch den Krieg irgendwie primitiver geworden ...« – »Ich kann es nicht verstehen«, pflegte Hanna dann zu antworten, oder: »Es ist gar nicht durchzudenken, es ist alles unvorstellbar.« Dabei wies sie es im Grunde ab, mit Heinrich wie mit einem Gleichberechtigten zu sprechen; er war schuldtragend und eigentlich sollte er sich verteidigen, statt über den Dingen zu stehen. Und während sie vor dem Spiegel die blonden Schildpattkämme aus den lichten Haaren nahm, sagte sie: »Der merkwürdige Mensch in der Stadthalle hat von der Einsamkeit gesprochen.« Heinrich lehnte ab: »Der war betrunken.« Hanna kämmte ihr Haar und mußte daran denken, daß ihre Brüste von den gehobenen Armen gestrafft wurden. Sie spürte es unter der Seide des Hemdchens, auf der sie sich wie zwei kleine spitze Zelte abzeichneten. Man sah es im Spiegel, neben dem, links und rechts, je eine Kerzenglühlampe hinter zartgemustertem rosa Schirm leuchtete. Dann hörte sie Heinrich sagen: »Wir sind wie durch ein Sieb gerüttelt worden … verstäubt.« Sie sagte: »In einer solchen Zeit dürften keine Kinder zur Welt kommen.« Sie dachte an den Jungen, der Heinrich so ähnlich sah, und unvorstellbar schien es ihr, daß ihr blonder Körper dazu eingerichtet war, ein Stück des Mannes aufzunehmen; eine Frau zu sein. Sie mußte die Augen schließen. Er sagte: »Möglich, daß eine Generation von Verbrechern heranwächst … nichts bürgt dafür, daß es heute oder morgen bei uns nicht genauso losgeht wie in Rußland … na, hoffentlich nicht, … aber dagegen spricht bloß die ungeheure Haltbarkeit einer noch vorhandenen Ideologie …« Sie spürten beide, wie diese Rede ins Leere ging. Es war nicht viel anders, als wenn ein Angeklagter sagen wollte: »Prachtvolles Wetter heute, Hoher Gerichtshof«, und Hanna schwieg für einen Augenblick, ließ sich von der Haßwelle tragen, von dieser Haßwelle, in der ihre Nächte noch schmählicher, noch tiefer, noch lustvoller wurden. Dann sagte sie: »Wir müssen es abwarten, … es hängt wohl mit dem Krieg zusammen … aber nicht so … es ist, als ob der Krieg erst das Zweite wäre …« – »Inwiefern das Zweite?« fragte Heinrich. Hanna machte eine Falte zwischen den Augenbrauen: »Wir sind das Zweite und der Krieg ist das Zweite … das Erste ist etwas Unsichtbares, etwas, das aus uns herausgekommen ist …« Sie erinnerte sich, daß sie das Ende der Hochzeitsreise ersehnt hatte, um – so glaubte sie damals – eilends zur Einrichtung ihres Heimes zurückkehren zu können. Immerhin, die jetzige Situation war so ähnlich; auch eine Hochzeitsreise ist ein Urlaub. Was sich damals gemeldet hatte, war wohl auch nichts anderes gewesen als die Ahnung von der Abgeschlossenheit und Einsamkeit, – vielleicht, so dämmerte ihr jetzt, ist die Einsamkeit das Erste, ist Einsamkeit der Kern der Krankheit! Und weil es damals gleich nach ihrer Hochzeit begonnen hatte, – Hanna rechnete nach: ja, schon in der Schweiz hatte es begonnen, – und weil alles so genau stimmte, verschärfte sich ihr Verdacht, Heinrich müsse damals einen irreparablen Fehler oder sonst irgendein Unrecht an ihr begangen haben, ein Unrecht, das nie mehr ungeschehen zu machen, sondern nur mehr zu vergrößern war, ein gigantisches Unrecht, das mit dazu beigetragen hatte, den Krieg zu entfesseln. Sie hatte Crème aufgelegt und mit den Fingerspitzen sorgfältig verrieben, und nun betrachtete sie ihr Gesicht im Spiegel mit behutsamer Aufmerksamkeit. Das Jungmädchengesicht von damals war verschwunden und zu einem Frauengesicht geworden, durch welches das des jungen Mädchens nur mehr durchschimmerte. Sie wußte nicht, warum dies alles zusammengehörte, aber sie beschloß den schweigenden Gedankengang und sagte: »Der Krieg ist nicht die Ursache, er ist nur ein Zweites.« Und dann wußte sie: ein zweites Gesicht ist der Krieg, ein Nachtgesicht. Es war ein Auseinanderfallen der Welt, ein Nachtgesicht, zerstäubend zu kalter und ganz leichter Asche, und es war das Auseinanderfallen ihres eigenen Gesichtes, war wie dieses Auseinanderfallen, das sie spürte, wenn er sie in den Achselhöhlen küßte. Er sagte: »Gewiß, der Krieg ist erst die Folge unserer verfehlten Politik«, und vielleicht hätte er sogar zu begreifen vermocht, daß die Politik auch nur ein Zweites ist, soferne es eine Ursache gibt, die noch tiefer liegt. Doch er war von seiner Erklärung befriedigt, und Hanna, mit dem jetzt unersetzbaren französischen Parfüm sparsam sich betupfend und den Duft aufschnuppernd, hörte nicht mehr hin: sie hatte den Nacken gebeugt, um auf den silbrigen Haaransatz geküßt zu werden, und so geschah es. »Noch«, sagte sie.

65

Esch war ein Mensch impetuoser Haltungen. Deshalb war jede Lappalie imstande, ihn zur Selbstaufopferung zu bringen. Sein Wunsch geht nach Eindeutigkeit: er möchte eine Welt formen, deren Eindeutigkeit so stark ist, daß seine eigene Einsamkeit daran festgebunden wäre wie an einem eisernen Pfahl.

Huguenau war ein Mensch, der sich den Wind um die Nase hatte wehen lassen; selbst wenn er im luftleeren Raum daherkam, pfiff ihm der Wind um die Nase.

Da gab es einen, der flüchtete vor seiner eigenen Einsamkeit bis nach Indien und Amerika. Er wollte das Problem der Einsamkeit mit irdischen Mitteln lösen, – er war ein Ästhet und deshalb mußte er sich umbringen.

Marguerite war ein Kind, ein in einem Geschlechtsakt gezeugtes Kind, behaftet mit der Erbsünde und allein gelassen in der Sünde: es mag vorkommen, daß jemand ihm zunickt und es fragt, wie es heiße, – aber solch flüchtige Anteilnahme wird es nicht mehr retten.

Kein Gleichnis, das nicht wieder nur durch ein Gleichnis ausgedrückt werden muß, – steht das Unmittelbare am Anfang oder am Ende der Gleichnisreihe?

Gedicht des Mittelalters: die Gleichnisreihe hebt bei Gott an und kehrt zu Gott zurück, – sie schwebt in Gott.

Hanna Wendling wünschte eine Ordnung der Dinge, in deren schwebendem Gleichgewicht das Gleichnis zu sich selbst zurückkehrt wie in einem Gedicht.

Der eine nimmt Abschied, der andere desertiert, – alle desertieren sie aus dem Chaos, doch bloß einer, der niemals gebunden war, wird nicht erschossen.

Es gibt nichts Hoffnungsloseres als ein Kind.

Wer in der geistigen Vereinsamung ist, vermag sich noch in die Romantik zu retten, und aus der seelischen Vereinsamung führt immer noch ein Weg zum Du des Geschlechts, – doch für die Einsamkeit an sich, für die unmittelbare Einsamkeit läßt sich die Rettung ins Gleichnis nicht mehr finden.

Major v. Pasenow war ein Mensch, der sich mit aller Inbrunst nach der Vertrautheit der Heimat sehnte, nach einer unsichtbaren Vertrautheit in den sichtbaren Dingen. Und seine Sehnsucht war so stark, daß das Sichtbare Schicht um Schicht ins Unsichtbare versank, das Unsichtbare aber Schicht um Schicht im Sichtbaren.

»Ach«, sagt der Romantiker und zieht sich das Kleid eines fremden Wertsystems an, »ach, nun gehöre ich zu euch und bin nicht mehr einsam.« – »Ach«, sagt der Ästhet und zieht das gleiche Kleid an, »ich bleibe einsam, aber es ist ein schönes Kleid.« Der ästhetische Mensch stellt innerhalb des Romantischen das böse Prinzip dar.

Das Kind ist mit jedem Ding sofort vertraut: es ist ihm unmittelbar und in einem Atem doch Gleichnis. Daher die Radikalität des Kindes.

Wenn Marguerite weinte, so geschah dies bloß aus Wut. Nicht einmal mit sich selber hatte sie Mitleid.

Je einsamer der Mensch wird, je gelockerter das Wertsystem, in dem er sich befindet, desto deutlicher wird sein Tun vom Irrationalen her bestimmt. Der romantische Mensch, geklammert an die Formen eines fremden und dogmatisierten Wertsystems, ist – man möchte es nicht glauben – durchaus rational und unkindlich.

Das Rationale des Irrationalen: ein anscheinend absolut rationaler Mensch wie Huguenau vermag Gut und Böse nicht zu unterscheiden. In einer absolut rationalen Welt gibt es kein absolutes Wertsystem, gibt es keine Sünder, höchstens Schädlinge.

Auch der Ästhet unterscheidet nicht Gut und Böse, deswegen fasziniert er. Doch er weiß sehr wohl, was gut und was böse ist, er will es bloß nicht unterscheiden. Und das macht ihn verworfen.

Eine Zeit, die so rational ist, daß sie unausgesetzt flüchten muß.

66

Geschichte des Heilsarmeemädchens in Berlin (11)

Ich ziehe mich von den Juden möglichst zurück, aber nach wie vor bin ich gezwungen, sie weiter zu beobachten. So muß ich mich über die Vertrauensstellung, die der Halbfreigeist Simson Litwak bei ihnen einnimmt, stets aufs neue wundern. Es ist offenkundig, daß dieser Litwak ein Dummkopf ist, den man hatte studieren lassen, bloß weil er zu einer richtigen Beschäftigung nicht taugte, – man braucht nur sein glattes nacktes Gesicht, das aus seinem Umhängebart nun auch schon über fünfzig Jahre in die Welt hineinschaut, mit den zerfurchten, zerdachten Gesichtern der Judengreise zu vergleichen! – und trotzdem scheint er bei ihnen als eine Art Orakel zu gelten, das sie bei jeder Gelegenheit heranholen. Vielleicht ist's ein Rest des Glaubens an den Lallenden, der das Sprachrohr Gottes sein soll, denn Respekt vor der Wissenschaft kann's nicht sein; sie sind sich allzu sehr bewußt, die bessere Wissenschaft zu besitzen. Es ist kaum anzunehmen, daß ich mich täusche. Dr. Litwak freilich sucht diesen Sachverhalt zu bemänteln, aber es gelingt ihm schlecht. Die Geschichte mit seiner Aufgeklärtheit ist nämlich bloßer Schwindel; seine Ehrfurcht vor dem Wissen der Judengreise ist übergroß, und wenn er trotz der schlechten Behandlung, die ich ihm angedeihen lasse, mich doch immer wieder freundschaftlich begrüßt, so verdanke ich dies zweifellos meiner Weigerung, die talmudische Weltanschauung der Judengreise als »Vorurteil« zu bezeichnen. Offenbar hat er daraus noch überdies die Hoffnung abgeleitet, daß ich Nuchem auf dem rechten Weg erhalten werde; und so läßt er sich's gefallen, daß ich ihn und seine Vertraulichkeit immer und immer wieder abweise.

Heute traf ich ihn auf der Treppe, ich stieg hinauf, er kam herunter. Wäre es umgekehrt gewesen, ich hätte einfach vorbeilaufen können; einem Abwärtsstürmenden kann man nicht so leicht den Weg vertreten. Aber ich kletterte zu langsam hinauf, Großstadtschwüle und Unterernährung. Neckisch hielt er den Spazierstock quer. Er wollte mich wohl drüber springen lassen wie einen Pudel (ich ertappe mich dabei, daß ich in der letzten

Zeit leicht, allzu leicht beleidigt bin; auch das mag wohl von der Unterernährung herrühren). Ich hob den Stock mit zwei Fingern, um mir Passage zu schaffen. Ach, war mir das vertrauliche Grinsen zuwider. Er nickte mir zu. »Was sagen Sie jetzt? die Leut' sind ganz unglücklich.« »Ja, heiß ist's.«

»Wenn's wegen der Hitz wär'!«

»Ja, und die Österreicher sind in den Sieben Gemeinden stecken geblieben.«

»Spaß mit die Sieben Gemeinden … nu, was sagen Sie wirklich dazu? er sagt, Freud' muß sein im Herzen.«

Mein Zustand bringt es mit sich, daß ich auf die dümmsten Debatten eingehe: »Das klingt immerhin nach Davidpsalmen … haben Sie was dagegen?«

»Dagegen? dagegen … ich sag' bloß, der alte Großvater hat recht, die alten Leut' haben immer recht.«

»Vorurteile, Simson, Vorurteile.«

»Mich werden Sie nicht hecheln!«

»Also, was sagt der Herr Großpapa?«

»Passen Sie auf! er sagt, a Jud hat sich nicht zu freuen im Herzen, sondern da …« Er tippt sich mit der Hand auf die Stirn.

»So, mit dem Kopf?«

»Ja, mit'm Kopp.«

»Und was tut ihr mit dem Herzen, wenn ihr mit'm Kopp euch freut?«

»Mit dem Herz haben wir zu dienen … uwchol lewowcho uwchol nawschecho uwchol meaudecho, das heißt auf deutsch, mit ganzem Herzen, mit ganzer Seele und mit ganzem Vermögen.«

»Das sagt auch der Großvater?«

»Das sagt nicht nur der Großvater, so ist's.«

Ich versuchte, ihn mitleidig anzuschauen, aber es wollte nicht recht gelingen: »Und Sie nennen sich aufgeklärt, Herr Dr. Simson Litwak?«

»Natürlich bin ich ein aufgeklärter Mensch … so wie Sie sind ein aufgeklärter Mensch … natürlich … aber wollen Sie deshalb das Gesetz umstoßen?« Er lachte.

»Gott segne Sie, Dr. Litwak«, sagte ich und stieg weiter.

Er antwortete: »Bis zu hundert«, er lachte noch immer,

»aber umstoßen das Gesetz kann keiner, Sie nicht, ich nicht, der Nuchem nicht ...«

Ich stieg die Proletariertreppe hinauf. Warum blieb ich hier? in dem Hospiz wäre ich besser aufgehoben. Bibelsprüche statt Öldrucken an den Wänden. Beispielsweise gesagt.

67

Geschichte des Heilsarmeemädchens in Berlin (12)

Er sprach: mein Maultier trabt mit raschen Hufen,
mit Schellenkränzen und mit Purpurzaum
und trägt uns beide durch den Zionstraum.
Er sprach: ich habe dich gerufen.
Er sprach: in meinem Herzen ist ein großes Schaun,
den Tempel schaue ich und seine tausend Stufen
und schau die Stadt, an der die Ahnen schufen.
Er sprach: wir wollen eine Hütte bau'n.
Er sprach: bisher war Warten, daß ich mich vergeude,
nur Warten gab's, Versunkenheit im Buch.
Er sprach: ich harrte seiner und nun kam die Freude ...,
er sprach es nicht, doch war's des Herzens Spruch.
Auch sie war stumm. In Schweigen und versunken
so gingen sie und waren dennoch trunken.
So gingen Sie und waren dennoch trunken
von Schweigen, Sehnen und versteckter Pracht,
so gingen sie und keines hatte acht
der Straßen, Mietskasernen und Spelunken.
Sie sprach: in meinem tiefsten Herzensschacht
aufgehrt das Fünklein, gehrt zum hellen Funken
und wird zum Licht und wird zum lichten Prunken.
Er sprach: ich habe dein gedacht.
Sie sprach: mein Herz ist aufgeglommen,
du neigst der Büßerin das milde Antlitz zu.
Er sprach: hell glänzt der Weg, der Zionsweg des Frommen.
Sie sprach: für uns am Kreuze littest du.
Sie sprachen nichts: das Wort war abgeblendet.
Sie taten nichts: die Tat war schon vollendet.

»Was, Sie wollen um diese Zeit noch ausgehen, Leutnant Jaretzki!« Schwester Mathilde saß neben dem Eingang des Lazaretts, und Leutnant Jaretzki, im erleuchteten Türrahmen, zündete sich eine Zigarette an.

»War bei der Hitze heute noch nicht vorm Haus ...« er klappte sein Feuerzeug zu, »... gute Erfindung, die Benzinfeuerzeuge, ... daß ich nächste Woche abmarschiere, wissen Sie schon, Schwester?«

»Ja, ich habe es gehört. Nach Kreuznach auf Erholung, ... Sie sind wohl recht froh, daß Sie endlich hier rauskommen ...«

»Nun ja ... Sie müssen übrigens auch froh sein, mich loszuwerden.«

»Man kann nicht sagen, daß Sie ein bequemer Patient waren.«

Schweigen.

»Kommen Sie ein bißchen spazieren, Schwester, jetzt ist's kühl.«

Schwester Mathilde zögerte: »Ich muß bald wieder rein ... wenn Sie mögen, ein wenig vor dem Haus.«

Jaretzki sagte beruhigend: »Ich bin ganz nüchtern, Schwester.«

Sie gingen auf die Straße hinaus. Das Krankenhaus mit seinen zwei Reihen beleuchteter Fenster lag zu ihrer Rechten. Die Stadt unten war in ihren Umrissen zu erkennen, noch ein wenig schwärzer als die Schwärze der Nacht. Ein paar Lichter brannten dort und auch auf den Höhen zeigte das eine oder andere Licht das Vorhandensein eines einsamen Bauernhauses an. Die Uhren der Stadt schlugen neun.

»Möchten Sie nicht auch von hier fort, Schwester Mathilde?«

»Ach, ich bin ganz zufrieden ... ich habe meine Arbeit.«

»Eigentlich ist es furchtbar nett von Ihnen, daß Sie mit solch einem Suff- und Reservefritzen spazierengehen, Schwester.«

»Warum sollte ich nicht mal mit Ihnen spazierengehen, Leutnant Jaretzki?«

»Ja, warum eigentlich nicht ...« nach einer Weile: »Also Sie wollen Ihr ganzes Leben hier bleiben?«

»Das denn doch nicht ... wenn der Krieg vorbei ist.«

»Dann wollen Sie nach Hause? ... nach Schlesien?«

»Das wissen Sie?«

»Ach, das weiß man bald ... und Sie glauben, daß Sie so einfach wieder nach Hause fahren werden ... als ob nichts gewesen wäre?«

»Ich habe darüber eigentlich nie nachgedacht ... es kommt ja immer alles anders.«

Wissen Sie, Schwester, ... ich bin ganz nüchtern ... aber es ist meine innerste Überzeugung: so richtig nach Hause kommt keiner mehr.«

»Wir wollen alle wieder nach Hause, Herr Leutnant, wofür hätten wir denn gekämpft, wenn nicht für unsere Heimat.«

Jaretzki blieb stehen: »Wofür wir gekämpft haben? wofür wir gekämpft haben ... fragen Sie lieber nicht, Schwester ... übrigens haben Sie recht, es kommt ohnehin alles anders.«

Schwester Mathilde schwieg. Dann sagte sie: »Wie meinen Sie das, Herr Leutnant?«

Jaretzki lachte: »Na, hätten Sie je geglaubt, daß Sie mit einem besoffenen einarmigen Ingenieur spazierengehen werden ... Sie sind doch eine Gräfin.«

Schwester Mathilde antwortete nicht. Sie war zwar keine Gräfin, wohl aber ein Fräulein v., und ihre Großmutter war eine Gräfin.

»Vielleicht ist's Wurscht ... wenn ich ein Graf wäre, wär's auch nicht anders, ich müßte auch saufen ... wissen Sie, wir sind jeder viel zu allein, als daß so etwas noch was ausmachen könnte ... jetzt habe ich Sie böse gemacht?«

»Ach, woher ...«, sie sah in der Dunkelheit die Linie seines Profils und fürchtete, daß er nach ihrer Hand greifen würde. Sie ging auf die andere Straßenseite.

»Jetzt heißt's umkehren, Herr Leutnant.«

»Sie müssen ja auch allein sein, Schwester, sonst hielten Sie es nicht aus ... seien wir froh, daß der Krieg nicht aufhört ...«

Sie waren wieder beim Gittertor des Lazaretts. Die meisten der Fenster waren jetzt dunkel. Man sah die schwache Notbeleuchtung in den Krankensälen.

»So, und jetzt gehe ich was trinken, trotz allem... Sie werden ja ohnehin nicht mithalten, Schwester.«

»Höchste Zeit, daß ich hineinkomme, Leutnant Jaretzki.«

»Gute Nacht, Schwester, schönen Dank.«

»Gute Nacht, Herr Leutnant.«

Schwester Mathilde fühlte sich irgendwie enttäuscht und traurig. Sie rief ihm nach: »Kommen Sie nicht zu spät heim, Herr Leutnant.«

69

Seitdem er damals mit Esch durch die abendlichen Felder gewandert war, geschah es öfters, daß der Major nach Erledigung des Dienstes seinen Weg durch die Fischerstraße nahm, ja, daß er, kaum ein paar Gassen weiter, seinen Schritt hemmte, unschlüssig stehenblieb und wieder umkehrte. Man hätte geradezu sagen können, daß er um den »Kurtrierschen Boten« herumstrich. Vielleicht wäre er sogar eingetreten, hätte er nicht ein Zusammentreffen mit Huguenau gefürchtet, ja, selbst auf der Straße wollte er ihm nicht begegnen, selbst daran konnte er nicht ohne Beklommenheit denken. Aber als nun statt Huguenau plötzlich Esch vor ihm auftauchte, da wußte er nicht, ob es nicht diese Begegnung war, die er noch mehr gefürchtet hatte. Denn da stand er, der Stadtkommandant in Uniform, den Degen an der Seite, mit einem Zeitungsmenschen in Zivil, er stand in Uniform auf offener Straße und hatte diesem Mann die Hand gereicht, und anstatt es dabei bewenden zu lassen, war er, alle Haltung vergessend, beinahe glücklich, daß dieser Mann Anstalten machte, ihn zu begleiten. Doch Esch hatte respektvoll den Hut abgenommen, und der Major blickte in ein zerfurchtes ernstes Gesicht, blickte auf die kurzgeschorenen steifen grauen Haare, – und es war wie eine Beruhigung, war wie plötzliche Erinnerung an Bibelstunden in der Heimat und zugleich war es die Brüderlichkeit jenes Nachmittags, die wieder aufkeimte, mit ihr aber auch das Bedürfnis, diesem Manne, der fast ein Freund war, etwas Gutes zu sagen, vielleicht auch nur, damit der Freund eine gute Erinnerung an ihn bewahre; er zögerte noch ein wenig, und dann sagte er: »Kommen Sie.«

In der Folge wiederholten sich diese Spaziergänge. Freilich nicht so oft, als der Major oder gar Esch es sich gewünscht hätten. Denn nicht nur, daß die Zeit immer bewegter wurde, – Truppen wurden einquartiert und zogen wieder ab, Autokolonnen durchrasselten die Straßen, und so manche Nacht mußte der Stadtkommandant seine Ruhe dem Dienste opfern, – Major v. Pasenow konnte es auch nicht über sich bringen, den »Kurtrierschen Boten« nochmals aufzusuchen, und es dauerte immerhin einige Zeit, bis Esch dies erraten hatte. Dann allerdings begann er sich danach einzurichten: unauffällig wartete er in der Nähe der Kommandantur, und wenn es sich eben schickte, brachte er Marguerite mit. »Der kleine Racker will durchaus mitkommen«, sagte er; zwar war es dem Major nicht ganz klar, ob die Zutraulichkeit des Kindes als nett oder als aufdringlich zu werten wäre, aber er nahm es freundlich auf und fuhr Marguerite über die schwarzen Locken. Dann wanderten sie selbdritt über die Felder oder über den Pfad längs der Ufergebüsche, und manchmal war es, als erwachte eine Sehnsucht des Abschiednehmens, ein weiches und lindes Fließen des Herzens, ein atmendes Gewässer des Verhauchens, es war wie die Gewißheit eines Endes, in dem der Anfang sich beschließt. Indes so sanft dies auch war, ein leiser Unmut mischte sich hinein, vielleicht weil Esch an diesem Abschiednehmen nicht teilhatte, vielleicht weil es unzulässig war, daß Esch daran teilnähme, vielleicht aber auch weil Esch weder das eine noch das andere erkennen ließ, sondern in einem enttäuschenden Schweigen verharrte. Das war irgendwie dunkel und hinterhältig, denn noch lebte eine verschwommene Hoffnung, daß alles gut und einfach sich gestalten würde, wenn Esch bloß zu sprechen anhöbe. Ach, es war verwunderlich unauffindbar, was er von Esch eigentlich zu hören erwartete, und trotzdem hätte Esch darum wissen müssen. So gingen sie schweigend, schweigend in die Abendhelle und in die wachsende Enttäuschung, und die Helligkeit über den Feldern war dann eine falsche und müde Helligkeit. Und wenn Esch den Hut abnahm, den Wind durch die kurzen straffgebürsteten Haare streichen ließ, so konnte dies zu einer so unziemlichen Vertraulichkeit werden, daß der Major das kleine Mädchen beinahe bedauerte, weil es in die Gewalt eines solchen Menschen geraten war. Einmal sagte er: »Kleine Sklavin«; doch auch dies verfloß in müder Gleichgültigkeit. Marguerite aber lief voraus und kümmerte sich nicht um die beiden Männer.

Sie waren zur Talhöhe hinaufgestiegen und folgten dem Waldsaum. Das kurze trockene Gras knisterte unter ihren Schuhen. Still war's über dem Tal. Man hörte das Knarren der Wagen auf der Straße unten, die gemähten Felder zeigten ihre braune Erde, und kühl wehte die Luft aus der dunklen Tiefe des Laubes. Die Weingärten lagen grün an den Abhängen, in das Rauschen des Waldes mischte sich schon die silbrig metallische Schärfe des Herbstes, und die Stauden am Waldesrand mit ihren schwarzen und roten Beeren waren bereit, herbstlich zu verdorren. Über den westlichen Hängen senkte sich die Sonne, funkelte feurig in den Fenstern der Häuser im Tal. Jedes der Häuser stand auf einem langen (nach Osten gerichteten) Schattenteppich, man sah auf die schwarz-rot gesprenkelten Dächer des Gefängniskomplexes, sah in die nackten und rohen Höfe, und auch in ihnen lagen düstere, scharfkantige Schatten.

Ein kleiner Feldweg führte den Abhang hinunter, und nahe bei der Strafanstalt mündete er in die Straße. Marguerite, vorauslaufend, war eingebogen, und der Major nahm es als einen Fingerzeig Gottes: »Wir wollen heimkehren«, sagte er müde. Als sie etwa zur halben Talhöhe hinabgelangt waren, blieben der Major und Esch stehen und horchten: ein merkwürdig stoßweises Summen drang zu ihnen herauf, ohne daß man anzugeben vermocht hätte, woher es stammte. Nichts war zu sehen, bloß ein Auto kam aus der Stadt herausgefahren, der Motor brummte wie gewöhnlich und alle Augenblicke gab es ein Hupensignal; eine lange Staubwolke schleppte es hinter sich her. Das unheimliche Geräusch hatte mit dem Auto nichts zu tun. »Ein böses Geräusch«, sagte der Major befremdet. »Eine Maschine«, sagte Esch, obwohl es durchaus nicht nach Maschine klang. Das Auto folgte den Windungen der Straße und gelangte nun unter heftigem Tuten zur Strafanstalt. Esch mit seinen schärferen Augen konnte feststellen, daß es das Auto der Kommandantur war, und er wurde unruhig, da er es hinter der Anstalt nicht wiederauftauchen sah. Er sagte nichts, aber er beschleunigte den Schritt. Das Geräusch wurde immer härter und akzentuierter, und als sie das Anstaltstor zu Gesicht bekamen, hielt dort das Auto inmitten einer Schar aufgeregter Menschen. »Da ist etwas geschehen«, sagte der Major, und nun hörten sie auch schon aus den vergitterten und mit Holz verschlagenen Gefängnisfenstern einen fürchterlichen Chor, skandiert in Gruppen von drei Worten: »Hunger, Hunger, Hunger, ... Hunger, Hunger, Hunger, ... Hunger, Hunger, Hunger ...« und von Zeit zu Zeit wurde der Chor von einem allgemeinen Viehhofgeheul unterbrochen. Der Chauffeur war ihnen entgegengeeilt: »Melde gehorsamst, Herr Major, eine Revolte ... wir haben Herrn Major vergeblich gesucht ...«, dann rannte er zurück, den Posten herauszuschellen.

Die Leute machten Platz, um den Major durchzulassen, doch der war stehen geblieben. Die Luft schwang noch immer im dreigeteilten Chor, und nun begann Marguerite im Takt mitzuhüpfen: »Hunger, Hunger, Hunger«, jubelte sie. Der Major blickte auf das Haus mit den fürchterlich undurchdringlichen Fenstern, er blickte auf das hüpfende Kind, dessen Lachen ihm sonderbar erstarrt, sonderbar boshaft erschien, und es überschwemmte ihn das Entsetzen. Unabweisbares Geschick, unabwendbare Prüfung! Der Chauffeur riß noch immer an dem eisernen Glockenstrang und schlug mit dem Seitengewehr gegen das Tor, bis endlich die Guckklappe geöffnet wurde und das Tor sich ächzend und schwerfällig in den Angeln drehte. Der Major hatte sich an einen Baum gelehnt und seine Lippen murmelten: »Es ist das Ende.« Esch machte eine Bewegung, als ob er ihm helfen wollte, – der Major winkte ab: »Es ist das Ende«, wiederholte er, aber er richtete sich auf, griff an die Brust, strich über das Band des Eisernen Kreuzes und dann, die Hand am Degengriff, schritt er rasch auf das Gefängnistor zu.

Der Major war im Tor verschwunden. Esch setzte sich auf die kleine Hügelböschung neben der Straße. Immer noch war die Luft von den synkopierten Rufen durchschnitten. Ein einzelner Schuß ertönte, gefolgt von neuerlichem allgemeinen Geheul. Dann noch letzte Rufe wie die letzten Tropfen eines zugedrehten Wasserhahns. Dann war es still. Esch schaute auf das Tor, das sich hinter dem Major geschlossen hatte. – »Es ist das Ende«, sagte nun auch er und wartete. Doch das Ende brach nicht herein, kein Erdbeben kam und kein Engel, und das Tor ward nicht aufgetan. Das Kind hockte neben ihm, und er hätte es gerne in den Arm genommen. Wie eine Kulisse ragten die Gefängnismauern in den hellen Abendhimmel, wie Zähne mit Lücken dazwischen, und Esch fühlte sich fern von sich, fern von dem Geschehnis, dem er jetzt beiwohnte, fern von allem; er scheute sich, seine Lage zu verändern, und er wußte nicht mehr, wie er hierher geraten war. Neben dem Tor hing eine Tafel, die man nicht mehr entziffern konnte; natürlich waren es die Besuchszeiten, die darauf verzeichnet standen, aber das waren bloße Worte. Denn selbst die Demagogen und die Mörder und die Mißgeburten, die man eingekerkert hatte, werden aus dem Gefängnis heraustreten zu neuer und lichterer Gemeinschaft in einem gelobten Lande. Nun hörte er das Kind sagen: »Da ist Onkel Huguenau« und er sah Huguenau im Geschwindschritt vorbeimarschieren, sah ihn und wunderte sich nicht, so lautlos war dies alles, lautlos der Schritt Huguenaus, lautlos die Bewegungen der Leute vor dem Gefängnistor, lautlos dies alles wie die Bewegungen der Artisten und Seiltänzer, wenn die Musik erschweigt, so lautlos wie der helle Abendhimmel in seinem Erblassen. Uneinbringlich lag die Ferne vor dem Träumenden, dennoch nicht Träumenden, vor dem Verwaisten, niemals Heimfindenden, und er war wie ein Mensch, dessen Sehnsucht sich gewandelt hat, ohne daß er davon wußte, wie einer, der seine Schmerzen bloß betäubt hat und ihrer nicht vergessen kann. Die ersten Sterne wurden sichtbar, und es war Esch, als säße er tage- und jahrelang an dieser Stelle, umgeben von geisterhafter und wattierter Ruhe. Dann wurden die Bewegungen der Menschen immer geringer, schattenhafter, erstarben völlig, und es wurde eine lautlose wartende schwarze Masse vor dem Tore. Und schließlich fühlte Esch nur mehr das feuchte Gras an der Innenfläche seiner Hände.

Das Kind war verschwunden; vielleicht war es mit Huguenau gelaufen; Esch hatte darauf nicht acht, er starrte auf das Tor. Endlich kam der Major. Er ging rasch, in einer ungewohnten Geradlinigkeit, fast schien es, als würde er ein wenig hinken und suchte es zu verbergen. Er ging geradewegs auf das Auto zu. Esch war aufgesprungen. Der Major stand jetzt in dem Wagen, hochaufgerichtet stand er dort und sah über ihn hinweg, blickte über die Menge, die sich stumm um das Gefährt geschart hatte, sah auf die weiße Straße vor sich und zur Stadt hinüber, in der bereits die Lichter aus den Fenstern blinkten. In der Nähe leuchtete ein rotes Licht auf; Esch wußte schon wo. Mag sein, daß auch der Major es bemerkt hatte, denn er schaute jetzt auf Esch herunter und sagte, indem er ihm ernst die Hand reichte: »Na, ist ja egal.« Esch sagte nichts; er drängte sich rasch durch die Menge und schlug den Weg über die Felder ein. Hätte er sich aber umgewandt und wäre es nicht so dunkel gewesen, so hätte er sehen können, daß der Major stehengeblieben war und ihm, dem in der Nacht Verschwindenden, nachblickte.

Nach einiger Zeit hörte er den Motor anspringen und sah, wie die beiden Lichter des Wagens den Windungen der Straße folgten.

70

Huguenau war im Eilmarschtempo von der Strafanstalt heimgekehrt; Marguerite war hinterdrein gelaufen. In der Druckerei ließ er die Maschine abstoppen: »Noch eine wichtige Einrückung, Lindner«, und dann verfügte er sich auf sein Zimmer zur schriftstellerischen Arbeit. Als er damit fertig war, sagte er »Salü« und spuckte in die Richtung der Eschschen Wohnräume. »Salü«, sagte er nochmals, als er bei der Küchentüre vorbeiging, und dann übergab er Lindner das Elaborat: »Unter Stadtereignisse in Petitdruck«, befahl er. Und am nächsten Tag war im »Kurtrierschen Boten« unter Stadtereignissen in Petit zu lesen:

Zwischenfall in unserem Gefangenenhaus

Gestern abend kam es in unserem Gefangenenhaus zu einigen unerquicklichen Szenen. Einige Insassen glaubten Grund zur Klage zu haben, daß die Kost nicht die gewohnte Güte aufweise und wurde dies von einigen vaterlandslosen Elementen zum Anlaß genommen, um die Verwaltung in lärmender

Weise zu beschimpfen. Über Veranlassung des Eingreifens des sofort herbeigeholten Stadtkommandanten Herrn Major von Pasenow, resp. seiner Ruhe und Besonnenheit, resp. Mannhaftigkeit wurde der Zwischenfall sofort beigelegt. Die Gerüchte, daß es sich um einen Ausbruchsversuch von angeblich hier eingekerkerten und ihrer gerechten Aburteilung entgegensehenden Deserteuren handelte, sind, wie wir aus bester Quelle erfahren, vollkommen haltlos, da keine solchen eingekerkert sind. Verletzt wurde niemand.

Es war wieder eine jener luziden Eingebungen gewesen, und vor Freude hatte Huguenau beinahe gar nicht geschlafen. Immer wieder hatte er sich vorgezählt:

erstens wird sich der Major wegen der Deserteure ärgern, aber auch die Geschichte von der schlechten Kost kann einem Stadtkommandanten nicht eben behagen; und wenn einer es verdient, daß er sich ärgert, so ist's der Major;

zweitens wird der Major den Esch verantwortlich machen, besonders wegen des Hinweises auf die Wohlinformiertheit; kein Mensch wird es dem Herrn Redakteur glauben, daß er nichts davon gewußt hat, – mit den Spaziergängen der beiden Herren ist's jetzt wohl zu Ende;

drittens, wenn man sich ausmalte, wie der magere Herr Pastor mit dem Pferdegesicht jetzt wüten wird, das schmeckte beglückend und süß auf der Zunge;

viertens, und so schön legal war es vor sich gegangen, – er war der Herausgeber und durfte schreiben, was er wollte, und für die lobenden Worte müßte der Major ihm eigentlich noch danken;

fünftens und sechstens, das ließe sich so fortsetzen, es war mit einem Wort eine ausgezeichnet wohlgelungene Sache, es war mit einem Wort ein Coup, – und überdies wird der Major jetzt Hochachtung vor ihm bekommen: die Berichte eines Huguenau haben doch Hand und Fuß, auch wenn man sie verschmäht;

ja fünftens und sechstens und siebentens, man konnte so fortfahren, es steckte noch viel mehr darin, freilich irgendwo auch etwas Unangenehmes, an das man lieber nicht denken mochte. –

Am Morgen in der Druckerei las Huguenau den Artikel und war wieder sehr zufrieden. Er blickte zum Fenster hinaus und zur Redaktion hinüber und zog seine ironische Grimasse. Aber er ging nicht hinauf. Nicht daß er sich etwa vor dem Pastor dort droben gefürchtet hätte. Wenn man bloß sein gutes Recht ausübt, braucht man sich nicht zu fürchten. Und man muß sein gutes Recht ausüben, wenn man verfolgt wird. Und wenn darüber alles zugrunde ginge, muß man sein gutes Recht ausüben! Man will bloß in Frieden und in ungestörter Ordnung leben, man will bloß den Platz haben, der einem gebührt. Und Huguenau ging zum Friseur, wo er nochmals den »Kurtrierschen Boten« studierte.

Allerdings, das Mittagessen blieb ein Problem. Es war unangenehm, mit Esch, der sich doch irgendwie, wenn auch unberechtigterweise als der Betrogene fühlen wird, an einem Tisch zu sitzen. Man kennt diese strafenden Blicke von Pfaffen; da kann einem das Essen nicht anschlagen. So ein Pfaff ist selber ein Kommunist, der alles sozialisieren will, und tut dann so, als ob der andere die Weltordnung umschmeißen will, nur weil man sich nicht alles gefallen läßt.

Huguenau geht spazieren und denkt darüber nach. Indes es fällt ihm nichts Rechtes ein. Es ist wie in der Schule: man mag so erfindungsreich sein wie man will, und dann weiß man doch nichts Besseres, als sich krank melden. Also kehrt er um, damit er noch vor Esch zu Hause sei, und steigt zu Mutter Esch hinauf (denn so pflegte er sie seit neuerer Zeit zu nennen). Und mit jeder Stufe wird seine Leidensmiene echter. Vielleicht fühlt er sich wirklich nicht ganz wohl und es wäre am richtigsten, überhaupt nichts zu essen. Aber schließlich war die Pension bezahlt, und er brauchte diesem Esch nichts zu schenken.

»Frau Esch, ich bin krank.«

Frau Esch sieht auf und ist von Huguenaus Jammermiene gerührt.

»Frau Esch, ich werde nichts essen.«

»Aber, aber, Herr Huguenau ... eine Suppe, ich mache Ihnen ein gutes Süppchen ... das hat noch niemandem geschadet.«

Huguenau denkt nach. Dann sagt er traurig: »Eine Bouillon?«

Frau Esch ist bestürzt: »Ja, aber ... ich habe doch kein Suppenfleisch im Hause.«

Huguenau wird noch trauriger: »Ja, ja, kein Fleisch ... ich glaube, ich habe Fieber ... fühlen Sie mal, Mutter Esch, wie heiß ich bin ...«

Frau Esch kommt näher und legt zögernd einen Finger auf Huguenaus Hand.

Huguenau sagt: »Eine Omelette wird vielleicht das Richtige sein.«

»Soll ich Ihnen nicht lieber einen Tee machen?«

Huguenau witterte Ersparnisse: »Ach, eine Omelette wird schon gehen ... Sie haben doch Eier im Haus ... vielleicht von drei Eiern.«

Hierauf verläßt er schleppenden Schrittes die Küche.

Teils weil es sich für einen Kranken so schickt, teils weil er den versäumten Schlaf der heutigen Nacht einzubringen hat, legt er sich aufs Kanapee. Aber mit dem Schlaf ist es übel bestellt, die Erregung über den gelungenen journalistischen Coup zittert noch immer nach. Vielleicht hätte man sich zu Bett legen sollen. Dahinduselnd blickt er auf den Spiegel oberhalb des Waschtisches, blickt auf das Fenster, horcht auf die Geräusche des Hauses. Es sind die gewohnten Küchengeräusche: er hört Fleischklopfen, – also hat sie ihn doch betakelt, die dicke Eschin, damit der Kerl das ganze Fleisch kriegt. Natürlich wird sie sich darauf ausreden, daß sie aus Schweinefleisch keine Bouillon kochen kann, aber so ein zartes leichtgebratenes Schweinefleisch schadet auch einem Kranken nichts. Da hört er kurzes scharfes Hacken auf einem Brett und agnosziert es als Schneiden des Gemüses, – ja, er hat seiner Mutter immer angstvoll zugeschaut, wenn sie mit raschen hackenden Schnitten Petersilie oder Sellerie zerkleinerte, immer in Angst, daß sie ihre Fingerspitzen mittreffen werde. Küchenmesser sind scharf. Er ist froh, daß das Hackgeräusch jetzt endet und die Mutter den unverwundeten Finger am Küchenhandtuch abwischt. Wenn man bloß schlafen könnte; besser wär's doch, sich ins Bett zu legen, die Eschin sollte daneben sitzen und stricken oder ihm Kompressen machen. Er fühlt seine Hand an; sie ist wirklich sehr heiß. Man muß an etwas Angenehmes denken. Zum Beispiel an Weiber. An nackte Weiber. Die Treppe knarrt, jemand kommt heraufgestiegen; merkwürdig, der Vater pflegte sonst nicht so zeitig dran zu sein. Na ja, ist auch nur der Postbote. Mutter Esch spricht mit ihm. Früher war stets der Bäcker ins Haus gekommen, jetzt sieht man ihn nie. Das ist Unsinn; unmöglich zu schlafen, wenn man Hunger hat.

Huguenau blinzelt wieder zum Fenster hin, bemerkt draußen die Kette der Colmarer Berge; der Burgvogt der Hochkönigsburg ist ein Major, der Kaiser selber hat ihn dazu eingesetzt. Häïssez les Prussiens et les ennemis de la sainte religion. Jemand lacht in Huguenaus Ohr; er hört alsasserditsch reden. Ein Kochtopf geht über; es zischt auf dem Herd. Jetzt flüstert ihm jemand Hunger, Hunger, Hunger ins Ohr. Das ist zu blöd. Warum darf er nicht mit den anderen essen! immer hat man ihn schlechter und ungerechter behandelt. Ob man wohl auf seinen Platz jetzt den Major setzen wird? Die Treppe knarrt schon wieder, – Huguenau schrickt zusammen, es ist des Vaters Schritt. Ach Gott, es ist bloß der Esch, der Herr Pastor.

Schwein, der Esch, geschieht ihm recht, wenn er sich ärgert. Wie du mir, so ich dir. Küchenmesser sind scharf; und spitzig sind sie auch. Jetzt ist er glücklich Protestant geworden, dann wird er ein Jud werden, wird sich beschneiden lassen; das muß man seiner Frau erzählen. Fingerspitze, Messerspitze. Am besten ist es, gleich aufstehen und hinübergehen, ihn fragen, ob er ein Jud werden wird. Zu blöd, sich vor ihm zu fürchten; ich bin bloß zu faul. Aber mein Essen soll sie mir bringen, und das gleich ... bevor der Pastor sein Futter bekommt. Huguenau horcht gespannt hinüber, ob sie schon zu Tisch gehen. Kein Wunder, daß man selber immer mehr abnimmt, wenn der Esch einem alles wegfrißt. Aber so ist er. Ein Pfaff muß einen Bauch haben. Hochstapelei sein Pastorenrock. Der Scharfrichter hat auch einen schwarzen Anzug. Ein Scharfrichter muß viel essen, der braucht Kräfte. Man weiß nie, ob sie einen schon zur Exekution holen oder bloß das Essen bringen. Von nun an wird in den Gasthof gegangen und am Tische des Majors Fleisch gefressen. Heute abend schon.

Wenn's mit der Omelette noch lange dauert, gibt's aber einen Krach. Zu einer Omelette braucht man fünf Minuten!

Frau Esch tritt leise ins Zimmer, stellt den Teller mit dem Eiergericht auf einen Stuhl und rückt diesen neben das Kanapee.

»Soll ich Ihnen nicht doch einen Tee kochen, Herr Huguenau, einen Kräutertee?«

Huguenau schaut auf. Sein Ärger ist beinahe verflogen, das Mitgefühl tut wohl.

»Ich habe Fieber, Frau Esch.«

Sie sollte ihm einmal über die Stirne streichen, das Fieber zu prüfen; er ärgert sich, daß sie's nicht tut.

»Ich werde mich ins Bett legen, Mutter Esch.«

Frau Esch jedoch steht unbeweglich vor ihm und beharrt darauf, ihm Tee einzuflößen: ein ausgezeichneter Tee sei es, nicht nur ein uraltes, sondern auch ein berühmtes Medikament, der Kräutersammler, der das Geheimnis von Vater und Urgroßvater geerbt hat, sei ein schwerreicher Mann geworden, ein Haus in Köln besitze er, die Leute aus der ganzen Gegend pilgern zu ihm. Sie hatte selten so viel in einem Atem gesprochen.

Huguenau ist trotzdem nicht dafür: »Ein Kirsch, Frau Esch, würde mir gut tun.«

Sie zog ein angeekeltes Gesicht: Schnaps? nein! auch ihren Mann, dessen Gesundheit nicht eben die festeste sei, habe sie dafür gewonnen, den Tee einzunehmen.

»So? Esch trinkt den Tee?«

»Ja«, sagte Frau Esch.

»Na, in Gottes Namen, machen Sie auch mir den Tee«, und mit einem Seufzer setzte Huguenau sich auf und verzehrte seine Omelette.

71

Der Abschied von Heinrich war sonderbar schmerzlos verlaufen. Soweit physische und seelische Belange auseinanderzuhalten sind, war es ein ausschließlich physisches Ereignis gewesen. Als Hanna vom Bahnhof heimkam, fühlte sie sich selber ein wenig wie ein leerstehendes Haus, in dem man die

Gardinen heruntergelassen hat. Das war alles. Im übrigen wußte sie mit aller Bestimmtheit, daß Heinrich aus dem Kriege heil zurückkehren werde. Und mit dieser Gewißheit, die Heinrich nicht zum Märtyrer werden ließ, war nicht nur die gefürchtete angstvolle Sentimentalität am Bahnhof glücklich vermieden, sondern es war – weit über die Unannehmlichkeit des Abschieds hinaus – auch der Wunsch, Heinrich möge nie mehr zurückkehren, ins Abstruse und Gefahrlose verschoben worden. Wenn sie zu dem Jungen sagte: »Vati wird bald wieder bei uns sein«, so wußten sie wohl beide, wie sie's meinte.

Das physische Ereignis, als welches sie diese sechswöchige Urlaubszeit sohin mit Fug bezeichnen durfte, stellte sich jetzt in ihrem Geiste wie eine Verengung ihres Lebensstromes dar, wie eine Verengung ihres Ichs; es war wie ein Eindämmen ihres Ichs in die Grenzen der Körperlichkeit gewesen, wie ein schäumendes Hindurchpressen eines Flusses durch eine Klamm. Hatte sie, wenn sie es recht bedachte, stets das Gefühl gehabt, als werde ihr Ich nicht durch ihre Haut begrenzt und als könnte es durch die sehr durchlässige Haut bis in die Seidenwäsche dringen, die sie am Leibe trug, und war es fast, als würden sogar ihre Kleider einen Hauch ihres Ichs beherbergen (daher wohl die große Sicherheit in Modedingen), ja war es fast, als lebte dieses Ich weit außerhalb des Leibes, viel eher ihn umgebend als in ihm wohnend, und als würde es nicht mehr in ihrem Kopfe denken, sondern irgendwie außerhalb desselben, sozusagen auf einer höheren Warte, von der aus sie ihre eigene Körperlichkeit, wie sehr wichtig diese auch sein mochte, als eine kleinwinzige Belanglosigkeit betrachten konnte, so war während der sechswöchigen Dauer des physischen Ereignisses, während des stürzenden Durchgangs durch dic Klamm, von all der diffusen Weiträumigkeit nur mehr ein glitzerndcr Dunst übrig geblieben, ein Regenbogenglast über den tosenden Wassern, gewissermaßen das letzte Refugium der Seele. Jetzt aber, da sich die gemächliche Ebene wieder weitete und es gleichsam ein Abnehmen der Fesseln war, da wurde solches Aufatmen und Glätten gleichzeitig zu dem Wunsche, die tosende Enge zu vergessen. Dieses Vergessen ging nun allerdings höchst stückweise vor sich. Alles Persönliche war verhältnismäßig geschwind versunken, das Gehaben Heinrichs, seine Stimme, seine Worte, sein Gang, all dies tauchte sehr bald unter; das Generelle hingegen blieb. Oder um ein unanständiges Gleichnis zu gebrauchen: zuerst verschwand sein Gesicht, dann alles Bewegte an ihm, Hände und Füße, aber der unbewegte und starrende Leib, dieser Torso, der vom Brustkorb bis zu den Schenkelstümpfen reichte, dieses höchst laszive Bild des Mannes, das erhielt sich in der Tiefe ihres Gedächtnisses, ein Götterbild, eingebettet in die Erde oder überspült von den Uferwellen des Tyrrhenischen Meeres. Und je weiter solch stückweises Vergessen fortschritt – und das war das Fürchterliche daran –, je mehr sich dieses Götterbild verkürzte, desto konzentrischer und isolierter wurde seine Anstößigkeit, eine Anstößigkeit, an die das Vergessen immer langsamer und langsamer, mit immer schmäleren Schnitten heranrückte, – ohnmächtig vor der Anstößigkeit. Das ist bloß Gleichnis, und wie jedes Gleichnis vergröbert auch dieses den wahren Sachverhalt, der, stets im Schattenhaften bleibend, ein Durcheinanderfließen von unklaren Vorstellungen ist, ein Fluten halberinnerter Erinnerungen, halbgedachter Gedanken, halbgewollter Wollungen, ein Fluß ohne Ufer mit silbrigem Dunst darüber, silbriger Hauch, der bis in die Wolken und zu den schwarzen Sternen reicht. So war der Torso im Schlamm des Flusses kein Torso, er war ein abgeschliffener Kiesel, er war ein isoliertes Stück Möbel, Hausrat oder Unrat, hineingeworfen in den Strom des Geschehens, ein Klumpen, hineingeworfen in die Uferwellen: Welle rollte um Welle, Tag wob sich um Nacht, und Nacht wob sich um Tag, und was die Tage einander reichten, war unkenntlich, manchmal noch unkenntlicher als die Träume, die einander folgten, und manchmal war da etwas darunter, das an das geheime Wissen von Schulmädchen gemahnte und dennoch irgendwic den geheimen Wunsch erweckte, solchem infantilen Wunsch zu entflüchten, in die Welt des Individuellen zu flüchten und das Gesicht Heinrichs wieder der Vergessenheit zu entreißen. Aber das war bloß ein Wunsch, und seine Erfüllung hätte mindestens ebensoviel Möglichkeiten zugelassen als es Ergänzungsmöglichkeiten für einen griechischen Torso gibt, den man in der Erde gefunden hat: d. h. es war ein unerfüllbarer Wunsch.

Für den ersten Blick dürfte es belanglos erscheinen, ob in dem Gedächtnis der Hanna Wendling das Individuelle oder das Generelle die Oberhand behält. Aber in einer Zeit, in der sich das Generelle so allgemein sichtbar zum Dominierenden aufgeschwungen hat, wo der soziale Verband des Humanen, der bloß von Individuum zu Individuum sich spinnt, aufgelöst ist zugunsten von Kollektivbegriffen bisher nie geahnter Einheitlichkeit, wo ein entindividualisierter Zustand voller Grausamkeit eingetreten ist, wie er eigentlich bloß der Kindheit und dem Senium entspricht, da wird auch das Einzelgedächtnis sich solch allgemeiner Regel nicht entziehen, und die Vereinsamung einer höchst unbeträchtlichen Frau, mag dieselbe auch hübsch sein und ihrem Partner eine gute Bettgefährtin, kann nicht mit dem leider erfolgten Entzug sexueller Befriedigung erklärt werden, sondern bildet einen Teil des Ganzen, spiegelt wie jedes Einzelschicksal ein metaphysisches Walten wider, das über die Welt verhängt ist, ein, wenn man will, physisches Ereignis, dessenungeachtet metaphysisch in seiner Tragik: denn diese Tragik heißt Vereinsamung des Ichs.

72

Geschichte des Heilsarmeemädchens in Berlin (13)

Hat diese Zeit, hat dieses zerfallende Leben noch Wirklichkeit? Meine Passivität wächst von Tag zu Tag, nicht weil ich mich an einer Wirklichkeit zerreibe, die stärker wäre als ich, sondern weil ich allenthalben ins Unwirkliche stoße. Ich bin mir durchaus bewußt, daß bloß im Aktiven der Sinn und das Ethos meines Lebens zu suchen ist, aber ich ahne, daß diese Zeit für die einzig wahre Aktivität, für die kontemplative Aktivität des Philosophierens keine Zeit mehr hat. Ich versuche zu philosophieren, – doch wo ist die Würde der Erkenntnis geblieben? ist sie nicht längst erstorben, ist die Philosophie angesichts des Zerfalls ihres Objektes nicht selber zu bloßen

Worten zerfallen? Diese Welt ohne Sein, Welt ohne Ruhen, diese Welt, die ihr Gleichgewicht nur in der steigenden Geschwindigkeit noch finden und erhalten kann, ihr Rasen ist zur Schein-Aktivität des Menschen geworden, ins Nichts ihn zu schleudern, – oh, gibt es eine tiefere Resignation als die einer Zeit, die nicht mehr zu philosophieren vermag! Selbst das Philosophieren ist zu einem ästhetischen Spiel geworden, einem Spiel, das es nicht mehr gibt, es ist in den Leerlauf des Bösen geraten, ein Geschäft für Bürger, die sich des Abends langweilen! nichts bleibt uns mehr als die Zahl, nichts bleibt uns mehr als das Gesetz!

Oft scheint es mir, als wäre der Zustand, der mich beherrscht und der mich in dieser Judenwohnung festhält, nicht mehr Resignation zu nennen, als sei er vielmehr eine Weisheit, die sich mit der allumschließenden Fremdheit abzufinden gelernt hat. Denn selbst Nuchem und Marie sind mir fremd, sie, denen meine letzte Hoffnung gegolten hat, die Hoffnung, daß sie meine Geschöpfe seien, die unerfüllbare süße Hoffnung, daß ich ihr Schicksal in die Hand genommen hätte, es zu bestimmen. Nuchem und Marie, sie sind nicht meine Geschöpfe und waren es niemals. Trügerische Hoffnung, die Welt formen zu dürfen!

Besitzt die Welt Eigenexistenz? Nein. Besitzen Nuchem und Marie eine Eigenexistenz? sicherlich nicht, denn kein Wesen führt ein Eigenleben. Aber die Instanzen, welche die Geschicke bestimmen, liegen weit außerhalb meiner Macht- und Denksphäre. Ich selbst kann bloß mein eigenes Gesetz erfüllen, mein eigenes, mir vorgeschriebenes Geschäft versehen, ich bin nicht imstande, darüber hinauszudringen, und mag meine Liebe zu den Geschöpfen Nuchem und Marie auch nicht erlöschen, mag ich auch nicht ablassen im Kampf um ihre Seelen und ihr Geschick, es bleiben die Instanzen, von denen sie abhängen, für mich unerreichbar, sie bleiben vor mir verborgen, so verborgen wie der weißbärtige Großvater, dem ich manchmal wohl im Vorzimmer begegne, der aber seine eigentliche Gestalt erst in der mir ewig verschlossenen Stube annimmt und der bloß durch seinen Delegaten Litwak mit mir verkehrt, sie bleiben mir so verborgen wie der weißbärtige General Booth, dessen Bild im Sprechzimmer des Hospizes hängt. Und wenn ich mir's richtig überlege, so ist es gar kein Kampf, weder gegen den Großvater, noch gegen den Heilsarmeegeneral, vielmehr bemühe ich mich, es ihnen beiden recht zu machen, und ihnen gilt auch mein Werben um Nuchem und Marie, ja, manchmal glaube ich, daß es mir ausschließlich darauf ankommt, mit meinem Tun die Liebe jener Greise zu erringen, auf daß sie mich segnen und ich nicht einsam sterbe. Denn die Wirklichkeit ist bei denen, die das Gesetz gegeben haben.

Ist dies Resignation? ist es Abkehr von allem Ästhetischen? wo stand ich einst? mein Leben verdämmert hinter mir, und ich weiß nicht, ob ich gelebt habe oder ob es mir erzählt worden ist, so sehr ist es in den fernen Meeren versunken. Trugen Schiffe mich dorthin zu den Gestaden des fernen Ostens und des fernen Westens? war ich ein Baumwollpflücker in den Plantagen Amerikas, war ich der weiße Jäger in indischen Elefantendschungeln? alles ist möglich, nichts ist unwahrscheinlich, nicht einmal ein Schloß im Park wäre unwahrscheinlich, Höhe und Tiefe, alles ist möglich, denn nichts ist geblieben in dieser Dynamik, die um ihrer selbst willen da ist, scheinbar in Arbeit, scheinbar in Ruhe und Klarheit: nichts ist geblieben, – hinausgeschleudert mein Ich, hinausgeschleudert ins Nichts, unerfüllbar die Sehnsucht, unerreichbar das gelobte Land, unsichtbar die immer größere, niemals erreichbare Helligkeit, und die Gemeinschaft, welche wir suchen, ist eine Gemeinschaft ohne Kraft, doch voll des bösen Willens. Vergebliches Hoffen, oftmals grundloser Hochmut, – es blieb die Welt ein fremder Feind, weniger noch als ein Feind, ein Fremdes, dessen Oberfläche ich wohl abtasten konnte, in das einzudringen mir doch niemals gelang, ein Fremdes, in das ich niemals eindringen werde, fremd in stets zunehmender Fremdheit, blind in stets zunehmender Blindheit, vergehend und zerfallend im Erinnern an die Nacht der Heimat, und schließlich nur mehr ein zerfallender Hauch des Einstigen. Ich bin viele Wege gegangen, um den Einen zu finden, in dem alle anderen münden, indes sie führten immer weiter auseinander, und selbst Gott war nicht von mir bestimmt, sondern von den Vätern.

Ich sagte zu Nuchem: »Ihr seid ein mißtrauisches Volk, ein

böses Volk, selbst Gott kontrolliert ihr stets aufs neue in seinem eigenen Buch.«

Er antwortete: »Das Gesetz bleibt bestehen. Gott ist erst, wenn man alles aus dem Gesetz herausgelesen hat.«

Ich sagte zu Marie: »Ihr seid ein braves, aber gedankenloses Volk! Ihr glaubt, daß ihr bloß gut sein braucht und Musik zu schlagen, und daß ihr damit Gott herbeilockt.«

Sie antwortete: »Die Freude an Gott ist Gott, seine Gnade ist unerschöpflich.«

Ich sagte zu mir: »Du bist ein Trottel, du bist ein Platoniker, du glaubst, die Welt erfassend, sie dir gestalten zu können und dich selbst zu Gott zu erlösen. Merkst du nicht, daß du daran verblutest!«

Ich antwortete mir: »Ja, ich verblute.«

73

Zerfall der Werte (9)

Erkenntnistheoretischer Exkurs

Hat diese Zeit noch Wirklichkeit? besitzt sie eine Wertwirklichkeit, in der sich der Sinn ihres Lebens aufbewahren wird? gibt es Wirklichkeit für den Nicht-Sinn eines Nicht-Lebens? – wohin hat sich die Wirklichkeit geflüchtet? in die Wissenschaft? in das Gesetz? in die Pflicht? oder in den Zweifel einer ewig fragenden Logik, deren Plausibilitätspunkt im Unendlichen entschwunden ist? Hegel hat der Geschichte den »Weg zur Befreiung der geistigen Substanz« verheißen, den Weg zur Selbstbefreiung des Geistigen, – es wurde der Weg zur Selbstzerfleischung aller Werte.

Gewiß kommt es nicht darauf an, ob die Hegelsche Geschichtskonstruktion durch den Weltkrieg widerlegt worden ist (das hat bereits die Siebenzahl der Planeten besorgt), denn die in einem vierhundertjährigen Prozeß autonom gewordene Wirklichkeit war unter keinen Umständen mehr geneigt und fähig, sich einem deduktiven System zu beugen. Und wichtiger wäre es, nach den logischen Möglichkeiten dieser anti-deduktiven Wirklichkeit, nach den logischen Ursachen solcher

Anti-Deduktion zu fragen, kurzum, nach den »Bedingungen der möglichen Erfahrung«, unter denen diese Geistesentwicklung hatte zustandekommen müssen, – aber die Verachtung alles Philosophischen, die Müdigkeit am Wort, gehört wohl selber zu dieser Wirklichkeit und zu dieser Entwicklung, und nur mit allem Mißtrauen gegen die Überzeugungskraft von Worten stellt man jene dringlichen methodologischen Fragen: was ist ein historisches Ereignis? was ist die historische Einheit? oder noch weiter gefaßt: was ist ein Ereignis überhaupt? welche Auslese ist erforderlich, damit Einzelfakten sich zur Einheit eines Ereignisses zusammenfügen?

Die Bindung des autonomen Lebens an die Kategorie des Wertes ist so unlösbar und wesenseigentümlich gegeben wie die Bindung des autonomen Bewußtseins an die Kategorie der Wahrheit, – man könnte für Phänomene wie Wert oder Wahrheit andere Namen suchen, aber als Phänomene bleiben sie trotzdem bestehen, so unweigerlich wie das Sum und das Cogito selber, sie beide aus der brückenlosen Autonomie des Ichs bezogen, sie beide sowohl Akt als auch Setzung dieses Ichs; so spaltet sich der Wert in die wertsetzende, im allgemeinsten Sinne weltformende Tat und in das geformte, räumlich sichtbare, welt-sichtbare Wertrealisat, es spaltet sich der Wertbegriff in die komplementären Kategorien: in den ethischen Wert des Tuns und den ästhetischen Wert des Getanen, Avers- und Reversseite der gleichen Medaille, und erst in ihrem Zusammenhalt ergeben sie den allgemeinsten Wertbegriff und den logischen Ort alles Lebens. Und tatsächlich ist es in der Historie immer so gewesen: schon die antike Geschichtsschreibung war ihren Wertbegriffen untertan, die moralisierende Historie des 18. Jahrhunderts wendet die ihrigen mit aller Bewußtheit an, und in Hegels Konzeption tritt der absolute Wert sowohl im Begriff des »Weltgeistes« als in dem des »Richteramts der Geschichte« aufs deutlichste zutage. Kein Wunder demnach, daß die methodologische Funktion des Wertbegriffs zum Hauptthema der nachhegelschen Geschichtsphilosophie wurde, allerdings mit dem verhängnisvollen Nebenresultat, die Gesamterkenntnis in eine naturwissenschaftlich-wertfreie und in eine geisteswissenschaftlich-wertbezogene zu zerfällen, – wenn man will, eine erste

Bankerotterklärung der Philosophie, da hiermit die Identität von Denken und Sein auf das logisch-mathematische Gebiet beschränkt wurde und für den ganzen übrigen Erkenntnisbereich diese idealistische Hauptaufgabe der Philosophie aufgehoben oder in die Vagheit der Intuition verschoben erscheint.

Hegel hat gegen Schelling den (berechtigten) Vorwurf erhoben, daß er das Absolute »wie aus der Pistole geschossen« in die Welt projiziert hätte. Das nämliche gilt aber wohl auch für den Wertbegriff der Hegelschen und nachhegelschen Philosophie. Den Wertbegriff einfach in die Geschichte zu projizieren und alles, was von der Geschichte aufbewahrt wird, kurzerhand als »Wert« zu bezeichnen, ist zur Not für die rein ästhetischen Werte der bildenden Kunst noch zulässig, stimmt aber sonst so weitgehend nicht, daß man im Gegenteil sich gedrängt fühlt, die Geschichte als Konglomerat von Unwerten zu erklären und eine Wertwirklichkeit der Geschichte überhaupt zu leugnen.

Erste These:

die Geschichte besteht aus Werten, weil das Leben bloß unter der Wertkategorie zu erfassen ist, – aber diese Werte können nicht als Absoluta in die Wirklichkeit eingeführt werden, sondern können bloß im Zusammenhang mit einem ethisch handelnden wertsetzenden Wertsubjekt gedacht werden. Hegel hat ein solches Wertsubjekt mit dem absoluten und objektivierten »Weltgeist« in die Wirklichkeit gesetzt, doch seine Konstruktion mußte sich an ihrer allumfassenden Absolutheit ad absurdum führen. (Hier zeigte sich wieder die nicht übersteigbare Unendlichkeitsschranke des deduktiven Denkens.) Es gibt bloß endliche Setzungen. Wo ein konkretes, von vornherein endliches Wertsubjekt vorhanden ist, also eine konkrete Person, ist die Relativierung der Werte, ihre Abhängigkeit vom introduzierten Subjekt völlig durchsichtig, – die Biographie einer Person entsteht durch Aufzeichnung aller Wertinhalte, die ihr selber wichtig gewesen sind. Die Person kann als solche höchst wertlos, ja wertfeindlich sein, ein Räuberhauptmann oder ein Deserteur zum Beispiel, aber als Wertzentrum mit dem ihm zugehörigen Wertkreis ist er trotzdem biographie- und geschichtsreif. Und ebenso verhält es sich mit den fiktiven Wertzentren: die Geschichte eines Staates, eines Klubs, einer Nation, der deutschen Hansa, ja sogar die Geschichte unbelebter Gegenstände, etwa die Architekturgeschichte eines Hauses, wird durch Auslese jener Fakten gebildet, die dem betreffenden Wertzentrum, hätte es einen Wertwillen gehabt, selber wichtig gewesen wären. Ein Ereignis ohne Wertzentrum zerfließt im Nebelhaften, – die Schlacht bei Kunersdorf besteht nicht aus der Liste der daran beteiligten Grenadiere, sondern aus den Wirklichkeitsformungen, die den Plänen des Feldherrn unterlegt werden. Jede geschichtliche Einheit hängt von dem effektiven oder fiktiven Wertzentrum ab; der »Stil« einer Epoche, ja die Epoche selber als historisches Ereignis wäre nicht vorhanden, wenn nicht in ihren Mittelpunkt das einheitschaffende Ausleseprinzip gesetzt werden würde, ein »Geist der Epoche«, dem die wertsetzende und stilbildende Kraft zugemessen wird. Oder, um einen abgebrauchten Ausdruck zu verwenden: Kultur ist ein Wertgebilde, Kultur ist bloß unter einem Stilbegriff zu denken, und um sie überhaupt denken zu können, bedarf es des stil- und wertsetzenden »Kulturgeists« im Zentrum jenes Wertkreises, der die Kultur darstellt.

Bedeutet dies Relativierung aller Werte? Aufgabe jeglicher Hoffnung, daß mit der Einheit von Denken und Sein das Absolute des Logos sich in der Wirklichkeit je manifestiere? Aufgabe der Hoffnung, daß der Weg zur Selbstbefreiung des Geistes und der Humanität jemals auch nur annäherungsweise beschritten werden könne?

Zweite These:

die Geschichtsreife, die Biographiereife der wertsetzenden Tat ist von der Absolutheit des Logos bedingt. Denn das effektive oder fiktive Wertsubjekt kann bloß in der Einsamkeit seines Ichs imaginiert werden, in jener unaufhebbaren brückenlosen und platonischen Einsamkeit, deren Stolz es ist, ausschließlich von den Vorschriften des Logischen abhängig zu sein, und deren Zwang es ist, das Tun unter solch logische Plausibilität zu stellen; dies aber bedeutet, durchaus im Kantschen Sinne, nicht nur die Forderung nach dem »guten Willen«, der das Werk um des Werkes willen schafft, sondern auch die Vorschrift, alle Konsequenzen aus der autonomen Gesetzlichkeit des Ichs zu ziehen, auf daß das Werk, unbeeinflußt von jeglicher Dogmatik, in reiner Originalität dieses Ichs und dieses Gesetzes geschaffen werde. Mit andern Worten: was nicht rein aus seiner Eigengesetzlichkeit entsteht, das verschwindet aus der Geschichte. Aber so sehr diese Eigengesetzlichkeit in der Zeit wirkt, also zeit- und stilbedingt ist, es kann solche Stilbedingtheit immer wieder nur Abschattung des übergeordneten Logos sein, jenes Logos, der heute wirkt und der das Denken ist, sicherlich auch heute nichts anderes als eine irdische Abschattung, dennoch durch jede Abschattung hindurchschimmernd, in seinem unverlierbaren Anspruch auf Überzeitlichkeit allein es ermöglichend, daß ein stilgebundenes Denken in ein anderes Ich zu projizieren ist. Und diese formale Grundeinheitlichkeit wird im engeren Bereich des getanen Werkes und des Allgemein-Ästhetischen, nämlich im Künstlerischen, am deutlichsten in der Unzerstörbarkeit der Kunstformen, stets von neuem und mit voller Klarheit ersichtlich.

Hieraus ergibt sich zusammenfassend die

dritte These:

die Welt ist Setzung des intelligiblen Ichs, denn unverloren und unverlierbar bleibt die platonische Idee. Doch die Setzung ist nicht »aus der Pistole geschossen«, es können nur immer wieder Wertsubjekte gesetzt werden, Wertsubjekte, die ihrerseits die Struktur des intelligiblen Ichs widerspiegeln und die ihrerseits ihre eigenen Wertsetzungen, ihre eigenen Weltformungen vornehmen: die Welt ist nicht unmittelbare Setzung des Ichs, sondern dessen mittelbare Setzung, sie ist »Setzung von Setzungen«, »Setzung von Setzungen von Setzungen« usf. in unendlicher Iteration. In dieser »Setzung von Setzungen« erhält die Welt ihre methodologische Organisierung und Hierarchie, sicherlich eine relativistische Organisierung, trotzdem – der Form nach – eine absolute, denn die ethische Forderung, die an die effektiven oder fiktiven Wertsubjekte gestellt wird, bleibt ungemindert bestehen, mit ihr aber auch die immanente Geltung des Logos innerhalb des getanen Werkes: es bleibt die Logik der Dinge bestehen. Und muß auch der logische Fortschritt der Geschichte immer wieder umbrechen, sobald die Unendlichkeitsgrenze ihrer methaphysischen Konstruktion erreicht ist, und muß auch das platonische Weltbild immer wieder einer positivistischen Schau weichen, unbezwingbar bleibt die Wirksamkeit der platonischen Idee, die in jedem Positivismus stets aufs neue die mütterliche Erde berührt, um, getragen vom Pathos der Erfahrung, stets aufs neue das Haupt zu erheben.

Jede begrifflich erfaßte Einheit in der Welt ist »Setzung der Setzung«, jeder Begriff, jedes Ding ist es, und wahrscheinlich reicht diese methodologische Funktion der einheitstiftenden Erkenntnis, die das Ding bloß als autonomes und wertsetzendes Wertsubjekt erfassen kann, bis in die Mathematik hinein, solcherart den Unterschied zwischen mathematisch-naturwissenschaftlicher und empirischer Begriffsbildung aufhebend. Denn nicht nur, daß, methodologisch betrachtet, die »Setzung der Setzung« nichts anderes darstellt als die Introduzierung des ideellen Beobachters in das Beobachtungsfeld, wie dies von den empirischen Wissenschaften, zum Beispiel von der physikalischen Relativitätstheorie, ganz unabhängig von erkenntnistheoretischen Ansichten längst durchgeführt worden ist, es ist auch die mathematische Grundlagenforschung mit den Fragen »Was ist die Zahl?«, »Was ist die Einheit?« zu einem Punkte gelangt, an welchem sie sich zwangsläufig auf den Notausgang der Intuition verwiesen sah: durch das Prinzip der »Setzung der Setzung« aber erfährt die Intuition ihre logische Legitimierung, denn die Einsetzung des Ichs in das hypostasierte Wertsubjekt kann mit Fug als die methodologische Struktur des Intuitionsaktes angesprochen werden!

Daß das Prinzip der »Setzung der Setzung« so lange unbemerkt bleiben konnte, darf vielleicht auf seine Selbstverständlichkeit, ja auf seine Primitivität zurückgeführt werden. Ja, Primitivität! Und es scheint für den Hochmut des Menschen eine unüberwindliche Belastung zu sein, wenn er primitive Haltungen zugeben soll. Denn wird auch durch den Vorgang der »Setzung der Setzung« das Eindringen des intelligiblen

Ichs in alle Dinge der Welt gewährleistet, so ist – sieht man von diesem platonischen Hintergrund für einen Augenblick ab – in der »Setzung der Setzung« eine Allbeseelung der Natur, mehr noch, eine Allbeseelung der Welt in ihrer ganzen Totalität vollzogen, eine Allbeseelung, die jedem Ding und jedem noch so abstrakten Begriff ein Wertsubjekt introduziert und die bloß mit einer Allbeseelung der Welt, wie sie im Denken der Primitiven aufscheint, verglichen werden kann: es ist, als gäbe es für die Entwicklung des Logischen eine Art Ontogenese, welche selbst in der höchstentwickelten logischen Struktur alle einstigen und scheinbar abgestorbenen Denkformen, also auch die der direkten Beseelung, die Urform der eingliedrigen Plausibilitätskette, lebendig erhält und die jedem Denkschritt die Form, wenn auch nicht den Inhalt der primitiven Metaphysik aufprägt, – sicherlich eine Beleidigung für den Rationalisten, dennoch Trost für das pantheistische Gefühl.

Und trotzdem ist hier der Trost auch für den rationalen Bereich zu suchen. Ist nämlich die »Setzung der Setzung« in ihrer Gebundenheit an den Logos als die logische Struktur des intuitiven Aktes zu interpretieren, so darf in ihr auch die »Bedingung möglicher Erfahrung« für das sonst unerklärliche Faktum der Verständigung zwischen Mensch und Mensch, zwischen Einsamkeit und Einsamkeit gesehen werden: sie gibt also nicht nur die erkenntnistheoretische Struktur der Übersetzbarkeit aller Sprachen, und seien sie untereinander noch so sehr verschieden, sondern darüber hinaus, weit darüber hinaus, gibt sie in der Einheit des Begriffs den gemeinsamen Nenner aller menschlichen Sprache, gibt sie die Gewähr für die Einheit des Menschen und seiner Menschlichkeit, die noch in der Selbstzerfleischung ihres Daseins Ebenbild Gottes bleibt, – denn, Spiegel seiner selbst, in jedem Begriff und in jeder Einheit, die er setzt, leuchtet dem Menschen der Logos, leuchtet ihm das Wort Gottes als Maß aller Dinge entgegen. Und mag das Ruhende dieser Welt, mag ihr ästhetischer Wert aufgehoben und zur Funktion aufgelöst sein, aufgelöst in den Zweifel an aller Gesetzlichkeit, mehr noch, aufgelöst in die Pflicht zur Frage und zum Zweifel, unangetastet bleibt die Einheit des Begriffes, unangetastet die ethische Forderung, unangetastet bleibt die Rigorosität des ethischen Wertes als reine Funktion, Pflichtwirklichkeit strengster Observanz und als solche immer noch Einheit der Welt, Einheit des Menschen, aufscheinend in allen Dingen, unverloren und unverlierbar über Räume und Zeiten hinweg.

74

Dr. Flurschütz half Jaretzki beim Anlegen der Prothese. Auch Schwester Mathilde stand daneben.

Jaretzki ruckte an den Riemen: »Na, Flurschütz, bricht Ihnen nicht das Herz, daß es jetzt ans Abschiednehmen geht ... von Schwester Mathilde ganz zu schweigen!«

»Wissen Sie, Jaretzki, eigentlich hätte ich Sie noch ganz gern hier und unter meiner Aufsicht behalten ... Sie sind jetzt in keiner guten Periode.«

»Weiß nicht ... warten Sie ...« Jaretzki bemühte sich, eine Zigarette zwischen die Finger der Prothese zu klemmen, »...warten Sie ... wie wär's, wenn wir dies als Zigarettenhalter ausbilden würden ... oder als Dauer-Zigarettenspitze ... das wäre ganz ingeniös?«

»Halten Sie einen Augenblick still, Jaretzki«, Flurschütz schnallte die Gurten, »... so, wie fühlen Sie sich?«

»Wie eine neugeborene Maschine ... eine Maschine in einer ausgezeichneten Periode ... wenn die Zigaretten besser wären, wär's noch ausgezeichneter.«

»Können Sie nicht lieber das Rauchen ganz sein lassen ... natürlich auch das andere.«

»Die Liebe? ja gerne.«

Schwester Mathilde sagte überflüssigerweise: »Nein. Dr. Flurschütz meint, daß Sie das Trinken aufgeben sollten.«

»Ach so, das habe ich nicht kapiert ... wenn man nüchtern ist, kapiert man nämlich immer so schwer ... daß Ihnen das noch nicht aufgefallen ist, Flurschütz: erst wenn der Mensch besoffen ist, versteht einer den andern.«

»Das ist ein kühner Rechtfertigungsversuch!«

»Na, Flurschütz, erinnern Sie sich bloß, wie prachtvoll besoffen wir August vierzehn waren ... mir kommt vor, als ob es damals das erste und das letzte Mal gewesen ist, wo man richtig zusammengehört hat.«

»So ähnlich sagt es Scheler ...«

»Wer?«

»Scheler. Genius des Krieges ... kein gutes Buch.«

»Ach so, ein Buch ... das ist nichts ... aber ich will Ihnen was sagen, Flurschütz, und das ist mit allem Ernst gesagt: geben Sie mir irgendeine andere, irgendeine neue Besoffenheit, meinetwegen Morphium oder Patriotismus oder Kommunismus oder sonstwas, das den Menschen ganz besoffen macht ... geben Sie mir etwas, damit wir wieder alle zusammengehören, und ich lasse das Saufen sein ... von heut auf morgen.«

Flurschütz dachte nach; dann sagte er: »Etwas Richtiges ist ja dran ... aber wenn's durchaus Besoffenheit und Zusammengehörigkeit sein soll, da gibt's doch eine einfache Remedur, Jaretzki: verlieben Sie sich.«

»Auf ärztlichen Befehl, jawoll ... haben Sie sich schon auf Befehl verliebt, Schwester?«

Schwester Mathilde errötete; auf ihrem Hals mit den Sommersprossen zeigten sich zwei rote Streifen.

Jaretzki sah nicht hin: »Schlechte Periode fürs Verlieben ... mir scheint, wir sind alle in einer schlechten Periode ... mit der Liebe ist's auch aus ...« er probierte an den Gelenken der Prothese, »... eigentlich müßte eine Gebrauchsanweisung beiliegen ... da müßte es doch irgendwo ein Spezialgelenk für Umarmungen geben.«

Flurschütz war sonderbar beleidigt. Vielleicht weil Schwester Mathilde dabei war. Schwester Mathilde errötete noch tiefer: »Was Sie für Einfälle haben, Herr Jaretzki.«

»Warum? durchaus nette Ideen ... Prothesen für die Liebe ... das wäre überhaupt 'ne feine Sache, Spezialausführung für Stabsoffiziere vom Oberst aufwärts ... ich richte mir 'ne Fabrik ein.«

Flurschütz sagte: »Müssen Sie immer das enfant terrible mimen?«

»Nein, ich habe bloß Ideen für die Rüstungsindustrie ... jetzt wollen wir abschnallen.« Jaretzki nestelte an den Gurten; Schwester Mathilde half ihm. Er bog die Gelenke der Metallfinger gerade: »So, und jetzt kriegt er seinen Handschuh ...

Ringfinger, Goldfinger, und das ist der Daumen, der schüttelt die Pflaumen.«

Flurschütz besah die Narben an dem nackten Armstumpf: »Ich glaube, es sitzt ganz gut, geben Sie bloß acht, daß Sie sich im Anfang nicht wundscheuern.«

»Es scheuern die braven Scheuerfrauen ... der schüttelt die Pflaumen.«

»Na, mit Ihnen, Jaretzki, gibt es wirklich keine Verständigungsmöglichkeit.«

75

Natürlich hatte es nichts genützt, daß Huguenau sich damals beim Mittagstisch vor Esch versteckt hatte. Noch am selben Abend war es zu einem fürchterlichen Auftritt gekommen. Allerdings war Esch bald entwaffnet gewesen, denn Huguenau hatte nicht nur auf das verbriefte Herausgeberrecht gepocht, das ihm die beliebige Einschaltung von Artikeln völlig anheimstellte, sondern er hatte auch Eschs eigene Argumente angewendet: »Lieber Freund«, hatte er gehöhnt, »Sie haben oft genug gejammert, daß man Ihnen Prügel vor die Füße wirft, weil Sie die öffentlichen Mißstände aufdecken wollen, ... nun wenn ein anderer den Mut aufbringt, es wirklich zu tun, dann ziehen Sie den Schwanz ein ... na freilich, man will sich die Protektion eines Herrn Stadtkommandanten nicht verscherzen ... nur immer hübsch den Mantel nach dem Wind, was?« Ja, diese Reden hatte Esch sich anhören müssen, und obwohl es ein niederträchtiger hinterhältiger Angriff war, mit dem ihm da in den Rücken gefallen wurde, hatte er nichts anderes zu erwidern gewußt als das Götzzitat, und im übrigen hatte er geschwiegen.

Huguenau aber, das Steuerruder geschickt herumwerfend, war daraufhin zu Frau Esch gegangen, um sich bitter über den Mann zu beklagen, der einen gewissenhaften Mitarbeiter roh behandelte, und warum? bloß weil der gewissenhaft und selbstlos seine Pflicht erfüllte. Das war nicht ohne Wirkung geblieben, und als Esch am nächsten Tag zum Mittagstisch hinaufgekommen war, hatte er einen schmollenden und beleidigten Huguenau vorgefunden sowie eine Gattin, welche die

Unschuld des Herrn Huguenau mit versöhnlichen Worten unter ihren Schutz nahm, so daß man, ehe man sich dessen versah, wieder einträchtig und gemeinsam die Suppe gelöffelt hatte, sehr zur Zufriedenheit der Frau Esch, welche bereits in großer Angst gewesen war, einen Gast zu verlieren, der niemals mit Lob gespart hatte.

Aber vielleicht war es sogar auch Esch ganz recht gewesen, daß sich der definitive Krach mit anschließendem Hinauswurf Huguenaus hatte vermeiden lassen; man konnte nicht wissen, was für Anschläge gegen den Major dieser Bursche noch im Schilde führte ... es war jedenfalls gut, ihn unter den Augen zu behalten. Und so war Huguenau geblieben, wenn auch die Mittagsmahlzeiten nicht eben gemütlich zu verlaufen pflegten, besonders, da Esch nun die Gewohnheit angenommen hatte, den Tischgenossen über die Schüsseln hinweg mit mißtrauischen Blicken zu mustern.

Huguenau, das muß zu seiner Ehre gesagt werden, gab sich alle Mühe, die Stimmung aufzuheitern; doch der Erfolg war bloß mäßig. Auch heute, obwohl es schon über acht Tage her war, zeigte sich Esch wieder einmal von seiner unerträglichsten Seite. Und auf die zaghafte Frage seiner Gattin gab er nur ein Brummen von sich: »Nach Amerika auswandern ...«

Dann wurde nichts mehr gesprochen.

Schließlich aber lehnte sich Huguenau gesättigt in seinem Stuhl zurück und unterbrach das unbehagliche Schweigen mit den verheißungsvollen Worten: »Mutter Esch«, sagte er und hob einen Finger, »Mutter Esch, ich habe einen Bauern aufgetrieben, der uns Mehl liefern wird, vielleicht auch mal einen Schinken.«

»So?« sagte Esch mißtrauisch, »wo haben Sie den nun wieder aufgegabelt?«

Natürlich existierte dieser Bauer noch gar nicht, aber was nicht ist, kann werden, und Huguenau ärgerte sich, daß sein guter Wille niemals anerkannt wurde. Doch er wollte sich nicht schon wieder mit Esch überwerfen, im Gegenteil, er wollte ihm etwas Verbindliches sagen: »Man muß es Mutter Esch doch 'n bißchen erleichtern ... vier Münder ... ich staune, daß sie's überhaupt zuwege bringt ... man muß ja auch die Kleine dazu rechnen.«

Esch lächelte: »Ja, die Kleine.«

Huguenau sagte zuvorkommend: »Wo steckt sie denn jetzt?«

Frau Esch seufzte: »Sie haben recht, es ist heutzutage keine Kleinigkeit, vier Münder zu stopfen ... es wäre auch besser gewesen, wenn mein Mann uns nicht die Sorge um die Kleine aufgehalst hätte.«

»Da lasse ich mir nicht dreinreden«, fuhr Esch auf. Er sah zornig zu seiner Frau hin, die mit seltsam steifem Lächeln dasaß, als wäre sie schuldbewußt. Esch war etwas besänftigt: »Wenn's kein neues Leben gibt, ist alles tot.«

»Ja, ja«, sagte Frau Esch.

Huguenau sagte: »Aber den ganzen Tag treibt sie sich auf der Straße herum ... mit den Jungens; passen Sie auf, die wird Ihnen noch auskneifen.«

»Na, es schmeckt ihr ganz gut bei uns«, sagte Frau Esch. Und Esch, beinahe behutsam, beinahe als berührte er eine Schwangere, griff nach dem dicken Oberarm seiner Frau: »Das will ich meinen, daß sie gern bei uns ist, was?«

Huguenau ärgerte sich über das Ehepaar. Er sagte: »Mir schmeckt es ebenfalls bei Ihnen, Mutter Esch ... möchten Sie mich vielleicht auch adoptieren?« Er hätte gerne hinzugefügt, daß Esch dann den Sohn hätte, von dem er immer faselte und der das Haus bauen soll, – aber aus irgendeinem, ihm selbst unverständlichen Grunde war er tief indigniert und die ganze Sache kam ihm nicht mehr scherzhaft vor. Wenn Esch plötzlich aufgesprungen wäre, ihn zu bedrohen, Huguenau hätte sich nicht gewundert. Kein Zweifel, es war besser, das Lokal zu verlassen und Marguerite zu suchen; sie wird wohl im Hofe drunten sein. Am besten wäre es, mit Marguerite auf und davon zu gehen.

Auch Frau Esch schien über das Ansinnen, das Huguenau ihr gestellt hatte, erschrocken zu sein. Sie fühlte ihren Arm von Eschs knochiger Hand umklammert, und mit offenem Munde starrte sie Huguenau an, der sich inzwischen erhoben hatte; erst als er bei der Tür war, stotterte sie: »Warum nicht, Herr Huguenau ...«

Huguenau hörte es noch, aber es minderte nicht seine erbitterte Indignation gegen Esch. Unten traf er Marguerite und er schenkte ihr eine ganze Mark. »Für die Reise«, sagte er, »aber du mußt dich dazu ordentlich anziehen ... warme Hosen ... laß mal sehen ... mir scheint gar, du bist ganz nackt ... im Herbst wird's kühl.«

76

Es war schon nach neun, als es bei Dr. Kessel klingelte. Kuhlenbeck saß mit seiner Zigarre in der Ecke des Kanapees: »Nanu, Kessel, noch ein Patient?« – »Was denn sonst«, erwiderte Kessel, der sich automatisch erhoben hatte, »was denn ... keine Nacht, in der man sich ausschlafen dürfte.« Und müde ging er ins Nebenzimmer, um die Tasche zu holen.

Mittlerweile war das Mädchen heraufgekommen: »Herr Doktor, Herr Doktor, der Herr Major ist unten.« – »Wer?« rief Kessel aus dem Nebenzimmer. »Der Herr Major.« – »Das geht mich an«, sagte Kuhlenbeck. »Sofort«, rief Kessel, und, die schwarze Tasche noch in der Hand, eilte er hinaus, den Gast zu empfangen.

Nun stand der Major in der Türe; er lächelte ein wenig verlegen.

»Es war mir bekannt, daß die Herren beisammen sind ... und da Sie, Herr Doktor Kessel, mich so freundlich eingeladen hatten, ... ich dachte, daß die Herren vielleicht musizierten.«

»Na, Gottseidank, ich meinte schon, es wäre wieder was vorgefallen«, sagte Kuhlenbeck, »... na, um so besser.«

»Nein, es ist nichts vorgefallen«, sagte der Major.

»Keine Revolte also?« sagte Kuhlenbeck in gewohnter Taktlosigkeit und fügte hinzu: »Wer hat eigentlich den idiotischen Artikel im Boten gebracht? der Esch oder der Hanswurst mit dem französischen Namen?«

Der Major antwortete nicht; er war von den Fragen Kuhlenbecks unangenehm berührt. Er bedauerte, hergekommen zu sein. Kuhlenbeck aber fuhr fort: »Na, besonders gut wird es den Herrschaften im Gefängnis nicht eben gehen ... aber von der Front sind sie weg und da hätten sie schon allen Anlaß, sich ruhig zu verhalten. Wissen wohl nicht mehr, was für ein Gnadengeschenk es ist, zu leben, einfach zu leben, und mag's noch so schäbig sein ... der Mensch hat ein schlechtes Gedächtnis.«

»Zeitungsleute«, sagte der Major, obwohl es keine richtige Antwort mehr war.

»Ich fürchtete schon, wieder weggerufen zu werden«, sagte Kessel. »Hoffentlich gibt's heute keine Störung mehr.«

Kuhlenbeck redete weiter: »Unerhörter Luxus des Staates, in der jetzigen Zeit Zuchthäuser in Betrieb zu halten ... außerdem überflüssig ... die ganze Welt ist ein Zuchthaus ... wird sich ohnehin nicht mehr lang halten ... übrigens hätte die Anstalt schon längst evakuiert werden müssen ... was machen wir denn mit den Leuten, wenn wir alle übersiedeln?«

»So weit ist es noch nicht«, sagte der Major, »und mit Gottes Hilfe soll es auch nicht so weit kommen.« Er sagte es, aber er glaubte nicht daran. Erst am Nachmittag hatte er wieder einen Geheimbefehl mit Vorschriften für den Fall einer möglichen Evakuierung der Stadt erhalten. Befehle und Gegenbefehle kreuzten sich, und man wußte nicht, was die nächste Stunde bringen würde. Es war ein Pfuhl.

Kuhlenbeck besah seine großen guten Operateurpranken: »Wenn die Franzosen rüberkommen ... seien Sie versichert, wir erwürgen sie mit den bloßen Händen.«

Kessel sagte: »Manchmal halte ich es für ein Glück, daß meine arme Frau diese Zeiten nicht miterlebt.« Er schaute auf die Photographie, die mit einem Immortellenkranz und einem Trauerflor geschmückt über dem Klavier hing.

Auch der Major schaute hinauf: »Ihre Frau Gemahlin war gleichfalls musikalisch?« fragte er schließlich. Neben dem Klavier stand das Cello in einem grauen Leinensack, auf dem eine rote Leier und zwei gekreuzte Flöten eingestickt waren. Warum war er hergekommen? warum war er zu den Ärzten gekommen? fühlte er sich krank? er mochte Ärzte doch nicht leiden, sie sind alle Freigeister und unzuverlässig. Wissen nicht, was Ehre ist. Da saß der Oberstabsarzt mit zurückgelehntem Kopf in der Sofaecke, blies Rauchringeln zur Decke, steckte den Kinnbart in die Luft. Das war alles unanständig. Warum war er hergekommen? aber besser noch hier sein als in dem einsamen Hotelzimmer oder in dem Speisesaal, wo jeden Augenblick dieser Huguenau auftauchen konnte. Kessel hatte noch eine Flasche von dem Bernkasteler kommen lassen, und der Major trank hastig ein Glas. Dann sagte er: »Ich dachte, daß die Herren musizieren würden.«

Kessel lächelte abwesend: »Ja, meine Frau war sehr musikalisch.«

Kuhlenbeck sagte: »Wie wär's, Kessel, wenn Sie doch mal Ihre Baßgeige da hervorholten ... es wird uns allen gut tun.«

Der Major spürte, daß Kuhlenbeck ihm damit eine Freundlichkeit erweisen wollte, wenn es vielleicht auch ein wenig zu vertraulich war. Er sagte daher bloß: »Ja, es wäre schön.«

Kessel ging zum Cello, und mit einem Blick zur Photographie hinauf entkleidete er das Instrument. Doch dann stockte er: »Ja, wer soll mich aber begleiten?«

»Sie werden es schon alleine schaffen, Kessel«, sagte Kuhlenbeck, »nur Mut.« Kessel zögerte noch ein wenig: »Ja, was soll ich spielen?« – »Etwas fürs Gemüt«, sagte Kuhlenbeck, und Kessel zog einen Stuhl heran, setzte sich neben das Klavier, als wäre da jemand, ihn zu begleiten; er schlug eine Taste an, fuhr über die Saiten des Bogens und stimmte das Instrument. Dann schloß er die Augen.

Er spielte die Cellosonate e-moll op.38 von Brahms. Sein mildes Gesicht war seltsam nach innen gekehrt, der graue Schnurrbart über den eingezogenen Lippen war kein Schnurrbart mehr, sondern ein grauer Schatten, die Falten der Wangen hatten sich anders gelagert, es war kein Gesicht mehr, fast unsichtbar war es, vielleicht eine graue Herbstlandschaft in Erwartung des Schnees. Und auch als eine Träne längs der Nase heruntersickerte, war es keine Träne mehr. Nur die Hand war noch Hand, und es war, als hätte der Bogenstrich alles Leben zu ihr hingezogen, gehoben und gesenkt von den Wellen des braunen weichen Stroms der Töne, der immer breiter wurde und ihn, der dort spielte, umfloß, so daß er sehr allein und abgetrennt war. Er spielte. Wahrscheinlich war er bloß ein Dilettant, aber das dürfte für ihn, das dürfte für den Major und wohl auch für Kuhlenbeck gleichgültig gewesen sein: denn die lärmende Stummheit dieser Zeit, ihres Getöses stummer und undurchdringlicher Schall, aufgerichtet zwischen Mensch und Mensch, eine Wand, durch die des Menschen Stimme nicht hinüber, nicht herüber mehr dringt, so daß er erbeben muß, – aufgehoben war die entsetzliche Stummheit der Zeit, es war die Zeit selber aufgehoben und sie hatte sich zum Raum geformt, der sie alle umschloß, da nun Kessels Cello erklang, aufsteigend der Ton, den Raum aufbauend, den Raum erfüllend, sie selber erfüllend.

Als die Musik verklungen war und Dr. Kessel wieder zu Dr. Kessel wurde, gab sich der Major einen kleinen Ruck, um in einer vorschriftsmäßigen Haltung die Rührung zu verbergen. Und er wartete, daß Kessel nun etwas Tröstliches sagen werde, – jetzt hätte es doch gesagt werden dürfen! Aber Dr. Kessel senkte bloß den Kopf und man sah die schütteren Locken – keine steife graue Bürste wie bei Esch –, die dünn die Glatze bedeckten. Fast beschämt räumte er das Instrument weg, sackte es in die Leinwand ein, was einen beinahe unanständigen Eindruck machte, und Kuhlenbeck in seiner Sofaecke äußerte nichts als: »Tja.« Vielleicht schämten sie sich alle drei.

Endlich sagte Kuhlenbeck: »Tja, Ärzte sind eben musikalisch.«

Der Major suchte in seinem Gedächtnis. In seiner Jugend hatte er einen Freund gehabt, war es ein Freund gewesen? der hatte Geige gespielt, aber es war kein Arzt, obwohl er ... mag sein, daß er Arzt gewesen war oder hatte werden wollen. Das Gedächtnis setzte aus, das Gedächtnis wurde starr, die Bewegung erstarrte, und der Major sah bloß seine eigene nackte Hand auf dem schwarzen Stoff der Uniformhose. Und wider den eigenen Willen sprachen die Lippen: »Nackt und bloß ausgestellt ...«

»Hallo«, sagte Kuhlenbeck.

Der Major wandte sich ihm zu: »Ach nichts ... es sind arge Zeiten ... Seien Sie bedankt, Herr Doktor Kessel.«

Nun sagte auch Kessel: »Ja, die Musik ist ein Trost in dieser Zeit ... es bleibt uns sonst nicht mehr viel.«

Kuhlenbeck schlug auf den Tisch: »Wir wollen hier nicht Trübsal blasen ... und wenn die Welt voll Teufel wär', wer lebt, darf nicht verzweifeln ... lassen Sie bloß Frieden sein, und wir rappeln uns schon wieder auf!«

Der Major schüttelte den Kopf: »Gegen elenden Verrat ist man machtlos.« Das Bild Eschs stand vor ihm, dieses gelbbraune Gesicht mit dem herausfordernden Lächeln, ja, herausfordernd war das richtige Wort, dieses Gesicht, das dennoch irgendwie um Verzeihung bat, und es hatte den vorwurfsvollen Ausdruck eines gestürzten Pferdes.

»Wir Deutschen sind immer verraten worden«, sagte Kuhlenbeck, »und wir leben trotzdem.« Er hob das Glas: »Es lebe Deutschland!« Auch der Major hob das Glas, und er dachte: »Deutschland«, dachte an eine gute Ordnung und an die Geborgenheit, die Deutschland ihm bisher gewesen war. Er sah Deutschland nicht mehr. Irgendwie machte er Huguenau für das Unglück des Vaterlands verantwortlich, für die Truppendurchmärsche, für die widersprechenden Befehle der Heeresleitung, für die unritterlichen Waffen des Gaskriegs, für die wachsende allgemeine Unordnung. Und schier hätte er gewünscht, daß das Bild Eschs mit dem Huguenaus zu einem einzigen verschwimmen und verfließen möge, erweisend, daß sie beide Stellvertreter des Bösen seien, beides Abenteurer, emporgetaucht aus dem unentwirrbaren Getriebe voller Geschäfte und Gesichter, die man nicht verstand, beide unzuverlässig und verächtlich, schuldtragend, dämonisch schuldtragend am unheilvollen Ausgang des Krieges.

Kessel sagte: »Ich habe abgeschlossen ... ich tue meine Pflicht, aber ich habe abgeschlossen.«

Unentwirrbar war das Leben, das Netz des Bösen lag über der Welt, und der stumme gewaltige Lärm hatte wieder angehoben. Wer vom strengen Pfad der evangelischen Pflicht abweicht, ist sündig, und sündig war die Hoffnung gewesen, daß die Gnade schon im Irdischen sich erfülle, verkündet von des Freundes Stimme, die das Schweigen und die Starrheit des Panzers zerbricht und die Einsamkeit erlöst zu süßem Hinströmen. Und der Major sagte: »Wir sind vom Pfade der Pflicht abgewichen und müssen die Strafe ertragen.«

»Nanu, Herr Major«, Kuhlenbeck lachte, »dafür bin ich nicht zu haben, wohl aber dafür, den Pfad nach Hause anzutreten, damit unser müder Kessel endlich ins Bett kommt.« Er war aufgestanden, der Uniformrock hing etwas weitfaltig um seinen massigen Körper. Ein verkleideter Zivilist, mußte der Major denken, – es war nicht des Königs Rock. Major v. Pasenow hatte sich gleichfalls erhoben. Warum war er hierhergekommen, er, der den Rock des Königs trug? Die irdische Pflicht ist Abbild des göttlichen Gebots, und der Dienst an etwas Größerem, als man selbst ist, verpflichtet den Menschen zur Unterordnung unter die höhere Idee, verlangt von ihm, daß er auch den letzten schmalen Streifen persönlicher Freiheit aufgebe, wenn es not tut. Freiwilliger Gehorsam, ja, das war die von Gott bestimmte Position, alles andere ist als nichtexistent anzusehen. Der Major zog den Rock glatt, griff an das Band des Eisernen Kreuzes, und mit der vorschriftsmäßigen Haltung, in der er sich verabschiedete, fand er zu jener Klarheit und Geborgenheit zurück, die Pflicht und Uniform dem Menschen verleiht.

Dr. Kessel hatte sie die Treppe hinunterbegleitet. Bei der Haustüre sagte der Major mit einiger Förmlichkeit: »Ich danke Ihnen, Herr Doktor Kessel, für den Kunstgenuß, den Sie uns bereitet haben.« Kessel zögerte ein wenig mit der Antwort und dann sagte er leise: »Ich habe zu danken, Herr Major, ... es ist das erstemal seit dem Tode meiner armen Frau, daß ich wieder musiziert habe.« Indes der Major hörte es nicht, sondern gab ihm bloß mit etwas steifer Geste die Hand. Er ging mit Kuhlenbeck durch enge Gassen, sie gingen über den Marktplatz, dünner Herbstregen strich ihnen schräg entgegen, sie trugen beide graue Offiziersmäntel, trugen beide Offiziersmützen und waren trotzdem nicht Kameraden in des Königs Rock. Dies konstatierte der Major.

77

Geschichte des Heilsarmeemädchens in Berlin (14)

Erkenntnisse, die mittels Fasten und Kasteiungen zustande kommen, entbehren sicherlich der letzten logischen Schärfe. Ich glaube mit Bestimmtheit sagen zu dürfen, daß sich um jene Zeit eine Änderung meines Erkenntniszustandes vollzog. Allein ich beobachtete diese Wandlung mit äußerstem Mißtrauen, da sie eben mit der dauernden Unterernährung Hand in Hand ging, ja, ich war fast bereit, Dr. Litwaks Ansicht beizutreten und mich für krank zu erklären, und dies um so mehr, als man viel eher von einem luzideren Körpergefühl, denn von einer Verschärfung meiner Welterkenntnis sprechen konnte. Legte ich mir zum Beispiel die alte Frage vor, ob mein Leben noch eine sinnhafte Wirklichkeit besäße, so war es jenes Körpergefühl, das mir Antwort erteilte und mir die Gewißheit schenkte, in einer Art Wirklichkeit zweiter Stufe zu leben, daß eine Art unwirklicher Wirklichkeit, wirklicher Unwirklichkeit angehoben hatte, und sie durchrieselte mich mit sonderbarer Freudigkeit. Es war eine Art Schwebezustand zwischen Noch-nicht-Wissen und Schon-Wissen, es war Sinnbild, das sich nochmals versinnbildlichte, ein Schlafwandeln, das ins Helle führte, Angst, die sich aufhob und sich doch wieder aus sich selbst erneuerte, es war wie ein Schweben über dem Meer des Todes, ein beschwingtes Auf- und Abgleiten über den Wellen, ohne sie zu berühren, so leicht war ich geworden, – es war eine beinahe körperliche Erkenntnis, mit der ich die höhere platonische Wirklichkeit der Welt aufnahm, und alles in mir war voller Sicherheit, daß ich bloß einen geringen Schritt zu tun brauchte, um solch körperliche Erkenntnis in eine rationale zu verwandeln.

In dieser schwebenden Wirklichkeit strömten die Dinge auf mich zu, sie strömten in mich ein, und ich mußte mich nicht um sie bemühen. Was früher wie Passivität ausgesehen hatte, hat jetzt seinen Sinn erhalten. War ich früher zu Hause geblieben, um meinen Gedanken nachzuhängen, philosophische Monologe zu halten und sie von Zeit zu Zeit in skizzenhafter Form zu notieren, so bleibe ich jetzt in meiner Stube wie ein Kranker, der seinem Arzt und seiner Krankheit gehorsam ist. Alles traf zu, wie Dr. Litwak es wollte. Er besucht mich jetzt ständig, und zuweilen rufe ich ihn sogar selber zu mir herein; und wenn er in plötzlicher Änderung seiner Sinnesart mir nun weismachen will, daß ich nicht krank sei, »A bißl anämisch sind Sie und sonst sind Sie meschugge«, so trifft auch dies zu, denn ich fühle mich wie ausgeblutet. Ich will nicht mehr denken, nicht etwa, weil ich unfähig dazu wäre, sondern ich denke nicht mehr, weil ich es verachte. Gewiß bin ich noch nicht so weise geworden, ich maße mir durchaus nicht an, jene letzte Stufe des Wissens erreicht zu haben, daß ich mich über das Wissen stellen dürfte, ach, viel zu tief stehe ich unter dem Wissen, es ist viel eher die Angst, das

Schwebende zu verlieren, die sich hinter der Verachtung des Wortes verbirgt. Oder ist es die plötzlich erwachte Überzeugung, daß die Einheit von Denken und Sein nur im bescheidensten Rahmen zu verwirklichen ist? Denken und Sein beides auf ein Minimum reduziert!

Marie besucht mich manchmal, bringt mir einige Lebensmittel, wie ihren übrigen Kranken, und ich lasse es mir gefallen. Neulich traf sie Litwak und Nuchem bei mir an. Ihrer Gewohnheit gemäß grüßte sie mit ihrem freundlichen »Gott segne Sie«, und Litwak verabsäumte auch diesmal nicht »Bis zu hundert« darauf zu antworten. Marie hustete und er machte ein besorgtes Gesicht: »Man hat das nicht notwendig«, sagte er, wobei es offen blieb, ob er die wahrscheinlich vorhandene Lungenkrankheit meinte oder die Ansteckungsgefahr, der er Nuchem ausgesetzt sah. Er trug sich auch an, Marie kostenlos zu untersuchen, und als sie ablehnte, sagte er: »Gehen Sie wenigstens spazieren viel an der frischen Luft ... und nehmen Sie ihn mit, er ist anämisch.« Nuchem stand daneben und blätterte in meinen Büchern. Im übrigen verschrieb mir Litwak immer wieder neue Mittel, und wenn er mir die Rezepte aushändigte, lachte er: »Nehmen werden Sie's sowieso nicht, aber a Doktor muß verschreiben.« Wir waren zu so etwas wie einem guten Einverständnis gelangt.

Wo war der Punkt unseres Verständnisses? warum mußte ich bei ihnen bleiben, – warum war das Provisorium dieser Judenwohnung für mich ein Dauerndes geworden, das zu verlassen ich mir nicht mehr vorstellen konnte? warum mein Gehorsam gegen diese Juden? alles war provisorisch, die Flüchtlinge waren provisorisch, ja, ihre ganze Existenz war es, und auch die Zeit selber war provisorisch, so provisorisch wie der Krieg, der sich über sein eigenes Ende hinaus verlängerte. Das Provisorische ist zum Definitiven geworden, unausgesetzt hebt es sich selber auf und bleibt weiter bestehen. Es ist hinter uns her und wir richten uns mit ihm ein, in einer Judenwohnung, in einem Hospiz. Aber es hebt uns über das Gewesene, es hält uns in einem glückhaften, fast euphorischen Schwebezustand, in dem alles Zukunft ist.

Schließlich war ich Dr. Litwak gehorsam und ging spazieren, sofern Nuchem oder Marie mich begleiteten.

Es waren sehr schöne Herbsttage und ich saß mit Marie unter Bäumen. Und weil sich alles in einer hellen Aufrichtigkeit abspielte, und weil die Worte ohne Belang waren, fragte ich sie: »Bist du ein gefallenes Mädchen?«

»Ich war es«, antwortete sie.

»Und jetzt bist du keusch?«

»Ja.«

»Du weißt, daß du Nuchem nie erretten wirst?«

»Ich weiß es.«

»Du liebst ihn also?«

Sie lächelte.

Spiegel seiner selbst, Sinnbild des Sinnbilds! zu welcher Grenze vermag das fortgesetzte Gleichnis uns zu führen, wenn nicht zum Tode!

»Höre, Marie, ich will mich umbringen, erschießen oder in den Landwehrkanal springen ... aber du mußt mich begleiten, allein tue ich keinen Schritt.« Das klang spaßig, aber es war ernst gemeint. Sie spürte das wohl, denn ohne zu lachen, gewissermaßen sachlich, antwortete sie: »Nein, das werde ich nicht, und auch Sie dürfen sich nicht umbringen.«

»Aber deine Liebe zu Nuchem ist doch hoffnungslos.«

Sie vermochte daraus keine Konsequenzen zu ziehen; sie heftete bloß ihre Augen fragend auf mich, fahndend nach der Möglichkeit eines Einverständnisses. Ihre Augen waren farblos.

Es war kein gutes Spiel, das ich mit ihr spielte, und doch war das Einverständnis auch zwischen uns schon längst hergestellt, denn sie sagte: »Wir sind in der Freude.«

Ich sagte: »Nuchem wird sich nicht umbringen, er darf es nicht, er ist in der Pflicht, wir aber sind in der Freude ... wir dürfen es tun.«

Vielleicht beruhigte es sie, daß Nuchem vor jedem Selbstmord bewahrt war, denn nun lächelte sie wieder, ja, sie kreuzte sogar die Beine wie eine Dame, und wie einer solchen war ihr das Besserwissen ins Gesicht geschrieben: »Auch wir sind in der Pflicht.«

Ich konnte ihr die Heilsarmeephrasen nicht übelnehmen, mag sein, weil innerhalb eines Provisoriums jede Phrase schon ihren Sinn verloren hat, mag sein, weil sie schon von vornherein einen neuen Sinn erhält und zutrifft. Mag sein, daß auch die Worte zwischen Vergangenheit und Zukunft schweben können, daß auch sie zwischen Gesetz und Freude schweben, geflüchtet aus der Verachtung, die ihnen gebührt, geflüchtet zu neuem Sinn im Bewegten.

Indes ich wollte von Pflicht nichts hören, da sie mich zur Erkenntnis zurückgerufen hätte; ich wollte von Pflicht nichts hören, ich wollte den Zustand meines eigenen Schwebens aufrechterhalten, und ich fragte: »Du bist glücklich, trotz deiner unglücklichen Liebe?«

»Ja«, sagte sie.

Unwiederbringlich ist die Heimat verloren, uneinbringlich liegt die Ferne vor uns, allein der Schmerz wird immer gelöster, immer heller, vielleicht sogar unsichtbarer, nichts bleibt als ein schmerzlicher Hauch des Einstigen. Und Marie sagte: »Das Übel in der Welt ist groß, doch die Freude ist größer.«

Ich sagte: »Ach, Marie, du hast die Fremdheit kennengelernt und bist trotzdem glücklich ... und du weißt, daß der Tod allein, daß dieser letzte Augenblick allein die Fremdheit aufheben wird, und willst trotzdem leben.«

Sie antwortete: »Wer in Christum ist, ist nie einsam ... kommen Sie zu uns.«

»Nein«, sagte ich, »ich gehöre in meine Judenwohnung, ich gehe zu Nuchem.«

Aber es machte keinen Eindruck mehr auf sie.

78

Ein Mann, dem die Arme amputiert worden sind, ist ein Torso. Diese Gedankenbrücke pflegte Hanna Wendling zu benützen, wenn sie sich bemühte, vom Generellen ins Individuelle und Konkrete zurückzufinden. Und am Ende dieser Brücke stand dann nicht Heinrich, sondern, ein wenig torkelnd, Jaretzki mit dem leeren Ärmel in der Tasche des Uniformrocks. Es dauerte lange, bis sie diese Vorstellung klar zu erkennen vermochte, und noch länger, bis sie bemerkte, daß dieser Vorstellung irgendwo eine reale Wirklichkeit entsprechen könnte. Und dann dauerte es noch eine geraume Weile, bis sie sich entschloß, Dr. Kessel anzurufen.

Dieser sehr verlangsamte Vorgang war sicherlich nicht in Hannas besonders moralischer Gesinnung begründet; nein, es war ihr bloß jegliches Gefühl für Zeit und Tempo abhanden gekommen, es war eine Verlangsamung des Lebensstromes, allerdings nicht dessen Aufstauung, sondern weit eher ein Verdunsten und Verflüchtigen ins Nichts, ein Versickern in einem völlig porösen Boden, ein Verschwinden und Vergessen des soeben Gedachten. Und als Dr. Kessel sie verabredungsgemäß in seinem Einspänner zur Stadt abholte, da war es, als hätte sie den Arzt aus irgendeiner eigentümlichen und nicht formulierbaren Besorgnis um den Sohn zu sich gebeten, und nur mit Mühe brachte sie ihr Gedächtnis zur Besinnung. Dann freilich, in plötzlicher Furcht, abermals zu vergessen, fragte sie sofort – sie durchquerten eben den Garten –, wer eigentlich der einarmige Leutnant im Lazarett wäre. Dr. Kessel war nicht gleich im Bilde, doch als er ihr in den Wagen geholfen hatte und nun ein wenig ächzend neben ihr Platz nahm, da fiel es ihm ein: »Natürlich, Sie meinen Jaretzki, natürlich ... armer junger Mensch, der wird jetzt wohl an eine Nervenheilanstalt abgegeben werden.« Womit das Erlebnis Jaretzki für Hanna beendigt war. Sie erledigte ihre Einkäufe in der Stadt, expedierte ein Paket an Heinrich, stattete Röders einen Besuch ab. Zu Röders hatte sie auch Walter hinbestellt; sie wollten dann zu Fuß nach Hause gehen. Die unerklärlichen Besorgnisse um Walter waren mit einem Male verschwunden. Ein milder und beruhigter Herbstabend.

Es wäre nicht verwunderlich gewesen, wenn Hanna Wendling in dieser Nacht von einem griechischen Torso im Flußschlamm geträumt hätte, von einem Marmorblock oder – auch dies hätte genügt, – von einem Kieselstein, über den die Wellen hinspülen. Da sie sich aber eines solchen Traumes nicht erinnerte, wäre es unaufrichtig und unsachlich, darüber etwas auszusagen. Feststeht hingegen, daß sie eine unruhige Nacht hatte, oftmals aufwachte und zu den geöffneten Fenstern hinüberlugte, wartend, daß die Jalousien gehoben und der maskierte Kopf eines Einbrechers sichtbar werden würde.

Am Morgen dachte sie daran, dem Gärtnerehepaar das Wirtschaftszimmer neben der Küche einzuräumen, damit für alle Fälle ein Mann im Hause wäre, den man zur Hilfe rufen könnte, verwarf aber den Plan, da der kleine schwächliche Gärtner wahrhaftig keinen Schutz darstellte, und es blieb nur ein starker Rest Unwillen gegen Heinrich zurück, der das Gärtnerhaus so weit entfernt von der Villa angelegt hatte; auch die Anbringung von Fenstergittern hatte er verabsäumt. Doch sie mußte selber zugeben, daß all dieses Unbehagen mit eigentlicher Angst kaum etwas zu tun hatte: es war weit weniger Angst als eine Art Überreiztheit gegen die einsame isolierte Lage der Villa, und bei aller Ablehnung, die Hanna gegen eine menschennähere Behausung sicherlich gehegt und auch geäußert hätte, es war der leere Raum, der das Anwesen umgab, so leer, es war die abgestorbene und wie aus Stücken wieder aufgebaute Landschaft so abgestorben, daß es gleichsam ein Gürtel der Leere wurde, welcher sich immer enger um die Einsame zwängte, Gürtel, welcher bloß durch einen Gewaltstreich, durch ein Zerbrechen oder einen Durchbruch oder einen Einbruch wieder gesprengt werden konnte. In der Zeitung hatte sie kürzlich von der russischen Revolution und von den Sowjets unter dem Titel »Der Einbruch von unten« gelesen; dieses Wort war ihr in der Nacht eingefallen und kam ihr wie ein Gassenhauer immer wieder ins Ohr. Jedenfalls wird es gut sein, bei Schlosser Kruhl die Preise für Fenstervergitterungen einzuholen.

Die Nächte wurden länger und der kalte Mond schwamm wie ein Kieselstein im Himmel. Trotz der empfindlichen Nachtkühle konnte Hanna sich nicht dazu aufraffen, die Fenster zu schließen. Fürchterlicher noch als ein lautloser Einbrecher erschien ihr das Klirren, das die eingedrückten Fensterscheiben verursachen würden, und diese eigentümliche Spannung, die nicht eigentlich Angst war, dennoch in jedem Moment an der Kippe stand, in Panik umzuschlagen, verleitete sie zu scheinbar romantischen Haltungen. So lehnte sie nun beinahe allnächtlich an dem geöffneten Fenster und schaute hinaus auf die tote Zone des Herbstes, merkwürdig festgehalten, beinahe angesaugt von der Leere der Landschaft, und die Angst, die eben dadurch aller Angst entkleidet wurde, war ein leichter Schaum, – das Herz trug sich leicht wie eine Blume und die Starre der Einsamkeit war aufgefaltet in geöffneter Freiheit des Atmens. Und dies war beinahe wie eine beglückende Untreue gegen Heinrich, es war ein Zustand, den sie als das strikte Gegenteil eines andern und vergangenen Zustandes empfand ... ja, welches Zustandes nur? und dann merkte sie, daß es das Gegenteil dessen war, was sie einst das physische Ereignis genannt hatte. Und das Gute war, daß das physische Ereignis in diesen Augenblicken völlig vergessen war.

79

Die Befürchtungen Eschs sollten sich bewahrheiten: dem Major wurde noch weiteres Übel von Huguenau zugefügt. Allerdings spielte Huguenau vorerst eine passive Rolle.

Anfangs Oktober langte auf dem Schreibtisch des Majors eine jener Listen ein, mit denen die Heeresleitung nach desertionsverdächtigen oder sonstwie von ihren Kommandostellen vermißten Militärpersonen zu fahnden pflegte; unter den Namen befand sich auch der eines Wilhelm Huguenau aus Colmar, Füsilier im Füsilierregiment Nr. 14.

Der Major hatte die Liste schon wieder beiseite gelegt, als sich eine Beunruhigung meldete. Er nahm die Liste also nochmals zur Hand, streckte sie seiner Weitsichtigkeit wegen auf Armeslänge von sich, und gegen das Licht gewendet las er nochmals: »Wilhelm Huguenau«, einen Namen, den er doch schon gehört haben mußte. Er schaute fragend auf die Ordonnanz, die sich während des Posteinlaufs im Zimmer zu Verfügung zu halten hatte, er sah noch, wie der Mann, der nun offenbar einen Befehl erwartete, sich stramm aufrichtete, er hatte noch die Kraft, »Sie können abtreten« zu kommandieren, doch da er nun allein ist, fällt er vornüber auf dic Platte des Tischs, das Gesicht in den Händen vergraben.

Aus seiner Bewußtlosigkeit schreckt er mit dem Gedanken auf, daß die Ordonnanz noch bei der Türe stehe und daß die Ordonnanz Esch sei. Er wagt erst gar nicht hinzusehen, und als er endlich merkt, daß wirklich niemand dort steht, sagt er ins leere Zimmer hinein: »Ist ja egal ...« als könnte er damit den Fall erledigen. Allerdings, es nützt nichts, das Bild Eschs steht nach wie vor bei der Türe und blickt ihn an, Esch blickt ihn an, als hätte er ein Brandmal an ihm entdeckt. Es ist ein strafender vorwurfsvoller Blick, der auf ihm ruht, und der Major schämt sich, daß er Huguenau beim Tanze zugeschaut hat. Doch der Gedanke verflimmert, und plötzlich hört er die Stimme Eschs: »Immer ist ein Verräter unter uns.«

»Immer ist ein Verräter unter uns«, sagt nun der Major. Ein Verräter ist ein unehrenhafter Mensch, ein Verräter ist ein Mensch, der sein Vaterland verrät, ein Verräter ist ein Mensch, der das Vaterland und die Kameraden betrogen hat ... ein Deserteur ist ein Verräter. Und während er solcherart seine Gedanken immer näher an den versteckten Gegenstand heranrückt, zerreißt plötzlich die Hülle, und er weiß mit einem Male alles, alles: er selber ist der Verräter, er selber war es gewesen, er, der Stadtkommandant war es gewesen, der einen Deserteur zu sich gerufen und ihm beim Tanzen zugeschaut hat, er war es gewesen, der den Deserteur zu sich gerufen hat, damit er von dem Deserteur in die Redaktion eingeladen werde, damit der Deserteur ihm den Weg ins Zivilistische bereite, zu Freunden, die keine Kameraden sind ... der Major hat an das Eiserne Kreuz gegriffen und reißt an dem Band: ein Verräter darf das Ehrenzeichen nicht tragen, ein Verräter muß das Ehrenzeichen ablegen, darf nicht mit dem Ehrenzeichen aufgebahrt werden ... eine Unehrenhaftigkeit läßt sich bloß durch eine Pistolenkugel auslöschen ... man mußte die Strafe auf sich nehmen ... und der Major, erstarrt in der Bewegung, den Blick wie gefroren, sagte: »Das unritterliche Ende.«

Er hatte die Hand noch an den Uniformknöpfen; mechanisch vergewisserte er sich, ob sie alle geschlossen seien, und das war nun eine seltsame Beruhigung, war gleichsam eine Hoffnung auf Rückkehr in die Pflicht, Rückkehr ins eigentliche geborgene Leben, wenn auch das Bild Eschs noch nicht verschwunden war. Schillernd und unheimlich war das Bild, es stand in jener Welt und zugleich in dieser, Vertreter des Guten und Bösen zugleich, voll leichter Sicherheit war es und doch voll fremdester Ungewißheit des Zivilistischen, ein Mann, der die Weste öffnet und das Hemd sehen läßt. Und der Major, die Hand noch immer an den Uniformknöpfen, richtet sich auf, streicht den Rock glatt, streicht sich dann über die Stirne und sagt: »Hirngespinste.«

Gerne würde er Esch rufen lassen, der könnte alles aufklären ... er möchte es gerne, aber es wäre ein neuerliches Abweichen vom Wege der Pflicht, ein neuerliches Abweichen ins Zivilistische. Das durfte nicht sein. Überdies ... man muß sich allein besinnen: der ganze Verdacht konnte sich als haltlos erweisen ... und wenn man es recht überlegte, hatte sich dieser Huguenau stets korrekt und patriotisch betragen ... vielleicht würde sich doch alles von selber aufklären und zum Guten wenden.

Der Major, mit noch ein wenig zitternden Händen, hatte abermals die Liste vor die Augen gehalten, dann legte er sie weg und wandte sich dem übriggebliebenen Posteinlauf wieder zu. Indes so sehr er sich bemühte, seine Gedanken wieder in Ordnung zu bringen, das Bemühen scheiterte an den widersprechenden Befehlen und Dienstanweisungen, und er vermochte die Widersprüche nicht zu entwirren. Das Chaos der Welt stieg allenthalben, es stieg das Chaos der Gedanken und das Chaos der Welt, die Dunkelheit stieg und die Dunkelheit hatte den Klang eines höllischen Sterbens, in dessen Prasseln nur eines hörbar, nur eines gewiß wurde: die Niederlage des Vaterlands – oh, die Dunkelheit stieg, es stieg das Chaos, aber aus dem Chaos im Pfuhle giftiger Gase grinste die Fratze Huguenaus, die Fratze des Verräters, Werkzeug der göttlichen Strafe, Urheber des wachsenden Unglücks.

Zwei Tage lang ertrug der Major die Pein einer Unschlüssigkeit, deren er sich im Drange der überstürzten äußeren Ereignisse selbst nicht bewußt wurde. Angesichts der allgemeinen Unordnung hätte er die kleine Desertionsangelegenheit natürlich auf sich beruhen lassen können, doch ebenso natürlich war es, daß für den Stadtkommandanten ein derartig billiger Ausweg überhaupt nicht im Bereich des Denkbaren lag. Denn der kategorische Imperativ der Pflicht duldet es nicht, daß Unzuverlässigkeit auf Unzuverlässigkeit gehäuft werde; und am zweiten Tage gab der Major den Befehl, Huguenau auf die Kommandantur zu laden.

Als er den Verräter vor sich sah, wallte des Majors ganzer

zurückgedämmter Abscheu mit erneuter Stärke auf. Die herzliche Begrüßung erwiderte er mit dienstlicher Förmlichkeit und, über den Tisch hin die Liste reichend, wies er wortlos auf die Rubrik »Wilhelm Huguenau«, die mit einem roten Strich angezeichnet war. Huguenau begriff, daß es jetzt ums Ganze ging, und angesichts der drohenden Gefahr fand er die luzide Sicherheit wieder, die ihn bisher noch immer beschützt hatte. Zwar schlug er einen leichten Ton an, allein die Strenge des Blickes hinter den blitzenden Augengläsern gab dem Major zu verstehen, daß da einer war, der sich seiner Haut recht gut zu wehren wußte: »Ich habe Ähnliches schon lange erwartet, hochgeehrter Herr Major; die Unordnung bei den Heeresstellen, mit Verlaub zu sagen, reißt eben mehr und mehr ein ... ja, Herr Major schütteln den Kopf, aber so ist es, ich bin leider ein lebendes Beispiel dafür; als ich mich bei der Pressehauptleitung abmeldete, nahm mir der dienstführende Unteroffizier meine Papiere ab, angeblich um das Regiment zu verständigen; ich befürchtete gleich damals arge Unannehmlichkeiten, da es doch nicht angeht, einen dienstpflichtigen Soldaten ohne Dokumente fortzuschicken – da werden Herr Major mir nur recht geben –, mich aber hat man mit dem Hinweis beruhigt, daß man mir die Dokumente nachsenden würde; man händigte mir bloß einen interimistischen Militärfahrschein nach Trier aus, Herr Major verstehen, ich hatte nichts in der Tasche als meinen Fahrschein, im übrigen, hilf dir selbst! na, und den Fahrschein habe ich vorschriftsmäßig beim Bahnhofkommando abgeliefert ... ja, so war die Geschichte. Natürlich habe ich mir auch selbst vorzuwerfen, daß ich zwischenzeitig die ganze Chose immer wieder vergaß; aber Herr Major wissen ja am besten, wie überlastet ich bin; und wenn schon die Behörden versagen, kann man dem einfachen Steuerträger und Landesverteidiger keinen Vorwurf machen. Sollte man meinen. Anstatt aber vor der eigenen Türe zu kehren, ist es natürlich einfacher, einen anständigen Menschen zum Deserteur zu stempeln! Herr Major, würde es mir meine patriotische Pflicht nicht verbieten, ich hätte nicht übel Lust, diesen unerhörten Fall in die Presse zu bringen!«

All dies klang plausibel; der Major wurde wieder unsicher.

»Wenn ich Herrn Major einen Vorschlag unterbreiten

dürfte, so würde ich ersuchen, der Heeresgendarmerie und dem Regiment wahrheitsgetreu mitzuteilen, daß ich hier die offiziöse Landeszeitung leite und daß ich die fehlenden Dokumente, um die ich mich indessen bekümmern will, ehebaldigst nachfolgen lasse.«

Der Unmut des Majors hakte bei dem Wort »wahrheitsgetreu« ein. Welche Sprache wagte dieser Mann zu führen.

»Es steht Ihnen nicht zu, mir Vorschriften über die Art meiner Meldungen zu machen. Und im übrigen, um vollkommen bei der Wahrheitstreue zu bleiben: ich glaube Ihnen nicht!«

»So, Herr Major glauben mir nicht? Haben Herr Major vielleicht schon untersucht, auf welche glaubwürdige Denunziation jene Anzeige zurückzuführen ist? und daß es sich bloß um eine Denunziation – und um eine läppische und boshafte obendrein – handeln kann, ist doch sonnenklar ...«

Er schaute triumphierend auf den Major, der, von dem neuerlichen Angriff überrumpelt, gar nicht merkte, daß es zu dieser Anzeige keinerlei Denunziation bedurft hätte. Und triumphierend fuhr Huguenau fort: »Wie viele Leute wissen denn überhaupt, daß ich Unzukömmlichkeiten mit meinen Papieren hatte? ich kenne bloß einen einzigen, und dieser einzige hat, angeblich zum Spaß oder zum Symbol, wie er's zu nennen beliebt, mich oft genug als Verräter beschimpft, wollen sich Herr Major bloß erinnern ... ich kenne solche scheinheilige Späße ... religiösen Wahnsinn nennen es die Herrschaften und unsereiner kann das Geld daran verlieren, wenn's nicht gar den Kragen kostet ...«

Völlig überraschend fiel ihm der Major ins Wort: er schlug sogar mit dem Papiermesser auf den Tisch: »Wollen Sie Herrn Redakteur Esch gefälligst aus dem Spiele lassen. Er ist ein ehrenwerter Mann.«

Vielleicht war es unklug von Huguenau, sich zu verbeißen und nicht abzuirren, das Kartenhaus drohte jeden Augenblick einzustürzen. Er wußte es, aber etwas in ihm sagte »va banque«, und er konnte nicht anders: »Ich mache Herrn Major gehorsamst darauf aufmerksam, daß nicht ich, sondern Sie den Namen des Herrn Esch zuerst genannt haben. Also habe ich mich nicht getäuscht, und er ist der saubere Denunziant.

Ah, wenn der Wind von dieser Seite her weht und Herr Major mit Rücksicht auf die Freundschaft mit Herrn Esch dessen Geschäfte führen will, dann allerdings, dann bitte ich höflichst um meine Verhaftung.«

Das sitzt. Der Major hatte den Finger gegen Huguenau ausgestreckt und stammelte mühselig: »Packen Sie sich, packen Sie sich ... ich lasse Sie abführen.«

»Bitte, Herr Major, bitte, ... ganz nach Ihrem Belieben. Aber ich weiß, was ich von einem preußischen Offizier zu halten habe, der zu solchen Mittelchen greift, um sich eines Zeugen seiner defaitistischen Reden in kommunistischen Versammlungen zu entledigen, es ist ja hübsch, wenn man seinen Mantel nach dem Winde hängt, aber ich habe keine Lust, den Windfänger abzugeben ... Salü.«

Die letzten, eigentlich unsinnigen Worte, von Huguenau bloß zum Aufputz seiner Rhetorik draufgegeben, hörte der Major nicht mehr. Tonlos murmelte er noch: »Packen Sie sich ... er soll sich packen ... der Verräter ...« während Huguenau schon längst das Zimmer verlassen und respektlos die Türe hinter sich zugeschlagen hatte. Es war das Ende, das unritterliche Ende! gebrandmarkt, für immer gebrandmarkt!

Gab es noch einen Ausweg? nein, es gab keinen Ausweg ... der Major hatte aus der Schreibtischlade den Armeerevolver genommen und ihn vor sich hingelegt. Dann nahm er ein Briefblatt, legte es gleichfalls vor sich hin; es sollte das Abschiedsgesuch werden. Am liebsten würde er um infame Kassierung ansuchen. Aber es sollte alles seinen dienstlichen ordentlichen Weg gehen. Er wird seinen Platz nicht verlassen, ehe er nicht den Dienst ordnungsgemäß übergeben haben würde.

Obwohl der Major glaubte, all diese Verrichtungen mit rascher und soldatischer Pünktlichkeit zu vollziehen, ging alles sehr langsam vonstatten, und jede Bewegung kostete sehr große Anstrengung. Und mit sehr großer Anstrengung begann er zu schreiben, mit fester Hand wollte er schreiben. Vielleicht lag es an dieser übermäßigen Anstrengung, daß er über die ersten Worte nicht hinauskam: »An das ...« hatte er auf das Papier gemalt mit Buchstaben, die ihm selber fremd waren, und dann war er stecken geblieben, – die Feder war zerbrochen, sie hatte das Papier zerrissen und einen häßlichen Fleck verursacht. Und den Federhalter fest, ja krampfhaft umklammernd, sank der Major, kein Major mehr, sondern ein ganz alter Mann, langsam in sich zusammen. Nochmals versuchte er, die zerbrochene Feder einzutauchen, indes es gelang nicht, er warf das Tintenfaß um, die Tinte rann in einem schmalen Bach über die Platte, tropfte auf das Beinkleid. Der Major achtete nicht mehr darauf. Er war mit tintenbeschmutzten Händen sitzen geblieben und starrte auf die Türe, hinter der Huguenau verschwunden war. Doch als sich die Türe nach einer Weile öffnete und die Ordonnanz sichtbar wurde, da gelang es ihm, sich aufzurichten und die Hand gebieterisch auszustrecken: »Packen Sie sich«, befahl er dem etwas verblüfften Mann, »packen Sie sich … ich bleibe im Dienst.«

80

Jaretzki war mit Hauptmann v. Schnaack abgereist. Die Schwestern standen noch vor dem Gittertor und winkten dem Wagen nach, der die beiden zur Bahn brachte. Als sie ins Haus zurückgingen, sah Schwester Mathilde spitzig und altjüngferlich aus.

Flurschütz sagte: »Eigentlich furchtbar nett von Ihnen, daß Sie sich gestern abend seiner so angenommen haben, … der Kerl war ja in einer abscheulichen Verfassung … wo hat er denn den polnischen Schnaps hergehabt?«

»Ein unglücklicher Mensch«, sagte Schwester Mathilde.

»Haben Sie die Toten Seelen gelesen?«

»Lassen Sie mich mal nachdenken … ich glaube schon …«

»Gogol«, sagte Schwester Carla mit dem Stolze schlagfertiger Bildung, »russische Leibeigene.«

»So eine tote Seele ist der Jaretzki«, sagte Flurschütz, und nach einer Weile, indem er auf die Gruppe der Soldaten im Garten hinwies, »… das sind sie alle, tote Seelen … wahrscheinlich wir alle; jeden hat es irgendwo gepackt.«

»Können Sie mir das Buch leihen?« fragte Schwester Mathilde.

»Hier habe ich's nicht … wird sich aber schon wo finden

lassen … übrigens Bücher … Sie wissen, ich kann nichts mehr lesen …«

Er hatte sich auf die Bank neben dem Hauseingang gesetzt, schaute auf die Straße und auf die Berge, auf den hellen Herbsthimmel, der sich im Norden verdüsterte. Schwester Mathilde zögerte ein wenig, dann nahm auch sie Platz.

»Wissen Sie, Schwester, es müßte eigentlich ein neues Verständigungsmittel außerhalb der Sprache erfunden werden … was so geschrieben und gesprochen wird, das ist vollkommen taub und stumm geworden, … es müßte etwas Neues geben, sonst behält unser Oberstabs noch recht mit seiner Chirurgie …«

»Ich begreife nicht recht«, sagte Schwester Mathilde.

»Ach, bemühen Sie sich nicht, es ist ein Blödsinn … ich meinte bloß irgendwie, wenn die Seelen tot sind, so bleibt bloß das chirurgische Messer, … aber es ist ein Unsinn.«

Schwester Mathilde dachte nach: »Sagte nicht Leutnant Jaretzki etwas Ähnliches, als man ihm den Arm amputieren mußte?«

»Schon möglich, er hatte es ja auch mit dem Radikalismus … natürlich konnte er nicht anders als radikal sein … wie jedes eingesperrte Tier …«

Schwester Mathilde war von dem Ausdruck »Tier« schokkiert: »Ich glaube, daß er sich bloß bemüht hat, alles zu vergessen … er hat es einmal angedeutet und das mit dem Trinken…«

Flurschütz hatte die Mütze zurückgeschoben; er spürte die Narbe auf seiner Stirne und rieb ein wenig daran: »Eigentlich würde ich mich nicht wundern, wenn jetzt eine Periode käme, in der die Menschen es überhaupt bloß darauf anlegen würden, zu vergessen, nur zu vergessen: Schlafen, Essen, Schlafen, Essen … so wie die Leute hier … Schlafen, Essen, Karten spielen …«

»Das wäre ja furchtbar, ganz ohne Ideale!«

»Liebe Schwester Mathilde, was Sie erleben, das ist ja kaum der Krieg, das ist nur eine Miniaturausgabe des Krieges … Sie haben sich seit vier Jahren nicht von hier fortgerührt … und die Leute schweigen ja alle, wenn sie auch verwundet sind

... schweigen und vergessen ... aber Ideale hat keiner mit heimgebracht, das können Sie mir glauben.«

Schwester Mathilde hatte sich erhoben. Das Wetter stand jetzt als breite schwarze Wolkenwand gegen den hellen Himmel.

»Ich melde mich möglichst bald wieder zu einem Feldlazarett«, sagte er.

»Leutnant Jaretzki meinte, daß der Krieg niemals aufhören wird.«

»Ja, ... vielleicht ist's eben deshalb, daß ich wieder raus will.«

»Ich sollte mich wohl auch für draußen melden ...«

»Na, Schwester, Sie leisten hier auch genug.«

Schwester Mathilde sah zum Himmel: »Ich muß die Liegestühle hineinschaffen.«

»Ja, tun Sie das, Schwester.«

81

Es war Sonnabend; Huguenau zahlte in der Druckerei die Wochenlöhne aus.

Das Leben war in gewohnter Weise weitergegangen, nicht einen Augenblick war es Huguenau in den Sinn gekommen, daß er als offen gesuchter und verfolgter Deserteur eigentlich hätte flüchten müssen. Er war einfach dageblieben. Nicht nur, weil er seinem Wirkungskreis schon allzusehr verbunden war, nicht nur, weil es einem kaufmännischen Gewissen schwer erträglich ist, ein Unternehmen im Stiche zu lassen, in dem ein schönes Stück Geld, fremdes oder eigenes, investiert ist, nein, es war viel eher ein Gefühl allseitiger Unabgeschlossenheit, das ihn zurückhielt und das ihn nicht kapitulieren ließ, ein Gefühl, das ihn zwang, seine Wirklichkeit gegenüber der der anderen zu behaupten. Und war's auch ein wenig wie ein Nebel, alles in allem ergab es dennoch eine sehr deutliche Vorstellung: daß der Major und Esch sich hinterher wieder finden und ihn verhöhnen werden. Er blieb also und traf mit Frau Esch bloß eine Vereinbarung betreffs Rückvergütung nicht konsumierter Mahlzeiten, so daß er nun ohne materielle Einbuße dem verhaßten Mittagstisch öfters fernbleiben konnte.

Natürlich wußte er, daß die Verhältnisse nicht danach angetan waren, Einzelaktionen gegen einen kleinen elsässischen Deserteur zu begünstigen; er befand sich in relativer Sicherheit und außerdem hatte er den Major in geradezu erpresserischer Gewalt. Er wußte es, aber er wollte es nicht wissen. Im Gegenteil, er spielte mit dem Gedanken, daß sich das Kriegsglück noch wenden und der Major wieder ein großer Herr sein werde, daß der Major und Esch bloß darauf warteten, um ihn sodann zu vernichten. Da hieß es, solche Pläne beizeiten konterkarieren. Vielleicht war's purer Aberglaube, aber er durfte die Hände nicht in den Schoß legen, er mußte seine Zeit ausnützen, allzu viel Dringliches hatte er noch zu erledigen, und weil er nicht genau anzugeben vermocht hätte, wohin ihn diese Dringlichkeit eigentlich trieb, so beruhigte er sich dabei, daß seine Feinde es sich selbst zuzuschreiben hätten, wenn er Konterminen legte.

Nun zahlte er die Löhne aus. Lindner besah das Geld, zählte nochmals nach, besah nochmals das Geld und ließ es auf dem Tische liegen. Der Setzergehilfe stand daneben und sagte auch nichts. Huguenau begriff nicht: »Na, Lindner, warum nehmen Sie's nicht? ... haben Sie am Ende was gegen das Geld?«

Schließlich sagte Lindner mit offenkundigem Widerstreben: »Der Tariflohn beträgt 92 Pfennig.«

Das war was Neues. Aber Huguenau fand sich zurecht: »Ja, ja, in großen Betrieben ... aber in so einer Quetsche ... Sie, ein alter erfahrener Arbeiter, Sie müssen doch wissen, wie's um uns bestellt ist. Angefeindet von allen Seiten, nichts als Feinde, ... wenn ich nicht das Blatt so weit wieder auf den Damm gebracht hätte, gäb's heute überhaupt keine Löhne mehr ... das ist der Dank. Oder glauben Sie vielleicht, daß ich Ihnen nicht das doppelte Salär gönnen würde ... aber woher soll ich's denn nehmen? Sie meinen wohl, daß wir eine Regierungszeitung mit Subventionen sind, ... dann hätt's allerdings einen Sinn, der Organisation beizutreten und Tariflöhne zu verlangen. Dann träte ich selber der Organisation bei, da ging's mir besser.«

»Ich bin nicht bei der Organisation«, brummte Lindner.
»Wo haben Sie denn die Tariflöhne her?«
»Das weiß man bald.«
Huguenau hatte inzwischen überlegt. Natürlich war der Liebel daran schuld mit seiner Gewerkschaftspropaganda. Also der war auch ein Feind! Doch mit Liebel mußte man sich gerade jetzt verhalten. Er sagte also: »Na, wir werden uns schon einigen ... sagen wir, neue Tarife ab November, bis dahin wollen wir's besprechen.«
Die beiden Leute gaben sich zufrieden.
Abends ging er ins Wirtshaus »Zur Pfalz«, um Liebel zu treffen. Eigentlich war die Affäre mit Lindner bloß ein Vorwand. Huguenau war nicht eben schlecht gelaunt, er sah klar in die Welt; man muß bloß wissen, wo der Feind steht, dann kann man, wenn's drauf ankommt, einen Frontwechsel vornehmen. Na, er wußte, wo der Feind stand. Jetzt haben sie den Puff und zwei Kneipen draußen gesperrt, ... aber wie er ihnen seine Hilfe zum Kampfe gegen die subversiven Elemente angetragen hat, da hat's der Major ausgeschlagen. Na, morgen soll der Alte wieder mal im Blatte belobt werden, diesmal für die Bordellschließung. Und Huguenau summte vor sich hin: »Herr Gott, Zebaoth.«
In der »Pfalz« saßen Liebel, der kriegsfreiwillige Doktor Pelzer und noch einige. Pelzer fragte sofort: »Und wo haben Sie den Esch gelassen? den sieht man ja gar nicht mehr.«
Huguenau feixte.
»Bibelstunde am heiligen Sabbath ... jetzt wird er sich bald auch noch beschneiden lassen.«
Alles grölte und Huguenau war stolz. Pelzer aber sagte: »Macht nichts, der Esch ist doch ein patenter Bursche.«
Liebel schüttelte den Kopf: »Man sollte nicht meinen, was es heute alles gibt ...«
Pelzer sagte: »Gerade in solchen Zeiten macht sich jeder seine Gedanken ... ich bin Sozialist und Sie sind es, Liebel ... aber trotzdem ist der Esch ein patenter Bursche ... ich mag ihn gut leiden.«
Die etwas turmartige Stirne Liebels wurde rot und die darüber laufende Ader schwoll an: »Meiner Ansicht nach ist dies Volksverdummung und müßte abgestellt werden.«

»Jawohl«, sagte Huguenau, »destruktive Ideen.«

Einer am Tisch lachte: »Herrjeh, wie jetzt sogar schon die Großkapitalisten reden!«

Huguenaus Brillengläser blitzten den Sprecher an: »Wenn ich Großkapitalist wäre, so säße ich nicht hier, sondern in Köln, wenn nicht gar in Berlin.«

»Na, ein Kommunist sind Sie gerade auch nicht, Herr Huguenau«, sagte Pelzer.

»Bin ich auch nicht, mein verehrtester Herr Doktor ... aber ich weiß, was Recht und was Unrecht ist ... wer hat als erster die Mißstände im Gefangenenhaus aufgedeckt? he?«

»Niemand leugnet Ihre Verdienste«, gab Pelzer zu, »wo hätten wir so einen schönen Eisernen Bismarck, wenn Sie nicht gewesen wären.«

Huguenau wurde zum Biedermann; er schlug Pelzer auf die Schulter: »Uzen Sie Ihre Großmutter, mein Lieber!«

Aber dann legte er los: Verdienste hin, Verdienste her. Gewiß war er stets ein guter Patriot gewesen, gewiß habe er die Siege seines Vaterlandes gefeiert, wer wage es, ihn deswegen zu tadeln! aber er habe dabei ganz genau gewußt, daß dies das einzige Mittel war, die Bourgeoisie, die den Beutel gewiß nicht locker im Sacke sitzen hat, in Schwung zu bringen, damit für die Kinder armer gefallener Proletarier etwas getan werde; so viel er sich erinnerte, dürfte er es gewesen sein, der dies zustande gebracht hat! und der Dank? es würde ihn nicht wundern, wenn jetzt schon geheime Polizeibefehle gegen ihn liefen! aber er fürchte sich nicht, sie mögen nur kommen, er habe schon noch Freunde, die ihn gegebenenfalls aus dem Gefängnis befreien würden, mit der geheimen Gerichtsbarkeit müsse überhaupt aufgeräumt werden! ein Mensch verschwindet, man weiß nicht wie, und hinterher wird man erfahren, daß er im Gefängnishof verscharrt worden ist, weiß Gott, wie viele ihrer sind, die noch in den Kerkern schmachten! Nein, wir haben keine Justiz, wir haben eine Polizeijustiz! und das Ärgste ist die Scheinheiligkeit dieser Polizeibüttel, die Bibel haben sie immer bei der Hand, aber lediglich, um einen damit auf den Kopf zu dreschen. Und vor und nach dem Fressen gibt es ein Tischgebet, die andern aber dürfen mit oder ohne Tischgebet verhungern ...

Pelzer hatte mit Wohlgefallen zugehört; nun unterbrach er ihn: »Mir scheint, Huguenau, Sie sind ein agent provocateur.«

Huguenau kratzte sich den Scheitel: »Und meinen Sie, daß mir solche Anträge noch nicht gestellt worden sind? wenn ich Ihnen erzählen wollte ... na, lassen wir das ... ich war immer korrekt und werde korrekt bleiben, und wenn's den Kragen kostet ... ich vertrage bloß keine Scheinheiligkeit.«

Liebel sagte zustimmend: »Mit der Bibel ist das schon so eine Sache ... das Volk mit Bibelsprüchen abspeisen, das haben die Herren gern.«

Huguenau nickte: »Jawohl, erst Bibelsprüche und nachher erschießen ... es gibt Leute genug, die damals die Schießerei im Gefängnis mit anhörten ... na, ich will nichts gesagt haben. Aber ehe ich mich in so 'ne Bibelstunde setze, gehe ich noch lieber in den Kintopp.«

So bezog Huguenau seine Stellung in dem beginnenden Kampf zwischen Oben und Unten. Und wenn ihm die bolschewistische Propaganda auch höchst gleichgültig war und er als erster nach Schutz gerufen hätte, wenn es um sein eigenes Hab und Gut gegangen wäre, ja, wenn er auch die zunehmende Anzahl der Einbrüche bloß mit großem Unbehagen im »Kurtrierschen Boten« meldete, so sagte er jetzt mit aufrichtiger Überzeugung: »Die Russen sind ganz gescheite Kerle.«

Und Pelzer sagte: »Das will ich glauben.«

Als sie das Lokal verließen, drohte Huguenau dem Meister Liebel mit dem Finger: »Sie sind mir auch so ein Scheinheiliger ... hetzen da den braven alten Lindner auf, wo ich ohnehin eigentlich bloß für die Leute arbeite ... das wissen Sie doch ganz gut. Na, wir werden die Chose schon miteinander ins reine bringen.«

82

Ein achtjähriges Kind, das die Absicht hat, allein in die Welt hinauszuwandern.

Es geht auf dem schmalen Rasenstreifen zwischen den Radspuren, und es sieht die verwelkenden blaßlila Kleeknospen, die sich hierher verirrt haben, es sieht altersgraue, trockene Kuhfladen, in deren Rissen das Gras wieder wächst, und es bemerkt die Kletten, die sich an die Strümpfe hängen und stechen. Das Kind sieht auch sonst allerlei, sieht die Herbstzeitlosen in den Wiesen, sieht zwei gelbgraue Kühe, die am Talhange grasen, und weil es nicht fortwährend in die Landschaft schauen kann, schaut es auch auf sein Kleid und sieht die Heckenröschen, mit denen der schwarze Kattun bedruckt ist: immer eine offene Blume und eine Knospe zusammen an einem hellgrünen Stengel zwischen zwei grünen Blättchen; in der Mitte der offenen Rose ist ein gelber Punkt. Das Kind wünscht sich einen schwarzen Hut, an den man eine Rose samt Knospe und zwei Blättern anstecken würde, – das würde gut zusammenpassen. Aber es besitzt einen grauen Lodenmantel mit Kapuze.

Dem Kinde nun, das längs des Flusses so dahinwandert und eine Hand in die Hüfte gestemmt hält, während die andere eine Mark für die Wegzehrung fest umschließt, dem Kinde ist die Gegend wohlbekannt. Es fürchtet sich nicht. Wie eine Hausfrau durch ihre Wohnung, geht das Kind durch die Landschaft, und wenn es wegen des angenehmen Gefühls in der großen Zehe einen Stein von dem Rasenstreifen stößt, so macht es damit auch ein wenig Ordnung. Ringsum ist alles klar. Das Kind sieht nun die Baumgruppen, die plastisch in der durchsichtigen Luft des frühen Herbstnachmittags stehen, und die Landschaft ist ihm ohne Geheimnis: hinter der durchsichtigen Luft ist der hellblaue Himmel, zwischen dem durchsichtig grünen Gelaub steht, als müßte es so sein, immer wieder ein Baum mit gelben Blättern, auch er abgehoben gegen den Himmel, und manchmal, obwohl kein Hauch sich regt, weht es von irgendwoher ein gelbes Blatt, das langsam kreiselnd auf den Weg sich senkt.

Wenn das Kind seine Augen nach rechts wendet, dorthin, wo die Weiden und die Gebüsche das Flußufer säumen, so vermag es den weißen Schotter im Flußbett zu sehen, es sieht auch das Wasser, denn das Laub des Gebüsches ist im Herbst schütter geworden und zeigt das braune Geäst, es ist nicht mehr die undurchdringlich grüne Wand wie im Sommer. Wendet aber das Kind die Augen nach links, so sieht es die

Sumpfwiese: unheimlich und heimtückisch liegt sie da, und will man den Fuß in ihr Gras setzen, so quatscht das Wasser auf und quillt in die Schuhe; man darf so eine Wiese nicht überqueren, denn wer weiß? man könnte im Sumpfe unrettbar ersticken.

Das Naturgefühl der Kinder ist geringer und trotzdem intensiver als das der Erwachsenen. Sie werden nicht an einem schönen Aussichtspunkt verweilen, die Gegend in sich aufnehmen, aber sie können von einem Baum, der auf dem fernen Hügel steht, so sehr angezogen werden, daß sie ihn am liebsten in den Mund nehmen möchten, und hinlaufen, ihn zu berühren. Und die Landschaft des großen Tals, die sich ihnen zu Füßen weitet, sie wollen sie nicht betrachten, sondern sie wollen sich in sie hineinstürzen, als könnten sie damit auch die eigene Bangigkeit hineinwerfen; deshalb sind Kinder in steter, oftmals nutzloser Bewegung, wälzen sich im Grase, klettern auf Bäume, versuchen das Laub zu essen, und verbergen sich schließlich in der Baumkrone oder in der dunklen Geborgenheit eines Gebüsches.

Ist also vieles von dem, was im allgemeinen der schier unerschöpflichen Kraftentfaltung der Jugend und ihrem sinnlos sinnvollen Überschäumen zugeschrieben wird, nichts anderes als die nackte Angst der Kreatur, die zu sterben begonnen hat, da sie ihre Einsamkeit erkennt, ist also in sehr vieler Beziehung das Herumlaufen der Kinder ein Herumirren am Beginn des Lebenslaufs, ist also ihr von den Erwachsenen so oft als unmotiviert gerügtes Lachen das Lachen desjenigen, der sich von der Einsamkeit überrascht und überfallen sieht, so wird es nicht nur verständlich, daß ein achtjähriges Kind den Entschluß zu fassen vermag, in die Welt hinauszuwandern, um mit solch außerordentlichem, man möchte wohl meinen, heroischem und letztem Aufgebot die eigene Einsamkeit zusammenzuraffen, in ihr die große Einsamkeit zu besiegen, die Unendlichkeit gegen die Einheit zu werfen, die Einheit gegen die Unendlichkeit, – nicht nur dies wird verständlich, und nicht nur daß es bei einer derartigen Unternehmung weder auf die üblichen Motive ankommt, noch auf deren Gewicht, sondern daß es sich hier um ganz andere Motivationen handelt: es kann etwa ein Schmetterling, also ein Ding so geringen Gewichtes, daß es in keiner Weise in die Waagschale fällt, von bestimmendem Einfluß auf den Gang der Angelegenheit werden, ja, das kann geschehen, – wendet sich zum Beispiel der Schmetterling, der eine Zeitlang vor dem Kinde hergeflattert ist, jetzt vom Wege fort, um über die Sumpfwiese hin zu verschwinden, so ist dies bloß in den Augen der Erwachsenen belanglos, weil diese nicht zu sehen vermögen, daß die Seele des Schmetterlings, nicht er selber, dennoch er selber es ist, der das Kind verlassen hat. Und da bleibt das Kind stehen, es löst die Hand aus der Hüfte und mit einer von vornherein zum Scheitern verurteilten Haschbewegung hascht es nach dem längst schon Enteilten.

Nun legt das Kind zwar noch eine Strecke des ursprünglichen Weges zurück. Es gelangt fast bis zu jener großen Eisenbrücke, welche die von Osten kommende und zur Stadt hinstrebende Landstraße über den Fluß bringt. An dieser Stelle würde der Uferpfad, dem das Kind bisher gefolgt ist, die Landstraßenböschung hinauf- und jenseits wieder hinunterführen. Doch das Kind gelangt nicht einmal bis zu diesem Punkt. Denn angesichts dieser durchaus wohlbekannten Brücke, angesichts des grauen Gitterwerks, durch welches hindurchblickend, der schwarze Tannenwald in lauter schwarze Vierecke geteilt ist, Anblick, vor dem das Kind sich stets gefürchtet hat, und angesichts dieser überraschenden, scheinbar nie endenwollenden Bekanntheit der Gegend, entschließt sich das Kind nun plötzlich, das Tal endgültig zu verlassen. Gedacht, getan. Und wenn das Kind, da es von daheim weggewandert war, vielleicht gehofft hatte, es werde das Bekannte und Heimatliche bloß sehr langsam, sozusagen schmerzlos in das Fremde hineingleiten, so wird das Schmerzliche des jähen Abschieds von dem starken Wunsch übertäubt, an das jenseitige Ufer der Sumpfwiese zu gelangen, dorthin, wo der Schmetterling verschwunden ist.

Nur ein mäßig hoher Hang ist es, der sich dort erhebt, dennoch hoch genug, daß das Kind von dem Hause, das auf dem Gipfel errichtet ist, bloß das Dach, und von den Bäumen, die dort stehen, bloß die Wipfel sieht. Vielleicht wäre es das Ratsamste gewesen, einfach von der Landstraße aus den Aufstieg zu unternehmen. Doch die Ungeduld des Kindes ist hiefür zu groß: unter dem hellblauen Himmel, diesem kühl-heißen Himmel des Nachsommers, unter den Sonnenstrahlen, die auf den Rücken brennen, beginnt das Kind zu laufen; es läuft die Sumpfwiese entlang, eine Furt zu finden oder einen Steg, einen noch so schmalen Steg will es finden, aber während es sucht, hat es die Wiese auch schon umkreist und steht am Fuße des Hügels, als wäre ihm der Hügel entgegengekommen, ein Kamel, das sich niederkniet, damit man es besteige. Diese doppelte Eile, die eigene und die des Hügels, hat etwas Unheimliches an sich, und das Kind zögert nun auch wirklich, da es den Fuß auf die unmerkliche Beugung setzen will, in der die ebene Wiese in die Steile übergeht. Hebt das Kind jetzt den Kopf, so ist das Bauernhaus oben völlig verschwunden und nur einige Baumwipfel sind sichtbar. Indes je höher es hinanklettert, desto mehr wächst wieder die Ansiedlung droben dem Blick entgegen, erst die Bäume in einem satten Grün, als lockte dort der Frühling, dann das Dach, aus dem kerzengerade die Rauchfahne steigt, und schließlich tauchen die weißen Mauern des Hauses zwischen den Stämmen auf: es ist wohl ein Bauernhaus inmitten eines sehr grünen Gartens, und der letzte Hang, der so steil ist, daß das Kind ihn auf allen vieren erklimmt, ist gleichfalls so grün, daß das Kind bloß mit den Händen weitertappt, bis daß es ausgestreckt auf dem Bauche liegt, das Gesicht im Gras, und erst ganz langsam die Knie wieder nachkriechen läßt.

Nun, da das Kind tatsächlich oben ist und der Hofhund kläffend an der Kette zerrt, da ist der erhoffte Frühling ausgeblieben. Freilich ist die Landschaft fremd und unbekannt, und selbst das Tal, in welches das Kind jetzt einen Blick wirft, selbst dieses ist nicht mehr das Tal, aus dem es gekommen ist. Zwiefache Verwandlung! Verwandlung wohl von Traurigkeit geschwängert, nichtsdestoweniger keine Entscheidung, denn die Verwandlung ist bloß auf das Licht zurückzuführen: mit der für den Herbst eigentümlichen Raschheit ist die helle Reinheit des Lichtes milchig geworden, aber zugleich entsteht dem weißlichen Schild des Himmels ein Gegenhimmel, da das Tal sich mit ebenso weißem Nebel zu füllen beginnt. Noch ist es Nachmittag, doch der Abend der Fremdheit ist bereits hereingebrochen. Weit in das Unendliche dehnt sich die

Straße, an der das Anwesen liegt, und in der rasch aufsteigenden Kälte sterben die Schmetterlinge. Dies aber ist das Entscheidende! Dem Kind wird mit einem Male klar, daß es kein Ziel gibt, daß ihm das Herumirren und das Suchen nach einem Ziel nichts gefruchtet hat, daß höchstens das Unendliche selber Ziel sein kann. Das Kind denkt es nicht, allein es antwortet auf die nie gestellte Frage mit seinem Tun, es stürzt sich in die Fremdheit, es flüchtet sich auf die Straße, es flüchtet in die sich dehnende unendliche Straße, es verliert die Besinnung, und nicht einmal mehr zu weinen vermag es in seinem atemlosen Lauf, der wie ein Stillestehen ist zwischen den unbewegten Nebelwänden. Und sickert durch den Nebel dann der Abend wirklich heran, der Mond zu einem hellen Fleck in der Nebelwand wird, und wenn dann die Nebel mit einem lautlosen Schlag weggewischt sind und alle Sterne sich wölben, wenn die Unbewegtheit der Dämmerung abgelöst worden ist von der Starrheit der Nacht, da ist das Kind in ein unbekanntes Dorf gelangt, stolpert durch stumme Gassen, in denen hie und da ein Fuhrwerk ohne Gespann steht.

Fast ist es gleichgültig, wie weit Marguerite gelangte, ob sie zurückgebracht wurde oder ob sie das Opfer eines Landstreichers geworden ist, – das Schlafwandeln der Unendlichkeit ist über sie gekommen und wird sie nie mehr freigeben.

83

Geschichte des Heilsarmeemädchens in Berlin (15)

Oh neues Jahr, Herbstjahr in Hungergassen,
oh milde Sterne, die den Herbst erwärmten,
oh Angst des Langen Tags! oh Angst der leeren Ernten,
oh Angst des Abschieds, da sie nun gelassen
sich Abschied gaben, und in den sehr verhärmten
Augen nichts war als tränenloses Noch-Erfassen:
sie haben voneinander abgelassen,
und in der Stadt, in der die Autos lärmten,
verlor sich Weg um Weg, verlor sich Spur um Spur,
verlor sich Herz um Herz, ward Angst der Kreatur, –

die Sonne glänzte nicht, und Mond war weißer Stein,
und doch war's niemals Furcht, denn in dem Silberschein
der Greise, die der Seele Schicksal lenken,
wird Angst der Seele seligstes Verschenken!
Denn war's nicht Angst gewesen, die sie hingezogen,
wie müde Blätter zueinander wehen?
und ihrer Liebe Angst, war's nicht ein kleines Lehen
der Himmelsangst, in deren Purpurbogen
die Silberchöre seiner Blicke wehen?
Die scheue Taube kommt herabgeflogen,
schwebt überschwebend über dunklen Sintflutwogen
und trägt das Bündnis über allen Seen:
Gott thront in Angst, thront in verlaßner Stille, in ihm wird
Liebe Angst und Angst wird Liebeswille,
wird Bündnis zwischen Zeit und erdgebundnen Zeiten,
zum Bund der Einsamkeit mit allen Einsamkeiten –
es tat in Liebe Gott die große Angst versenken,
in Deiner Angst, oh Gott, da ward Dein Sein zum Denken.

84

Die Bibelversammlungen waren jetzt schlecht besucht. Die äußeren Ereignisse lenkten den Blick von den Vorgängen in der eigenen Seele ab, und dies galt besonders für die Fremden, die allen Gerüchten ein williges Ohr liehen, wenn sie die Möglichkeit einer baldigen Heimkehr witterten. Die Einheimischen waren beständiger, für sie war die Bibelstunde bereits zur gewohnten Ordnung geworden, die sie unabhängig von Krieg oder Frieden beizubehalten wünschten, aber im Grunde gab es für jeden einen Winkel, in dem er durch die Friedensgerüchte eher gestört als erfreut war.

Fendrich und Samwald waren Einheimische, und sie gehörten zu den Getreuesten. Huguenau behauptete zwar, daß Fendrich bloß käme, weil Frau Esch doch immer wieder Milch im Hause hatte, ja, manchmal behauptete er sogar, daß er selber an seinem Frühstückskaffee verkürzt werde, bloß weil Frau Esch die Milch für den Betbruder abknappen wolle. Und er hielt mit dieser Ansicht durchaus nicht hinterm Berge;

Frau Esch lachte dann dazu: »Wer wird denn so eifersüchtig sein, Herr Huguenau«, und Huguenau hatte die Antwort parat: »Passen Sie auf, Mutter Esch, die Betbrüderschaft des Herrn Gemahls, die wird Sie noch arm fressen.« Im übrigen waren Huguenaus Anwürfe ungerecht; Fendrich wäre auch ohne Milchkaffee gekommen.

Immerhin, jetzt saßen die beiden, Samwald und Fendrich, wieder in der Küche. Huguenau, der sich zum Ausgehen bereit gemacht hatte, steckte die Nase herein: »Schmeckt's den Herren?« Frau Esch antwortete an ihrerstatt: »Ach, ich habe ja nichts im Hause.« Huguenau schaute den beiden auf den Mund, ob sie nicht kauten, schaute auf den Tisch, und als er keinerlei Speise entdeckte, war er befriedigt. »Na, da kann ich Sie ja ruhig verlassen«, sagte er. »Sie sind ja in bester Gesellschaft, Mutter Esch.« Dennoch blieb er; er hätte gerne gewußt, was Frau Esch mit den beiden redete. Und als alle schwiegen, begann er das Gespräch: »Wo ist denn heute Ihr Freund, Herr Samwald? der mit den Stöcken?« Samwald wies zum Fenster, das im Herbstwind zitterte: »Bei schlechtem Wetter hat er Schmerzen ... er spürt's im voraus.« – »Oh, la la«, sagte Huguenau, »Rheumatismus; ja, das ist unangenehm.« Samwald schüttelte den Kopf: »Nein, er spürt im voraus ... er weiß sehr viel im voraus ...« Huguenau hörte nur halb hin: »Gicht kann es auch sein.« Fendrich schauerte ein wenig: »Ich spür's auch in allen Gliedern ... bei uns in der Fabrik gibt's über zwanzig mit der Grippe ... die Tochter vom alten Petri ist gestern gestorben ... im Lazarett hat's auch schon Tote gegeben, Esch sagt, daß es die Pest ist ... Lungenpest.« Huguenau war angewidert: »Der soll sich mit seinem defaitistischen Gerede in acht nehmen ... Pest! das wäre ja noch schöner.« Samwald sagte: »Gödicke, dem kann nicht einmal die Pest mehr was anhaben ... er ist ein Auferstandener.« Fendrich wußte noch einiges zu dem Thema: »Nach der Bibel müssen jetzt alle Heimsuchungen der Apokalypse kommen ... das hat auch der Major prophezeit ... Esch sagt es auch.« – »Merde, jetzt habe ich genug«, sagte Huguenau, »ich wünsche weiter recht gute Unterhaltung. Salü.«

Auf der Stiege traf er mit Esch zusammen: »Zwei recht angenehme Kumpane haben Sie da droben sitzen ... wenn die ganze Stadt von der Pest reden wird, werden Sie dran schuld sein ... Sie machen mit Ihrer Betbrüderschaft noch die ganze Welt verrückt, das ist ja Volksverdummung.« Esch entblößte das Pferdegebiß und winkte wegwerfend mit der Hand, worauf Huguenau in Ärger geriet: »Da gibt's gar nichts zu grinsen, Herr Pastor.« Zu seiner Überraschung wurde Esch sofort wieder ernst: »Sie haben recht, es ist durchaus nicht zum Lachen ... die Leute haben recht.« Huguenau wurde es unbehaglich: »Womit haben sie recht? ... mit der Pest etwa?« Esch sagte ruhig: »Ja, und es wäre auch besser für Sie, ja, für Sie, mein Verehrtester, wenn Sie endlich erkennen wollten, daß wir uns mitten in der Angst und in der Heimsuchung befinden ...« – »Möchte wissen, was mir das nützen sollte«, sagte Huguenau und er begann die Treppe weiter hinunter zu steigen. Esch hatte seinen Schulmeisterton: »Das könnte ich Ihnen freilich sagen, aber Sie wollen es ja nicht wissen ... fürchten sich ja, es zu wissen ...« Huguenau hatte sich umgedreht. Esch stand zwei Stufen über ihm und sah mächtig aus; es war peinlich, so zu ihm hinaufsehen zu müssen, und Huguenau turnte wieder eine Stufe höher. Er war irgendwo mißtrauisch geworden. Was hatte der Esch schon wieder, was er nicht sagen wollte? was konnte der wissen? Als Esch aber anhob: »Nur wer in der Angst ist, wird der Gnade teilhaftig werden ...« da stoppte Huguenau ab: »Halt, das brauche ich wirklich nicht mehr zu hören ...« Neuerlich ließ Esch das verhaßte sarkastische Grinsen sehen: »Hab' ich's nicht gesagt? es paßt wohl nicht in Ihre neue Richtung ... im übrigen hat es wohl nie zu Ihnen gepaßt.« Und er wollte weitergehen.

Hinter Huguenaus Brillengläsern blitzte es: »Einen Moment, Herr Esch ...«

Esch blieb stehen.

»Ja, Herr Esch, das muß ich denn doch sagen ... natürlich paßt das Gefasel nicht zu mir ... ob Sie nun grinsen oder nicht, es hat nie zu mir gepaßt ... ich war immer ein Freigeist und habe nie ein Hehl daraus gemacht ... ich habe Sie in Ihrer Betbrüderei nie gestört, lassen Sie also gefälligst auch mich nach meiner Fasson selig werden ... meinetwegen können Sie's auch neue Richtung nennen, und ich erlaube Ihnen sogar, mir nachzuschnüffeln, wie Sie's offenbar tun, und im übrigen bin ich kein Volkstribun wie Sie, und ein Volksverdummer bin ich erst recht nicht, ich habe keinen Ehrgeiz, aber wenn ich den Leuten so zuhöre, natürlich nicht Ihren Betbrüdern dort droben, so scheint es mir, daß die Dinge denn doch einen andern Lauf nehmen, als es Ihnen, Herr Pastor, angenehm ist ... ich meine, man wird bald was erleben, und ich sehe auch einige Leute am Laternenpfahl ... wenn der Herr Major nicht beliebte, auf mich bös zu sein, so würde ich ihn ganz gehorsamst warnen; ich bin ein guter Kerl, ... auf Sie ist er zwar auch nicht mehr gut zu sprechen, der wankelmütige alte Narr, aber immerhin stelle ich's Ihnen frei, ihm die Warnung zu übermitteln. Sie sehen, mit mir kann man mit offenen Karten spielen; ich stoße keinen von rückwärts nieder wie andere Leute.«

Und damit machte er nun endgültig kehrt und marschierte pfeifend die Stiege hinab. Hinterher ärgerte er sich allerdings über seine Gutmütigkeit – er hatte doch keinerlei Anlaß zu irgendeinem Schuldgefühl gegenüber den Herren Pasenow und Esch –, warum und wovor hatte er sie eigentlich gewarnt?

Esch war stehen geblieben. Irgendwie fühlte er's wie einen Stich im Herzen. Dann sagte er sich: »Wer sich opfert, ist anständig.« Und wenn man diesem Burschen auch jede Schlechtigkeit zutrauen konnte, – solange er bramarbasierte, war es gut; Hunde, die bellen, beißen nicht. Und wenn der in den Wirtshäusern das Maul aufreißt, so schadet's noch weniger, am allerwenigsten dem Major. Esch lächelte, er stand robust und fest auf seinen Beinen und dann streckte er die Arme aus wie einer, der vom Schlafe aufwacht oder wie ein Gekreuzigter. Er fühlte sich stark, fest und wohlbestellt, und als wäre das eine Rechnung, in der die Welt glatt aufgeht, wiederholte er: »Wer sich opfert, ist anständig«, und dann stieß er die Tür zur Küche auf.

85

»Keiner sieht den andern im Dunkeln.«
Ereignisse des 3., 4. und 5. November 1918

Was Huguenau vorausgesagt hatte, ging tatsächlich in Erfüllung: man erlebte etwas, und zwar am 3. und 4. November.

Am Morgen des 2. November fand eine kleine Demonstration der Arbeiter aus der Papierfabrik statt. Man zog, wie stets bei solchen Anlässen, vor das Rathaus, doch diesmal wurden, eigentlich ohne besonderen Grund, die Fenster eingeworfen. Der Major ließ die Halbkompagnie, die ihm noch zur Verfügung stand, aufziehen, und die Demonstranten zerstreuten sich. Trotzdem war es bloß eine scheinbare Ruhe. Die Stadt war voller Gerüchte; der Zusammenbruch der Front war bekannt, von Waffenstillstandsverhandlungen hingegen war nichts zu erfahren, schreckliche Dinge lagen in der Luft.

So verging der Tag. Abends sah man im Westen rötlichen Schein, und es hieß, Trier brenne an allen vier Enden. Huguenau, der nun bedauerte, daß er die Zeitung nicht schon längst an die Kommunisten verkauft hatte, wollte eine Separatausgabe drucken lassen, doch die beiden Arbeiter waren unauffindbar. In der Nacht gab es eine Schießerei in der Nähe der Strafanstalt. Man munkelte, daß es ein Zeichen gewesen wäre, um die Gefangenen zum Ausbruch zu bewegen. Späterhin wurde verlautbart, daß ein Gefangenenwärter infolge eines Mißverständnisses Alarmschüsse abgegeben hätte; aber niemand glaubte daran.

Kalt, neblig, winterlich war inzwischen der Morgen angebrochen. Bereits um sieben Uhr versammelte sich der Magistrat in dem ungeheizten, kaum beleuchteten, getäfelten Sitzungssaale; allgemein war die Bewaffnung der Bürgerschaft gefordert worden, – auf den laut gewordenen Einwand, daß dies als aufreizende Maßnahme gegen die Arbeiter ausgelegt werden könnte, wurde die Errichtung einer Schutzgarde beschlossen, welcher sowohl Bürger als Arbeiter angehören sollten. Es gab einige Schwierigkeiten mit dem Stadtkommandanten wegen Beistellung von Gewehren aus den Beständen des Munitionsmagazins, aber schließlich – beinahe über den

Kopf des Majors hinweg – wurden die Waffen geholt. Natürlich war zu einer regelrechten Werbung keine Zeit mehr, und so wurde bloß ein unter dem Vorsitz des Bürgermeisters zusammentretendes Komitee gewählt, dem die Waffenverteilung obliegen sollte. Noch am Vormittag wurden Gewehre an alle jene ausgegeben, die sich als ortsansässig und waffenkundig legitimierten, und als es so weit war, konnte der Stadtkommandant das Zusammenwirken von Militär und Schutzgarde nicht mehr ablehnen; die Ausstellung der Posten geschah bereits von der Kommandantur aus.

Esch und Huguenau hatten sich selbstverständlich gemeldet. Esch, – vor allem bestrebt, in der Nähe des Majors zu bleiben, – ersuchte um Verwendung innerhalb der Stadt. Er wurde für den Nachtdienst bestimmt, während Huguenau nachmittags an der Brücke zu wachen hatte.

Huguenau saß auf der Steinbalustrade der Brücke und fror im Novembernebel. Sein Gewehr mit aufgestecktem Bajonett lehnte neben ihm. Zwischen den Steinen der Balustrade wuchs Gras, und Huguenau beschäftigte sich damit, es auszurupfen. Auch uralte Mörtelstückchen konnte man zwischen den Steinen herauslösen und sie dann ins Wasser fallen lassen. Er langweilte sich reichlich und fand die ganze Angelegenheit sinnlos. Der aufgeklappte Kragen seines kürzlich gekauften Wintermantels scheuerte rauh an Hals und Kinn und gab keine Wärme. Aus Langeweile verrichtete er seine Notdurft, aber auch das ging vorbei, und er saß wieder da. Sinnlos war es, hier zu sitzen, mit der dummen grünen Binde am Ärmel, und außerdem kalt. Und er überlegte, ob er nicht ins Bordell rübergehen sollte, – schon weil dem Major die Schließung gar nichts genützt hatte; jetzt nannte sich's eben Geheimbetrieb.

Wie er sich gerade ausmalt, daß die Alte im Puff geheizt haben dürfte und daß es dort schön warm sein würde, steht Marguerite vor ihm. Huguenau war erfreut: »Tiens«, sagte er, »was treibst du hier ... ich dachte, du wärst verreist ... was hast du denn mit meiner Mark angefangen?«

Marguerite antwortete nichts.

Huguenau möchte lieber ins Bordell: »Ich kann dich nicht

brauchen ... du bist noch nicht vierzehn ... schau, daß du heimkommst.«

Nichtsdestoweniger nimmt er sie auf den Schoß; es ist wärmer so. Nach einer Weile fragt er: »Hast du dir die warmen Hosen angezogen?« Als sie's bejahte, war er befriedigt. Sie saßen eng aneinander geschmiegt. Die Rathausuhr tönte durch den Nebel herüber; fünf Uhr, und wie dunkel es schon ist.

»Kurze Tage«, sagte Huguenau, »ein Jahr schon wieder herum.«

Eine zweite Uhr folgte mit vier und fünf Schlägen. Er wurde immer trauriger. Wozu dies alles? was hatte er hier zu tun? dort jenseits der Felder lag Eschs Anwesen, und Huguenau spuckte in weitem Bogen nach der entsprechenden Richtung. Aber da überkam ihn jäher Schreck: er hatte die Tür zur Druckerei offenstehen lassen, und wenn es heute zu Plünderungen kommt, so werden sie ihm seine Maschinen zerschlagen.

»Runter«, sagte er grob zu Marguerite, und als sie zögerte, versetzte er ihr eine Ohrfeige. Hastig durchsuchte er seine Taschen nach dem Druckereischlüssel. Sollte er selber nach Hause oder sollte er Marguerite mit dem Schlüssel zur Eschin schicken?

Schon war er nahe daran, die Pflicht im Stiche zu lassen und sich nach Hause zu begeben, da fuhr er zusammen, denn das war nun wirklich ein Schreck, der durch Mark und Bein ging: am Waldrand droben leuchtete es grell auf und im nächsten Augenblick erfolgte eine fürchterliche Detonation. Er erfaßte gerade noch, daß es in der Kaserne der Minenwerferkompagnie war, daß irgendein Dummkopf Munitionsreste zur Explosion gebracht haben mußte, hatte sich aber auch schon instinktmäßig zu Boden geworfen und war klug genug, liegen zu bleiben, um weitere Explosionen abzuwarten. Richtig folgten in kurzem Abstand noch zwei heftige Detonationen, und dann ging der Lärm in vereinzeltes Geknatter über.

Huguenau lugte vorsichtig über die Steinbalustrade, sah die Ruinenmauern der Magazinschuppen von innen her rot und schwelend erleuchtet und das Dach der Kaserne brennen. »Also, es geht los«, sagte er sich, stand auf, putzte seinen neuen Wintermantel ab. Dann blickte er sich nach Marguerite um, pfiff ihr einige Male, aber die war davongerannt, – hoffentlich nach Hause. Er hatte wenig Zeit, sich zu besinnen, denn da kam auch schon ein Trupp Menschen von der Kaserne heruntergelaufen, Stöcke, Steine und sogar Gewehre in den Händen. Und zu Huguenaus Verwunderung lief Marguerite daneben her.

Es ging auf das Gefangenenhaus los, das war klar. Huguenau hatte es im Nu kapiert, und er fühlte sich wie ein Generalstabschef, dessen Befehle auf die Sekunde genau ausgeführt werden. »Brave Leute«, sagte etwas in ihm und fand es natürlich, daß er sich ihnen anschloß.

Im Sturmschritt und johlend langten sie bei der Anstalt an. Das Tor war geschlossen. Ein Steinhagel prasselte dagegen, und dann wurde der direkte Angriff geführt. Huguenau schmetterte den ersten Kolbenschlag gegen die Bohlen. Einer hatte sich ein Brecheisen verschafft, man mußte nicht lange arbeiten, die Bresche war bald gelegt, das Tor sprang auf und die Menge flutete in den Hof. Er war menschenleer, das Personal hatte sich irgendwo versteckt; nun, man wird sie schon ausräuchern, die Burschen, – aber aus den Zellen tönte wilder Gesang: »Hoch soll er leben, hoch soll er leben, dreimal hoch!«

Als die erste Detonation erfolgte, befand sich Esch in der Küche. Mit einem Satz war er beim Fenster, prallte aber zurück, als ihm bei der zweiten Explosion das gelockerte Fenster samt Rahmen entgegensauste. War's ein Fliegerangriff? Die Frau lag zwischen den Scherben auf den Knien und ratschte das Vaterunser. Eine Sekunde lang staunte er mit offenem Mund: sie hatte ihr ganzes Leben lang nicht gebetet! dann riß er sie empor: »In den Keller, Flieger.« Indes schon von der Stiege aus sah er den Brand des Munitionsmagazins, hörte das von dort kommende Geknatter. Also es ging los. Und sein nächster Gedanke war: »Der Major!« Die winselnde Frau – noch klang ihr Jammern ihm nach, er möge sie nicht verlassen – ins Zimmer zurückstoßen, das Gewehr nehmen und die Stiege hinunterstürzen, war das Werk eines Augenblicks.

Die Straße war voll schreiender Menschen. Vom Marktplatz tönte ein Trompetensignal. Esch keuchte die Straße hinauf. Hinter ihm wurden im Laufschritt ein paar angeschirrte Pferde gebracht; er wußte, daß sie für die Feuerwehr bestimmt waren, und es tat ihm wohl, daß ein Stück Ordnung noch intakt geblieben war. Die Spritze stand schon auf dem Marktplatz, man hatte sie herausgezogen, aber es fehlte an Mannschaften. Der Hornist war auf den Bock gestiegen, ließ immer wieder den Sammelruf ertönen, vorderhand waren erst sechs Mann vorhanden. Von der andern Seite des Platzes kam die Kompagnie herangelaufen, und der Hauptmann war so besonnen, sie in den Dienst der Feuerwehr zu stellen; sie ratterte mit der Spritze davon.

Im Rathaus waren alle Türen offen. Kein Mensch zu finden; die Kommandantur leer. Es war eine Erleichterung für Esch; also würden sie den Alten wenigstens hier nicht gleich finden. Aber wo war er? Als Esch heraustrat, kam ihm endlich ein Soldat in den Weg. Esch rief ihn an, ob er den Kommandanten gesehen hätte. Ja, der habe zuletzt die Schutzgarde alarmieren lassen und sei entweder bei der Kaserne oder bei der Strafanstalt ... die sei angeblich gestürmt worden.

Also zur Strafanstalt! Esch setzte sich in schweren ungelenken Trab.

Während die Menge in die Gefängnisgebäude eindrang, war Huguenau im Hofe stehen geblieben. Es war ein Erfolg, zweifelsohne, es war ein Erfolg, – Huguenau zog die ironische Miene, die ihm jetzt schon ganz gut gelang. Der Major würde sich nicht übel wundern, wenn er ihn hier sähe, und Esch dito. Kein Zweifel, es war ein ausgezeichnet prachtvoller Erfolg; nichtsdestoweniger war es Huguenau unbehaglich zumute, – was nun? er betrachtete den Hof, die brennende Kaserne gab ein schönes Licht, aber so was unerhört Besonderes war's schließlich nicht, er hatte sich den Hof nie anders vorgestellt. Und von der Bande hier hatte er auch schon genug.

Plötzlich gellende Schreie! Sie hatten einen Wärter aufgespürt und zerrten ihn auf den Hof heraus. Als Huguenau hinkam, lag der Mann wie gekreuzigt auf der Erde, bloß das eine Bein stieß krampfhaft hochgereckt und rhythmisch in die Luft. Zwei Weiber hatten sich über ihn geworfen, und auf der einen Hand stand mit genagelter Sohle der Kerl mit der

Brechstange und ließ das Eisen auf die Knochen des Gemarterten sausen. Huguenau spürte, daß er sich übergeben müsse. Panik in Bauch und Herzen, rannte er mit geschultertem Gewehr in die Stadt zurück.

Diese aber lag im Scheine der brennenden Kaserne scharf beleuchtet, spitzgieblig, und die schwarzen Konturen der Häuser überragt von den Türmen des Rathauses und der Kirchen. Von dort schlug es halb sechs, unbekümmert, als schwebte noch tiefer Frieden über dieser menschlichen Ansiedlung. Und der vertraute Klang der Uhren, der vertraute Anblick der Häuser, all der Friede, der noch da war, während es ringsumher schon brannte, ließ Huguenaus atemlose Angst zu einer unbändigen Sehnsucht nach menschlicher Nähe werden. Quer über die Felder rannte er, manchmal stehenbleibend, um Atem zu holen. Da merkte er, daß es nach Selchstube roch, und neuerdings durchfuhr es ihn, daß die Türe zur Druckerei nicht abgesperrt sei, daß die Schränker und Einbrecher jetzt aus dem Gefängnis strömen würden, und mit verdoppelter Angst, mit verdoppelter Anstrengung strebte er weiter und nach Hause.

Hanna Wendling lag mit hohem Fieber zu Bett. Dr. Kessel hatte zuerst die Schuld auf die allnächtlich geöffneten Fenster schieben wollen; später mußte er zugeben, daß es die spanische Grippe war.

Als die Explosion stattfand und die Scheiben ins Zimmer klirrten, wunderte sich Hanna keineswegs: nicht sie trug die Verantwortung für die geschlossenen Fenster, die waren ihr aufgezwungen worden, und da Heinrich es verabsäumt hatte, Gitter einsetzen zu lassen, so würden jetzt natürlich die Einbrecher einsteigen. Fast befriedigt konstatierte sie: »Der Einbruch von unten«, und wartete auf das, was nun weiter erfolgen würde. Doch da es ärger und ärger krachte, kam sie zur Besinnung, sprang aus dem Bett im plötzlichen Wissen, daß sie zu dem Jungen mußte.

Sie hielt sich am Bettpfosten fest, trachtete ihre Gedanken zu sammeln: der Junge war in der Küche, ja, sie erinnerte sich, sie hatte ihn der Ansteckungsgefahr wegen hinuntergeschickt. Sie mußte hinunter.

Ein scharfer Luftzug wehte durch das Zimmer, wehte durch das ganze Haus. Alle Fenster und Türen waren aus den Rahmen geschleudert worden und im ersten Stockwerk waren die Scheiben der ganzen Vorderfront eingedrückt, denn hier an dieser hochgelegenen Stelle des Tales wirkte sich der Luftdruck besonders stark aus. Die nächste Detonation deckte die Hälfte des Ziegeldachs prasselnd ab. Hätte das Haus nicht Zentralheizung gehabt, eine Feuersbrunst wäre unvermeidlich gewesen. Hanna allerdings bemerkte die Kälte nicht, sie bemerkte kaum den prasselnden Lärm, sie begriff nicht, was geschehen war, suchte auch gar nicht zu begreifen: an dem kreischenden Stubenmädchen vorbei, dem sie im Garderobenraum begegnete, eilte sie in die Küche.

In der Küche fiel es ihr auf, daß es kalt gewesen sein mußte, denn da war es wohlig. Hier unten hatten die Fenster nicht gelitten. In einem Winkel hockte die Köchin und hielt den heulenden zitternden Jungen auf dem Schoß. Die Katze lag friedlich vor dem Herd. Auch der merkwürdige brenzliche Geruch war aus der Nase verschwunden; es roch sauber und warm. Man hatte das Gefühl, gerettet zu sein. Dann entdeckte sie, daß sie in unbegreiflicher Geistesgegenwart ihre Bettdecke mitgenommen hatte. Sie wickelte sich in die Decke und setzte sich in das entfernteste Kücheneck; man mußte acht haben, daß der Junge nicht angesteckt werde, und sie wehrte ab, als er zu ihr herüberwollte. Das Stubenmädchen war ihr gefolgt, und nun kam auch der Gärtner mit seiner Frau herüber: »Die Kaserne brennt ... dort.« Der Gärtner wies zum Fenster, doch die Frauen getrauten sich nicht hinzugehen, blieben an ihren Plätzen. Hanna fühlte sich völlig bei Besinnung. Sie sagte: »Wir müssen es abwarten«, und wickelte sich fester in ihre Decke. Plötzlich erlosch aus irgendeinem Grunde das elektrische Licht. Das Stubenmädchen schrie wieder auf. Hanna wiederholte ins Dunkel hinein: »Wir müssen es abwarten ...« und dann geriet sie wieder ins Dämmern. Der Junge war im Schoße der Köchin eingeschlafen. Das Stubenmädchen und die Gärtnersfrau saßen auf der Kohlenkiste, der Gärtner lehnte beim Herde. Die Fenster klirrten noch immer, und von Zeit zu Zeit ging draußen wieder eine Lage Ziegel nieder. Sie saßen im Finstern, sie schauten alle auf die beleuchteten Fenster, sie schauten unbeweglich hin, und sie wurden immer unbeweglicher.

Auf der Straße, die zur Strafanstalt hinunterführte, hastete Esch, – das Gewehr war ihm von der Schulter gerutscht, und er hielt es in der Hand wie ein stürmender Soldat. Etwa mittwegs hörte er das Johlen eines herankommenden Trupps. Er warf sich ins Gebüsch, um ihn vorbeiziehen zu lassen. Es waren etwa zweihundert Leute, alles mögliche Gesindel, darunter die Sträflinge, an ihren grauen Gewändern kenntlich. Einige versuchten, die Marseillaise zu singen, andere die Internationale. Eine Feldwebelstimme schrie fortwährend: »Viererreihen bilden«, aber keiner hielt sich daran. An der Spitze des Zuges schwebte eine Puppe über den Köpfen der Marschierenden: an einer Stange, an einer Art Galgen hing die mit Zeug und Tüchern ausgestopfte Montur eines Gefangenenwärters – den hatten sie wahrscheinlich zu diesem Zwecke nackt ausgezogen –, die Puppe trug einen weißen Zettel an die Brust geheftet, und in dem zuckenden Licht der brennenden Depots konnte Esch das Wort »Stadtkommandant« entziffern. Sogar ein Kind hatten sie mit, es saß auf den Schultern eines der Kerle, ein kleines Mädchen, das an Marguerite erinnerte, doch Esch gab nicht mehr darauf acht: er ließ den Zug passieren, und um etwaigen Nachzüglern auszuweichen, lief er neben der Straße auf der Wiese weiter.

Die Scheinwerfer eines Autos tauchten vor ihm auf. Esch gerann das Blut, – das konnte bloß der Major sein! der Major, der da den Aufrührern unweigerlich in die Arme fuhr. Man mußte ihn aufhalten! aufhalten um jeden Preis! Esch rutschte die Böschung hinab, stellte sich laut schreiend und winkend mitten auf die Straße. Aber man bemerkte ihn nicht oder wollte ihn nicht bemerken, und wäre er nicht zur Seite gesprungen, er wäre überfahren worden. Er konnte noch wahrnehmen, daß es tatsächlich der Wagen des Majors war, daß sich neben dem Major drei Soldaten befanden, einer davon auf dem Trittbrett. Hilflos starrte er dem Wagen nach, dann rannte er aus Leibeskräften hinterher; in entsetzensvoller Angst rannte er, jede Sekunde erwartend, Furchtbares sehen zu müssen. Und schon fielen dort vorne einige Schüsse, es folgte ein krachender explosionsartiger Schlag, Schreien und Lärmen. Esch sprang wieder die Böschung hinauf.

Vor den ersten Häusern stand der Haufe; die Gegend war noch immer von dem Brande beleuchtet. Hinter den Gebüschen Deckung suchend, gelangte Esch zum ersten Gartenzaun und konnte sich nun im Schutze der Einfriedung nähern. Der Wagen hatte sich überschlagen und lag brennend auf der jenseitigen Straßenböschung. Augenscheinlich hatte der Chauffeur, angesichts der Menge oder von einem Stein getroffen, die Herrschaft über den Wagen verloren und war aufgefahren. Halb gekauert vor einem Baum, an dem er sich den Schädel zerspalten hatte, röchelte er noch, während der eine Soldat ausgestreckt auf der Straße lag. Der andere hingegen, ein Unteroffizier, wohl mit heiler Haut aus dem Sturze hervorgegangen, war von der tollwütigen Meute umringt. Unter den Faust- und Stockhieben machte er schwache flehentliche Bewegungen, sprach etwas, das in dem Lärm unverständlich blieb; dann brach auch er zusammen. Esch überlegte, ob er in die Horde hineinschießen sollte, aber in diesem Augenblick zuckte eine blaue Flamme aus der Motorhaube, und einer rief: »Der Wagen explodiert!« Die Menge wich zurück, verstummte und wartete auf die Explosion. Als jedoch nichts erfolgte, der Wagen bloß still weitergloste, ertönten bald Rufe: »Aufs Stadtkommando«, »Aufs Rathaus«, und der Trupp wälzte sich weiter der Stadt zu.

Wo aber war der Major?! plötzlich wußte es Esch: unter dem Wagen und in Gefahr, bei lebendigem Leibe zu rösten. Von Angst gejagt, kletterte Esch über die Planke, sprang auf den Wagen zu, rüttelte an dem Gestell; trockenes Schluchzen überkam ihn, als ihm klar wurde, daß er ihn allein nicht zu heben vermochte. Verzweifelt stand er vor dem brennenden Gefährt, verbrannte sich seine ohnmächtigen Hände bei erneuten Versuchen. Da kam ein Mann herbei. Es war der dritte Soldat, unverletzt, denn er war über die Böschung hinausgeflogen und auf die Wiese gefallen. Zu zweit gelang es ihnen, die eine Seite des Wagens zu lüpfen. Esch kroch darunter, stützte die Wand mit dem Rücken, und der Soldat zog den Major hervor. Gottseidank! Doch damit war's noch nicht getan, es hieß, schleunigst aus der Nähe des gefährlichen Automobils fliehen, und so trugen sie den Bewußtlosen die Böschung hinauf, betteten ihn hinter ein paar Sträucher auf die Wiese.

Esch kniete neben dem Major nieder, schaute ihm ins Gesicht; es war ein friedliches Gesicht und der Atem ging regelmäßig, wenn auch schwach. Das Herz schlug gleichfalls in ruhigem Takt – Esch hatte des Majors Mantel und Rock aufgerissen –, und mit Ausnahme einiger Versengungen und Abschürfungen war keinerlei äußere Verletzung zu entdecken. Der Soldat stand daneben; »Wir haben noch die anderen …« Esch erhob sich schwerfällig. Eine ungekannte Müdigkeit. Alle Glieder taten ihm weh. Trotzdem raffte er sich noch einmal auf, und sie brachten auch den verwundeten Unteroffizier in Sicherheit. Die Leichen des verunglückten Soldaten und des Chauffeurs legten sie auf die Böschung. Als es geschehen war, warf Esch sich neben dem Major ins Gras: »Einen Augenblick verschnaufen … ich kann nicht weiter.« Er war so erschöpft, daß er es kaum beachtete, als über den Dächern der Stadt rasche Flammen in die Höhe loderten und der Soldat aufschrie: »Die Kerle haben das Rathaus angezündet!«

Im Lazarett war's drunter und drüber gegangen.

Zuerst waren alle in den Garten geflüchtet, ohne Rücksicht auf die Leute, die sich nicht erheben konnten; keiner hatte sich um ihre Klagen gekümmert.

Es hatte der ganzen Autorität Kuhlenbecks bedurft, um die Ordnung wiederherzustellen. Eigenhändig hatte er die schwersten Fälle ins Erdgeschoß geschafft, er trug die Leute wie kleine Kinder auf den Armen, seine Stimme dröhnte durch die Korridore, und er beschimpfte jeden, sogar Flurschütz und Schwester Mathilde, in unflätiger Weise, wenn seine Befehle nicht augenblicklich ausgeführt wurden. Schwester Carla war durchgegangen und unauffindbar.

Schließlich kam es ins Gleis. Die Betten aus dem verwüsteten Oberstock wurden heruntergebracht, und nach und nach fanden sich die Leute wieder ein. Einige fehlten. Sie waren im Garten oder noch weiter, im Wald oder sonstwo.

Flurschütz und ein Pfleger machten sich auf die Suche. Einer der ersten, den sie außerhalb des Gartens entdeckten, war Gödicke; er war nicht sehr weit gekommen, stand auf der Berglehne, die er sich als Aussichtspunkt gewählt hatte, und streckte seine beiden Stöcke gegen den Himmel.

Man hätte meinen können, daß er jauchze.

Und in der Tat: als sie näherkamen, hörten sie, wie er lachte, dieses brüllende Tierlachen, auf das die ganze Mannschaft schon seit Monaten gewartet hatte.

Er kümmerte sich nicht um die beiden, die ihn anriefen, und da sie näherkamen und sich anschickten, ihn zu holen, schwenkte er drohend seine Stöcke.

Flurschütz war ein wenig ratlos: »Aber Gödicke, kommen Sie doch ...«

Gödicke wies mit den Stöcken auf die Flammen drüben und brüllte entzückt: »Das Jüngste Gericht ... auferstanden von den Toten ... auferstanden von den Toten ... wer nicht auferstanden ist, kommt in die Hölle ... der Teufel holt euch alle ... alle holt er euch jetzt ...«

Was sollte man da machen! Aber nachdem sie ihm eine Weile zugesehen hatten, fiel dem Pfleger das Richtige ein: »Ludwig, Brotzeit ist's, komm vom Gerüst herunter.«

Gödicke wurde stumm; er schaute argwöhnisch aus seinem Bart heraus, doch schließlich humpelte er mit.

Atemlos und zitternd hatte Huguenau den Garten durchquert und war bei der Druckerei angelangt. Im ersten Augenblick wußte er nicht, was ihn hergeführt hatte. Dann begriff er. Die Druckmaschine! Er trat ein. Der dunkle Raum war von außen flackernd beleuchtet und lag in sonntäglich anmutender Ordnung. Huguenau, das Gewehr zwischen den Beinen, setzte sich vor die Maschine. Er war enttäuscht; die Maschine lohnte seine Anstrengung nicht, – kalt und ungerührt stand sie da und warf bloß unruhige Schatten, die ihm unbehaglich waren. Wenn die Verbrecherbande wirklich käme, die Saumaschine würde es eigentlich verdienen, daß sie zusammengeschlagen werde. Obwohl es ein schönes Maschinchen ist ... er legt die Hände darauf, ärgert sich, daß sich das Eisen so kalt anfühlt. Merde, was ärgert ihn daran! Huguenau zuckt die Achsel, schaut auf den Hof, hinüber auf den Sonntagspredigtschuppen. Ob der Esch nächsten Sonntag wieder predigen wird?

Haïssez les ennemis de la sainte religion. Pfaffengesindel. Ein leerer Schuppen, das ist ihr Geschäft, ... was hat so einer zu verlieren! Die Knochen sollte man dem zerschlagen. Der hat keine Sorgen ... am Sonntag predigen, und jetzt sitzt er droben bei seinem Weib, und sie trösten sich gegenseitig, während man hier bei der Saumaschine sitzen muß.

Neuerdings vergißt er, warum er gekommen ist. Er lehnt das Gewehr an die Maschine. Im Hofe schnuppert er: wieder der Selchküchengeruch, der ihm entgegenschlägt. Heute gibt's wohl kein Abendbrot, ... na, oben wird's schon was geben, – den Esch läßt sie schon nicht verhungern.

Wie er oben im Flur steht, erschrickt er, weil die Tür zu seinem Zimmer aus den Angeln gehoben ist. Da stimmt etwas nicht. Die Türe ist außerdem verklemmt, nur mit Mühe vermag er sie aufzureißen, und drinnen im Zimmer sieht es noch wüster aus: der Spiegel hängt nicht mehr über dem Waschtisch, sondern liegt auf dem zerschmetterten Geschirr. Wüst. Unverständlich und beunruhigend, es erinnert an Knochensplitter. Huguenau setzt sich aufs Kanapee, er möchte sich die Geschichte begreiflich machen, aber er will nicht nachdenken, ... es soll jemand kommen, ihm alles gut erklären und ihn beruhigen ... ihm über die Haare streichen.

Da fällt ihm ein, daß er ohnehin Frau Esch rufen müßte, ihr den Schaden zeigen, ... sonst macht sie ihn am Ende noch dafür verantwortlich, ... fällt ihm nicht ein, einen Schaden zu bezahlen, den er nicht angerichtet hat. Aber wie er sie eben rufen will, stürzt sie, die sein Kommen gehört hat, ins Zimmer: »Wo ist mein Mann?«

Eine weite wonnige und erregende Beruhigung überkam Huguenau, als er ein vertrautes Gesicht erblickte. Er lächelte ihr freundlich und herzlich entgegen: »Mutter Esch ...« er strahlte ihr förmlich entgegen, ... jetzt wird alles gut, sie soll mich zu Bett bringen ...

Sie indes schien ihn überhaupt nicht zu sehen: »Wo ist mein Mann?« Die dumme Frage störte ihn, – was wollte die Frau jetzt von dem Esch? wenn der nicht da ist, so ist's doch nur gut ... er antwortete grob: »Wie soll ich wissen, wo er sich herumtreibt, zum Essen wird er schon kommen.«

Vielleicht hatte sie's gar nicht gehört, denn sie war auf ihn zugetreten, hatte ihn bei den Schultern gepackt; sie schrie ihn geradezu an: »Er ist weggelaufen, mit der Flinte ist er weggelaufen ... ich habe schießen hören.«

Eine Hoffnung stieg auf: der Esch ist erschossen! doch warum hatte diese Frau dann so eine jämmerliche Stimme? warum funktionierte sie falsch? Er wollte Ruhe von ihr empfangen und statt dessen sollte er herhalten, sie zu beruhigen, und noch dazu wegen dieses Esch! Sie flehte noch immer: »Wo ist er?« und noch immer hatte sie seine Schulter nicht losgelassen. Betreten und zornig zugleich tätschelte er ihr die dicken Oberarme wie einem weinenden Kinde, er hätte ihr sogar gern etwas Gutes getan, er fuhr an den Armen auf und ab, allein sein Mund sprach unfreundliche Worte: »Was jammern Sie denn nach Esch? haben Sie nicht auch schon genug von dem Patron? ... ich bin doch hier bei Ihnen ...« und während er so sprach, merkte er selber erst, daß er Größeres von ihr verlangte ... wie zum Ersatz für das, was sie ihm schuldig blieb. Nun spürte auch sie, worauf es hinauslief: »Herr Huguenau, um Gotteswillen, Herr Huguenau ...« Aber im vorhinein fast ohne Willen, unter seinem keuchenden Drängen setzte sie ihm kaum mehr Widerstand entgegen. Wie ein Delinquent, der dem Henker selber behilflich ist, öffnete sie ihm die Hose, und zwischen ihren breitgeöffneten hochgereckten Schenkeln kippte er kußlos mit ihr auf das Kanapee.

Ihr erstes Wort nachher: »Retten Sie meinen Mann!« Huguenau war es gleichgültig; jetzt mochte der leben, solang er wollte. Jedoch im nächsten Augenblick brach sie in schrille Schreie aus: das Fenster war plötzlich blutrot erleuchtet, orangegelbe Garben stiegen auf, das Rathaus brannte. Sie sank zu Boden, ein unförmiger Klumpen, ... sie, sie war an allem schuld: »Jesus Maria, was hab' ich getan, was hab' ich getan ...« sie kroch zu ihm hin, »... retten Sie ihn, retten Sie ihn ...« Huguenau war ans Fenster getreten. Er war verdrossen; nun ging es auch hier noch los. Er hatte schon von da draußen genug, übergenug. Und was wollte dieses Weib von ihm? verantwortlich war schließlich der Esch ... mochte der mit dem Major drüben braten, Heilige sind immer gebraten worden. Und jetzt wird es doch noch Plünderungen geben ...

und wieder hat er vergessen, die Druckerei abzusperren ... er nahm es zum Anlaß, mit guter Manier fortzukommen: »Ich werde nach ihm sehen.« Würde er Esch jetzt begegnen, überlegte er beim Hinausgehen, er würde ihn die Treppe hinunterschmeißen.

In der Druckerei aber war nach wie vor alles in Ordnung. Das Gewehr lehnte dort und die Maschine warf ihre unruhigen Schatten. Rot, schwarz, gelb, orangefarben schossen die Garben des Rathauses in den Himmel hinein, während es drüben bei der Kaserne und den Depots noch immer schmutzigbraun qualmte. Die Obstbäume streckten leere Äste hart empor. Huguenau besah das Schauspiel und fand mit einem Male, daß es richtig war ... alles war richtig, auch die Maschine gefiel ihm wieder ... alles war richtig, war in Ordnung gebracht, er war sich selbst und seiner klaren Nüchternheit zurückgegeben ... jetzt mußte nur noch ein Schlußpunkt gesetzt werden, und dann war alles gut!

Er stieg leise wieder hinauf, lugte vorsichtig in die verwüstete Küche, schlich zur Brotlade, schnitt sich einen tüchtigen Ranken herunter, und da er sonst nichts fand, ging er in die Druckerei zurück, setzte sich bequem hin, nahm das Gewehr zwischen die ausgestreckten Beine und begann langsam zu essen, ... mit den Plünderern wird man auch schon irgendwie fertig werden.

Esch und der Soldat knieten neben dem Major. Sie wollten ihn ins Bewußtsein zurückbringen und rieben ihm Brust und Hände mit nassem Gras. Als er endlich die Augen aufschlug, bewegten sie ihm Arme und Beine, und es zeigte sich, daß nichts gebrochen war. Aber er antwortete auf keinen Zuruf, ausgestreckt blieb er liegen, und bloß seine Hände waren ruhelos geworden, griffen in die feuchte Erde, gruben in der Erde, suchten nach Schollen, zerkrümelten sie.

Es war klar, daß man ihn je eher wegschaffen mußte. Hilfe aus der Stadt herbeizurufen, war nicht möglich; also mußten sie's allein besorgen. Der verletzte Unteroffizier hatte sich inzwischen so weit wieder aufgerafft, daß er sitzen konnte, – man durfte ihn also eine Weile sich selber überlassen, und sie beschlossen, vor allem den Major über die Felder zu Eschs

Anwesen zu tragen; auf der Straße wäre es zu gefährlich gewesen.

Als sie eben beratschlagten, wie es am besten anzupacken wäre, schien es, als ob der Major sprechen wollte: einen Brokken Erde zwischen den Fingern, hatte er die Hand gehoben, und seine Lippen öffneten sich und schoben sich vor, aber die Hand sank immer wieder zurück und kein Ton wurde hörbar. Esch hatte sein Ohr ganz nahe an des Majors Mund gebracht und wartete; endlich verstand er: »Mit dem Pferde gestürzt ... ein leichtes Hindernis, trotzdem gestürzt ... das rechte Vorderbein gebrochen ... ich werde ihn selbst erschießen ... Unehrenhaftigkeit mit einer Kugel auslöschen ...« und dann, deutlicher und als ob er eine Zustimmung erbitten wollte: »... mit einer Kugel, nicht mit unritterlichen Waffen ...« – »Was sagt er?« fragte der Soldat. Esch antwortete leise: »Er glaubt, daß er vom Pferd gefallen ist ... aber jetzt los ... wenn's nur nicht so verdammt hell wäre ... wir nehmen jedenfalls die Gewehre mit.«

Der Major hatte wieder die Augen geschlossen. Sie hoben ihn vorsichtig auf und, oftmals rastend und den Platz wechselnd, schleppten sie ihn über die regennassen aufgeweichten Felder, deren Erde sich schwer und klebrig an die Schuhe hängte. Einmal öffnete der Major die Augen, sah den Brand in der Stadt, und Esch voll anblickend, kommandierte er: »Gas ... Flammenwerfer ... löschen gehen.« Dann versank er wieder in Somnolenz.

Bei seinem Anwesen angelangt, verabschiedete Esch den Soldaten: er möge nun rasch zu seinem Kameraden zurückkehren, – er selbst wolle später nachkommen, und zum Hinauftragen des Majors würde er hier schon Hilfe finden. So legten sie ihn vorerst auf die Bank vor der Laube. Als aber der Soldat sich entfernt hatte, ging Esch leise ins Haus, lehnte das Gewehr an die Flurwand und öffnete die Falltür zur Kellerstiege. Dann lud er sich den Major auf die Schultern und trug ihn hinein, tappte vorsichtig die Kellerstiege hinab, und unten bettete er ihn auf einen Kartoffelhaufen, den er vorsorglich mit einer Kotze überdeckt hatte. Entzündete die Petroleumlampe, die an der schmutzigen Mauer befestigt war, dichtete die Kellerluke mit Brettern und Lappen ab, damit kein Lichtstrahl nach außen dringe. Kritzelte schließlich einen Zettel, den er dem Major zwischen die gefalteten Hände steckte: »Herr Major! Sie haben bei dem Kraftwagenunfall das Bewußtsein verloren. Ich komme bald zurück. Hochachtungsvoll Esch.« Er sah nochmals nach der Lampe und ob sie genügend gefüllt sei; vielleicht würde er lange ausbleiben müssen. Zur Kellertüre führten drei Stufen hinauf; bevor Esch öffnete, wandte er sich nochmals um, betrachtete fast zögernd das geduckte Gewölbe und darin den regungslosen langausgestreckten Mann: wäre der blakige Petroleumgeruch nicht gewesen, man hätte es für eine kühle Gruft halten können.

Langsam stieg er hinauf. Im Flur horchte er ein wenig nach oben. Es regte sich nichts, ... nun, die Frau wird sich schon beruhigt haben; der Verwundete vor der Stadt war jetzt wichtiger. Er schulterte das Gewehr und trat auf die Straße.

Doch seine Gedanken waren bei dem Mann, der in dem Keller lag, die Petroleumlampe zu seinen Häupten. Wenn das Licht erlischt, ist der Erlöser nahe. Es muß das Licht erlöschen, damit die Zeit gezählt werde.

Huguenau war eben mit seinem Brot fertig geworden und überlegte, wie er zu weiteren Nahrungsmitteln gelangen könnte, als er in dem scharfen Lichte draußen eine Gestalt im Garten erblickte. Er griff nach dem Gewehr, aber da hatte er auch schon erkannt, daß es niemand anderer als Esch war und daß Esch eine Art Sack auf dem Rücken trug. Also ist der Herr Pastor sogar unter die Plünderer gegangen! verwunderlich wäre es ja nicht, nun, es wird sich ja gleich zeigen, und neugierig wartete er, daß jener mit der Last näherkäme. Eschs Schritte tappten langsam und schwerfällig durch den Hof, es dauerte lange, bis er vor dem Fenster sichtbar wurde. Doch dann ging Huguenau beinahe der Atem aus, – Esch schleppte einen Menschen! Esch schleppte den Major daher! ein Mißverständnis war ausgeschlossen, es war der Major, den Esch daherschleppte. Auf Zehenspitzen schlich Huguenau zur Türe, steckte den Kopf durch den Spalt – kein Zweifel, es war der Major –, und er sah, wie Esch mit seiner Bürde im Kellerloch verschwand.

Huguenau war aufs äußerste gespannt, wie sich die Dinge weiter entwickeln würden. Und als Esch wieder zum Vorschein kam und auf die Straße hinaustrat, da schulterte auch Huguenau sein Gewehr und folgte in gemessener Entfernung.

Die Straßen, die in der Richtung zum Rathaus lagen, waren voll und grell beleuchtet, in den Querstraßen warfen die Häuser scharfe zuckende Schlagschatten. Kein Mensch war zu sehen. Alles war zum Marktplatz gerannt, von dem dunkles Getöse herübertönte. Huguenau muß daran denken, daß in den verödeten Gassen jeder nach Belieben plündern könnte; und wenn er selbst jetzt in irgendein Haus eindränge, herauszutragen, was er wollte, niemand tät's ihm verwehren, – freilich, was ließe sich aus so einer Bude schon groß heraustragen, und der Ausdruck vom »bessern Wild« fällt ihm ein. Esch steuerte um die nächste Ecke; er ging also nicht zum Rathaus, der scheinheilige Halunke. Zwei Burschen rannten vorbei; Huguenau nahm das Gewehr, zum Zuschlagen bereit, in die Hand. Aus einer Seitengasse schwankte ihm ein Mann entgegen, der ein Fahrrad führte: mit der Linken hielt er die Lenkstange umkrampft, die Rechte hing, wie gebrochen, schlotternd herab; Huguenau sah mit Grausen in ein zerschlagenes, zerschmettertes Gesicht, aus dem noch ein Auge blicklos ins Leere starrte. Bloß bemüht, sein Rad festzuhalten, als wollte er es ins Jenseits mitnehmen, torkelte der Verwundete vorüber. Kolbenhieb ins Gesicht, sagte sich Huguenau und packte sein Gewehr fester. Ein Hund löste sich aus einem Haustor, schnüffelte hinter dem Verwundeten drein und dem herabtropfenden Blut, leckte daran. Esch war jetzt nicht sichtbar. Huguenau beschleunigte den Schritt. Bei der nächsten Straßenkreuzung gewahrte er wieder das Aufblinken des Seitengewehrs vor sich. Er folgte ihm rascher. Esch marschierte geradeaus, schaute nicht rechts, nicht links, sogar das brennende Rathaus schien seine Aufmerksamkeit nicht zu erregen. Nun hallten seine Schritte nicht mehr auf dem buckligen Pflaster, denn hier draußen gab es keine Pflasterung, und nun bog er in eine Gasse ein, die längs der Stadtmauer führte. Huguenau trieb es vorwärts; er war jetzt etwa zwanzig Schritte hinter Esch, der ruhig seinen Weg fortsetzte: sollte er ihn mit dem Kolben erschlagen? nein, das wäre sinnlos, es mußte vielmehr ein Schlußpunkt gesetzt werden. Und da übermächtigt es ihn wie eine Erleuchtung, – er senkt das Gewehr, ist mit ein paar tangoartigen katzigen Sprüngen bei Esch und rennt ihm das Bajonett in den knochigen Rücken. Esch geht, zu des Mörders großer Verwunderung, noch ein paar Schritte ruhig weiter, dann stürzt er lautlos vornüber aufs Gesicht.

Huguenau steht neben dem Gefallenen. Sein Fuß berührt die Hand, die über einer Radspur im fettigen Straßenschmutz liegt. Soll er drauftreten? kein Zweifel, der ist tot. Huguenau war ihm dankbar, – es war alles gut! er hockte sich hin und sah in das seitwärts gedrehte bartstoppelige Gesicht. Als er den gefürchteten höhnischen Zug nicht darin fand, war er zufrieden und klopfte der Leiche wohlwollend, fast zärtlich auf die Schulter.

Es war alles gut.

Er tauschte die Gewehre aus, ließ sein eigenes blutiges bei dem Toten, eine an solchem Tage wohl überflüssige Vorsicht, aber er liebte eine ordnungsgemäße Gebarung. Und hernach begab er sich auf den Heimweg. Hell war die Stadtmauer vom Rathaus her beleuchtet, die Bäume zeichneten ihre Schatten auf ihr ab, eine letzte orangegelbe Garbe schoß aus dem Dach des Rathauses hervor – Huguenau mußte des Mannes auf dem Colmarer Bilde gedenken, der zu dem aufbrechenden Himmel emporschwebte, und am liebsten hätte er ihm die erhobene Rechte geschüttelt, so leicht und froh war ihm zumute –, dann krachte der Rathausturm in sich zusammen und das Feuer verebbte in bräunlichem Rot.

Das halbzertrümmerte »Haus in Rosen« lag noch immer lichtlos und schweigend im Nachtwind, der hier heroben blies.

In der Küche hatte sich nichts verändert. In starrer Regungslosigkeit verharrten die sechs Menschen noch immer dort, saßen noch immer regungslos, unbeweglicher vielleicht noch als vorher, wie eingespannt und gefesselt in den Drähten des Wartens. Sie schliefen nicht und sie wachten nicht, und sie wußten auch nicht, wie lange dieser Zustand schon währte. Bloß der Junge schlummerte. Von Hannas Schultern war die Decke herabgeglitten, Hanna fror nicht. Einmal sagte sie in die Stille hinein: »Wir müssen es abwarten«, aber die anderen hörten es wohl gar nicht. Und doch lauschten sie, lauschten ins Leere, lauschten auf die Stimmen, die von draußen hereindrangen. Und wenn es in Hannas Ohr immer wieder »Der Einbruch von unten« sagte, und sie auch keinen Sinn mehr damit verbinden konnte, sinnlose Worte, ein sinnloses Geräusch, so lauschte sie dennoch, ob es nicht diese sinnlosen Worte seien, die da draußen gerufen wurden. Die Wasserleitung tropfte einförmig. Keiner der sechs Menschen regte sich. Vielleicht vernahmen auch die anderen den Ruf vom Einbruch, denn trotz großer sozialer Unterschiede, trotz Isoliertheit und Unverbundenheit waren sie alle zu einer Gesamtheit geworden, es war ein Ring der Verzauberung um sie alle geschlagen, eine Kette, deren Glieder sie selber waren und die ohne schwere Schädigung nicht durchbrochen werden konnte. Und aus dieser Verzauberung, aus diesem gemeinsamen Trancezustand heraus wird es verständlich, daß für Hanna der Ruf des Einbruchs immer deutlicher wurde, so deutlich, wie sie ihn mit ihren leiblichen Ohren niemals hätte wahrnehmen können; der Ruf kam heran wie getragen von der Kraft des gemeinsamen Lauschens, er schwamm auf dem Strom dieser Kraft, die dennoch eine kraftlose Kraft war, eine Kraft des bloßen Aufnehmens und Hörens, und der Ruf war sehr stark, die Stimme wurde immer mächtiger und war wie ein brausender Wind, der draußen wehte. Der Hund winselte im Garten, kläffte einige Male auf. Dann verstummt auch der Hund, und sie hört nur mehr die Stimme. Und die Stimme befahl es ihr: Hanna erhebt sich, sie steht auf, die anderen scheinen es nicht zu bemerken, auch nicht, als sie die Türe öffnet und den Raum verläßt; sie geht mit nackten Sohlen, aber sie weiß es nicht. Ihre nackten Sohlen gehen über Betonestrich, das war der Korridor, sie gehen über fünf steinerne Stufen, gehen über Linoleum, das war die Office, gehen über Parkett und Teppiche, das war die Hall, gehen über eine sehr trockene Kokosmatte, über Ziegelscherben, über das Pflaster eines Gartenwegs. In diesem geradlinigen Gehen, das fast ein Schreiten zu nennen ist, wissen bloß die Sohlen den Weg, denn die Augen wissen bloß das Ziel, – und als sie aus der Türe tritt, da sieht sie es auch, sieht das Ziel! am Ende des sehr verlängerten Pflasterweges, am Ende dieser sehr langen Brücke, dort, halb über den Gartenzaun geschwungen, der Einbrecher, der Mann, dort auf das Brückengeländer geklettert, – der Mann in grauer Sträflingskleidung, ein grauer Steinblock, so hängt er dort. Und rührt sich nicht. Mit vorgestreckten Händen betritt sie die Brücke, die Bettdecke läßt sie fallen, das Nachthemd wolkt sich im Winde, und so schreitet sie auf den unbeweglichen Mann zu. Aber, sei es, weil die Leute in der Küche ihr Fortgehen nun doch bemerkt haben, sei es, weil sie in magischer Kette von ihr nachgezogen worden sind, es folgt der Gärtner, es folgt das Stubenmädchen, es folgt die Köchin, es folgt die Gärtnersfrau, und wenn auch nur schwach und mit gebundenen Stimmen rufen sie nun die Herrin.

Es war wohl die Sonderbarkeit dieser Prozession, angeführt von der weißen Frau mit den geisterhaften Gewändern, die dem Einbrecher die Haare sich sträuben ließ und ihn so sehr lähmte, daß er kaum imstande war, das erhobene Bein zurückzuschwingen. Und als er es drüben hatte, da stierte er noch eine Weile auf das gespenstische Bild, und dann lief er davon und verschwand in der Dunkelheit.

Hanna indes ging auf ihrem Wege weiter, und als sie beim Zaun war, da streckte sie die Hände zwischen den Stäben hindurch wie durch das Gitter eines Fensters und als wollte sie einem Scheidenden winken. Von der Stadt her leuchtete Brand herüber, doch die Explosionen waren verstummt und der Bann gebrochen. Und sogar der Wind hatte sich jetzt gelegt. Sie sank schlafend am Gitter zusammen und wurde vom Gärtner und von der Köchin ins Haus zurückgetragen, wo man ihr im Wirtschaftszimmer neben der Küche das Bett rüstete.

(Im Wirtschaftszimmer neben der Küche erlag am nächsten Tag Hanna Wendling ihrer schweren Lungengrippe.)

Huguenau marschierte heimwärts. Vor einem Hause stand ein weinendes Kind, sicherlich kaum drei Jahre alt. Wo mag Marguerite stecken? dachte er. Er hob das Kind auf, zeigte ihm das schöne Feuerwerk, das vom Marktplatz herüberstrahlte, und er ahmte das Prasseln und Zischen der Flammen, das Krachen des Gebälks so lange nach, ssss sssscht schschschschschkrrach bis das Kind lachte. Dann trug er es ins Haus hinein, die Mutter belehrend, daß man in solchen

Zeiten ein kleines Kind nicht unbeaufsichtigt auf der Straße zu lassen habe.

Daheim angelangt, lehnte er das Gewehr an die Flurwand, genau so wie Esch es getan hatte, öffnete hierauf die Falltüre und stieg zum Major hinunter.

Der Major hatte, seitdem Esch fortgegangen war, seine Lage nicht verändert; er ruhte noch immer auf dem Kartoffelhaufen, den Zettel zwischen den Fingern, aber seine blauen Augen waren geöffnet und starrten in das Licht der Kellerlampe. Er wandte den Blick auch nicht ab, als Huguenau eintrat. Huguenau räusperte sich, und wie der Major sich nicht rührte, war er beleidigt. Die Zeiten waren wahrlich nicht danach, kindischen Zwist so lange fortzusetzen. Er zog den Schemel heran, der sonst zum Kartoffellesen benutzt wurde, und mit einer gemessenen Verbeugung nahm er dem Major gegenüber Platz: »Herr Major, ich begreife ja, daß Herr Major Gründe haben, mich nicht sehen zu wollen, aber schließlich wächst über alles Gras, und die Umstände haben ja doch schließlich mir recht gegeben, und ich möchte nicht unerwähnt lassen, daß mich Herr Major in durchaus falscher Beleuchtung gesehen haben; vergessen Herr Major nicht, daß ich das Opfer einer niedrigen Intrige gewesen bin, man soll Toten nichts Schlechtes nachsagen, aber bedenken Herr Major die Geringschätzung, mit der mir dieser Pastor von allem Anfang an begegnet ist. Und niemals ein Dank! haben Herr Major ein Wort der Anerkennung gehabt für all die Feste, die ich zu Ehren des Herrn Major arrangiert habe; immer nur so ein, ich danke Ihnen – aber sonst: drei Schritt vom Leibe. Aber ich will nicht ungerecht sein, denn einmal haben mir der Herr Major ganz spontan die Hand gegeben, damals als wir den Eisernen Bismarck eingeweiht haben: Sie sehen, Herr Major, daß ich jede Freundlichkeit des Herrn Major gut im Gedächtnis behalten habe, aber selbst damals haben Herr Major einen ironischen Zug um den Mund gehabt, wenn Sie wüßten, wie ich es haßte, wenn der Esch so feixte! immer war ich ausgeschlossen, wenn ich mich so ausdrücken darf. Und warum? bloß weil ich nicht von vorneherein dazu gehört habe ... sozusagen ein Ortsfremder, dahergelaufen, wie der Esch zu sagen beliebte, das war kein Grund, mich zu verhöhnen und mich zurückzusetzen; immer sollte ich abnehmen, das war auch so ein Ausdruck von ihm – immer sollte ich abnehmen, damit dieser Herr Pastor wachsen und sich vor dem Herrn Major großtun kann. Ich habe das ganz gut verstanden, Herr Major können versichert sein, daß das einen Menschen kränkt; und auch die Anspielungen, mit denen Sie mich ›böse‹ genannt haben, oh ja, das habe ich sehr genau verstanden, Herr Major mögen sich bloß erinnern, einen ganzen Abend lang haben Sie über die Bösheit gesprochen, kein Wunder, wenn ein Mensch, dem solches gesagt wird, schließlich auch wirklich einmal böse werden würde; ich gebe auch zu, daß es faktisch danach ausgesehen hat, und daß Herr Major mich vielleicht heute einen Erpresser oder Mörder nennen werden, und trotzdem sieht es bloß so aus; in Wirklichkeit ist alles anders, man kann's sozusagen nicht präzis ausdrücken; und Herr Major haben ja wahrscheinlich auch gar nicht das Interesse zu wissen, wie es wirklich ist. Ja, Herr Major haben damals auch viel von Liebe geredet, und der Esch hat seitdem immerzu von Liebe gefaselt – er war überhaupt zum Kotzen mit seinem Gefasel, aber wenn man immer von Liebe spricht, so sollte man einen andern wenigstens verstehen wollen, bitte, Herr Major, ich weiß natürlich, daß ich das nicht verlangen kann, und daß ein Mann in der Stellung des Herrn Major sich doch nie herbeilassen wird, für einen Menschen wie ich, wo ich doch ein gewöhnlicher Deserteur bin, solche Gefühle zu hegen, wenn ich mir auch zu sagen gestatten möchte, daß der Esch nicht so groß was Besseres als ich gewesen ist … ich weiß nicht, ob Herr Major richtig verstehen, was ich meine, aber ich bitte Herrn Major, Geduld zu haben …«

Seine Brillengläser putzend, schaute er den Major an, der immer noch keinen Laut und keine Bewegung von sich gab: »Ich bitte Herrn Major inständig, nicht etwa zu glauben, Herr Major werden von mir in diesem Keller gefangen gehalten, um Herrn Major zu zwingen, mich anzuhören; es geht draußen fürchterlich zu, und wenn Herr Major hinausgingen, würden Herr Major an die Laterne gehängt werden. Herr Major werden sich morgen selbst davon überzeugen können, haben Sie um Gottes willen einmal Vertrauen zu mir …«

So sprach Huguenau auf die lebende unbewegliche Puppe

ein, bis ihm endlich inne wurde, daß der Major ihn nicht hörte. Aber er wollte noch immer nicht daran glauben: »Ich bitte um Verzeihung, Herr Major sind erschöpft, und ich rede. Ich will etwas zu essen holen.« Eilfertig stürzte er hinauf. Frau Esch saß zusammengekrümmt auf einem Küchenstuhl und weinte krampfig in sich hinein. Als er eintrat, fuhr sie auf: »Wo ist mein Mann?«

»Es geht ihm ganz gut, er wird schon kommen. Haben Sie etwas zu essen? ich brauche es für einen Verwundeten.«

Ist mein Mann verwundet?!«

»Nein! ich sagte Ihnen, er wird schon kommen. Geben Sie mir was Eßbares, können Sie eine Omelette machen; nein, das dauert zu lang ...«

Er ging in den Wohnraum; dort stand Wurst auf dem Tisch. Ohne zu fragen, nahm er sie, legte sie zwischen zwei Scheiben Brot. Frau Esch war ihm gefolgt, kreischte angstvoll: »Lassen Sie das, das gehört für meinen Mann.«

Huguenau hatte das unangenehme Gefühl, daß man einem Toten nichts wegnehmen dürfe; vielleicht würde es dem Major auch Unglück bringen, wenn er Totenspeise äße. Im übrigen war Wurst wohl ohnehin nicht das Richtige für ihn. Er dachte einen Augenblick nach: »Schön, aber Milch werden Sie doch haben ... Sie haben doch immer Milch im Hause.«

Ja, Milch hatte sie. Er füllte einen Schnabeltopf und trug ihn sorgsam hinunter.

»Herr Major, Milch, schöne frische gute Milch«, rief er mit munterer Stimme.

Der Major rührte sich nicht. Offenbar war auch Milch nicht das Richtige; Huguenau ärgerte sich: vielleicht hätte ich ihm doch lieber Wein bringen sollen? das hätte ihn erweckt und gekräftigt ... er scheint doch sehr schwach zu sein ... na, jetzt wollen wir es trotz alledem versuchen! Und Huguenau beugte sich herab, hob den Kopf des Alten, der es willen- und kraftlos geschehen ließ und sogar folgsam die Lippen öffnete, da Huguenau den Schnabel des Topfes daran setzte. Und als der Major die langsam einfließende Milch annahm und schluckte, war Huguenau glücklich. Er rannte hinauf, um einen zweiten Topf zu holen; an der Türe blickte er zurück, sah, daß der Major den Kopf gedreht hatte, um zu schauen, wo er hinging, und freundlich zurücknickend, winkte er mit der Hand: »Gleich bin ich wieder da.« Und als er wieder herunterkam, schaute der Major noch immer auf die Kellertüre und lächelte, richtiger lachte ihm ein wenig zu. Aber er trank nur mehr einige Tropfen. Er hatte einen Finger Huguenaus erfaßt und war eingeschlummert.

Den Finger in der Faust des Majors, saß Huguenau dort. Las den Zettel, den der Major noch immer auf dem Leibe liegen hatte, und steckte dieses Beweisstück ein. Natürlich wird er es nicht brauchen, denn geriete er in eine Klemme, er würde jedenfalls antworten, daß der Major ihm von Esch übergeben worden sei; immerhin, doppelt genäht, hält besser. Von Zeit zu Zeit versuchte er behutsam, seinen Finger freizubekommen, aber da wachte der Major auf, lächelte ein bißchen, und, den Finger nicht loslassend, schlief er wieder ein. Der Schemel war reichlich hart und unbequem. So verbrachten sie den Rest der Nacht.

Gegen Morgen gelang es Huguenau sich freizumachen. Keine Kleinigkeit, die ganze Nacht auf einem Schemel zu hocken.

Er stieg zur Straße hinauf. Es war noch dunkel. Die Stadt schien still zu sein. Er ging zum Marktplatz hinüber. Das Rathaus, bis zum Grunde ausgebrannt, rauchte qualmend. Militär und Feuerwehr hatten Posten aufgestellt. Auch zwei Häuser des Marktplatzes waren vom Feuer ergriffen worden, und kunterbunt lag Hausrat vor ihnen aufgestapelt. Dann und wann wurde die Spritze wieder in Bewegung gesetzt, um neu aufglosende Glut niederzudämpfen. Es fiel Huguenau auf, daß auch Leute in Sträflingskleidern bei der Spritze behilflich waren und sich eifrig an den Aufräumungsarbeiten betätigten. Er sprach einen Mann an, der gleich ihm die grüne Binde trug, fragte, was sich hier noch ereignet hätte, denn er selbst sei anderweitig beschäftigt gewesen. Der Mann erzählte gerne: ja, eigentlich sei mit dem Einsturz des Rathauses alles zu Ende gewesen. Sie seien dann, Freund und Feind, recht fassungslos um den Brandherd herumgestanden und hätten zu tun gehabt, die Nachbarhäuser zu schützen. Ein paar Kerle hätten zwar versucht, in die Häuser einzudringen, aber auf das Geschrei der Frauen seien sogar ihre eigenen Genossen über die Plünderer hergefallen. Einigen wäre dabei allerdings der Schädel eingedroschen worden, aber das war gut gewesen, auf das hin hat keiner mehr ans Plündern gedacht. Jetzt eben haben sie die Verwundeten ins Krankenhaus hinausgeschafft, – es war die höchste Zeit gewesen, denn die haben gejammert, daß man es kaum mit anhören konnte. Man hat natürlich gleich nach Trier telephoniert; aber dort gibt's natürlich auch einen Wirbel, und so seien erst jetzt, wo alles vorüber ist, zwei Autos mit Mannschaften gekommen. Im übrigen heißt es, daß der Stadtkommandant abgängig sein soll ...

Um den brauche man sich nicht zu sorgen, meinte Huguenau, den habe er selber aufgelesen; freilich in einem üblen Zustand sei der Major gewesen, eigentlich hätte er sich eine Rettungsmedaille verdient, denn jetzt sei der Alte in guter Pflege und, wie gesagt, gerettet.

Er hob salutierend den Finger an den Hut, machte kehrt und trottete nach dem Lazarett hinaus. Es dämmerte bereits.

Kuhlenbeck war nicht gleich zu finden, aber er kam bald und als er Huguenaus ansichtig wurde, schrie er ihn an: »Was wollen Sie, Sie Hanswurst?«

Huguenau setzte seine beleidigtste Miene auf: »Herr Oberstabsarzt, ich habe Ihnen zu melden, daß Herr Esch und ich den Herrn Stadtkommandanten, der schwer verwundet ist, heute nacht bei uns verbergen mußten ... wollen Sie bitte veranlassen, daß er sogleich abgeholt werde.«

Kuhlenbeck lief zur Türe: »Doktor Flurschütz« donnerte er auf den Korridor hinaus. Flurschütz kam. »Nehmen Sie ein Auto, – die Wagen sind doch jetzt da? – und fahren Sie mit zwei Wärtern in die Zeitungsbude ... Sie wissen ja ... übrigens«, schnauzte er Huguenau an, »Sie fahren mit.« Dann schien er besänftigt; er gab Huguenau sogar die Hand und sagte: »Na, brav, daß ihr Euch seiner angenommen habt ...«

Als sie in den Keller kamen, schlummerte der Major noch immer friedlich auf seinem Kartoffelhaufen, und schlummernd wurde er hinaufgetragen. Huguenau war inzwischen in die Redaktion hinübergelaufen. Viel Bargeld war ja nicht da, bloß die Handkassa und die Marken, das übrige trug er, soweit er es nicht nach Köln an die Bank überwiesen hatte, mit sich herum; doch auch um die Marken wäre es schade ..., man konnte nicht wissen, was noch bevorstand ... vielleicht wird doch noch geplündert werden! Wie er zurückkam, war der Major schon installiert, ein paar Leute standen um das Auto herum, fragten, was vorgefallen sei, und Flurschütz machte sich eben zur Abfahrt bereit. Huguenau war wie vor den Kopf geschlagen: man wollte den Major ohne ihn wegfahren! Und plötzlich wurde ihm klar, daß er selber unter keinen Umständen hier bleiben durfte, – er hatte nicht die mindeste Lust, dabei zu sein, wenn Esch gebracht werden würde.

»Sofort komme ich, Herr Oberarzt«, rief er, »sofort!«

»Wie? Sie wollen mitfahren, Herr Huguenau?«

»Selbstverständlich, ich muß ja noch die ganze Angelegenheit zu Protokoll geben ... nur einen Augenblick, bitte.«

Er stürzte hinauf. Frau Esch kniete jetzt in der Küche und betete. Als Huguenau im Türrahmen auftauchte, rutschte sie auf den Knien heran. Er aber hörte nicht ihre Anrufungen, sondern sprang in sein Zimmer hinüber, packte von seinen Habseligkeiten – es waren ihrer nicht viele –, was ihm erreichbar war, verstaute sie in seinem Fiberköfferchen, setzte sich darauf, damit das Schloß zuschnappe, und dann raste er zurück. »Fertig«, kommandierte er dem Chauffeur, und sie fuhren ab.

Beim Krankenhaus stand Kuhlenbeck bereits vor dem Tore, die Uhr in der Hand: »Also, was ist los?«

Flurschütz, der als erster ausgestiegen war, schaute aus etwas entzündeten Augen zu dem Major hinüber: »Vielleicht eine Gehirnerschütterung ... vielleicht Ärgeres ...«

Kuhlenbeck sagte: »Wir sind ohnehin das reinste Narrenhaus ... und so was nennt sich Lazarett ... na, wir werden ja sehen ...«

Der Major, der schon während der Fahrt zu dem weißlichen Morgenhimmel hinaufgeblinzelt hatte, war nun völlig erwacht. Als man ihn aus dem Auto hob, wurde er unruhig; er warf sich hin und her, und es war deutlich, daß er nach etwas suchte. Kuhlenbeck war hinzugetreten und hatte sich über ihn gebeugt: »Was machen Sie uns denn für Geschichten, Herr Major?«

Da wurde der Major nun völlig wild. Sei es, daß er Kuhlenbeck erkannte, sei es, daß er ihn nicht erkannte, er packte ihn beim Bart, schüttelte böse daran, fletschte die Zähne, und nur mit Mühe konnte er gebändigt werden. Doch er wurde allsogleich still und friedlich, als Huguenau an die Bahre herantrat. Er nahm wieder Huguenaus Finger, Huguenau mußte neben der Bahre einhergehen und er ließ sich auch nur untersuchen, solange Huguenau dicht an seiner Seite war.

Übrigens brach Kuhlenbeck die Untersuchung sehr bald ab: »Das hat keinen Zweck«, sagte er, »wir geben ihm eine Injektion und dann müssen wir ihn eben wegbringen ... evakuiert werden wir ohnehin ... also so rasch als möglich nach Köln mit ihm ... aber wie? ... ich kann hier niemanden entbehren, der Evakuationsbefehl kann jeden Augenblick eintreffen ...«

Huguenau meldete sich: »Vielleicht könnte ich den Herrn Major nach Köln transportieren ... wenn ich mich so ausdrükken darf, als freiwilliger Krankenpfleger ... die Herren sehen ja, daß der Herr Major mit meiner Pflege zufrieden ist.«

Kuhlenbeck dachte nach: »Mit dem Nachmittagszug? ... nein, das ist jetzt alles viel zu unsicher ...«

Flurschütz hatte eine Idee: »Es muß doch heute ein Lastwagen nach Köln gehen ... könnte man das nicht irgendwie arrangieren?«

»Heute geht alles«, sagte Kuhlenbeck.

»Dann darf ich wohl um einen Marschbefehl nach Köln ersuchen«, sagte Huguenau.

Und so geschah es, daß Huguenau, ausgestattet mit richtigen militärischen Dokumenten, am Ärmel eine Rote-Kreuz-Binde, die er sich von Schwester Mathilde ausgebeten hatte, den Major in seine offizielle Obhut bekam und ihn nach Köln brachte. Man hatte die Tragbahre auf das Lastauto gestellt, Huguenau nahm daneben auf seinem Fiberköfferchen Platz, der Major ergriff seine Hand und ließ sie nicht mehr los. Später wurde auch Huguenau von Müdigkeit überwältigt. Er bettete sich, so gut es ging, neben der Tragbahre, schob sein Köfferchen unter den Kopf, und nebeneinander ruhend, Hand in Hand, schliefen sie wie zwei Freunde. So kamen sie nach Köln.

Huguenau gab den Major ordnungsgemäß im Spital ab,

wartete geduldig an seinem Bett, bis eine Injektion die Gefahr eines neuerlichen Ausbruchs gebannt hatte, und dann konnte er sich fortstehlen. Aber vom Spitalkommando erwirkte er sich einen Militärfahrschein in seine colmarsche Heimat. Am nächsten Morgen behob er bei der Bank den Guthabenrest des »Kurtrierschen Boten« und tags darauf reiste er ab. Seine Kriegsodyssee, die schöne Ferienzeit war zu Ende. Man schrieb den 5. November.

86

Geschichte des Heilsarmeemädchens in Berlin (16)

Wer vermag fröhlicher zu sein als ein Kranker? nichts zwingt ihn, sich dem Lebenskampf zu stellen, es steht ihm sogar frei zu sterben. Er ist nicht gezwungen, aus den Ereignissen, die der Tag ihm zuträgt, induktive Schlüsse zu ziehen, um danach sein Verhalten einzurichten, er darf in sein eigenes Denken eingesponnen bleiben, – eingesponnen in die Autonomie seines Wissens, darf er deduktiv, darf er theologisch denken. Wer vermag fröhlicher zu sein als der, der seinen Glauben denken darf! Manchmal gehe ich allein aus. Ich gehe langsam, die Hände in den Taschen, und schaue in die Gesichter der Passanten. Es sind endliche Gesichter, – doch häufig, ja eigentlich immer gelingt es mir, das Unendliche dahinter zu entdekken. Das sind gewissermaßen meine induktiven Eskapaden. Daß ich bei diesen Streifzügen, die mich übrigens nicht sehr weit führen – bloß einmal gelangte ich bis nach Schöneberg, wurde aber sehr müde davon –, niemals Marie getroffen habe, daß unter den Gesichtern niemals das ihre auftauchte, daß sie mir so völlig entschwunden ist, das enttäuscht mich kaum, denn sie war immer darauf gefaßt gewesen, auf auswärtige Mission geschickt zu werden, und das war wohl geschehen. Nun, ich bin auch fröhlich ohne sie.

Die Tage waren kurz geworden. Und da der elektrische Strom kostspielig ist und ein in die eigene Autonomie eingesponnener Mensch ohne weiteres dieses Lichtes entraten kann, habe ich lange Nächte. Nuchem sitzt dann oft bei mir. Sitzt in der Dunkelheit und spricht wenig. Er denkt wohl an Marie, doch nie hat er ihrer Erwähnung getan.

Einmal sagte er: »Jetzt wird aufhören der Krieg.«

»So«, sagte ich.

»Jetzt wird sein Revolution«, sagte er weiter.

Ich hatte eine Hoffnung, ihn zu packen: »Da wird die Religion abgeschafft.«

Ich hörte ihn in der Dunkelheit lautlos lachen: »Steht das in Ihre Bücher?«

»Hegel sagt: es ist die unendliche Liebe, daß Gott sich mit dem ihm Fremden identisch gesetzt hat, um es zu töten. Das sagt Hegel ... und dann wird die absolute Religion kommen.«

Wieder lachte er, ein leichter Schatten in der Dunkelheit: »Das Gesetz bleibt«, sagte er.

Seine Hartnäckigkeit war unerschütterlich; ich sagte: »Ja, ja, ich weiß, Sie sind der ewige Jude.«

Er sagte leise: »Jetzt werden wir gehen nach Jerusalem.«

Ich hatte ohnehin schon zu viel gesprochen und ließ es dabei bewenden.

87

Des Schiffes breiter Kiel, des stummen Schiffes, welches niemals landet,
gräbt schwere Furche in die Nebelwellen,
die flach und küstenlos unendlich fern zerschellen,
oh, Meer des Schlafs, das uns im Nichts umbrandet!
Oh Traum voll blinder Fracht, Träume der nackten Quellen,
oh Traum, der nach dem Du auf jenem Schiffe fahndet,
oh Wünsche! Furchtbare! – furchtbarer noch geahndet
durch das Gesetz, an dem sie küstenlos und stumm zerschellen:
Kein Traum hat je des andern Traum getroffen,
einsam die Nacht, und ist sie auch gehalten
von deines Atems Tiefe, ausatmend unser Hoffen,
daß wir dereinst verklärt zu höheren Gestalten
uns nähern werden auf der licht-erhöhten
Stufe der Gnade, uns nähern werden, ohne uns zu töten.

88

Zerfall der Werte (10)
Epilog

Es war alles gut.

Und Huguenau, ausgestattet mit einem richtigen Militärfahrschein, war kostenlos in seine colmarsche Heimat zurückgekehrt.

Hat er einen Mord begangen? hat er einen revolutionären Akt vollführt? er brauchte darüber nicht nachzudenken und er tat es auch nicht. Hätte er es aber getan, er hätte bloß sagen können, daß seine Handlungsweise vernünftig gewesen war und daß jeder der Honoratioren des Ortes, zu denen er sich schließlich mit Fug zählen durfte, nicht anders gehandelt hätte. Denn fest stand die Grenze zwischen Vernünftigem und Unvernünftigem, zwischen Wirklichkeit und Unwirklichkeit, und Huguenau hätte höchstens zugegeben, daß er in weniger kriegerischen oder weniger revolutionären Zeitläuften die Tat unterlassen hätte, was aber schade gewesen wäre. Und besinnlich hätte er wohl hinzugesetzt: »Alles zu seiner Zeit.« Doch dazu kam es nicht, weil er eben niemals jener Tat gedachte und auch niemals mehr ihrer gedenken wird.

Huguenau gedachte nicht jener Tat und noch viel weniger wurde ihm die Irrationalität bewußt, von der seine Handlungsweise erfüllt gewesen war, so sehr erfüllt war, daß man geradezu von einem Durchbruch des Irrationalen hätte sprechen können; nie weiß der Mensch etwas von der Irrationalität, die das Wesen seines schweigenden Tuns ausmacht, nichts weiß er von dem »Einbruch von unten«, dem er ausgesetzt ist, er kann davon nichts wissen, da er in jedem Augenblick seines Lebens sich innerhalb eines Wertsystems befindet, dieses Wertsystem aber keinem anderen Zwecke dient, als all das Irrationale zu verdecken und zu bändigen, von dem das erdgebundene empirische Leben getragen wird: nicht nur das Bewußtsein, auch das Irrationale ist, kantisch gesprochen, ein Vehikel, das alle Kategorien begleitet, – es ist das Absolute des Lebens, das mit all seinen Trieben, Wollungen, Emotionen neben dem Absoluten des Denkens dahinläuft, und nicht nur das Wertsystem selber ist getragen vom spontanen Akt der Wertsetzung, der ein irrationaler Akt ist, sondern auch das Weltgefühl, das hinter jedem Wertsystem steht, ist sowohl in seinem Ursprung als in seinem Sein jeder rationalen Evidenz entrückt. Und der gewaltige Apparat der erkenntnismäßigen Plausibilisierung, welcher um die Sachverhalte herum errichtet ist, hat die gleiche Funktion wie jener nicht minder gewaltige der ethischen Plausibilisierung, in welchem sich die menschliche Handlung bewegt, Brücken des Vernünftigen, die sich spannen und überspannen, sie dienen einzig dem Zweck, das irdische Dasein aus seiner unentrinnbaren Irrationalität, aus seiner »Bösheit« zu höherem »vernünftigem« Sinn und zu jenem eigentlich metaphysischen Wert zu führen, in dessen deduktiver Struktur es dem Menschen ermöglicht wird, der Welt und den Dingen und den eigenen Handlungen die gebührende Stelle anzuweisen, sich selbst aber wiederzufinden, auf daß sein Blick unbeirrbar und unverloren bleibe. Kein Wunder, daß unter solchen Umständen Huguenau von seiner eigenen Irrationalität nichts wußte.

Jedes Wertsystem geht aus irrationalen Strebungen hervor, und die irrationale, ethisch ungültige, Welterfassung ins absolut Rationale umzuformen, diese eigentliche und radikale Aufgabe der »Formung«, wird für jedes überpersönliche Wertsystem zum ethischen Ziel. Und jedes Wertsystem scheitert an dieser Aufgabe. Denn die Methode des Rationalen ist immer nur die der Annäherung, sie ist eine Einkreisungsmethode, die in zwar stets kleinerem Bogen das Irrationale zu erreichen trachtet, doch nie es erreicht, gleichgültig ob es als Irrationalität des inneren Gefühls, ob es in der Unbewußtheit dieses Lebens und Erlebens oder ob es als Irrationalität der Weltgegebenheiten und der unendlich vielfältigen Weltgestalt auftritt, – das Rationale vermag bloß zu atomisieren. Und wenn das Volk sagt: »Ein Mensch ohne Gefühl ist kein Mensch«, so steckt darin etwas von der Erkenntnis, daß es einen unauflösbaren irrationalen Rest gibt, ohne den kein Wertsystem bestehen kann und kraft dessen das Rationale vor einer wahrhaft verderbenbringenden Autonomie, vor einer »Über-Rationalität« bewahrt bleibt, die, vom System aus gesehen, ethisch womöglich noch verwerflicher, noch »böser«, noch »sündiger« ist als das Irrationale: es ist die reine, die dialektische und deduktive, die autonom gewordene Ratio, die im Gegensatz zum formbaren Irrationalen keine Formung mehr zuläßt und die, in ihrer Starrheit die eigene Logizität aufhebend, an die logische Unendlichkeitsgrenze stößt, – die autonom gewordene Vernunft ist radikal böse, sie hebt die Logizität des Systems und damit dieses selber auf; sie leitet seinen Zerfall und seine endgültige Zersplitterung ein.

Für jedes Wertsystem gibt es eine Wegstrecke, in welcher die gegenseitige Durchdringung von Rationalem und Irrationalem ihr Maximum erreicht, gibt es einen saturierten Gleichgewichtszustand, in welchem die beidseitige Bösheit unwirksam, unsichtbar, unschädlich wird, – Zeiten des Höhepunkts und des vollkommenen Stils! denn fast könnte der Stil einer Epoche in dieser gegenseitigen Durchdringung definiert werden: durch wieviel Poren das Rationale auch ins Leben dringe, es ist dem Leben und dem zentralen Wertwillen untertan, wenn die Zeit des Höhepunktes erreicht ist, und in wieviel Adern des Systems das Irrationale auch fließen mag, es ist sozusagen kanalisiert, es ist auch noch in seinen feinsten Verästelungen zum Dienst und zum Antrieb des zentralen Wertwillens bestellt, – das Irrationale an sich und das Rationale an sich, sie sind beide stillos, richtiger, sie sind stilfrei, jenes in der Stilfreiheit der Natur, dieses in der Stilfreiheit der Mathematik, aber in ihrer Vereinigung, in ihrer gegenseitigen Bändigung, in solch gebändigt rationalem Leben des Irrationalen ergibt sich jenes Phänomen, das als der eigentliche Stil eines Wertsystems bezeichnet werden darf.

Doch dieser Gleichgewichtszustand ist kein dauernder, er ist immer nur Durchgangsstadium; die Logik der Tatsachen treibt das Rationale ins Überrationale, sie treibt das Überrationale an seine Unendlichkeitsgrenze, sie bereitet den Prozeß des Wertzerfalls vor, die Auflösung des Gesamtsystems in Partialgebilde, und am Ende dieses Prozesses steht neben einer entfesselten autonomen Vernunft ein entfesseltes autonomes irrationales Leben. Gewiß dringt die Vernunft auch in die Partialsysteme ein, ja sie leitet diese zu eigener autonomer Entwicklung, leitet sie zu eigener autonomer Unendlichkeit, aber die Entwicklungsbreite der Vernunft innerhalb des Partialsystems wird von dem jeweiligen Sachgebiet eingeschränkt. So gibt es ein spezifisch kaufmännisches oder ein spezifisch militärisches Denken, deren jedes zur konsequenten kompromißlosen Absolutheit hinstrebt, deren jedes ein entsprechendes deduktives Plausibilitätsschema ausbildet, jedes seine »Theologie«, seine »Privattheologie«, wenn man sie so nennen dürfte, – und genau in dem gleichen Maße, als eine derartige militärische oder kommerzielle Theologie in Wirksamkeit tritt, um ein sachgebunden verkleinertes Organon zu errichten, genau in dem gleichen Maße bleiben innerhalb der Partialgebiete Irrationalitäten gebunden; denn auch die Partialgebiete sind Spiegelungen des Ichs und des Gesamtsystems, und auch sie befinden sich im Gleichgewichtszustand oder streben nach einem solchen, so daß man, eben in Ansehung solchen Gleichgewichts, von einem militärischen oder kaufmännischen Lebensstil sprechen kann. Indes, je kleiner das System wird, desto geringer wird seine ethische Ausdehnungsfähigkeit, desto geringer wird sein ethischer Wille, desto stumpfer und gleichgültiger wird es gegen die Bösheit, wird es gegen das Überrationale und gegen das Irrationale, das in ihm noch wirkt, desto kleiner wird die Anzahl der gebundenen Kräfte, desto größer die, gegen welche es indifferent ist und die es als »Privatangelegenheit« des Individuums betrachtet: je weiter die Zerschlagung des Gesamtsystems fortschreitet, je entfesselter die Vernunft der Welt wird, desto sichtbarer, desto wirkender wird das Irrationale, – das Gesamtsystem der Religion macht die von ihr ergriffene Welt rational, die Entfesselung der Vernunft muß in gleicher Weise die Stummheit alles Irrationalen freimachen.

Letzte Zerspaltungseinheit im Wertzerfall ist das menschliche Individuum. Und je weniger dieses Individuum an einem übergeordneten System beteiligt und je mehr es auf seine eigene empirische Autonomie gestellt ist – auch darin Erbe der Renaissance und des in ihr bereits vorgezeichneten Individualismus –, desto schmäler und bescheidener wird seine »Privattheologie«, desto unfähiger wird diese, irgendwelche Werte außerhalb ihres engsten individuellen Bereiches zu erfassen: was außerhalb des engsten Wertkreises vor sich geht, kann nur noch unverarbeitet, ungeformt, m. e. W. dogmatisch hingenommen werden, – es entsteht jenes leere und dogmatische Spiel von Konventionen, also von Überrationalitäten kleinster Dimension, die für das Wesen des philiströsen Menschen typisch sind (niemand wird Huguenau diese Bezeichnung versagen können), es entsteht das konfliktlose Neben- und Ineinanderwirken einer dem Irrationalen verhafteten Lebendigkeit und eines Überrationalen, das in gespenstisch totem Leerlauf nur noch diesem Irrationalen dient, stillos und ungebändigt sie beide, vereinigt in einer Disparatheit, die keinen Wert mehr zu bilden vermag. Der Mensch, der, aus jedem Wertverband entlassen, zum ausschließlichen Träger des Individualwertes geworden ist, der metaphysisch »ausgestoßene« Mensch, ausgestoßen, weil sich der Verband zu Individuen aufgelöst und zerstäubt hat, ist wertfrei, stilfrei und nur noch vom Irrationalen her bestimmbar.

Huguenau, ein wertfreier Mensch, gehörte allerdings auch dem kommerziellen System an; er war ein Mann, der in Branchekreisen einen guten Ruf genoß, er war ein gewissenhafter und umsichtiger Kaufmann und er hatte seiner kaufmännischen Pflicht stets voll und ganz, ja, mit aller Radikalität Folge geleistet. Daß er Esch umgebracht hatte, fiel zwar nicht in den kaufmännischen Pflichtenkreis, widersprach aber auch nicht dessen Usancen. Es war eine Art Ferialhandlung gewesen, getätigt zu einer Zeit, in welcher auch das kaufmännische Wertsystem aufgehoben und bloß das individuelle übriggeblieben war. Hingegen lag es in der Linie des kaufmännischen Ethos, in welches Huguenau zurückgekehrt war, daß er in Berücksichtigung der nach Friedensschluß einsetzenden Markentwertung an Frau Gertrude Esch folgendes Schreiben richtete:

Frau
N. N. Esch
Wohlgeboren

Werte Frau,

Sie recht wohlauf hoffend, freue ich mich, von mir dasselbe mitteilen zu können und nehme ich Anlaß, um in frdl. Erinnerung zu bringen, daß ich lt. Vertrag v. 14. V. 1918 Machthaber über 90% der Ge-

schäftsanteile des »Kurtrierschen Boten« bin. Ordnungshalber bemerke ich hiezu, daß von diesen 90 % ein Drittel, d. i. 30 % im Besitze verschiedener Herren am dortigen Platze sich befinden, die ich jedoch in der Geschäftsleitung vertrete, so daß also ohne mein Wissen und Willen keinerlei Betrieb geführt, noch sonstige Geschäfte gemacht werden dürfen und muß ich Sie, resp. die anderen Herren Compagnons bei ev. Dawiderhandeln voll und ganz für alle Folgen und Schäden haftbar machen. Sollten Sie, resp. die verehrl. anderen Herren Compagnons trotzdem den Betrieb aufgenommen haben, so bitte ich demnach vor allem um gefl. Rechnungslegung und Überweisung des auf meine Gruppe entfallenden Gewinstanteiles von 60 % (lt. Vertrag, § 3) und behalte mir alle weiteren Schritte höfl. vor.

In meiner Ihnen bekannten Loyalität stelle ich andererseits fest, daß ich durch den force-majeure-Fall des Kriegsendes verhindert wurde, dem Unternehmen für mich, resp. meine Gruppe, die beiden restlichen Raten von insgesamt M. 13 400, von denen Ihnen als Erbin nach dem sel. Herrn August Esch noch M. 8 000 zukommen, termingerecht zu bezahlen. Allerdings mache ich gleichfalls loyal aufmerksam, daß Sie, wenn Sie darauf reflektiert hätten, versäumt haben, die Zeitung, resp. mich als deren Geschäftsleiter, auf Auszahlung dieser Raten unter Setzung einer entsprechenden Nachfrist rekommandiert zu mahnen, so daß ich jetzt lediglich verpflichtet bin, falls Sie die Mahnung jetzt ergehen lassen, Ihnen die Zahlung unter Vergütung der gesetzlichen Verzugszinsen zu leisten, damit unsere juristische Lage glattgestellt ist.

Da ich es aber vermeiden will, mit der hochgeschätzten Gattin meines sehr geehrten seligen Freundes Herrn August Esch etwaige Auseinandersetzungen vor Gericht zu haben, obwohl der dortige Platz im besetzten Gebiet liegt, so daß für mich als französischer Staatsbürger wenig Schwierigkeiten vorhanden wären und ich ein Freund prompter Erledigung bin, stelle ich höfl. Antrag, unser damaliges Geschäft zu stornieren, wovon Sie in Anbetracht der juristischen Sachlage allen Vorteil hätten.

Diese Stornierung kann am einfachsten dadurch geschehen, daß ich Ihnen die mir, resp. meiner Gruppe gehörigen 60 % der Geschäftsanteile zurückverkaufe und bin ich bereit, dies zu besonders akzeptablen Bedingungen zu tun und offeriere Ihnen freibleibend, Zwischenverkauf vorbehalten, diese Anteile zur Hälfte des seinerzeitigen Originalpreises, umgerechnet auf Frankenparität. Der Gesamtkaufpreis betrug

M. 13400, infolgedessen nach Friedensparität ca. frcs. 16000, so daß ich Ihnen die Anteile in besonders entgegenkommender Weise um frcs. 8000, in Worten

achttausend französische Francs

erlasse, wobei ich besonders betone, daß ich weder meine Aufwendungen noch meine Einschüsse, die ich privat für das Geschäft geleistet habe, noch meine mehrmonatliche Aufopferung meiner Arbeitskraft einkalkuliert habe, obwohl das Geschäft eben dadurch viel mehr wert ist als zu jenem Zeitpunkt, in welchem ich es übernommen habe, und sehe mich zu dieser besonders bescheidenen und entgegenkommenden Haltung und Forderung bloß bewogen, um Ihnen den Entschluß angenehm zu machen und eine glatte Erledigung herbeizuführen, um so mehr, als Sie diese Summe, soferne Sie dieselbe nicht flüssig haben sollten, leicht durch eine Hypothek auf Ihr unbelastetes Anwesen aufbringen werden.

Ich erlaube mir schließlich, erg. darauf aufmerksam zu machen, daß Sie mit diesen rückgekauften 60% Anteilen zusammen mit den Ihnen szt. verbliebenen 10% eine erdrückende Majorität von 70% fest in Händen haben werden, mit der Sie die Minoritätsgruppe der anderen Herren Compagnons glatt an die Wand drücken können, und bin überzeugt, daß Sie sodann in Kürze wieder Alleinbesitzerin eines blühenden Unternehmens sind, bzgl. welchen ich nicht unerwähnt lassen will, daß das Inseratengeschäft, wie ich mir schmeichle es eingeführt zu haben, allein schon eine Goldgrube ist, und stehe ich Ihnen dsbzgl. auch weiterhin mit Rat und Tat gerne zur w. Verfügung.

Aus allen diesen Umständen belieben Sie zu ersehen, daß ich mein Offert unter Hintansetzung meiner eigenen Interessen gestellt habe, weil es mir Schwierigkeiten macht, die Geschäfte der Zeitung von hier aus zu leiten, doch bin ich überzeugt, daß mir andere Reflektanten wesentlich mehr bieten würden, was für Sie keineswegs angenehm sein kann, weswegen ich Sie bitte, mir Ihre geehrte zustimmende Antwort innerhalb 14 Tagen zugehen zu lassen, widrigenfalls ich die Angelegenheit meinem Rechtsanwalt übergebe.

In der conviction, daß Sie meinen freundschaftlichen und entgegenkommenden Vorschlag würdigen werden, so daß wir sodann zur endgültigen Perfektionierung schreiten können, erlaube ich mir noch mitzuteilen, daß die geschäftliche Lage in unserer Gegend eine recht zufriedenstellende ist und ich sehr gut beschäftigt bin, und zeichne ich

hochachtungsvoll

Wilh. Huguenau
in Fa. André Huguenau
Recommandé

Das war eine erpresserische und häßliche Handlung, aber sie wurde von Huguenau nicht als solche empfunden; sie verstieß weder gegen seine Privattheologie noch gegen die des kommerziellen Wertsystems, ja sie wäre auch von Huguenaus Mitbürgern nicht als häßlich empfunden worden, denn es war ein kommerziell und juristisch einwandfreier Brief, und selbst Frau Esch empfand solche Legalität als ein Fatum, dem sie sich williger beugte als etwa einer Beschlagnahmung von seiten der Kommunisten. Huguenau freilich bedauerte hinterher die übertriebene Bescheidenheit seiner Forderung – die Hälfte des Selbstkostenpreises! – allein man darf den Bogen niemals überspannen, und als die achttausend Franken wirklich bezahlt wurden, da war es ein begrüßenswerter Einschuß in das Colmarer Unternehmen, und es war noch mehr: es war die endgültige Liquidierung der Kriegsbegebenheit, es war die endgültige Heimkehr und vielleicht, wenn auch nur vielleicht, war es sogar etwas Schmerzliches. Denn nun war alles Feriale endgültig verschwunden. Und soferne im Ablauf des menschlichen Lebens und seiner Insignifikanz überhaupt Berichtenswertes zu finden ist, so gibt es nun nichts mehr dergleichen im Leben Huguenaus. Er hatte das väterliche Geschäft übernommen, und im Sinne der Ahnen, solid und auf Gewinn bedacht, führte er es weiter. Und weil das Junggesellenleben für einen bürgerlichen Kaufmann nicht taugt und die Tradition seines Hauses, aus der auch sein eigenes Dasein hervorgegangen war, von ihm es erheischte, daß er eine brave Frau eheliche, um einesteils mit ihr Kinder zu zeugen, andernteils aber die Mitgift zur Konsolidierung des Geschäftes zu verwenden, so machte er sich daran, die hiezu notwendigen Schritte zu unternehmen. Und weil inzwischen der Franc sich zu entwerten begann, die Deutschen aber die Goldmark eingeführt hatten, so war es bloß natürlich und nicht weiter bemerkenswert, daß er seine Augen auf das rechtsrheinische Land richtete. Und weil er die Braut, die über entsprechende Mittel verfügte, schließlich im Nassauischen fand und dies eine protestantische Gegend ist, so war es auch nicht weiter erstaunlich, daß Liebe und Vermögensvorteile einen Freigeist zu einem Glaubenswechsel bewegen konnten. Und weil die Braut und ihre Familie dumm genug waren, Wert darauf zu legen, so war er ihnen zuliebe eben dem evangelischen Glauben beigetreten. Und wenn nun der eine oder der andere seiner Mitbürger ob dieses Schrittes den Kopf schüttelte, so verwies der Freigeist Huguenau auf die Bedeutungslosigkeit derartiger Formalitäten, und gleichsam zur Bekräftigung solcher Ansicht gab er trotz evangelischer Glaubenszugehörigkeit seine Stimme der katholischen Partei, als dieselbe anno 1926 ein Wahlbündnis mit den Kommunisten einging. Und weil die Elsässer, wie die meisten Alemannen, ein oftmals schrullenhaftes Volk sind und viele von ihnen selber einen kleinen Sparren haben, so wunderten sie sich nicht sehr lange über Huguenaus Abweichungen, die eigentlich keine Abweichungen waren, denn zwischen Kaffeesäcken und Textilgeweben, Schlafen und Essen, Geschäften und Kartenspiel lebte Huguenau in Frieden dahin. Er wurde Familienvater, seine elastische Rundlichkeit wölbte sich und wurde mit der Zeit ein wenig weichlich, auch sein strammer Gang geriet mit der Zeit zusehends ins Watscheln; er war mit seinen Kunden höflich, war seinen Untergebenen ein strenger Chef von vorbildlichem Arbeitseifer; frühmorgens war er auf den Beinen, Ferien gönnte er sich nicht, seine Freuden waren spärlich, und ästhetische Genüsse gab es überhaupt keine oder sie wurden verachtet; kaum daß seine Obliegenheiten ihm Zeit ließen, sonntags mit Frau und Kindern spazieren zu gehen, geschweige denn das Museum zu besuchen, – Bilder waren ihm ohnehin zuwider. Er stieg zu städtischen Würden auf, er wandelte wieder den Pfad der Pflicht. Sein Leben war das, das seine fleischlichen Ahnen seit zweihundert Jahren geführt hatten, und sein Gesicht war ihr Gesicht. Sahen sie doch alle gleich aus, die Huguenaus, feist und satt und ernst zwischen ihren Wangen, und daß sich da bei einem von ihnen ein sarkastisch-ironischer Zug ausprägen werde, war nicht zu vermuten gewesen. Doch ob dies in der

Mischung des Blutes bedingt oder bloßes Spiel der Natur war oder etwas, das eine Vollendung des Enkels anzeigt und ihn von allen seinen Ahnen löst, ist schwierig zu entscheiden und ein Detail, auf das niemand, am allerwenigsten Huguenau selber, irgendeinen Wert legt. Denn vieles war ihm gleichgültig geworden, und dachte er an die Kriegsbegebenheiten zurück, so schrumpften sie immer mehr und mehr zusammen, und schließlich blieb nichts mehr übrig als eine einzige Zahl von frcs. 8000, in der sie sich symbolisierten und mit der sie in die Bilanz eingegangen waren, und alles, was er damals erlebt hatte, glitt für den Kaufmann Huguenau ins Konturige und in die zarten Töne der französischen Banknoten, mit denen er seitdem zu tun gehabt hatte. Der zartgraue Nebel traumhaften silbernen Schlafes hatte sich über das Geschehene gebreitet, immer undeutlicher wurde es ihm, immer dunkler, als schöbe ein rußgeschwärztes Glas sich davor, und schließlich wußte er nicht mehr, ob er jenes Leben gelebt hatte oder ob es ihm erzählt worden war.

Es ließe sich vielleicht vertreten, daß all dieses Verdämmern und Vergessen bloß eine Resignationshaltung darstelle, lediglich bedingt von dem bürgerlichen Wertsystem, das im elsässischen Land, also auch in Colmar, unter dem Schutze der siegreichen französischen Bajonette wieder aufgerichtet worden war, während das Land selber, eingedenk jahrhundertelanger Unbill, die es von rechts und von links erfahren hatte, als richtiges Grenzland voll revolutionären Geistes steckte und auch in Huguenau allerlei Rebellisches rumorte. Es wäre immerhin zu vertreten, daß die freigewordenen irrationalen Kräfte sich keinem alten Wertsystem mehr fügen wollen und daß sie, unter Zwang gesetzt, notwendig den Zustand der Abgestorbenheit sowohl für die Gemeinschaft als für das Individuum hervorrufen müssen. Und es ergibt sich darauf die Frage nach dem Schicksal der im Wertzerfall freiwerdenden irrationalen Kräfte: sind sie tatsächlich nur noch Kampfmittel im Streite der einzelnen Wertgebiete? sind sie tatsächlich nur noch Mittel der gegenseitigen Zerfleischung? sind sie tatsächlich nur noch Mord? müssen sie, wenn der Wertzerfall bis zur letzten Zerspaltungseinheit vorgeschritten ist, zum Kampf des Individuums gegen das Individuum werden, müssen sie zum Kampf aller gegen alle führen? Oder auf die Angelegenheit Huguenaus eingeschränkt: kann ein Partialwertsystem wie das kommerzielle, in das Huguenau zurückgekehrt war, eine genügend starke Bindungsfähigkeit besitzen, um auch ohne Unterstützung von Bajonetten und Polizeiknütteln die irrationalen Strebungen wieder zu einem Organon zu vereinigen und dem gleichfalls freigewordenen Wertwillen ein Ziel zu weisen?

Erkenntnistheoretisch allerdings eine unzulässige Frage. Denn sie provoziert Aussagen über das Wesen des Irrationalen, provoziert schon mit der Bezeichnung »Kräfte« eine mechanistische Auslegung, eine anthropomorphe und voluntaristische Metaphysik, kurzum eine Ausdeutung, der sich das Irrationale seiner Idee nach widersetzt, weil es das stumme und eben irrationale Leben ist, das wohl das Material für die rationale »Wertformung« abgibt, jedoch im Urzustand ungeformter Irrationalität bloß die Konstatierung seines anonymen Daseins und darüber hinaus keinerlei Theoretisierung gestattet. Das übergeordnete Totalsystem, das religiöse System also, ist sich dieses Sachverhaltes vollkommen bewußt. Die Kirche kennt bloß ein Wertsystem, ihr eigenes, weil sie ihrem platonischen Ursprung gemäß bloß eine Wahrheit, bloß einen Logos kennt: durchaus rational eingestellt, kann sie das Außerlogische nicht dulden, ist von vorneherein verhalten, dem Irrationalen und seinen hypothetischen »Eigenschaften« nicht nur die erkenntnistheoretische, sondern auch die ethische Existenzberechtigung abzusprechen, – das Irrationale wird zum Bestialen schlechthin, und alles, was sich von ihm aussagen läßt, beschränkt sich auf die Feststellung, daß es da ist und unter die Kategorie des Bösen subsumiert zu werden hat. Soferne das Irrationale unter diesem Gesichtswinkel als Problem überhaupt in Betracht kommt, so nur in der Frage nach der möglichen Existenz des Bösen innerhalb einer von Gott geschaffenen Welt, und soferne die angeblichen systembildenden Fähigkeiten des Irrationalen überhaupt diskutiert werden sollen, so nur im Hinblick auf die mögliche Erscheinungsform des Bösen. Freilich sind dies Fragen, die die Kirche niemals ignoriert hat, die sie niemals ignorieren konnte; die Existenz des Bösen hat stets zur Voraussetzung der ecclesia militans gehört, und wenn der Prozeß des Wertzerfalls solche Existenz zur fortgesetzten Manifestation bringt, so ist die Kirche stets von neuem genötigt, die Verantwortung für diesen Zerfall dem Bösen zuzuschieben, m. a. W. das Überrationale, in dem der Ursprung des Zerfalls liegt, aus ihrem eigenen Bestand auszuscheiden und es in die Kategorie des Bösen, mithin des Irrationalen zu verweisen. Da aber der Kirche einerseits so gut wie jedem Einzelmenschen das Wissen um die »Setzung der Setzung« zu eigen ist, ja, da sie vielleicht klarer als jeder Einzelmensch weiß, daß die Bedingung möglicher Erfahrung für alle Erscheinungsformen von der Kategorie des »Wertes« bestimmt wird, da sie aber andererseits ihre eigene Wertstruktur als die einzig gültige ansehen muß, so wird sie dem irrational Bösen zwar keine systembildenden Kräfte, wohl aber die Erscheinungsform der Nachahmung zuordnen, wird im Bösen immer nur die Nachahmung ihrer eigenen Erscheinungsform erblicken, sie wird dem Bösen zwar kein rationales Denken, wohl aber eine leere nachgeahmte Form des Denkens unterlegen, ein »wahrheitsentleertes« Denken (das Böse als privatio des Guten), ein leeres überrationales und dogmatisches Spiel von Konventionen, eine vom Irrationalen irregeleitete »Vernünftelei«, die, bloß dem Irrationalen dienend, den ethischen Willen zum leeren Klappern von Moralen verkehrt, in letzter Auswirkung aber und erweitert zum Totalsystem die Bösheit der Philistrosität zum gigantischen Ausmaß des Antichrist erheben wird: je vollkommener sich das Böse in der Welt etabliert, desto vollkommener wird die Imitation, die der Christ durch den Antichrist erfährt, desto bedrohlicher wird das Wertsystem des Antichrist, das bloß Totalsystem sein kann, weil auch das System der Kirche ein Totalsystem ist, das Böse selber unteilbar und homogen, so unteilbar und homogen wie die ihm entgegengesetzte und von ihm imitierte Wahrheit. Daß neben diesem Totalsystem die Partialsysteme verblassen, daß der Katholizismus dem sichtbarsten Ausdruck des Wertzerfalls, dem protestantischen Gedanken, eine besondere Bedeutung unter den Phänomenen des Zerfallprozesses beimißt und ihn zum dominierenden, ja zum Leitgedanken der verhängnisvollen und irrationalen Entwicklung erhebt, daß die Kirche in ihm wie in allen Partialsystemen bloß Zerrbilder des wahren Wertsystems sieht, Vorstufen bereits für das drohende

Totalsystem des Antichrist, diese Einschätzung entspricht nicht nur dem speziellen kirchlichen Standpunkt, sondern hat auch eine wohlfundierte Stütze im objektiven Sachverhalt, z.B. in der merkwürdigen Affinität, die der Protestantismus zu jedem anderen Partialsystem aufweist: sei es das kapitalistische, sei es das nationalistische oder sonst ein Partialsystem, es ist immer auf einen gemeinsamen »revolutionären« antikirchlichen Nenner mit dem Protestantismus zu bringen, d.h. vom kirchlichen System aus gesehen, auf den Nenner des Verbrecherischen, in dem alle irrationalen wertfeindlichen Kräfte des Ketzertums sichtbar werden. Und wenn die Kirche auch oftmals äußere Konzessionen macht und, das kleinere Übel dem größeren vorziehend, diese oder jene Teilbewegung, etwa die nationalistische als konservierende Positionen gegenüber radikaleren, rein revolutionären Zersplitterungen toleriert, so wird sie die Grundfrage nach dem Schicksal der irrationalen Kräfte immer nur unter dem rigorosesten Aspekt entscheiden: Christ oder Antichrist – entweder Rückkehr in den kirchlichen Schoß oder Untergang der Welt in der vollkommenen Wertzersplitterung des gegenseitigen Kampfes.

Gleichgültig ob Spiegel- oder Zerrbild, als Wertsystem imitiert jedes Partialsystem die Struktur des Totalsystems, und soweit dessen Erkenntnisse prinzipiell und formal sind, müssen sie sich im kleineren Verbande wiederholen und bestätigen; die inhaltlichen Abweichungen hingegen, notwendig, weil kein System sich selbst als »böse« bezeichnen kann, müssen in der Einschätzung des Irrationalen liegen. Jedes Partialsystem ist seiner logischen Entstehung, seiner logischen Begründung nach revolutionär; wenn beispielsweise das nationalistische Partialsystem, der eigenen logischen Absolutierung folgend, ein Organon errichtet, in dessen Mittelpunkt der zum Gott erhobene Nationalstaat sich befindet, so wird mit dieser Beziehung aller Werte auf den Staatsgedanken, mit dieser Unterordnung des Individuums und seiner geistigen Freiheit unter die Staatsgewalt nicht nur eine revolutionär-antikapitalistische Stellung bezogen, sondern mit noch weit höherer Stringenz eine antireligiöse, antikirchliche Richtung eingeschlagen, die eindeutig und strikt zum absolut revolutionären Wertzerfall, demnach auch zur Aufhebung des eigenen Systems hinweist. Will also das Partialsystem seinen eigenen Bestand im Prozeß der Wertzersplitterung sichern, will es sich seiner eigenen zu diesem Ziele hindrängenden Ratio erwehren, so muß es seine Zuflucht zu irrationalen Mitteln nehmen, und daraus ergibt sich die eigentümliche Zweideutigkeit, erkenntnistheoretisch gesprochen, sogar Unsauberkeit, die jedem Partialsystem anhaftet: dem fortschreitenden Wertzerfall gegenüber die Rolle des Totalsystems übernehmend, das Irrationale als rebellisch und verbrecherisch einschätzend, ist das Partialsystem genötigt, aus der homogenen Masse des Irrationalen und seiner anonymen Bösheit eine Gruppe »guter« irrationaler Kräfte herauszuheben, um mit deren Hilfe den gefürchteten weiteren Zerfall zu hemmen und die eigene Bestandlegitimation zu erbringen, – jede »Teilrevolution«, und in diesem Sinne ist jedes Partialsystem »Teilrevolution«, beruft sich auf irrationale Aprioritäten, auf das Gewicht von Gefühlswerten, auf die Würde eines »irrationalen Geistes«, der gegen die radikale Vernunft der Vollrevolution ausgespielt wird; jedes Partialsystem muß einen »ungeformten« irrationalen Rest ausdrücklich anerkennen, sozusagen als Reservat im Flusse der Vernunft, um sich selbst als Ruhepunkt im Prozeß des Wertzerfalls zu fixieren.

Denn Revolutionen sind Auflehnungen des Bösen gegen das Böse, Auflehnung des Irrationalen gegen das Rationale, Auflehnung des Irrationalen im Gewande einer entfesselten Vernunft gegen rationale Institutionen, die zur Aufrechterhaltung ihres Bestandes sich selbstgenügsam auf den ihnen innewohnenden irrationalen Gefühlswert berufen, – Revolutionen sind der Kampf zwischen Unwirklichkeit und Wirklichkeit, zwischen Vergewaltigung und Vergewaltigung, sie müssen eintreten, wenn die Entfesselung des Überrationalen die Entfesselung des Irrationalen nach sich gezogen hat, wenn die Zerschlagung des Wertsystems bis zur letzten und individuellen Werteinheit vorgedrungen ist und alles Irrationale in der absoluten Wertfreiheit des autonom einsam gewordenen Individuums durchbricht. Es ist der Durchbruch des Irrationalen, der Durchbruch des Autonomen, der Durchbruch des Lebens, und der einsam wertfreie Mensch ist sein Werkzeug; und wenn alle irdische Angst und Einsamkeit zuerst den irdisch Verlassenen befallen muß, also den proletarischen Menschen, preisgegeben dem Hunger, den Soldaten im Schützengraben, preisgegeben dem Trommelfeuer, wenn diese im wahren Sinne des Wortes »Ausgestoßenen« die ersten sein müssen, die zur Wertfreiheit gelangen, so sind sie auch die ersten, den Ruf des Mordes zu vernehmen, der rasselnd wie aufeinandergeschlagenes Eisen die Stummheit des Irrationalen übertönt. Und immer ist es so, daß der Mensch des kleineren Wertverbandes den Menschen des sich auflösenden größeren Verbandes vernichtet, immer übernimmt er, der Unglücklichste, die Rolle des Henkers im Prozeß des Wertzerfalls, und an dem Tage, an dem die Fanfaren des Gerichtes ertönen, dann ist es der wertfreie Mensch, der zum Henker einer Welt wird, die sich selbst gerichtet hat.

Huguenau hatte einen Mord begangen. Er hat ihn hinterher vergessen, er dachte nicht mehr an ihn, während er jeden einzelnen kaufmännischen Coup, der ihm in der Folge gelungen war (Brief an Frau Esch!), treu im Gedächtnis bewahrte. Und das war selbstverständlich: es bleiben bloß jene Taten am Leben, die in das jeweilige Wertsystem passen, Huguenau aber hatte ins kaufmännische System zurückgefunden. Und eben deswegen kann behauptet werden, daß er, obwohl Erbe eines blühenden väterlichen Geschäftes, unter geeigneteren Umständen ein ebenso tüchtiger Revolutionär hätte werden können, wie er ein tüchtiger Kaufmann geworden ist. Denn der proletarische Mensch als Träger der Revolution ist nicht der »Revolutionär«, der zu sein er glaubt, den es aber gar nicht gibt – kein Unterschied zwischen dem Volk, das bei der Vierteilung des Königsattentäters Damiens jubelte, und dem, das sich 35 Jahre später um die Guillotine Ludwigs XVI. drängte –, er ist bloß der Exponent eines größeren Geschehens, er ist Exponent des europäischen Geistes schlechthin: mag der Einzelmensch mit seinem philiströsen Leben auch noch in einem alten Partialsystem verharren, mag er wie Huguenau im kommerziellen System landen, mag er sich einer Vorrevolution oder der definitiven Revolution anschließen, der Geist der positivistischen Wertauflösung ist es, der sich über die ganze abendländische Welt erstreckt, und sein sichtbarer Ausdruck beschränkt sich keineswegs auf den proletarisch-russischen Materialismus, vielmehr ist dieser bloß eine Spielart des positivistischen Denkens, in dem die gesamte westliche Philosophie, soweit sie auf diesen Namen überhaupt noch Anspruch erhebt, sich aufgelöst hat. Ja, sogar die Probleme der Güterverteilung treten in den Hintergrund, obwohl auch der Unterschied zwischen amerikanistischen und kommunistischen Arbeitsmethoden immer mehr verschwindet, sie treten in den Hintergrund vor der Einheit der Ideologien, die immer einsinniger zu einem gemeinsamen Punkt hinstreben, zu einem Ziel, für das es ohne Bedeutung ist, ob es mit dieser oder jener politischen Signatur versehen sein wird, da seine ganze Bedeutsamkeit – der Grundfrage gemäß – einzig und allein darin liegt, daß es ein Totalsystem sein kann, fähig, die entfesselten Ströme des Irrationalen wieder zu vereinigen. Und darum ist es auch belanglos, ob irgendeine »irrationale« Vorrevolution lebensfähig ist oder nicht, denn sie bleibt ohne jeden Einfluß auf die »rationale« definitive Revolution, in die sie schließlich münden muß; hingegen vermag sie – über jede mechanistische Auslegung hinaus – als Partialgebilde das zu zeigen, was innerhalb von Totalgebilden notwendig unerkannt bleiben muß: daß es irrationale Kräfte gibt, daß sie wirksam sind und daß sie wesensgemäß zum Zusammenschluß innerhalb eines neuen Wertorganons hindrängen, zu einem Totalsystem, das, vom Standpunkt der Kirche aus gesehen, kein anderes sein wird als das des Antichrist. Es handelt sich hiebei nicht etwa um untergeordnete Symptome wie um den antiplatonischen Eifer der Kommunisten oder um die aufklärerische Propaganda marxistischer oder bürgerlicher Freidenkervereine, um einen Atheismus also, der bei aller Sündhaftigkeit für die Kirche viel zu geringfügig, ja viel zu bemitleidenswürdig ist, als daß er mit der Bösheit des Antichrist in einem Atem genannt werden dürfte, denn es geht um den europäischen Geist, um den »ketzerischen« Geist der Unmittelbarkeit und des Positivismus, so daß in diesem allgemeinsten Sinne es sogar gleichgültig wird, ob die protestantische Ideologie über Fichte in die nationalistische Revolution oder (eindeutiger allerdings) über Hegel in den marxistischen Kommunismus eingedrungen ist, und wenn auch die Kirche mit dem unfehlbaren Instinkt des Hasses, ihres Ketzerhasses, den Protestantismus noch in den entlegensten Derivaten aufspürt und eben deshalb den Kommunismus, dessen urchristliche Prinzipien sie ohne weiteres akzeptieren könnte, mit einer sonst unverständlichen Intransigenz verfolgt, so ist die konkrete Erscheinungsform des Kommunismus noch nicht die Konkretisierung des Antichrist, sondern bloß Vorstufe. Und mag auch jene protestantische Theologie des Kantianismus sich hier zu einer richtigen »marxistischen« Theologie entfalten, ausgestattet mit einer strengen Gesetzesauslegung, mit einer fixen Ontologie und einer unumstößlichen Ethik, sohin ausgestattet mit allen Komponenten einer richtigen Theologie, in ihrer Gesamtheit deren sichtbare Kirche darstellend, und mag auch diese Kirche sich mit aller Bewußtheit als Antikirche etablieren, Maschinen zu ihren Kultgeräten erheben, Ingenieure und Demagogen zu ihren Priestern einsetzen, so ist dies noch nicht das Totalsystem als solches, es ist noch nicht der Antichrist, – aber es ist der Weg und es ist der Hinweis auf die Auflösung des christlich-platonischen Weltbilds! Und deutlich, und eben für niemanden deutlicher als für den Katholizismus, zeichnet sich bereits in all dieser Dogmatik, zeichnet sich im Aufbau dieser marxistischen Antikirche und ihres asketischen und harten Staatsgedankens die mächtige Kontur eines Geistes ab, der weit über den Marxismus, weit über jede Staatsvergottung hinausreicht und der alles Revolutionäre, welche Form immer es annähme, so weit hinter sich zurückläßt, daß selbst der marxistische Weg wie ein Umweg erscheint: es ist die Kontur einer kirchenlosen »Kirche an sich«, die substanzfreie Ontologie einer »Naturwissenschaft an sich«, eine dogmenfreie »Ethik an sich«, kurzum ein Organon von jener letzten logischen und nüchternen Abstraktion, die durch die unendliche Hinausrückung des Plausibilitätspunktes gewonnen werden soll und in der die ganze Radikalität des protestantischen Geistes aufscheint, – es ist jene positivistische Doppelbejahung weltlicher Gegebenheit und rigoroser Pflichtaskese, wie sie Luther und der ganzen Renaissance schon eigentümlich gewesen war und die, ihre eingeborene und notwendige Idee nunmehr erfüllend, zu einer neuen Einheit von Denken und Sein hinstrebt, zu einer neuen Einheit ethischer und materialer Unendlichkeit. Es ist jene Einheit, die das Wesen jeder Theologie ausmacht und die bestehen muß, selbst wenn versucht wird, das Denken aus der Welt wegzuleugnen, die aber auch bestehen kann, wenn der wissenschaftliche Plausibilitätspunkt des »Für-wahr-Haltens« zusammenfällt mit dem Plausibilitätspunkt des »Glaubens« und die doppelte Wahrheit wieder zur eindeutigen Wahrheit wird. Denn am Ende der endlosen Fragekette, die zu solcher Plausibilität hinführt, steht die reine Tat, steht die Idee des reinen Pflichtorganons, die Idee des rationalen gottfreien Glaubens, steht in steinerner Gesetzlichkeit die inhaltsentleerte Form einer »Religion an sich«, vielleicht sogar die rationale Unmittelbarkeit einer »Mystik an sich«, deren stumm-asketische und ornamentlose Religiosität, untertan der Strenge und nur der Strenge, auf das letzte Ziel dieser wahrhaft protestantischen Revolution hinweist: auf das tonlose Vakuum einer grausamen Absolutheit, in der der abstrakte Geist Gottes thront, Gottes Geist, nicht Gott selber, dennoch er selber, voll Trauer thronend in der Angst des traumlos unverbrüchlichen Schweigens, das der reine Logos ist.

An dieser Situation des europäischen Geistes nahm Huguenau wenig Anteil, wohl aber an der herrschenden Unsicherheit. Denn das Irrationale im Menschen spürt das Irrationale der Welt, und wenn auch die Unsicherheit der Welt eine sozusagen rationale Unsicherheit ist, oftmals sogar eine geschäftliche, so ist sie doch durch die Entfesselung der Vernunft entstanden, die in jedem Wertgebiet zur Unendlichkeit strebt und an dieser überrationalen Unendlichkeitsgrenze sich selbst aufhebend ins Irrationale und Nicht-mehr-Erfaßbare umschlägt. Ungebändigt ist das Geld und die Technik geworden, die Währungen schwanken, und trotz aller Erklärungen, die der Mensch für das Irrationale bei der Hand hat, vermag das Endliche nicht dem Unendlichen zu folgen und kein vernünftiges Mittel vermag die irrationale Unsicherheit des Unendlichen wieder ins Vernünftige und Beherrschbare zurückzubringen. Es ist, als ob das Unendliche zu einem selbständigen und konkreten Leben erwacht wäre, getragen und aufgenommen von dem Absoluten, das in der Stunde zwischen Niederbruch und Aufstieg, in dieser magischen Stunde des Todes und der Zeugung am fernsten Horizont aufleuchtet. Und mochte Huguenau von dem Leuchten des aufbrechenden Himmels die Augen auch abwenden und überhaupt von derlei Möglichkeiten nichts wissen wollen, so fühlte er doch den Hauch des Eisigen, der, die Welt überwehend, sie in Starrkrampf versetzt, die Dinge der Welt aber ihres Sinnes beraubt. Und wenn Huguenau allmorgendlich die Weltereignisse in der Zeitung verfolgte, so geschah es mit dem Unbehagen aller Zeitungsleser, die gierig nach den Berichten greifen, voll Hunger nach den Tatsachen, besonders nach den mit Illustrationen geschmückten Tatsachen, und die dabei täglich von neuem hoffen, daß die Masse der Fakten imstande sein werde, die Leere einer stummgewordenen Welt und einer stummgewordenen Seele auszufüllen. Sie lesen ihre Zeitungen und in ihnen ist die Angst des Menschen, der allmorgendlich zur Einsamkeit erwacht, denn die Sprache der alten Gemeinschaft ist ihnen erschwiegen und die neue ist ihnen unhörbar. Mögen sie sich auch Verständnis und klaren Blick vortäuschen, indem sie die politischen und öffentlichen Einrichtungen oder die des Rechtswesens scharf bekritteln, mögen sie auch ihre Ansichten hierüber im Laufe des Tages miteinander austauschen, sie stehen ohne Sprache zwischen dem Noch-nicht und dem Nicht-mehr, sie trauen keinem Worte, wollen es durch Bilder belegt sehen, sie können selbst an die Gemäßheit der eigenen Rede nicht mehr glauben, und, zwischen Ende und Anfang gestellt, wissen sie bloß, daß die Logik der Tatsachen unaufhaltsam, das Gesetz unantastbar bleibt: keine Seele, und sei sie noch so verworfen, sei sie noch so böse, sei sie noch so philiströs und dem billigsten Dogma hingegeben, kann sich dieser Einsicht und dieser Angst entledigen, – dem Kinde gleichend, das von der Einsamkeit überrascht und überfallen worden ist, bemächtigt von der Angst der Kreatur, die zu sterben begonnen hat, muß der Mensch die endliche Furt suchen, die sein Leben und seine Sicherheit sein soll. Nirgends findet er Beistand. Und es nützt nichts, daß er immer wieder danach strebt, sich in ein Partialsystem zu retten, und ob er es nun tut, weil er im Festhalten an alten romantischen Formen einen Schutz vor der Unsicherheit erwartet, oder weil er hofft, in einer Partialrevolution werde das Bekannte und Heimatliche bloß sehr langsam, gewissermaßen schmerzlos in das unerbittlich Fremde hineingleiten, er findet keinen Beistand, denn es ist der Rausch einer Schein-Gemeinschaft, in die er sich verirrt hat, und die tiefere und geheime Verknüpfung, nach der er fahndet, löst sich in der Hand, die den Faden zu erhaschen vermeint, und wenn der Enttäuschte sich schließlich in das geldlich-kommerzielle System flüchtet, er entgeht der Enttäuschung nicht: selbst diese eigentlichste Daseinsform philiströser Bürgerlichkeit, widerstandsfähiger als alle anderen Partialsysteme, da sie die feste Einheit in der Welt verspricht, Einheit, deren der Mensch bedarf, um der Unsicherheit zu entgehen, – zwei Markstücke sind mehr als ein Markstück, und eine Summe von 8000 Francs besteht aus vielen Franken und ist doch ein Ganzes und ist ein rationales Organon, in dem die Rechnung der Welt aufgeht, – selbst diese Widerstandsfähigkeit, an die der Bürger trotz aller Währungsschwankungen so gerne glauben möchte, schwindet dahin, nirgends läßt sich mehr das Irrationale eindämmen und keine Gestalt der Welt läßt sich mehr als Addition rationaler Kolonnen darstellen. Und wenn der Kaufmann Wilhelm Huguenau, aufgestiegen zu städtischen Würden, ein Mensch, der bei allen Dingen des Lebens vorerst mal nach dem Preis und dem geldlichen Gewinn zu fragen pflegte, wenn dieser Huguenau es auch als durchaus rational erachtete, daß in solchen Zeiten finanzieller Unsicherheit ein gesteigertes Mißtrauen an den Tag gelegt werden müsse, so konnte es dennoch vorkommen, daß er mit ironischer Miene oder mit wegwerfender Handbewegung etwas abzutun suchte, über dessen Herkunft er sich verwunderlich keine Rechenschaft geben konnte, und daß er dann plötzlich stutzend »Was ist Geld?« fragte, mitunter aber auch einem Kunden, nachdem er ihn scharf und mißtrauisch gemustert hatte, einfach den Kredit entzog, bloß weil ihm der Mann plötzlich nicht mehr gefiel oder weil ihm ein sarkastischer oder sonst ein Zug um den Mund herum zuwider war, – ob sich solch eine Maßnahme nun als günstig oder ungünstig erwies, ob damit ein fauler Kunde rechtzeitig abgeschüttelt oder ein kreditfähiger in die Arme der Konkurrenz getrieben wurde, es war, ungeachtet aller praktischen Konsequenzen, eine abrupte und wahrscheinlich luzide Methode, die da gewissermaßen unter Kurzschluß vor sich ging, im Geschäftsleben immerhin unüblich, sicherlich irrational, und nicht zuletzt lag es wohl an ihr, daß sich um Huguenau unmerklich eine Kluft auftat, eine tote Zone des Schweigens, die ihn von allen anderen Bürgern der Stadt trennte. Das war freilich bloß wie ein fernes Ahnen, jedoch es verdichtete sich, wurde beinahe greifbar, sobald Huguenau sich unter vielen Menschen befand: in einem Kino, in einem Lokal, wo die Jugend tanzte, oder bei Festen, mit welchen der Jahrestag des französischen Sieges gefeiert wurde, da konnte er, der selber vielleicht einmal den Bürgermeisterstuhl besteigen wird, still an dem blumengeschmückten Tisch zwischen den anderen Notabeln sitzen und mit ernsthaft leerem Knabenblick hinter den dicken Brillengläsern den Tanzenden zusehen; und wiewohl er noch lange nicht in den Jahren war, die den Verzicht auf das Tanzvergnügen vorschreiben, so glaubte er kaum der eigenen Erinnerung, wenn er seinem Nachbarn zuflüsterte (nie unterließ er dies), daß er selber einstens ein flotter Tänzer gewesen sei. Denn ob er nun in solch einem patriotischen Saale weilte oder ob er sonntags mit seinem Ältesten zur Straßburger Allee hinauswanderte, dem Start der Radwettfahrer beizuwohnen, ja, wenn er diese oder andere gesellschaftliche Veranstaltungen eigentlich nur deshalb aufsuchte, um die Probe aufs Exempel vorzunehmen, er geriet unweigerlich in jenes seltsame Unbehagen, in dem die Dinge sich unmerklich verrückten und in dem eine jede festliche Veranstaltung, der doch ein unteilbarer Begriff zukommen sollte, sich zu etwas beunruhigend Uneinheitlichem aufzulösen begann, zu einem Etwas, das von irgend jemandem wider besseres Wissen mittels Dekorationen, Fahnen und Girlanden zu unnatürlicher Einheit zusammengepreßt und zusammengebunden worden war. Und wäre Huguenau vor solch abwegigen Gedanken nicht zurückgeschreckt, er hätte zweifelsohne gefunden, daß es überhaupt keinen Begriff und keinen Namen gibt, dem ein konkretes Substrat entspricht, er hätte sicherlich gefunden, daß es versteckte, wenn auch sichtbare Symbole sein müssen, die die Einheit des Ereignisses und den Zusammenhalt der Welt verbürgen, Symbole, deren Existenz notwendig ist, weil sonst alles Sichtbare in ein unnennbares, schwereloses, trockenes Gefüge kalter und durchsichtiger Asche zerfallen würde, – und Huguenau hätte den Fluch des Zufälligen und Zusammengewehten gespürt, der sich über die Dinge und über das Zueinander der Dinge breitet, so daß keinerlei Anordnung auszudenken ist, die nicht ebenso zufällig und willkürlich wäre: müßten nicht jene Radfahrer sofort in alle Winde zerstieben, wenn sie nicht mehr durch die gemeinsame Dreß und das gemeinsame Klubabzeichen zusammengehalten würden? Huguenau stellte solche Frage nicht, denn sie überstieg den Fassungsraum dessen, was mit einiger Berechtigung als seine Privattheologie bezeichnet werden durfte; indes die ungestellte Frage machte ihn nicht weniger reizbar als die Unsichtbarkeit aller Instanzen, von denen er abhing, und diese Reizbarkeit konnte sich z.B. in einer unmotivierten Ohrfeige entladen, die er seinem Kinde auf dem Heimwege verabfolgte. Solcherart entspannt, pflegte er allerdings in die nüchterne Wirklichkeit zurückzufinden und bestätigte damit die Hegelsche Erkenntnis: »Der wirklich freie Wille ist die Einheit des theoretischen und praktischen Geistes.« Wohlgelaunt marschierte er in die Stadt hinein, vorbei an den verschiedenen Gotteshäusern, aus denen eben die Leute strömten, marschierte lustig summend fürbaß, schlug auch mit dem Stocke den Takt, und sooft einer ihn grüßte, salutierte er und sagte »Salü«.

Denn in allem und jedem kommt es auf das Verhältnis zur Freiheit an, und selbst die kleinste und engste Theologie, deren Reichweite gerade noch auslangt, die schäbigsten Handlungen eines empirischen Ichs zu plausibilisieren, also selbst die Privattheologie eines Huguenau, sie dient noch der Freiheit, selbst für sie ist die Freiheit das eigentliche, das eigentlich mystische Deduktionszentrum (und dies gilt für Huguenau zumindest seit jenem Tage, da er im Morgengrauen den Schützengraben verlassen und eine anscheinend irrationale, nichtsdestoweniger sehr rationale Handlung im Dienste der Freiheit begangen hatte, so daß alles, was seit jenem Tage von ihm angestrebt worden war, und alles, was er in seinem Leben noch anstreben wird, als eine Wiederholung jener ersten feierlichen und feiertägigen Handlung sich darstellt), ja fast ist es, als ob die Freiheit wie eine besondere und erhabene Kategorie über allem Rationalen und Irrationalen schwebe, wie ein Ziel und wie ein Ursprung, dem Absoluten gleichend, mit dem sie aufleuchtet und das sie dennoch überleuchtet, ein letztes und mildes Strahlen in den Feuerschluchten des aufgerissenen Himmels. Niemals könnte Irrationales zu Rationalem sich zusammenschließen, könnte das Rationale wieder sich auflösen in der Harmonie des lebendigen Gefühls, hätten sie nicht beide teil an einem übergeordneten ehrfurchtgebietenden Sein, das die höchste Wirklichkeit und gleichzeitig die tiefste Unwirklichkeit ist: erst in diesem Zusammenhalt von Wirklichkeit und Unwirklichkeit wird die Ganzheit der Welt und ihre Gestalt sich ergeben, – die Idee der Freiheit ist es, in der die ewige Erneuerung des Humanen sich rechtfertigt, denn im Irdischen unerreichbar muß der Weg zu ihr stets von neuem beschritten werden. Oh, schmerzliche Pflicht zur Freiheit! schreckliche und ewig erneute Revolution der Erkenntnis, in der sich der Aufstand des Absoluten gegen das Absolute rechtfertigt, der Aufstand des Lebens gegen die Vernunft, – Rechtfertigung einer Vernunft, die, scheinbar sich selbst abtrünnig, das Absolute des Irrationalen gegen das Absolute des Rationalen entfesselt, Rechtfertigung, weil in ihr auch die letzte Gewähr gegeben ist, daß die entfesselten irrationalen Kräfte sich wieder zu einem Wertsystem zusammenschließen. Kein Wertsystem, das sich nicht der Freiheit unterwürfe, und sogar das kleinste noch, es fahndet nach der Freiheit, sogar der in irdischeste Einsamkeit und Autonomie verfallene Mensch, er, der nicht weiter als bis zur Freiheit des Mordes gelangt, zur Freiheit des Kerkers, bestenfalls zur Freiheit des Deserteurs, sogar er, der wertentblößte Mensch, auf dem der Zwang alles Irdischen lastet, – preisgegeben dem Atem des Ewigen, gibt es keinen, für den das Himmelszeichen der Freiheit nicht in der Nacht seiner Einsamkeit einmal aufgeglommen wäre: jeder muß seinen Traum erfüllen, böse und heilig zugleich, und er tut es, um der Freiheit teilhaftig zu werden in der Dunkelheit und Dumpfheit seines Lebens. Und so überkam Huguenau manchmal das Empfinden, als säße er in einer Höhle oder in einem finstern Schacht und als blickte er hinaus auf eine kalte Zone, die wie ein Gürtel der Einsamkeit um seinen Standort gelegt war, und das Leben zog in fernen Bildern am dunklen Firmament vorüber, und dann hatte er große Sehnsucht, aus solchem Pferch herauszukriechen und draußen einer Freiheit und Einsamkeit teilhaftig zu werden, deren Existenz er wie eine ihm allein zukommende Schau von irgendwoher ahnte; es war wie ein Wissen um die tiefste Gemeinsamkeit, in die jene tiefste Einsamkeit schließlich umschlagen müßte, aber es gelangte nicht weiter als bis zu der stumpfen Vorstellung, es würde dort draußen möglicherweise gestattet sein, ein brüderliches und herzliches Beisammensein zu erzwingen, mit Todesdrohung oder mit Gewalt oder zumindest mit Ohrfeigen die anderen zu zwingen, daß sie ihn aufnähmen und seine bessere Wahrheit hörten, die er doch nicht aussprechen konnte. Denn mochte er sich auch im Gehaben und in der Lebensführung kaum von jenen anderen unterscheiden, mochte sein Lebenswagen auch immer sicherer auf den Schienen dahingleiten, auf die er bereits in der Jugendzeit gesetzt worden war und die er keinesfalls mehr zu verlassen gedachte, mochte es also auch ein sehr fleischliches, ja massives Leben sein, das hier seinem Tode entgegenrollte, so schien es in einer gewissen Beziehung trotzdem gehobener und luftiger, da er sich mit jedem Tage ausgeschlossener und einsamer fühlte und doch nicht mehr darunter litt: abgegrenzt von der Welt und doch in ihr, rückten ihm die Menschen in stets weitere und ersehntere Fernen, aber er unternahm keinen Versuch, die Ferne zu durchmessen, und auch darin unterschied er sich nicht im geringsten von irgendeinem der übrigen Sterblichen, weil eben ein jeder von ihnen es weiß, daß des Menschen Leben nicht ausreicht, den Weg zu durchschreiten, der wie eine Kreisbahn zu immer höheren Ebenen ansteigt und auf dem das Gewesene und Versinkende als höheres Ziel wieder aufersteht, um mit jedem Schritte zurückzusinken in die ferneren Nebel: unendliche Bahn des geschlossenen Ringes und der Vollendung, luzide Realität, in der die Dinge zerfallen und auseinanderrücken bis zu den Polen und bis an die Grenzen der Welt, wo alles Getrennte wieder eins wird, wo die Entfernung wieder aufgehoben ist und das Irrationale seine sichtbare Gestalt annimmt, wo Furcht nicht mehr zu Sehnsucht, Sehnsucht nicht mehr zu Furcht wird, wo die Freiheit des Ichs wieder in die platonische Freiheit Gottes mündet, unendliche Bahn des geschlossenen Ringes und der Vollendung, für den nur beschreitbar, der sein Wesen erfüllt hat, – unerreichbar für jeden.

Unerreichbar für jeden! Und selbst wenn Huguenau statt im kommerziellen in einem revolutionären System gelandet wäre, seinem Wandeln wäre die Bahn der Vollendung nach wie vor verschlossen gewesen. Denn Mord bleibt Mord, Bösheit bleibt Bösheit, und die Philistrosität eines auf das Individuum und seine irrationalen Triebe eingeschränkten Wertgebietes, dieses letzte Produkt eines jeden Wertzerfalls, bleibt der Punkt der absoluten Verworfenheit, bleibt gewissermaßen der invariant absolute Nullpunkt, der allen Wertskalen und allen Wertsystemen ungeachtet ihrer gegenseitigen Relativität gemeinsam ist, gemeinsam zu sein hat, weil kein Wertsystem aufgestellt werden kann, das in seiner Idee und in seiner logischen Wesenheit nicht der »Bedingung möglicher Erfahrung« unterworfen wäre, empirische Abschattung einer allen Systemen gemeinsamen logischen Struktur und einer an den Logos gebundenen apriorischen Unwandelbarkeit. Und fast scheint es Ausfluß der gleichen logischen Notwendigkeit, daß der Übergang von einem Wertsystem zu einem neuen jenen Nullpunkt der Wertatomisierung passieren muß, daß er über ein Geschlecht hinweggehen muß, das, bar jeder Beziehung zum alten wie zum neuen Wertsystem, eben in dieser Beziehungslosigkeit, in dieser an Wahnsinn grenzenden Gleichgültigkeit gegen fremdes Leid, in dieser radikalsten Wertentblößung die ethische und damit die historische Legitimation für die grausame Nichtachtung liefert, der alles Humane in Zeiten der Revolution ausgesetzt ist. Und vielleicht muß es so sein, weil bloß ein Geschlecht von solch absoluter Stummheit fähig ist, den Anblick des Absoluten und den aufbrechenden Feuerschein der Freiheit zu ertragen: Glanz, der über die tiefste Finsternis und nur über die tiefste Finsternis hinzuckt, seine irdische Spiegelung ist wie ein Bild im dunklen Teich, und der irdische Widerhall seines Schweigens ist das eiserne Rasseln des Mordes, dennoch undurchdringlicher Schall der Stummheit, aufgerichtet wie eine Wand dröhnenden Schweigens zwischen Mensch und Mensch, daß seine Stimme nicht hinüber, nicht herüber zu dringen vermag und er erbeben muß. Furchtbarer

Spiegel, furchtbares Echo der zum Absoluten durchbrechenden Ratio! ihrer Strenge irdisches Widerspiel wird zum Zwang und zur stummen Gewalt, und die rationale Unmittelbarkeit ihres göttlichen Zieles wird zur Unmittelbarkeit des Irrationalen, das den Menschen zu widerwillig stummem Gehorsam überwältigt hat, ihre unendliche Fragekette wird zur eingliedrigen des Irrationalen, das nicht mehr fragt, sondern nur noch handelt, eine Gemeinschaft zersprengend, die es nicht mehr gibt, da sie ohne Kraft, doch voll des bösen Willens sich selbst im Blut ersäuft und in Giftgasen erstickt. Oh, welch einsamer Tod ist das irdische Widerspiel der göttlichen Einsamkeit! Hinausgestoßen in das Grauen einer entfesselten Vernunft, ihr zum Dienste befohlen, ohne sie zu begreifen, Gefangener eines übergeordneten Geschehens, Gefangener seiner Irrationalität, gleicht der Mensch dem Wilden, der in böser Verzauberung den Zusammenhang zwischen Mittel und Erfolg nicht durchschaut, gleicht er dem Wahnsinnigen, der sich aus dem Gewirr seines Irrationalen und Überrationalen nicht befreien kann, gleicht er dem Verbrecher, der nicht imstande ist, den Weg zur Wertwirklichkeit einer ersehnteren Gemeinschaft zu finden. Unwiederbringlich entschwindet ihm das Gewesene, uneinbringlich entweicht ihm das Künftige, und das Dröhnen der Maschinen weist ihm keinen Weg zu dem Ziel, das unerreichbar und küstenlos im Nebel der Unendlichkeit die schwarze Fackel des Absoluten erhebt. Furchtbare Stunde des Todes und der Zeugung! furchtbare Stunde des Absoluten, getragen und ertragen von einem Geschlecht, das sich ausgelöscht hat, das nichts von der Unendlichkeit weiß, in die es durch seine eigene Logik getrieben wird, – unbelehrt, hilflos, sinnlos sind sie dem Orkan des Eisigen preisgegeben, sie müssen vergessen, um leben zu können, und sie wissen nicht, warum sie sterben. Ihr Weg ist der Weg Ahasvers, ihre Pflicht ist Ahasvers Pflicht, ihre Freiheit ist die Freiheit des Gehetzten und ihr Ziel ist das Vergessen. Verlorenes Geschlecht! nichtexistent wie das Böse selber, gesichts- und geschichtslos im Pfuhl des Ununterscheidbaren, verdammt, in der Zeit sich zu verlieren, geschichtslos in einer Zeit, die sich zur absoluten Geschichte erhebt! Wie immer der Einzelmensch sich zu den Ereignissen der Revolution stelle, ob er sich nun reaktionär an überlebte Formen klammere, das Ästhetische für das Ethische nehmend, wie jeder Konservativismus es tut, oder ob er sich abseits halte in der Passivität egoistischen Wissens, oder ob er, seinen irrationalen Trieben hingegeben, die destruktive Arbeit der Revolution besorge:

er bleibt schicksalshaft unethisch, ausgestoßen aus der Epoche, ausgestoßen aus der Zeit,

doch nie und nirgends ist der Geist der Epoche so stark, so wahrhaft ethisch und historisch wie in jenem letzten und zugleich ersten Aufflackern, das die Revolution ist, – Tat der Selbstaufhebung und der Selbsterneuerung, letzte und größte ethische Tat des zerfallenden, erste des neuen Wertsystems, Augenblick der radikal geschichtsbildenden Zeitaufhebung im Pathos des absoluten Nullpunktes!

Groß ist die Angst des Menschen, der sich seiner Einsamkeit bewußt wird und aus seinem eigenen Gedächtnis flüchtet; ein Bezwungener und Ausgestoßener ist er, zurückgeworfen in tiefste kreatürliche Angst, in die Angst dessen, der Gewalt erleidet und Gewalt tut, und zurückgeworfen in eine übermächtige Einsamkeit, kann seine Flucht und seine Verzweiflung und seine Dumpfheit so groß werden, daß er daran denken muß, sich ein Leid anzutun, dem steinernen Gesetz des Geschehens zu entrinnen. Und in der Furcht vor der Stimme des Gerichtes, die aus dem Dunkel hervorzubrechen droht, erwacht in ihm mit doppelter Stärke die Sehnsucht nach dem Führer, der leicht und milde bei der Hand ihn nimmt, ordnend und den Weg weisend, der Führer, der keinem mehr nachfolgt und der vorangeht auf der unbeschrittenen Bahn des geschlossenen Ringes, aufzusteigen zu immer höheren Ebenen, aufzusteigen zu immer hellerer Annäherung, er, der das Haus neu erbauen wird, damit aus Totem wieder das Lebendige werde, er selber auferstanden aus der Masse der Toten, der Heilsbringer, der in seinem eigenen Tun das unbegreifbare Geschehen dieser Zeit sinnvoll machen wird, auf daß die Zeit neu gezählt werde. Dies ist die Sehnsucht. Doch selbst wenn der Führer käme, das erhoffte Wunder bliebe aus: sein Leben wäre Alltag im Irdischen, und gleichwie der Glaube im Für-wahr-Halten versenkt ist und das Für-wahr-Halten im Glauben einer stets rationalen Religion, der Heilsbringer wandelt im unscheinbarsten Gewande und vielleicht ist es der Passant, der jetzt über die Straße geht, – denn wo immer er wandle, im Gewühl der Großstadtstraßen oder im Abendschein der Felder, sein Weg ist der Zionsweg, dennoch unser aller Weg, ist ein Suchen der Furt zwischen dem Bösen des Irrationalen und dem Bösen des Überrationalen und auch seine Freiheit ist die schmerzliche Freiheit der Pflicht, ist Aufopferung und Sühne für das Geschehene, auch sein Weg ist der Weg der Prüfung, ist untertan der Strenge, und auch seine Verlassenheit ist die des Kindes, ist die Verlassenheit des Sohnes, dem das Ziel im Unerreichbaren entschwindet, da er vom Vater verlassen ward. Und trotzdem: schon die Hoffnung auf das Wissen des Führers ist eigenes Wissen, schon das Ahnen der Gnade ist Gnade, und so vergeblich unser Hoffen auch sei, daß mit dem sichtbaren Leben des Führers das Absolute sich im Irdischen jemals erfüllen werde, ewig annäherbar bleibt das Ziel, unzerstörbar die Messiashoffnung der Annäherung, ewig wiederkehrend die Geburt des Wertes. Und mögen wir auch von der stets zunehmenden Stummheit des Abstrakten umgeben sein, der Mensch verfallen dem kältesten Zwange, ins Nichts geschleudert, hinausgeschleudert das Ich, es ist der Hauch des Absoluten, der über die Welt hinwegfegt, und aus dem Ahnen und Herausfühlen der Wahrheit, aufsprießt die feierliche und feiertägliche Sicherheit, mit der wir es wissen, daß jeder das Fünklein im Seelengrunde trägt und daß die Einheit unverlierbar bleibt, unverlierbar die Brüderlichkeit der gedemütigten Menschenkreatur, aus deren tiefster Angst unverlierbar und unverloren die Angst einer göttlichen Gnade leuchtet, Einheit des Menschen, aufscheinend in allen Dingen, über Räume und Zeiten hinweg, Einheit, in der alles Licht anhebt und die Heiligung alles Lebendigen, – Symbol des Symbols, Spiegel des Spiegels, auftauchend aus dem in Finsternis versinkenden Dasein, aufquellend aus Wahnsinn und Traumlosigkeit wie ein geschenktes, dem Unbekannten abgerungenes und wiedergefundenes mütterliches Leben, Urbild des Sinnbildes, im Aufstand des Irrationalen, auslöschend das Ich und seine Grenzen durchbrechend, Zeit und Entfernung aufhebend, im Orkan des Eisigen, im Sturme des Hineinstürzens springen alle Türen auf, es bewegen sich die Grundfesten des Gefängnisses, und aus der schwersten Finsternis der Welt, aus unserer bittersten und schwersten Finsternis wird dem Hilflosen der Ruf, tönt die Stimme, die das Gewesene mit allem Künftigen verbindet und die Einsamkeit mit allen Einsamkeiten, und es ist nicht die Stimme der Furchtbarkeit und des Gerichts, zaghaft tönt sie im Schweigen des Logos, dennoch von ihm getragen, emporgehoben über den Lärm des Nicht-Existenten, es ist die Stimme des Menschen und der Völker, die Stimme des Trostes und der Hoffnung und der unmittelbaren Güte: »Tu dir kein Leid! denn wir sind alle noch hier!«

Schluß der *Schlafwandler*

Wien 1928–31